BARON MISSON

*

LE CHAPITRE NOBLE

de Sainte-Begge

A ANDENNE

SECONDE ÉDITION
REVUE ET AUGMENTÉE

BRUXELLES
SOCIÉTÉ BELGE DE LIBRAIRIE
Société anonyme, anc. Maison Goemaere
rue Treurenberg, 8

NAMUR
IMPRIMERIE JACQUES GODENNE
Ancienne Maison Paul Godenne
rue de Bruxelles, 13

MDCCCLXXXIX

Le chapitre noble de Sainte-Begge

A ANDENNE

SAINTE BEGGE

fondatrice & patronne d'Andenne

Jacques Godenne, édit.

BARON MISSON

LE CHAPITRE NOBLE de Sainte-Begge À ANDENNE

SECONDE ÉDITION
REVUE ET AUGMENTÉE

BRUXELLES
SOCIÉTÉ BELGE DE LIBRAIRIE
Société anonyme, anc. Maison Goemaere
rue Treurenberg, 8

NAMUR
IMPRIMERIE JACQUES GODENNE
Ancienne Maison Paul Godenne
rue de Bruxelles, 13

MDCCCLXXXIX

AVANT-PROPOS

Les chapitres nobles de femmes ont pris naissance
dans nos contrées et datent du moyen âge.
Ils se sont multipliés dans toute l'Allemagne, où
cette institution s'est maintenue jusqu'à nos jours,
ont existé en Espagne et ont été surtout florissants
aux Pays-Bas et en France jusqu'à la révolution
du siècle dernier.

Dans les provinces du nord de la France et dans
celles de l'est, voisines de l'Allemagne, on comptait
les chapitres d'Andlauw, d'Avesne, de Beaume-les-
Dames, de Bourbourg, de Bouxières-aux-Dames,
de Château-Châlon, de Denain, d'Epinal, d'Estrun,

de Lons-le-Saulnier, de Loutre, de Maubeuge, de Migette, de Montigny, d'Ollmarsheim, de Poulangy, de Poussay, de Remiremont et de Saint-Louis de Metz.

Il y avait encore en France les chapitres de Ronceray, en Anjou; de Saint-Martin de Salles, dans le Beaujolais; de Blesle et de Laveine, en Auvergne; de Mont-Fleuri, près Grenoble; d'Alix, de Notre-Dame de Coyse, de Leigneux et de Neuville-en-Bresse, tous quatre au diocèse de Lyon; enfin, en Provence, ceux de l'Hôpital-Beaulieu et de l'Hôpital prieuré Saint-Marc de Martel, dépendants l'un et l'autre de l'ordre de Malte.

Les Pays-Bas avaient sept chapitres, savoir : Mons, Moustier-sur-Sambre, Munsterbilsen, Thorn, Susteren, enfin Nivelles et Andenne, les plus anciens de tous, fondés par deux filles de Pepin de Landen.

Maisons d'éducation et de retraite pour les personnes de qualité, les chapitres leur servirent de sauvegarde à une époque où des guerres incessantes troublaient la paix des familles; ils procurèrent

aussi une existence honorable aux femmes auxquelles les lois du temps n'assuraient qu'un patrimoine fort restreint et que leur vocation n'appelait
pas à la vie monastique; ils furent enfin des
pépinières où les gentilshommes venaient chercher
des épouses capables de perpétuer dans leurs foyers
les traditions de foi et d'honneur.

Les règles sévères, imposées à toute époque
pour l'admission en chapitre, agirent très efficace-
ment sur les mœurs : afin de conserver l'avantage
de faire recevoir leurs filles dans les collèges nobles,
les familles de haut rang devaient veiller, en effet,
avec un soin jaloux, à n'être ni amoindries par la
mésalliance ni souillées par la bâtardise.

Fondés dans les siècles de foi et basés sur des
règles pieuses, les chapitres multiplièrent autour
d'eux toutes les œuvres de charité. Celui d'Andenne,
en particulier, doté de revenus considérables, exerça
une influence éminemment salutaire, propageant au
sein des populations les bienfaits de l'instruction,
ne restant étranger au soulagement d'aucune misère
humaine; aussi, quand l'empereur Joseph II supprima
de fait le chapitre d'Andenne, en le transférant à

Namur pour le réunir à celui de Moustier, vit-on les habitants de la ville et les populations environnantes protester avec énergie contre l'acte du souverain et déclarer que les moyens d'existence allaient être enlevés à des milliers de familles.

Nous consacrons les pages qui vont suivre à la mémoire d'une sainte dont s'honore la Belgique et à celle d'une institution qui fut glorieuse et prospère pendant onze siècles. Nous les dédions aux anciennes familles chapitrales, — plus nombreuses encore aujourd'hui qu'on ne le croit généralement, — pour lesquelles elles font revivre de précieux souvenirs. Fidèles aux traditions dont elles ont le droit d'être fières, la plupart de ces familles voient leur prestige survivre à des privilèges désormais abolis et nous souhaitons que leurs beaux noms se perpétuent longtemps encore.

CHAPITRE Ier

——✕——

HISTOIRE GÉNÉRALE

§ Ier. — La légende de sainte Begge. — La fondation du chapitre. — La règle primitive de cette institution et les changements qui y furent apportés.

LE chapitre noble d'Andenne fut fondé par sainte Begge vers la fin du VIIe siècle (1).

La légende de sainte Begge jette un jour assez vif sur les

(1) La date de 686 est indiquée dans une ancienne chronique. (V. *Histoire du chapitre d'Andenne,* manuscrit du XVIIIe siècle, archives du chapitre d'Andenne, n° 1, aux archives de l'Etat, à Namur.) — Le P. Fisen donne la date de 677 *(Historia ecclesiæ Leodiensis,* Part. I, l. 4, p. 81) et le P. Bouille mentionne celle de 675. *(Histoire de Liège,* t. I, p. 30.) — Le chanoine Toussaint assigne à la fondation

mœurs de nos contrées aux premiers siècles du christianisme pour qu'il soit intéressant de la résumer brièvement (1).

Begge, qualifiée par ses biographes duchesse de Brabant et de Lothier (2), appartenait à l'illustre race des Pepin dont la puissance rivalisait à cette époque avec celle de nos premiers rois et qui, malgré de grandes défaillances, devait honorer l'Eglise par plusieurs saints et gouverner l'empire d'Occident sous le sceptre de Charlemagne (3).

La sainte était fille de Pepin dit de Landen, du lieu de sa naissance, et de Ide ou Iduberge, béatifiés l'un et l'autre.

d'Andenne la date de 692 (*Vie de sainte Begge,* Namur 1885, p. 15.) — La date de 692 est également indiquée par Jeantin dans l'*Histoire de Montmédy,* t. III, art. Sassey.

(1) Tous les biographes de sainte Begge rapportent les détails que nous mentionnons ici. (V. particulièrement J. G. de Ryckel, abbé de Sainte-Gertrude, à Louvain, *Vita sanctæ Beggæ,* Louv. 1631, ouvrage écrit d'après un auteur anonyme fort ancien et reproduit aux *Acta Sanctorum Belgii selecta,* t. V.) — La légende de la vie de la sainte et les principaux miracles qu'elle opéra sont résumés dans une prose latine qui se chantait à Andenne le jour de sa fête. Nous reproduisons cette prose : *annexe* n° XXXVIII.

(2) On sait que non seulement les biographes de sainte Begge, mais même plusieurs historiens, ont prétendu que la dignité ducale avait appartenu à Pepin de Landen et, après lui, à ses filles. Une bulle du pape Clément VIII, de l'an 1599, attribue à sainte Begge le titre de duchesse. Cette appellation est incorrecte, les ducs héréditaires de Brabant et de Lothier datant d'une époque postérieure. Pepin fut qualifié duc, ce qui voulait dire chef d'armée et gouverneur de province, mais en outre il posséda, comme plus tard ses filles, presque tous les territoires désignés sous les noms de Brabant et de Lothier.

(3) Le grand empereur était issu de sainte Begge au quatrième degré La sainte eut un fils, connu dans l'histoire sous le nom de Pepin de

Son père, petit-fils de Charles comte de Hesbaye, remplit
les fonctions de maire du palais sous les rois d'Austrasie :
Clotaire, Dagobert et Sigebert. Sa mère était sœur d'un
évêque de Metz.

On croit généralement que Begge naquit et fut élevée
à Landen, un des séjours favoris de sa famille, comme
l'étaient aussi Jupille et Herstal. Jeune encore, elle épousa
Anségise, fils d'un duc de Moselle qui, après avoir été
également maire du palais, devint évêque de Metz, puis
ermite, et fut canonisé sous le nom de saint Arnulf.

Les nouveaux époux fixèrent leur résidence à Chèvremont, forteresse importante du pays de Liège, située
non loin de la Vesdre; ils agrandirent cette demeure et
la transformèrent, disent les historiens, en un véritable
palais. Tout autour s'étendaient de vastes forêts où le
mari de Begge s'adonnait passionnément à la chasse, délas-
sement ordinaire des guerriers de cette époque, mais
plaisir qui devait exercer sur sa destinée une influence
fatale. Un jour, en effet, le prince trouva, dans un fourré,
un jeune enfant abandonné : n'écoutant que l'impulsion
de son cœur, il recueillit le petit être, l'abrita sous son
manteau et le ramena à Chèvremont. Il le tint avec Begge

Herstal. De celui-ci et d'Alpaïde, sa concubine, naquit un fils naturel,
Charles, auquel la célèbre bataille de Poitiers (732) valut le surnom de
Martel. Ce dernier, par son fils Pepin dit le Bref, fut l'aïeul de Charlemagne. On verra plus loin que la mère de Charlemagne fut enterrée
à Andenne. — La tante paternelle de sainte Begge, Amelberge, fut l'aïeule
de sainte Waudru et de sainte Aldegonde, respectivement fondatrices des
chapitres de Mons et de Maubeuge. Sainte Waudru fut femme de saint
Vincent, comte de Soignies, et mère de plusieurs saints et saintes.

sur les fonts baptismaux, où lui fut donné le nom de Gonduin, puis il mit le comble à ses bontés en faisant élever son filleul au milieu des seigneurs de la cour.

De tels actes, que pouvait seule inspirer la charité chrétienne, ne devaient cependant être payés que de la plus cruelle ingratitude et Begge l'avait du reste douloureusement pressenti lorsque, ayant cédé à la pensée généreuse de son mari, elle dit aux seigneurs de son entourage : « Sachez que cet enfant sera pour la paix du royaume une pierre d'achoppement. »

Ces paroles étaient véritablement prophétiques, car Gonduin, devenu grand, conçut une passion coupable pour Begge en même temps que le dessein de s'emparer de la puissance de son bienfaiteur.

Pour réaliser ses sinistres projets, il profita d'une chasse qu'Anségise faisait dans la forêt et, s'étant placé en embuscade avec quelques complices, il s'élança sur le prince, le frappa par derrière et lui donna le coup de la mort (1).

Avertie que le meurtrier se dirigeait sur Chèvremont, Begge prit la fuite avec son fils, parvint à franchir la Vesdre, grâce à un gué qui lui fut montré par une biche, d'une façon toute providentielle, et se réfugia dans ses domaines de Hesbaye.

Bientôt après, Begge entreprit le voyage de Rome. Le pape Adéodat la reçut avec les marques de la plus grande bienveillance et ne la laissa partir qu'après l'avoir comblée

---

(1) Le corps d'Anségise fut, dans la suite, transporté à Andenne. La mort du malheureux prince fut vengée, plus tard, par son fils, Pepin de Herstal, lequel tua Gonduin de sa propre main.

de bénédictions et chargée de présents. Elle rapporta de
Rome un grand nombre de reliques, entre autres un mor-
ceau de la chaîne de saint Pierre, des fragments d'une
pierre ayant servi au martyre de saint Etienne et une
parcelle de la vraie Croix, que l'on vénère encore
actuellement à Andenne, où elle est conservée dans
un magnifique reliquaire d'argent.

La fondation du chapitre s'accomplit peu après le retour
de Begge dans ses Etats. Pour réaliser un vœu qu'elle avait
fait au tombeau des Apôtres, la pieuse veuve se disposa
à fonder une maison religieuse où elle pourrait se retirer
elle-même et se consacrer entièrement au service de Dieu.
Elle résolut en même temps, du consentement de son fils,
de doter cette fondation au moyen de certains domaines
qu'elle séparerait de ses possessions héréditaires.

Les chroniqueurs rapportent que le choix du lieu présenta
d'abord des difficultés, au point que Begge fut empêchée
à trois reprises d'exécuter son dessein; mais, qu'étant venue
habiter sa villa de Seilles, située sur la rive gauche de la
Meuse, la sainte reconnut à des signes miraculeux l'endroit
choisi par Dieu pour qu'elle y fixât sa retraite et qui n'était
autre que l'emplacement actuel d'Andenne, situé à peu de
distance de Seilles, sur la rive opposée de la rivière.

Ce fut là, en effet, que le gardien d'un troupeau de porcs,
appartenant à Begge, retrouva, entourée de sept petits,
une truie qu'il avait perdue trois jours auparavant et qu'il
entendit une voix du ciel lui dire ces paroles : « C'est ici que
le vœu de Begge pourra s'accomplir par la construction d'un
monastère. » Ce fut là encore que le fils de la sainte, se trouvant à la chasse, découvrit une poule sauvage avec ses petits

sous ses ailes, grâce aux aboiements des chiens qui indiquaient la trouvaille sans y toucher eux-mêmes : « *Vere à
longe nimios dabant latratus, sed nullus matrem cum natis
attingere prævalebat* (1). »

Dès lors Begge fit choix de ce lieu et y établit la fondation
qui s'est perpétuée à travers les siècles.

La sainte fit construire, en l'espace de deux ans, disent
ses biographes, non seulement un monastère, mais aussi
sept chapelles, conformément au vœu qu'elle avait fait et
en souvenir des sept basiliques ou stations de Rome. C'est
de là que vient le nom : Andenne-aux-sept-églises, *ad septem
ecclesias*. Nous parlerons de ces chapelles au chapitre suivant.

Sainte Begge donna à la congrégation d'Andenne la règle
établie à Nivelles, environ quarante ans auparavant, par feu
sa sœur sainte Gertrude (2), adjoignant à son collège de
femmes un certain nombre de prêtres qui devaient le desservir
et au profit desquels furent constitués des bénéfices. Ce fut
aussi à Nivelles qu'elle recruta ses trois premières compagnes et elle y reçut de l'abbesse Agnès quelques présents,
des livres saints et des reliques, entre autres une partie du lit

(1) En vérité, ils faisaient entendre de loin les aboiements les plus forts,
mais aucun ne parvenait à atteindre la mère et ses petits. (J. G. de Ryckel,
ouv. cité, p. 17.)

(2) On a voulu prétendre que sainte Begge était la fondatrice des
Béguines. C'est là une erreur. Cette opinion ne se base sur aucun
témoignage historique. Sainte Begge peut aussi bien être la patronne
des Béguines, sans avoir été leur fondatrice, que sainte Ursule l'est des
Ursulines, dont la fondatrice n'est autre que sainte Angèle de Brescia.
(V. cette observation, plus amplement détaillée, à la p. 17 de la *Vie de
sainte Begge,* par le chanoine Toussaint, ouv. cité.)

dans lequel était morte sainte Gertrude (1). Après avoir mis
la dernière main à la fondation d'Andenne, elle n'y vécut
elle-même que deux ans (2).

La règle primitive à laquelle furent soumises ces maisons
pieuses, notamment celle d'Andenne, ne nous est pas
connue d'une façon bien précise. Cette question a même
le privilège de soulever de sérieuses controverses.

Plusieurs historiens prétendent que les nombreux chapitres de femmes établis dans nos contrées ont été tous,
à l'origine, des monastères de l'ordre de Saint-Benoît,
sécularisés dans la suite, et les principaux écrivains qui se
sont occupés du pays de Namur soutiennent que le chapitre
d'Andenne entre autres subit cette transformation après
l'invasion des Normands et la dispersion des religieuses qui
en fut la conséquence (3). Ces derniers auteurs assignent
donc la fin du IXe ou le commencement du Xe siècle à la
sécularisation du chapitre d'Andenne et ils fixent, en
général, au XIIe siècle l'époque où l'admission y fût

(1) La relique de sainte Gertrude fut placée près de l'autel de sainte
Geneviève, dans l'église du chapitre. Les reliques provenant de Nivelles
n'existent plus aujourd'hui à Andenne.

(2) Sainte Begge fut honorée par les fidèles moins d'un siècle après
sa mort. Elle figure dans le martyrologe romain et sa fête se célèbre
le 17 décembre. La sainte, qui est devenue la patronne d'Andenne, y est
invoquée pour la guérison ou le soulagement de plusieurs infirmités, notamment des hernies, et son culte est en grand honneur dans toute la contrée.

(3) V. particulièrement *le Grand Thédtre sacré du duché de Brabant*,
par Le Roy, La Haye, 1729, t. III, p. 2. — Gérard, *Histoire de la
législation nobiliaire de Belgique*, pp. 75 ss. — Galliot, *Histoire générale
ecclésiastique et civile de la ville et de la province de Namur*, t. IV, p. 179. —
Le P. de Marne, *Histoire du comté de Namur*, édit. Paquot, t. I, p. 61.

réservée exclusivement à des personnes de naissance noble.
Cette dernière assertion est absolument erronée : nous
nous occuperons de ce point au chapitre cinquième.

La cause que l'on prétend assigner à la sécularisation du
chapitre n'a pas une valeur bien sérieuse, à défaut de preuves
historiques. En effet, le monastère de Moustier-sur-Sambre,
fondé vers la même époque que celui d'Andenne, n'eut pas
moins à souffrir que celui-ci des événements du ixe siècle et
il est cependant certain que la règle monastique y était encore
en vigueur longtemps après. Le consciencieux historien
de Moustier, M. l'abbé Barbier, relate que « les religieuses
furent chassées de leur retraite par les Normands qui
brûlèrent les bâtiments et l'église » et il constate, un
peu plus loin, que cette abbaye ne devint un chapitre
noble séculier qu'au milieu du xiiie siècle, changement
opéré par suite d'un relâchement de la discipline intérieure (1).

Deux opinions extrêmes se sont affirmées au sujet du
caractère primitif du chapitre d'Andenne : d'une part,
comme il vient d'être dit, certains auteurs rangent cette
maison au nombre de celles qui ont fait partie, à leur
origine, de l'ordre de Saint-Benoît; d'autre part, les chanoinesses ont soutenu, avec une persistance et une vivacité qui
étonnent, que leur institution n'avait jamais eu, à aucune
époque, qu'un caractère essentiellement séculier. Nous
tenons ces opinions pour erronées, l'une comme l'autre.

____

(1) *Le Chapitre noble de Moustier-sur-Sambre,* par l'abbé Victor
Barbier, ch. I. — Les assertions de l'auteur sur ce point sont conformes
à celles des meilleurs historiens.

La première se base sur des énonciations contenues dans
l'histoire de l'ordre de Saint-Benoît. Il y est dit que sainte
Begge fonda un monastère où on embrassait la vie religieuse
pour toujours : « MONASTERIUM *condidit, ubi religiosam vitam
duceret, virginesque sacras in servitudem divinam* PERPETUA
STABILITATE *firmaret.* (1) » L'ordre des Bénédictins, ajoute-
t-on, était le seul établi dans nos contrées à cette époque,
et ainsi, au moyen d'une conjecture, peut-être même en
donnant un sens trop rigoureux au mot *monasterium*, est-on
arrivé à formuler une affirmation qui ne s'appuie d'ailleurs
sur aucune preuve historique. La même erreur a été naturel-
lement commise à propos de Nivelles et on a voulu déduire
encore cette opinion de ce que sainte Gertrude et ses
compagnes avaient reçu le voile des mains de saint Amand,
mais le grand apôtre de nos provinces n'était pas lui-
même un fils de Saint-Benoît et la circonstance qu'on
invoque reste donc sans valeur (2).

La prétention soutenue par les dames d'Andenne, relativement à l'origine séculière du chapitre, se trouve longuement
rapportée dans une ancienne chronique où, malheureuse-
ment pour cette thèse, les affirmations abondent plus que
les preuves.

(1) Elle fonda un monastère pour y mener la vie religieuse et pour y
maintenir dans une stabilité perpétuelle des vierges consacrées au service
de Dieu. *(Acta SS. Ord. S. Benedicti,* t. II, p. 451, note.)

(2) Nivelles et Andenne sont rangés au nombre des monastères de
Saint-Benoît dans une brochure du R. P. van Caloen, bénédictin de
l'abbaye de Maredsous, ayant pour titre *Belgica Benedictina, sive
elenchus omnium monast. Ord. S. P. Benedicti, utriusque sexus.* Bruges
1881.

Le témoignage historique que les chanoinesses ont voulu invoquer serait qu'à la suite du concile qui fut convoqué à Aix-la-Chapelle par Louis le Débonnaire et tenu, en présence de cet empereur, l'an 816, par conséquent un peu plus d'un siècle après la fondation d'Andenne et soixante-six ans avant la dévastation de son monastère par les Normands, le pape Etienne aurait exprimé le désir de voir les *sanctimoniales* ou religieuses de la Basse-Allemagne *adopter la règle de Saint-Benoît, tout au moins faire le vœu de chasteté*, et aurait chargé les évêques de Liège et de Cambrai *de le leur persuader*. L'auteur de la chronique ajoute que les religieuses « *ne voulurent promettre de faire ni l'un ni l'autre, mais qu'elles mettront à peine de servir Dieu toute leur vie en honneur et chasteté, sans aucune nécessité ou contrainte de vœux* »; puis il affirme encore que le pape et l'empereur leur ont permis de vivre « *en état libre de tout vœu* ». Dès lors, dit-il, les noms de sanctimoniales ou religieuses furent abolis et remplacés par ceux de *chanoinesses séculières*.

Celui qui nous a transmis les citations qu'on vient de lire prétend qu'elles sont extraites d'un vieux registre du *Comptoir spirituel* de Namur. L'absence de source moins discutable ne permet pas d'accorder une valeur sérieuse aux affirmations qui précèdent, si précises et si formelles qu'elles semblent être (1).

Nous croyons que la dénomination exacte qu'il convient d'appliquer aux fondations primitives de Nivelles et

---

(1) *Histoire du chapitre d'Andenne*, manuscrit du xviiie siècle, arch. du chapitre d'Andenne, n° 1, aux arch. de l'Etat, à Namur.

d'Andenne est celle de *chapitres réguliers*. Comme le dit Baronius, dans les *Annales ecclesiastici*, sainte Gertrude et sainte Begge, à l'exemple de saint Bavon, se sont attachées à une vie plus pure et vécurent religieusement. Il est même certain que les pieuses fondatrices imposèrent à leurs premières compagnes une règle formelle prescrivant des obligations plus positives et plus strictes que la simple pratique des conseils évangéliques. Cette situation fut consacrée par le concile d'Aix-la-Chapelle, dont la portée à cet égard a été dénaturée par l'auteur de la chronique qui vient d'être citée. La mémorable assemblée, à laquelle prirent part trois cent soixante-trois évêques et abbés, promulgua un règlement en cent quarante-six articles, lequel fut confirmé par un capitulaire impérial en date de l'an 817 et étendu à tout l'empire franc. Ce règlement contient vingt-huit canons relatifs à la vie des chanoinesses. On y voit que celles-ci portaient déjà à cette époque le nom de *canonicæ* et qu'elles se distinguaient des *sanctimoniales* ou religieuses strictement dites, par leurs vêtements, par un genre de vie beaucoup moins austère et par l'absence du vœu de pauvreté. Elles étaient soumises alors aux vœux de chasteté et de stabilité (1).

Nous bornant donc à constater ce qui est acquis à l'histoire, sans risquer de nous égarer dans le domaine des suppositions, nous pouvons affirmer qu'ANDENNE REÇUT LA RÈGLE DE NIVELLES, LAQUELLE ÉTAIT DISTINCTE DE CELLE

---

(1) *Les Chapitres séculiers en Belgique*, par le chanoine P. Claessens, aux *Précis historiques*, année 1884, p. 9.

DE SAINT-BENOÎT, MAIS IMPOSAIT LE VŒU DE CHASTETÉ.
Telle est l'opinion des savants Bollandistes dont l'autorité
en semblable matière ne peut être contestée.

Après avoir cité ce passage de Molanus : « *Canonicæ
Nivellenses et Andenses asserunt, quod et claris documentis
dicunt se probare posse, ex institutione fondatricum suarum
Gertrudis et Beggæ, canonicæ esse institutionis, et ab initio
laxam habuisse regulam, distinctam à S. Benedicti et qua-
cumque alia monasticæ professionis regula* (1), le P. Cor-
nélius Smet résume plus loin son opinion personnelle. Il
commence le § 2 de sa *Disquisitio historica de primis cænobii
Nivellensis institutis* en ces termes : « *Satis a me probatum
existimo, in monasterio Nivellensi convixisse a principio
virgines Deo castitatis professione consecratas, sub regula
seu religionis normâ sanctimoniales, non stricte Benedictinas,
sed canonicas potius, saltem si ab exterioribus misericordiæ
operibus Canonicas a monachabus secernamus* (2). » Et ailleurs, *In commentario de sancta Begga*, le même écrivain
dit : « *Non ambigo asserere, eam ipsam regulam inductam*

---

(1) Les chanoinesses de Nivelles et d'Andenne affirment, — ce que
d'ailleurs elles disent pouvoir prouver par des pièces claires, — qu'en
vertu des dispositions de leurs fondatrices Gertrude et Begge, elles
sont d'institution canoniale et que, dès l'origine, elles ont eu une règle
large, distincte de celle de Saint-Benoît et de toute autre règle monastique. (*Acta Sanctorum Belgii selecta*, lib. I, *De canonicis*, t. III, p. 173.) —
Molanus (Jean Vermeulen), cité ici, est un des meilleurs et des plus
féconds théologiens du XVIᵉ siècle.

(2) Je crois avoir suffisamment montré que, dès l'origine, des vierges
consacrées à Dieu par la pratique de la charité vécurent en commun au
monastère de Nivelles, qu'elles étaient soumises à l'observance de la

*in monasterium Andanense, quæ tunc Nivellis vigebat,
testemque adduco omni exceptione majorem, biographum
S. Gertrudis, coævum, quique Andanæ videtur fuisse haud
ita dudum defunctâ S. Beggâ* (1). »

La question qui reste douteuse est celle de savoir à quelle
époque les dames d'Andenne, cessant d'être liées par le
vœu de chasteté, devinrent *chanoinesses séculières*. Il est
certain que ce fait était déjà accompli au XIIe siècle, comme
en témoignent les actes authentiques que nous reproduisons
plus loin, notamment le bref de 1107, mais il est impossible
de fixer bien exactement la date de cette transformation et
d'en assigner la cause d'une façon indubitable. Néanmoins,
le chapitre conserva toujours certains vestiges de la règle
primitive, laquelle ne fut donc sensiblement modifiée que
par l'abolition du vœu de virginité et, comme le dit
Gramaye, parlant sur ce sujet, « *virginum erat olim vita
regularis et sola voti professione a monasterio ordine dis-
tincta* (2). » Toutefois, la dame abbesse ou prévôte, qui

vie religieuse, non précisément comme Bénédictines, mais plutôt comme
chanoinesses, du moins si c'est par les œuvres extérieures de miséricorde
que nous distinguons les chanoinesses des religieuses cloîtrées. (*De canonicis*, t. III, p. 187.)

(1) Je n'hésite pas à affirmer que la règle introduite au monastère
d'Andenne est celle-là même qui était alors en vigueur à Nivelles. J'en
produis comme témoin irrécusable l'auteur de la vie de sainte Gertrude,
son contemporain, qui semble avoir été à Andenne assez peu de temps
après la mort de sainte Begge. (Ibid. t. V, p. 103.) — Le commentaire du
P. Smet précède la *Vie de sainte Begge* par l'abbé de Ryckel, citée plus
haut et rapportée également dans l'œuvre des Bollandistes.

(2) La vie des vierges était autrefois régulière et se distinguait de la vie

était nommée à vie, contractait, par ce motif, l'obligation de garder le célibat et il paraît que cette dignitaire
du chapitre fut même astreinte, jusqu'à une certaine
époque, à prononcer le vœu de chasteté au moment
où elle prenait possession de sa charge. Quant aux autres
chanoinesses, elles ne pouvaient renoncer à leurs prébendes
que pour entrer dans un ordre religieux ou bien pour se
marier, étant soumises, dans ce cas, à la condition expresse
d'épouser un gentilhomme (1).

**§ II. — Les vicissitudes du chapitre : invasions et attaques
étrangères; atteintes portées à son indépendance; interven-
tions des empereurs et des papes. — Les comtes de Namur
avoués d'Andenne : le serment qu'ils prêtaient en cette
qualité; leur attitude vis-à-vis du chapitre. — La suppression
du chapitre.**

Les vicissitudes que le chapitre eut à traverser, notam-
ment du VIIIe au XIIe siècle, menacèrent plusieurs fois son
existence.

monastique par la seule profession du vœu. (*Antiquitates comitatus
Namurcencis,* Louv. 1608, p. 39 v°.)

(1) *Les Chanoinesses séculières de l'ancienne Belgique,* par le chanoine
P. Claessens, aux *Précis historiques,* année 1881, pp. 525 ss. — On voit,
cependant, l'un ou l'autre exemple de chanoinesses qui ont renoncé au
bénéfice de leurs prébendes pour cause d'infirmités et à condition d'être
remplacées par de proches parentes, mais ces cas exceptionnels ont dû
être autorisés et les anciennes titulaires ont continué de vivre au chapitre
jusqu'à leur mort.

Les historiens que nous avons déjà cités rapportent d'abord que les Normands, après avoir ravagé tout le pays, commirent à Andenne les plus grands excès, pillèrent et brûlèrent l'église et les bâtiments du chapitre, en l'an 883.

Peu après, de nouveaux désordres y furent commis, cette fois de la part des Liégeois.

Au XIe siècle, sans qu'il soit possible de mieux préciser la date à cause du peu de concordance que présentent les différentes chroniques, un comte de Duras, suivant certains auteurs, ou Baudouin, fils d'un comte de Hainaut, selon d'autres, vint brûler de nouveau Andenne et y commettre de tels excès que les dames ne trouvèrent leur salut que dans la fuite. Elles se refugièrent à Sassey et à Mont, domaine de sainte Begge situé dans le Clermontais (1), où leur exil paraît s'être prolongé au moins l'espace d'un demi-siècle.

L'abandon d'Andenne par les chanoinesses avait été cause qu'un comte de Namur (2), malgré sa qualité d'avoué du chapitre, d'où s'imposaient pour lui des devoirs de défense et de protection, se permit au contraire d'accaparer les biens de cette fondation et de les donner en apanage à ses chevaliers, en récompense de services rendus à la guerre. Les domaines ainsi soustraits furent restitués dans toute leur intégrité aux chanoinesses, par le comte Albert III (3), au fur et à mesure

(1) Le Clermontais était un comté du pays de Verdun.

(2) Il est probable que ce fut Albert II, lequel régna de 1018 à 1037, bien que l'histoire se borne à dire que ces exactions furent commises par *un prédécesseur* d'Albert III. Il n'est donc pas absolument impossible non plus qu'il s'agisse de Robert II, frère aîné d'Albert II.

(3) Ce prince succéda à Albert II en 1037, mais n'atteignit l'âge de régner qu'en 1044. Il mourut en 1106.

que ce prince put indemniser, par voie d'échange, ceux de ses vassaux qui en avaient été gratifiés.

Les empereurs, qui ne cessèrent d'accorder au chapitre d'Andenne leur généreuse et toute-puissante protection, la manifestèrent particulièrement dans les circonstances que nous venons de rappeler. S'il est de tradition que dans leur munificence ils avaient jadis restauré une partie des bâtiments incendiés par les Normands, il est aussi certain qu'à la fin du XIᵉ siècle ils rebâtirent l'église d'Andenne, afin de mettre un terme à l'émigration des chanoinesses. Ce fut encore Henri IV, empereur, qui donna une charte, datée de l'an 1101 (1), aux termes de laquelle il consacrait la restitution de biens opérée en faveur du chapitre par le comte de Namur.

Au commencement du XIIᵉ siècle le chapitre fut inquiété dans la paisible possession de ses biens du Clermontais. Vaultier, châtelain de Dun et sous-avoué du chapitre, s'empara des domaines situés aux environs de Sassey, mais il fut traduit devant la cour féodale des pairs de l'église de Liège (2), présidée par l'évêque Obert, et condamné à restituer le territoire qu'il avait usurpé.

---

(1) *Annexe* nº I. — Henri IV prend dans cette charte, comme empereur, le nom de Henri III. (V. la note qui accompagne ce document.)

(2) Jeantin, dans l'*Histoire de Montmédy et des localités meusiennes de l'ancien comté de Chiny* (t. III, art. Sassey), indique comme suit la composition de cette cour : Thierry, duc de Metz et de la Haute-Lorraine Godefroid Iᵉʳ de Louvain, dit le Barbu, duc de la Basse-Lorraine; Albert III, comte de Namur; Gérard II, comte de Vaudémont; Sigebert ou Frédéric, comte de Vianden; Henri, comte de Durbuy; Arnoult, comte de Chiny; Conon, comte de Montaigu. — Vaultier était accompagné

Un demi-siècle plus tard, en 1151, le comte de Namur Henri Ier, dit l'Aveugle, étant en guerre avec l'évêque de Liège, Henri de Leyen, les troupes liégeoises remportèrent devant Andenne une victoire éclatante, fatale également pour le chapitre de cette ville. Un de nos grands historiens rapporte cet épisode dans les termes suivants : « Les Liégeois, enivrés du succès, abusèrent cruellement de la victoire. Après avoir ruiné le pont de pierre, qui se trouvait sur la Meuse en face d'Andenne (1), ils se jettèrent sur le bourg qu'ils pillèrent et livrèrent aux flammes; ni l'église ni le monastère ne furent épargnés; les religieuses elles-mêmes furent victimes de ces barbares excès (2). » Les dames, dit le P. Fisen, furent poursuivies jusque dans la chapelle de Saint-Etienne et la chronique de Gilles d'Orval ajoute qu'elles y furent dépouillées avec la dernière insolence. L'évêque de Liège fit amende honorable pour des exactions qu'il avait été impuissant à empêcher, ainsi que le dit la chronique d'Andenne, et la citation qui précède ajoute « qu'il fit rebâtir l'église à ses frais et renonça, pour lui et ses archidiacres, au droit d'être défrayés par le

---

d'Albert de Briey, de Jean de Thionville, son frère, d'Adelo, avoué de Chauvancy, et Frédéric de Dun, avoué de Toul. — Les dames d'Andenne étaient représentées par les deux frères Godefroid de Namur, par Boson, comte de Clermont, et par Ancelin de Richemont. — Le corps de sainte Begge fut apporté à ces plaids.

(1) On peut voir encore, dans le lit du fleuve, devant Andenelle (rive droite) et devant Reppe (rive gauche), des vestiges de ce pont. (Note de l'auteur.)

(2) *Cours d'histoire nationale,* par l'abbé A. J. Namêche. IIe partie, t. III, p. 263.

monastère chaque fois qu'ils s'arrêtaient à Andenne, droit dont ils avaient joui jusque-là ».

La stabilité et la sécurité du chapitre d'Andenne parurent assurées d'une façon toute particulière lorsque, en 1195, le pape Célestin III lui accorda une bulle aux termes de laquelle il le prenait sous sa haute protection (1). En souvenir de cet acte, on observait à Andenne une cérémonie spéciale aux fêtes de Pâques, de la Pentecôte et de la Dédicace de l'église : au retour de la procession, qui précédait toujours la grand'messe, le prêtre célébrant se plaçait au milieu de l'église avec le diacre et le sous-diacre; on donnait à chacun d'eux un cierge allumé, puis le célébrant disait à haute voix : « Nous tenons pour excommuniés tous ceux et celles qui contreviendront aux biens, cens, rentes et dîmes de l'église », ensuite de quoi ils jetaient tous les trois leurs cierges allumés sur le pavé de l'église (2).

Ce fut toujours chez les pontifes romains que le chapitre trouva son plus ferme appui et il dut souvent recourir à eux, depuis l'époque de Célestin III, afin d'être protégé contre des empiètements ou des violences. Ainsi, voyons-nous déjà l'intervention de Honorius III, en 1219, et celle de Grégoire IX, en 1238. Grégoire X, en 1273 (3), chargea le doyen de Saint-Denis à Liège de défendre les intérêts

---

(1) *Annexe* n° III.

(2) *Histoire du chapitre d'Andenne*, manuscrit du XVIIIe siècle, arch. du chapitre d'Andenne, n° I, aux arch. de l'Etat, à Namur.

(3) Les bulles que nous indiquons ici se trouvent au chartrier d'Andenne, aux archives de l'Etat, à Namur.

du chapitre. Par bulle donnée à Viterbe le 9 mars 1277, le pape Jean XXI ordonna à son tour, au doyen de Châtelet, de frapper des censures ecclésiastiques ceux qui se permettraient d'injurier les dames dans leur église et, en outre, il lui dit de veiller au maintien des indults que la communauté d'Andenne avait obtenus du Saint-Siège. Nicolas III, successeur du pape précédent, enjoignit au chapitre de Liège, le 22 avril 1279, de protéger les dames d'Andenne et leurs biens. En 1288, le pape Nicolas IV défendit aux laïcs et aux ecclésiastiques d'envahir les biens du chapitre et de le troubler dans la possession de ses bestiaux. Plus tard, on voit encore le pape Paul V, par bulle du 21 février 1606, ratifier tous les privilèges, indults, grâces, concessions et pouvoirs accordés à l'église d'Andenne par Benoît III, Grégoire IX, Honoré III, Innocent IV, Célestin III et autres papes ses prédécesseurs, et confirmer les usages et coutumes du chapitre.

Les comtes de Namur étaient avoués d'Andenne, charge dont les empereurs les avaient investis (1). On sait que les avoueries avaient été créées dans le but de donner aux chapitres et aux abbayes des défenseurs permanents. Les comtes de Namur étaient spécialement obligés de prêter main-forte aux dames d'Andenne, en toute occasion, non seulement contre les ennemis du dehors, mais aussi contre les empiètements des sujets du comté. En retour, dit la charte de 1101 que nous avons citée plus haut, le

(1) La charte de 1101 dit : « *Nullus esset advocatus nisi ille tantum qui eam (advocatiam) specialiter de manu imperatoris teneret.* » (V. encore, sur cette question, E. Poullet, *Histoire politique nationale,* 2ᵉ édit., t. I, p. 173.)

comte avait droit au tiers des amendes pécuniaires décrétées dans les plaids généraux, sous la réserve formelle qu'il ne pouvait les percevoir selon sa volonté, mais en se conformant à cet égard aux dispositions prises par les officiers et échevins de l'église d'Andenne. On ignore l'époque où l'avouerie d'Andenne fut constituée, mais ce fut antérieurement au XIIᵉ siècle, puisque l'empereur déclara *rétablir* Albert III dans la qualité d'avoué : « *advocatiam villæ... comiti Alberto reddidi* » porte en termes exprès la charte de 1101. Toutefois, Albert III paraît être le premier qui ait prêté le serment auquel furent toujours astreints depuis lors les souverains du comté de Namur au moment de leur inauguration à Andenne.

La formule du serment était la suivante :

« L. N. jure que je warderai à mon pouvoir l'église Madame Sainte Begge à Andenne, toutes les personnes et leurs biens, leurs franchises et droitures, et les tanserai de force et de violence à mon léal pouvoir, et ce je jure sur le précieux Corps de Notre Seigneur Jésus-Christ et le Corps Saint ici présent de Madame Sainte Begge, devant dicte. Amen.

» Item je jure que celui même serment ferai jurer par le grand bailli de ma conté de Namur, le bailli de Wasseige et le prévôt de Poilvache (1). »

Leur qualité d'avoué d'Andenne n'empêcha pas les comtes

---

(1) *Histoire et administration du chapitre d'Andenne,* n° 414, aux archives de l'Etat, à Namur. — Le serment précité fut prêté par les souverains de Namur des différentes races. On trouve des lettres patentes, datées de Lille le 6 août 1429, par lesquelles Philippe le Bon, duc de Bourgogne, délégua pour la prestation dudit serment Hue Lorfèvre, conseiller et receveur général du comté de Namur.

de Namur de porter parfois le trouble et l'inquiétude au
sein du chapitre. Hâtons-nous cependant de reconnaître
que ces princes, rappelés à leur devoir par les papes ou
les empereurs, ne persévérèrent jamais longtemps dans
la voie coupable où les circonstances les avaient entraînés,
mais que le plus souvent, après avoir fait amende honorable,
ils donnèrent au chapitre pleine et entière satisfaction. Nous
avons déjà dit comment Albert III répara les actes d'un de
ses prédécesseurs. Un siècle plus tard, Philippe le Noble,
qui était intervenu en 1207 pour reconnaître certains
privilèges du chapitre, ainsi que nous le verrons ailleurs
à propos de la collation des prébendes, osa cependant
porter atteinte aux libertés et franchises d'Andenne et
y laissa commettre des exactions; mais, peu de temps
après, il reconnut ses torts en donnant une nouvelle
charte, datée du mois d'octobre 1212. Cette charte fut
confirmée à la fin de la même année, après la mort du
comte, par Hugues de Pierpont, évêque de Liège, puis
par le pape Grégoire IX (1).

Au xive siècle, les gens du comte de Namur se ren-
dirent coupables de plusieurs actes gravement attentatoires
à l'indépendance du chapitre, mais ces abus d'autorité
furent promptement et solennellement réprimés. Ce fut
d'abord Jean de Maisnil, bailli d'Entre-Meuse-et-Arche,
qui, à deux reprises, s'immisça dans les affaires du chapitre :
il mit à l'amende une femme d'Andenne convaincue de
s'être livrée à l'usure; du chef d'un autre délit, il fit
arrêter sur les terres du chapitre un clerc d'Andenne

(1) *Annexes* n⁰ˢ V, VI et VII.

l'enleva hors du territoire et l'emprisonna. Jean de Maisnil fut, de ce chef, frappé d'excommunication par l'official de Liège, en 1311.

Mais un incident d'une plus haute gravité se produisit quelques années plus tard. Un autre bailli du comte de Namur, Libert de Natoye, fit pendre un voleur qui était de la juridiction d'Andenne. Au mois de septembre 1340, le bailli fit irruption à Andenne avec une troupe de soldats du comte. Les chanoinesses, revêtues de leur habit de chœur, se présentèrent à lui, devant l'église, demandant ce qu'il venait faire. Libert répondit qu'il ne venait léser aucun droit, mais que le mayeur et les échevins étant les hommes du comte et lui refusant l'obéissance, il voulait les y contraindre par la force et qu'il leur enlèverait leurs meubles. Les dames protestèrent contre l'abus de pouvoir, sommèrent le bailli de préciser les faits dont il avait à se plaindre et promirent de faire justice. Sans rien écouter, mais poursuivant son œuvre, Libert de Natoye se dirigea vers la maison d'un échevin nommé Gilles Morin, en enfonça la porte, saisit les meubles et voulut les emporter sur un chariot. Les chanoinesses, poussant le cri de détresse : *hahai! hahai!* firent ressaisir les meubles dont le bailli s'était emparé et prirent les assistants à témoin de la violence qui leur était faite. Le bailli s'introduisit ensuite dans la maison d'un forestier nommé Jacques, en interdit l'entrée aux dames et y réunit les manants auxquels il défendit, avec force menaces, de déposer dans le procès que le chapitre allait sans doute lui intenter. Enfin, il pénétra à main armée dans la prison, dont il dut également enfoncer la porte, repoussa si violemment la résistance qu'on lui faisait qu'il y eut effusion de sang,

s'empara du voleur et le fit pendre hors de la juridiction
d'Andenne. Le chapitre protesta immédiatement dans un
acte notarié qui relate les incidents dont nous parlons (1)
et tel fut le trouble qui régna alors à Andenne que,
le 3 octobre suivant, les chanoinesses se plaignirent de
l'impossibilité dans laquelle on se trouvait de tenir le plaid
général de la Saint-Remy.

Les doléances du chapitre furent portées en cour de
Rome. Le 28 novembre 1341, le pape Benoît XII donna
un bref (2) en exécution duquel le chapitre de Liège lança
une sentence d'excommunication majeure contre le bailli
Libert de Natoye, en 1342.

Un acte solennel de réparation eut lieu le 13 mars 1344.
Nicolas d'Espinois, souverain bailli de Namur, Jean de
Bouvigne, prévôt de Saint-Aubain, Libert de Natoye et
autres vinrent à Andenne ce jour-là de la part du comte. Ils
remirent dans les prisons d'Andenne un sac de foin, à la place
du voleur qui avait été enlevé, et le bailli dit : « Nous ressai-
sissons et restituons la prévôte, la doyenne et le chapitre
d'Andenne et leur justice d'Andenne de ce sac au lieu et au
nom du larron duquel nous les avons dessaisi. » Les gens
du comte se retirèrent. Les mayeur et échevins, réunis au
perron, ordonnèrent à leur forestier d'amener le sac devant
eux et ils le jugèrent comme ils auraient jugé la personne
même du voleur. Ils appelèrent alors le comte, en sa qualité
d'avoué, ou quelqu'un à sa place, pour assister à l'exécution

---

(1) Original sur parchemin aux archives de l'Etat, à Namur, chartrier
d'Andenne.

(2) *Annexe* n° VIII.

et les défendre contre les violences qu'ils pourraient avoir
à supporter du chef de la condamnation qu'ils venaient
de prononcer. Libert de Natoye se présenta et répondit,
sur interpellation, qu'il était prêt à ce faire. On se dirigea
vers la potence d'Andenne, on pendit le sac et, au nom
du chapitre, la chanoinesse Ivette de Loverval se déclara
satisfaite (1).

Si, dans la suite, le chapitre eut encore à subir les
conséquences fâcheuses d'événements politiques qui trou-
blèrent le pays, notamment au xve et au xviie siècle, il serait
toutefois inexact de dire qu'il fut alors en butte à des
hostilités dirigées contre lui d'une façon particulière. En
1430, par exemple, toute la contrée se trouva à la merci des
Liégeois et des Hutois; le château de Beaufort, entre Huy
et Andenne, fut brûlé et rasé; Samson, aux portes d'Andenne, fut également investi et il n'est pas étonnant que le
chapitre eut à souffrir de cette situation. Un document de
l'époque (2), lequel relate d'ailleurs d'une façon exagérée

(1) Acte notarié contenant la relation de cette cérémonie, original
aux archives de l'Etat, à Namur, chartrier d'Andenne. — Nous ignorons
en quelle qualité Ivette de Loverval eut spécialement à intervenir en cette
circonstance. Une dame de cette famille, Marie de Loverval, était alors
doyenne et différents actes parlent si clairement de l'une et de l'autre
qu'il ne nous semble pas qu'il puisse y avoir confusion. D'ailleurs, ce fut
encore une simple chanoinesse, mais probablement une aînée, Hellewis
d'Erpent, qui protesta à la tête du chapitre contre les actes posés par
Libert de Natoye. Cette dame fut prévôte peu d'années après; mais, à
cette époque, le chapitre se trouvait sous la direction d'une demoiselle
de Senzeilles.

(2) Voir, au chapitre IV, la relation de l'élection abbatiale de 1431.

les pertes qu'Andenne éprouva, puisqu'il parle à tort de la
destruction de l'église, nous apprend que les dames furent
obligées de se réfugier momentanément à Namur. L'histoire
nous a légué le souvenir de l'incendie allumé à Andenne,
en 1467, par les Liégeois, alors en guerre avec le duc de
Bourgogne, souverain du comté de Namur, mais les bâtiments du chapitre furent relativement épargnés en cette
circonstance. Néanmoins, amende honorable solennelle fut
faite aux dames, du chef des dégâts causés dans leur ville
et du trouble qu'elles avaient éprouvé.

Dans ces circonstances, comme dans d'autres qui se
produisirent aux siècles suivants, les souverains de Namur
furent fidèles à leur rôle d'avoués du chapitre. Ils
défendirent aussi continuellement les privilèges de cette
institution contre les prétentions des agents fiscaux du
comté.

Le chapitre d'Andenne fut en réalité florissant depuis le
XIIIᵉ siècle, mais surtout depuis le XIVᵉ jusqu'à la fin du
XVIIIᵉ. Il est à remarquer notamment que la paix intérieure y
fut rarement troublée et que les filles de Sainte-Begge, par la
régularité de leur vie et par une large pratique de la charité,
honorèrent le plus souvent la mémoire de leur glorieuse
fondatrice. Cependant, au XVᵉ siècle, une ombre passagère
vint assombrir cette situation : la discipline se relâcha et une
doyenne, soutenue par quelques dames, fit une oppositon
assez persistante à la prévôte qui ralliait à son parti d'autres
chanoinesses et presque tous les chanoines. Les questions
qui paraissaient diviser le chapitre furent tranchées en vertu
d'une sentence arbitrale rendue, le 8 février 1423, par Jean
de Heinsberg, évêque de Liège, et Jean de Flandre, comte

de Namur (1). Cet acte n'eut cependant pas pour résultat d'apaiser de suite tous les dissentiments, car quelques années plus tard, en 1431, le même antagonisme se manifesta de la façon la plus vive entre les deux partis, à l'occasion d'une élection de prévôte dont nous parlerons au chapitre quatrième. Peu de temps après, la concorde se rétablit et, dès avant la fin du même siècle, sous la sage direction de la prévôte de Mares, qui gouverna la maison de Sainte-Begge pendant plus de quarante ans, celle-ci avait recouvré son prestige et son bien-être.

La suppression du chapitre s'opéra, en quelque sorte, en deux fois : Joseph II frappa de déchéance cette institution; la révolution française la fit disparaître.

En 1785, l'empereur ordonna la suppression des trente-deux bénéfices que le chapitre conférait à des prêtres attachés à son service et il résolut aussi de réduire de quinze le nombre des prébendes. Les chanoinesses et les chanoines titulaires furent cependant autorisés à rester en fonctions leur vie durant. Le 29 août de la même année,

---

(1) A cet acte comparurent comme témoins : Jean de Dongelberghe, chevalier, seigneur de Longchamps; Jean, seigneur de Marbais; Bertrand delle Boverie; Philippe, bâtard de Namur, écuyer; Henri de Soumagne (un Senzeilles), seigneur de Halledas; Me Gilles du Sart, chanoine de Saint-Denis, à Liège; Me Léon de Baest, chanoine de Notre-Dame, à Huy.

La copie de cette sentence se trouve dans un manuscrit du XVIe siècle, sur parchemin, sans titre, joint au registre aux réceptions du chapitre d'Andenne (1526-1660), que nous mentionnons au chapitre sixième. Il manque plusieurs feuillets à ce document, de sorte qu'il ne nous apprend pas exactement quelles étaient les questions en litige, mais on y constate que les mœurs s'étaient relâchées à Andenne.

le souverain fit connaître qu'il réunissait les chapitres
d'Andenne et de Moustier-sur-Sambre et qu'il les transférait
à Namur dans les anciens couvents des Croisiers et des
Carmélites déchaussées; il déclara en même temps que
les biens et revenus des deux chapitres seraient confondus,
soumis à une même régie et employés à l'usage commun,
sans aucune distinction en faveur des dames d'Andenne
qui apportaient cependant à la nouvelle association la
part principale des revenus (1).

En prenant les mesures dont nous venons de parler,
Joseph II était sans doute entraîné une fois de plus
par son malheureux penchant de réglementer et de
désorganiser tout ce qui était du domaine ecclésiastique,
ce qui lui valut de la part du grand Frédéric de Prusse
le surnom de *sacristain,* mais il n'est pas douteux non
plus que, dans cette circonstance particulière, il céda à
de véritables intrigues. En effet, le chapitre de Moustier,
moins riche et moins nombreux que celui d'Andenne, avait
intérêt à se fusionner avec celui-ci et il paraît que des
conseillers de l'empereur, proches parents de chanoinesses
de Moustier, jouèrent un rôle actif pour déterminer ce prince
à prendre une résolution favorable à Moustier sous certains
rapports, mais absolument fatale pour Andenne. Des membres de l'Etat noble de Namur, guidés par des intérêts de
famille, intervinrent à leur tour dans la question et parvinrent, pour ce motif, à neutraliser l'opposition de quelques
chanoinesses d'Andenne.

Peu de mois après, le 22 avril 1786, les archiducs

(1) *Annexe* n° XXVIII.

gouverneurs généraux des Pays-Bas édictaient, au nom de l'empereur, un règlement qui bouleversait de fond en comble les usages, la discipline, tous les statuts du chapitre (1); dans l'entre temps avaient paru les ordonnances relatives au dénombrement des biens et les dames d'Andenne ne tardaient pas à être informées qu'elles devraient s'installer à Namur dans les premiers mois de l'année 1787. Alors le chapitre, qui avait déjà fait des tentatives pour ramener l'empereur à d'autres sentiments, lui adressa enfin de vives et solennelles protestations, revendiquant ses droits à l'autonomie et à l'indépendance, rappelant le respect qui était dû à des règles et à des privilèges sanctionnés, au long cours des siècles, tant par l'autorité spirituelle que par l'autorité temporelle.

En même temps, il se fit au sein des populations groupées autour du chapitre, vivant de ses ressources et de ses bienfaits, une sorte de soulèvement contre l'exécution des décrets impériaux. Plus de sept mille personnes réclamèrent le maintien du chapitre, déclarant que son déplacement serait cause de la ruine de toute la contrée, qu'il enlèverait inévitablement le pain à un nombre incalculable de familles (2). Ces protestations des habitants d'Andenne et des communes limitrophes se renouvelèrent dans la suite, pour ainsi dire d'année en année, après que le transfert du chapitre à Namur fut devenu un fait accompli.

Par requête adressée à l'empereur, sous la date du

(1) *Annexe* n° XXIX.

(2) Archives générales de l'État, conseil privé, carton n° 1357, chapitre d'Andenne.

12 décembre 1786, le chapitre fit un suprême effort pour
échapper au désastre dont il était menacé. Cet acte porte
les signatures de dix-neuf chanoinesses, sur vingt-huit titulaires dont vingt-six résidantes, et des trois chanoines qui
se trouvaient à Andenne à cette époque.

Les réclamations du chapitre ne furent pas plus efficaces
que les plaintes des populations : la volonté de l'empereur
s'exécuta dans ses moindres détails et la réunion des
chapitres, sous le nom de chapitre de Saint-Pierre et de
Sainte-Begge, s'opéra de la façon dont elle avait été
réglée. La première séance capitulaire des chapitres réunis
d'Andenne et de Moustier fut tenue à Namur le 4 mai 1787.

Le 24 juin, les dames d'Andenne adressèrent aux Etats
de la province une réclamation contre le nouvel ordre de
choses, mais elles furent éconduites par un décret souverain du 13 juillet suivant, malgré l'avis favorable qu'elles
avaient obtenu à Namur. En même temps les carmélites
protestaient contre l'acte qui les avait dépossédées de leur
couvent, sur le terrain duquel on élevait les constructions
du chapitre.

La nouvelle installation occasionna des dépenses considérables et, le 1er septembre de cette même année 1787,
l'empereur, par lettres patentes, autorisa le chapitre de
Namur à emprunter une somme de 40,000 florins pour
achever l'appropriation des bâtiments. Vingt et une chanoinesses et trois chanoines d'Andenne élevèrent à ce moment
de nouvelles protestations.

En 1790, les anciens membres du chapitre d'Andenne
crurent entrevoir une situation moins défavorable. La révolution brabançonne de 1789 avait eu son retentissement

3

dans tout le pays et le 7 janvier 1790, après le départ des Autrichiens, les trois Etats de la province avaient prêté solennellement au peuple le serment de maintenir l'ancienne constitution de la province.

Dès le 12 février 1790, des avocats (1) rédigèrent un mémoire pour prouver que la fusion des chapitres était un acte nul, portant l'atteinte la plus grave aux droits de celui d'Andenne. Toutefois, ces jurisconsultes concluaient à ce que le chapitre d'Andenne ne cherchât à obtenir le retour à l'ancien ordre de choses qu'avec le concours bienveillant du gouvernement.

Le 20 février de la même année Joseph II mourait et la situation troublée du pays ne permettait pas à son successeur, l'empereur Léopold II, de prendre immédiatement possession des provinces belges.

En novembre 1790, au moment où le nouvel empereur allait triompher de l'opposition des provinces belges, le gouvernement des Pays-Bas déclara, au nom de l'empereur défunt, que toutes les infractions qui pouvaient avoir été commises contre les constitutions des provinces seraient immédiatement redressées et que tout serait remis sur l'ancien pied. Aussitôt quinze chanoinesses et deux chanoines d'Andenne reprirent, de leur autorité privée, possession de leur ancien chapitre. C'étaient les chanoines Bouverie et Comenne et les dames de Berlaymont de la Chapelle et de Ghistelles, dames aînées, de Berlaymont, de Bentinck de Wolfrathe, de Clauwez-Briant sœurs, de Cobenzl,

---

(1) Ces avocats étaient MM. Bara, Boucquéau, Dondenlberg, Dotrenge et Vonck.

de Franckenberg, de Hoen de Liebeeck, de Loen sœurs, d'Olmen de Poederlé, de Quarré, de Thiribu et de Woestenraedt.

Les chanoinesses restées à Namur protestèrent, s'adressant aux députés des Etats, lesquels assistèrent à une réunion capitulaire tenue par ces dames. Les députés ne s'inspirèrent pas des sympathies que les dames d'Andenne avaient trouvées au sein des Etats trois ans auparavant : ils furent d'avis qu'il fallait poursuivre les chanoinesses qui s'étaient retirées dans leur ancienne ville. Le conseil provincial, de son côté, interdit de leur rien payer et ordonna de verser tous les revenus du chapitre dans la caisse de la maison de Namur.

Dans l'entretemps l'empereur Léopold, animé d'intentions pacifiques, avait pris possession de la Belgique, mais ce fait ne modifia guère la situation : le séjour d'Andenne fut simplement toléré pour les dames qui s'y étaient retirées. Un moment, le souverain conçut le projet d'accorder aux désirs de ces dames une plus large satisfaction, en établissant un prieuré à Andenne, mais cette idée fut bientôt abandonnée.

Pour la dernière fois, le 8 octobre 1793, sous le règne de François II, les chanoinesses résidantes à Andenne demandèrent, par l'organe de leurs aînées, Mesdames de Berlaymont et de Ghistelles, la restauration de leur chapitre, s'adressant en même temps, à cette fin, au souverain et aux Etats de la province. Cette démarche suprême resta, comme toutes les autres, sans résultat.

Nous passons sous silence les différentes suppliques dont le Souverain Pontife fut l'objet, de la part du chapitre d'Andenne, pendant l'espace d'environ six années. Le Pape, à cette époque, n'était pas en situation d'intervenir d'une façon efficace.

En septembre 1796, les lois de la république française firent disparaître à jamais une institution à laquelle se rattachaient de grands souvenirs et qui avait rendu à la société des services incontestables.

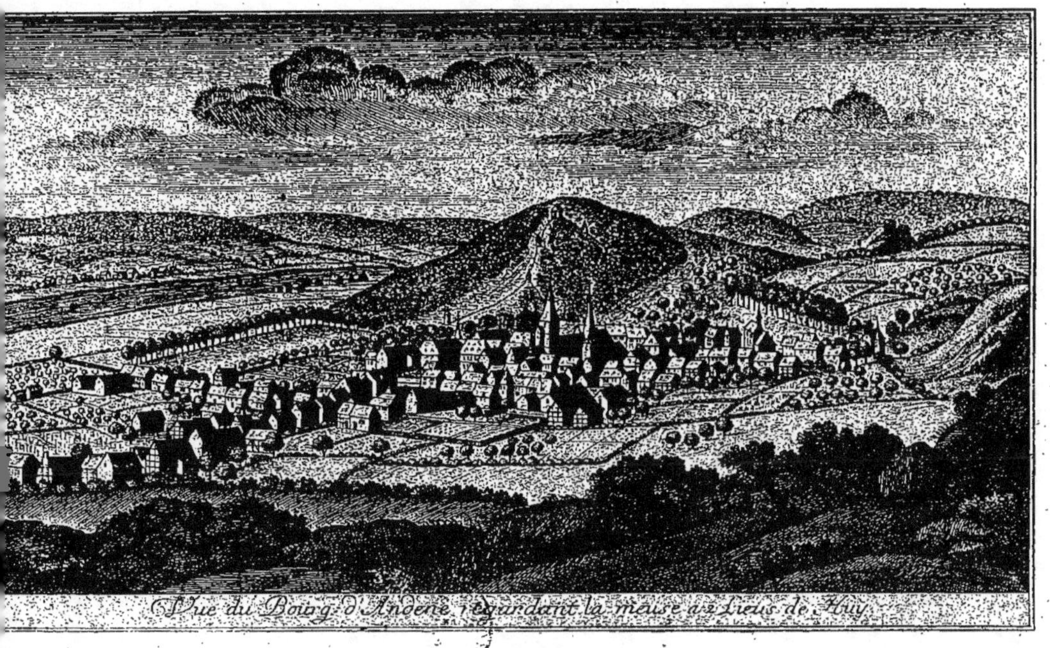

tirée des Délices du Pays de Liège

Le Chapitre noble de Sainte-Begge.   Jacques Godenne, édit.

CHAPITRE II

——✳——

CHAPELLES ET ÉGLISES

§ Iᵉʳ. — **Les anciens souvenirs archéologiques : Les chapelles.
— L'église du chapitre. — L'église Saint-Jean-Baptiste.**

Comme on l'a vu plus haut, les constructions élevées par sainte Begge comprenaient un monastère et sept chapelles.

Les chapelles, mentionnées dans l'ouvrage de l'abbé de Ryckel, étaient groupées, ainsi que les habitations des dames, celles des chanoines et les autres dépendances du chapitre, dans un périmètre dont le principal des sept sanctuaires, Sainte-Marie-Majeure, érigé en collégiale, occupait à peu près le centre. Le plan de cette église, reproduit plus loin, et la vue générale d'Andenne, que nous donnons ici, indiquent que le chœur de la collégiale était orienté au levant.

Une seconde chapelle, Saint-Sauveur, était située vers le nord-est, à l'extrémité de la place actuelle du chapitre, non loin de la fontaine Sainte-Begge. Elle fut démolie en 1781.

Quatre oratoires se trouvaient du côté opposé de la collégiale :

D'abord Saint-Pierre, où fut enterrée la pieuse fondatrice et qui joignait presque le chœur de la grande église. Cette chapelle devait être assez spacieuse, car on sait qu'elle possédait plusieurs autels. Elle fut englobée dans la construction de l'église actuelle d'Andenne et son ancien emplacement y est marqué par la chapelle Sainte-Begge, les fonts baptismaux et une partie de l'ancienne salle capitulaire. Les voûtes qui se voient encore actuellement dans le sous-sol de cette partie de l'église moderne permettent de croire qu'il y avait une crypte à Saint-Pierre.

Saint-Lambert, chapelle sur l'emplacement de laquelle s'élève également la nouvelle église, se trouvait à peu près sur la même ligne que Saint-Pierre, mais un peu plus bas (1).

Vers le sud s'étendait la montagne du *Stappe,* dont une partie était occupée par le cimetière paroissial et dont les extrémités étaient marquées par deux chapelles : en haut, Saint-Etienne; en bas, Saint-Michel.

(1) Cette chapelle devait primitivement être dédiée à un autre saint, puisque saint Lambert mourut après sainte Begge; mais il paraît probable que le titre en fut changé à l'époque où le glorieux martyr devint le patron de l'église de Liège.

Enfin, le septième sanctuaire était Saint-Jean-Baptiste, église paroissiale, dont nous parlerons plus loin.

La vue d'Andenne n'indique l'emplacement des chapelles que d'une façon incomplète et inexacte. En outre, elle marque des oratoires, soit à l'écart du rayon que nous venons de tracer, soit même dans les montagnes qui dominent Andenne. Ceux-ci sont ce qu'on appelle les chapelles du Calvaire, dont la plus ancienne date seulement de 1649. Il y a aussi la chapelle Saint-Roch, à Horseilles, et, au centre de la ville, celle dite « des Tilleuls », lesquelles sont relativement anciennes, mais tout à fait distinctes des oratoires fondés par sainte Begge (1).

Au XVIIIe siècle, ces derniers existaient encore. Nous en trouvons la preuve dans un document de l'époque indiquant de quelle façon se faisait alors à Andenne la procession de Saint-Marc (2). Nous le transcrivons littéralement :

« En sortant de la nef, la chantre commence *Surgite;* on va aux sept églises. Premièrement à Saint-Sauveur. Lorsqu'on y est arrivé, les prêtres chantent *Salvator mundi;* le grand prêtre chante le verselet et la collecte, auxquels les dames doivent répondre, et ainsi aux autres églises. En allant à Saint-Étienne, les prêtres chantent le repons *Hierusalem.* A Saint-Étienne, la chantre commence *Intuens.* En sortant

(1) La chapelle des Tilleuls est un lieu de dévotion pour la population d'Andenne. Le 26 février 1707, l'évêque de Namur a accordé quarante jours d'indulgence aux personnes qui, hors le temps de ténèbres, y réciteraient les litanies de la Sainte Vierge, les samedis et les jours des fêtes de la Vierge.

(2) Ce document est reproduit dans les *Analectes pour servir à l'histoire ecclésiastique de Belgique,* t. XIII, p. 445, année 1876.

de l'église, elle commence *Cum jucunditate*. A Saint-Michel,
les prêtres chantent *Sancte Michaël*. En sortant, ils chantent
une anthienne pour la nécessité du tems. A Saint-Jean, la
chantre commence *Perpetuis*. A Saint-Lambert, les prêtres
chantent *Magna vox*. En sortant pour aller à Saint-Pierre,
la chantre commence *Parce*. A Saint-Pierre, la chantre
commence *Simon Barjona;* pendant que le grand prêtre
chante la collecte, la chantre va au milieu de la nef avec la
plus aînée des dames, qui a chanté avec elle, et ayantes faits
leurs révérences à la manière accoutumée, elles commencent
les litanies des saints, auxquèles les autres dames doivent
répondre. Etant parvenus à *Sancte Petre,* on retourne à la
grande église du côté de Sainte-Barbe (1). »

L'église du chapitre, primitivement simple chapelle dédiée
à sainte Marie-Majeure, fut reconstruite plus tard, comme
l'indique d'ailleurs la citation qui précède, sur des proportions plus vastes que celles des six autres oratoires. Cette
reconstruction datait de la fin du xie ou du commencement
du xiie siècle. Sous le chœur existait une crypte, nommée la
Grotte, et on voit en outre, par le plan reproduit ci-contre,
que l'église était divisée en plusieurs chapelles. Celles-ci
étaient dédiées au saint Nom de Jésus, à sainte Barbe, à
sainte Madeleine, à saint Hubert, à saint Gilles, à saint
Martin et à saint Remy (2). Ces chapelles possédaient des

(1) Sainte-Barbe était, comme on va le voir, une des chapelles de l'église
du chapitre.

(2) En tout sept chapelles, bien que le plan n'en indique que six, mais
nous croyons que la septième était située vers la tour. — Il y avait en
outre, dans l'église, plusieurs autres autels avec bénéfices. On en verra
l'énumération au chapitre troisième.

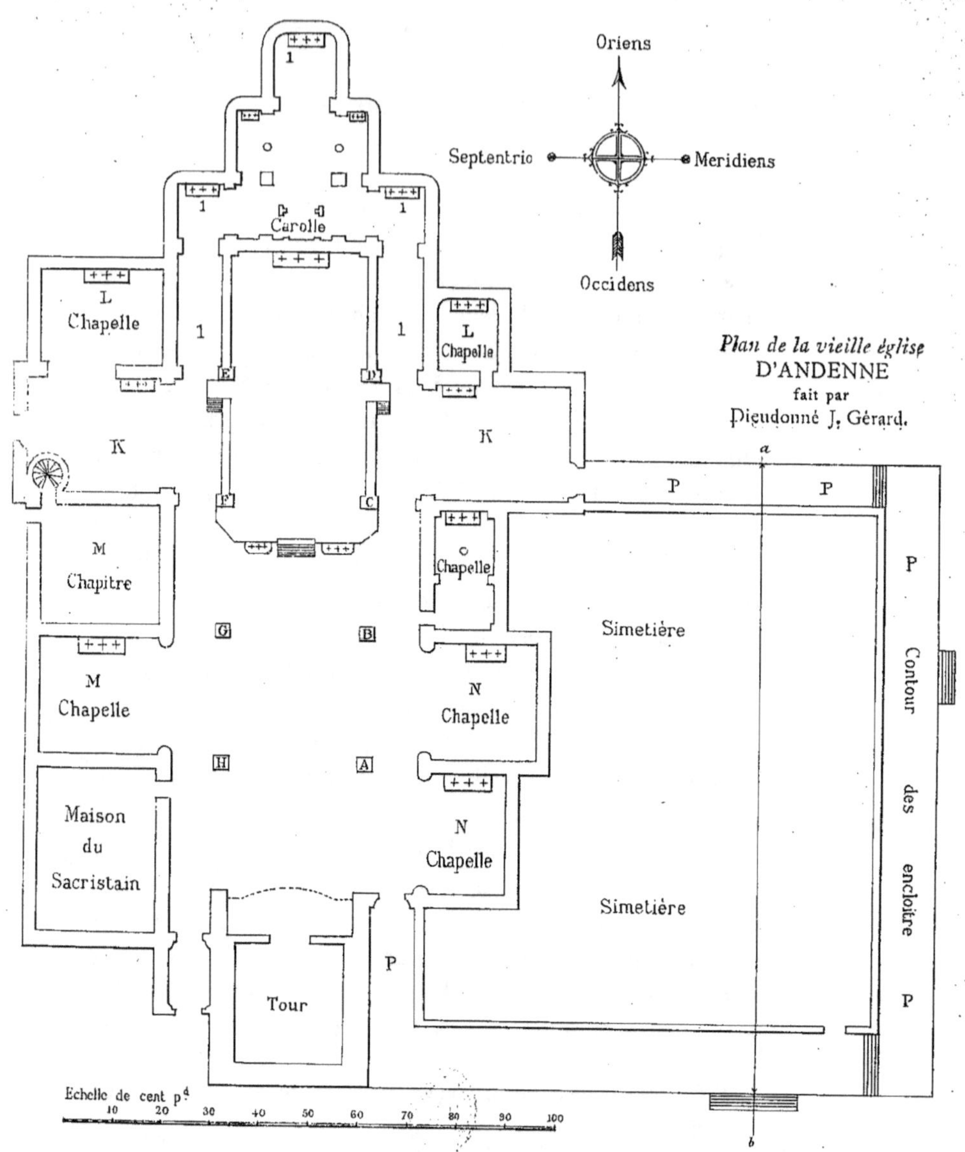

PLAN

de l'ancienne église d'ANDENNE faisant partie de l'avis du CONSEILLER
PROCUREUR GÉNÉRAL du 22 avril 1762, adressé au Conseil de Namur et par
celui-ci au Conseil Privé, par un autre avis du 28 avril 1762.

N. B. — Les lettres qui figurent sur ce plan indiquaient les parties de l'église qui avaient besoin de
réparations, conformément au procès-verbal de l'état des lieux dressé, le 10 avril 1762, par le PROCUREUR
GÉNÉRAL PLUBEAU, assisté des experts JOSEPH GÉRARD et NORBERT MASSART, maîtres maçons,
et JOSEPH THIRION, maître charpentier.

Ce plan se trouve aux archives du royaume à Bruxelles, collection du Conseil Privé Nº 1356, chapitre
d'Andenne.

autels avec bénéfices, fondations particulières, dont jouissaient les chanoines et les prêtres attachés au chapitre.
Elles servaient de sépulture aux chanoinesses, aux chanoines et même aux personnes de leurs familles. On y
voyait autrefois un grand nombre de pierres tombales,
dont la presque totalité a disparu. Par un acte de mauvais
goût, on pourrait dire de vandalisme, l'architecte de l'église
actuelle a généralement employé ces pierres dans la nouvelle
construction, les brisant à peu près toutes, de sorte que
les fragments qu'on en retrouve dans les murs extérieurs
de l'édifice ne permettent plus de déchiffrer un seul nom,
ni de reconnaître aucun blason. Les quelques pierres
sépulcrales qui ont échappé à la destruction se trouvent
actuellement dans le bas de la tour et dans un des corridors
de l'église, derrière les sacristies et l'ancienne salle du
chapitre. Nous les mentionnons ailleurs, à propos des
chanoinesses dont elles perpétuent le souvenir, mais nous
n'en reproduisons les inscriptions que pour autant que
celles-ci présentent un certain intérêt.

Le tombeau de sainte Begge existait jadis dans l'ancienne église et portait l'inscription suivante : BEGGA,
DUCHISSA FUIT GENITRIX QUOQUE GERMINIS HUJUS QUÆ
FUIT ANCHISO FELICI FÆDERE JUNCTA (1).

Les restes de la sainte, d'abord déposés à l'église Saint-

---

(1) La duchesse Begge, d'abord unie à Anchise par un mariage qui
présageait le bonheur, fut la fondatrice de cette maison. — *Antiquités de
la Gaule Belgique,* par Richard de Vivasse, 1549, t. I, p. CII. — M. Crépin,
(Notes d'un touriste), dans les *Annales de la Société archéologique de Namur,*
t. IV, p. 276, reproduit cette inscription.

Pierre, furent, peu de temps après, transférés à Sainte-Marie-Majeure, église du chapitre, à la suite de l'apparition de la sainte à l'un de ses anciens serviteurs. Ce miracle est mentionné dans la Prose rapportée à l'Annexe XXXVI. Le souvenir de la translation des reliques était consacré par une fête qui se célébrait à Andenne, chaque année, le 7 juillet.

Ce fut au XVIIe siècle qu'on plaça les reliques dans les châsses qui les renferment actuellement (1). On verra plus loin ce qui reste, dans l'église actuelle, de l'ancienne sépulture de sainte Begge. Toutefois, il n'y a plus le moindre vestige de l'inscription qui vient d'être reproduite.

Il n'y a trace non plus, que dans des notes anciennes, de la tombe de Bertrande ou Ida, femme de Pepin le Bref et mère de Charlemagne, monument qui se trouvait jadis dans l'église du chapitre. Un des manuscrits conservés à Namur en donne la description (2). Il y est dit que c'était un sarcophage en marbre noir, mesurant douze pieds de long sur quatre de large, et orné de l'effigie d'une dame couchée sur le dos, vêtue d'un habit noble à l'antique, le tout relevé en bosse avec un agneau pascal sur la poitrine, un bandeau autour du front et une bourse pendue au côté gauche de la ceinture. La tête était entourée d'une niche dans laquelle on lisait : AGNE DEI MISERERE MEI (3). Sur la niche, du côté

---

(1) Certaines reliques de sainte Begge furent offertes, en 1698, au grand béguinage de Malines, à la demande de l'archevêque de ce diocèse et à l'occasion de la célébration d'un jubilé de mille ans.

(2) *Histoire du chapitre d'Andenne*, manuscrit précité.

(3) Agneau de Dieu, ayez pitié de moi.

droit, étaient gravés les caractères suivants : HE TE SUPRA
DIES (1); et, du côté gauche : AHI DE MESIS A¹ XCI (2); enfin,
autour du corps : SUSTULIT ALMA QUIES DS HUIC SIT QUE
JACET ICI AD NOS UT DECIMA DA… A REDIRET PROCURANS
PRA FACIT NEN ILLA PERIRET (3).

Cette pierre était adossée à un pilier de l'église portant
cette inscription : BELCTAR IDDA FY EX HOC CUI GAUDIA
DONET GRA DIVINA QUAM LUCIS IN ARCE CORONET.
AMEN. (4)

Au commencement du xvᵉ siècle, l'église subit des dégâts
considérables par suite des dévastations commises à Andenne
par les Liégeois et les Hutois, alors en guerre avec le comte
de Namur; des circonstances analogues signalèrent encore
la fin du même siècle. Toutefois, il est certain que cet

(1) HE doit probablement reproduire d'une façon peu fidèle Æ, car
l'auteur du manuscrit traduit ces mots par *Ætate suprema dies*.

(2) L'auteur traduit : *Aprilis idæ mensis anni 91*. La phrase qui précède
et celle-ci pourraient signifier : Son dernier jour fut les ides d'avril
de sa 91ᵉ année. On a cependant cru voir aussi dans A¹ XCI un
millésime.

(3) L'auteur du manuscrit, suppléant aux abréviations et aux mots
effacés, a cru pouvoir reconstituer le texte comme suit : *Sustulit alma quies
domus huic sit que jacet ici ad nos ut decima d'*ANDANA SALUTA (pour
DA… A) *rediret procurans prima facit necne illa periret*. — Nous
traduisons : Le bienheureux repos l'a enlevée. Que ce tombeau lui
serve de demeure. La première elle fit en sorte que la dîme d'Andenne
nous revînt entière et ne pérît point.

(4) *Belctar Idda fugit ex hoc cui gaudia donet gratia divina quam lucis
in arce coronet. Amen.* Soit : Bertrande (surnommée) Ida s'est enfuie de ce
monde. Puisse la grâce divine la rendre heureuse et la couronner au séjour
de la lumière. Ainsi soit-il.

édifice ne fut pas détruit à cette époque, comme le dit
à tort le procès-verbal d'une élection prévôtale en date
de 1431 dont nous parlerons au paragraphe second du
chapitre quatrième. La collégiale conserva son architecture
primitive jusqu'au jour où elle fut démolie, à la fin du
XVIIIe siècle, et il n'est pas douteux qu'elle eût présenté
un autre caractère si elle avait été reconstruite au XVe siècle.
Elle fut, sans doute, restaurée alors, mais non pas réédifiée.
S'il en avait été autrement, les archives d'Andenne devraient
faire mention de la reconstruction de l'église, mais il n'y
a trace de ce fait ni dans un document particulier, ni dans
le manuscrit contenant l'histoire du chapitre.

L'église Saint-Jean-Baptiste, une des sept chapelles bâties
primitivement, était la paroisse des habitants de la ville
d'Andenne.

Galliot affirme que cet état de choses datait de l'an
1050 (1) et dans une bulle de 1195 le pape Célestin III
reconnaît que la chapelle Saint-Jean-Baptiste avait une
destination spéciale, sous l'autorité du chapitre (2). Il en
fut ainsi jusqu'au moment où on démolit cette église,
en même temps que la collégiale, pour les remplacer l'une
et l'autre par l'église actuelle de Sainte-Begge, affectée, dès
lors, au service du chapitre et à celui des paroissiens d'Andenne. Comme on le verra ailleurs, les dames nommaient
le curé de Saint-Jean-Baptiste. En 1769, elles établirent dans
cette église la confrérie de l'Adoration perpétuelle du Très
Saint Sacrement, à laquelle elles tinrent à honneur d'être

(1) *Histoire de Namur* citée, t. III, p. 103.
(2) *Annexe* n° III.

toutes affiliées, de même que les chanoines et les prêtres attachés au chapitre (1).

Saint-Jean-Baptiste s'élevait à proximité de l'ancienne collégiale, un peu en avant de celle-ci, du côté droit de l'entrée, joignant comme la première au cimetière du *Stappe* (2). On retrouve encore des vestiges de l'église paroissiale dans l'intérieur d'une maison bâtie sur l'emplacement qu'elle occupait.

§ II. — Les vestiges actuels : L'église moderne; le trésor, les cloches. — Les bâtiments du chapitre.

L'église moderne, dédiée à sainte Begge, a été bâtie d'après les plans de l'architecte Dewez. Sa construction fut autorisée par ordonnance impériale du 29 avril 1763 (3) et un décret du 13 mai suivant permit au chapitre de supprimer provisoirement quatre prébendes pour subvenir à cette dépense extraordinaire. Les dames furent, en outre, obligées d'aliéner à cette fin quelques biens-fonds et elles vendirent

---

(1) Un beau manuscrit, dû à M. Delahaut, prêtre bénéficier de la collégiale d'Andenne, et relatant les noms de tous les membres de la confrérie de l'Adoration perpétuelle, est maintenant la propriété de M. l'abbé Chasseur, vicaire à Andenne.

(2) La gravure des *Délices du pays de Liège* place la flèche de Saint-Jean-Baptiste sur la même ligne que la tour de la collégiale : c'est une faute de dessin.

(3) Conseil provincial de Namur, correspondance du Procureur général, année 1763, fol. 124, aux archives de l'Etat, à Namur.

même certains objets du trésor. La prévôte, Marie-Anne-Brigitte-Alexandrine de Nassau-Corroy, et la doyenne, Marie-Anne-Frédérique d'Hoensbroeck d'Oost, posèrent la première pierre de l'édifice en 1764; celui-ci fut achevé en 1769 et une nouvelle ordonnance impériale, en date du 9 juillet 1772, approuva l'état des dépenses s'élevant à 26,810 florins (1). Le 19 septembre 1778, S. A. le prince de Lobkowitz, évêque de Namur, consacra la nouvelle église et en fixa la dédicace au troisième dimanche d'octobre.

L'église est bâtie sur de vastes proportions, mais elle n'offre rien de remarquable. La façade, de style ionique, est précédée d'un grand nombre de marches; elle porte au fronton les lettres :

D. O. M.

puis un chronogramme donnant la date de 1773 :

DeoDIVaeqVe beggae VoVere
præ nobILes anDanenses
CanonICæ.

Cette inscription est surmontée d'un grand écusson de plâtre, en forme de losange, portant: mi-parti, trois alérions; mi-parti, de sable au lion d'or (2). L'écusson repose sur deux palmes; il est sommé d'une couronne fermée.

(1) Ibid., année 1772, fol. 243.

(2) On ne distingue plus les émaux qui devaient être indiqués sur la première partie du blason, mais il paraît probable que les alérions rappellent les armes de Lorraine qui sont d'or à la bande de gueules chargée de trois alérions d'argent. Quant à la seconde partie, le lion de Brabant, on la voit encore sur les anciens sceaux des cours de justice de Thines et de Burdinnes, qui dépendaient du chapitre d'Andenne. Cette armoirie figure aussi

L'intérieur du vaisseau est composé de trois nefs séparées par des colonnes d'ordre corinthien et reliées au chœur par un transept aboutissant aussi à deux absides secondaires. Derrière le chœur on voit encore l'ancienne salle du chapitre : elle joint à la tour, laquelle est couronnée par un dôme.

Si nous détaillons l'ameublement de l'église, nous remarquons, en premier lieu, le tombeau de sainte Begge, à cause de la vénération dont il est l'objet, comme en témoignent les nombreux *ex-voto* qui le décorent. Il se trouve dans l'abside du côté gauche en entrant dans l'église, derrière un balustre en marbre noir et blanc qui a servi, paraît-il, au maître-autel de l'ancienne église et fut donné par les chanoinesses de Locquenghien de Pamèle (1).

Le tombeau ne consiste plus aujourd'hui qu'en une grande dalle de marbre noir supportée, aux quatre coins, par deux figures d'anges et deux chanoinesses revêtues du manteau et du voile, sculptures également en marbre noir qui paraissent devoir remonter au xe ou au xie siècle. Sur la pierre de dessus on a gravé, plus récemment, en caractères gothiques :

S. BEGGA, ORA PRO NOBIS.

Des souvenirs s'attachent également aux deux autels

sur le lutrin de l'église d'Andenne. Les anciens sceaux du chapitre portent également, comme il sera dit ailleurs, l'effigie de sainte Begge accostée de deux écussons chargés chacun d'un lion. Il est toutefois à remarquer que ce blason du chapitre, tel qu'on le voit sur l'église, ne se retrouve nulle part ailleurs. Il n'est ni sur les anciennes chartes, ni sur d'autres actes émanants du chapitre, ni sur aucun objet du trésor.

(1) Une inscription rappelle le nom des donatrices.

latéraux : l'un est celui de la Sainte Vierge sous l'invocation de Notre-Dame de Consolation, l'autre celui de Sainte-Begge.

Le premier porte l'inscription suivante : *Cet autel a été donné par Son Excellence le comte d'Argenteau, né prince de Montglion, conseiller intime actuel d'Etat de LL. MM. II., prévôt d'Harlebeek, chanoine de Liège et d'ici, en mémoire de sa sœur morte chanoinesse d'Andenne, 1770.*

Par bref, en date du 18 février 1758, Benoît XIV établit la confrérie de Notre-Dame de Consolation, attachée à cet autel. La prévôte de Gongnies fut la première directrice de cette confrérie, qui existe encore aujourd'hui.

Le second autel est aussi un don du comte d'Argenteau. On y lit une inscription conçue dans les mêmes termes que la précédente, mais sans date.

Cet autel de Sainte-Begge est orné de deux volets, peinture sur bois de la fin du XVIe siècle et don d'Anne de Vaulx, ancienne chanoinesse, et de son mari Henri de Witzleben.

Le volet de droite est divisé, d'un côté, en deux tableaux représentant Anségise qui découvre le petit Gonduin dans la forêt, puis le baptême de l'enfant. De l'autre côté apparaissent le donateur et son patron l'empereur saint-Henri. Les huit quartiers de Henri de Witzleben entourent les personnages; ce sont : Witzleben, Wechmar, Marsalck, Kotzleben; German, Schlothem, Goltacker, Witztum.

Le volet de gauche reproduit d'un côté, également en deux tableaux, des épisodes relatifs à sainte Begge : l'approbation des plans d'Andenne et la mort de la sainte; de l'autre, il nous montre la donatrice sous les traits de sainte Anne, sa patronne, la Vierge, l'enfant Jésus et plusieurs autres figures d'enfants. C'est toute la famille de la donatrice. Quelques-uns

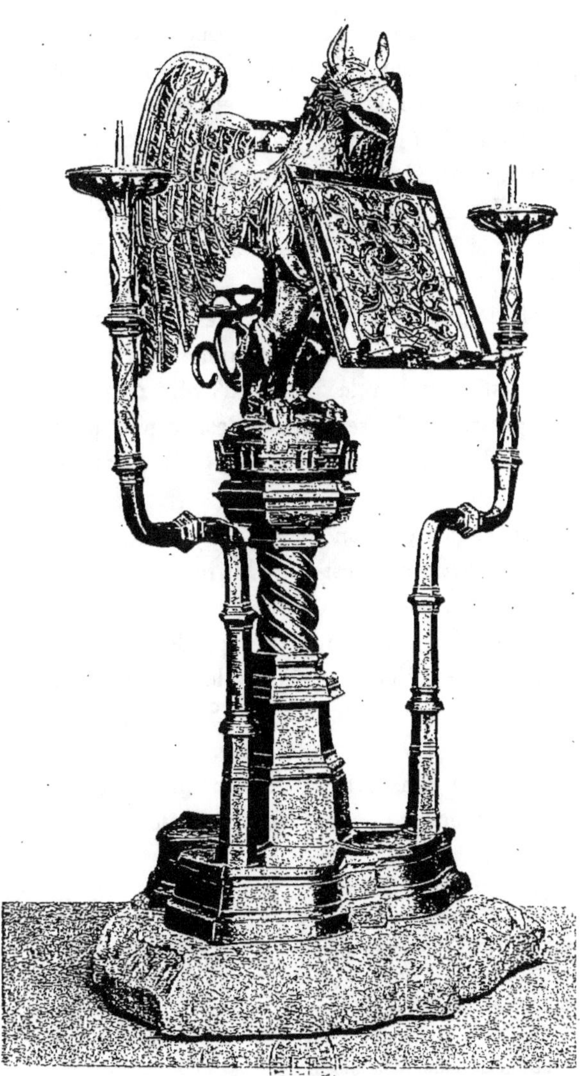

LE LUTRIN
de l'église d'Andenne

des enfants sont marqués au front d'une croix en or et la tradition rapporte que ce signe indique ceux des enfants qui n'ont pas survécu à leur mère (1). Ce panneau est orné des quartiers suivants : Vaulx, Berlaymont, la Haye, Hollogne; Baillencourt, Ittre, Maysons, Lusumènes (2).

L'autel de Sainte-Begge est le siège d'une confrérie érigée en 1652 et gratifiée de nombreuses indulgences par le pape Innocent X.

Dans le chœur on voit six tableaux modernes représentant les principales scènes de la vie de la patronne de l'église. L'artiste, M. Lecrenier, qui a le mérite d'avoir donné à ces sujets une expression très religieuse, s'est inspiré pour deux d'entre eux des peintures anciennes qui viennent d'être décrites.

Dans le chœur également un objet attire l'attention d'une façon toute spéciale : c'est un lutrin en cuivre, *dinanderie* du XVe siècle, que les archéologues n'hésitent pas à classer au nombre des meilleures œuvres de ce genre et de cette époque. Il représente un lion ailé posé sur une colonne et entouré de deux chandeliers. Sur le pupitre sont gravées des armes : *de sable au lion d'or.*

On remarque encore dans l'église deux bénitiers. L'un, en pierre bleue, forme une colonne à faces ornée de dessins

---

(1) Deux filles seulement issues du mariage d'Henri de Witzleben et d'Anne de Vaulx contractèrent mariage : l'une épousa Godefroid d'Eve, l'autre Ernest de Groesbeeck. Henri de Witzleben épousa en secondes noces Marguerite de t'Serclaes-Tilly.

(2) Les quatre derniers quartiers sont mal posés sur ce volet. (V. au chapitre sixième le nom de ladite chanoinesse.)

flamboyants et de figures joliment sculptées. C'est un ouvrage du XVIe siècle. L'autre, de style roman, se dégage d'un pilier également en pierre bleue. Citons encore un tronc en fer travaillé portant l'inscription suivante en caractères gothiques : TRUNCUS S. BEGGE (1).

LE TRÉSOR de l'église renferme des curiosités et des œuvres d'art (2), parmi lesquelles nous mentionnerons plusieurs beaux missels et livres d'heures, un précieux encensoir en argent du XIIIe siècle représentant un clocher d'église, le reliquaire de la Vraie Croix déjà cité, objet du XVIe siècle orné des armoiries de la famille t'Serclaes, un superbe calice en or, une navette en argent, don de la chanoinesse Jeanne de Namur morte en 1616, une croix en argent, objet du XVIe siècle et don d'une chanoinesse delle Loye, une belle remontrance faite à Namur en 1771, quelques tableaux de maîtres qui devraient trouver leur place dans l'église plutôt que dans la sacristie, des spécimens des décorations portées par les chanoinesses. Nous signalerons tout particulièrement le buste et la châsse de sainte Begge.

(1) *Sic.*

(2) Le trésor d'Andenne était jadis considérable. Quelques pièces furent vendues à l'époque de la reconstruction de l'église; d'autres, au début de la révolution française, pour subvenir aux besoins des dames qui ne touchaient plus leurs prébendes. Pendant la tourmente révolutionnaire, les objets du trésor furent confiés à un nommé Toussaint, menuisier du chapitre, demeurant rue Haute-Marcelle, à Namur. Cet homme les cacha d'abord dans un puits à sec sous une cave, ensuite sous un tas de terre de houille. C'est là qu'en 1817 ou 1819, les marguilliers d'Andenne allèrent les retrouver pour les rendre à l'église de cette ville.

LE BUSTE ET LA CHASSE
de Sainte Begge

Le buste en argent mesure soixante-huit centimètres de hauteur et renferme le chef de la sainte. C'est un très bel objet d'orfèvrerie de la fin du XVIe ou du commencement du XVIIe siècle. La tête, recouverte d'un voile, est surmontée d'une couronne qu'enrichissaient jadis de petites pierres précieuses (1). Sur la poitrine se remarque une agrafe garnie de cabochons. Le buste repose sur un soubassement argenté et doré, orné aujourd'hui de pierres fausses qui, comme à la couronne, tiennent lieu des pierreries qu'on y voyait autrefois. Le tout est supporté par quatre petits lions dorés.

La châsse, dans laquelle est déposé le corps de sainte Begge, date, comme le buste, de la fin de la Renaissance. C'est un ouvrage aussi remarquable par sa grande richesse et par ses nombreux détails que par l'élégance et la finesse du travail. Cette châsse, dont l'ensemble est en argent, a la forme d'une église et présente un carré long mesurant, sur les faces principales, un mètre vingt-trois centimètres et trente-huit centimètres sur les petits côtés, tandis que sa hauteur totale est de soixante-sept centimètres.

Les deux faces principales sont ornées au centre de beaux sujets en relief représentant, d'un côté, la Descente de Croix et la Descente au Tombeau; de l'autre, l'Ascension de

____

(1) En 1732, une personne pieuse, qui garda l'anonyme, fit don de vingt louis d'or au moyen desquels on orna le buste d'une couronne d'argent en remplacement de celle qui était de cuivre doré, et on y enchâssa cent et neuf petits diamants. (Histoire et administration, liasse 417, arch. d'Andenne, aux arch. de l'Etat, à Namur.)

Notre Seigneur Jésus-Christ. Elles sont garnies en outre de douze niches, disposées trois par trois, séparées par de petites colonnes d'ordre corinthien au nombre de quatre de chaque côté des reliefs, et renfermant les statuettes en or et en argent des douze apôtres. Ces statuettes sont, pour la plupart, des dons de chanoinesses comme l'indiquent les écussons qui y sont attachés et sur lesquels on voit les blasons des Berlo, Poicters, Groesbeeck, Nassau, Oultremont, Vaulx, Lynden et Mérode. Au-dessous, dans la partie formant la base, se trouvent de chaque côté quatre cartouches ovales. Elles représentent, d'une part, les quatre évangélistes; d'autre part, saint Jérôme, saint Ambroise, saint Grégoire et saint Augustin. Les petits côtés représentent l'Adoration des Mages et l'Assomption de la Sainte Vierge, également en relief. Cette partie de la châsse se termine par une corniche complète dont la frise est ornée de têtes de lions et d'autres figures allégoriques, détails accessoires que l'on remarque aussi dans les autres parties de ce travail. Jusqu'au-dessus de la frise la châsse atteint quarante-deux centimètres de hauteur. La corniche est décorée d'un acrotère ajouré et en or d'où prend naissance une toiture divisée en compartiments et se terminant par un crétage, au centre duquel est posé un tombeau. Celui-ci mesure vingt-neuf centimètres sur douze. On y voit le corps de la sainte, en argent, enveloppé dans un manteau en or, couché sur le dos, la tête reposant sur un coussin en or. Aux extrémités du crétage se trouvent deux épis moulurés sur chacun desquels est posé un amour armé d'un glaive.

Les cloches provenant de l'ancienne église existent au nombre de trois dans l'église actuelle :

La première, dite de la Fabrique, porte l'inscription suivante (1) : *Sous nobles dames Marianne Brigitte, comtesse de Nassau Corroy, prévôte, et Marie Frédérique, comtesse de Hoensbroeck, doyenne. — Refondue par Simon Fr. 1776. — Christus laudetur, per me hostis fugetur, nam sibi contrarior; Maria vocor* (2). MCCCCLXXXIIII. L'inscription primitive, avant que la cloche fut refondue, était : *Christus laudetur, hostis per me fugetur, nam sibi contrarior atque Maria vocor. Anno millesimo quadringentesimo octogesimo quarto facta fui ex denariis domicellæ quondam Guillelmæ de Raisse, hujus ecclesiæ canonissæ.*

Sur la seconde cloche, on lit : *A la plus g*^de *gloire de Dieu et de Mad. S. Begge, de laq. je porte le nom — les dames de l'Ill. collège d'And. ci-après dénom. on fait faire — Cathra. d'Oultremont, prévôte de cette Eglise et Madame Mechtilde Delderen doyenne. 1657. — Super sonabitis B. Beggæ laudes. — Refondue Moulins 1860.*

La troisième cloche porte : *Dicata S. V. M. Les chanoines Jacques Dengihoul, Louis de Fanson, Pierre Boyettemanne, Jacques Kerkoef, Everard Daspe, Jean de Mollin, Mathias Lambertus, directeur des ouvrages. 1657.*

Jadis il y avait encore deux autres cloches dont l'une avait cette inscription : *A la plus grande gloire de Dieu*

______

(1) Les anciennes inscriptions des cloches sont extraites de l'*Histoire du chapitre d'Andenne,* manuscrit précité.

(2) Louange au Christ. Que par moi l'ennemi soit mis en fuite, car je lui suis contraire. Mon nom est Marie.

et de Madame Sainte Begge l'an 1709 j'ai été refaite par les dames Isabelle Alberte de Marbais (1) de Scharenberg doyenne. Joseph Plumière et Jean Montot m'ont fondue à Huy.

Les autres cloches de l'église actuelle d'Andenne sont modernes et ne rappellent aucun souvenir du chapitre. A Andenelle, village joignant Andenne, il existe une cloche qui porte l'effigie de sainte Begge (tenant son monastère avec les sept clochers) et où se lit : *Data Petro Columnæ veritatis, 1657.*

Les bâtiments du chapitre, construits par sainte Begge, avaient à l'origine le caractère d'un monastère. Nous avons vu qu'à plus d'une reprise ils furent détruits, puis reconstruits, mais aucun souvenir précis ne fixe le point de savoir à quelle époque les habitations du chapitre reçurent la disposition qu'on leur a connue dans les derniers temps. Il n'est cependant pas douteux, car des documents en font foi, qu'au XVe siècle déjà les chanoinesses habitaient des maisons séparées, mais réunies dans une même enceinte, appelée les encloîtres, à laquelle quatre portes donnaient accès. Deux de ces portes commandaient les issues en face de l'entrée de la grande église, et l'une d'elles, proche de Saint-Jean, était désignée sous le nom de cette église. Les deux autres se trouvaient aux extrémités de la montagne du *Stappe,* ancien cimetière paroissial d'Andenne, et portaient les noms des chapelles auxquelles elles joignaient : celle du bas, dite de Saint-Michel; celle du

(1) On a sans doute omis ici le mot prévôte et les prénoms de la chanoinesse mentionnée en second lieu.

haut, appelée Saint-Etienne. Cette dernière existe encore actuellement.

On voit encore, sur la place du chapitre, laquelle forme une ellipse devant l'église, la plupart des habitations que les dames occupaient à la fin du siècle dernier.

Les maisons des chanoinesses leur appartenaient en propriété, à elles personnellement ou à leurs familles. La transmission s'en faisait généralement par donation ou par testament, le plus souvent en grevant le legs d'une charge de piété ou de bienfaisance; quelquefois aussi par vente. Un arrêt du conseil privé, en date du 6 juillet 1727, décida que, dans le cas où une maison claustrale serait vendue à une personne étrangère au chapitre, les autres chanoinesses auraient le droit d'en opérer le retrait. Cet arrêt intervint à la suite d'une protestation du chapitre contre la cession d'une petite maison qui avait été faite à un récollet, en 1726.

Le souvenir de plusieurs familles chapitrales s'attache encore aujourd'hui à certaines maisons d'Andenne : une d'entre elles, située en face du perron de l'église actuelle, porte les armes de la famille de Namur et la date de 1731. Les deux maisons qui la joignent ont appartenu pendant plusieurs siècles l'une, du côté droit en regardant l'entrée, à la famille de Glymes de Brabant; l'autre, du côté gauche, à celle des comtes de Berlaymont.

Sur une autre maison, située du côté opposé des encloîtres, on remarque l'écusson d'une dame d'Oultremont, avec la date de 1633.

A partir de 1727, la maison de la prévôte fut la propriété du chapitre. Elle avait été léguée, avec cette destination spéciale, par Mademoiselle de Marbais, écolâtre. Ce legs fut fait à la condition expresse que les prévôtes devraient réserver un logement chez elles à un père carme, accompagné d'un frère, pour les jours de solennités où il était d'usage qu'un religieux de cet ordre vînt à Andenne.

Sur la place du chapitre se trouve actuellement une jolie fontaine qui porte le nom de sainte Begge. Elle est ornée d'une tête de lion surmontée de la statue de la sainte. On y lit la date de 1637.

CHAPITRE III

————✕————

DOMAINES, REVENUS ET FRANCHISES

§ Iᵉʳ. — Les seigneuries.
**La ville libre d'Andenne. — La cour de justice d'Andenne
et les seigneuries qui en relevaient. — Liste des mayeurs
d'Andenne. — Le président d'Andenne. — La cour de justice
de Sassey et le territoire qui en dépendait. — Les domaines
situés sur le Rhin. — Les seigneuries au XVIIIᵉ siècle.**

SAINTE Begge dota sa fondation d'un nombre très
considérable de biens allodiaux appartenant non
seulement aux domaines qu'elle possédait sur les deux
rives de la Meuse aux environs d'Andenne, mais à
d'autres encore, situés soit en Brabant et aux pays

de Liège et de Namur, soit en Lorraine et même en Allemagne (1).

Andenne était une ville libre, relevant directement du chapitre aussi bien pour l'administration temporelle qu'au point de vue spirituel, et l'importance que cette ville acquit, comme centre et maîtresse de vastes possessions, lui valut d'être qualifiée *municipium primæ famæ* (2). Quant au chapitre, il jouissait d'une parfaite autonomie, ne relevant que des autorités suprêmes du pape et de l'empereur, et protégé par les comtes de Namur, ses avoués.

Au commencement du XIIᵉ siècle, l'empereur Henri IV constate la prééminence d'Andenne sur les autres possessions du chapitre, lorsqu'il l'appelle *principalem . villam cum suis appenditiis et villis adjacentibus* (3), et l'on voit en même temps, par la charte de ce prince dont nous avons déjà parlé plus haut, que les empereurs avaient réglé eux-mêmes les rapports existants entre le souverain du comté et le chapitre, et que celui-ci tenait ses droits et franchises originairement du chef de sa fondation, puis de la protection des empereurs et des papes qui avaient déclaré les maintenir et les sanctionner. Néanmoins, les comtes de Namur ont maintes fois affiché la prétention d'avoir

(1) Les domaines de Pepin de Landen, père de sainte Begge, s'étendaient principalement sur la rive gauche de la Meuse, depuis Audon jusqu'à Tongres. Les historiens rapportent que ces domaines étaient au nombre de cent vingt-trois.

(2) Municipe, ou ville libre, d'une grande renommée. — Gramaye, *Antiquitates comitatus Namurcensis,* Louv. 1608, p. 39.

(3) Ville principale avec ses dépendances et les villes voisines. — Charte de l'an 1101, *Annexe* nᵒ I.

concédé eux-mêmes au chapitre les avantages dont celui-ci
jouissait : des diplômes que nous analysons plus loin sont
très explicites à cet égard, et une charte du roi Philippe II,
datée du 14 juin 1559, dit entre autres que les comtes ont
« donné » au chapitre plusieurs beaux droits et privilèges,
notamment celui d'avoir une cour de justice dont relèvent
les cours des autres seigneuries (1). Cette dernière prétention était exorbitante et il suffit de citer quelques faits
pour prouver que les droits du comte de Namur ne
dépassaient pas la limite que nous avons tracée lorsque
nous avons parlé de l'avouerie d'Andenne. C'est ainsi
qu'en 1311, le prince ayant cru pouvoir établir une barque
pour le passage d'eau entre Andenne et Seilles, le chapitre
protesta et sa réclamation fut aussitôt agréée. On a vu plus
haut l'incident qui se produisit la même année au sujet d'un
abus d'autorité commis par un bailli du comte et les faits
plus graves dont se rendit coupable, en 1340, un autre
bailli, Libert de Natoye. Les actes concernant ce dernier
procès relatent très expressément que le bailli du comte de
Namur n'avait pas le droit d'assister, en cette qualité,
aux *plaids généraux* qui se tenaient à Andenne, devant
les bourgmestre et échevins, le mardi après la Saint-Remy,
le mardi après l'Epiphanie et le mardi après la Quasimodo,
mais qu'il ne pouvait y être admis que comme sujet de ladite
église. De même encore, les baillis de Namur ayant voulu
imposer des logements militaires à Andenne, à différentes
reprises, notamment en 1595 et en 1614, le chapitre s'y
refusa continuellement et finit par faire trancher défini-

(1) *Annexe* n° XIV.

tivement cette question en sa faveur par une sentence du conseil provincial rendue en 1616.

Le chapitre avait à Andenne une cour de justice composée d'un mayeur, d'échevins, dont le nombre a varié (1), d'un greffier et de messagers. Cette situation existait de toute ancienneté, comme le constate le diplôme du 29 mai 1495 (2). C'est ce que confirment encore l'archiduc Philippe d'Autriche, le 20 mars 1498, et Charles, prince d'Espagne, le 16 mars 1515; puis, très expressément, la charte précitée de 1559.

Cette cour de justice présidait, à Andenne même, les trois plaids généraux dont il vient d'être parlé; en autre temps elle siégeait à Saint-Mort, en la ville de Huy, et connaissait en appel des jugements rendus par les différentes cours seigneuriales dépendantes du chapitre. Le conseil provincial de Namur décida très formellement cette question et une sentence fut rendue en ce sens par le gouverneur Jean de Berghes, le 19 décembre 1499, à l'occasion de deux procès qui avaient d'abord été jugés, l'un par la cour de Burdinne, l'autre par celle de Thisnes, et que les parties voulaient porter devant la juridiction du conseil provincial. Le gouverneur, conformément à l'avis du conseil, déclara que les dames d'Andenne « doivent cognoistre desdites causes en matière d'appel procédant de leurs cours de Thisnes et de Burdinne » (3).

---

(1) Au XVIe siècle il y avait sept échevins; postérieurement, il n'y en eut plus que cinq.

(2) *Annexe* n° XI.

(3) Arch. de l'Etat, à Namur, chapitre d'Andenne, Histoire et

La sentence précitée nous apprend qu'à cette époque
trente-deux seigneuries foncières appartenaient au chapitre
d'Andenne et qu'elles étaient situées dans le Brabant, le
Lothier, le Luxembourg, les pays de Namur et de Liège.
Le ban d'Andenne comprenait alors huit censes, un
moulin et plus de deux cents maisons. On sait d'une
façon précise qu'au XVIIe siècle le ban d'Andenne se
composait de deux cent vingt-quatre maisons et de diverses
églises, non compris les encloîtres (1). Les noms de
toutes les seigneuries ne nous ont pas été fidèlement
conservés. A ceux de Thisnes et de Burdinne déjà cités,
ajoutons d'abord la mention des terres de Haillot et de
Monceau, au sujet desquelles surgit un différend vers
la fin du XIVe siècle. Le comte Guillaume II de Namur
revendiqua, à cause de la prévôté de Poilvache, les droits
de seigneur hautain sur lesdites terres, tout en reconnaissant
au chapitre ceux de seigneur foncier. Jean de Namur,
seigneur de Winendaele, frère du comte, choisi comme
arbitre dans cette question, donna gain de cause au
souverain par une sentence rendue en 1399 (2). Les autres
possessions foncières du chapitre, dont on trouve mention
dans des actes des XIIIe, XIVe et XVe siècles, étaient situées
à Ambresin et Ambresineau, Avin, Gesteaux, Wanzin et

Administration, 1474-1549, n° 412, et inventaire formé en 1778,
t. II, fol. 171. Cette sentence est la conséquence de la ratification des
privilèges relatifs aux seigneuries, en date du 20 mars 1498 (archives
précitées, chartrier).

(1) Archives du chapitre d'Andenne, histoire et Administration,
1671-1711, aux arch. de l'Etat, à Namur.

(2) Galliot. *Histoire de Namur,* cité, t. VI, p. 98.

Wanzineaux, Erpent, Bousalle, Coutice, Horseilles, Waret et Hingeon. Il y avait aussi les bois de Here, Stoir, Casnoit et Paspa. Postérieurement, quelques autres localités sont encore citées, telles que Chapeauville, Meerdop, Crehen, Hannut, Hallet et Gossencourt. Nous rencontrerons la plupart de ces noms parmi ceux des possessions du chapitre à la fin du XVIIIe siècle, et nous indiquerons alors quels sont les actes les plus anciens qui concernent chacun d'eux.

La liste des mayeurs d'Andenne, aussi complète qu'il a été possible de la dresser, fournit les noms ci-après :

Balduinus	1267
Guillaume le Cerrier	1344
Ansceal le Cherieu	1384
Rasse de Froidebise	1408
Robert de Crotte	1410
Gillard Monin	1412
Jacquemin de Horzelles	1424
Baudouin le Mariscal	1450
Jean dit Talhfier, de Thon	1474
Lambert Moreau dit des Fossés	1481-1486
Gérard de Holloigne, seigneur de Viede	1486-1532
N. La Roze	1532-1535
Godefroid Moreau, seigneur de Thon	1536-1547
Gilles Moreau	1548
Nicolas de Noadrée	1549
Charles Bauduyn	1560
Gille de Borsu	1569
Hubert de Fanson, le jeune	1584
Jehan Remy	1588
Paul Pauly	1594

Guillaume Burlen 1596-1601
Philippe de Grosse 1601-1623
Nicolas Courtoy 1624-1626
Pierre Dubois 1627-1637
Pierre de Haulx 1638-1639
Jean de Berle 1640-1643
Nicolas Bodart. 1644-1668
Jérôme Bodart. 1669-1675
Jean Remy 1676-1677
Jean Raymond 1677-1693
Antoine Raymond. 1694-1701
Paul Courtoy 1701-1725
Pierre-Léon Hammor 1725-1731
Guillaume-Louis de Villers 1731-1742
Guillaume-Gérard de Villers. 1742-1748
Jean-Joseph Polet 1748-1768
Louis-Joseph Polet 1768-1796

Le président d'Andenne était une espèce de procureur.
Il résidait habituellement à Namur où il vaquait, conjoin-
tement avec des avocats, aux intérêts du chapitre. Il se
rendait à Andenne toutes les fois que les dames avaient
à le consulter et devait s'y trouver notamment à chaque
tenue des plaids généraux pour y défendre les droits du
chapitre. C'était aussi en sa présence que les magistrats
d'Andenne procédaient, en la maison de ville, à la régle-
mentation de l'assiette des tailles et qu'ils rendaient les
comptes de la communauté.

Cette charge appartint presque constamment aux familles
Burlen et Bouverye.

Une cour de justice, siégeant à Sassey, en Lorraine, avait juridiction sur les domaines du chapitre situés dans le Clermontais. Ceux-ci comprenaient notamment, outre Sassey et Mont-devant-Sassey, Villers-sur-le-Mont, Doulcom, Grand-Clarey, Petit-Clarey, Dun-sur-Meuse et en général tout le vallon s'étendant de Sassey à Saulmory. Sainte Begge avait donné au chapitre une partie de ce vaste territoire, mais le restant lui avait été concédé par Pepin de Herstal et par Plectrude, sa femme légitime. Les possessions de la Lorraine furent placées, au Xe siècle, sous la protection des comtes de Namur qui en furent constitués avoués. Cette charge passa ensuite aux seigneurs de Dun. On croit généralement que ce fait s'accomplit dès les premières années du XIIe siècle, mais en tout cas nous voyons les seigneurs de Dun en possession de l'avouerie au commencement du XIIIe siècle : un d'entre eux, Gobert d'Aspremont, reconnut, par acte du 7 septembre 1237 (1), n'avoir aucun droit sur les bois, terres, pêcheries et autres propriétés du chapitre à Sassey et à Dun, si ce n'est les droits de l'avouerie consistant dans le tiers des amendes. Il se déclara en même temps obligé de protéger et de défendre les biens du chapitre.

Le mayeur et les échevins de la cour de Sassey étaient nommés directement par le chapitre.

Les domaines du Rhin appartenant au chapitre provenaient de la fondation primitive et consistaient principalement en vignobles. Comme ils ont été aliénés de bonne heure, il ne reste que des indications incomplètes au sujet de leur étendue et même relativement aux noms des localités qui

(1) Original aux archives de l'Etat, à Namur, chartrier d'Andenne.

les composaient. On sait seulement qu'ils étaient situés à une lieue environ d'Andernach, sur la rive gauche du fleuve, et qu'au XIIIe siècle un seigneur rhénan en était l'avoué (1).

Les seigneuries possédées au XVIIIe siècle par le chapitre sont mentionnées, avec indication des revenus de chacune d'elles, dans le document ci-après qui date de 1787 (2) :

Inventaire des biens du chapitre d'Andenne

I. — ANDENNE

La seigneurie d'Andenne, avec haute, moyenne et basse justice et tous droits honorifiques y annexés, située au comté de Namur, avec toutes les appartenances et dépendances consistant :

En trois bonniers environ de prairie banale qui se passent annuellement et qui, année commune de dix, rapportent 180 6 0

En six cent trente-cinq bonniers six verges grandes de bois en plusieurs parties qui ont

	FL.	S.	D.

---

(1) Acte du 29 janvier 1267, par lequel Thierry de Vline (?) renonce à ses prétentions sur les vignobles du chapitre et assure celui-ci de sa protection. (Original au chartrier d'Andenne, à Namur.)

(2) Archives générales du royaume, état des biens du clergé, t. CVI. Chambre des comptes 46644. — On voit qu'un grand nombre de seigneuries avaient été aliénées depuis le XIVe siècle, ainsi que la remarque en est faite au sujet des rentes qui restèrent dues sur le prix de ces aliénations.

FL.　S.　D.

rapporté, année commune de dix, tant en glandées, arbres que raspes . . . .　6445　10　0

N. B. Il convient d'observer que le produit de la haute futaie importante quatre mille cent quarante-sept florins dix sols diminuera eu égard à la quantité d'arbres que l'église d'Andenne et autres réparations ont exigées, et quoique les bois soient actuellement en bon état, les gros bois deviennent très rares.

La grosse et menue dîme du ban d'Andenne qui, année commune de dix, s'est passée. . .　2200　14　8

Un droit de chantelage, espèce de gabelle, que les vendeurs de vin, Hoegaerde et bière payent à raison de quelques pots de vin, Hoegaerde et bière étrangère et de seize pots de bière à chaque brassin qui, année commune de dix, a rapporté . . . .　50　0　0

Un droit de dixième charrée sur les derles et terres houilles extraites dans le ban d'Andenne, qui ont produit, année commune de dix, les derles quatre cent vingt un florins quatre sols et les terres houilles soixante six florins dix huit sols, ici . . . .　488　2　0

Un régistre de cens rapportant, tant en argent qu'en chapons,　73　15　0

Un régistre de rentes cultures tant épeautre, avoines qu'argent, rapportant annuellement savoir vingt deux muids deux stiers d'épeautre, vingt muids cinq stiers d'avoines et quarante quatre florins seize sols en argent et en tout . 266　9　0

FL.   S.   D.

N. B. Les rentes cultures en épeautre se paient sur le pied de sept stiers pour le muid la veille Saint-André, ce qui donne une diminution de deux muids.

Une rente nommée la Brouillerie, dont les revenus importent savoir : en rente, seize florins six sols et demi; le loyer d'une prairie, quatorze florins cinq sols; d'un jardin pouvant se louer vingt florins; et en terres, passées en louage en 1783, cinquante sept florins; en tout   107 11 12

Ces revenus sont destinés à l'administration de la justice criminelle.

II. — Haillot

La seigneurie de Haillot, avec haute justice acquise de Sa Majesté en 1763 avec la seigneurie de Bousalle, la seigneurie foncière et moyenne ayant de tout temps appartenu au chapitre (1), ladite seigneurie au comté de Namur et joignante celle d'Andenne.

Le chapitre y possède et jouit de tous droits honorifiques, item des biens suivants :

Un bois contenant environ trois cent quarante bonniers qui ont rapporté, année commune de dix, tant en arbres, glandées que raspes. 2835 8 0

Un régistre de cens et rentes en grains

---

(1) Voir ci-dessus, au sujet de cette juridiction, l'arbitrage de 1399.

	FL.	S.	D.

consistant en quarante-deux muids deux tiers
de stier et trois pougneloux d'épeautre, qui
à deux escus le muid font 355 17 0

    Un régistre de cens en argent portant. . . 17 1 8

    Avec la seigneurie hautaine, S. M. a cédé
au chapitre deux tiers d'une petite dîme contre
le curé d'Ohey qui, année commune, ont
rapporté dix-neuf florins treize sols huit
deniers, item le droit de morte main, année
commune, quatorze florins huit sols et le droit
de taille de feu, année commune, trente
florins faisant ensemble 61 1 8

    Le droit de chasse et de pêche audit Haillot,
tant celui à titre de S. M. que ceux compétents
au chapitre comme foncier et remis annuellement au prix de 112 0 0

III. — BOUSALLE

La seigneurie hautaine, basse et moyenne
dudit Bousalle, avec tous les droits honorifiques, joignante à celle d'Andenne, mais qui
ne rapporte rien.

IV. — BURDINNE

Une seigneurie et cour foncière située à
Burdinne, comté de Namur, avec toutes les
appartenances et dépendances consistant en
soixante-huit bonniers trois verges grandes

FL.   S.   P.

et onze petites de terres et pourprises avec
les bâtiments nécessaires remis à un fermier
au prix de quatorze florins le bonnier. . . .   954 9 0

La grosse et menue dîme dudit Burdinne
qui, année commune de dix ans, a rapporté
suivant les passées 1840 8 0

Un livre de cens en chapon, lin et argent
qui rapportent, année commune 90 5 18

La cour foncière sans revenus.

V. — GESTEAUX (1) et MONT-SAINT-ANDRÉ

Une seigneurie et cour foncière située à
Gesteaux, en Brabant wallon, avec vingt-sept
bonniers de terres, prairies et boscailles, remis
en ferme en 1783 pour le prix de cent six écus   296 16 0

Un livre sensal remis par le même bail au
prix de nonante-quatre écus. 263 4 0

Total . . . 16521 18 6

Tous les objets repris sous cette catégorie, excepté les seigneuries de Haillot et Bousalle, sont de l'ancienne fondation
du chapitre.

---

(1) Actuellement Geest-Gérompont. — Le seigneur de Jauche en était
avoué héréditaire. L'acte le plus ancien qui se rapporte à cette localité
est un bail de 1250 (chartrier d'Andenne, à Namur). Nous reproduisons
ce bail à l'Annexe n° XXXVI, à titre de spécimen des actes de cette
époque.

§ II. — Les biens-fonds non seigneuriaux

Les possessions de ce genre appartenant au chapitre d'Andenne et relevées dans l'inventaire de 1787 étaient les suivantes :

I. — AMBRESIN-AMBRESINEAU (comté de Namur) (1)

	FL.	S.	D.
Une ferme avec les bâtiments nécessaires, 79 bonniers, 30 journaux, remise en 1782 au prix de seize florins le bonnier . . .	1276	0	0
Une partie de terre de cinq verges grandes, neuf petites, remise en emphytéose . . .	8	16	0
La grosse et menue dîme remise, année commune de dix, par passées.	2880	4	0

II. — AVIN (comté de Namur)

	FL.	S.	D.
La grosse et menue dîme donnée au chapitre l'an 1255 par Guillaume, sire d'Atrive (2), lesquelles suivant les passées années, communes de dix, portent	955	17	14

(1) Il existe au chartrier d'Andenne un bail relatif aux biens d'Ambresin, daté de 1250, et un autre, concernant Ambresineau, fait en 1347.

(2) L'acte qui rapporte ce fait porte la date du 6 décembre 1255 et il relate l'*approbation de l'achat* fait par le chapitre des grosse et menue dîmes d'Avin. (Original aux arch. de l'Etat, à Namur, chartrier d'Andenne.)

III. — Thisnes (comté de Namur) (1)

	FL.	S.	D.
Ferme, bâtiments, 137 bonniers, 5 verges grandes et 7 petites, remises en 1782, y compris pot de vin avancé.	2688	11	0
Item ferme Lafontaine, bâtiments, 77 bonniers, 17 verges grandes et 10 verges petites, remises en 1783, par année	1221	15	0
Item terre de 26 bonniers, 10 verges grandes, remise en 1782	432	9	0
Un régistre de cens contenant 132 chapons, 62 florins 9 sols et sept sixièmes en argent et 17 muids un stier, un pougneloux de froment thinois, valant annuellement ensemble .	323	16	0
Un régistre de rentes foncières contenant 103 muids six stiers deux quartes de froment thinois allant annuellement, année commune de dix, à.	1162	14	0
La grosse et menue dîme de Thisnes et environs qui rapporte, année commune de dix .	4515	1	12

IV. — Wanzin (comté de Namur) (2)

	FL.	S.	D.
Terre de 37 bonniers, 6 verges grandes, trois verges petites, remises en 1782.	757	2	0

(1) Un acte du 9 avril 1255 (chartrier d'Andenne, à Namur) constate qu'à cette époque le chapitre avait déjà affermé les dîmes de cette localité.

(2) Il existe un bail relatif à Wanzin, daté du 21 octobre 1332. (Original aux archives de l'Etat, à Namur, chartrier d'Andenne.)

	FL.	S.	D.
Un régistre de 15 muids deux stiers trois quartes de froment thinois, rentes foncières qui, années communes, sont évaluées à . .	171	17	0

v. — Acosse (comté de Namur)

	FL.	S.	D.
Rente foncière de 3 muids six stiers d'épeautre faisant ensemble	21	0	0

vi. — Fallais (pays de Liège)

	FL.	S.	D.
Terre prise hors de cinq bonniers, relevant au fief dudit Fallais, remise en 1782	40	0	0

Le reste dudit fief compris dans la cense d'Ambresineau.

vii. — Nederwinde et Wanghe (Brabant)

	FL.	S.	D.
Le tiers des grosses dîmes rendu par bail	234	10	0

viii. — Gingelom (Brabant)

	FL.	S.	D.
Un livre censal remis pour le prix de . . .	18	0	0

ix. — Crehen (pays de Liège)

	FL.	S.	D.
Terre de 3 bonniers quelques petites verges, remises en 1782	54	19	0
La grosse et menue dîme, remise par bail en 1778	1111	4	0

FL. S. D.

Rentes foncières contenant onze muids
deux stiers trois quartes trois pougneloux de
blé thinois et 3 muids 6 stiers d'épeautre qui,
annuellement, peuvent valoir. 148 1 0

X. — Donceel et Limont (pays de Liège)

Cens remis par bail en 1779 . . . . . . 45 14 16

XI. — Sassey et Mont dans le Clermontais (France) (1)

Ferme, bâtiments, terres labourables, rentes
et dîmes en grains, en vin, etc., admodiées
en 1782 au prix de deux mille cinq cent
cinquante livres de France, faisant 1388 6 17

Total. 19495 18 11

Tous les objets repris en cette catégorie sont de l'ancienne
fondation du chapitre et les différentes rentes foncières qu'on
y a insérées proviennent probablement d'anciennes remises
de terres.

(1) On comprenait encore sous ces noms : Villers-sur-le-Mont, Doulcom, Grand-Clarey et Petit-Clarey. A Mont et à Sassey existaient des
vignobles très considérables. (Extrait d'un rapport fait en 1762, par
des chanoines d'Andenne. V. *Résolutions capitulaires,* t. VIII, pages 67
et ss., arch. d'Andenne aux arch. de l'Etat, à Namur.) En 1549 furent
reconnus les droits exclusifs de pêche qu'avait le chapitre sur la rivière
d'Andenne en Lorraine.

§ III. — Les capitaux de fondations et les rentes

L'inventaire précité en donne l'énumération suivante :

A. — Capitaux de fondations placés à intérêt

	FL.	S.	D.

ANDENNE ET SES ENVIRONS, le chapitre lève, pour différentes fondations d'anniversaires, promptus et présences à différents offices, des rentes en argent sur hypothèque pour une somme annuellement de mille quatre cent trente neuf florins dix neuf sols treize deniers, en une infinité de textes, presque toutes au denier vingt, quelques-unes encore au denier seize et quelques-unes au denier ving-cinq, ainsi le capital doit être de vingt-huit mille huit cent florins argent de change, ici en intérêt. 1439 19 13

Notez que dans cette somme le chapitre en paie six cent quatre vingt-cinq florins douze sols 9 deniers pour rédemptions reçues et non réap-pliquées et qui seront portées en dépenses à l'article des rentes passives.

HAILLOT, rentes sur hypothèques en 23 articles pour anniversaires et présences 115 12 19

OHEY, plusieurs rentes dues par des particuliers pour anniversaires et présences 71 4 9

BOUSALLE, 3 florins 12 sols pour présences . . 3 12 0

	FL.	S.	D.
SOLLIÈRES, rentes en argent, en deux textes .	7	4	0
GIVES, par la mense épiscopale de Liège. . .	1	10	0
SEILLES, rentes en argent (3 textes) pour présences.	6	19	13
BURDINNE, quatre textes pour présences . . .	4	11	0
AMBRESINEAU, anniversaires, rentes au denier seize	7	0	0
LA VILLE DE HUY, doit pour obit	1	16	12
TIHANGE (pays de Liège), rentes	3	10	0
REPPE (pays de Liège), p^r présences, rentes. .		5	18
MAIBELLE (pays de Liège), p^r présences, rentes .	14	0	0
FORSEILLES (pays de Liège), anniversaires . .	9	2	0
Total.	1686	7	11

B. — *Autres rentes ou revenus et secours*

ANDENNE. — Un registre de rentes en grains consistant en deux cent dix sept muids deux stiers d'épeautre et un muid d'avoine dues par différents particuliers d'Andenne et ses environs, pour différents anniversaires, promptus, présences et offices qui, année commune, peuvent s'évaluer à 1224 13 0

HAILLOT, vingt un muids quatre stiers d'épeautre, en neuf textes. 120 8 0

OHEY, trois muids quatre stiers d'épeautre . 19 12 0

BOUSALLE, trois muids d'épeautre 16 16 0

GIVES, TERRE DE BEAUFORT, quinze muids d'épeautre, en six textes. 87 10 0

	FL.	S.	D.
HALTINNE, pour muids dus à réduction . .	21	7	12
SCLAYN, deux muids deux stiers d'épeautre . .	12	12	8
SAMSON, vingt six stiers de moulture dus sur les domaines de S. M. pour résidences	16	5	0
BURDINNE, onze muids d'épeautre, rentes en quatre textes	61	12	0
NAMÊCHE, quatre muids d'épeautre. . . .	22	8	0
FRANC-WARET, deux muids d'épeautre . .	11	4	0
COGNELÉE, quatre muids d'épeautre, pour présences et résidences	22	8	0
RHISNES, deux muids d'épeautre	11	4	0
REPPE, trois muids quatre stiers d'épeautre, en deux textes	19	12	0
VERTBOIS (Liège), neuf muids d'épeautre réduits à.	6	6	0
Total.	3360	4	23

Cette catégorie comprend tous les objets de différentes
fondations qui se distribuent tant aux jours anniversaires
que pour présences et résidences. Après avoir déduit du total
des revenus qui viennent d'être énumérés en détail les rentes
dues par le chapitre, dont les deux principales se payaient
à Louvain, au collège Standonck et au Grand Collège (1),
l'inventaire dressé en 1787 constate que les revenus nets
du chapitre s'élevaient à près de trente-six mille florins.

(1) Les rentes dues aux collèges de Louvain étaient de création
récente et provenaient de capitaux empruntés pour la reconstruction
de l'église.

§ IV. — La juridiction ecclésiastique :
Andenne église libre. — Les cures. — Listes de curés. — Les bénéfices.

Andenne était une église libre aussi bien qu'une ville libre. Sa situation était privilégiée, nous l'avons déjà dit, au point de vue spirituel comme au point de vue temporel. Nous voyons, en effet, Obert, évêque de Liège, reconnaître, en 1107, que cette église a de tout temps été libre et soustraite à la domination épiscopale : *jam pridem ita liberam esse ut quodlibet episcopale servitium nullo modo contigerit persolvisse;* et plus loin : *ecclesia ab omni episcopali servitio libera* (1). Le prélat constate, du reste, dans le même acte, que le chapitre d'Andenne a le droit de se choisir un archidiacre, privilège important qui est la conséquence de la situation qui vient d'être définie. En effet, les archidiacres étaient les représentants de l'évêque dans des subdivisions du diocèse, appelées archidiaconats, et ils y exerçaient une juridiction spirituelle et temporelle. Ils conféraient *l'institution canonique* aux prêtres proposés comme curés ou bénéficiers par les personnes ayant le droit de patronage sur les paroisses ou les chapelles; ils faisaient chaque année la visite des paroisses de leur ressort et y connaissaient des questions relatives au culte et de celles qui concernaient

______

(1) Déjà antérieurement elle était libre au point de ne s'être jamais acquittée d'aucune obligation envers l'évêque. — Eglise libre de toute obligation envers l'évêque. — *Annexe* n° II.

les presbytères, les cimetières, les écoles, les hôpitaux, les revenus des pauvres, les ventes et les échanges et autres affaires du même genre. Au sein des synodes, qui réunissaient plusieurs paroisses, les archidiacres jugeaient, avec le concours de juges synodaux, choisis dans les localités les plus importantes, ceux qui s'étaient rendus coupables de péchés publics, de vols ecclésiastiques, de refus de paiement de la dîme. Mais en matière de correction, les nobles n'étaient point justiciables de l'archidiacre. On comprend aisément toute l'importance qu'avait, pour le chapitre, le droit de faire exercer, au nom de son autorité privée, les pouvoirs si étendus de l'archidiaconat.

Un fait qui concourt encore à faire ressortir l'indépendance du chapitre est, qu'à toute époque, l'évêque diocésain, pour être admis à faire la visite de l'église d'Andenne, devait au préalable obtenir une commission spéciale délivrée à cette fin par le gouverneur général des Pays-Bas.

Les cures dont le chapitre avait la collation, soit en vertu de droits seigneuriaux, soit par suite de privilèges accordés par les évêques, étaient assez nombreuses. Nous allons en donner l'énumération, en ajoutant, dans la mesure où il nous a été possible de les recueillir, les noms des prêtres qui les ont desservies.

I. — ANDENNE

La présentation de cette cure devait se faire à un archidiacre de Namur. Le titulaire portait le titre de recteur. La cure d'Andenne se composait du bourg d'Andenne vec les deux Belgrade-sur-Meuse et Hautebise, distants d'un petit quart de lieue, contenant ensemble, vers le milieu du XVIIIe siècle, 620 communiants; d'Andenelle et La Flisnes, où l'on comptait à la même époque 280 communiants; de Bousalle, Robertfroid, Bohisaulx, Grosse, Jodion, Breton, Coutice, Nalamant, Froidebise et Furbruyère, hameaux distants d'une lieue et plus d'Andenne; de Groinne, Yvus, la Vandaigle, le Clerchesnes, Neumoulin et le fourneau de Rieudotte, distants d'une demilieue; toutes ces dernières localités donnant ensemble 450 communiants (1).

Liste chronologique des recteurs d'Andenne (2) :

Jean DE MELROYE, que l'on trouve déjà en fonctions en 1508. Il testa en 1520 et fut enterré à Andenne devant l'autel de Saint-Gilles.

Jean DE SEPTFAULX, vivant en 1522, mort en 1536.

Jean WITTEBROET.

Gilles BRIOT, chanoine, vivant en 1552, mais ayant laissé la cure aux soins d'un prêtre nommé Baudouin. Il testa en 1578.

Richard FABRY, chanoine, qui testa et mourut en 1588.

Nicolas BEYVORT, nommé en 1588. Une inscription portant son nom et la date de 1594 se voyait jadis sur un vitrail de l'ancienne église.

Henri DU MONT, nommé en 1595.

(1) Archives générales de l'Etat, conseil privé, carton n° 1357, chapitre d'Andenne.

(2) Antérieurement à cette liste un curé du nom de Walterus est cité dans une charte de 1344.

Théodore CAILLET, nommé en 1608. Sa mère, Anne de
My, eut son anniversaire fondé à Andenne.

Mathieu DE FROIDEBISE, nommé en 1624 et appelé peu après
à occuper une chaire à Louvain.

Gabriel DE RACOURT, nommé en 1625.

Gérard DE GROSSE, nommé en 1626 et déporté quelques
mois plus tard.

Arnold DROSMEL, chanoine, nommé en 1627. Il testa en 1654.

Nicolas CRÈVECŒUR, nommé en 1655.

Jean ANDRÉ, ancien curé de Franc-Waret, nommé en 1677.

Thomas REMY, ancien curé de Haltinne, nommé en 1690.

Michel AIRKIN, nommé en 1697. Il testa en 1732.

Jean-Léonard DU TILLIEUX, ancien curé de Saint-Mort à
Huy, nommé en 1741. Il fut en outre recteur du bénéfice
de Saint-Gilles, testa et mourut en 1759.

Pierre-Joseph MALHERBE, nommé en 1760, mort en 1778.

Charles-Antoine JACQUET, nommé en 1778, mort en 1788.

Adrien-Joseph ALARDIN, nommé en 1789.

II. — SAINT-MORT, à Huy

La présentation de cette cure devait se faire à un chanoine
de la collégiale de Notre-Dame, à Huy.

Les archives de cette paroisse ne remontent qu'au XVIIe
siècle.

Liste de curés :

Philippe SAULCY (1), 1605.

---

(1) Ce curé a laissé un manuscrit intéressant intitulé *la Vie de saint
Mort*, hermite, honoré dans le faubourg de Huy, décédé dans le bois de

Jean DE BEAURIEU, 1635.
Hubert DESSON, 1649.
Othon FILÉE, 1649.
Noël MASWIR, 1689.
Nicolas COURTOIS, 1694.
Denis HENRARD, 1700.
Jean-Léonard DU TILLIEUX, 1738.
Laurent HENRARD, 1741.
Didier PIGEOT, 1785.

III. — BURDINNE (1)

En vertu d'un bref de Jean, évêque de Liège, en date du mois de juin 1235 (2), approuvé par le pape Grégoire IX, le chapitre reçut à perpétuité, en augmentation de prébendes, le patronage de cette cure et des deux suivantes (3).

Haillot l'an 698. » Ce document, qui énumère de nombreux miracles dus à l'intercession du saint et enregistrés jour par jour, appartient à M. l'abbé Chasseur, vicaire à Andenne.

(1) La chapelle de la Montzée était une dépendance de la cure de Burdinne. En outre, il y avait à Burdinne, à Thisnes et dans d'autres cures relevant du chapitre des autels avec bénéfices.

(2) Les archives d'Andenne mentionnent cette date, tandis qu'un registre de la cure d'Ambresineau indique celle de 1234.

(3) Les titulaires des cures de Burdinne, Ambresineau et Thisnes portaient le nom de vicaires perpétuels. Il devait sans doute en être de même pour plusieurs autres cures dépendantes d'Andenne, par la raison qu'une paroisse incorporée à une abbaye n'était, à proprement parler, qu'une vicairie, comme le dit M. Poullet, dans son *Histoire politique nationale* (2ᵉ éd., t. I, p. 373), la corporation elle-même étant le curé primitif et perpétuel. — Un acte du 30 décembre 1235 fixe

6

Liste de curés :

Gaspard ÉGIDII, avant 1561.

Philippe D'AVIN, en 1561.

Gérard DE RHISNES, nommé en 1579, mort en 1614.

Gilles LELONG, chapelain à Andenne, en fonctions en 1627.

Jacques DE REPPE, nommé en 1637.

Libert FÉRON.

Martin TICHON, mort en 1655.

Jacques DE REPPE, nommé en 1655.

Pierre COURTOY, pasteur à Vezin, nommé en 1677.

Pierre-Ernest EBETTE, dit COURTOY, neveu du précédent, nommé en 1705.

François DU HAN, nommé en 1717.

Georges FONTAINE, nommé en 1733.

Pierre-François PIERARD, nommé en 1748.

Jean-Joseph BOTTIN, semainier à Andenne, nommé en 1760.

F. N. CRÉPIN, nommé en 1793.

IV. — AMBRESINEAU (1)

Liste de curés (2) :

Jean GRAND, chanoine, testa en 1523.

les émoluments des *vicaires* de Thisnes, Ambresin et Burdinne. (Arch. de l'Etat, à Namur, chartrier d'Andenne.)

(1) L'église d'Ambresineau, brûlée à la fin du XVIIe siècle, fut reconstruite en 1715. Le chapitre intervint pour les deux tiers de la dépense et le troisième tiers fut supporté par les paroissiens.

(2) On trouve déjà dans une charte de 1347 la mention d'un curé d'Ambresineau du nom de Gérard.

Antoine Delmelle, que l'on trouve en fonctions en 1601.

Léonard de Longueville, nommé en 1627.

Henri Hallet, nommé en 1640. Il fut doyen rural de Hannut et testa en 1689, année de sa mort.

Jean Delise, nommé en 1689.

François Rasquin, nommé en 1690.

Pierre Malherbe, nommé en 1718.

Mathieu Airkin, nommé en 1742, mort en 1759.

Nicolas Goffin, semainier à Andenne, nommé en 1760.

V. — Thisnes (1)

Liste de curés :

Henri N. en fonctions en 1263 (2) et 1267.

Gilles Béranger, 1280 (3).

Théodore de Peche, recteur des écoles de Saint-Jean à Liège, 1283.

Gérard Ottelet, qui se retira en 1531.

(1) La chapelle de Crehen était une dépendance de la cure de Thisnes.

(2) Ce curé eut des difficultés avec le chapitre. Un procès entamé donna lieu à un arbitrage. Jean d'Avennes, chanoine à Huy, et Jean d'Andenne, chanoine à Namur, décidèrent, le 23 janvier 1263, que le curé Henri resterait en fonctions; que sa compétence ne serait autre que celle déterminée par l'archidiacre de Liège, H. de Beaumont, et par H. de Celles, écolâtre de Saint-Paul à Liège; enfin qu'il recevrait annuellement du chapitre 38 muids d'épeautre, comme indemnité pour les frais du procès. (Archives de l'Etat, à Namur, chartrier d'Andenne.)

(3) Une sentence, rendue le 18 septembre 1280, par Gilles d'Isembourg, archidiacre de Liège, maintint la nomination de ce curé, faite par le chapitre, et débouta de ses prétentions à cet égard Hellinus de Hosden. (Archives de l'Etat, à Namur, chartrier d'Andenne.)

Guillaume MOTTE, nommé en 1531.

Lambert VESTIS.

Jean ANCEAU.

Théodore MOTTE.

N. WALKIERY, mort en 1579.

Hilaire ALARD, mort en 1626, ayant résilié ses fonctions auparavant.

Jean DE FLORÉE, nommé en 1624.

Gislain COLLARD, nommé en 1642 (1).

Henri DEPAIRE, ci-devant pasteur à Sclayn, nommé en 1664.

Henri DEPAIRE, neveu du précédent, nommé en 1676.

Jacques HABOVAL, pasteur de Saint-Pierre à Huy, nommé en 1688.

Charles REMY, nommé en 1693.

Hubert POLET, nommé en 1700.

Gilles-Joseph MALHERBE, nommé en 1753.

Jacques JAMAR, bénéficier à Andenne, nommé en 1780.

VI. — HAILLOT-MONCEAU

Liste de curés :

Henri LE CHARLIER, mentionné en 1564.

Gérard DE MARCHE, renseigné sans date dans le registre aux anniversaires.

Corneille GUELINCK, 1637-1680.

Jacques SANGLIER, 1680-1729.

Théodore GÉRARD, 1730.

---

(1) L'évêque de Namur revendiqua, à cette époque, le droit de conférer cette cure, mais il renonça bientôt à cette prétention.

Pierre-François Doneux, 1731-1746.

Jean-Louis Hollogne, 1746-1760.

Pierre-François Pierard, ci-devant curé à Burdinne, 1760.

N. Bonhiver, que l'on trouve en fonctions en 1789 (1), mort en 1795.

Jean-Louis Lefebvre, 1795 (2).

VII. — Reppe

Liste de curés :

Henri Renard, mentionné dans un acte de 1316.

Jean Jamar, cité en 1516.

Jean de Waleffe, chanoine, 1602, testa en 1626.

M. Molin, 1627-1677.

Laurent Petitjean, 1677 à 1680, puis de 1693 à 1696.

(1) On ignore la date de l'entrée en fonctions du curé Bonhiver. On trouve, en 1780, mention de Antoine-Joseph Robert, *vicaire* à Haillot. Peut-être celui-ci était-il l'unique desservant de cette cure, le nom de vicaire appartenant, comme on l'a vu plus haut, aux curés nommés par le chapitre.

(2) Le curé Lefebvre a relaté, dans un des registres de la cure d'Haillot, qu'il refusa, en 1797, de prêter le serment constitutionnel et qu'il racheta, par l'intermédiaire du maire, l'église de cette localité, vendue comme bien national. Il la paya 6,000 francs (papier-monnaie). Il sauva deux cloches; une troisième fut prise et vendue par le gouvernement. M. Lefebvre fut condamné à être déporté à Cayenne ou à Madagascar. Il se cacha, grâce au secours de ses paroissiens, continuant à assister les malades pendant la nuit et à remplir les devoirs de sa charge. Les dimanches et jours de fête, il célébrait le saint sacrifice de la Messe dans l'une ou l'autre maison éloignée, aussitôt après le coup de minuit. M. Lefebvre est resté curé de Haillot jusqu'en 1843.

Simon Degrau, 1680 à 1693.
Gérard-François Petitjean, neveu de Laurent, 1696-1748.
G. Fontaine, 1748.
A.-J. Billande, 1768-1796.

VIII. — AMBRESIN (1)

Ambresin, primitivement simple chapelle avec bénéfice,
sous le titre de Saint-Nicolas et Sainte-Catherine, fut
érigée en cure, en 1722, par l'évêque de Namur comte
de Berlo, et réunie en même temps à celle d'Ambresineau.

Toutefois, ce ne fut qu'en 1731 que M. Pierre Malherbe,
curé précité d'Ambresineau, prit possession de cette église,
à la mort du dernier recteur du bénéfice, Hubert Denys,
lequel en jouissait depuis 1703. Le prédécesseur immédiat
de celui-ci était Guillaume Hallet, nommé en 1673,
succédant lui-même à Henri Werpen.

IX. — WANSINEAUX

On ne trouve, relativement à cette cure, que des
renseignements forts incomplets.

Les curés connus sont :
Jean Marischal dit Mathieu.
Pierre Staes, qui succéda au précédent en 1685, en lui
    cédant en échange un bénéfice à Andenne.
Philippe-Jacques Dosogne, mort en 1762.
Jean-Franç. Alard, semainier à Andenne, nommé en 1762.

(1) Le chapitre conférait également la marguillerie de cette localité.

X. — Neerwinden

Le chapitre d'Andenne n'avait qu'un droit partiel à la collation de cette cure. Il l'exerçait alternativement avec l'abbé d'Heylissem, en vertu d'une décision rendue par Jean de Flandre, évêque de Liège, au mois d'avril 1288.

Liste de curés (1) :

N. Francon, mort en 1288.

Henri de Elst, 1288-1331 (nommé par l'abbaye).

Jean-Gilles de Opxhorion, 1331 (nommé par le chapitre).

---

(1) La destruction des archives de Neerwinden, lors de la bataille de 1793, ne permet pas de reconstituer la liste complète des curés.

Le dernier curé cité fut maintenu en fonctions, à la date que nous indiquons, par décision de l'archevêque de Malines. Il avait été appelé à ce poste, vers 1750, par la Faculté des Arts de l'Université de Louvain, tandis que le chapitre y nommait Jean van Schoor. L'Université avait déjà revendiqué, à plusieurs reprises, le droit de collation de cures et bénéfices exercé par le chapitre, se basant sur des dispositifs du concile de Trente et des indults du Saint-Siège qui lui accordaient certains *patronages ecclésiastiques*. Le chapitre soutenait, au contraire, *qu'étant d'institution laïque,* il donnait ce caractère aux collations qui avaient toujours dépendu de lui. A trois reprises, à partir de 1632, le chapitre avait eu gain de cause dans ces différends. Cette fois, en 1754, le conseil de Namur donna raison à l'Université. Andenne alla en appel devant le conseil de Brabant. Nous avons trouvé des actes de procédure de 1754 à 1760, mais aucun postérieur à cette dernière date. (V. entre autres : Avertissement pr. le nob. chap. des dames chanoinesses d'Andenne au comté de Namur appelant de ceux du cons. de Namur, etc., 1754, manuscrit à la Bib. royale, à Bruxelles.) Il semble que la question ne fut pas tranchée définitivement par l'autorité civile, mais qu'au bout de bien des années l'archevêque, peut-être choisi comme arbitre, maintint en fonctions le titulaire de la cure qui en avait pris possession après l'arrêt de 1754.

Renier GODEHEN, 1388 (nommé par l'abbaye).
Pierre MAES, 1536 (nommé par le chapitre).
G. STAES, en fonctions en 1776.

XI. — MONT et SASSEY (1) en Lorraine

La collation de la cure de Mont-devant-Sassey avait
été conférée au chapitre par l'archevêque de Reims, Manassès, mais le chapitre en ayant été dépossédé, il reçut
la restitution de ce droit, en 1127, de la part de l'archevêque
Ratholdus, successeur de Manassès.

(1) Mont et Sassey ne faisaient qu'une paroisse et l'église était sur le
territoire de Mont. Ces cures furent divisées en 1802.

L'église de Mont fut construite sur le modèle de celle d'Andenne.

La crypte date de la fin du XIe ou du commencement du XIIe siècle; le
chœur et la nef du XIIe siècle; les autres parties sont plus récentes.
M. Jeantin commet donc une erreur quand il désigne Pepin de Landen
comme fondateur probable de l'église de Mont. La statue de ce personnage, l'une des douze qui décorent l'église de Mont et qui le représente
tenant, d'une main, une petite église et, de l'autre, la charte de fondation,
ne peut pas avoir la signification de rappeler la construction de l'église
actuelle. Pépin avait sans doute fondé un oratoire, remplacé au XIIe siècle
par une église plus importante. L'église de Mont était entourée de petites
habitations qui conservèrent le nom de cloître.

Par sentence arbitrale du 3 février 1336, Jean de Chaumont, prévôt
de Dun, décida que le chapitre d'Andenne, d'une part, et les habitants
de Sassey, d'autre part, payeraient par moitié les frais de la reconstruction
du pignon de la nef de l'église de ce lieu. (Original sur parchemin, aux
arch. de l'Etat, à Namur, chartrier d'Andenne.) Le 24 juin 1345, le
chapitre afferma les droits qu'il avait sur l'église de Sassey, ne se
réservant que la nomination du curé ainsi que le choix des mayeur
et échevins de la cour de justice. (Original, ibidem.)

Liste de curés :

Henri MARTEL, mentionné dans une inscription portant la
  date de 1432 et conservée dans l'église, mort en 1446 (1).
Jean MONOT, 1662-1671.
François-Louis NICOLAÏ, mort avant 1684.
Jean-François GALOPIN, 1680-1736.
Gabriel PERSON, 1737-1770.
Philippe BLONDELET, 1770, chassé en 1791 et remplacé par
  un curé constitutionnel.

Les bénéfices dépendants du chapitre provenaient soit
de la fondation primitive, soit de fondations établies par
des chanoinesses, des chanoines ou des membres de leurs
familles. Certains d'entre eux étaient à la collation du
chapitre lui-même; d'autres étaient remis par la prévôte
ou la doyenne, ou même par des membres de familles
déterminées. Les bénéficiers étaient assez généralement
des chanoines, mais souvent aussi d'autres prêtres.

(1) D'intéressants souvenirs relatifs à ce prêtre sont rapportés dans
une monographie de l'église de Mont-devant-Sassey publiée, en 1888,
dans les *Mémoires de la Société des Lettres, Sciences et Arts de Bar-le-Duc,*
par M. Léon Germain, secrétaire annuel de l'Académie de Stanislas,
à Nancy. Il est dit notamment que la tombe de Henri Martel se trouve
aujourd'hui dans une maison particulière, qu'elle est en pierre d'ardoise,
mais mutilée et sciée en deux morceaux, dont chacun sert d'âtre dans une
chambre différente. M. Germain a cependant pu rétablir l'inscription de
cette tombe. Il reproduit aussi celle qui se trouve sous les statues de saint
Pierre et de saint Paul que le curé Martel donna à l'église de Mont. Enfin
il indique également les épitaphes qui se lisent sur les sépultures des
curés Galopin et Person, mentionnés plus loin.

TITRES DES BÉNÉFICES	FONDATEURS	COLLATEURS	OBLIGATIONS A REMPLIR
Saint-Pierre	Fondation primitive	La prévôté pr l'ensemble; l'écolâtre pr un office	63 messes basses ou 55 messes chantées.
Saint-Sauveur	Fondation primitive	La prévôté	55 messes.
Saint-Étienne	Fondation primitive	La prévôté	1 messe par semaine.
Saint-Michel (réuni au bén. St-Sauveur 1776)	Fondation primitive	La prévôté	1 messe tous les sept mois. 1 autre messe tous les ans en juillet
Saint-Lambert	Fondation primitive	La prévôté	1 messe par semaine.
Très Saint-Sacrement à la Grotte	Jean Jamar, curé de Reppe (1516)	La prévôté	1 messe par mois.
Notre-Dame et Saint-Jean-Évangéliste à la Grotte	Inconnu, mais la chanoinesse Isabeau d'Outremont y ajouta un anniversaire en 1519	La prévôté	52 messes par an. 1 messe le jour de la fête de l'Annonciation de la Sainte Vierge. 1 messe anniversaire le 7 juin.
Sainte-Gertrude à la Grotte	Inconnu	La prévôté	8 messes par année.
Saint-André	Godefroid d'Ève (XVIe siècle)	La prévôté	66 messes dont 2 pour l'âme de Mlle de Lintot, chanoinesse.
Saint-Martin	La famille d'Erpent (XIVe siècle)	La prévôté	3 messes basses par quinzaine.
Saint-Remy	Inconnu	La prévôté	52 messes par an.
Sainte-Marie-Madeleine	Guillemette de Boubais, chanoinesse en 1521	La prévôté	26 messes et l'anniversaire de la fondatrice.
Notre-Dame-sous-les-Clochas, transporté en 1723 à l'autel de la Nativité, au pied du chœur	Cécile-Ernestine de Moitrey, chanoinesse	La prévôté	45 messes.
Saint-Jean de Gavre	Adelais de Gavre, chanoinesse (1243)	La prévôté	1 messe à quinzaine suivie du *Miserere*.
Saint-Michel à la Tour et Sainte-Croix	Inconnu	Le doyenné	Rentre dans les obligations ordinaires du prêtre de semaine.
Saint-Antoine	Inconnu	Le doyenné	1 messe tous les lundis.
Office de la Sainte-Trinité	Marie et Bertheline delle Loye, chanoinesses (XVIe siècle)	Le doyenné	Messe les lundis, mardis et vendredis. La fondation primitive comportait une quatrième messe par semaine.
La petite part de Sainte-Anne	Inconnu	Le doyenné	27 messes par an.
Saint-Nom de Jésus	Jean Mathys, chanoine	Le Chapitre	13 messes basses par an et une en plus tous les huit ans.
Office du Saint-Nom de Jésus	Inconnu, mais la chanoinesse Marie de Schanberg y ajouta son anniversaire (1719)	Le cte de Berlaymont	27 grand'messes, sans diacre ni sous-diacre, tous les lundis, sauf pendant le carême et l'avent. En outre, un anniv. le 5 mars.
Petit office du Saint-Nom de Jésus	Inconnu	Le doyenné	3 messes par mois, le vendredi.
Sainte-Barbe (réunie en 1776 au bénéfice de Sainte-Catherine)	Inconnu. On en trouve la collation dès 1391	Le Chapitre	130 messes et une messe solennelle le jour de Sainte-Barbe.
Sainte-Catherine	Inconnu	Le Chapitre	80 messes.
Saint-Gilles	Marie de Wanze (1), chanoinesse (1326). Jean de Melroye, curé et chanoine (1520), et Henri Lambotte augmentèrent encore cette fondation	Le Chapitre	210 messes, dont 104 fondées par Anne de Wanze, 104 parmi lesquelles la messe du mercredi avec *De profundis*, fondée par Jean de Melroye, et 2 anniv., l'un le 11 août pour Henri Lambotte, recteur du bénéfice, l'autre pour Jean Michaux et son épouse.
Saint-Hubert	Inconnu	Le Chapitre	1 messe par semaine et 1 messe solennelle le jour de Saint-Hubert.
L'office de Sainte-Anne	Jacqueline du Chasteler, chanoinesse (1476)	Le Chapitre	1 messe basse tous les jours et deux fois par an l'office divin dans l'église, ce qu'on appelle les heures de Sainte-Anne.
Le Salve Regina (qui devait se chanter dans la chapelle Sainte-Barbe)	Inconnu	Le Chapitre	Le chant de l'Antienne de la Sainte Vierge, selon les quatre saisons de l'année, à l'issue des vêpres des dames, excepté le samedi et les mercredi, jeudi et vendredi de la semaine sainte.
L'Ange Gardien	Jeanne de Rouveroit (2) (XVIIe siècle)	Le prince de Gavre	1 messe par semaine.
Messe de 11 heures des dimanches	Claudine-Françoise de Severy (3) (1750)	Le Chapitre	Messes basses suivies du *De profundis*.
Messe de 11 heures pour toutes les fêtes de l'année	Une chanoinesse de Berlaymont de la Chapelle (1738)	Le Chapitre	Messes basses.
Messe du 1er lundi du mois	Charlotte-Begge de Severy (1712) (4)	Les dames de Berlaymont	12 messes basses.
Courtisse	François-Léonard, comte d'Elzus et son épouse Charlotte-Philippine van der Gracht, ancienne chanoinesse (XVIIe siècle)	Le cte Cornet d'Elzus	44 messes, avec *De profundis* et l'*Oremus Fidelium*, à célébrer à Coutisse, village situé à une lieue d'Andenne (5).

(1) Par bref, donné à Avignon le 20 mai 1326, le pape Jean XXII attacha une indulgence de 40 jos à l'autel Saint-Gilles fondé par la chanoinesse Marie de Wanze. (Original aux archives de l'État, à Namur, chartrier d'Andenne.)

(2) Il y eut sept chanoinesses de ce nom, mais aucune ne porta le prénom de Jeanne. Du reste la fondatrice du bénéfice de l'Ange Gardien n'est point qualifiée chanoinesse.

(3-4) Les dames de Severy, fondatrices de ces bénéfices, ne sont point qualifiées chanoinesses. On ne connaît de cette famille comme reçue à Andenne que Begge-Gerardine, admise en 1675.

(5) Ces messes se disent les dimanches et fêtes de commandement à la quinzaine (le vicaire étant chargé de célébrer la messe les dimanches intermédiaires) et sont suivies de l'aspersion de l'eau bénite et du catéchisme. 22 de ces messes sont pour les fondateurs.

§ V. — Les franchises d'impôts. — Les droits et honneurs reconnus au chapitre. — Les sceaux et les monnaies du chapitre.

Les franchises d'impôts dont jouissait le chapitre étaient celles réservées aux nobles du comté de Namur (1), comme il résultait de l'indépendance reconnue à ce collège noble au temporel et au spirituel. L'état ecclésiastique et les receveurs généraux de la province tentèrent cependant, à maintes reprises, de porter atteinte à cette situation, voulant ranger le chapitre dans la catégorie du clergé ordinaire ; mais les privilèges dont il s'agit furent invariablement reconnus et consacrés par l'autorité souveraine dans toutes les circonstances où le chapitre fit appel à son intervention. Ainsi, lorsque, vers 1478, on voulut faire participer le chapitre à la taille due par les membres du clergé inféreur (2), le chapitre protesta énergiquement. Il déclara que « ladite église (d'Andenne) se veut gouverner en la forme et manière que les nobles terres de la conté

(1) Au comté de Namur, pour être exempt d'impôts, il fallait être réputé d'ancienne noblesse, tout au moins être noble de trois générations aux termes des plus anciens édits réglant la matière.

(2) L'état ecclésiastique de Namur se divisait en clergé primaire et en clergé secondaire ou inférieur. Appartenaient exclusivement à la première catégorie les abbés de Brogne, de Floreffe, de Walcourt, de Grandpré, de Moulin, de Boneffe, du Jardinet et de Géronsart, ainsi que les prévôts de Sclayn et de Walcourt. Ces hauts dignitaires ecclésiastiques jouissaient de privilèges auxquels le reste du clergé n'avait pas droit.

de Namur se gouvernent, assçavoir qu'elles sont contentes
que leurs subjets paient à Monseigneur taille et subside,
selon leur faculté, mais non pas elles, veu que leur
dite terre est inclavée en ladite conté de Namur pour
l'amour de voisinage, pour complaire au seigneur conté
de Namur, considérant que ledit conte est leur voué » (1).
Le chapitre rappelle ensuite dans cette réclamation, basée
d'ailleurs sur les droits dont il affirme avoir joui de tout
temps, que sa fondation a été établie par une princesse
souveraine, au moyen de biens nobles appartenant à son
patrimoine, de même que fut établi le chapitre de Nivelles
par sainte Gertrude. Il fait encore valoir que ni le chapitre
de Nivelles, ni lui-même du chef des biens seigneuriaux qu'il
possède en Brabant, ne sont soumis aux tailles par les Etats
de cette province; qu'il jouit enfin des mêmes avantages
pour ses possessions féodales situées sur le Rhin et au duché
de Bar. A la suite de cette réclamation, des lettres de mandement de Maximilien d'Autriche et de Marie de Bourgogne,
en date du 26 avril 1478, déclarèrent que les dames d'Andenne — et avec elles leurs chanoines et chapelains —
étaient « franches et exemptes de toutes aydes, tailles, subsides, maletottes et aultres impôts tout ainsy et pareillement
comme sont les nobles de notre dit comté de Namur »
et elles constatèrent que l'usage en était si ancien et
constant « qu'il n'est mémoire du contraire » (2). Le

(1) Réclamation du chapitre, avec narration de sa fondation, jointe
à une copie de la charte de l'empereur Henri IV. (Arch. de l'Etat, à
Namur, chartrier d'Andenne.)

(2) *Annexe* n° X.

lieutenant gouverneur du comté de Namur, Jean de Baduelle, rendit ces lettres exécutoires par sentence du 15 juillet suivant. — A la fin du XVe siècle également, le chapitre se plaignit de ce que, depuis une vingtaine d'années environ, on le contraignait par force à payer certains impôts et, le 29 mai 1495, il reçut de Maximilien, roi des Romains, et de l'archiduc Philippe un diplôme aux termes duquel les souverains stipulaient que les chanoinesses « soient dorénavant et seront tenues et réputées de la condition des nobles et que en s'ensuivant leur dite fondation, elles et leurs biens jouissent et jouiront de telles et semblables franchises et libertés que nos vassaux et nobles hommes de notre pays et comté de Namur, sans payer aucunes tailles, non plus ni autrement que les dits nobles et vassaux... (1) » — Une sentence de Jean de Berghes, gouverneur général du comté de Namur, rendit ce diplôme exécutoire le 23 juin 1496. — Philippe, par de nouvelles lettres-patentes du 3 mai 1505 (2), confirma les stipulations qui précèdent, et son fils, depuis roi d'Espagne et empereur sous le nom de Charles-Quint, donna une charte conçue dans des termes semblables, le 16 mars 1515. — Nonobstant, le chapitre fut encore inquiété au sujet des tailles et mis en demeure de les payer, à plus d'une reprise, entre autres à l'occasion d'un subside que le clergé secondaire eut à fournir pour faire face aux dépenses du concile de Trente. Les chanoinesses portèrent leurs réclamations devant le conseil privé, sur l'avis duquel Philippe II rendit

(1) *Annexe* n° XI.
(2) *Annexe* n° XII.

une sentence définitive, en date du 25 août 1557, déclarant
« que les dames demanderesses ne sont et ne seront tenues
de contribuer ès aides qui nous sont étez accordés ou
s'accorderont en après par les états de notre pays et comté
de Namur avec les susdites églises secondaires ou personnes
ecclésiastiques du pays, *ains seulement avec les nobles et
vassaux comme elles sont accoutumées faire de tout temps
et ancienneté*... (1) ». Le même prince confirma de nouveau
les privilèges du chapitre en matière d'impôts, par une
charte du 14 juin 1559 (2). — Quelques années plus tard,
l'évêque de Namur et son syndic ayant voulu contraindre
les dames d'Andenne de contribuer à l'érection du séminaire
de Namur, un arrêt du conseil provincial, en date du
21 février 1590, débouta l'autorité ecclésiastique des
prétentions qu'elle avait élevées à cet égard et rappela
qu'elle n'avait point de juridiction « contre ceux qui ne
sont taxables comme le sont les dames d'Andenne (3). »
— Une dernière confirmation desdits privilèges fut octroyée
par Albert et Isabelle, le 19 mars 1610 (4). Le chapitre
maintint, à cet égard, ses prétentions jusqu'aux dernières
années de son existence. On voit, en effet, que lorsqu'il
fut invité, à la suite des ordonnances de 1786, à fournir
au gouvernement l'état de ses biens, il joignit à l'inventaire,
dont nous avons donné plus haut des extraits, la déclaration

(1) *Annexe* n° XIII.

(2) *Annexe* n° XIV.

(3) Arch. du chapitre d'Andenne, aux arch. de l'Etat, à Namur,
Histoire et Administration, 1588-1617, n° 414, et Inventaire formé en
1778, t. II, p. 185.

(4) *Annexe* n° XV.

suivante, datée du 13 avril 1787 : « Nous estimons n'être tenue à la présente déclaration, attendu notre laïcité et que notre Chapitre n'a jamais fait partie du clergé, mais au contraire de l'Etat noble de la province, comme l'ont reconnu les souverains et tribunaux, sans avoir jamais été cotisés, non plus que les bénéficiers et pourvus d'office en notre église dans aucune taxe dudit clergé (1). »

Parmi les immunités dont le chapitre jouissait, au même titre que les nobles, citons l'exemption des logements militaires, privilège d'une importance considérable.

Les droits et honneurs dont le chapitre pouvait se prévaloir étaient en premier lieu, comme conséquence des stipulations qui viennent d'être analysées, la convocation à l'Etat noble de la province. Aux époques les plus reculées, le chapitre fut invité à se faire représenter à l'Etat noble et une ordonnance souveraine, en date du 20 décembre 1689, consacra cet usage d'une façon définitive en autorisant la prévôte d'Andenne, ainsi que celle de Moustier, à se faire représenter aux assemblées des nobles par un procureur. Le délégué d'Andenne fut tantôt un avocat au conseil provincial de Namur, tantôt un chanoine du chapitre.

De hautes prérogatives de préséance étaient admises en faveur des dignitaires du chapitre, tout particulièrement de la prévôte, et une règle de courtoisie voulait qu'une chanoisesse eût le pas, dans le monde, sur des personnes non mariées, ses égales par la naissance et par l'âge.

Les chanoinesses avaient les honneurs de la Cour. Elles

(1) Volume précité de la Chambre des comptes, n° 46644, fol. 9.

les faisaient partager à leurs frères et sœurs non mariés,
avantage dont ne jouissaient pas les parents au même degré
des membres des Etats nobles des différentes provinces.

Une distinction honorifique fut octroyée aux chanoinesses
d'Andenne peu de temps avant la suppression de leur
institution. Par lettres-patentes en date du 28 octobre 1781,
Joseph II les autorisa, en même temps que les chanoinesses
de Nivelles et de Moustier, à porter le titre de *dames* (1).
Un usage traditionnel avait toujours réservé cette qualification aux personnes du rang le plus élevé et lorsque
des abus se furent introduits à cet égard, les souverains
les réprimèrent dans une certaine mesure en promulguant
des décrets qui interdisaient formellement d'attribuer ce
titre à des femmes dont les maris ne portaient pas au moins
celui de chevalier (2). En vertu d'un certain usage, les
chanoinesses furent souvent qualifiées du nom de dames,
par pure courtoisie et comme hommage rendu à leur
grande situation nobiliaire, mais ce titre ne fut attribué avec
une sorte de légalité, c'est-à-dire dans des actes émanant
des souverains, qu'à la prévôte et à la doyenne du chapitre,
ce qui n'eut lieu encore que très rarement. Marie-Thérèse
ayant octroyé le titre de dames aux chanoinesses de Mons,
en 1760, les trois autres grands chapitres de femmes des
Pays-Bas, jaloux de l'honneur fait au chapitre de Mons,
réclamèrent la même prérogative. Ils ne l'obtinrent que
vingt ans plus tard. L'empereur, en donnant les lettres-

(1) Annexe nᵒ XXVII.
(2) Recueil chronologique de tous les placards, édits, décrets, etc.
Bruxelles 1785, p. 158 (2 décembre 1651) et p. 200 (23 mars 1661).

patentes ci-dessus rappelées, eut donc moins en vue de consacrer une situation déjà acquise dans une certaine mesure, que d'accorder aux chanoinesses une véritable faveur. Mais les suprêmes vicissitudes par lesquelles les chapitres allaient bientôt passer devaient rendre cet honneur à peu près éphémère.

Les sceaux et les monnaies du chapitre. — Il existe un sceau scabinal d'Andenne appendu à un acte de 1264, mais l'empreinte en est trop altérée pour qu'il soit possible de le décrire convenablement. On y remarque seulement un groupe de plusieurs têtes. — Dès le commencement du XIVe sièle, on voit figurer sur le sceau d'Andenne l'effigie de sainte Begge en pied, accostée de deux écussons sur chacun desquels se trouve un lion. Au XVe siècle, certains actes émanés du chapitre portent un sceau sur lequel se trouve la Sainte Vierge avec l'Enfant Jésus. — A partir du XVe siècle également, on rencontre déjà un autre sceau, constamment employé dans la suite depuis le commencement du XVIIe siècle, et sur lequel sainte Begge est représentée supportant de la main droite les sept clochers et tenant un livre de la main gauche; à ses pieds se trouve la poule sauvage légendaire. Depuis le XVIIe siècle également, les pièces émanant de la prévôte ou de la doyenne du chapitre ont toujours été munies d'un cachet semblable au sceau que nous venons de décrire, mais où la sainte patronne est ornée d'un manteau de pourpre et d'hermines que surmonte la couronne ducale (1). — Après la réunion des chapitres de Sainte-Begge et de

(1) V. le titre de cet ouvrage.

Saint-Pierre, on fit faire deux sceaux du « chapitre de Namur », lesquels ne furent en réalité que de simples cachets. L'un représente sainte Begge avec les clochers et la biche et, à côté, deux clefs posées en sautoir; sur l'autre on voit la sainte avec les mêmes attributs et saint Pierre tenant en main les clefs du Paradis (1).

Il paraît qu'à une époque assez reculée le chapitre d'Andenne a fait battre monnaie. Telle est l'origine que M. Piot croit pouvoir assigner à certaines pièces qu'il décrit dans un article intitulé *Monnaies inédites et énigmatiques du comté de Namur* (2). L'auteur nous apprend que ces monnaies représentent sept colonnes et que la colonne était au moyen âge le symbole de l'église; qu'au-dessus de ces colonnes est posé un animal, qu'il est permis de prendre pour une poule sauvage, et que l'on voit au bas un autre animal, chien ou porc. La légende de la fondation d'Andenne se trouverait ainsi reconstituée sur ces pièces de monnaies, comme sur les sceaux dont il vient d'être parlé, et on peut admettre, avec l'érudit écrivain, qu'il s'agit réellement dans l'espèce d'un ancien souvenir archéologique se rattachant à l'histoire du chapitre.

(1) La plupart de ces sceaux et cachets sont reproduits en plâtre dans la belle collection de M. H. de Radiguès de Chennevière, à Namur. — Les originaux se trouvent principalement sur les anciens actes du chapitre inventoriés aux archives de l'Etat à Namur sous la rubrique : Titres de propriété sur parchemin. Nous en avons trouvé aux archives générales du royaume et dans des archives privées.

(2) *Annales de la Société archéologique de Namur*, t. X, pp. 181 et suivantes.

§ VI. — Les fondations pieuses

Les fondations pieuses se multiplièrent à Andenne depuis l'époque de l'institution du chapitre. Presque tous les testaments de chanoinesses et de chanoines contiennent des dispositions qui créèrent des bénéfices ecclésiastiques, établirent des anniversaires, procurèrent aux nécessiteux les bienfaits de la charité.

Une fondation qui remontait aux temps les plus reculés était celle de l'hôpital établi pour les pèlerins de la Terre-Sainte. Lorsque cette maison ne répondit plus au but pour lequel elle avait été créée, elle servit à l'usage des habitants d'Andenne et les indigents y furent reçus gratuitement.

Les pauvres furent l'objet de fréquentes donations. De siècle en siècle leurs biens s'accrurent considérablement et les comptes de leur receveur, rendus au XVIIIe siècle, nous apprennent que leurs revenus atteignaient alors plusieurs milliers de florins. Un médecin était spécialement attaché au service des indigents.

Au XIVe siècle, une chanoinesse de Gavré fonda le béguinage de Huy, en stipulant que les admissions y seraient octroyées par le chapitre.

Nous ne pouvons énumérer toutes les libéralités qui se traduisirent par des actes qui en assurèrent la perpétuité; mentionnons cependant que la chanoinesse Marie-Thérèse de Rouveroit légua au chapitre des sommes importantes à l'effet de pourvoir à l'éducation de quatre filles pauvres auxquelles on devait apprendre un métier.

La sollicitude du chapitre fut grande, à toute époque,
pour l'instruction de la jeunesse. De temps immémorial,
les dames entretenaient et dirigeaient des écoles, payantes
pour les enfants riches, gratuites pour les pauvres. Cette
institution imposa souvent de grands sacrifices au chapitre.
Elle fut réorganisée à nouveau, à l'intervention de l'autorité
souveraine, vers la fin du siècle dernier. Par décret du
9 avril 1765, le gouverneur général des Pays-Bas autorisa
le chapitre à employer des terrains dépendants de l'ancien
hôpital, alors hors d'usage, à la construction de trois écoles,
deux pour garçons, une pour filles. Le même décret stipula
que les revenus de cet établissement serviraient à payer
les traitements de deux maîtres et d'une maîtresse, choisis
de commun accord par la prévôte, l'écolâtre et ceux de
la justice d'Andenne; enfin que pendant quatre ans on
affecterait une somme de 300 florins, prise sur la table
des pauvres, à la construction des écoles. Ces ressources
n'étant pas suffisantes, la prévôte de Nassau, qui avait
elle-même généreusement contribué à l'érection de nouvelles écoles, s'adressa dès 1767 au conseil provincial pour
être autorisée à faire vendre publiquement les bâtiments
de l'ancien hôpital. L'autorisation souveraine faisant droit
à cette requête fut octroyée en 1777.

CHAPITRE IV

ORGANISATION INTÉRIEURE

§ Ier. — **Règles générales relatives aux chanoinesses.
Le nombre des prébendes. — La collation des prébendes. —
Les cérémonies observées pour les réceptions : présentation
de la patente, mise en année, réception définitive. —
Le costume des dames. — Le logement et les obligations
de résidence. — La tenue des chapitres. — Les cérémonies
religieuses.**

Le nombre des prébendes destinées à des chanoinesses
était de trente, d'après la fondation de sainte Begge, mais
à différentes époques plusieurs prébendes restèrent vacantes,
sans doute à cause des exigences qui présidaient aux admissions et ne donnaient entrée au chapitre qu'à des personnes

de la plus haute condition. Les actes les plus anciens ne
font généralement mention que d'environ quinze à vingt
chanoinesses ayant résidence à Andenne ou venant y prendre
part à des cérémonies solennelles, telles par exemple qu'une
élection abbatiale, ce qui permet de croire que le nombre
de trente titulaires fut rarement atteint. Nous verrons
ailleurs qu'une prébende au moins était ordinairement
vacante puisque les revenus en furent attribués à la doyenne.
Le tableau de la répartition des prébendes, dressé le 3 septembre 1759 (1), constate qu'il n'y avait à ce moment
que vingt-six chanoinesses titulaires et que, par conséquent,
quatre prébendes étaient vacantes. Peu après, comme
nous l'avons déjà dit, un décret souverain, en date
du 13 mai 1763, réserva de droit, pour un terme de
vingt-cinq ans, deux prébendes de dames, en même temps
que deux prébendes de chanoines, afin de contribuer
à couvrir, au moyen de leurs revenus, les dépenses
occasionnées par la reconstruction de l'église (2). Le
18 mars 1772, le chapitre obtint, dans le même but,
la suppression de quatre nouvelles prébendes, mais il paraît
que cette mesure fut appliquée aux prébendes d'hommes,
car, en 1787, au moment de la réunion des chapitres de
Moustier et d'Andenne, celui-ci comptait vingt-huit chanoinesses titulaires et seulement quatre chanoines au lieu

(1) Premier régistre aux Résolutions capitulaires, 1759-1778, arch.
d'Andenne aux arch. de l'Etat, à Namur.

(2) A cette époque une prébende rapportait entre 600 et 700 florins.
Au XVIᵉ siècle, le gros d'une prébende n'était évalué qu'à 200 florins.
(V. rapport au duc de Parme sur la requête d'une demoiselle de Nassau,
aux arch. gén. du royaume, renvoi de l'Autriche, 1864, liasse 15, nᵒ 11.)

de dix. Joseph II, rappelons-le encore, supprima d'un trait
de plume quinze prébendes de chanoinesses, mais en
spécifiant que cette modification ne s'opérerait que par
voie d'extinction; en fait, parmi les dames jadis reçues
à Andenne, une vingtaine étaient encore en vie, résidant
soit à Namur, soit à Andenne, au moment de la suppression
définitive du chapitre, en 1796.

La collation des prébenbes était une prérogative du
souverain. Sans doute sainte Begge choisit ses premières
compagnes et il paraît probable qu'après la mort de la
fondatrice le chapitre se recruta lui-même pendant un
certain temps; mais, dans la suite, à une époque d'ailleurs
très reculée, nous voyons que la collation des prébendes
appartenait aux comtes de Namur. Il est impossible de
préciser dans quelles circonstances les souverains furent
investis de ce droit : cette question n'est pas mieux
élucidée que celle de l'origine de l'avouerie d'Andenne
dont nous avons déjà parlé, et paraît s'y rattacher intimement. On a vu, par l'analyse de la charte de 1101,
que dès avant le XIIe siècle les comtes de Namur
étaient avoués d'Andenne, et d'autres documents nous
apprennent que Henri l'Aveugle, dont le règne dura de
1140 à 1196, conférait les prébendes du chapitre. Ce prince
dépassa même de différentes manières les limites dans
lesquelles il pouvait exercer cette prérogative, car il donna
des prébendes à des personnes qui n'étaient pas suffisamment
qualifiées, à quelques-unes qui en possédaient déjà dans
d'autres chapitres, enfin quatre prébendes de dames à des
prêtres. Le chapitre protesta contre de tels abus : par
une charte en date de 1207, Philippe le Noble, premier

marquis de Namur, accueillit ses légitimes réclamations (1).
Il est donc parfaitement avéré qu'au XIIe siècle il
appartenait déjà aux comtes de Namur de disposer
des prébendes du chapitre et c'est peut-être pour
ce motif que, depuis Albert III, ils se sont qualifiés
non seulement avoués, mais encore *abbés séculiers* d'Andenne. En outre, il est constant que les souverains des
différentes races qui ont régné sur le comté de Namur
ont toujours, à partir de cette époque, usé de la même
prérogative, comme en témoignent entre autres un acte
de 1310 portant confirmation d'un octroi de prébende
fait par le comte Jean à Agnès de Lannoy (2) et quelques
autres actes du même genre datés du siècle suivant.
Depuis les premières années du XVIe siècle, les documents
de l'espèce sont conservés en grand nombre. Toutefois,
comme on vient de le voir, le droit du souverain relativement à la collation des prébendes était limité par
certaines conditions, les unes inhérentes à la fondation,
les autres prescrites par des recès du chapitre avec approbation du prince lui-même. Ainsi le nombre des prébendes
ne put jamais être dépassé et celles-ci étaient exclusivement
réservées à des personnes non mariées ou à des veuves.
Il était permis de les conférer à des enfants qui portaient
alors le nom d'*écolières* et qui n'étaient admises d'une façon
définitive qu'après avoir atteint l'âge de quinze ans accom-
plis. De toute ancienneté également, il fallut appartenir à la
noblesse de race pour avoir entrée au chapitre d'Andenne,

(1) *Annexe* n° IV.
(2) *Annexe* n° XXX.

et l'on voit qu'au XIIIe siècle les postulantes étaient déjà astreintes à produire leurs preuves de noblesse en due forme. Un usage ancien reçut une sanction légale lorsque le duc Charles de Bourgogne, par une charte du 18 octobre 1476 (1), confirma le recès capitulaire en vertu duquel il ne pouvait y avoir à Andenne plus de deux sœurs germaines en même temps. Les étrangères furent obligées de demander des lettres de naturalisation avant d'être admises au chapitre, aux termes d'un décret de Marie-Thérèse en date du 19 octobre 1760.

Le chapitre était appelé à connaître lui-même de l'admissibilité des personnes auxquelles le souverain conférait les prébendes, et pour éviter tout conflit il était d'usage qu'une postulante joignît à sa requête une déclaration du chapitre portant que l'admission de ladite demoiselle ne serait sujette à aucune difficulté. Cet usage reçut même une sanction par décret impérial en date du 7 janvier 1782. Le principal contrôle du chapitre s'exerçait sur les preuves de noblesse. Cette question sera spécialement traitée au chapitre suivant.

Les cérémonies observées pour les réceptions des chanoinesses étaient au nombre de trois : la présentation de la patente, la mise en année et la réception définitive.

La présentation de la patente était une cérémonie qui se pratiquait, dès le commencement du XVIe siècle, de

---

(1) *Annexe* n° IX. Les dispositions de cette charte furent confirmées dans la suite par Albert et Isabelle, le 26 octobre 1611.

la manière suivante (1) : Après la réception de la patente
octroyée par le souverain, le plus proche parent de la
postulante invitait Madame la prévôte à convoquer le
chapitre pour le lendemain *a pretiosa*. Ce jour-là, après
les heures de prime, toutes les dames se réunissaient
dans la salle capitulaire, ayant mis leurs manches, et les
chanoines s'y rendaient également. Alors un gentilhomme
venait présenter la patente à la prévôte et celle-ci la
remettait au greffier pour qu'il en fît la lecture à haute
voix. Pendant ce temps les dames pouvaient s'asseoir.
La lecture terminée, le greffier repliait la patente, de
manière à laisser voir le scel de Sa Majesté, et la remettait
à la prévôte, laquelle passait cette pièce au plus âgé des
chanoines. Celui-ci, sans quitter sa place, montrait le
scel de Sa Majesté à toutes les dames, l'une après l'autre,
en commençant par les aînées, rangées du côté de la
prévôte, puis continuant du côté de la doyenne. A ce
moment les dames étaient debout et faisaient chacune
une révérence avec respect au cachet du roi. Cette formalité
accomplie, le chanoine rendait la patente à la prévôte,
laquelle disait : « Mesdames, comme il a plu à sa Majesté

______

(1) Les détails relatifs à cette cérémonie, de même que ceux
concernant la mise en année et la réception définitive, sont empruntés
aux *Coutumes,* manuscrit du XVIIIe siècle, arch. du chapitre d'Andenne,
n° III, aux arch. de l'Etat, à Namur. Nous avons conservé les termes
de *roi* et de *majesté impériale et catholique* qui se rapportent au temps
auquel ce manuscrit fut écrit, mais les cérémonies se pratiquaient
ainsi longtemps auparavant, comme nous le disons ici. — Ces mêmes
détails sont reproduits, en conservant le texte littéral du manuscrit,
dans les *Analectes,* t. XII, année 1875.

Impériale et Catholique de conférer la prébende vacante par la mort (ou le mariage) de Mademoiselle N., nous n'avons rien à y contredire, parmi observant les cérémonies de notre Chapitre. » Elle faisait ensuite la révérence et toutes les dames de même. La prévôte rendait la patente au greffier chargé de marquer le jour où cette pièce avait été présentée et de la remettre ensuite en mains des parents de la postulante. Ceux-ci acquittaient alors certains droits. La cérémonie de la présentation de la patente terminée, les chanoinesses se rendaient au chœur pour y chanter tierce et le reste de l'office.

La mise en année prenait cours le jour où avait lieu la présentation de la patente. Le délai qu'on appelait ainsi était pour la future chanoinesse une sorte de noviciat; c'était aussi le temps pendant lequel le chapitre devait procéder à l'examen des preuves. Ce délai était d'un an en général, mais il était réduit à une demi-année quand la chanoinesse nommée succédait à une dame qui n'avait pas son année de grâce, c'est-à-dire à une défunte morte à une époque où elle n'avait pas résidence à Andenne. Durant ce laps de temps la postulante payait sa pension chez une dame désignée pour être sa ménagère.

La mise en année donnait lieu à une cérémonie qui était observée tant pour les demoiselles pourvues d'une prébende après l'âge de quinze ans, que pour celles qui avaient d'abord été écolières et se trouvaient, en accomplissant leur quinzième année, en situation d'être reçues chanoinesses. Il fallait d'abord que la postulante eût fait six semaines de résidence stricte, ainsi qu'il sera expliqué

plus loin, après quoi sa ménagère demandait à la doyenne
et à l'écolâtre de la mettre en année. Celles-ci désignaient
pour cette cérémonie un jour qui ne pouvait être ni un
dimanche, ni une fête, ni un jour d'octave. La veille,
la plus proche parente chanoinesse conduisait la postulante
chez la prévôte, la doyenne et les dames aînées. Après
vêpres, la doyenne informait les dames qui se trouvaient
au chœur de la cérémonie du lendemain. On acquittait
certains droits. Le jour de la mise en année, la postulante
se rendait au chœur, à sa place habituelle, avant qu'on
ait commencé matines. Elle devait porter un long surplis
attaché par derrière avec trois grands plis et relevé par
devant sur le bras, une coiffe blanche sur la tête liée avec
un ruban jaune, le couvre-chef et la barbette d'écolière et
n'être point gantée. Après matines, sa plus proche parente,
ayant ses manches et un manteau traînant, la prenait par
la main et la présentait à l'écolâtre. Celle-ci, qui devait
aussi porter les manches, demandait à la postulante si elle
savait son office et si elle avait l'âge requis. Sur sa réponse
affirmative, l'écolâtre la conduisait par la main pour la
présenter à la doyenne. Cette dignitaire, pour laquelle les
manches étaient également de rigueur, adressait à l'écolâtre
les mêmes questions que celle-ci avait faites à la postulante.
Après réponse affirmative, ces deux dames emmenaient la
postulante pour l'habiller, mais, avant de sortir du chœur,
la doyenne demandait à la prévôte de quel côté la future
chanoinesse devait être mise en année. S'il était répondu du
côté droit, ces dames se dirigeaient par la grand'porte du
chœur vers la chapelle Saint-Martin; si c'était à gauche,
elles allaient dans la chapelle Saint-Remy. Dans l'une de

ces chapelles se faisait la toilette de la postulante, avec l'aide d'une femme de chambre. La doyenne et l'écolâtre y mettaient la dernière main en substituant au couvre-chef d'écolière un crêpe posé au haut de la tête. Pendant ce temps la femme de chambre allait porter le manteau dans la stalle que devait occuper la future chanoinesse et qui était la première du côté de l'autel. Ramenée au chœur par la doyenne et l'écolâtre, la postulante se mettait à genoux par terre dans sa stalle et récitait le *Confiteor* à voix basse à l'oreille de la doyenne, laquelle, aux mots *mea culpa*, lui donnait trois coups dans le dos et achevait elle-même la prière. Après *Misereatur* et *Indulgentiam*, la doyenne disait à voix basse à la postulante les obligations que celle-ci aurait à remplir, savoir : de chanter toujours à l'office, de n'y point venir sans livre, de regarder dans son livre, de redresser le chœur quand on manque, d'observer bien les cérémonies, de ne point causer à l'église sans nécessité, d'avoir soin de tourner bien son office, de garder les secrets du chapitre; ajoutant, qu'après l'année expirée, elle devrait n'apporter aucune recherche à sa toilette, s'abstenir surtout de mettre des mouches pour aller à l'église et, en tout temps, de se découvrir la gorge. Alors la doyenne et l'écolâtre mettaient le manteau à la postulante et lui liaient le tablier du long surplis avec un ruban blanc. Elle-même retirait sa jupe qui avait dû être traînante jusqu'alors. Elle quittait ensuite l'église pour y revenir au premier coup de prime.

Après trois semaines, la demoiselle en année modifiait certains détails de son costume. Il y avait, à l'issue des

vêpres, une cérémonie dans laquelle la plus proche parente
de la future chanoinesse, portant les manches et le manteau
traînant, venait la présenter à la doyenne. Celle-ci détachait
le manteau de la postulante et le laissait tomber à terre. S'il
y avait un gentilhomme présent, il devait relever le manteau
et le replacer sur les épaules de la demoiselle. Le dernier jour
de son année, à l'issue du salut des prêtres, la postulante
était conduite par sa plus proche parente devant la stalle
de la doyenne et cette dignitaire lui détachait la barbette.
Le lendemain la demoiselle se présentait devant la doyenne
pour lui dire qu'elle avait achevé son année. La doyenne
lui détachait de nouveau la barbette et lui souhaitait le
bonheur. Ce jour-là la future chanoinesse venait, pour
la dernière fois, à l'office de prime, mais n'était plus
obligée de paraître aux vêpres. Elle était habillée comme
les dames hors d'école, sauf qu'elle portait le couvre-chef
d'écolière.

Pendant leur année, les postulantes étaient astreintes à se
trouver régulièrement au chœur à matines, au premier coup
de prime et des vêpres, sauf les cas de maladie, sous peine
de devoir recommencer leur année s'il y avait interruption.
Elles devaient y remplir certains devoirs et quand elles
étaient plusieurs, chacune avait sa semaine à son tour.

La réception définitive. Le délai d'attente écoulé et les
preuves étant admises, la produisante demandait à prendre
jour pour sa réception définitive, cérémonie qui ne pouvait
se faire qu'à l'expiration d'un nouveau délai de six semaines
et qui devait avoir lieu un dimanche. Voici en quoi elle
consistait : la veille de la réception, la postulante, ayant
revêtu l'habit d'église avec les manches, était présentée

par sa plus proche parente séculière et par sa ménagère à chacune des dames, et celles-ci étaient encore en droit de remarquer chez la future chanoinesse quelque grave défaut naturel. Le jour de la réception, la cérémonie était annoncée par une sonnerie de cloches qui se faisait entendre au premier coup de prime. Alors les dames, portant le long surplis et les manches, se réunissaient dans la salle du chapitre. Après prime, le plus proche parent de la récipiendaire se présentait dans cette salle, porteur de la patente. Il était suivi de tous les autres cavaliers qui se rangeaient du côté droit en entrant. Puis s'avançait la nouvelle chanoinesse, parée d'une robe de cour et d'un diadème en pierreries, marchant entre ses deux plus proches parentes séculières et précédée des violons. Ces derniers devaient s'arrêter à la porte. Un laquais portait la traîne de la postulante, mais seulement aussi jusqu'à l'entrée de la salle, qu'il ne pouvait franchir pas plus que les musiciens. Les dames, parentes et amies qui faisaient cortège à la nouvelle chanoinesse se plaçaient du côté gauche dans la salle capitulaire. Lorsque l'assistance s'y trouvait au complet, le plus proche parent de la récipiendaire remettait la patente à la prévôte et, après lecture faite par le greffier, comme au jour de la première cérémonie, les dames qui avaient introduit la chanoinesse, la présentaient à la prévôte et à la doyenne. Celles-ci, la prenant par la main, la menaient entre elles deux, suivies de tout le chapitre ainsi que des cavaliers et des dames faisant fonctions à la cérémonie, jusqu'au grand autel du chœur, du côté de l'épître. La marche était ouverte par les chanoines, précédés eux-mêmes des violons,

lesquels allaient ensuite prendre place au jubé. Lorsque
le cortège était arrivé au chœur, les messieurs qui devaient
jurer les quartiers de la nouvelle chanoinesse s'approchaient
de l'autel et le greffier les appelait, chacun suivant son
rang et avec préséance pour les ecclésiastiques, afin qu'ils
vinssent prêter le serment. C'était un chanoine, placé au
coin de l'autel, qui recevait ce serment sur le livre des
Saints-Evangiles, devant la relique de sainte Begge, disant
la formule que chacun des gentilshommes devait répéter
mot à mot (1). Ceux-ci, au moment de jurer, tenaient
la demoiselle par la main. Ils devaient avoir quitté leurs
gants. Pendant ce temps la prévôte et la doyenne se
tenaient à côté de la récipiendaire. Puis elles la conduisaient,
pour lui faire la toilette, à une petite table placée près
de la porte de la sacristie et où se trouvaient un bassin
d'argent et les hardes d'église. Une femme de chambre
se tenait là et devait assister la chanoinesse à changer de
costume, mais la prévôte elle-même, après l'avoir fait
agenouiller, lui passait le surplis en disant : « Au nom
de Dieu, de la Sainte Vierge et de Madame sainte Begge. »
Ensuite la doyenne la décoiffait pour lui mettre le couvre-
chef d'écolière et aidait à l'achèvement de l'habillement.
Vers la fin de cette cérémonie le prêtre de semaine
entonnait tierce, et la prévôte et la doyenne allaient prendre
place dans leurs stalles. Puis une chanoinesse, qui devait

(1) V. cette formule au chapitre suivant. — La formalité du serment
des gentilshommes était supprimée pour la réception d'une chanoinesse
qui avait déjà une sœur germaine au chapitre. — Les cérémonies de
réception étaient également simplifiées, dans ce cas, sous plusieurs
autres rapports.

être la plus proche parente de celle qu'on recevait si celle-ci en comptait au chapitre, la conduisait donner le baiser de paix aux chanoinesses, en commençant par la prévôte, et la menait aussi au chœur des prêtres pour donner la main à chacun des chanoines. Elle lui faisait enfin prendre possession de la stalle qui lui était destinée, après l'avoir embrassée à son tour, et retournait elle-même à sa place. On faisait alors la procession, puis on chantait la messe. Après le service divin, les deux dames séculières qui avaient escorté la nouvelle chanoinesse la ramenaient à sa demeure. L'après-midi du même jour, les chanoinesses et les chanoines venaient souhaiter la bienvenue à la nouvelle titulaire.

Les frais qu'entraînait une réception étaient assez élevés. Il était d'usage de faire une offrande à l'église et, en outre, une coutume immémoriale voulait que la nouvelle chanoinesse donnât un repas auquel étaient conviés le chapitre et les gentilshommes qui avaient juré les preuves. Des abus s'introduisirent dans le luxe des festins. Il devint d'usage de renouveler les diners trois jours de suite, y réunissant même les chapelains, qui étaient des espèces de clercs, et les échevins de la cour d'Andenne, de sorte que les dépenses atteignirent un chiffre fort élevé, fréquemment même 6,000 florins. Le chapitre prit divers recès pour obvier à ces inconvénients, notamment le 31 décembre 1682, et enfin Charles II, roi d'Espagne, par une charte en date du 10 janvier 1697, régla les frais de réception et ceux des festins. Il ordonna de remettre au receveur du chapitre une somme de 1,600 florins, qui devait être employée de la manière suivante : 200 en l'honneur de

sainte Begge; 1,000 pour les chanoinesses, les écolières
et les chanoines ayant présence à la réception (1); 400
pour traiter les gentilshommes le samedi soir, le dimanche
de la réception et le lundi à déjeuner.

Le costume des dames variait d'après certains usages.
La tenue ordinaire était la robe noire. Pour paraître au
chœur, de même que chez elles à certains jours de gala,
les chanoinesses portaient différents accessoires de toilette.
Le costume de grande cérémonie se composait d'un surplis
blanc, long ou court, suivant les circonstances, mis au-
dessus de la taille; de grandes manches blanches, partant
du coude, ouvertes et pendantes à peu près jusqu'à terre;
d'un manteau noir bordé d'hermines; d'une guimpe entou-
rant la tête et le cou et d'une barbette. Les manches et
le surplis étaient les détails de toilette le plus fréquemment
exigés. Il fallait mettre tantôt une manche, tantôt deux
manches, le grand ou le petit surplis, pour venir aux
offices, même hors du chœur. Les écolières et les demoiselles en année ne pouvaient porter aucune frisure dans les
cheveux, ni se parer de boucles d'oreilles ou de pierreries
quelconques. Elles devaient se chausser de souliers noirs.

Le deuil consistait, pour se rendre au chœur, en
une coiffure de batiste avec large ourlet. Les écolières
supprimaient dans ce cas la dentelle de leur couvre-chef
et ajoutaient, pour sortir, une barbette sous le menton. Il y
avait deuil de six mois pour père, mère, ainsi que pour

---

(1) Sur cette somme on prélevait huit florins pour les chapelains,
quatre pour les officiers du chapitre, six pour la justice et deux pour
le receveur.

frère, sœur, oncle ou tante dont on héritait; trois mois pour frère ou sœur dont on n'héritait pas, beau-frère et belle-sœur; six semaines pour oncle ou tante dont on n'héritait pas.

Les chanoinessses portaient une décoration. C'était un médaillon ovale, en or, travaillé à jour, à l'effigie de sainte Begge et surmonté d'une couronne fermée. La sainte patronne y était représentée tenant dans la main droite sept clochers et ayant une biche couchée à ses pieds, c'est-à-dire avec des signes allégoriques qui rappelaient la fuite de Chèvremont et la construction des chapelles d'Andenne. Lors de la réunion des chapitres d'Andenne et de Moustier, l'empereur imposa aux chanoinesses une autre décoration : c'était une croix en émail blanc et en or, à huit fleurons, au centre de laquelle se trouvait de chaque côté un médaillon émaillé, l'un à l'effigie de sainte Begge sur fond bleu, l'autre à celle de saint Pierre sur fond vert; le tout surmonté de la couronne fermée également en émail. Cette décoration s'attachait à un ruban bleu.

Joseph II supprima les accessoires du costume des chanoinesses, prescrivant, d'abord en 1785, la robe brune avec manteau assorti et une coiffe de gaze; puis, en 1786, uniquement, même pour le chœur, la simple robe noire (1).

En 1790, à la suite de la révolution brabançonne, les chanoinesses reprirent librement leur ancien costume. Elles conservèrent néanmoins la décoration qui symbolisait la réunion des chapitres d'Andenne et de Moustier.

(1) *Annexes* n°s XXVIII et XXIX.

Le logement des chanoinesses, comme il a été dit précédemment, était dans les encloîtres du chapitre. Les dames y habitaient des maisons séparées, mais il était fréquent de voir au moins deux chanoinesses, quelquefois même un plus grand nombre, réunies sous un même toit. Il en était ainsi pour des sœurs ou de proches parentes. Les demoiselles en année devaient aussi, comme on l'a vu plus haut, habiter chez une chanoinesse appelée leur ménagère; les écolières, lorsqu'elles n'étaient pas réclamées par une parente jusqu'au cinquième degré inclusivement, la plus proche ayant toujours la préférence, logeaient chez l'écolâtre. Cette situation avait été réglée par un décret de Marguerite d'Autriche en date du 30 avril 1519.

Les demoiselles en année et les écolières ne pouvaient sortir des encloîtres sans être accompagnées de leur ménagère, ou tout au moins d'une dame hors d'école.

Les obligations de résidence étaient connues sous les noms de résidence stricte et de résidence ordinaire.

Toute demoiselle hors d'école était tenue de résider au chapitre, chaque année, pendant six semaines consécutives. Ce séjour s'appelait la résidence stricte.

Les chanoinesses pouvaient donc à la rigueur s'absenter dix mois et demi sur douze, mais à la condition de se présenter au chapitre de mois en mois. Une fois en leur vie il leur était également loisible de faire trois ans consécutifs d'absence.

Les absences légales, ci-dessus indiquées, ne privaient pas les chanoinesses du gros de leur prébende, c'est-à-dire de la fraction des revenus généraux du chapitre qui se distribuait, toutes charges payées, par parts égales entre

8

toutes les chanoinesses et tous les chanoines et à laquelle
les héritiers avaient droit pendant le temps appelé l'année
de grâce; mais si une dame manquait de reprendre résidence au chapitre au bout de dix mois et demi d'absence,
ou bien à l'expiration de ses trois ans, elle devait restituer
tous les revenus de sa prébende, quel que ait pu être le
motif de la prolongation d'absence. Le chapitre montrait
à cet égard la plus grande sévérité et n'admettait, paraît-il,
aucune excuse, pas même le cas de maladie (1). Les
absences se calculaient en comptant le premier mois à
trente-six jours. A l'expiration de ce terme, il fallait loger
à Andenne le trente-sixième jour et se trouver au chœur
le lendemain, même si on voulait continuer l'absence. La
prolongation était-elle d'un demi-mois, on le comptait
à dix-huit jours, avec obligation de loger ce dernier jour
à Andenne et d'être au chœur le dix-neuvième jour.
La prolongation était-elle, au contraire, d'un nouveau
mois, on le comptait de date à date à partir du trente-
sixième jour. Si l'absence durait neuf mois et demi, il
fallait, comme après l'absence de dix mois et demi, en

(1) Le manuscrit précité des *Coutumes* rapporte un fait concernant une
chanoinesse de Salmier de Hosden. Elle faisait ses trois ans. Comme elle
devait revenir, dit le texte, étante à la fin, il lui prit une colique si
violente qu'il lui fut impossible de revenir à ce jour. Malgré les attestations de plusieurs médecins, le chapitre n'a point eu égard à cela. On lui
a fait restituer les revenus de ses trois ans. — Ces détails sont encore
consignés dans les *Analectes,* t. XII, année 1875, p. 277. — La même
rigueur fut exercée envers la baronne Marie-Anne de Bentinck, retenue
à Dusseldorf par la maladie, en 1779. (V. arch. du conseil privé, chapitre
d'Andenne, carton 1357, aux arch. générales du royaume.)

reprenant résidence au chapitre, commencer le terme de
la résidence stricte de six semaines. Dans ces deux cas le
dernier demi-mois se comptait à dix-huit jours. Pour faire
la résidence stricte il était requis d'assister chaque jour au
moins à un des grands offices : matines, grand'messe ou
vêpres. A l'office du matin, la présence devait être
constatée avant la fin du premier psaume et on ne pouvait
sortir qu'à laudes. A la messe, il fallait y être avant
l'épître achevé et jusqu'à la fin. A vêpres, la présence
était obligatoire dès avant la fin du premier psaume jusqu'à
complies exclusivement.

Pour avoir résidence ordinaire et profiter de la part
de revenus qui y était attachée, les chanoinesses ne
pouvaient prolonger une absence au delà de neuf jours,
logeant le neuvième jour à Andenne et se trouvant à
l'office le dixième; mais elles pouvaient renouveler ces
absences quatre fois par an. Dans ces limites les chanoinesses étaient censées n'avoir pas quitté le chapitre. Elles
avaient ainsi droit aux bénéfices des présences pour les
tenues ordinaires du chapitre et les offices au chœur. Les
chanoinesses non résidantes, mais personnellement présentes
à certaines de ces fonctions, pouvaient jouir occasion-
nellement des mêmes avantages. D'autres présences étaient
comptées pour l'assistance aux anniversaires et aux offices
de certaines fondations. Par recès capitulaire du 1er mai 1757,
il fut décidé que les chanoinesses malades à Andenne aux
jours des chapitres généraux de mai et de Saint-André,
qu'elles fussent ou non en état de résidence, gagneraient
les présences après avoir fait constater l'impossibilité dans
laquelle elles se trouvaient de se rendre au chapitre et à l'église.

Quand une chanoinesse désirait faire ses trois ans, elle le faisait demander, après vêpres, par une autre dame à la doyenne. Celle-ci en prévenait immédiatement les dames qui étaient au chœur. Durant cette absence la chanoinesse ne pouvait pas reparaître aux offices, ni au chœur, ni même dans la nef, sinon les trois ans auraient été rompus et jamais on ne pouvait les recommencer. Pendant ce temps, la chanoinesse en vacances perdait le bénéfice des fagots, ceux de la chandelle de la Purification et des œufs de Pâques. A l'expiration des trois ans, il fallait demander solennellement à prendre résidence, sous peine de s'exposer à devoir restituer le gros de la prébende. A cet effet, la chanoinesse qui rentrait au chapitre mettait ses manches et se faisait présenter par une autre dame, au pied du chœur, à l'issue du petit salut des prêtres. La demande était adressée par la dame chaperonne à la doyenne, qui elle-même la transmettait à la prévôte. Celle-ci la répétait aux autres dames présentes au chœur, lesquelles, en signe d'acquiescement, y répondaient par une révérence.

A la différence des règles établies pour les autres chanoinesses, les écolières ne pouvaient faire qu'un mois et demi d'absence de suite, mais en calculant le mois à trente-six jours et le demi-mois à dix-huit jours, soit par conséquent cinquante-quatre jours consécutifs. En outre, elles pouvaient encore avoir un demi-mois de dix-huit jours et deux fois neuf jours d'absence pendant le courant de l'année.

Une écolière ne pouvait paraître au chœur, ni dans la nef, sans avoir demandé résidence. Pour la faire, elle devait aller à un des grands offices pendant six semaines, portant le surplis, les manches et la barbette. Ensuite, et jusqu'à l'âge de douze ans, elle pouvait venir aux offices ordinaires avec le surplis seulement, mais elle était toujours obligée de le porter à l'église, même hors du chœur. A l'âge de douze ans, elle tenait semaine, c'est-à-dire assistait aux offices du chœur. Les écolières devaient dire les quinze psaumes pendant les coups de vêpres, après les nones chantées. Si on avait chanté le matin cette partie de l'office, elles la commençaient à deux heures, au premier coup de vêpres. Nous avons vu plus haut qu'à quinze ans les écolières étaient mises en année.

A la mort d'une écolière ses héritiers ne bénéficiaient de sa prébende que pendant six semaines.

Les questions de résidence, d'absence et de logement furent réglées à nouveau par les décrets de 1786 (1). Nous avons déjà vu que l'empereur Joseph II avait alors modifié totalement le costume des chanoinesses et nous dirons plus loin qu'il s'immisça dans les questions de discipline religieuse. Il voulut tout réformer : il supprima les années d'école et de résidence et fixa à dix-huit ans l'âge requis pour l'admission au chapitre; il régla même les absences, les sorties, les visites que pouvaient faire ou recevoir les chanoinesses et il édicta ces mesures d'une façon absolument blessante pour des dames d'un si haut rang.

La tenue des chapitres avait lieu régulièrement les premiers lundis de chaque mois. On tenait encore à Andenne trois grands chapitres par an : le premier dimanche de mai, la veille de la fête de saint Jean-Baptiste et la veille de la

(1) *Annexe* n° XXIX.

fête de saint André, chacun de ces jours à l'issue de la grand'messe.

Si ces fêtes tombaient un dimanche on remettait la réunion du chapitre au lundi.

Les séances capitulaires étaient présidées par la prévôte ou, en son absence, par la doyenne. On y connaissait de toutes les questions relatives à l'administration du chapitre, des intérêts spirituels et matériels. La doyenne y rendait compte des absences, et l'écolâtre des infractions graves à la règle qu'avaient pu commettre les demoiselles en année et les écolières. La prévôte elle-même y donnait l'admonition publique aux chanoinesses qui persistaient dans certains écarts au sujet desquels une réprimande particulière leur avait déjà été faite à deux reprises.

Les dames ainsi réunies nommaient et révoquaient certains employés du chapitre, conféraient des bénéfices ecclésiastiques, recevaient les comptes que rendait annuellement la doyenne, décidaient de la location des biens-fonds, de l'emploi des capitaux mobiliers, des dépenses relatives à l'entretien de leur église ou à l'administration de leur collège. Enfin elles procédaient en chapitre à l'examen des preuves des demoiselles pourvues d'une prébende par le souverain.

Dans les chapitres généraux on s'occupait notamment de la nomination à certains emplois et de questions relatives aux anciens statuts et usages du chapitre. Les résolutions prises dans ces séances ne pouvaient jamais être modifiées que dans une autre réunion générale. Les chanoinesses empêchées d'y assister pour cause de maladie ou tout autre motif légitime, devaient en faire avertir le chapitre par le bâtonnier. Un secrétaire, nommé par le chapitre, tenait acte de toutes les décisions prises en séances capitulaires (1).

Les cérémonies religieuses en usage à Andenne consistaient principalement, chaque jour, dans l'office du matin, la messe et les vêpres. Les dimanches et fêtes la grand'messe était précédée de la procession. Les dames venaient aû chœur et prenaient part aux offices avec les chanoines et les autres prêtres attachés à leur église. Les détails relatifs aux cérémonies religieuses, réglées d'une façon très variée selon chacune des fêtes de l'année, nous ont paru offrir trop d'intérêt pour pouvoir être passés sous silence. On les retrouvera longuement énumérés à la suite de cet ouvrage, à l'*Annexe* XXXVII. On y remarquera les nombreuses processions qui étaient en usage à Andenne et dont une des plus importantes était celle de Saint-Marc dont nous avons déjà parlé. Appelons également l'attention du lecteur sur la liturgie des fêtes : les cérémonies du carême (2) et en particulier celles du jour du grand feu, celles de Pâques, de la fête d'Andenne, qui était le dimanche après la Saint-Jean, de la fête de la translation de sainte Begge (7 juillet), enfin celles de la

(1) Les fonctions de secrétaire du chapitre étaient remplies, à la fin du XVIIe siècle, par J. Raymond, en même temps greffier de la cour d'Andenne. Après lui on trouve T. L. Smet, J. F. de Gotte, P. J. Bonhiver, auquel succéda, en 1764, Léonard-Joseph Polet. Après celui-ci Joseph-François de Give fut nommé en 1779 et enfin M. Limelette, en 1787.

(2) A partir d'une certaine époque, il se faisait, le jeudi-saint, une distribution de 200 harengs aux pauvres, détail qui ne se trouve pas rapporté dans le document dont nous parlons ici.

Fête de la patronne (17 décembre) offrent des particularités dignes d'intérêt.

Notons ici qu'en 1509 les dames reçurent un indult pontifical les autorisant à posséder un autel portatif dans leurs maisons pour y faire dire la messe.

Par le règlement de 1786, les cérémonies du chœur et les pratiques de dévotion des chanoinesses furent modifiées d'une façon radicale et ces changements, comme ceux d'ailleurs que nous avons signalés plus haut, étaient en quelque sorte le signe précurseur de la disparition prochaine d'une vieille et belle institution.

§ II. — Les dignitaires
La Prévôte. — La Doyenne — L'Ecolâtre

Les dignitaires du chapitre étaient la prévôte, la doyenne et l'écolâtre. On les trouve déjà mentionnées dans le bref de 1107 (1). Après elles venaient la chantre, qui devait diriger le chant aux offices des solennités, et les dames aînées, jadis au nombre de trois, plus tard au nombre de deux, lesquelles avaient mission de remplacer dans les devoirs de leur charge les dignitaires défuntes ou empêchées et de former, dans certains cas, avec la prévôte et la doyenne, une sorte de conseil du chapitre. La première des dames aînées prenait, à une certaine époque, le titre de vice-prévôte, la seconde celui de vice-doyenne.

(1) *Annexe* n° II.

I. **La Prévôte.** — Nomination, réception et serment; devoirs, droits et honneurs; revenus.

La plus haute dignité du chapitre était celle de prévôte ou abbesse. La prévôte était dame temporelle et spirituelle, ayant la charge entière de toutes les affaires, mais n'agissant en général que conformément à l'avis des chanoinesses et des chanoines résidants consultés en séance capitulaire.

La nomination de la prévôte était un acte solennel auquel paraissent avoir dû concourir, à toute époque, d'une part le chapitre, d'autre part une autorité suprême qui fut primitivement le pape et dans la suite le souverain. La plus ancienne élection prévôtale dont la relation ait été conservée est celle de 1431. On lit, dans les documents qui s'y rapportent, des détails très intéressants, non seulement au sujet du cérémonial usité à cette époque et dont certaines parties ne sont jamais depuis lors tombées en désuétude, mais encore relativement à la situation fâcheuse dans laquelle le chapitre se trouvait en ce moment : vicissitudes du temps, misères morales, divisions intestines profondes et invétérées, tout un ensemble de circonstances s'accordait à entourer de diffi- cultés l'élection de la prévôte et à donner à cet acte, que nous allons résumer, une physionomie particulière. Le procès-verbal de l'élection est daté du 8 mai 1431. Marie de Huppy, qu'il fallait remplacer en qualité de prévôte, était morte le 8 du mois précédent. Le chapitre s'assembla dans la salle capitulaire de l'église collégiale Notre-Dame à Namur « à cause de la destruction de notre église et de la dévastation de nos habitations » ainsi que le déclarent les chanoinesses et les chanoines. La cérémonie commença par la messe du Saint-Esprit, suivie de prières spéciales, afin d'obtenir les lumières du Ciel. Immédiatement après, la doyenne, Marie de Ville, déclara qu'il se trouvait au chapitre quelqu'un ayant encouru l'excommunication et l'obligea à se retirer; elle fit ensuite les recommandations qui étaient d'usage; enfin elle présida à l'élection de deux chanoinesses et d'un chanoine chargés de recueillir les suffrages. Ces préliminaires terminés, on procéda à l'élection de la prévôte. Chacun des trois scrutateurs émit d'abord son vote vis-à-vis des deux autres, puis tous trois reçurent ensemble le vote individuel, émis à haute voix, de chacune des autres personnes capitulaires, quelques-unes de celles-ci donnant en outre, par procuration, le suffrage de l'un ou l'autre absent. Il n'y eut d'autre abstention que celle de la personne excommuniée, mais il n'est pas dit si c'était une chanoinesse ou un chanoine. Vingt et une chanoinesses et huit chanoines prirent part au vote. Les rivalités qui avaient existé entre la prévôte défunte et la doyenne actuelle, dissentiments qui avaient été tranchés par la sentence arbitrale de 1423, dont il a été parlé précédemment, mais dont l'effet se faisait encore sentir, se ravivèrent d'une façon toute particulière en cette circonstance : la doyenne groupait autour d'elle la majorité des dames; la vice-prévôte, Marie du Chesne, représentait le parti de l'ancienne prévôte qui se composait de la minorité des chanoinesses, mais par contre de l'unanimité des chanoines. Cette circonstance donna la majorité à Guillemette de Saave qui réunit les suffrages de huit chanoinesses et ceux des huit chanoines. Marguerite du Chasteler, soutenue par la doyenne, obtint onze voix de chanoinesses. Il y eut deux voix perdues, celles des concurrentes. Dès que le résultat fut constaté, on appela un notaire pour en dresser acte et en même temps la majorité invita la doyenne à se rallier à elle et à proclamer, en vertu des devoirs de sa charge, le résultat de l'élection. Marie de Ville opposa un refus formel et se tint dans une abstention qui obligea la vice-prévôte à proclamer elle-même l'élection de Guillemette de Saave. Celle-ci fut conduite solennellement à l'église et installée sur le siège prévôtal, tandis qu'on entonnait le *Te Deum*. Interrogée sur le point de savoir si elle donnait son acquiescement au vote du chapitre, Guillemette déclara accepter « malgré son indignité » la charge qui lui était conférée. Alors les cloches sonnèrent, les portes de l'église furent ouvertes et quand le public eut pris place, le notaire s'avança vers le lutrin du chœur et annonça le résultat de l'élection.

Tels sont les seuls renseignements que nous possédons au sujet de cette élection, mais il n'est guère douteux que la prévôte dût encore se faire confirmer dans ses fonctions par la cour de Rome. Il paraît même probable que les chanoinesses qui avaient voulu élire Mademoiselle du Chasteler ne renoncèrent pas aisément à leur prétention, car on a vu le dépit et l'obstination manifestés par Marie de Ville et il est à noter que

Guillemette de Saave, élue le 8 mai 1431, ne fit relief de la prévôté que le 30 mai 1436. Que de difficultés et peut-être d'intrigues durent sans doute être conjurées pendant cet espace de cinq années!

Un siècle plus tard, on voit l'empereur et le pape intervenir dans la nomination d'une autre prévôté avec une autorité qui dénote l'usage d'un droit immémorial. C'est d'abord Charles-Quint qui s'adresse au chapitre, en 1520, et lui notifie, en vertu de l'indult octroyé à l'empereur par le souverain-pontife, que le chapitre, en cas de mort ou de démission de la prévôté alors en fonctions, aura à élire la chanoinesse Marie de Resves. Le choix du chapitre ne sera donc plus libre et ne sera manifesté que pour la forme : l'autorité supérieure impose à l'avance ce choix d'une manière absolue, mais, à la vérité, l'empereur ne parle en cette circonstance qu'au nom du pape. En effet, quelques années plus tard, en 1524, la prévôté Jeanne de Mares ayant résigné ses fonctions, le pape Clément VII donne deux bulles, datées du 13 novembre de la dite année, pour confirmer la nomination de Marie de Resves : aux termes de l'une, il déclare que lui seul peut conférer la prévôté et qu'il la remet à Marie de Resves; dans l'autre, il charge de hauts dignitaires ecclésiastiques de procéder à l'installation de la prévôté (1).

Postérieurement, dès avant la fin du xvɪe siècle, les élections prévôtales se firent d'une façon libre et régulière au sein du chapitre, sous réserve de l'approbation du

(1) V. les lettres de Charles-Quint et les bulles de Clément VII aux *Annexes* nᵒˢ XXXII et XXXIII.

souverain, mais non plus avec le concours du Saint‑Siège.
Cet usage fut suivi sans interruption jusqu'à la fin. Voici
de quelle manière il était procédé à la nomination d'une
prévôte :

Lors de la vacance du siège prévôtal, la doyenne en
informait officiellement le souverain. Celui-ci désignait
alors des commissaires, généralement au nombre de deux,
l'un ecclésiastique, l'autre séculier, chargés de se rendre
à Andenne à l'effet de recueillir les suffrages des chanoinesses et des chanoines. Les commissaires étaient toujours
de hauts personnages et l'évêque de Namur fut souvent
l'un d'eux.

La commission des délégués était d'abord transmise
au chapitre, puis leur était renvoyée par la doyenne,
laquelle prenait jour avec eux pour leur arrivée et
s'empressait de convoquer les dames et les chanoines
qui ne se trouvaient pas à Andenne en ce moment. La
réception des délégués se faisait avec solennité. Le lendemain de leur arrivée, après matines, les chanoinesses et
les chanoines, réunis dans la salle capitulaire, y recevaient
les commissaires accompagnés de leurs secrétaires. Ceux-ci,
se tenant debout, lisaient l'un après l'autre les commissions
du souverain; pendant ce temps toute l'assistance était
assise et les délégués se trouvaient placés entre les dames
aînées. Les commissaires faisaient ensuite leurs exhortations,
rappelant que les votes devaient être émis sous la foi du
serment, uniquement dictés par l'intérêt du chapitre;
qu'ils ne pouvaient se porter que sur une chanoinesse
ayant trente ans d'âge et dix ans de manteau. Ils
communiquaient aussi les intentions spéciales du souverain,

en vertu desquelles très généralement les suffrages ne pouvaient être valablement attribués qu'à des dames belges de naissance. Ensuite on se rendait à l'église pour entendre la messe du Saint-Esprit, pendant laquelle était exposé le chef de sainte Begge. A l'issue de la messe, les commissaires retournaient dans la salle du chapitre et y recevaient toutes les chanoinesses, l'une après l'autre, conduites par le bâtonnier, en commençant par la doyenne et les aînées. Chaque dame donnait deux voix à des personnes différentes, en ajoutant, sous la foi du serment, les motifs qui dictaient son choix. Les chanoinesses signaient leurs présentations. Les absentes et les malades pouvaient voter par écrit, sous pli signé par elles et cacheté de leurs armes, mais elles ne présentaient ainsi qu'une seule personne. Les chanoines votaient de la même manière après les chanoinesses. Quand on avait fait le relevé des suffrages, les commissaires y ajoutaient leur avis personnel et envoyaient le tout au conseil d'Etat à Bruxelles.

Tels sont les détails relevés dans toutes les élections qui eurent lieu à partir de 1643 et dont les procès-verbaux sont conservés. Mais, comme nous l'avons dit plus haut, il y a trace d'un cérémonial analogue usité dès le siècle précédent. Les documents relatifs à l'élection d'Agnès de Berlaymont (9 mars 1561) nous ont été conservés (1). On y voit que la précédente prévôte, Jeanne d'Eve, s'était démise de ses fonctions en demandant

---

(1) Conseil provincial, présentations aux dignités abbatiales. Arch. de l'Etat, à Namur.

expressément à être remplacée par sa nièce Jeanne d'Eve
de Walzin, mais que le souverain, par lettre du 29 octobre
1560, avait simplement invité le chapitre à procéder à
une élection, s'abstenant de donner des ordres ou des
conseils ainsi que Charles-Quint avait cru pouvoir le
faire précédemment. L'élection se fit en général de la façon
qui vient d'être indiquée, sauf toutefois que la réunion
eut lieu dans la maison de la chanoinesse de Warisoulx,
dame aînée, et que les votes ne furent émis qu'en
faveur d'une seule personne. Mademoiselle de Berlaymont
recueillit dix suffrages et Mademoiselle d'Eve sept. Il y
eut quelques voix perdues. Dès 1643 on votait pour deux
chanoinesses, l'une en premier rang, l'autre en second
rang.

Les commissaires à l'élection, leurs secrétaires et le
conseil d'Etat, pour la *consulte* qu'il avait à faire, touchaient
des indemnités qui devaient être payées par le chapitre.
Pendant le séjour des commissaires à Andenne, la doyenne
devait les traiter à ses frais, mais il avait été réglé qu'elle
n'inviterait que deux dames et deux chanoines à chaque
repas (1).

Après avoir reçu l'avis du conseil d'Etat, le souverain
nommait la prévôte et lui dépêchait à cet effet des
lettres-patentes (2). Le choix du souverain n'était pas

(1) V. un état de dépenses pour élection d'une prévôte à l'*Annexe*
n° XXXV.

(2) Nous donnons à l'*Annexe* n° XXXIV le texte des lettres-patentes
nommant prévôte d'Andenne Marie-Frédérique de Hoensbroeck d'Oost,
dernière titulaire de cette charge.

absolument déterminé par le vote du chapitre. Ainsi au commencement de 1568, dans l'élection qui eut lieu pour remplacer la prévôté de Berlaymont, Hélène de Berlo n'avait recueilli que neuf suffrages, tandis que dix s'étaient portés sur Catherine de Senzeilles et deux sur Anne de Vaulx; néanmoins le duc d'Albe, par lettre adressée à Philippe II, le 31 janvier 1568, proposa la nomination de la chanoinesse de Berlo, parce que son père avait été tué au service de l'empereur (1) et le roi ratifia ce choix. Un exemple du même genre se rencontre encore en 1764 : la doyenne de Hoensbroeck, qui fut appelée à la prévôté en 1778, avait déjà réuni alors au chapitre onze premières voix et quatre secondes, mais l'impératrice lui préféra la chanoinesse de Nassau qui n'avait eu que sept suffrages en premier rang et six en second rang. Cette dernière chanoinesse avait le double bénéfice de l'âge et d'un plus long terme de canonicat.

En 1724, l'évêque de Namur, comte de Berlo, éleva la prétention de confirmer la nomination de la comtesse de Glymes de Spontin, appelée aux fonctions de prévôte, mais le chapitre déclara que ce serait contraire aux précédents : le souverain exerçait seul désormais un droit auquel le pape avait renoncé depuis longtemps et l'autorité ecclésiastique ordinaire, comme on l'a vu plus haut, n'avait point juridiction à Andenne. L'évêque n'insista pas.

La réception de la prévôte suivait sans retard sa nomination. La nouvelle dignitaire envoyait sa patente à la

______

(1) Papiers d'Etat. Correspondance du duc d'Albe avec Philippe II, t. I, fol. 150, aux archives générales du royaume.

doyenne et priait celle-ci de convoquer le chapitre pour le lendemain *à pretiosa*. Le jour de la réception, après prime, la nouvelle prévôte, ayant revêtu le long surplis et le manteau bordé d'hermine, que soutenait un laquais, était conduite en cortège à la salle capitulaire. Les musiciens ouvraient la marche, mais ils devaient s'arrêter à la porte de la salle, de même que le laquais; puis venait la réci-piendaire, s'avançant entre ses deux plus proches parents, escortée de sa famille et de ses amis. Les dames, revêtues du long surplis, attendaient, ainsi que les chanoines, dans la salle capitulaire. Quand le cortège y était entré, le plus proche parent de la prévôte remettait la patente à la doyenne, laquelle en faisait donner lecture à haute voix par le greffier du chapitre. Pendant ce temps les dames ne pouvaient s'asseoir, contrairement à l'usage suivi lors de la réception d'une chanoinesse, par la raison que la prévôte était debout. Après lecture de la patente, le greffier passait cette pièce au plus âgé des chanoines : celui-ci présentait le scel de Sa Majesté à chacune des dames et à chacun des chanoines qui faisaient la révérence ou le salut. Ensuite la doyenne prononçait une formule semblable à celle usitée pour la réception d'une chanoinesse : « Mesdames, disait-elle, comme il a plu à Sa Majesté Impériale et Catholique de conférer la dignité de prévôte de notre Chapitre, vacante par la mort de Madame N. N., à Mademoiselle N. N., nous n'avons rien à y contre-dire, parmi observant les cérémonies accoutumées » (1).

(1) Comme pour la réception des chanoinesses, nous conservons ici les termes des formules en usage au XVIIIe siècle. V. la note relative à *la présentation de la patente*, au § Ier du présent chapitre.

Aussitôt, la doyenne et la dame aînée allaient prendre la prévôte et la menaient, entre elles deux, jusqu'à la nef de l'église, marchant immédiatement après les chanoines et les prêtres. En sortant de la salle du chapitre, la chantre entonnait le *Te Deum*. Cet hymne s'achevait au chœur, chanté alternativement par les dames et les prêtres, après quoi la prévôte était conduite au grand autel, du côté de l'épître, où elle prêtait serment devant les reliques de sainte Begge et sur le livre des évangiles. Voici la formule du *serment* :

« Je N. N. jure que je garderai à mon pouvoir l'église Madame sainte Begge à Andenne, toutes les personnes et franchises, leurs biens et droitures; et ce je jure par le précieux Corps de Notre Seigneur Jésus-Christ et le Corps saint ici présent de Madame sainte Begge devant dicte. Amen. »

On conduisait ensuite processionnellement la prévôte jusqu'à son siège et les dames, les chanoines et les bénéficiers, chacun suivant son rang, venaient l'y saluer et lui souhaiter la bienvenue. Après la grand'messe, qui était celle du Saint-Esprit, la nouvelle dignitaire était ramenée chez elle par tout le chapitre et au son de toutes les cloches. Arrivée dans son salon, la prévôte recevait la verge de justice des mains du bâtonnier et remerciait le chapitre. Jadis elle donnait un grand festin, mais un recès capitulaire de 1719 abrogea cet usage et le remplaça par une indemnité de seize pistoles en faveur de la fabrique. L'après-midi, le chapitre et toutes les personnes qui en dépendaient se rendaient en corps chez la prévôte pour lui présenter leurs hommages.

Les devoirs, droits et honneurs de la prévôte étaient fort étendus. Dans un diplôme en date du 29 mai 1495, Maximilien, roi des Romains, et Philippe, archiduc d'Autriche, reconnaissent que la prévôte d'Andenne a « autorité et préminence en sa terre et seigneurie d'Andenne, qu'elle siet en siège judiciaire, tient la verge de justice, semont et conjure ses hommes et eschevins et condamne de sa bouche les criminels, et ce fait, le fait exécuter par son officier... (1) »

La prévôte convoquait et présidait le chapitre, au nom duquel elle rendait, à la suite de la réunion capitulaire de la Saint-Jean, les charges de mayeur, d'échevins et de greffier de la cour jurée d'Andenne siégeant à Saint-Mort à Huy, celles de sergents d'Andenne et de mayeurs de Burdinne, de Haillot et de Gesteaux. Tous les ans, le jour de la Saint-Jean, ceux qui étaient pourvus desdits offices, de même que le marguillier de la paroisse, se présentaient avant la grand'messe devant la stalle de la prévôte et chacun d'eux recevait une fleur des mains de cette haute dignitaire, ce qui indiquait que ces charges leur étaient données ou continuées.

Une des premières obligations de la prévôte, aussitôt après sa nomination, était de constituer un mandataire pour relever, en son nom, devant le Souverain Bailliage, le fief de la prévôté situé à Burdinne.

La prévôte désignait le procureur qui avait voix, en son nom, à l'Etat noble de la province.

Elle nommait encore l'écolâtre, la chantre, le chapelain,

(1) *Annexe* n° XI.

le bâtonnier, c'est-à-dire celui qui portait la verge de justice, les quatre petits clercs du chœur, lesquels faisaient leur office chacun pendant une semaine, et les charges attachées à la Croix, à l'Eau bénite et à l'Encens. Elle avait aussi la collation des cures d'Andenne, de Haillot, de Saint-Mort à Huy et de Sassey au duché de Bar, de même que celle de quatorze bénéfices énumérés plus haut (1).

Elle donnait enfin les emplois de l'hôpital, le passage d'eau à Andenelle et nommait les deux *brouilleurs* chargés de porter l'échelle de justice lorsqu'il était besoin.

Elle fut appelée, dans les derniers temps, à concourir,

(1) Une sentence du conseil provincial de Namur, en date de 1585, trancha des difficultés qui avaient surgi entre la prévôte d'Andenne, d'une part, et la doyenne et quelques chanoinesses, d'autre part, relativement à leurs dròits réciproques. Cette sentence porte : « que ladite dame prévôte aura et retiendra la prééminence et authorité qu'elle a et a jusqu'à présent exercée en l'Eglise, processions publiques, même l'authorité de faire convoquer et assembler le chapitre quand bon lui semble par son bâtonnier ou substitut et que outre cela retiendra à elle seule la collation des quatre cures (Andenne, Haillot, Saint-Maur à Huy et Stache en Lorraine), oultre bénéfices et offices spécifiés et repris en un extrait produit et marqué en son inventaire par la lettre E tiré d'un régistre particulier d'une dame prévôte audit Andenne..... » Tous les droits de la prévôte, tels que nous les indiquons ici, sont maintes fois consignés dans les archives du chapitre. Ils sont entre autres énumérés dans une déclaration faite par l'ex-prévôte Jeanne de Mares, devant le notaire Gérard Loze, le 26 juillet 1525. Cette dame déclare qu'elle a constamment joui desdits droits pendant plus de quarante ans qu'elle est restée en fonctions. (Original sur parchemin aux archives de l'Etat, à Namur, chartrier d'Andenne.)

avec l'écolâtre et les échevins d'Andenne, à la nomination des maîtres et maîtresses d'école.

Selon les solennités, la prévôte était conduite à l'église par différents officiers. C'étaient le mayeur d'Andenne, portant alors la verge de la justice, le bâtonnier et le chapelain aux fêtes suivantes : le Jour de l'an, la Chandeleur, Pâques, l'Ascension, la Pentecôte, la Sainte-Trinité, le Jour de la fête d'Andenne, la Translation de sainte Begge, l'Assomption, la Nativité de la sainte Vierge, la Dédicace de l'Eglise, la Toussaint, la Sainte-Begge et Noël. Le bâtonnier l'accompagnait seul aux jours suivants : l'Annonciation, le Dimanche des Rameaux, le Jeudi-Saint et le Samedi-Saint (pour aller à Saint-Jean), les Jours après Pâques, le Dimanche de Quasimodo, la fête des saints Philippe et Jacques, les Rogations, la veille de Pentecôte, les fêtes de saint Jean-Baptiste, des saints Pierre et Paul, de saint Jacques, de saint Michel, de sainte Elisabeth, de sainte Catherine, de saint Nicolas, la fête de l'Immaculée Conception et les jours qui suivent Noël. A la fête d'Andenne, pour la messe et la procession, la prévôte était encore accompagnée du curé de Haillot qui lui apportait un veau gras et auquel elle offrait à dîner ce jour-là.

La prévôte ne donnait séance chez elle qu'à la doyenne, à l'exclusion de toute autre personne capitulaire. Lorsque des chanoines ou des dames appartenant à d'autres chapitres venaient à Andenne, leur première visite devait toujours être pour la prévôte.

La prévôte était nommée à vie. Toutefois pour des motifs sérieux, tels par exemple que le grand âge ou la maladie, elle pouvait être déchargée de ses fonctions. Lorsqu'elle venait à mourir, la haute direction du chapitre appartenait à la doyenne aussi longtemps que le siège prévôtal était vacant.

Les revenus de la prévôté étaient, au xvie siècle, de vingt-quatre écus d'or, monnaie de Cambrai (1).

En 1787, d'après une situation depuis longtemps acquise, ils furent énumérés comme suit :

1° La jouissance d'une maison représentant un loyer de 150 florins;

2° La moitié de la grosse et menue dîme de Burdinne, tant en grains qu'en argent, rapportant environ 1,900 florins;

3° Deux bonniers six verges grandes de terres à Burdinne loués 25 florins 4 sols;

4° Le droit de passage d'eau à Andenelle, affermé pour le prix de 81 florins 4 sols.

Sur les revenus de Burdinne, la prévôte prélevait la moitié du traitement du curé de cette localité.

A la mort d'une prévôte, ses héritiers jouissaient des revenus de la charge jusqu'à la Saint-Jean suivante.

______

(1) V. Bulle du pape Clément VII, *Annexe* n° XXXIII.

Liste chronologique des prévôtes et notices sur leurs familles

I. — Ivette d'Autrive

Son anniversaire fut fondé en 1285 (1).

II. — Catherine de Loverval

Elle fut prévôte en 1284.

Les seigneurs de Loverval, qui prenaient leur nom d'une terre importante de l'Entre-Sambre-et-Meuse, sont connus dans les annales du pays de Liége. Jean de Loverval, tréfoncier du chapitre de Saint-Lambert au XIIe siècle, fut aussi prévôt de la collégiale de Sainte-Croix et archidiacre d'Ardenne. — Arnoul de Loverval fut un des signataires de la *Paix de Fexhe* en 1316. — Au commencement du XIVe siècle également, cette famille possédait les terres de Villers-Potterie et de Joncret. Nous croyons qu'elle s'éteignit au siècle suivant et nous voyons qu'à cette époque les terres de Joncret et de Villers-Potterie passèrent successivement, par suite d'alliances, dans les familles de Villereche de Trivières, de Hun (l'une et l'autre alliées aux

(1) Antérieurement à la première prévôte dont nous connaissons le nom de famille, les documents déposés au chartrier d'Andenne (arch. de l'Etat, à Namur) indiquent les prévôtes suivantes : 1107, Gertrude; 1237, H.....; 1267, Mathilde. En outre, entre les prévôtes indiquées ici sous les n°s II et III, il y en eut une du nom de Mahaut que l'on trouve en fonctions en 1306.

Loverval), de Berlo et enfin de Namur. La terre de Loverval
fut aux seigneurs de Hun, puis à ceux de Marbais. Il est toutefois
à noter que Englebert de la Marck, oncle du cardinal Erard de la
Marck, prince-évêque de Liége, était qualifié seigneur de
Loverval au commencement du XVᵉ siècle.

III. — Catherine DE SENZEILLES

Elle est mentionnée en qualité de prévôte dans des actes
de 1323, 1340 et 1345.

La maison de Senzeilles, qui compte treize chanoinesses
d'Andenne, dont trois prévôtes, est aussi une de celles dont le
quartier figure le plus souvent parmi les preuves faites à ce
chapitre. Les seigneurs de Senzeilles florissaient dès la fin du
XIIᵉ siècle et ils eurent l'insigne honneur d'être représentés
à cette époque aux croisades par un chevalier qui s'appelait
le seigneur de Thimeon. Ce fait est relaté dans le Cartulaire de
Floreffe, fol. 49 vᵒ, aux archives de l'Etat, à Namur. On y
trouve une charte de Henri l'Aveugle confirmant la donation
faite par Simon, seigneur de Thimeon, à l'abbaye de Floreffe,
en 1188, au moment de partir pour la troisième croisade. Nous
lisons d'abord dans ce document qui, croyons-nous, n'a jamais
été publié : « *Simon de Timium, miles et actu et genere liber,
expeditione Christiani exercitus sancta devotione Jerosalymann
iturus...* » puis, plus loin, nous voyons le nom « Thymeon »
et enfin la mention suivante, à propos des témoins de l'acte de
donation : « *Henricus de Senzelle prædicti Simonis frater.* »
En effet, la généalogie de Senzeilles indique un nommé Simon
comme frère de Henri, auteur commun de toutes les branches de

la famille. Au xiiie siècle, les Senzeilles occupèrent en Angleterre
des postes importants et vers cette époque cette famille se
divisa en deux branches principales. La branche aînée compte
un chevalier à la bataille de Crécy, en 1346, un grand bailli du
Hainaut au xive siècle, puis un lieutenant-gouverneur du comté
de Namur, des mayeurs de Namur et des gouverneurs de villes.
Elle fut représentée à l'inauguration de Philippe-le-Beau, comme
comte de Namur, en 1429, par Jacques de Senzeilles, bailli
de Montaigle, et à celle de Charles-Quint, en 1515, par un autre
Jacques, vicomte d'Aublain. Cette terre d'Aublain échut par
succession, au xve siècle, à la branche aînée des Senzeilles,
laquelle la transmit, un siècle et demi plus tard, à la maison
de Groesbeeck, dans laquelle elle s'éteignit après s'être alliée
aux Barbançon, Corswarem, Eve, Hosden, Marbais et Yve.
— La branche cadette fut connue sous le nom de Soumagne,
terre située non loin de celle de Senzeilles (1). Un Senzeilles-
Soumagne épousa, à la fin du xive siècle, la fille du seigneur de
Hallendas, lequel descendait, selon Hemricourt, de l'illustre lignée
de Dammartin au pays de Liège. Cette branche s'honore d'un
grand bailli du Condroz, de mayeurs et voués héréditaires
d'Angleur et de Kinkempois, d'un bourgmestre de Liège en
1678, de plusieurs officiers de mérite et d'un chambellan de
la cour d'Autriche, reçu sur preuves à la fin du siècle dernier.
Elle a été admise non seulement, comme la branche aînée,
au chapitre d'Andenne, mais encore à ceux de Mons et de
Nivelles, ainsi qu'à l'Etat noble du Luxembourg. Elle s'est
alliée aux Boulant de Gesves, Corswarem, Goër de Herve,
Hemricourt de Grunne, Hosden, Marches, Mont de Gages,

(1) Soumagne-lez-Walcourt, actuellement Soumoy.

Robiano, Rougrave, Waha, Warnant, Woot de Trixhe et elle est encore représentée aujourd'hui.

IV. — Hellewis D'Erpent

Cette prévôte, qui était en fonctions en 1357, comme en témoigne un acte de ladite année, mourut en 1365.

La terre d'Erpent, située non loin de Namur, donna son nom à des seigneurs qui furent honorés de la dignité de chevaliers dès le XIIIe siècle. La prévôte d'Andenne, fille de Jean d'Erpent, chevalier, sœur de Clarin, prieur de l'abbaye de Géronsart, et d'une autre chanoinesse d'Andenne, hérita de la seigneurie d'Erpent et la légua à son cousin, Roland de Harzée. Cette terre passa ensuite par héritage dans la famille de Bastogne, mais fut revendiquée, au XVe siècle, par les descendants d'une branche cadette des Erpent. Ceux-ci eurent leurs prétentions repoussées en justice. A la même époque ils donnèrent encore un prieur à l'abbaye de Géronsart et on les voit ensuite, au XVIIe siècle, en possession de la seigneurie de Tillier, terre qui passa, par succession, au commencement du siècle suivant, dans la famille Doucet.

V. — Isabeau DE Senzeilles dite DE Soumagne

Elle releva la prévôté vers l'année 1400 (1) et mourut en 1409.

(1) Souverain Bailliage de Namur, R. XIV, dénombrement des fiefs, fol. 223, aux archives de l'Etat, à Namur, et Bormans, *les Fiefs du comté de Namur,* XVe siècle, p. 194. — Les sources précitées ne mentionnent pas la date de ce relief d'une façon plus précise.

Elle appartenait à la même famille que la prévôte mentionnée sous le n° III.

VI. — Marie DE HUPPY

Cette prévôte était en fonctions dès 1413 et on la mentionne également dans une sentence arbitrale, en date du 8 février 1423, dont nous avons parlé au chapitre premier. Marie de Huppy mourut en 1431.

VII. — Guillemette DE SAAVE, alias DE SAYVE (1)

Elle fut élue en 1431 (2), releva la prévôté le 30 mai 1436 (3) et mourut en 1469.

Cette prévôte appartenait à une famille du pays de Namur dont un membre, du nom de Simon, fut convoqué à l'Etat noble de ce comté en 1429.

VIII. — Agnès D'EVE

Un acte de 1486 la mentionne comme ayant occupé précédemment la dignité de prévôte.

---

(1) Un arbitrage de 1423 appelle *Sayve* les chanoinesses de ce nom. L'acte d'élection de 1431 dit *Saave*.

(2) V. ci-devant, p. 121-124, la narration de l'élection de cette prévôte.

(3) Reg. aux plaids du château 1435-1437, fol. 15 v°, aux archives de l'Etat, à Namur.

La famille d'Eve, qui fournit à Andenne onze chanoinesses, parmi lesquelles deux prévôtes et une doyenne, appartenait au comté de Namur. Le père d'Agnès était seigneur d'Eve, prévôt de Poilvache et grand bailli d'Entre-Sambre-et-Meuse. Un de ses fils lui succéda dans la prévôté de Poilvache et fut conseiller et chambellan de Maximilien d'Autriche. Leurs descendants, parmi lesquels on remarque un lieutenant-gouverneur du comté de Namur, un gouverneur de Dinant et un commandant de la cavalerie allemande aux Pays-Bas sous le règne de Philippe IV, ont eu entrée à l'Etat noble de Namur et assistèrent en cette qualité à l'inauguration de Philippe-le-Beau, comme comte de Namur, en 1495. Ils se sont éteints, au xviie siècle, dans la famille de Moitrey de Custine, à laquelle ils ont apporté la seigneurie de Loyers, dont ils étaient en possession depuis plus de deux siècles. — Une autre branche, issue d'un frère cadet de la prévôte Agnès, resta continuellement en possession de la seigneurie d'Eve et s'éteignit au xvie siècle, après avoir fourni des capitaines du château de Samson et un grand bailli d'Entre-Meuse-et-Arche. — Une troisième branche, celle des seigneurs de Walzin, laquelle brisait son écusson d'une merlette au chef, se fondit dans celle de Loyers et une quatrième branche avait adopté le nom de la terre de Severy, tout en retenant l'écusson primitif d'Eve : d'azur à la fasce d'or. Cette dernière branche donna une chanoinesse à Andenne à la fin du xviie siècle et s'éteignit peu après. Le quartier d'Eve et celui de Severy se trouvent maintes fois cités dans les preuves faites à Andenne, car les différentes branches de cette famille contractèrent des alliances avec les Argenteau, Beaufort, Berlo, Brandenbourg, Carondelet, Glymes de Jodoigne, Groesbeeck, Hamal et Senzeilles.

IX. — Jeanne DE MARES

Les deux premiers actes où cette dame comparaît en qualité de prévôte sont datés du 3 juin 1481 et du 1er mai 1482. Jeanne de Mares résigna ses hautes fonctions en 1524, mais elle resta au chapitre où elle testa en 1529. Elle mourut peu de temps après.

Il est possible que cette prévôte appartienne à la famille connue au pays de Liège sous les noms de de Maret, de Marets et des Marets et qui donna un bourgmestre à la ville de Liège en 1269. On ne connaît de certain que l'alliance de Jeanne de Mares avec la famille de Ramelot.

X. — Marie DE RESVES

Comme nous l'avons dit plus haut, Marie de Resves fut appelée à la succession de la prévôté par patente de Charles-Quint de 1520 et nommée définitivement en vertu de bulles du pape en date de 1524 (1).
Elle releva la prévôté le 20 juillet 1537 (2).

Les sires de Resves ou Raives sont qualifiés par Hemricourt illustres seigneurs. Rigault de Resves fut un des gentilshommes qui signa, en 1184, l'acte d'adoption par lequel Henri l'Aveugle institua son neveu, Baudouin de Hainaut, héritier du comté de

(1) *Annexes* n°s XXXII et XXXIII.
(2) Souverain Bailliage, R. aux reliefs et transports 1534-1551, fol. 43.

Namur (1). Au xive siècle cette famille fournit deux tréfonciers au chapitre de Saint-Lambert à Liège et les reliefs de fiefs font connaître que, depuis cette époque jusqu'au xvie siècle, elle posséda les seigneuries de Resves, de Haibes, de Dourbes et de Gilly. Au xviie siècle la terre de Resves, qualifiée baronnie, passa par achat à la maison de Dongelberghe.

Les Resves furent alliés à de grandes races telles que Haccourt, Montenaeken, Succre et Trazegnies.

XI. — Jeanne d'Eve

Elle releva la prévôté le 19 février 1545 (2). Jeanne était la petite-nièce de la prévôte Agnès d'Eve, mentionnée ci-dessus.

XII. — Agnès de Berlaymont

Elle fut élue en 1561 (3) et releva la prévôté le 8 octobre 1562 (4).

Berlaymont est un des grands noms historiques de Belgique. Aucun genre d'illustration n'a manqué à cette race puissante dont

---

(1) V. le baron de Reiffenberg, *Monuments pour servir à l'histoire des provinces de Namur, de Hainaut et de Luxembourg*, I, p. 127.

(2) S. B. R. aux reliefs et transports 1534-1551, fol. 163 v°.

(3) Les commissaires qui présidèrent à cette élection furent Louis de Quaie, abbé de Boneffe, Antoine de Bernemicourt, prévôt de la collégiale Notre-Dame à Namur, et Pierre de Waës, conseiller au conseil provincial et chanoine gradué de Saint-Aubain.

(4) S. B. R. aux reliefs et transports 1551-1592, fol. 157 v°.

les souvenirs remontent au xiiᵉ siècle. Connue à cette époque sous le nom de Saint-Aubert, cette maison ne tarda pas à adopter celui de la terre de Berlaymont en Hainaut, à la suite du mariage de Gilles de Saint-Aubert, (tué au siège de Roucourt en 1137), avec l'héritière du célèbre Gilles de Chin, sire de Berlaymont, le héros populaire de la ville de Mons.

Dès le xiiiᵉ siècle chevaliers et boutilliers héréditaires du Hainaut, les Berlaymont comptent des conseillers des ducs de Bourgogne; un grand nombre d'hommes de guerre, parmi lesquels des gouverneurs de villes et forteresses, des commandants de régiments et des généraux; des baillis de Hesbaye et de Moha; des bourgmestres de Liège et de Huy et des mayeurs de Namur; des chambellans, grands officiers et plénipotentiaires des princes de Liège et de la cour d'Autriche; un archevêque-duc de Cambray; enfin, au xviᵉ siècle, trois gouverneurs et capitaines généraux du comté de Namur, tous trois chevaliers de la toison d'Or, savoir : le comte Charles de Berlaymont, le célèbre conseiller de Marguerite de Parme, chef des finances sous le règne de cette princesse, membre du conseil des troubles sous le duc d'Albe, puis gouverneur des Pays-Bas, une des grandes figures historiques de cette époque, mort en 1578; le comte Gilles de Berlaymont, fils aîné du précédent, successivement stadhouder de Hollande, de Zélande et d'Utrecht, avant de remplacer son père dans le gouvernement de Namur, et aussi général d'artillerie et maître de camp des troupes wallones au service d'Espagne, tué devant Maestricht en 1579; le comte Florent de Berlaymont, lequel fut également gouverneur de l'Artois et du Luxembourg.

La maison de Berlaymont a été reçue aux Etats nobles du Hainaut et de Liège et dans les principaux chapitres nobles d'hommes et de femmes des Pays-Bas. A Andenne elle fournit treize chanoinesses, parmi lesquelles une dame de l'ordre de la Croix Etoilée. Elle a possédé un nombre considérable de seigneuries, comtés, vicomtés, baronnies, et la terre de Berlaymont, longtemps qualifiée baronnie, fut érigée en comté par lettres-patentes de 1574. Les comtes de Berlaymont actuels sont les descendants des seigneurs de Borminville : ils possèdent encore cette ancienne seigneurie entrée dans leur famille, en 1483, par héritage de la maison de Marchin. La terre de Berlaymont passa, au xviie siècle, dans la maison d'Egmont, par le mariage de la fille aînée du comte Florent précité avec Louis d'Egmont, prince de Gavre, grand d'Espagne de première classe. Les Berlaymont ont encore des alliances directes avec les Arenberg, Argenteau, Barbançon, Beaufort, Beauffort, Berlo, Brimeu-Meghem, Chastel-Howardries, Chasteler, Corswarem, Croy, Dongelberghe, Gavre, Glymes de Jodoigne, Hamal, Hennin-Liétard, Lalaing, Lannoy, Liedekerke, Ligne, Looz, Luxembourg, Melun, Oultremont, Oyenbrugghe, Poictiers et Warnant.

XIII. — Hélène DE BERLO

Elle releva la prévôté le 27 août 1569 (1).

L'illustre maison de Berlo, qui florissait déjà au xiie siècle, tire son nom d'une terre située en Hesbaye, anciennement franc-alleu possédant un château-fort. Les sires de Berlo, chevaliers dès le xiiie siècle, qualifiés barons de Berlo et

(1) S. B. R. aux reliefs et transports 1551-1592, fol. 232 v°.

comtes de Hozémont au xvie siècle, ont laissé des souvenirs
intimement liés à l'histoire du pays de Liège : deux d'entre
eux signèrent la célèbre *Paix de Fexhe,* en 1316; un autre,
grand bailli de Hesbaye, porta l'étendard de Saint-Lambert
à la bataille de Brusthem, en 1467; plusieurs se distinguèrent
dans les armées des princes-évêques; d'autres encore remplirent,
dès le xve siècle, les hautes fonctions de bourgmestres de la
ville de Liège. La charge d'avoué de Sclessin et d'Ougrée
fut héréditaire dans cette famille pendant quatre siècles. Les
Berlo comptent plusieurs généraux, entre autres Jean de Berlo,
créé comte de son nom en 1668, étant alors général de
bataille au service d'Espagne, depuis généralissime des troupes
de l'électeur de Bavière; deux évêques de Namur; des chambellans
des princes de Liège et de la cour d'Autriche; des chevaliers
Teutoniques; des membres des Etats nobles de Liège, de
Namur et de Luxembourg; des chanoines et chanoinesses dans
plusieurs chapitres nobles des Pays-Bas.

Cette maison s'est divisée en différentes branches, toutes en
possession de terres importantes : celle des seigneurs de Brus,
fondée au xive siècle, dans laquelle s'éteignit au siècle suivant
la lignée principale des seigneurs de Berlo, fournit huit
chanoinesses à Andenne, parmi lesquelles deux prévôtes; celle
de Fontenoy, rameau de la branche de Brus, donna encore
six chanoinesses au même chapitre et celle de Hozémont en
eut deux.

La maison de Berlo, éteinte au cours de notre siècle,
a contracté des alliances directes avec les Argenteau, Arschot,
Beaufort, Berlaymont, Corswarem, Cottereau, Dongelberghe,
Gavre, Geloes, Hamal, Lannoy, Moreau de Bioul, Mérode,
Oyenbrugghe, Spangen, Surlet. Les terre et château du nom,

qu'elle avait possédés pendant plus de six siècles, ont passé, par héritage, dans la famille de Tornaco, puis dans celle de Renesse.

XIV. — Catherine DE SENZEILLES

Elle releva un fief appartenant à la prévôté le 14 mars 1608 (1).

Cette dame était de la branche aînée de la maison de Senzeilles déjà mentionnée plus haut.

XV. — Agnès DE BERLO

Elle releva la prévôté le 25 février 1610 (2).
Elle était nièce de la prévôte Hélène de Berlo.

XVI. — Anne DE HAMAL

Elle releva la prévôté le 3 décembre 1616 (3).

---

(1) Ce relief porte : « certain fief appartenant à la Prévôté, situé au lieu de Burdinne, vacant par le trépas de feue Madame Hélène de Berlo, en son temps prévôte dudit Andenne ». On trouve Catherine de Senzeilles mentionnée en qualité de prévôte le 10 juillet 1601 (Souverain Bailliage de Namur, R. aux reliefs et transports 1592-1613, fol. 110 v°), ce qui permet de croire qu'elle succéda à Hélène de Berlo antérieurement à 1608 et qu'à cette date elle ne releva pas le fief de la prévôté proprement dit, mais un fief qui en dépendait.

(2) S. B. R. aux reliefs et transports 1592-1613, fol. 240.

(3). S. B. R. aux reliefs et transports 1612-1625, fol. 73.

La maison de Hamal prend son nom d'une terre située près de Tongres et prouve sa filiation depuis le commencement du XIIIe siècle. Dès cette époque les sires de Hamal, chevaliers bannerets, étaient au nombre des plus puissants du pays de Liège. Ils comptent un signataire de la *Paix de Fexhe,* en 1316. Au XIVe siècle également, Jean de Hamal, connu sous le nom de Grevenbroeck, joua un rôle considérable : après s'être distingué, en qualité de maréchal, sous le prince-évêque Englebert de la Marck, dont il soutint fidèlement les intérêts, il fit la guerre en personne, avec son beau-frère le sire de Rummen, au prince-évêque Jean d'Arckel, au sujet de la succession du comté souverain de Looz auquel prétendait la maison de Rummen. Les descendants de ce seigneur parvinrent à maintenir, à travers les siècles, la grande situation de leur famille, par les postes qu'ils occupèrent, par leurs alliances et par l'importance de leurs domaines. Ils fournirent un nombre considérable d'hommes de guerre, dont un entre autres se trouva sous les ordres de don Juan à Lépante en 1571, des gouverneurs de villes et de forteresses, des grands baillis et un gouverneur et capitaine général du duché de Gueldre au XVIe siècle. Chevaliers Teutoniques, gentilshommes de la chambre de Charles-Quint et chambellans d'autres souverains, les Hamal siégèrent à toute époque à l'Etat noble du pays de Liège et furent reçus également aux Etats nobles de Namur et du Luxembourg, ainsi que dans les différents chapitres nobles des Pays-Bas. Ils ont des alliances directes avec les Argenteau, Arschot, Aspremont-Lynden, Beaufort, Berlo, Bryas, Croy, Culembourg, Gavre, Hennin-Liétard, Lalaing, la Marck, Mérode, Montmorency, Oultremont, Renesse, Rubempré, Sainte-Aldegonde et sont la souche de la maison actuelle de Trazegnies dont un des leurs, du chef de sa mère, adopta le nom et les armes au xvᵉ siècle.

Qualifiés barons de la terre du nom et barons de Vierves dès le xvᵉ siècle, puis barons de Monceaux et vicomtes de Focant, les Hamal reçurent, en 1601, le titre de comte du Saint-Empire et, en 1614, celui de comte de Gomegnies. Ils sont encore représentés actuellement.

XVII. — Agnès de Locquenghien de Pamèle

Elle fut nommée en 1619 et releva la prévôté le 29 février 1620 (1).

Cette prévôte était fille de Jean de Locquenghien, chevalier, baron de Pamèle et beer de Flandre du chef de sa femme, héritière de la maison de Joigny. Jean de Locquenghien fut maître d'hôtel de Charles-Quint et de Philippe II, bourgmestre et amman de Bruxelles, et le nom de ce magistrat est resté célèbre dans l'histoire de cette cité. Le père de Jean avait également rempli la charge de maître d'hôtel des empereurs Maximilien et Charles-Quint, après avoir été premier écuyer tranchant de Philippe-le-Beau. Un frère de la prévôte, surintendant du canal royal, armé chevalier par l'archiduc Albert en 1599, eut un fils en faveur duquel la terre de Melsbroeck fut érigée en baronnie, en 1659. Un autre neveu de la prévôte, Guillaume, baron de Pamèle, porta l'étendard de Carinthie aux funérailles de l'archiduc Albert, en 1622 (2).

(1) S. B. R. aux reliefs et transports 1612-1625, fol. 149 vᵒ.
(2) *Puteanus. Pompe funèbre du très pieux et très puissant prince Albert, archiduc d'Autriche*, Bruxelles 1729, planche XLIV.

Les Locquenghien, seigneurs de ce lieu par suite d'une alliance contractée au xie siècle, étaient issus de la maison de Londefort et avaient fourni, du xiie au xve siècle, des pairs et des gonfaloniers héréditaires au comté de Boulogne. Le mariage du père de l'amman de Bruxelles avec l'héritière de la famille van Nieuwenhove le fixèrent en Brabant, lui et ses descendants, à partir du commencement du xvie siècle. Depuis cette époque les Locquenghien ont eu, outre les personnages que nous avons cités, plusieurs officiers aux services d'Espagne et d'Autriche, un général de l'armée navale au service de France, six chanoinesses à Andenne, des chanoinesses à Mons, à Maubeuge et à Denain et un chanoine à l'abbaye noble de Sainte-Gertrude à Louvain. La branche des barons de Melsbroeck s'est éteinte au xviiie siècle dans la maison d'Argenteau, d'où la terre de Melsbroeck passa successivement, par alliance, aux comtes Bruce d'Ailsbury et aux princes de Hornes. Les autres alliances directes des Locquenghien sont avec les Berlo, Cottereau, Créquy, v. d. Gracht, Guines, v. d. Linden d'Hooghvorst, Loen, v. d. Noot, Papeians de Morchoven, Rouveroit, Saint-Mauris, Tenremonde et Yve. Il existe encore, notamment en Allemagne, des collatéraux des anciens barons de Melsbroeck.

XVIII. — Catherine d'Oultremont

Elle fut nommée en 1643 (1) et releva la prévôté le 25 octobre 1646 (2).

(1) Les commissaires qui présidèrent à cette élection furent l'évêque de Namur, Englebert des Bois, et Jean-Baptiste Polchet, président du conseil provincial.

(2) S. B. R. aux reliefs et transports 1644-1653, fol. 66 v°.

Les Oultremont, du xve au xviie siècle, ont obtenu sept prébendes à Andenne. Cette famille est issue en ligne masculine de la race de Warnant, une des plus puissantes de la Hesbaye, et elle porte depuis le xive siècle le nom du château-fort d'Oultremont, situé sur le territoire de Warnant. Elle se divisa de bonne heure en deux branches : l'une, fixée dans le comté de Namur, où elle occupa des postes importants, s'est éteinte au xvie siècle; l'autre, restée au pays de Liège, y a continuellement tenu un rang fort élevé et jouit encore aujourd'hui d'une des plus hautes situations au sein de la noblesse belge. Elle compte des illustrations militaires, parmi lesquelles un combattant à la bataille de Lépante (1571) et des gouverneurs de villes et forteresses; des grands baillis de Moha; des bourgmestres de Liège; des diplomates et des hommes d'Etat; des chanoines et des chanoinesses dans les principaux chapitres nobles des Pays-Bas et, à partir du xvie siècle, une série non interrompue de gentilshommes aux Etats nobles de Namur et de Liège. Un de ces derniers fut élevé, à la fin du xviiie siècle, à la haute dignité de chef de l'Etat noble de Liège. Le frère cadet de celui-ci, le comte Charles-Nicolas-Alexandre d'Oultremont, régna sur ce pays, en qualité de prince-évêque, depuis 1764 jusqu'en 1771.

La maison d'Oultremont qui posséda des seigneuries très importantes, entre autres le comté de Warfusée et la baronnie de Han-sur-Lesse, reçut le titre de comte du Saint-Empire en 1731. Son quartier se rencontre très fréquemment dans les preuves des chanoinesses d'Andenne et ses alliances directes sont avec la maison royale d'Orange-Nassau et les Andelot, Argenteau, Bavière-Schagen, Berlaymont, Borchgrave d'Altena, Brialmont, Bryas, Copis, Croy, Dongelberghe, Gulpen, Hamal,

Haultepenne, Lannoy, Mérode, Moitrey, v. d. Noot de Duras et autres familles distinguées.

XIX. — Gertrude VAN DER GRACHT dite DE SCHARDAU

Nommée en 1661 (1), elle entra en religion peu de temps après, sans avoir relevé la prévôté.

La famille van der Gracht, connue depuis le XIIIe siècle, emprunte son nom à la seigneurie de Ter Gracht, située près de Menin en Flandre, et s'est divisée en un grand nombre de branches, toutes en possession de seigneuries importantes. Les deux branches qui ont jeté le plus d'éclat sont, d'abord, celle des seigneurs de Schardau, à laquelle appartiennent la prévôte et trois autres chanoinesses d'Andenne et qui, après avoir hérité de la baronnie de Wanghe, s'est éteinte au XVIIIe siècle, ayant eu pour dernier représentant mâle un maréchal du pays de Juliers, grand bailli de Germesheim et grand maréchal de la cour Palatine; puis, la branche de Rommerswael, issue de la précédente, et qui donna aussi trois chanoinesses à Andenne. Cette branche, dans laquelle s'est fondue au XVIIe siècle celle des seigneurs de Vremde, terre érigée en baronnie en 1660, a des représentants actuellement, de même que celles de Frétin et d'Eeghem, lesquelles sont séparées des précédentes depuis le commencement du XVe siècle.

Les van der Gracht furent souvent honorés, dès le XIVe siècle, de la dignité de chevalier et ils n'ont cessé depuis cette époque

(1) Les commissaires à cette élection furent Jean de Wachtendonck, évêque de Namur, et Pierre de Cortil, président du conseil provincial.

reculée de fournir un grand nombre d'officiers distingués. Ils comptent aussi, du xve au xviie siècle, un souverain bailli du comté de Flandre, plusieurs grands baillis de Gand, de Bruges, du pays de Waes et de Tournai; un président du conseil de Flandre au xve siècle; un grand nombre de hauts magistrats communaux des principales villes de Flandre, entre autres des bourgmestres du Franc de Bruges; des chambellans, des gentils-hommes et des grands officiers des ducs de Bourgogne, des empereurs d'Allemagne et de la cour d'Autriche, notamment trois personnages qui figurèrent aux pompes funèbres de l'archiduc Albert, en 1622, savoir : le seigneur de Battenbroeck, de la branche de Rommeswael, qui porta à cette cérémonie la bannière de Malines, le seigneur de Passchendale, de la branche de Fretin, qui y porta la bannière de Zutphen, et le seigneur de Maelstede (1).

Cette famille fut reçue aux Etats nobles du Brabant, de Liége et de Namur, de même que dans tous les chapitres nobles des Pays-Bas; elle a eu des dames de la Croix Etoilée et a contracté des alliances directes avec les Argenteau, Berlo, Croy, Faille, Gavre, Ghistelles, Glymes de Brabant, v. Grave, Hinnisdael, Lichtervelde, Liedekerke, Marnix, Metternich, Oyenbrugghe, Saluces-Bernemicourt, Snoy, Thiennes et la Tour du Pin.

xx. — Mechtilde baronne d'Elderen

Elle fut nommée en 1662 (2) et releva la prévôté le 3 décembre 1663 (3).

(1) *Puteanus.* Ouvrage précité, pl. XXXIII, XXXVI et XL.
(2) Les commissaires désignés pour l'élection de 1661 remplirent de nouveau les mêmes fonctions en 1662.
(3) S. B. R. aux reliefs et transports 1661-1672, fol. 159 v°.

La maison d'Elderen, qui s'honore d'une belle lignée de chevaliers, remonte à Raoul d'Elderen, cité dans un document de 1260. Godenoul d'Elderen, sénéchal du comté de Looz, reprit en 1409 la ville de Herck sur les Haydroits.

Cette famille. compte encore des baillis de Bilsen, un grand chancelier et un grand prévôt de Liège, des chanoines tréfonciers de Saint-Lambert et des membres de l'Etat noble de Liège.

La prévôte était sœur de Jean-Louis d'Elderen, prince-évêque de Liège en 1688. Leur aïeul avait épousé Marie de Groesbeeck, petite-nièce d'un autre prince-évêque, le cardinal Gérard de Groesbeeck. Un frère de la prévôte, Guillaume-Edmond baron d'Elderen, marié à Florence d'Eynatten *(ex matre* Mérode,) eut une fille, chanoinesse à Munsterbilsen, laquelle porta, par son mariage, la terre d'Elderen dans la maison d'Oyenbrugghe. Les Elderen eurent encore des alliances directes avec les familles d'Arschot-Schoonhoven, Beaufort, Bentinck, Dongel-berghe, Geloes, Hamal, Horion, Lynden, Nesselrode, Renesse, Rummen, Ryckel, Wezeren et Warnant.

XXI. — Marguerite-Jossine baronne D'ELDEREN

Elle fut nommée en 1686 (1) et releva la prévôté le 31 octobre de la même année (2).

Cette dame était sœur germaine de la précédente.

(1) Commissaires à l'élection : Pierre van den Perre, évêque de Namur, et Ignace-Simon Polchet, conseiller ecclésiastique au conseil privé et prévôt de la cathédrale de Namur.

(2) S. B. R. aux reliefs et transports 1681-1686, fol. 317.

XXII. — Isabelle-Alberte DE MARBAIS DE LOVERVAL
dite DE MAUROY

Elle fut nommée en 1692 (1) et releva la prévôté le 28 février 1693 (2).

La famille de Marbais se rattache, par ses plus anciens souvenirs, aux provinces de Brabant et de Namur. Elle tire son origine et son nom d'une terre située près de Genappe, en Brabant, mais dépendante de l'ancien comté de Namur. Les sires de Marbais sont connus dans l'histoire depuis le XIIe siècle, et dès cette époque, comme pendant les siècles suivants, leurs noms apparaissent dans des traités de paix conclus entre divers souverains de nos provinces. Au XIIIe siècle, Gérard sire de Marbais fut choisi comme arbitre dans les différends du duc de Brabant avec Henri de Gueldre, élu de Liège. Un autre Gérard, neveu du précédent, signa la charte de Cortenberg de 1312 et Henri sire de Marbais, petit-fils de ce dernier, signa la charte de Cortenberg de 1372. Un seigneur de Marbais, lieutenant-gouverneur du comté de Namur, fut armé chevalier par l'archiduc Philippe d'Autriche, en 1494, et

(1) Commissaires à l'élection : l'évêque de Namur, van den Perre, et Robert Henrart, président du conseil provincial. Ils furent nommés en même temps par Louis XIV, qui occupait Namur, et par S. M. C. La patente que la prévôte de Marbais reçut de la France porte la date du 15 août 1692; celle qui émana du souverain légitime n'a pu être retrouvée.

(2) S. B. R. aux reliefs et transports 1687-1696, fol. 281.

son fils reçut le même honneur de la part de Charles-Quint, en 1531. Parmi leurs descendants on compte encore un lieutenant-gouverneur et trois mayeurs de Namur; puis, au siècle dernier, un président du conseil souverain de Hainaut.

Membres et souvent députés de l'Etat noble de Namur depuis le xve siècle jusqu'à la fin du xviiie siècle, sans interruption, les Marbais fournirent plusieurs chanoinesses tant à Andenne qu'aux chapitres de Maubeuge et de Nivelles. Au xiiie siècle, ils s'allièrent à la maison des sires de Perwez, issue des ducs de Brabant, et à celle des célèbres Berthout, seigneurs de Malines. Leurs autres alliances directes sont entre autres avec les Argenteau, Auxy, Bryas, Corswarem, Mérode, Maillen, Namur, Nassau, Oyenbrugghe, Senzeilles, Trazegnies et Woelmont. Ils n'ont plus actuellement de représentants en Belgique.

XXIII. — Marie-Josèphe-Ursule
comtesse DE GLYMES DE FLORENNES dite DE SPONTIN

Elle fut nommée en 1723 (1) et releva la prévôté le 17 janvier 1725 (2).

Il y eut deux grandes races qui portèrent le nom de Glymes, l'empruntant l'une et l'autre à la même terre située en Brabant, et pourtant leurs origines sont absolument distinctes. La plus ancienne de ces maisons est celle des Glymes de Jodoigne,

(1) Commissaires à l'élection : Ferdinand comte de Berlo, évêque de Namur, et François-Joseph de Lambillon, président du conseil provincial.

(2) S. B. R. aux reliefs et transports 1722-1728, fol. 106.

à laquelle appartenait la prévôte d'Andenne. Ces seigneurs s'étant mis en rébellion contre le duc de Brabant Jean II, ce prince les déposséda de la terre de Glymes et en fit ensuite l'apanage de son fils naturel, en faveur duquel il obtint de l'empereur un acte de légitimation en 1344. Les descendants de ce bâtard de Brabant portèrent d'abord : de sable au lion d'or (Brabant), à la bande de gueules brochant sur le tout (signe de bâtardise); au franc-quartier d'azur billeté d'or, à la bande d'or brochant sur le tout (seigneurie de Glymes et armes des Glymes de Jodoigne). Ils firent disparaître de bonne heure la marque de bâtardise et prirent les armes de Brabant avec le lion chargé sur la poitrine de l'écusson de la seigneurie de Glymes. Cette maison atteignit un haut degré de gloire et de puissance et fonda la branche des marquis et princes de Berghes et celle des comtes et princes de Grimberghe.

Les deux maisons de Glymes vécurent dans une hostilité continuelle l'une vis-à-vis de l'autre. Les souvenirs de cet état de choses, lequel donna lieu, en 1605, à un duel resté célèbre, sont consignés dans un article plein d'intérêt, dû à la plume du comte de Villermont et publié dans l'*Annuaire de la noblesse de Belgique* de 1865.

Les Glymes de Jodoigne, qui nous occupent ici, comptent un chevalier à la bataille de Bastweiler (1371) et un grand nombre d'hommes de guerre. Ils eurent aussi des baillis de Jodoigne et des baillis de Nivelles. La branche aînée de cette famille, celle des seigneurs de Hollebecque, vicomtes de Jodoigne et de la Wastinne, perpétuée jusqu'à nos jours, fut honorée du titre de comte du Saint-Empire en 1643 et a des alliances directes avec les Berlaymont, Buisseret, Corswarem, Cottereau, Dongelberghe, Fumal, Hemricourt, Herissem, Juppleu, Marbais,

Salmier, Severy, Spangen, Traux, Waziers, etc. La branche cadette, dont les représentants furent qualifiés barons, puis marquis de Florennes, marquis de Courcelles, et eurent entrée aux Etats nobles de Liège et de Namur, s'est fondue, au milieu du siècle dernier, dans la maison de Beaufort-Spontin, après s'être également alliée aux plus grands noms tels que Berlaymont, Billehé, Bryas, Cottereau, Hennin-Liétard, Limminghe et Lorraine-Vaudémont.

XXIV. — Isabelle-Alberte-Josèphe DE GONGNIES

Elle fut nommée en 1745 (1) et mourut sans avoir pu relever la prévôté.

La famille Fauneau, originaire du Hainaut, prit au XIVᵉ siècle le nom de Gongnies. Elle possédait, en outre, dès cette époque, la seigneurie de Warelles et celle de Boussoit dont elle criait le nom. Elle a fourni des hommes de guerre, plusieurs baillis et, au XVIᵉ siècle, un gouverneur militaire de la prévôté du Quesnoy, puis de la ville de Bruxelles, et un prévôt de Valenciennes. Trois sœurs de ce nom furent chanoinesses à Andenne. Leur frère, gouverneur de la ville de Binche, eut une fille, dernière de sa famille, mariée à Charles-François de Tonnois, gentilhomme lorrain, chambellan de la cour d'Autriche, qui fut autorisé à relever le nom de Gongnies, mais mourut lui-même sans postérité.

La famille de Gongnies, admise également aux chapitres de

_____

(1) Commissaires à l'élection : Paul-Godefroid comte de Berlo, évêque de Namur, et Louis-François de Robiano, conseiller au conseil privé.

Maubenge et de Moustier, avait des alliances directes avec les Ailly, Auxy, Beaufort, Carondelet, Esclaibes, Failly, Franeau, Haynin, Ligne, Montmorency et Saint-Genois.

xxv. — Antoinette-Caroline-Robertine DE GONGNIES dite DU FAYS

Elle fut nommée en 1749 (1), en remplacement de sa sœur, qui précède, et releva la prévôté le 10 mars 1750 (2).

XXVI. — Marie-Anne-Brigitte-Alexandrine DE NASSAU-CORROY

Elle fut nommée en 1764 (3) et releva la prévôté le 26 avril 1766 (4).

Les Nassau-Corroy, issus de la maison souveraine de Nassau, sont une branche formée par un fils naturel de Henri, comte de Nassau-Vianden, légitimé par diplôme de Charles-Quint, en date du 7 juillet 1530. Le comte Henri n'eut qu'un fils légitime René de Nassau-Châlons, prince d'Orange; mais il laissa d'Elisabeth de Roosenbach, fille du seigneur de ce lieu, — à laquelle on prétend qu'il s'unit clandestinement, — deux

(1) Commissaires à l'élection : Pierre-Adrien de Marotte de Montigny, d'Ostin, doyen de la cathédrale de Namur, et Guillaume-Ignace Pycke, conseiller au conseil privé.

(2) S. B. R. aux reliefs et transports 1749-1751, fol. 45 v°.

(3) Commissaires à l'élection : Paul-Godefroid comte de Berlo, évêque de Namur, et Jacques-Joseph de Stassart, conseiller au conseil privé.

(4) S. B. R. aux reliefs et transports 1760-1769, fol. 288.

enfants qui furent légitimés l'un et l'autre par lettres de l'empereur et traités avec honneur tant par le comte de Vianden que par le prince d'Orange. Ces enfants furent : Elisabeth de Nassau, mariée par contrat, auquel intervinrent son père et plusieurs autres membres de la famille de Nassau, à Jean de Renesse, chevalier, seigneur d'Elderen, gouverneur du comté de Vianden, dont les enfants s'allièrent aux Mérode, Rubempré, Gavre, Montmorency et Croy; et Alexis de Nassau, page puis gentilhomme de Charles-Quint, apanagé par son frère le prince d'Orange, en 1540, de la seigneurie de Corroy-le-Château, en Brabant. Cette terre fut érigée en comté, en 1693, en faveur d'un des descendants d'Alexis. Ceux-ci comptent un grand nombre d'officiers aux services d'Espagne, de France et d'Autriche; des chambellans de la cour d'Autriche; des membres des Etats nobles de Brabant et de Namur; un chanoine tréfoncier de Saint-Lambert à Liège, archidiacre de Famenne, au xviiie siècle, et plus de vingt chanoinesses reçues dans les différents chapitres nobles des Pays-Bas.

Les Nassau-Corroy, après s'être alliés aux Argenteau, Ghistelles, Glymes de Brabant, Harchies, Lannoy, v. d. Linden d'Hooghvorst, Marbais, Moustier, Namur, Overschie, Savary, Woot de Tinlot, etc., se sont éteints au commencement de notre siècle. La fille unique du dernier comte de Corroy épousa, en 1803, le marquis de Trazegnies d'Ittre, de cette maison dont nous avons rappelé l'origine en parlant de celle de Hamal. Leurs descendants sont actuellement en possession de la terre de Corroy-le-Château.

XXVII. — Marie-Anne-Catherine-Frédérique
DE HOENSBROECK D'OOST

Elle fut nommée en 1778 (1) et releva la prévôté le 8 mai 1779 (2).

Cette prévôte était sœur germaine de César-Constantin-François, comte de Hoensbroeck d'Oost, prince-évêque de Liège en 1784, sous le règne duquel éclata la révolution liégeoise de 1789, et de Marie-Elisabeth, mariée à François-Antoine comte de Méan de Beaurieux, mère de François-Antoine-Constantin-Marie comte de Méan, dernier prince-évêque de Liège, ayant succédé à son oncle de Hoensbroeck en 1792.

La maison de Hoensbroeck est issue des sires de Hoen qui combattirent à la bataille de Woeringen (1288) ainsi qu'à celle de Bastweiler (1371) et reçurent de la duchesse Jeanne de Brabant, en 1388, une charte érigeant leur fief de Broeck, situé au pays de Fauquemont, en seigneurie hautaine. Cette terre fut, dans la suite, communément désignée sous le nom de Hoensbroeck. Divisée en plusieurs branches, également puissantes et illustres, la maison de Hoensbroeck a fourni, depuis le xive siècle, une série de chevaliers et de commandeurs de l'ordre Teutonique et elle a eu entrée dans les principaux

---

(1) Commissaires à l'élection : Ferdinand prince de Lobkowitz, évêque de Namur, et le conseiller privé Gaspard de Limpens.

Nous donnons à l'*Annexe* XXXIV le texte des lettres-patentes impériales qui ont appelé Mme de Hoensbroeck à la dignité de prévôte.

(2) S. B. R. aux reliefs et transports 1776-1779, fol. 292.

chapitres nobles des Pays-Bas et d'Allemagne, à l'Etat noble de Liège et à celui de Gueldre. La branche des seigneurs de Guel, terre érigée en comté en 1660, a possédé héréditairement la charge de lieutenant des fiefs et avoué du pays de Fauquemont. Elle s'est éteinte, au siècle dernier, dans la maison souveraine de Hohenzollern, après avoir fait souche, immédiatement avant, dans les familles de Limburg-Stirum, de Goër de Herve et de Hinnisdael. La branche des seigneurs d'Oost, issue de la précédente, eut pour dernier représentant mâle l'avant-dernier prince de Liège. Ce prélat, outre deux sœurs déjà citées, une autre également chanoinesse à Andenne et deux frères morts sans postérité (tous issus du second mariage de leur père avec une fille de l'illustre maison de Nesselrode), eut aussi des sœurs consanguines (*ex matre* la Margelle d'Eysden), entre autres la femme du comte de Geloës, chef de l'Etat noble de Liège, et celle du comte de Renesse, gouverneur de Stockheim. Une troisième branche, honorée du titre de marquis en 1694 et de celui de comte du Saint-Empire en 1733, en possession depuis plusieurs siècles de la dignité de maréchal héréditaire du duché de Gueldre et du comté de Zutphen, compte un ambassadeur de la cour d'Espagne au xviie siècle; des officiers distingués, entre autres un lieutenant-général au xviiie siècle; de hauts dignitaires ecclésiastiques; plusieurs chambellans de la cour d'Autriche. Elle est alliée aux Bocholtz, Cottereau, Furstenberg, Golstein, Haudion, Hompesch, Leerodt, Loë, Metternich, Nesselrode, Renesse, Schellart, Schoenborn et Weichs, parmi lesquels se trouvent les plus grands noms de la noblesse rhénane. Cette branche compte actuellement des représentants en Allemagne.

XXVIII. — Marie-Anne-Thècle DE GOURCY-CHAREY

Prévôte du chapitre de Moustier depuis 1772, cette dame fut appelée, par élection des chanoinesses capitulairement assemblées à Namur le 4 mai 1787, à occuper la même dignité pour les chapitres réunis d'Andenne et de Moustier (1).

La maison de Gourcy, jadis Gorcey, nom d'une terre située en Lorraine, est connue dès le XIIIe siècle et a fourni, depuis cette époque jusqu'au XVIIIe siècle, une série de prévôts de Longuyon. Elle s'est divisée en diverses branches : la branche aînée, celle des anciens seigneurs de Gorcey et de Villette, a retenu le nom primitif. Elle compte des officiers distingués aux services de Lorraine, de France, d'Espagne et d'Autriche et s'est fixée dans ce dernier pays au XVIIIe siècle. Plusieurs de ses membres y ont été reçus chambellans, après avoir fait admettre à cette fin leurs preuves de noblesse. Les autres branches, connues sous le nom de Gourcy, toutes en possession de seigneuries importantes, ont donné également à la Lorraine, de même qu'à l'empire et à la France, un grand nombre d'hommes de guerre et des gouverneurs de villes et forte-resses. Elles s'honorent aussi de plusieurs baillis, de cham-bellans, de chevaliers de Malte, de chanoinesses et de dames de la Croix Etoilée. La prévôte d'Andenne et de Moustier

(1) Cette nomination eut lieu en exécution des nouveaux règlements. Ceux-ci voulaient qu'il y eût quatre assistantes. On choisit le même jour Mmes de Haultepennne, de Bentinck de Limbricht, de Nassau et de Liedekerke de Custine.

était fille d'un colonel des gardes et chambellan du duc de
Lorraine, élevé au titre de comte en 1709. Elle avait une
sœur aînée qui épousa son cousin du nom de Gourcy, —
cousin germain du chef de leurs mères, — et dont les
descendants se sont perpétués en Belgique jusqu'à nos jours.

Les principales alliances directes de la maison de Gourcy
ont été contractées avec les Argentier, Beauffort, v. d. Berghe
de Limminghe, Bizemont, la Bourdonnaye, v. Caloen, v. Eyll,
Failly, Herissem, Maillen, Mérode, Mettecoven, Pouilly, Saint-
Ignon, Saint-Mauris, Serainchamps (dont la branche belge a
relevé le nom), v. d. Steen de Jehay, Thumery, Villers-Masbourg,
Waha, Wignacourt, Woot de Trixhe, Yve.

**2. La Doyenne. — Election, installation et serment; devoirs,
droits et honneurs; revenus.**

La doyenne, seconde dignitaire du chapitre, était dame
de l'église et des encloîtres.

L'élection d'une doyenne devait avoir lieu dans les trois
mois à partir de la vacance de cette charge, mais en observant
un délai de six semaines pour convoquer les personnes capitulaires absentes. L'élection se faisait par les chanoinesses et les
chanoines, sous la présidence d'un dignitaire ecclésiastique
étranger, choisi par le chapitre; de même que pour la
prévôte, les suffrages ne pouvaient se porter que sur une
chanoinesse âgée de trente ans au moins et qui avait dix ans
de manteau. La veille de la cérémonie, le bâtonnier convoquait le chapitre de la part de la prévôte. Le jour de l'élection, on chantait d'abord la messe du Saint-Esprit, pendant

laquelle on exposait le chef de sainte Begge; puis, le personnage qui devait recueillir les voix se rendait dans la salle capitulaire où l'accompagnaient la prévôte et la première aînée des chanoinesses, chargées, avec lui, du recensement des votes. Les dames, et après elles les chanoines, que le bâtonnier conduisait du chœur à la salle capitulaire, votaient individuellement. L'élection terminée, le bâtonnier se présentait au chœur et demandait si on voulait reconnaître pour doyenne la personne qui avait recueilli le plus de voix. L'acquiescement se donnait par la révérence de chacune des dames et le salut de chacun des chanoines. Alors la prévôte venait proclamer le nom de l'élue; puis, accompagnée de la première aînée et suivie de tout le chapitre, elle conduisait solennellement la nouvelle dignitaire sur un prie-Dieu placé au milieu de la grande nef, tandis qu'on entonnait le *Te Deum*. On ramenait ensuite la doyenne jusqu'à la porte de sa maison, en procession et au son de toutes les cloches.

L'élection de la doyenne par le chapitre n'était pas définitive, mais devait être soumise, trois dimanches consécutifs, à la cérémonie d'une proclamation publique, après quoi elle recevait la sanction de l'évêque diocésain. Pendant ce laps de temps l'élue s'abstenait de paraître à l'église du chapitre au moment des offices.

Les formalités que l'on observait pour la confirmation de cette élection étaient, d'abord, l'envoi à l'évêque de Namur, par l'entremise du chapitre de Saint-Aubain, de l'acte capitulaire constatant que telle chanoinesse était appelée à la dignité de doyenne. L'évêque ordonnait ensuite de « tirer les bans » à Andenne. A cet effet, pendant trois dimanches,

après l'évangile de la grand'messe, le prêtre officiant proclamait l'élection de la doyenne, demandant si personne n'avait
à y faire opposition. Il invitait ceux qui voudraient alléguer
quelques raisons contraires à venir les présenter à l'évêque,
ou plutôt au vicaire-général, spécialement délégué, aux
jour et heure qu'il déterminait. La nature des fonctions
de la doyenne explique comment le choix de cette dignitaire pouvait être soumis jusqu'à un certain point au
contrôle de tous ceux avec lesquels elle était destinée
à avoir des rapports quotidiens; ce qui étonne davantage,
c'est de voir que le chapitre, si jaloux de ses prérogatives,
si ferme et si tenace pour rester affranchi de la domination
ecclésiastique, s'en remettait à l'avis de l'évêque diocésain
pour confirmer d'une façon définitive l'élection de la
doyenne. Il est probable que l'intervention de l'évêque
n'avait, dans cette circonstance, aux yeux du chapitre, que
le caractère d'un acte gracieux, accompli à titre d'une sorte
de délégation. Toujours est-il, qu'après l'accomplissement
des formalités qui viennent d'être indiquées et dont un
notaire dressait acte, la doyenne recevait de l'évêché la
confirmation de sa nomination. Elle priait alors la prévôte
de vouloir l'installer dans ses fonctions.

L'installation de la doyenne se faisait un dimanche.
Après tierce, le chapitre se réunissait dans la salle capitulaire,
les dames portant les longs surplis. Un gentilhomme proche
parent de l'élue, accompagné souvent d'autres parents, s'y
présentait et remettait à la prévôte les lettres de confirmation.
Tout le chapitre allait alors processionnellement, la croix
en tête, au son de toutes les cloches, chercher la doyenne.
Celle-ci, en grand costume de chœur, manteau traînant,

accompagnée de ses deux plus proches parentes, suivie des membres de sa famille, de ses amis et des gens de sa maison, après avoir franchi le seuil de sa porte, à la rencontre du cortège, s'agenouillait pour baiser la croix. Quand elle était relevée, le prêtre de semaine lui présentait l'eau bénite ainsi qu'à toutes les dames du chapitre. Le cortège se rendait ensuite à l'église, la doyenne marchant la dernière, entre la prévôte et la dame aînée, tandis que le chœur chantait *Deum time*. La nouvelle doyenne assistait, dans la grande nef, au *Te Deum*, à l'issue duquel on la menait au pied du maître-autel, où elle prêtait le *serment* suivant :

« Je N. N. jure de faire et exercer bien et loyalement l'office de doyenne de cette église, auquel je suis élue, à bien, profit, honneur et utilité de cette église de Madame sainte Begge.

» Item jure de tancer, garder et deffendre les biens hautement et jurisdiction à celui doyenné appartenants, les aliénez à récupérer à mon pouvoir.

» Item jure de faire et maintenir droit, raison et justice aux personnes de la dite église et à toute autre.

» Item jure de hanter et fréquenter cette présente église aux heures, en la forme et manière que à elle office de doyenne appartient, légitime excusation cessante. Et tout je jure sur cette sainte Evangile; et ainsi m'aide Dieu et tous les saints. »

Alors la nouvelle dignitaire était conduite solennellement à son siège décanal, où les chanoinesses, les chanoines et les prêtres venaient la féliciter. Puis, comme tous les dimanches, on faisait la procession, à la tête de laquelle

marchait la doyenne accompagnée de la prévôte. A l'issue
de la grand'messe, tout le chapitre, mais cette fois sans
la croix, reconduisait la doyenne jusque chez elle et venait
la saluer dans son salon. Le bâtonnier lui ôtait le manteau
en présence de l'assistance.

La nouvelle doyenne donnait un repas à tout le chapitre
le jour de son installation. Cet usage fut aboli au
commencement du XVIIIe siècle et remplacé par une aumône
en faveur de la fabrique.

Les devoirs, droits et honneurs de la doyenne peuvent
être énumérés de la manière suivante :

Comme dame de l'église, cette dignitaire veillait à ce
que les offices fussent faits selon les rubriques et les règles
du chapitre; elle percevait les revenus de la fabrique
et recueillait les offrandes; faisait enoxérer les anniversaires et remplir les autres obligations; réglait l'emploi
des offrandes et les dépenses de minime importance
nécessaires au culte; constatait les présences des chanoinesses; surveillait le personnel du chapitre. Elle avait
la direction de la sacristie et de la trésorerie, dont on
lui remettait les inventaires lors de son entrée en fonctions,
et gardait la clef de l'armoire où reposait le corps de
sainte Begge. Cette précieuse relique était entourée d'une
si grande vénération qu'on ne la portait jamais à l'église
sans une certaine pompe, en présence de la doyenne ou
d'une chanoinesse déléguée par elle; lorsque, pour un
motif important, on était obligé d'en faire la translation
dans une localité étrangère, la doyenne, une dame aînée
et un chanoine devaient l'escorter. C'était encore avec
le même cérémonial qu'on ramenait ensuite à Andenne

le corps de la sainte fondatrice du chapitre (1). Enfin la doyenne réglait la sonnerie des cloches et ordonnait l'inhumation des morts.

En sa qualité de dame des encloîtres, la doyenne avait la police du chapitre. De ce chef elle exerçait son autorité non seulement sur les chanoinesses, dont elle notait les absences, mais encore sur les chanoines, les prêtres bénéficiers et semainiers et les suppôts de l'église, tels que le *coustre,* ou grand clerc, chargé de veiller au luminaire et à l'entretien de la sacristie, et les quatre petits clercs. Si quelqu'une de ces personnes venait à manquer à ses devoirs, la doyenne la réprimandait; mais, après deux ou trois remontrances, elle faisait rapport à la prévôte et aux dames aînées et celles-ci se concertaient alors ensemble sur les mesures à prendre.

La doyenne devait donner l'autorisation de tester à toute personne capitulaire, et même aux simples prêtres bénéficiers, sinon leurs testaments étaient nuls et sans effet.

Aucune action judiciaire ou criminelle ne pouvait être valablement intentée à charge soit d'un membre du chapitre, soit d'un bénéficier ou même d'une personne séculière demeurant dans les encloîtres, sans autorisation préalable de la doyenne, simple formalité d'ailleurs, mais du chef de

----

(1) En 1667, la guerre étant imminente, les reliques furent déposées à Liège. Une pièce inédite que nous donnons aux *Annexes* (n° XXXIX) consacre le souvenir du retour du corps de sainte Begge à Andenne en 1668. — Environ un demi-siècle plus tard les reliques furent réfugiées à Namur, d'où on les ramena avec solennité en 1715. La relation de cette cérémonie se trouve à l'*Annexe* n° XL.

laquelle cette dignitaire percevait un droit de quatre sols. Elle autorisait aussi les ventes auxquelles on procédait dans les encloîtres. Lorsque celles-ci avaient lieu au profit de quelque membre du chapitre, le greffier lui-même devait tenir la baguette.

Un récès capitulaire, en date de 1719, obligea la doyenne à rendre des comptes tous les ans et à tenir un laquais à raison de sa dignité.

La doyenne avait, alternativement avec l'abbé d'Heylissem, la collation de la cure de Neerwinden et conférait cinq bénéfices, ainsi qu'on l'a vu précédemment. Elle nommait aussi à certains emplois secondaires, tels que ceux de sonneurs des cloches et de porteurs du corps de sainte Begge, lesquels devaient être des célibataires. Enfin elle désignait les quarante pauvres du carême.

Les revenus de la doyenne, évalués en 1787, consistaient, à cette époque, comme d'ailleurs depuis plusieurs siècles, dans les trois postes suivants :

1er Une dîme (droit de tirage à tierce gerbe) située à Gossoncourt, en Brabant, évaluée à 150 florins;

2e Une cour foncière et des rentes à Hannut d'un rapport de trois florins;

3e Trois bonniers 7 verges grandes et deux petites de terres situés à Burdinne et rapportant 41 florins;

En tout 194 florins de rente.

Par résolution capitulaire en date du 13 avril 1687, approuvée par le souverain le 28 août 1688, la doyenne avait été autorisée à jouir des revenus d'une seconde prébende, quand il y en avait une vacante.

A la mort de la doyenne, le chapitre profitait de sa

prébende jusqu'à la nomination de la nouvelle élue, mais celle-ci avait la jouissance des petits revenus énumérés ci-dessus, à partir du décès de l'ancienne titulaire.

Liste chronologique des doyennes et notices sur leurs familles (1).

I. — Jeanne DE BIERBAIS

Le testament de cette chanoinesse, daté de 1372, nous apprend qu'elle avait été auparavant doyenne du chapitre. Son anniversaire fut fondé en 1373.

II. — Marie DE SENZEILLES dite DE SOUMAGNE

Cette doyenne était sœur germaine d'Isabeau de Senzeilles, cinquième prévôte mentionnée ci-dessus. Elle était en fonctions en 1372, date du testament par lequel la chanoinesse Marie de Senzeilles l'institua sa légataire universelle.

III. — Marie DE VILLE

Elle est mentionnée en qualité de doyenne en 1418, 1423 et 1431. Son testament est de 1441.

(1) Les plus anciennes doyennes dont on trouve trace dans les actes sont : en 1107, Adélaïde; en 1274, Mahy; en 1306, Maroe; en 1323 et 1340, Marie de Loverval, parente de la prévôte dont il a été parlé précédemment; en 1356, Marguerite de...; en 1365, Yolaïs.

La famille de cette doyenne prenait son nom de la terre
de Ville en Hesbaye et était issue des seigneurs de Blehen.
Trois chevaliers de cette maison combattirent à Bastweiler
(1371), entre autres Godefroid de Ville, qui fut grand bailli
du comté de Namur en 1386. Aux XIVe et XVe siècles, les
Ville comptent encore un bourgmestre de Huy et de hauts
dignitaires ecclésiastiques. Leurs alliances directes ont été prises
dans les familles d'Aix, Bonneville, Dammartin, Ferme, Forvie,
Halloy de Thynes, Hemricourt, Louwignies, Saint-Fontaine,
Saint-Servais, etc.

IV. — Marie DE NOLLET

Elle est mentionnée, postérieurement à son décès, dans
un acte de 1469.

La famille de Nollet appartenait au pays de Namur et fournit
un grand nombre de membres à la magistrature de la ville
de Dinant.

V. — Marguerite DE MANSIGNY

Elle testa en 1484.

VI. — Marie D'EVE

Cette doyenne était nièce d'Agnès d'Eve et tante de
Jeanne d'Eve, l'une et l'autre prévôtes précitées. Elle
testa en 1515 et mourut en 1516.

VII. — Jacqueline DE SENZEILLES

Elle était tante de Catherine de Senzeilles mentionnée en qualité de prévôte sous la date de 1608. Elle fut reçue doyenne en 1515, testa en 1555 et mourut l'année suivante.

VIII. — Barbe DE BEAUFFORT

Elle fut nommée doyenne en 1556 (1) et testa en 1588.

La maison de Beauffort porte le nom d'une ancienne baronnie située en Artois et compte de grandes illustrations. Les Beauffort, chevaliers dès le XIIe siècle, furent aux croisades, aux batailles de Cassel (1328), de Bouvignes (1340), d'Azincourt (1415), de Saint-Quentin (1557) et autres combats mémorables. Ils ont des lieutenants-généraux, des maréchaux de camp, des colonels, des gouverneurs de villes et forteresses au service de la maison de Bourgogne, comme à ceux de France et d'Espagne; des chevaliers du Temple, de Malte et de Saint-Jean de Calatrava; des grands baillis, des ambassadeurs, des chambellans de Charles-Quint et des rois de France; des membres des Etats de la noblesse d'Artois et de la prévôté de Valenciennes; des chanoinesses de Denain, de Maubeuge et de Mons.

Cette maison, qui porte en France le titre de marquis de Beauffort et de Mondricourt, depuis le commencement du XVIIIe siècle, et dont une branche comtale appartient à la noblesse

(1) A l'élection abbatiale de 1561, cette dame déclara être âgée de quarante ans et occuper depuis cinq ans les fonctions de doyenne.

belge, a contracté des alliances directes avec les familles **Andelot**,
Aspremont-Lynden, Bayart de Gontault, Berlaymont, **Briey**,
Châteaubriand, Croix, Croy, Cunchy, Gavre, Ghistelles, Lalaing,
Landas, Lannoy, Mailly, la Marck, Mérode, Montmorency,
Noyelles, Renty, Robiano, Roose, Saveuse, v. d. Straten-Ponthoz,
t'Serclaes-Tilly et Wignacourt.

IX. — Anne de Vaulx

Cette doyenne mourut en 1608.

La famille de Vaulx, en possession de seigneuries importantes
telles qu'Avennes-sur-Mehaigne, Aische et la vicomté d'Upigny,
eut des capitaines d'Agimont et donna, au xve siècle, des bourgmestres et des échevins à la ville de Huy. Elle fut reçue
à l'Etat noble de Namur en 1430 et compte des alliances
directes avec les Baillencourt-Courcol, la Bawette, Beaurieu,
Berlaymont, le Clockier, Fumal, Haultepenne, Marchin, Moege,
Poictiers, Seron, Tenremonde et Witzleben.

X. — Agnès de Locquenghien de Pamèle

Nommée doyenne en 1610, elle fut élevée à la prévôté
en 1619 et nous l'avons mentionnée précédemment.

XI. — Anne-Marguerite de Berlo

Elle fut nommée en 1619 et mourut en 1642.

Nous nous sommes occupé de la famille de Berlo à propos des prévôtes de ce nom.

XII. — Catherine d'Oultremont

Elle fut nommée doyenne en 1642 et prévôte l'année suivante, ainsi qu'on l'a vu plus haut.

XIII. — Anne de Groesbeeck

Cette doyenne succéda à la précédente en 1643.

La famille de Groesbeeck, originaire de Gueldre, dont la filiation remonte au xive siècle, portait le nom d'une seigneurie située non loin de Nimègue. Dès le xvie siècle, les Groesbeeck occupèrent de hautes positions au pays de Liège, dans le comté de Namur et en Brabant. Leur plus grande illustration fut Gérard de Groesbeeck, nommé prince-évêque de Liège en 1564, créé cardinal en 1578. Ce prélat était le grand-oncle de la doyenne d'Andenne. Il y eut neuf autres membres de cette famille reçus chanoines tréfonciers à Liège, à partir de 1388, notamment un frère de la doyenne, Jean-Paul baron de Groesbeeck. Celui-ci fut abbé de Dinant, grand prévôt et grand chancelier, ambassadeur de Maximilien de Bavière à la cour de France et joua un rôle considérable dans la lutte entre les Chiroux et les Grignoux (1). La maison de Groesbeeck compte aussi de nombreuses illustrations

---

(1) V. *le Chapitre de Saint-Lambert,* par le chevalier J. de Theux de Montjardin. — Nous avons puisé dans cet ouvrage les mentions faites ailleurs de chanoines tréfonciers de Liège.

militaires, parmi lesquelles des gouverneurs de villes et forteresses;
des drossarts de Gueldre; des grands baillis; des chevaliers de
l'ordre Teutonique; des membres et députés des Etats nobles
de Liège et de Namur; des chambellans des princes-évêques
de Liège et de la cour d'Autriche; des chanoinesses dans
les principaux chapitres nobles. Elle fut en possession de la
vicomté d'Aublain, en partie, de la baronnie de Perwez en
Brabant et d'autres seigneuries importantes. Honorée du titre de
comte en 1610 et en 1674, cette famille s'éteignit à la fin du
XVIIIe siècle après avoir pris des alliances directes dans celles
d'Anneux, Argenteau, Bailleul, Croix, Elderen, Eynatten, v. Eyll,
Ghoer de Hornes, Huyn d'Amstenraedt, Mérode, Montmorency,
Poictiers, Salmier, Senzeilles, Severy, Witzleben et Yve.

XIV. — Mechtilde baronne D'ELDEREN

Cette doyenne succéda à la précédente et fut nommée
prévôte en 1662, comme on l'a vu précédemment.

XV. — Cécile-Ernestine DE MOITREY DE CUSTINE

Elle fut nommée doyenne en 1662 et mourut en 1677.

La famille de Moitrey, originaire de Lorraine, se fixa dans
nos provinces au XVIe siècle. Jean de Moitrey épousa, à cette
époque, la fille et héritière du seigneur de Custine, terre
située près de Charlemont et qualifiée première pairie de
Rochefort. Les descendants de Jean, qualifiés barons de Moitrey,
furent héréditairement premiers pairs du comté de Rochefort;
fournirent des pages et des officiers, entre autres un lieutenant-

général, aux princes-évêques de Liège; des gentilshommes à
l'Etat noble de Liége, pendant tout le cours du xviie siècle,
et à celui du comté de Namur aux xviie et xviiie siècles; des
chanoinesses aux chapitres d'Andenne, de Mons et de Moustier;
et s'allièrent aux Cottereau, Eve, Harscamp, Hoen, Maillart,
Marbais, Oultremont, Renesse, Seraing de Fraipont, Verrière
et Warnant.

XVI. — Marie baronne DE SCHARENBERG DE HOUPERTAIN

Cette doyenne fut nommée en 1677 et mourut en 1719.

La famille de Scharenberg, originaire d'Autriche, vint aux
Pays-Bas sous le règne de Charles-Quint et se fixa au comté
de Looz où elle acquit des seigneuries importantes. Elle
fournit des gentilshommes de la Chambre et des conseillers des
princes-évêques de Liége; deux grands baillis de Hesbaye; un
bourgmestre de Liége en 1684; des officiers aux services
de la principauté de Liége et des Etats-Généraux de Hollande; un
chanoine du chapitre noble de Sainte-Gertrude à Louvain;
des membres et députés de l'Etat noble de Liége au cours
du xviie siècle. Cette famille reçut le titre de baron en 1635
et eut des alliances directes avec les Buijgiers, Halmale,
Klingenstein, Lynden, Mombeeck et Oyenbrugghe.

XVII. — Marie-Isabelle-Mechtilde D'OYENBRUGGHE DE DURAS, dite D'ELDEREN

Elle fut nommée doyenne en 1719 et mourut en 1724.

Les Oyenbrugghe, issus des sires d'Audenarde, empruntèrent leur nom, au XIIe siècle, à une seigneurie située sur le territoire de Grimberghe en Brabant. Henri d'Oyenbrugghe fut un des chevaliers qui combattirent à la bataille de Grimberghe, en 1145. Ses descendants, continuellement honorés de la dignité de chevalier, ont formé deux lignées principales, divisées d'ailleurs en plusieurs branches, l'une fixée en Brabant, l'autre établie, par mariage, au comté de Looz. La première ne cessa de posséder la terre de son nom et elle fournit des drossarts de Grimberghe, des bourgmestres et des échevins aux villes de Bruxelles et de Malines, enfin un grand nombre d'officiers. Elle s'éteignit au commencement du XIIIe siècle. La seconde est issue de Henri d'Oyenbrugghe allié, en 1426, à l'héritière des seigneurs de Duras. Elle compte une longue série de maréchaux héréditaires du pays de Liège et comté de Looz; des chambellans et conseillers des ducs de Bourgogne; des souverains drossarts du pays de Montenacken; des grands fauconniers de la principauté de Liège, des bourgmestres de Liège; des gouverneurs de villes; des membres et députés des Etats nobles de Liège et de Namur. Les Oyenbrugghe de Duras, créés comtes de Duras par Charles-Quint en 1540 et barons de Roost en 1651, qualifiés barons de Meldert, héritiers des biens de la puissante famille d'Elderen, dont il a été parlé précédemment, se sont éteints, au XVIIIe siècle, dans les barons de Carloo, branche cadette des van der Noot, une des races les plus anciennes et des plus illustres du Brabant. Leurs descendants directs sont les princes de Ligne et une branche de la maison d'Oultremont, celle-ci actuellement en possession de la terre de Duras. Les autres alliances directes des Oyenbrugghe sont avec les v. d. Aa,

Argenteaù, Berlo, Bourgogne, v. d. Bruggen, Corswarem, Cottereau, Enghien, Hamal, Kinschot, Ligne, Mérode, Pipenpoy, Poictiers, Scharenberg, la Tramerie, Ursel et Yve.

XVIII. — Marie-Thérèse-Onuphre D'OYENBRUGGHE DE DURAS, dite DE VOORDT, baronne DE ROOST

Cette doyenne, sœur germaine de la précédente, lui succéda en 1725.

XIX. — Béatrice-Rose-Geneviève baronne DE SCHARENBERG

Cette doyenne, que nous trouvons en fonctions en 1737, était nièce de Marie de Scharenberg, honorée de la même dignité avant les deux dames d'Oyenbrugghe.

XX. — Isabelle-Alberte-Josèphe DE GONGNIES

Elle fut nommée doyenne en 1740 et prévôte en 1745, comme on l'a vu précédemment.

XXI. — Aldegonde-Chrétienne-Philippine DE BERLAYMONT DE LA CHAPELLE

Cette doyenne fut nommée en 1745 et mourut en 1756.

La famille de Berlaymont a déjà été mentionnée dans la liste des prévôtes.

XXII. — Jeanne-Thérèse DE MARBAIS

Elle fut nommée doyenne en 1756 et mourut en 1764.

Cette dame appartenait à la famille de la prévôte Isabelle-Alberte de Marbais de Loverval, ci-dessus mentionnée.

XXIII. — Marie-Anne-Catherine-Frédérique
DE HOENSBROECK D'OOST

Elle fut nommée doyenne en 1764 et prévôte en 1778.

XXIV. — Angélique-Marie-Thérèse
baronne DE HAULTEPENNE, dite D'ARVILLE

Cette dame fut nommée doyenne en 1778, conserva cette charge après la réunion des deux chapitres d'Andenne et de Moustier et mourut à Namur en 1789.

Les Haultepenne étaient issus, selon Hemricourt, de l'illustre race de Dammartin et prenaient leur nom d'une terre située en Hesbaye. Au XIVᵉ siècle, Wauthier de Dammartin, chevalier, dit de Haultepenne, est cité au nombre des plus vaillants capitaines du pays de Liége et Arnould de Haultepenne fut bourgmestre de Liége en 1347. Un autre Wauthier de Haultepenne, chevalier, combattit à la bataille d'Othée, en 1408. Leurs descendants suivirent généralement le métier des armes et ils eurent entre autres un gouverneur du château de Dinant au XVIIᵉ siècle. Ils siégèrent aux Etats nobles de

Liège et de Namur, donnèrent plusieurs chanoinesses à Andenne, ainsi qu'aux chapitres de Nivelles et de Maubeuge, et s'éteignirent au cours de notre siècle. Leurs alliances directes sont entre autres avec les Aspremont-Lynden, Baudequin de Peuthy, Beaufort, Blehen, Cerf, Forvie, Geloes, Godin, Guygoven, Horion, Oultremont, Roose, Warnant, v. d. Werve, Wihogne et Woelmont.

3. L'Ecolâtre. — Nomination; devoirs; prérogatives

La nomination de l'écolâtre, comme nous l'avons déjà dit, appartenait à la prévôte.

Les devoirs de l'écolâtre consistaient à diriger les jeunes écolières. Cette dame avait la charge de leur enseignement, devait les loger si elles n'avaient pas de proches parentes au chapitre, les assistait en toutes choses et finalement les mettait en année. Elle avait, en outre, la direction des écoles que le chapitre entretenait à Andenne et qui étaient, comme nous l'avons vu ailleurs, payantes pour les enfants riches et gratuites pour les pauvres.

Les prérogatives attachées à cette charge consistaient jadis dans la nomination des maîtres et maîtresses d'école, mais ce droit fut amoindri à la fin du dernier siècle. Il était d'usage que l'écolâtre choisît les maîtres d'école parmi les membres du clergé. Elle avait également la collation de la cure de Reppe et celle d'un office à Saint-Pierre.

§ III. — Les chanoines
Nomination. — Réception et serment. — Devoirs

Aux termes de la fondation de sainte Begge, dix prébendes devaient être conférées à des chanoines.

La nomination des chanoines était une prérogative souveraine, au même titre que la collation des prébendes pour dames. Toutefois le choix ne pouvait se porter que sur des hommes nés d'un mariage légitime et déjà tonsurés. Les ordres majeurs n'étant pas requis, on a vu des chanoines renoncer à leur prébende, rentrer dans le monde et se marier.

Depuis l'institution du conseil privé, les demandes pour l'obtention d'une prébende de chanoine étaient remises à ce corps et on y faisait rapport détaillé au souverain sur le mérite de chacun des postulants.

La réception d'un chanoine se faisait avec une certaine solennité. La veille de sa réception, le nouveau titulaire produisait à la prévôte son baptistaire et son billet de tonsure. Le jour de la cérémonie, la prévôte, entourée du chapitre dans la salle capitulaire, recevait la patente des mains du greffier, puis lui donnait ordre de la lire; elle la remettait ensuite au plus âgé des chanoines pour qu'il présentât à toutes les dames le scel de Sa Majesté, conformément à l'usage dont nous avons parlé plus haut à l'occasion de la réception des chanoinesses. Durant ces formalités, le nouveau chanoine n'avait pas eu accès dans la salle, mais à ce moment, le doyen d'âge l'y introduisait et le présentait à la prévôte et à la doyenne. Ces dames l'escortaient jusqu'au grand autel du chœur où, s'étant agenouillé, le nouveau titulaire prêtait le *serment* suivant :

« Ego N. juro me habere canonicum ingressum in ista præbenda ad quam sum præsentatus et quod nihil dedi vel promisi pro ista obtinenda;

» Item juro fundum, libertates, jura et proprietates hujus ecclesiæ pro posse meo conservare;

» Item juro quod ego sum liberæ conditionis et de legitimo thoro procreatus;

» Item juro quod ego nullum recipiam canonicum nisi præmissa juraverit;

» Item juro me omnia præmissa pro viribus meis observaturum et amplexurum.

» Sic Deus me adjuvet et hæc sancta Dei evangelia corporaliter tacta (1). »

Alors la prévôte lui passait le surplis en disant : « En l'honneur de Dieu, de la Sainte Vierge et de sainte Begge. »

---

(1) Moi N., je jure que je suis appelé selon les règles canoniques à cette prébende à laquelle je suis présenté et que je n'ai rien donné ni promis pour l'obtenir;

De même je jure de conserver, selon mon pouvoir, le domaine, les droits, les libertés de cette église et toutes les choses en sa possession;

De même je jure que je suis de condition libre et issu de mariage légitime;

De même je jure que je ne recevrai aucun chanoine à moins qu'il ne fasse les serments que je viens de faire;

De même je jure d'observer mes serments et de m'y attacher de toutes mes forces.

Ainsi m'aide Dieu et les saints Evangiles de Dieu que je touche réellement.

Le chanoine venait donner à baiser à chacune des dames le livre des Evangiles; puis il récitait le *confiteor* et au moment où il disait *mea culpa,* la prévôte lui frappait trois coups dans le dos. Il était conduit auprès des dames par le chanoine présentant, lequel, à l'issue de la cérémonie, le ramenait à sa place et lui souhaitait le bonheur.

Les devoirs d'un chanoine consistaient dans les obligations qu'énumérait la prévôte en terminant la cérémonie d'installation. Elle traçait les règles suivantes au nouveau titulaire : « Ne point révéler les secrets du chapitre, en maintenir les droits en tout ce qui lui sera possible, bien faire son office, venir chanter au chœur aux solennités et tenir chappe, venir à la procession des dimanches, éviter surtout les mauvaises compagnies et les cabarets. »

Un chanoine n'était obligé qu'à six semaines de résidence, une fois seulement. Quand il faisait sa première résidence, il se présentait à la doyenne en habit d'église et prenait place au chœur dès le lendemain. La résidence l'obligeait à loger à Andenne pendant six semaines.

Listes de chanoines

A. — Noms de chanoines ayant vécu aux XVe et XVIe siècles

Jean DE VACARIA, cité en 1403.
Jean LE CLOCKIER, mentionné en 1423 et 1431.
Jean RIDEAL, mentionné en 1423, mort en 1427 (1).

(1) Il fut assassiné par un Liégeois. V. chartrier d'Andenne, aux arch. de l'Etat, à Namur.

Philippe DE FROCOURT, mentionné en 1431.

Jean DE LA COUR, mentionné en 1431.

Jean DE MOUSTIER, mentionné en 1431.

Philippe DE FUMAL, mentionné en 1431.

Daniel DE GESVES, mentionné en 1431.

Pierre AUX LOUWIGNIES, mentionné en 1431.

Jean DE SENZEILLES-SOUMAGNE, mentionné en 1431, testa en 1439. Il laissa deux fils bâtards, également chanoines à Andenne.

N. BUSNEL et Florent N., mentionnés en 1472.

Nicolas TAMISON, mentionné en 1478.

Jean DE LA SALLE, qui testa en 1483.

Edouard XISTI, aussi chanoine à Namur, mort en 1516.

Jean GRAND, curé d'Ambresineaux, qui testa en 1523.

Jean DE NOADRÉE, mentionné en 1561.

Wauthier D'ENGIHOUL, mentionné en 1561.

Gilles BRIOT, curé d'Andenne, qui testa en 1578.

Jean MATHYS, qui testa en 1587.

Richard FABRY, curé d'Andenne, qui testa en 1588.

B. — Liste alphabétique de chanoines en fonctions au XVIIᵉ et au XVIIIᵉ siècles

Michel AIRKIN, curé d'Andenne, testa en 1732.

Marie-Charles-Joseph-Dieudonné comte D'ARGENTEAU, tréfoncier de la cathédrale de Liège, prévôt d'Harlebeeck, etc., nommé en 1744, mort en 1781.

Gilles BANTS, 1669.

Maximilien-Emmanuel BERTON, nommé en 1761.

Jean DE BORSU, testa en 1630.

N. BOUCHER, en fonctions en 1693.

Jean-Nicolas BOUVERIE, nommé en 1755.

Pierre BOYETTEMANNE, en fonctions en 1657.

Philippe-Henri DE CHABOTTEAU, en fonctions en 1749, testa en 1778.

Henri DE CHABOTTEAU, nommé en 1773.

Louis-Joseph-Dieudonné COMENNE, nommé en 1749.

Materne COMENNE, nommé en 1755.

Everard DASPE, testa en 1650.

Jean-Joseph DERVEAU, nommé en 1730, testa en 1735.

Philippe-Joseph DESMENY, nommé en 1744.

Nicolas DOIGE, nommé en 1740, testa en 1743.

Arnold DROSMEL, curé d'Andenne, testa en 1654.

Nicolas-Richard DUPUIS, lequel permuta, en 1677, avec Henri du Ry, bénéficier à Jambes.

Jacques D'ENGIHOUL, testa en 1614 et était encore en fonctions en 1657.

Louis DE FANSON, testa en 1661.

Barthélemy FORART, en fonctions en 1723, testa en 1730.

Jean DE FORT, testa en 1630.

Philippe FRENEAUX, 1669.

N. DE GHILLENGHIEN, fils du baron de Heems, nommé en 1739.

Jean ISTAS, testa en 1723.

Jacques KERCKHOF, testa en 1657.

Mathias KERCKHOF, en fonctions en 1723.

Mathias LAMBERTINI, en fonctions en 1693, testa en 1703.

Albert-Mathieu-Joseph DE LAMBERTS, nommé en 1739.

Albert DE LANCHOTS, nommé en 1749.

N. Lavigne, en fonctions en 1693.

Jean-Baptiste Maria, en fonctions en 1749.

Henri-Joachim de Martin, en fonctions en 1749, testa en 1755 et mourut en 1762.

Clément Materne, nommé en 1755.

Jean de Mollin, en fonctions en 1657.

Claude Moulins, 1669.

Ignace-Augustin-François Muniez, mort en 1755.

Jean d'Oppagne, testa en 1636.

Hubert-Henri d'Orjo, en fonctions en 1723, renonça à sa prébende, en 1739, pour épouser Claudine de Severy.

Jean-François de Paradis, nommé en 1749, mort en 1755.

Simon Parfonry, nommé en 1744.

Guillaume Paris, en fonctions en 1723.

Joseph Peemans, chanoine de Saint-Paul à Liège, nommé en 1744.

Jean-Emile Rasquin, en fonctions en 1693, testa en 1719.

Jacques-Antoine Raymond, nommé en 1745, testa et mourut en 1761.

Guillaume de Reppe, testa en 1601.

Henri du Ry, 1677.

Lambert du Ry, chapelain royal à Namur, en fonctions en 1720, mort en 1749.

Tobie t'Serstevens, nommé en 1744.

Louis-Joseph de Thier, tréfoncier de la cathédrale de Liège, nommé en 1762, mort en 1766.

Jacques Thomas, en fonctions en 1723.

Mathieu de Tiège, nommé en 1744.

François Valentin, nommé en 1744.

Jean de Waleffe, curé de Reppe, testa en 1626.

Pierre VAN DE WEYER, nommé en 1685.
Michel WILLEMSENS, en fonctions en 1749.

§ IV. — Les bénéficiers, les semainiers et les chapelains. Nomination. — Fonctions. — Serment.

La nomination des bénéficiers appartenait aux collateurs des bénéfices. Le chapitre nommait les prêtres semainiers et les chapelains, à l'exception du chapelain de la prévôte, choisi par cette dame elle-même.

Les fonctions des bénéficiers consistaient à exonérer les messes, dire les offices selon les intentions des fondateurs et se trouver au chœur les jours où les prêtres chantaient avec les dames. Les bénéficiers de certaines chapelles devaient, sur les revenus de la fondation, pourvoir à l'entretien, aux réparations, éventuellement même à la reconstruction de ces chapelles. — Les prêtres semainiers, au nombre de quatre, ayant chacun leur semaine à tour de rôle, avaient pour obligations de chanter au chœur, de célébrer la grand'messe, d'enseigner les écolières, de confesser les membres du chapitre et de leur administrer les derniers sacrements. Lorsqu'une dame ou un chanoine avait reçu l'Extrême-Onction, le prêtre de semaine pouvait être requis de loger auprès du malade et même de ne point le quitter pendant le jour, s'il y avait danger de mort imminent. Les semainiers veillaient les morts. — Enfin les chapelains étaient des clercs ecclésiastiques, prêtres ou non, qui servaient d'assistants dans les cérémonies religieuses. Un d'entre eux était spécialement attaché à la prévôte, qu'il accompagnait au chœur et dans certaines cérémonies publiques. Il est probable que les fonctions de chapelain se confondaient primitivement avec celles de semainier, car une bulle du pape Innocent IV, en date du 23 septembre 1245, autorise les dames d'Andenne à entendre la messe dite par leurs chapelains, sans sonnerie de cloches, lorsque l'interdit est jeté sur le pays, à condition que le chapitre ne soit pas lui-même interdit (1).

Le serment auquel les bénéficiers étaient tenus se prêtait avant d'entrer en fonctions, entre les mains d'un chanoine ou d'un prêtre commis à cette fin, en la forme suivante :

« Moi N. N. je jure que j'ai l'entrée juste et canonique en celui bénéfice auquel je suis présenté, et que je n'ai rien donné ni promis pour l'obtenir ;

» Item, jure de garder et conserver les biens, droits appartenant au dit bénéfice selon mon pouvoir ; et, si aucuns sont perdus ou aliénez, les récupérer ;

» Item, jure que je serai obéissant à la prévôte, doyenne et chapitre de cette église, tout ainsi qu'à mon propre archidiacre en toute chose licite et honneste ;

» Item, jure de ne conspirer jamais allencontre des dites prévôte, doyenne et chapitre, ni procurer conspiration par moy ni par autre, soit apertement ou occultement ; ains contre telles conspirations, si aucunes étaient aux dites prévôte, doyenne et chapitre, de tout mon pouvoir aider et assister ;

» Item, jure de ne faire rien ni attenter sciemment contre les statuts, libertez, droits et coutumes bonnes et antiques

____

(1) Original aux arch. de l'Etat, à Namur, chartrier d'Andenne.

approuvées de cette église, ni procurer attention contre icelles par moy ni par autres, directement ou indirectement, mais de tout mon pouvoir les garder et les deffendre diligemment;

» Item, jure de faire et exercer le service du dit bénéfice selon la fondation et institution fidèlement avec les charges par moy ou par un conducteur (1) suffisant à admettre du consentement et mandement des dites prévôte, doyenne et chapitre;

» Item, jure que je suis de libre condition et de légitime mariage procréé;

» Item, jure de faire et accomplir toutes les promesses.

» Ainsi m'aide Dieu et les saintes Evangiles de Dieu. Ainsi soit-il. »

____

(1) Du latin *conducere,* c'est-à-dire remplaçant payé ou loué.

CHAPITRE V

PREUVES DE NOBLESSE

**L'origine de la noblesse militaire ou chapitrale. — Les preuves
anciennement en usage à Andenne et les preuves sanctionnées
en 1495. — Le règlement de 1661. — Le règlement de 1769.**

Dans les temps les plus reculés le prestige de la naissance
appartenait d'une façon toute particulière aux personnes de race libre et issues de mariage légitime. Tels étaient,
en effet, antérieurement au XIIe siècle, les caractères distinc-
tifs des familles qualifiées nobles dans la suite. Celles-ci
étaient issues de guerriers qui avaient conquis leur liberté
les armes à la main et elles se distinguaient donc essentiellement des races affranchies, de celles même qui étaient
parvenues à se créer une situation importante. C'est dans
ces souvenirs qu'il faut chercher l'origine de la qualification

de *noblesse militaire* donnée à la noblesse de race, la seule qui dans les siècles passés eut le privilège de se faire recevoir en chapitre. Quand certains auteurs prétendent qu'au XIIᵉ siècle seulement l'entrée en chapitre commença à être réservée aux personnes de familles nobles, ils commettent une véritable confusion de mots : sans doute la chevalerie, qui avait cependant déjà pris naissance dans les pas d'armes et les tournois, où l'on voit apparaître les blasons et les devises, ne fut véritablement constituée qu'à l'époque des croisades; mais si alors des privilèges, et en particulier celui qui nous occupe en ce moment, s'attachèrent expressément à la qualité de noble, il est certain que ce fait ne créa pas une situation nouvelle, qu'il consacra au contraire les usages et les mœurs des siècles précédents au profit de la caste qui avait donné naissance à la chevalerie et qui continuait à s'honorer avant tout de la liberté de son origine.

Le chapitre d'Andenne fut fondé par sainte Begge en faveur de personnes du plus haut rang. Telle était l'ancienne tradition de cette maison et les témoignages historiques se plaisent à la confirmer amplement et de la manière la plus péremptoire. En effet, lorsque Philippe-le-Noble, marquis de Namur, donna une charte en 1207 (1) pour réformer des abus commis dans la collation des prébendes et qu'il y inscrivit en termes exprès que les chanoinesses devaient être *nobles, issues de parents nobles,* ce prince déclara qu'il voulait *maintenir les règles antiques* du chapitre d'Andenne : « *ecclesiam Andenensem*

______

(1) *Annexe* nᵒ IV.

*quam in jure et honore suo, et libertate et antiquis institu-
tionibus volens plenius tanquam abbas et advocatus conservare* (1). » En 1478, Maximilien et Marie de Bourgogne
reconnaissent à leur tour qu'Andenne est une « *fondation*
faite par sainte Begge *pour femmes nobles* (2) » et le
diplôme de 1495, dont nous parlerons plus loin, déclare
encore que l'église d'Andenne « *a été noblement fondée* »
et ajoute : « selon laquelle fondation nulle demoiselle
ne peut être reçue en icelle Eglise si elle n'est tenue et
réputée noble femme ». — Philippe II, en 1557 (3),
se sert des mêmes expressions « *noblement fondée* »;
les dames d'Andenne, dans une requête adressée au duc
de Parme, en 1588 (4), disent que sainte Begge « prit
des *nobles filles* pour faire le saint service divin »;
enfin le règlement de 1661 rappelle encore expressément
qu'*entre autres points principaux de la fondation,* nulle fille
ne pouvait entrer audit chapitre à moins d'être *issue de
parents nobles* (5).

(1) Voulant, en qualité d'abbé et d'avoué, maintenir pleinement
l'église d'Andenne dans ses droits, honneurs, libertés et antiques
institutions.

(2) *Annexe* n° X.

(3) *Annexe* n° XIII.

(4) *Annexe* n° XVI.

(5) Un témoignage relatif à Nivelles, fondation qui servit de modèle
à celle d'Andenne, a tout lieu d'être consigné ici à l'appui de notre
opinion. M. F. Lemaire dans sa *Notice historique sur la ville de Nivelles
et sur les abbesses,* p. 13, rapporte qu'au moment où sainte Gertrude
venait d'établir cette maison « un grand nombre de dames de la plus
haute noblesse demandèrent à entrer au monastère de Nivelles ».

Le pape Honorius IV s'étant ému de la **condition de noblesse**, qu'il trouvait contraire à l'égalité chrétienne, avait, par une bulle du 2 octobre 1285, provoqué une enquête sur la question, afin d'abroger cet usage (1). Néanmoins l'ancienne règle prévalut, les preuves de noblesse continuèrent à être requises et les archives d'Andenne témoignent qu'à la fin du XIIIe siècle les dames s'assemblaient solennellement, sous la direction de la prévôte et de la doyenne, pour examiner les titres des postulantes.

Preuves anciennement en usage et preuves sanctionnées en 1495. — Si, à l'origine, la condition de naissance requise pour l'admission des chanoinesses au chapitre d'Andenne consistait uniquement en ce que les postulantes devaient être issues, en légitime mariage, de parents libres ou nobles, il est toutefois certain que des exigences plus grandes se manifestèrent dès une époque reculée, car l'usage de prouver des quartiers, c'est-à-dire la noblesse des aïeux, remonte très loin. Le témoignage des auteurs, les actes de réception les plus anciens et les souvenirs conservés sur les pierres tombales établissent qu'on ne prouva d'abord que quatre quartiers, c'est-à-dire la noblesse des aïeux et aïeules de la ligne paternelle et de la ligne maternelle : c'était ce que l'on appelait les preuves de noblesse chevalereuse. Les lettres souveraines précitées de 1478 parlent encore de quatre quartiers. Cependant, dès la fin du XVe ou le commencement du XVIe siècle, s'introduisit l'usage de prouver huit

---

(1) *Bulletins de la commission royale d'histoire*, 4e série, t. II, p. 113, art. de M. Alph. Wauters intitulé : *Exploration des chartes et des cartulaires belges existants à la Bibliothèque nationale de Paris.*

quartiers. Les archives du chapitre en font foi. Le diplôme octroyé, sous la date du 29 mai 1495 (1), par Maximilien, roi des Romains, et Philippe, archiduc d'Autriche et comte de Namur, à l'effet de confirmer les libertés et franchises du chapitre d'Andenne, rappelle les conditions requises pour l'admission dans ce collège et dit entre autres : « Nulle demoiselle ne peut être reçue en icelle église si elle n'est tenue et réputée noble femme de quatre côtés de père *et* de mère, procréée de léal mariage » et ajoute qu'à sa réception « ce convient aussi certifier et jurer par ses parents et amis qui soient nobles » (2). Les termes de ce diplôme ont très souvent été interprétés comme exigeant seulement quatre quartiers, bien qu'il soit permis de les entendre de deux façons. En fait, l'usage à cette époque fut de produire huit quartiers et après que Philippe II, dans les lettres-patentes précitées du 25 août 1557, relatives à l'exemption des tailles, eut de nouveau employé les termes dont s'était servi Maximilien, l'interprétation des lettres de 1495 et de 1557 fut donnée dans le règlement édicté par Philippe IV, sous la date du 22 janvier 1661 : ce prince déclara expressément que le diplôme de 1495 exigeait « quatre quartiers de père *et autant* de mère » et que lui-même voulait confirmer à cet égard les anciens usages du chapitre.

Nous voyons, en effet, en 1588, dans une requête adressée

(1) *Annexe* n° XI.

(2) A cette époque, comme nous le dirons plus loin, les preuves de noblesse étaient jurées par sept gentilshommes et un de ceux-ci jurait la qualité des six autres.

au duc de Parme (1), les dames d'Andenne constater l'usage
alors établi de prouver la noblesse des bisaïeux, c'est-à-dire
huit quartiers, et il est d'ailleurs absolument certain que ce
mode de preuves est antérieur tout au moins d'un siècle et
demi au règlement de 1661, puisque toutes les réceptions
inscrites dans un registre commençant en 1526 (2) mentionnent que le serment des gentilshommes portait sur
la noblesse « de père, de mère, d'aves et très-aves ».

Règlement de 1661 (3). — Les lettres-patentes de 1661
touchant la noblesse des quartiers qui devaient être requis
pour l'admission au chapitre d'Andenne sont le premier
acte émané de l'autorité souveraine qui traite spécialement
cette question. C'est en effet un véritable règlement sur
la matière, donné à la demande du chapitre et pour
mettre fin à des abus qui s'y étaient introduits. Les
principales dispositions qu'on y trouve sont les suivantes :

1° La preuve de huit quartiers, quatre paternels, quatre
maternels, tous d'ancienne et vraie noblesse militaire, issus
de mariages légitimes. — En conséquence il fallait prouver
que chacun des huit quartiers provenait d'ancienne chevalerie, sans anoblissement; tout au moins, suivant les usages
reçus, exhiber sept degrés nobles dans chaque ligne ascen-
dante, c'est-à-dire prouver que les bisaïeux et les bisaïeules,
formant les huit quartiers, étaient issus chacun de quatre
ancêtres directs nobles, lesquels avaient eux-mêmes contracté des unions légitimes et nobles. En effet, on n'était

(1) *Annexe* n° XVI.
(2) V. la mention de ce registre au commencement du chapitre suivant.
(3) *Annexe* n° XVIII.

réputé noble de race qu'au quatrième degré, la qualité de gentilhomme n'étant acquise qu'à la troisième génération, et il était requis que chacun des huit quartiers justifiât qu'il était issu d'ancêtres nobles de race (1).

Le mode de preuves que nous venons d'indiquer était en vigueur, dès avant 1661, dans les quatre grands chapitres des Pays-Bas et si quelques abus, bien rares, s'étaient commis à Andenne, comme d'ailleurs à Mons, à Nivelles et à Moustier, généralement par autorité du souverain, très exceptionnellement par pure condescendance de la part du chapitre, il est néanmoins certain, comme on l'a vu plus haut, que le collège d'Andenne suivait la législation adoptée en cette matière. Le fait que les preuves reçues à Andenne avaient la même valeur que celles produites dans les autres grands chapitres fut constaté par une sentence du conseil privé, en date du 13 juillet 1658, intervenue à l'occasion d'un différend entre Mons et Andenne. Le chapitre de Sainte-Waudru, qui avait la prétention de primer les autres collèges nobles, fit des difficultés pour admettre de plein droit des quartiers reçus à Andenne; les dames de ce dernier chapitre se trouvèrent offensées des exigences qui surgissaient à Mons et elles adressèrent une réclamation au souverain. Celle-ci fut favorablement accueillie, le conseil privé ayant rendu une sentence aux termes de laquelle il « déclare que pour entrer audit chapitre de Sainte-Waudru à Mons ne sont requises autres qualités que pour entrer en celui d'Andenne » (2).

(1) V. de La Roque, *Traité de la Noblesse*, Rouen, 1735, ch. XII. Du noble de race, pp. 29-31. De même art. I de l'édit du 14 décembre 1616 (Placards héraldiques, t. I, p. 98).

(2) *Annexe* n° XVII.

2° L'examen des preuves par les chanoinesses capitulairement assemblées. — Cette stipulation, nous l'avons
déjà vu, confirmait un usage immémorial. Les preuves
pouvaient se faire par tous actes probants : contrats de
mariage, actes de partage, testaments; de même par les
inscriptions et les quartiers qui se trouvaient sur les pierres
sépulcrales, ou en faisant constater que les armoiries des
ancêtres avaient figuré dans les tournois, ou encore en
exhibant des quartiers précédemment reçus dans des chapitres soumis aux mêmes règles.

3° Le serment de sept gentilshommes de nom et armes.
— Cette formalité, comme il a été dit plus haut, était
également conforme aux règles les plus anciennes.

Le serment se prêtait au moment de la réception
définitive de la chanoinesse. Avant 1661, un des gentilshommes jurait la qualité de chacun des autres : ce fait
est constaté notamment dans la note faisant suite à la
collation de prébende octroyée à Louise d'Assignies, en
1480 (1), de même qu'aux réceptions inscrites dans le
registre tenu de 1526 à 1660. Après 1661, les gentilshommes
juraient mutuellement la qualité les uns des autres. Anciennement ce serment comprenait la première partie de la
formule que nous reproduisons ici; à partir de 1661, il
était prêté dans les termes suivants (2) :

---

(1) *Annexe* n° XXXI. La chanoinesse d'Assignies fut même jurée, exceptionnellement, par huit gentilshommes. A toutes les autres réceptions
nous n'en voyons que sept.

(2) Archives du chapitre d'Andenne, aux archives de l'Etat, à Namur,
registre aux réceptions, 1661-1703.

« Je jure sur les Saints Evangiles cette présente demoiselle N. estre gentilfemme de père, de mère, d'aves et très-aves, et de tous loyaux mariages : et ce jure par le précieux Corps de Nostre Seigneur Jésus-Christ et le corps saint icy présent de Madame Sainte Begge. Ainsi m'aide Dieu et tous les Saints et Saintes du Paradis (1).

» Item je jure que les six personnes qui doivent jurer cette demoiselle avec moi, me sont connues et sont autant gentilshommes que cette demoiselle que je viens de jurer : et ce je jure par le précieux Corps de Nostre Seigneur Jésus-Christ et le corps icy présent de Madame Sainte Begge. Ainsi m'aide Dieu et tous les Saints et Saintes du Paradis. »

Règlement de 1769 (2). — Une nouvelle législation prit date en 1769. Le 23 septembre de ladite année, l'impératrice Marie-Thérèse donna un règlement pour les quatre grands chapitres de dames des Pays-Bas. Ce règlement stipulait ce qui suit, en son article premier : « Aucune demoiselle

(1) Cette partie du serment, celle qui se prêtait anciennement, comme nous venons de le dire, a été copiée par le notaire Pauly, admis auprès du chapitre, en 1588, sur un ancien missel en vélin couvert de cuir rouge et appartenant à la collégiale d'Andenne. A la suite on lit : « Item. Se (si) les sept personnes qui doivent jurer ne sont cognues pour genties à capitele (chapitre), ly primier qui est cognus pour gentilhomme doit jurer sur s'aume (son âme) que tous les aultres qui après doivent jurer sont gentils personnes. » (Aux arch. générales du royaume, renvoi de l'Autriche en 1864, liasse 15, pièce n° 8.)

(2) *Annexe* n° XIX. — Mentionnons pour mémoire un décret de l'électeur de Bavière, en date du 23 janvier 1712, maintenant les preuves de huit quartiers, mais n'exigeant que le serment de quatre gentilshommes. Cette législation fut éphémère comme le règne du prince dont elle émanait.

ne sera dorénavant admise aux chapitres nobles de Mons, Nivelles, Andenne et Moustier-sur-Sambre, si, au préalable, elle n'a fait conster qu'elle est légitimement issue de seize quartiers, dont huit du côté paternel et huit du côté maternel, tous de noblesse ancienne et chevalereuse...»; puis, l'article V ajoutait : ... « Et pour déterminer une bonne fois quelle doit être cette noblesse ancienne et chevalereuse, nous avons établi et établissons les règles suivantes : « Seront réputés de noblesse ancienne et chevalereuse, tous les quartiers que l'on fera conster avoir été reçus et acceptés dans l'un ou l'autre des chapitres nobles de chanoinesses aux Pays-Bas, y compris ceux de Maubeuge et de Denain (1), dans les chapitres nobles de Prague et d'Inspruck, dans les chapitres nobles de l'empire, au bailliage de l'ordre Teutonique et aux chapitres principaux de l'ordre de Malthe.

» Seront aussi réputés de noblesse ancienne et chevalereuse, les trisaïeux et trisaïeules, composant les seize quartiers de l'aspirante, dont on prouvera l'admission de la personne même, si c'est un quartier masculin ou un frère, si c'est un quartier féminin ou de leurs ascendans, dans l'ordre de la noblesse des Etats de Brabant, de Limbourg, de Luxembourg, de Gueldre, de Hainaut ou de Namur.

» A défaut cependant de pareilles preuves, résultant de l'admission dans les chapitres et collèges nobles ou ordres

(1) Une déclaration impériale du 24 juillet 1782 infirma la valeur des preuves reçues à Maubeuge et à Denain et ce à cause d'une disposition de ce genre prise par le roi de France relativement aux chapitres des Pays-Bas. V. *Annexe* XXVI.

de la noblesse, ainsi qu'il vient d'être énoncé, l'on pourra vérifier la noblesse ancienne et chevalereuse de ces seize quartiers, par des attestations délivrées par les corps de noblesse de nos provinces des Pays-Bas, ainsi que de nos autres pays héréditaires, par les corps de noblesse des États de l'empire, par les chapitres provinciaux de l'ordre de Malthe, par les bailliages de l'ordre Teutonique, par les comitats de notre royaume de Hongrie, et enfin par les grands chapitres nobles des cathédrales et autres chapitres nobles de l'empire.

» La noblesse ancienne et chevalereuse pourra encore se vérifier par les épitaphes, inscriptions, peintures d'armoiries sur les fenêtres des églises, et par tous autres monumens publics qui portent avec eux le caractère d'authenticité.

» Finalement les trisaïeux et trisaïeules, composant les seize quartiers de l'aspirante, dont on ne pourra vérifier de l'une ou de l'autre manière susdite la noblesse ancienne et chevalereuse, seront réputés tels dès qu'ils seront fils ou filles d'un père noble. »

Cette dernière disposition portait une atteinte profonde au principe fondamental qui avait toujours réglé l'admission dans les chapitres nobles. En effet, si les preuves paraissaient plus étendues par suite de la production de seize quartiers au lieu de huit, elles devenaient en réalité moins sévères, puisqu'on admettait dorénavant qu'elles pourraient se baser sur des actes d'anoblissement, ce qui était absolument contraire à l'usage immémorial, sanctionné par les souverains, notamment en 1495 et en 1661.

Les chapitres s'émurent de ce nouveau règlement.

Plusieurs requêtes furent adressées au prince Charles de Lorraine, gouverneur général des Pays-Bas, à l'effet d'interpréter la volonté de l'impératrice. S. A. R. y répondit par la déclaration suivante, en date du 3 novembre 1770 (1) : « ….. Quant à l'interprétation de la dernière clause de l'article 5, …..dès qu'il conste que les trisaïeux et les trisaïeules sont nés nobles, leurs quartiers doivent passer en chapitre : en conséquence, toute personne née après l'anoblissement de son père légitime, étant à réputer pour née noble, est suffisamment qualifiée à être mise au rang des trisaïeux et trisaïeules dans la carte généalogique d'une récipiendaire; mais, attendu que l'anoblissement du père ne communique aux enfants nés avant cette époque d'autre qualité que celle de premier anobli, S. A. R. entend que ces enfants, ainsi que leurs père et mère soient exclus des quartiers des trisaïeux et trisaïeules. Ordonne S. A. R. que les récipiendaires qui présenteront, pour l'un de leurs seize quartiers, un fils ou fille d'anobli, aient à faire conster, par la comparaison des dates respectives de l'extrait baptistaire et des lettres de noblesse, que l'expédition de ces dernières a précédé la naissance du trisaïeul ou de la trisaïeule dont il s'agit. »

Le règlement, que nous analysons, ordonnait, conformément à l'usage ancien, la production d'une carte générale des quartiers de la demoiselle postulante, avec « leurs écussons, heaumes, lambrequins et autres décorations, comme aussi la variété des émaux qui peuvent servir à distinguer chaque famille et ses branches ». Telle était la disposition de l'article II.

(1) *Annexe* XX,

L'article IV faisait l'énumération de tous les actes et documents, tant publics que privés, qui pouvaient être fournis à titre de preuves. C'étaient, d'abord, ceux admis à cette fin par un usage plusieurs fois séculaire et dont le détail a été donné ci-dessus; puis, en outre, l'article ajoutait : « Au défaut de pareils instruments, l'on pourra aussi employer des papiers de famille anciens et authentiques, tels que des notes qu'auraient tenues les parents des noms et du nombre de leurs enfants, des noms de ceux à qui ils auraient été mariés, quels auraient été leurs ancêtres ou autres notions semblables, qui pourraient faire connaître la vraie filiation d'une famille. » — Plusieurs chapitres, au nombre desquels fut celui d'Andenne, protestèrent contre cette dernière disposition, mais le prince de Lorraine, dans la déclaration précitée, maintint encore à cet égard les stipulations du règlement de Marie-Thérèse.

L'article X exigeait que la vérité de la carte généalogique de la demoiselle aspirante fût attesté par quatre gentils-hommes « d'ancienne noblesse, chevalereuse et chapitrale, dont aucun ne pourra lui être parent en ligne directe ». Au lieu de prêter le serment requis précédemment, ces gentilshommes signaient, au bas de la carte des seize quartiers, en y apposant en outre le cachet de leurs armes, une déclaration dont les termes sont reproduits au modèle que nous en donnons à la suite du règlement, de 1769 *(Annexe* XIX).

CHANOINESSE

en grand costume de chœur

CHAPITRE VI

LES CHANOINESSES

Les sources et la classification des listes de chanoinesses

LES nombreuses archives de l'ancien chapitre d'Andenne, conservées au dépôt des archives de l'Etat à Namur, contiennent des actes de réceptions de chanoinesses, liasses de preuves, armoriaux, testaments, actes de donation, registres aux anniversaires et autres documents au moyen desquels a pu être dressée la plus grande partie des listes qui vont suivre. Il a cependant fallu puiser à d'autres sources pour compléter ce travail. Citons, d'abord, un registre aux réceptions, commençant en 1526 et continué jusqu'en 1660, appartenant aujourd'hui à une bibliothèque privée (1) : nous avons eu ce manuscrit sous les yeux et la liste de chanoinesses qu'il contient a d'ailleurs été publiée dans l'*Annuaire de la Noblesse de Belgique* de 1882. En outre, nous avons consulté des cartons intitulés : « Chapitres nobles de chanoinesses aux Pays-Bas » qui font partie des manuscrits de la bibliothèque royale de Bourgogne à Bruxelles (2), un manuscrit du même genre contenant des renseignements recueillis par Abry (3),

(1) Ce manuscrit appartient à M. le chevalier Schaetzen, à Tongres. C'est un in-folio contenant trente-cinq pages, dont les vingt-trois premières sont en parchemin. On y remarque une lacune entre les années 1613 et 1623. Le premier feuillet contient la copie de la patente d'une prébende donnée en 1480. (V. *Annexe* n° XXXI.) La première réception inscrite (second feuillet) date du 26 mai 1526.

(2) On y trouve, au nombre des documents relatifs à Andenne, le relevé des cartes qui existaient jadis à la trésorerie du chapitre. Il est à noter que chacune de ces cartes ne portait pas toujours les quartiers d'une postulante elle-même, mais quelquefois ceux de quelque personne de sa famille, appartenant soit à la ligne directe, soit à la ligne collatérale, et précédemment reçue dans un autre chapitre ou bien aux Etats nobles. La production de ces cartes avait eu pour but de faire reconnaître certains quartiers de la personne dont l'admission était en cause. La nomenclature des familles auxquelles ces cartes ont rapport ne peut donc pas être considérée comme une liste de chanoinesses d'Andenne. Il importe de noter en outre que les listes de chanoinesses, mentionnées dans les cartons que nous venons d'indiquer, contiennent de nombreuses erreurs quant aux prénoms et surtout relativement aux dates.

(3) Ce manuscrit appartient à la précieuse collection du comte d'Oultremont, au château de Warfusée. Abry y a consigné des listes de chanoinesses d'un grand nombre de chapitres, mais celle d'Andenne contient quelques inexactitudes. Le nom de Bray, par exemple, est substitué aussi bien à celui de Brant qu'à celui de Bryas. On voit

les documents relatifs au chapitre d'Andenne qui se trouvent
aux archives générales du royaume, divers registres qui
sont conservés à la cure d'Andenne et un intéressant manuscrit, en possession d'un archéologue distingué (1), où
sont reproduites les inscriptions d'anciennes tombes qui
se voyaient jadis dans l'église et dans les chapelles du
chapitre. Plusieurs de ces pierres sépulcrales existent
encore actuellement.

Les quartiers des chanoinesses, tels que nous les donnons
à partir de la fin du xv⁰ siècle, sont généralement extraits
des cartes et des preuves, faisant partie des archives
d'Andenne, qui se trouvent soit à Namur, soit aux archives
générales du royaume ; parfois cependant, pour les
reconstituer, il a fallu avoir recours aux preuves fournies
dans d'autres collèges nobles par des personnes proches
parentes de chanoinesses d'Andenne. Certaines indications
ont même été puisées dans les manuscrits de Le Fort, aux
archives de l'Etat à Liège, source abondante et d'une
valeur incontestable.

Il nous a paru intéressant, au point de vue généalogique,
d'indiquer autant que possible les alliances contractées par
les chanoinesses, d'autant plus que les mariages furent très

---

aussi mentionnée une dame de Roist de Weers, dont il n'y a trace
ailleurs que parmi les chanoinesses de Neus, et une dame de Gymnich, —
celle-ci sans indication de date, — qu'on ne retrouve pas dans les généa-
logies de cette famille. Nous nous abstenons avec soin de faire figurer
dans nos listes des mentions qui ne sont pas justifiées d'une façon
plus certaine.

(1) M. l'abbé Henrotte, chanoine de la cathédrale de Liège.

fréquents parmi elles et que ce fait est réellement caracté-
ristique au point de vue de l'histoire du chapitre.

Dans les listes qui vont suivre nous classons d'abord les
chanoinesses par périodes, en raison des preuves auxquelles
elles furent successivement soumises ; puis, en adoptant
l'ordre alphabétique, nous groupons ensemble, pendant
l'espace d'une période, les dames d'un même nom, ce qui
permet de suivre facilement les traces des familles qui ont
donné plusieurs chanoinesses à Andenne. La première
période correspond à une époque qui ne nous a transmis,
au sujet des preuves exigées ou produites, que des données
fort incomplètes ; la seconde période est celle pendant
laquelle furent produites les preuves de huit quartiers ;
la troisième période, d'ailleurs de bien courte durée, marque
les réceptions avec preuves de seize quartiers.

§ Ier. — Liste alphabétique des chanoinesses reçues depuis le milieu du XIIIe siècle jusqu'à la fin du XVe siècle

Louise D'ASSIGNIES, 1480.

Quartiers : Assignies, Tourmignies ; Barbançon, Lanthier.
Elle mourut en 1527 et fut enterrée à Andenne, ayant
cependant résigné sa prébende depuis plusieurs années.

Ivette D'AUTRIVE, morte avant 1285.

Elle fut *prévôte* du chapitre (1).

Ivette D'AUTRIVE, vers 1470.

(1) Un acte de 1323 parle de feu les chanoinesses d'Autrive, ce qui
indique que la première Ivette ne fut pas la seule dame de cette famille
reçue au chapitre antérieurement au XIVe siècle.

Isabelle DE BARBANÇON, mentionnée en 1431.

Hélène DE BAUSSE, vers 1480.

Agnès DE BEAUFORT-SPONTIN, vers 1250.

Elle était fille de Willaume, sire de Spontin, et de Mathilde d'Elderen.

Elle mourut en 1280 et fut inhumée à Andenne.

Elisabeth DE BEAUFORT-SPONTIN, 1280.

Fille de Pierre, sire de Spontin, et nièce de la précédente, elle mourut en 1301 et fut enterrée à Andenne.

Agnès DE BEAUFORT-SPONTIN, vers 1320.

Fille de Willaume II, sire de Spontin, et d'Adda de Sombreffe, elle était nièce de la précédente et petite-nièce de l'autre Agnès. Son anniversaire fut fondé, en 1422, par une de ses petites-nièces, prévôte du chapitre de Moustier.

Jeanne DE BEAUFREMONT, vers 1470.

Marguerite DE BERNAIGE, mentionnée en 1423 (1).

Jeanne DE BIERBAIS, vers 1330.

Elle fut *doyenne* du chapitre et testa en 1372 (2).

---

(1) Les dames mentionnées sous cette date sont celles qui figurent dans l'acte d'arbitrage dont il a été parlé au § 2 du chapitre Ier, pp. 25 et 26. La famille de Bernaige est appelée ailleurs Baronaige, l'orthographe du nom ayant varié.

(2) La plupart des testaments de chanoinesses que nous indiquons existent en originaux aux archives de l'Etat, à Namur, archives d'Andenne n°s 427 et 428. Le plus ancien est celui de Marie de Saint-Amand qui porte la date de 1284. Les mentions de testaments du XVIIe et du XVIIIe siècles se rapportent parfois à des actes dont les originaux ne sont pas aux archives de Namur, mais résultent d'indications recueillies dans les Régistres aux résolutions capitulaires.

Anne DE BIERBAIS, mentionnée en 1341.

Elle était fille d'Henri et de Marguerite d'Eggloy.

Gillette de BIERTRESEIL, mentionnée en 1379.

Marie DE BOISSAY, mentionnée en 1388.

Marie DE BORDIAR, morte avant 1295.

Jeanne DE BOMBAIS, mentionnée en 1379.

Guillemette DE BOMBAIS (1), vers 1470, testa en 1524.

N. BOULANT DE GESVES, vers 1250.

Elle épousa Libert Crepon de Dammartin, dit d'Othée.

Bertrande DE BRIVEDENT, mentionnée en 1423.

Adda DE BYEME, mentionnée en 1431.

Jeanne DE BYEME, mentionnée en 1431.

Jeanne DE BYEVENE, mentionnée en 1423 (2).

Gertrude DU CHASTELER (3), mentionnée en 1399, morte en 1460.

Quartiers : Chasteler, Simousie; Pottes, Saint-Simon.

Jacqueline DU CHASTELER, mentionnée en 1431, testa en 1476.

Quartiers : Chasteler, Gavre; Bourlinet, Rouveroit.

Marguerite DU CHASTELER, mentionnée en 1431.

Elle était sœur germaine de la précédente.

(1) Alias Bonbaye et Boubais. Cette dernière manière d'orthographier le nom, qui n'est pourtant pas celle que l'on trouve dans le testament de cette chanoinesse, paraît néanmoins être la véritable.

(2) Ce nom, bien qu'ayant une grande analogie avec celui qui précède, est cependant orthographié d'une façon différente. Le baron de Reiffenberg indique que la commune actuelle de *Biesme* s'appelait jadis *Bievene*, (*Monuments pour servir à l'histoire des provinces de Namur, etc.* I. p. 605, table onosmatique); mais *Bievene* est aussi une localité du Hainaut.

(3) Ce nom, maintes fois cité dans les archives d'Andenne, est souvent écrit : *Castelair.* On trouve aussi : *Castelley.*

Jacqueline DU CHASTELER, vers 1460.

    Quartiers : Chasteler, Pottes; Oisy, Aa.

    Elle fonda en 1484 l'autel de Sainte-Anne, à Andenne.

Gertrude DE CHASTELET, mentionnée en 1423.

Marie DU CHESNE (1), mentionnée en 1423.

    Elle était *vice-prévôte* en 1431.

Aeley DU CHESNE, mentionnée en 1423.

Robine DU CHESNE, morte en 1436.

    Elle fut inhumée à Andenne.

Marie DE CROIS (sic) (2), fonda un anniversaire en 1264.

Jeanne DE CROY, mentionnée en 1379.

Marguerite de DONCHEUR (3), mentionnée en 1340, 1343, 1356.

    Elle fut *doyenne* du chapitre et testa en 1357.

Léonore DE DONCHEUR, mentionnée en 1353.

Marie DE DONCHEUR, testa en 1415.

Aélide DE DONCHEUR, mentionnée en 1431.

Isabeau DE DONSTIENNE, mentionnée en 1423, testa en 1449.

Jeanne DORENVAUX, mentionnée en 1356.

Jeanne DE DORINES, au XIVᵉ siècle, sans date précise.

Marguerite DE DORINES, mentionnée en 1340.

---

(1) L'orthographe de ce nom est encore *Kaysne, Kaesnes, Quercu.*

(2) Cette chanoinesse appartenait probablement à la famille de *Croix,* car un chevalier de cette maison, Hugues, châtelain de Mons en 1194, est souvent désigné sous le nom de *Crois.*

(3) Alias *Doncuer.* Cette chanoinesse est citée avec les dames d'Erpent et de Orenuas comme ayant protesté contre les violences faites à Andenne par Libert de Natoye, faits relatés ci-dessus pp. 22 et ss. (V. Narré d'une violence faite à la prison du chapitre d'Andenne en 1340, acte original provenant des archives du couvent de Lens-Saint-Remy, aux arch. de l'Etat, à Liège. — V. aussi actes de 1340 et 1341 au chartrier d'Andenne, à Namur.)

13

Hellewis D'ERPENT (1), vers 1330.

Fille de Jean d'Erpent, chevalier, et de Sara d'Otrange;
elle était vice-doyenne ou dame aînée en 1340 (note 1 de
la p. 24), puis elle fut *prévôte* du chapitre, testa en 1359
et mourut avant 1365.

Beatrix D'ERPENT, mentionnée en 1350, testa en 1362.

Agnès D'EVE, vers 1460.

Quartiers : Eve, Jodion dit Laurens; Haccourt, Boyne.

Elle fut *prévôte* du chapitre.

Jeanne D'EVE, vers 1460.

Elle était sœur germaine de la précédente et testa en
1509, étant veuve de Michel de Warisoulx.

Marie D'EVE, vers 1480.

Quartiers : Eve, Haccourt; Bruelle dit Bossimel, Beaufort-Loyers.

Elle fut *doyenne* du chapitre, testa en 1515 et mourut en 1516.

Marguerite DE FUMAL, 1480.

Elle était fille de Jean de Fumal et de Marie de Hosden.

Adelaïde DE GAVRE, mentionnée en 1340, 1360 et 1362.

Elle fut *écolâtre* du chapitre et fonda, en 1345, un autel
en l'honneur de saint Jean-Baptiste, bénéfice qui a pris le
nom de Saint-Jean de Gavre (2).

---

(1) Alias *d'Yerpent, d'Yerpens* et *Dierpens.* — Des actes de 1357 et 1362
sont scellés du sceau de la prévôté d'Erpent; on y voit sainte Begge entre
deux écussons, l'un chargé d'une face, l'autre d'un aigle. Ces sceaux sont
reproduits en plâtre dans la collection de M. de Radiguès. V. ci-dessus
pp. 94 et 95.

(2) La fondation primitive fut établie avec charge de trois anniversaires : pour la fondatrice et pour les chanoinesses Isabelle de Renne et
Mahaut de Spagny. Plus tard les obligations de ce bénéfice consistèrent
à dire une messe tous les quinze jours. Voir ci-dessus pp. 86-87.

Agnès DE GAVRE, testa en 1381.

Elle fonda le béguinage de Huy dont les béguines devaient être nommées par le chapitre noble d'Andenne.

Jeanne DE GUINES DE BONNIÈRES, 1463.

Quartiers : Guines-Bonnières, Ghistelles; Bayne, Wignacourt.

Anne-Marguerite DE HALLEWIN, testa en 1368.

Marie DE HALLEWIN, mentionnée en 1371.

Elle était sœur de la précédente.

Agnès DE HAM, mentionnée en 1287.

Alix DE HAM, vers 1300.

Marie DE HENNE, vers 1480.

Guillemette DE HOUBES, vers 1480.

Elle mourut en 1524 et fut inhumée à Andenne.

Marie DE HUPPY, mentionnée en 1379, testa en 1405.

Marie DE HUPPY, vers 1400.

Elle fut *prévôte* du chapitre et se trouve mentionnée en cette qualité dès 1413. Morte en 1431.

Marguerite DE JAUCHE, testa en 1395.

Elle fut *écolâtre* du chapitre.

Guillemette DE JAUCHE, vers 1490.

Elle mourut en 1541 et repose à Andenne.

Jeanne DE LANDRES, mentionnée déjà en 1423, testa en 1466.

Agnès DE LANNOY, 1310 (1).

Gertrude DE LIMMINGHE, vers 1350.

---

(1) Un acte de 1339, conservé aux archives de Namur, porte encore le sceau de cette chanoinesse sur lequel on voit trois lions. Le nom y est orthographié : Agnès del Anoit. — V. aussi aux *Annexes,* n° XXX, le texte de la confirmation de sa prébende.

Elle était fille de Jean, juré de la ville de Louvain, et de N. Crupelant.

Jeanne DE LINTOT, vers 1480.

Elle était originaire de la Normandie, testa en 1534, mourut en 1535 et fut inhumée à Andenne.

Catherine DE LOVERVAL, vers 1270.

Elle fut *prévôte* du chapitre en 1284.

Beatrix DE LOVERVAL, testa en 1292.

Adeline DE LOVERVAL, testa en 1342.

Marie DE LOVERVAL, mentionnée en 1323, testa en 1345.

Elle fut *doyenne* du chapitre.

Ivette DE LOVERVAL, mentionnée en 1344.

Gertrude DE LOVERVAL, mentionnée en 1423.

Elle fut *écolâtre* du chapitre.

Jacqueline DELLE LOYE, dite DE WAVREMONT, vers 1450.

Quartiers : Loye, Aix; Beaufort-Spontin, Gavre.

Jeanne DE MAILLY, mentionnée en 1423.

Marie DE MANSIGNY, vers 1450.

Jeanne DE MANSIGNY, testa en 1484.

Elle était sœur germaine de la précédente.

Marguerite DE MANSIGNY, testa en 1483.

Elle était sœur germaine des deux précédentes et fut *doyenne* du chapitre.

Jeanne DE MARES, mentionnée en 1481.

Elle fut *prévôte* du chapitre et testa en 1529.

Hélène DE MARES, vers la même époque que la précédente.

Walburge DE MOMBEECK, mentionnée en 1399.

Marguerite DE MOMBEECK, vers 1425.

Elle était nièce de la précédente.

Beatrix DE NAMUR, vers 1450.

Elle était fille de Philippe bâtard de Namur (1), seigneur de Dhuy, et de Marie de Dongelberghe-Longchamps (fille de Jean, sire de Longchamps, membre de l'Etat noble de Namur, et de Yolende de Juppleu).

Marie de NOLLET, vers 1430.

Elle fut *doyenne* du chapitre.

Jeanne D'OBENCOILLE, vers 1480.

Jeanne DE ORENUAS (2), mentionnée en 1340.

Isabeau D'OULTREMONT, vers 1480.

Quartiers : Oultremont, Aix; Cerf, Hellin.

Elle fonda l'anniversaire de ses parents en 1519 et mourut en 1526.

Jeanne D'OULTREMONT, vers 1490.

Quartiers : Oultremont, Preis dit Morfalise; Hun, Broesberghe.

Elle épousa Jean de Hosden.

Péronne DE RACOURT, testa en 1499.

Guillemette DE RAISSE, vers 1460.

Par son testament, en date de 1483, elle donna une cloche qui fut fondue en 1484 (3).

Agnès DE RAS, mentionnée en 1431.

Isabelle DE RENNE, mentionnée en 1345.

Catherine DE RESVES, au XIVᵉ siècle, sans date précise.

Clémence DE RESVES, testa en 1309.

Elisabeth de RESVES, mentionnée en 1340.

----

(1) V. à la liste suivante la note relative à la chanoinesse Barbe de Namur (1525).

(2) Ce nom paraît répondre à celui de Orneau, dépendance de Noville-sur-Méhaigne.

(3) V. l'inscription de cette cloche au chapitre deuxième, p. 49.

Isabeau DE RESVES, 1441.

Elle était fille d'Everard de Resves et de Marie de Hulden-berghe.

Clémence DE RESVES, 1441.

Elle était sœur germaine de la précédente.

Marie DE RESVES, vers 1480.

Elle fut *prévôte* en 1524 (1), testa en 1532, mourut en 1540.

Isabelle DE RHISNES, mentionnée en 1345.

Guillemette DE SAAVE ou SAYVE, mentionnée en 1423.

Elle fut *prévôte* du chapitre en 1436.

Robine DE SAAVE ou SAYVE, mentionnée en 1423.

Marie DE SAINT-AMAND, testa en 1284.

Elle fonda à Andenne le bénéfice de la chapelle de Sainte-Barbe (2).

Agnès DE SAINT-LUCIEN, mentionnée en 1423.

Agnès DE SEILLES, testa en 1316.

Yolende DE SENZEILLES, testa en 1309.

Catherine DE SENZEILLES, mentionnée en 1323.

Elle fut *prévôte* du chapitre.

Marie DE SENZEILLES, testa en 1372.

---

(1) La patente de prévôte de cette chanoinesse (V. *Annexes* n°s XXXII et XXXIII) l'appelle de Reuvre. Du XIII° au XVI° siècle on trouve ce nom orthographié des manières suivantes : Reve, Reves, Resve, Resves, Reisve, Raisve, Reuwe et Reuvre. Nous avons adopté l'orthographe qui a généralement prévalu.

(2) Son nom ne figure pas au Tableau des bénéfices donné ci-dessus pp. 86-87, par la raison que ce relevé est la copie littérale d'un document du chapitre où il n'est point fait mention de la fondatrice de cette chapelle. On y peut constater que cette omission est le résultat de l'ignorance, puisqu'on n'invoque les souvenirs de ce bénéfice qu'à partir du XVI° siècle·

Marie DE SENZEILLES, dite DE SOUMAGNE, mentionnée dans
le testament de la précédente (1372).

Elle fut *doyenne* du chapitre.

Gillette DE SENZEILLES, dite DE SOUMAGNE, mentionnée en 1340.
Sœur germaine de la précédente, elle est citée dans le
testament de Marie de Senzeilles en 1372; puis encore en 1383.
Elle fut *chantre* du chapitre.

Isabeau DE SENZEILLES, dite DE SOUMAGNE, testa en 1388
et 1404.
Quartiers : Senzeilles, Eynatten; Seilles, Senzeilles.
Elle était sœur germaine des deux précédentes, fut *prévôte*
du chapitre, mourut en 1409 et fut enterrée à Andenne
avec les quartiers précités.

Isabeau T'SERCLAES, vers 1475.
Quartiers : t'Serclaes, Poel; Ryt, Smets.
Elle testa en 1527, mourut en 1529 et fut enterrée à
Andenne dans la chapelle de la Madeleine.

Adeline DE SOMENGE, mentionnée en 1323, testa en 1342.

Anne DE SPAGNY, mentionnée en 1345 (1).

Mahaut DE SPAGNY, testa en 1339.

Jeanne DE VAERNEWYCK, mentionnée en 1431 (2).

(1) Le nom de cette chanoinesse, à la différence de celui qui précède, se
trouve encore écrit : d'Espagnit et d'Espigny. Peut-être le véritable nom
serait-il Eppignies ou Heppignies.

(2) Une Jeanne de Vaernewyck, problablement notre chanoinesse, était
fille de Gosuin, échevin de Gand de 1419 à 1428, et de sa seconde femme
Marie de Gruutere. Ce Gosuin de Vaernewyck avait épousé, en premières
noces, une demoiselle de Baronaige, nom connu au chapitre d'Andenne.

Jeanne de Vaernewyck, fille de Gosuin, épousa Daniel van den
Bossche, chevalier.

Marie DE VILLE, mentionnée à partir de 1399; testa en 1441.
   Elle fut *doyenne* du chapitre.

Alix DE VILLE, au xve siècle, sans autre mention.

Jeanne DE WANGNY, mentionnée en 1399.

Marie DE WANZE, mentionnée en 1326.

Marguerite DE WANZE, vers la même époque que la
   précédente.

Catherine DE WARISOULX, vers 1480, morte en 1532.
   Quartiers: Warisoulx, Beaufort-Loyers; Hollogne-Luxembourg,
      aux Louwignies.

Beatrix DE WERQUIGNEUL, mentionnée en 1423.
   Elle fut *chantre* du chapitre.

Simone DE WERQUIGNEUL, mentionnée en 1423.

Catherine DE WERQUIGNEUL, vers 1450, morte en 1479.

Elisabeth DE WEURE, mentionnée en 1241.
   Elle avait été, antérieurement à la date précitée, *écolâtre*
   du chapitre.

Catherine DE WILREVAULX, mentionnée en 1423.

Marie DE WYELLE, vers 1490.

Marguerite D'YVE, vers 1400.

§ II. — Liste alphabétique des chanoinesses
reçues avec huit quartiers
conformément à l'usage en vigueur depuis le XVIe siècle
et aux stipulations du règlement de 1661

Olympe-Thérèse comtesse D'ARBERG DE VALENGIN, 1670.
   Quartiers : Arberg, Ardennet, Brion, Chasteler;
      Gavre, Renty, la Marck, Manderscheydt.

Elle fut d'abord chanoinesse à Mons et se maria, en 1672, avec Guillaume-Chrétien-Ferdinand baron de Plettenberg de Schwartzenberg.

Jeanne-Françoise D'ARGENTEAU, 1612 (1).

> *Quartiers :* Argenteau, Cottereau, Brialmont (2), Berlaymont;
> Groesbeeck, Stommel, Senzeilles, Hun.

Elle épousa : 1° Philippe-Ernest de Namur, vicomte d'Elzée; 2° Florent de Waha-Baillonville, seigneur de Vecqmont.

Anne-Marie D'ARGENTEAU, vers 1630.

> Elle était sœur germaine de la précédente et se maria, en 1632, avec Everard-Florent de Severy, capitaine du château de Namur.

Catherine D'ARGENTEAU, 1637.

> Elle était sœur germaine des précédentes.

Geneviève-Thérèse D'ARGENTEAU, 1637.

> Elle était sœur germaine des précédentes, fut *écolâtre* du chapitre et testa en 1674.

Thérèse-Henriette-Hélène D'ARGENTEAU, dite D'OCHAIN, 1670.

> *Quartiers :* Argenteau, Brialmont, Groesbeeck, Senzeilles;
> Arschot-Rivière, Mérode-Treslong, la Douve,
> Mérode-Acten.

Elle fut *écolâtre* du chapitre, testa en 1704, mourut en 1705 et fut enterrée à Andenne, dans la chapelle de Sainte-

---

(1) Les prénoms de cette chanoinesse ont été copiés dans l'acte même de réception. Le registre aux réceptions lui attribue le prénom de Julienne.

(2) Les Brialmont, toujours dénommés sous ce seul nom, sont une branche de l'illustre maison de Hamal.

Barbe, sous une tombe ornée de huit quartiers et qui existe encore actuellement.

Marie-Isabelle-Thérèse D'ARGENTEAU, 1703.

> *Quartiers :* Argenteau, Groesbeeck, Arschot-Rivière, la Douve;
> Arschot-Schoonhoven, Blehen, Saint-Fontaine, Gulpen.

Elle épousa, en 1711, Charles-François baron d'Harscamp.

Jossine-Charlotte D'ARGENTEAU, 1703.

> Sœur germaine de la précédente; elle mourut en 1715 (1).

Angélique-Thérèse comtesse D'ARGENTEAU D'OCHAIN, 1727.

> *Quartiers :* Argenteau, Arschot-Rivière, Longueval-Bucquoy, Croy;
> Salmier, Hosden, Havrech, Savary.

Elle épousa, en 1732, Nicolas-Ignace de Woelmont, seigneur d'Hambraine, reçu en 1733 à l'Etat noble de Namur.

Louise-Hélène D'ARSCHOT-SCHOONHOVEN, dite DE CHANTRAINE, vers 1680.

> *Quartiers :* Arschot-Schoonhoven, Werve, Blehen, Jaymaert;
> Saint-Fontaine, Heyenhoven, Gulpen, Bertholf de Belven.

Elle testa en 1712, mourut la même année et fut enterrée à Andenne, dans la chapelle de Sainte-Barbe, sous une pierre décorée de huit quartiers et qui existe encore actuellement.

Jossine-Caroline D'ARSCHOT-SCHOONHOVEN, 1683.

---

(1) Ce fut à sa mémoire que les autels de la Sainte-Vierge et de Sainte-Begge furent donnés par son frère à la nouvelle église d'Andenne en 1770, ainsi qu'il a été rapporté au chapitre deuxième, p. 44.

Elle était sœur germaine de la précédente (1) et fut enterrée
auprès d'elle. Morte en 1713.

Françoise-Antoinette-Claire-Angélique-Josèphe-Aldegonde
comtesse D'ASPREMONT-LYNDEN, 1725.

Quartiers : Lynden (2), Druyn, Caldenbourg, Barbieux;

Haultepenne, Geloes, Haultepenne, Geloes.

Elle épousa, en 1729, Ferdinand-Albert-Maximilien-Emma-
nuel comte de Hamal, membre de l'Etat noble de Liège.

Marie-Louise D'AUXBREBIS DE SAINT-MARC, dite DE WASSI-
GNIES, baronne DE NEUFVILLE, 1749 (3).

Quartiers : Auxbrebis, la Broye, Maulde, la Broye;

Béthune, Gherbode, Ostrel de Lières, Fiennes.

Elle épousa, en 1756, Jacques-Charles-Ferdinand baron de
Goër de Herve, conseiller ordinaire du prince-évêque de
Liège.

Barbe DE BEAUFFORT, 1532.

Quartiers : Beauffort, Paris, le Borgne, Aust;

Sacquespée, Lens, Carnin, Sucquet dit Sapigny.

Elle fut *doyenne* du chapitre, testa et mourut en 1588.

---

(1) La carte de cette chanoinesse porte 32 quartiers, savoir : Arschot,
Cottereau-Puisieux, Nassau, Haeften; Werve, Colins, Scheyff, Merwede;
— Blehen, Résimont, Marneffe, Berlaymont; Jaymaert, Dalem, Roxhelée,
Moege; — Saint-Fontaine, Mons, Radou-Depré, Oest; Heyenhoven,
Brempt, Berlo, Eve; — Gulpen, Alsteren, Eys dit Buesdahl, Corselaer;
Bertholf, Krummel, Donrard, Houen.

(2) Le père de la chanoinesse obtint, par diplôme impérial de 1676,
l'autorisation de relever le nom d'Aspremont, mais ses ancêtres ne sont
connus que sous celui de Lynden.

(3) Cette dame avait reçu sa prébende au commencement de 1748 de
la part de Louis XV, roi de France, qui occupait alors les Pays-Bas,
mais la confirmation régulière ne fut donnée à Vienne qu'en 1749.

Bonne DE BEAUFFORT, vers 1545.

> *Quartiers :* Beauffort, le Josne-Contay, Lannoy, Ligne;
>
> Hallewin, la Clite, Sainte-Aldegonde, Montmorency.

Catherine DE BEAUFORT DE CELLES (1), 1550.

> *Quartiers :* Beaufort-Celles, Eve dit Severy (2), Boulant (3),
>
> Aix de Schoonvorst;
>
> Cottereau-Puisieux, Herdincx, Wideux, Jauche.

Elle testa en 1604.

Marie DE BEAUFORT DE CELLES, 1555.

> Elle était sœur germaine de la précédente.

Marguerite DE BEAUFORT DE CELLES, 1581.

> *Quartiers :* Beaufort-Celles, Boulant, Cottereau-Puisieux,
>
> Wideux;
>
> Mérode, Bauw, Berlo, Cortenbach.

Elle épousa, en 1608, Henri de Berlaymont, seigneur de
la Chapelle, grand bailli de Moha.

---

(1) Les chanoinesses de ce nom sont généralement désignées sous le
nom de Celles, celui de Beaufort ne figurant que pour désigner le
premier quartier. Nous donnons le nom complet pour éviter toute confusion avec d'autres familles. (Voir la note relative aux quartiers de la
chanoinesse de Thiribu.)

(2) La maison d'Eve a donné naissance de bonne heure à une branche
qui prit le nom de la terre de Severy, tout en retenant les armes
primitives de sa race. C'est sous le seul nom de Severy que cette
lignée est le plus généralement désignée. (V. ci-dessus p. 140.)

(3) Boulant, dit aussi de Gesves, de Roly, etc., famille qui se trouve
citée ici dans les quartiers de plusieurs chanoinesses, est issue des
sires d'Argenteau et porte l'écu de cette maison, avec les mêmes émaux;
moins les coquilles posées sur la croix. Cette famille retint le nom
de Boulant seul, mais une fois pourtant nous l'avons trouvée mentionnée
sous le nom d'Argenteau dit de Boulant.

Marie DE BEAUFORT DE CELLES, 1584.

Elle était sœur germaine de la précédente et épousa Jean-Renaud de Berlo, seigneur de Fontenoy, gouverneur de Dinant.

Dorothée-Thérèse DE BEAUFORT DE CELLES, 1634.

Quartiers : Beaufort-Celles, Brandenbourg, Hamal, Eve;
Arschot-Rivière, Mérode, Mérode, Blois-Treslong.

Elle épousa Jean-Albert Schellart d'Obendorff, baron de Durrewerth, grand veneur de Gueldre, et mourut en 1649.

Marie-Anne-Elisabeth baronne DE BENTINCK DE WOLFRATHE, 1754.

Quartiers : Bentinck, Breyll de Limbricht, Holft de Velthenhoven, Virmond de Neersen;
Bocholtz, Velbruck, Gymnich, Geldern de Arcen.

Marie-Louise baronne DE BENTINCK DE WOLFRATHE, dite DE LIMBRICHT, 1757.

Elle était sœur germaine de la précédente et fut *écolâtre* du chapitre.

Guillelmine-Thérèse DE BENTINCK DE WOLFRATHE, dite D'INHOVE, 1764.

Elle était sœur germaine des deux précédentes.

Norbertine-Justine VAN DEN BERGHE DE LIMMINGHE (1), 1754.

Quartiers : Berghe-Limminghe, Tassis, Varick, Micault;
Massiet, Dansart, Pulle, Erp.

Elle épousa Louis-Bonaventure Marbais, seigneur du Graty.

Agnès DE BERLAYMONT DE FLOYON, 1543.

---

(1) La famille van den Berghe releva au XVIIᵉ siècle le nom de Limminghe comme étant issue du lignage d'Uyter-Limminghe, un des sept de la ville de Louvain. V. ci-après le nom de Limminghe.

Quartiers : Berlaymont, Oultremont, Seraing, Haultepenne;
Surlet, Godiscaul, le Familieux de Bierset, Preud-
homme dit d'Odeur.

Elle fut *prévôte* du chapitre, testa et mourut en 1567.

Jeanne DE BERLAYMONT DE FLOYON, 1545.

Elle était sœur germaine de la précédente et se maria
avec Jean de Warisoulx, bailli d'Avin, ci-devant chanoine
à Utrecht.

Elisabeth DE BERLAYMONT DE FLOYON, vers 1550.

Quartiers : Berlaymont, Oultremont, Seraing, Haultepenne;
Hosden, Haynin, Aix (1), la Marck.

Jeanne DE BERLAYMONT DE FLOYON, 1569.

Elle était sœur germaine de la précédente et lui succéda
dans sa prébende. Elle épousa, en 1580, Jacques de Glymes
de Jodoigne, baron de Florennes.

Isabeau DE BERLAYMONT DE FLOYON, 1569.

Elle était sœur germaine des deux précédentes. Elle
épousa, en 1577, Gabriel du Chasteler, chevalier, seigneur
de Moulbais, grand bailli portatif du Hainaut.

---

(1) Ce quartier est rigoureusement exact. Selon Goethals, lequel
reproduit du reste une erreur du *Nobiliaire des Pays-Bas,* Catherine
de Hosden, femme de Henri de Berlaymont et mère d'Elisabeth, de
Jeanne et d'Isabeau de Berlaymont, serait fille d'Eustache et de Marie
de Corswarem. C'est là une erreur. Eustache de Hosden n'eut pas
postérité de Marie de Corswarem et ne laissa que des enfants naturels.
Catherine de Hosden était fille de Louis, seigneur de la Chapelle et
de Nicole d'Aix. — La même remarque s'applique aux quartiers de
Catherine du Chasteler, mentionnée plus loin. — Goethals ne cite
qu'une des trois filles de Henri de Berlaymont et de Catherine de
Hosden. V. *Dictionnaire généalogique,* t. I, act. Berlaymont.

Marguerite-Théodore-Ignace DE BERLAYMONT DE LA CHA-
PELLE, 1681.

> *Quartiers* : Berlaymont, Recourt-Licques (1), Beaufort-Celles,
> Mérode;
>
> Brandenbourg, Berlaymont, Carondelet, Dave.

Elle épousa, en 1692, Philippe-Adrien comte de Dongelberghe, grand bailli du Brabant wallon.

Marie-Catherine-Begge DE BERLAYMONT DE LA CHAPELLE,
dite DE CUSTINE, 1687.

> *Quartiers* : Berlaymont, Beaufort-Celles, Brandenbourg, Caron-
> delet;
>
> Cottereau-Assche, Cottereau-Puisieux, Cottereau-
> Puisieux, Wassenaer.

Elle testa en 1726 et mourut à Andenne en 1727.

Aldegonde-Chrétienne-Philippine DE BERLAYMONT DE LA
CHAPELLE, 1700.

Elle était sœur germaine de la précédente, fut *doyenne* du
chapitre en 1745, y mourut en 1756 et fut inhumée auprès
de sa sœur sous une tombe ornée de huit quartiers et qui
se voit encore actuellement.

Charlotte-Antoinette comtesse DE BERLAYMONT DE LA CHA-
PELLE, 1737.

---

(1) Tel est le second quartier qui figure dans les preuves de cette
chanoinesse. Il y est établi que son bisaïeul était Jean de Berlaymont,
grand bailli de Moha, marié à Philippette de Recourt de Licques.
V. *Archives d'Andenne,* aux archives de l'Etat à Namur, *Preuves de
noblesse,* A.-F. n° 423. Goethals, dans la *Généalogie* précitée, confond
le bisaïeul de cette dame avec son aïeul et, selon lui, le quartier de
Hosden devrait être substitué à celui de Recourt-Licques.

Quartiers : Berlaymont, Brandenbourg, Cottereau-Assche,
Cottereau-Puisieux;
Cottereau-Assche, Cottereau-Puisieux, Nesselrode,
Brempt.

Anne-Françoise-Josèphe comtesse DE BERLAYMONT DE LA
CHAPELLE, dite DE JAUCHE, 1744.

Elle était sœur germaine de la précédente, testa en 1763
et mourut en 1765.

Marie-Josèphe comtesse DE BERLAYMONT DE LA CHAPELLE,
1746.

Elle était sœur germaine des deux précédentes.

Marguerite DE BERLO DE BRUS, 1511.

Quartiers : Berlo, Berlo, Hiernut de Houtain, Hemptines;
Oultremont, Preis dit Morfalise, Hun, Broesberghe.

Elle fut *écolâtre* du chapitre, testa en 1544, mourut la même
année et fut enterrée à Andenne avec quatre quartiers.

Jacqueline DE BERLO DE BRUS, 1529.

Quartiers : Berlo, Hiernut de Houtain, Oultremont, Hun;
Eve, Joseph (1), Senzeilles, Dongelberghe.

Elle épousa : 1° N. d'Yve; 2° Guillaume de Juppleu,
seigneur de Noirmont; 3° Jean d'Eve de Walzin, seigneur
de Loyers, gouverneur de Dinant.

Jeanne DE BERLO DE BRUS, 1531.

---

(1) D'après les quartiers gravés à Sclayn sur la tombe de Louis d'Eve,
cousin germain de Jacqueline de Berlo, on pourrait croire que le nom
de Trina devrait remplacer ici celui de Joseph. Ce serait une erreur, car
Gilles d'Eve, aïeul d'Agnès, femme de Guillaume de Berlo, avait épousé
Catherine Joseph, fille de Jean et de Catherine le Carpentier. V. ci-après
les quartiers de la chanoinesse Catherine d'Eve.

Elle était sœur germaine de la précédente.

Marie DE BERLO DE BRUS, 1534.

Elle était sœur germaine des deux précédentes. Elle mourut en 1588.

Hélène DE BERLO DE BRUS, 1557.

Elle était sœur germaine des précédentes. Elle fut *prévôte* du chapitre; testa en 1571. On voit à Andenne sa tombe ornée de quatre quartiers (1).

Catherine DE BERLO DE BRUS, 1565.

Quartiers : Berlo, Oultremont, Eve, Senzeilles;

Oyenbrugghe, Montenaeken, Guygoven, Brandenbourg.

Elle épousa Charles de Poictiers, seigneur de Fenffe, haut-voué de Tourines.

Agnès DE BERLO DE BRUS, 1567.

Elle était sœur germaine de la précédente (2). Elle fut *prévôte* du chapitre, y mourut en 1616 et fut enterrée dans la chapelle du Saint-Nom de Jésus.

Maximilienne-Ferdinande-Adrienne DE BERLO DE BRUS, 1636.

Quartiers : Berlo, Eve, Senzeilles, Hun;

la Fontaine, Brant, Stor d'Ostrath, Scardin.

---

(1) Au-dessus de l'inscription se trouve un christ taillé en pierre bleue. Au pied de la croix on voit sainte Begge debout et deux dames agenouillées. Ces deux monuments, bien que juxtaposés aujourd'hui, ne paraissent pas faire un ensemble.

(2) L'*Annuaire de la noblesse de Belgique* de 1880 mentionne Agnès comme sœur consanguine de Catherine précitée et dit qu'elle fut chanoinesse à Maubeuge. Cette seconde assertion est peut-être exacte, car plusieurs dames passèrent d'un chapitre dans un autre; mais la première est erronée, ainsi qu'en témoignent les quartiers des deux sœurs.

Elle passa en 1642 au chapitre de Nivelles.

Anne DE BERLO DE FONTENOY (1), 1581.

> *Quartiers :* Berlo, Oultremont, Eve, Senzeilles;
>
> Krickenbeeck, Zours, Heyenhoven, Brempt.

Elle épousa Philippe baron de Berlaymont.

Marie-Marguerite DE BERLO DE FONTENOY, 1584.

Elle était sœur germaine de la précédente, fut *doyenne* du chapitre, testa en 1642 et mourut la même année. Elle fut enterrée à Andenne, ainsi que ses deux sœurs qui suivent, dans la sépulture de leurs père et mère, Henri de Berlo, seigneur de Fontenoy, gouverneur de Dinant, mort en 1616, et Anne de Krickenbeeck, morte en 1617. Cette tombe, ornée de huit quartiers, existe encore aujourd'hui.

Catherine DE BERLO DE FONTENOY, 1592.

Elle était sœur germaine des précédentes, fut *écolâtre* du chapitre, testa en 1654 et mourut en 1655.

Agnès DE BERLO DE FONTENOY, 1604.

Elle était sœur germaine des précédentes, testa en 1630 et mourut en 1631.

Agnès-Marguerite DE BERLO DE FONTENOY, 1644.

> *Quartiers :* Berlo, Eve, Krickenbeeck, Heyenhoven;
>
> Beaufort-Celles, Cottereau–Puisieux, Mérode, Berlo.

Son testament est de 1663.

Anne-Alexandrine-Thérèse DE BERLO DE FONTENOY, 1646.

Elle était sœur germaine de la précédente et se maria, en 1650, avec André baron de Pallant.

Marie-Florence DE BERLO DE HOZEMONT, 1672.

---

(1) La branche dite de Fontenoy est issue de celle de Brus et a été fondée par un frère des quatre chanoinesses reçues de 1529 à 1557.

Quartiers : Berlo, Blitterswyck, Montjoye, Quarouble;
Rouveroit, Locquenghien, Locquenghien, Tenremonde.

Elle testa en 1708, mourut la même année et fut inhumée à Andenne sous une tombe ornée de huit quartiers. Cette pierre existe encore.

Marie-Pauline-Claire DE BERLO DE HOZEMONT, 1672.

Elle était sœur germaine de la précédente.

Marie DE BILLEHÉ, vers 1600.

Quartiers : Billehé, Gommer, Couwenberghe, Voordt;
Perez, Segovia, Lopez de Villanova, Berwoorte.

Elle épousa Gabriel de Glymes, baron de Florennes.

Antoinette DE BLOIS, vers 1500.

Quartiers : Blois, Barbançon, Hemstede, Thiant;
Saveuse, Santsevy, Montfort, Coucy.

Elle testa en 1525, mourut en 1557 et fut enterrée à Andenne, dans la chapelle de Sainte-Madeleine, sous une tombe ornée de seize quartiers (1).

Marguerite DE BLOIS, vers 1500.

Elle était sœur germaine de la précédente, fut *écolâtre* du chapitre, testa en 1525 et 1554, mourut en 1556. Elle repose dans la même sépulture que sa sœur.

---

(1) Ces quartiers sont : Blois, Barbançon, Hennin, Enghien; Hemstede, Thiant, Etland, Roisin; — Saveuse, Santsevy, Kanelle, Wez; Montfort, Coucy, Ailly, Alennes. Il est à remarquer que ces quartiers sont disposés suivant l'usage particulier qui consiste à placer les quartiers des aïeux avant ceux des aïeules. Ainsi, pour les premiers quartiers paternels, mentionnons que Adrien de Blois, bisaïeul, *ex matre* de Hennin, épousa Catherine de Barbançon, fille de Jean et de Elisabeth d'Enghien. Il faudrait donc lire : Blois, Hennin, Barbançon, Enghien, et ainsi pour les autres.

Marie-Madeleine-Françoise DE BOCHOLTZ, vers 1640.

> *Quartiers :* Bocholtz, Vinck-Languevelt, Cortenbach, Hanxeller;
> Groesbeeck, Ghoer dit de Hornes, Rougrave, Horion.

Elle épousa le major Geibsatel de Gypraedt.

Marie-Lydie DE BOURNONVILLE, 1746 (1).

> *Quartiers :* Bournonville, Melun, Sainte-Aldegonde, Dave;
> Ursel, Robles, Hornes, Bailleul.

Elle épousa, en cette même année 1746, Frédéric-Charles comte de Bentheim.

Marguerite-Eugénie DE BRANDENBOURG DE WALZIN, dite D'ESCLAYE, 1677.

> *Quartiers :* Brandenbourg, Berlaymont, Carondelet, Dave;
> Montmorency, Saint-Omer, Lens, Noyelles.

Elle testa en 1696 et fut inhumée à Andenne.

Adrienne DE BRANT DE BRABANT, 1603.

> *Quartiers :* Brant de Brabant, Dion (2), Oultremont, Namur;
> Furnau dit Fénal, Gayman, Senzeilles, Dongelberghe-Longchamps (3).

---

(1) Elle fut nommée et eut ses preuves admises, mais on ne trouve pas trace de sa réception.

(2) Dion est le second quartier tel qu'il figure dans les preuves. La carte de la chanoinesse de Brant ne porte que des écussons, sans mention des noms de famille, mais on la reconnaît à cause des armoiries. Selon Le Fort (1re partie, t. IV), le bisaïeul de la chanoinesse de Brant aurait épousé Françoise de Woelmont, dame de Vichenet, et s'il en eût été ainsi le quartier de Woelmont aurait dû être substitué à celui de Dion.

(3) Cette branche de la maison de Dongelberghe est parfois désignée sous le seul nom de Longchamps. Les Dongelberghe sont des bâtards de Brabant, issus de Jean, fils naturel de Jean Ier duc de Lothier, de Brabant et de Limbourg, auquel son frère Jean II donna, en 1303, la

Anne-Adrienne DE BRYAS, 1638 (1).

Quartiers : Bryas, la Cressonnière, Nédonchel, Biez;
Lière-Immerseele, Grevenbroeck, Renesse, Rubempré.

Marie-Thérèse DE BRYAS, 1659.

Quartiers : Bryas, la Cressonnière, Nédonchel, Biez;
Glymes de Jodoigne, Berlaymont, Billehé-Vierset,
Perez (2).

Marguerite DE CARONDELET, 1555.

Quartiers : Carondelet, Chassay, Joigny-Pamele, Rocqueghem,
Loye de Wavremont, Crupet, Hun, Hosden.

Elle épousa François de Lonchin d'Awans, grand bailli
de Moha.

seigneurie de Dongelberghe dont il retint le nom. Henri de Brabant
de Dongelberghe, fils cadet du premier seigneur de Dongelberghe,
fonda la branche de Longchamps et ses descendants sont connus aussi
bien sous les noms réunis de Dongelberghe-Longchamps que sous le
nom de Longchamps seul. A cette branche appartiennent ceux de Lamines
et ceux de Furnelmont, des noms de deux seigneuries importantes. On
trouve des alliances avec ces branches aux articles cités ci-après :
Oultremont (1603) et Salmier (1630).

(1) Certains généalogistes disent qu'elle fut chanoinesse à Mons. Elle
fut certainement reçue à Andenne à la date indiquée et elle eut une
sœur Hélène, chanoinesse à Mons.

(2) Le quartier de Perez donna lieu à une contestation judiciaire,
finalement tranchée en faveur de la chanoinesse postulante. — Abry
indique encore comme chanoinesse à Andenne, en 1635, une Anne
de Bryas, sœur consanguine de Marie-Thérèse (*ex matre* Furnau) et
comme cette dernière cousine germaine de Anne-Adrienne, qui précède,
mais cette dame eut ses preuves reçues à Nivelles en 1635 et mourut en
1636. (V. *Chap. noble des P.-B.,* manuscrit de la bibliothèque de Bourgogne,
n° 592.)

Isabelle-Eugénie-Charlotte DU CHASTEL-BLANGERVAL (1),1739.

Quartiers : Chastel-Blangerval, Lannoy, Gand–Vilain, Varennes;
Houchin, Gavre, Chastel-Howardries, Guzman y
Roblés.

Catherine DU CHASTELER, 1584.

Quartiers : Chasteler, Proisy, Harchies, Reez;
Berlaymont, Seraing, Hosden, Aix (2).

Marie-Jeanne DU CHASTELER, 1584.

Elle était sœur germaine de la précédente et épousa
Toussaint de la Chapelle, seigneur de Vennegies.

Gasparine-Caroline-Michelle COLINS, dite D'HEETVELDE,1726.

Quartiers : Colins, Herbais, Colins, Herzelles;
Leefdael, Leefdael, Uutenhove, N.....

Elle épousa, en 1731, son cousin Philibert-Antoine Colins,
seigneur de Liembois.

Marie-Amate-Ignace-Ursule COLINS, dite LIEFFRINGHEN, 1726.

Elle était sœur germaine de la précédente.

Valentine DE LA CORNHUSE, 1608.

Quartiers : la Cornhuse, Peucin, Haynin, Tenremonde;
Tenremonde, Alennes, Hannette dit de Bercus,
le Prud'homme.

(1) Les du Chastel-Blangerval sont une famille absolument distincte
de celle des du Chastel, seigneurs de la Howardries, dont le nom figure
parmi les quartiers de la chanoinesse dont il s'agit. Les du Chastel-
Blangerval portent : d'azur, au cheveu d'or accompagné de trois croix
recroisettées au pied fiché d'or, et sont issus des sires de Neufchastel en
Ardenne; les du Chastel-Howardries, qui font remonter leur origine
aux anciens châtelains de Valenciennes, ont pour armes : de gueules, au
lion d'or armé, lampassé et couronné d'azur.

(2) V. la note ci-dessus relative aux quartiers de la chanoinesse
de Berlaymont reçue vers 1550.

Elle épousa, vers 1613, Mathieu de Cabilleau, seigneur de Triponteau.

Anne DE CREHEN, 1543.

> *Quartiers :* Crehen, Beaufort-Spontin, Surlet, Repen dit Guygoven;
> Loye, Eve, Juppleu, Huy.

Elle testa en 1597.

Jeanne DE CREHEN, 1547.

> Elle était sœur germaine de la précédente et se maria, en 1554, avec Philippe de Namur, vicomte d'Elzée, seigneur de Dhuy.

Claudine DE CUSTINE, dite DAUFLANCE, 1630.

> *Quartiers :* Custine, Wal, Beauvois, Chamisso;
> Pouilly, Chamisso, Lamet, Bayencourt dit Bouchavanes.

Marie-Eugénie DE DONGELBERGHE DE RESVES (1), 1684.

> *Quartiers :* Dongelberghe, Borluut, Berlo, Frentz;
> t'Serclaes, Oost-Frise, Montmorency, Lens.

Elle se fit ensuite carmélite.

Albertine-Maximilienne-Constance DE DONGELBERGHE DE RESVES, vers 1700.

Elle était sœur germaine de la précédente et mourut en 1716.

Béatrice-Philippine-Joséphine, cᵉ DE DONGELBERGHE, 1729.

> *Quartiers :* Dongelberghe, Baussele, Berlaymont, Brandenbourg;
> Trazegnies, Lalaing, Wissocq, Hennin-Liétard.

Elle épousa Philippe-Louis comte d'Argenteau, membre de l'Etat noble de Liège depuis 1735, auquel elle apporta le comté de Dongelberghe qui valut à ce seigneur l'entrée à l'Etat noble du Brabant en 1752.

----

(1) Les seigneurs et barons de Resves sont un rameau de la branche principale de la maison de Dongelberghe dont il a été parlé en note à propos des quartiers de la chanoinesse de Brant de Brabant.

Marguerite baronne D'ELDEREN, 1602.

> *Quartiers :* Elderen, Eynatten, Horion, Alsteren;
>
> Groesbeeck, Ghoer dit de Hornes, Thuyl, Alennes.

Elle épousa, en 1627, Richard de Repen, seigneur dudit lieu.

Mechtilde baronne D'ELDEREN, 1623 (1).

> *Quartiers :* Elderen, Horion, Groesbeeck, Thuyl;
>
> Warnant, Ramelot, Eynatten, Werst.

Elle fut *doyenne,* puis *prévôte* du chapitre et testa en 1683.

Marguerite-Jossine baronne D'ELDEREN, 1641.

> Elle était sœur germaine de la précédente et lui succéda en
> qualité de *prévôte.* Elle testa en 1692 et mourut la même année.

Marie-Anne-Philippine D'ELTZ DE KEMPENICH, 1729.

> *Quartiers :* Eltz, Metzenhausen, Schenck de Schmidberg,
>
> Waldbott de Bassenheim;
>
> Wambold d'Umstadt, Brunn, Hoheneck, Eltz (2).

Antoinette-Jeanne-Henriette D'ELTZ DE KEMPENICH, 1732.

> Elle était sœur germaine de la précédente. Elle épousa, en
> 1738, Charles-Ernest baron de Franckenstein-Ulstadt.

Claire-Elisabeth D'ELTZ DE KEMPENICH, 1734.

> Elle était sœur germaine des précédentes. Elle épousa, en
> 1741, Jean-François-Henri-Charles comte d'Ostein.

Catherine D'EVE, vers 1500.

> *Quartiers :* Eve, Haccourt, Joseph, le Carpentier;
>
> Senzeilles, Oignies, la Malaise, Dongelberghe-
> Longchamps.

---

(1) V. son nom sur l'inscription d'une cloche, au chapitre deuxième, p. 49.

(2) La carte de cette chanoinesse exhibe seize quartiers, savoir :
pour les 2, 4, 6 et 8 du côté paternel : Eltz, Hagen, Eltz, Breidbach; et,
respectivement, dans la ligne maternelle : Caltzen-Elenbogen, Tettau,
Wolff-Metternich, Helmstadt.

Elle était morte en 1554.

Gillette d'Eve, vers 1500.

Elle était sœur germaine de la précédente, testa en 1559 et mourut en 1562.

Jeanne d'Eve, vers 1500.

Quartiers : Eve, Haccourt, Bruelle dit Bossimel, Beaufort-Loyers;
Eve-Walzin (1), N..... Halloy dit de Thynes, N.....

Elle fut *prévôte* du chapitre en 1545, mourut en 1561 et fut enterrée à Andenne avec quatre quartiers.

Françoise d'Eve, vers 1530.

Quartiers : Eve, Haccourt, Bruelle dit Bossimel, Beaufort-Loyers;
Juppleu, Gortère-Sombeke, Hosden, Senzeilles.

Françoise d'Eve, dite de Walzin (2), vers 1530.

Quartiers : Eve, Bruelle dit Bossimel, Eve-Walzin, Halloy dit de Thynes;
Landas, Chastel-Howardries, Mazelant, Hoves.

Jeanne d'Eve, dite de Walzin, 1529 (3).

Elle était sœur germaine de la précédente et fut *chantre* du chapitre.

Jacqueline d'Eve, 1603.

Quartiers : Eve, Salmier, Berlo, Eve;
Heyenhoven, Brempt, Warisoulx, Crehen.

---

(1) Les seigneurs de Walzin brisaient d'une merlette au chef les armes d'Eve qui sont : d'azur à la fasce d'or.

(2) Cette seconde Françoise d'Eve était fille de Jean, seigneur de Walzin, frère de la prévôte Jeanne d'Eve. La première Françoise était sœur consanguine de la prévôte.

(3) Elle fut reçue à l'âge de deux ans. — Les *Fiefs de Namur,* XVIe siècle, p. 508, font mention, en 1559, de Jullette d'Eve, dame d'Andenne. Nous n'avons pas trouvé ce nom parmi ceux des chanoinesses d'Andenne.

Elle mourut en 1639 et fut enterrée à Andenne sous une pierre, ornée de l'écusson d'Eve, que l'on voit actuellement dans une des anciennes maisons du chapitre.

Anne D'EVE, 1603.

Elle était sœur germaine de la précédente et épousa Ernest de Groesbeeck.

Marie-Thérèse-Justine D'EYNATTEN DE NUTH, 1725.

> *Quartiers :* Eynatten, Hoensbroeck, Bergh de Trips, Schuller; Horion, Dobbelstein, Bentinck, Breyll de Limbricht.

Elle fut *chantre* du chapitre, testa et mourut en 1760.

Marie-Charlotte-Wilhelmine D'EYNATTEN DE NUTH, 1731.

Elle était sœur germaine de la précédente.

Thérèse DE FUGGER DE KIRSBERG, 1731.

> *Quartiers :* Fugger-Kirsberg, Pranck, Francking, Closen; Glymes de Brabant, Nassau, Campéne, Glymes de Brabant.

Catherine DE FURNAU dit FÉNAL, 1565.

> *Quartiers :* Furnau, Toisoulle (1), Gayman, Hun; Senzeilles, Eve, Dongelberghe-Longchamps, le Clockier.

Elle épousa Jean de Brant de Brabant.

Jacqueline DE FURNAU dit FÉNAL, 1595.

Elle était sœur aînée et germaine de la précédente, laquelle avait été reçue étant encore enfant. Elle testa en 1609, puis épousa Jean de Waha de Baillonville et mourut en 1632.

Marie-Albertine-Thérèse-Philippine princesse DE GAVRE, vers 1750.

---

(1) Le quartier de Toisoulle éleva, au sein du chapitre, une contestation qui fut tranchée par sentence du conseil privé.

Quartiers : Gavre, Hamal, Bryas-Nédonchel, Argenteau ;

Waha, Waha, Freymersdorff, Scheiffart de Mérode.

Elle épousa, en 1751, Maximilien-Emmanuel prince de Hornes, chevalier de la Toison d'Or, grand maître de la cour du prince Charles de Lorraine. Elle fut sa troisième femme.

Anne-Catherine-Justine DE GELOËS (1), 1683.

Quartiers : Geloës, Kerckeim, Horion, Saint-Fontaine ;

Berlaymont, Royer, Berlo, Krickenbeeck.

Elle mourut en 1740 et fut enterrée à Andenne, avec huit quartiers, sous la même pierre que la chanoinesse Marie-Florence de Berlo, morte en 1708. Comme on l'a vu plus haut cette pierre a été conservée.

Marie-Thérèse DE GELOËS, 1737.

Quartiers : Geloës, Berlaymont, Leefdael, Boschuysen ;

Hoensbroeck (2), la Margelle, la Margelle, Hoensbroeck.

Elle épousa François-Adolphe-Anselme baron de Bergh de Trips.

Ferdinande-Antoinette-Philippine DE GELOËS, 1750.

Elle était sœur germaine de la précédente et se maria, en 1771, avec Albert-François-Dieudonné baron de Maillen,

---

(1) L'acte de réception de cette chanoinesse lui attribue les prénoms d'Anne-Catherine, tandis qu'on lit sur sa tombe ceux de Catherine-Justine. — Elle résigna sa prébende en faveur de sa petite-nièce, pour cause d'infirmités, mais continua de vivre à Andenne, où elle mourut trois ans plus tard.

(2) Isabelle-Adolphine de Hoensbroeck, mère de deux chanoinesses de Geloës, était sœur consanguine d'un prince-évêque de Liège. V. article Hoensbroeck, aux prévôtes, p. 160.

seigneur de Ry, admis à l'Etat noble de Namur en 1774 et créé marquis en 1789. Elle fut nommée dame de la Croix Etoilée en 1781.

Marie-Thérèse-Charlotte-Claudine-Ghislaine DE GHISTELLES DE SAINT-FLORIS, 1753.

Quartiers : Ghistelles, Wissocq, Crequy, Croy;

Hornes, Croy, Ligne, Aragon (1).

Marguerite DE GLYMES DE JODOIGNE dit DE FLORENNES (2), vers 1600.

Quartiers : Glymes de Jodoigne, Beaufort-Spontin, Lorraine-Vaudémont (3), Léaucourt;

Berlaymont, Seraing, Hosden, Aix.

Elle épousa, en premières noces, Ferdinand de Billehé, baron de Vierset; et, en secondes noces, François de Hennin-Liétard, seigneur de Courcelles.

Marie-Françoise comtesse DE GLYMES DE HOLLEBECQUE (JODOIGNE), 1649.

Quartiers : Glymes de Jodoigne, Houtain, Houtain, Wyngaerde;

Yedeghem, Courtewille, la Viefville, Blondel.

(1) La carte de cette chanoinesse porte seize quartiers. Les 2, 4, 6 et 8 paternels sont : Wissocq, Chasteler, Berghes et Lalaing; les quartiers correspondants de la ligne maternelle sont : Bailleul, Vilain, Nassau, Benavides.

(2) Il y eut deux familles de Glymes, comme nous le disons à propos de 'a prévôte nommée en 1724; et, pour éviter toute confusion, nous classons les chanoinesses du nom de Glymes, d'abord par races, puis par ordre de dates.

(3) Claude de Lorraine-Vaudémont, qui forme ce quartier, était fils de Jean et de Marie de la Marck-Arenberg. Ledit Jean était bâtard légitimé (1485) d'Antoine de Lorraine comte de Vaudémont. De ce chef, ce quartier fut contesté.

Elle épousa, en 1661, Claude-Alexandre de Severy.

Marie-Florence comtesse DE GLYMES DE HOLLEBECQUE (JODOIGNE), 1649.

Elle était sœur germaine de la précédente et épousa Art-Dieudonné de Hemricourt, seigneur de Waleffe.

Barbe-Françoise comtesse DE GLYMES DE FLORENNES (JODOIGNE), 1703.

> *Quartiers :* Glymes de Jodoigne, Billehé, Hennin-Liétard, Glymes de Jodoigne ;
> Cottereau-Assche, Cottereau-Puisieux, Cottereau-Puisieux, Wassenaer.

Elle épousa, en 1709, François-Charles-Thomas de Salmier, baron de Hosden.

Marie-Josèphe-Ursule comtesse DE GLYMES DE FLORENNES, dite DE SPONTIN (JODOIGNE), 1706.

Elle était sœur germaine de la précédente. Elle fut *prévôte* du chapitre, testa en 1744, mourut en 1745 et fut enterrée à Andenne dans la chapelle de Saint-Hubert, auprès de sa sœur dont l'article suit.

Marguerite-Claire comtesse DE GLYMES DE FLORENNES, dite DE FRANCHIMONT (JODOIGNE), 1710.

Sœur germaine des deux précédentes, elle mourut en 1733. Elle fut enterrée à Andenne, comme il vient d'être dit.

Marie-Anne-Emérentienne comtesse DE GLYMES DE FLORENNES (JODOIGNE), 1734.

Elle était sœur germaine des trois précédentes et avait d'abord été chanoinesse à Moustier, par réception de 1714. Elle testa en 1744, en même temps que sa sœur la prévôte, et mourut en 1753.

Marie-Anne-Isabelle DE GLYMES DE BRABANT, 1651.

Quartiers : Glymes de Brabant, Hosden, Cerf, Hosden;
Nassau, Namur, Savary, Havrech.

Elle épousa Florent-Simon d'Aix et fut enterrée à Andenne.

Guillelmine-Françoise DE GLYMES DE BRABANT, dite DE
LOVERVAL, vers 1670.

Elle était sœur germaine de la précédente, testa en 1723,
mourut en 1724 et fut inhumée à Andenne, dans la chapelle de Sainte-Madeleine, sous une tombe ornée de huit
quartiers et que l'on voit encore actuellement.

Françoise-Brigitte comtesse DE GLYMES DE BRABANT, dite DE
SAINT-MARC, 1704.

Quartiers : Glymes de Brabant, Cerf, Nassau, Savary;
Campène, Glymes de Brabant, Glymes de Brabant,
Salmier.

Elle testa en 1755, puis en 1763 et mourut en 1767.

Anne-Claudine comtesse DE GLYMES DE BRABANT, 1707.

Elle était sœur germaine de la précédente. Son testament
porte la date de 1742.

Ferdinande - Anne - Henriette comtesse DE GLYMES DE
BRABANT, vers 1710.

Elle était sœur germaine des deux précédentes et épousa
Maximilien-Joseph comte de Fugger, gentilhomme bavarois.

Isabelle-Alberte-Josèphe DE GONGNIES, 1717.

Quartiers : Gongnies, le Baron de Brunemont, Esclaibes, Gracht;
Maulde, Bernard, la Broye, Havrech.

Nommée *prévôte* du chapitre en 1745, elle mourut avant
d'avoir pu faire le relief de cette charge.

Antoinette-Caroline-Robertine DE GONGNIES, dite DU FAYS, 1719.

Elle était sœur germaine de la précédente, fut *écolâtre*, puis
prévôte du chapitre, testa en 1760 et mourut en 1764.

Marie-Englebertinne-Josèphe DE GONGNIES, dite DE L'ES-
CAILLE, 1731.

Elle était sœur germaine des deux précédentes et avait été
d'abord chanoinesse de Moustier, par réception de 1720.
Elle fut *écolâtre* du chapitre, testa en 1775 et mourut en 1776.

Gertrude VAN DER GRACHT, vers 1580.

Quartiers : Gracht, Baenst, Thiant, Ghistelles;
Berlo, Cortenbach, Rommerswael, Lier.

Elle épousa Jean d'Argenteau, seigneur d'Esneux.

Gertrude VAN DER GRACHT, dite DE SCHARDAU, 1627.

Quartiers : Gracht, Thiant, Berlo, Rommerswael;
Limminghe, Plaines, Glymes de Jodoigne,
Lorraine-Vaudémont.

Elle avait testé en 1659, puis fut nommée *prévôte* du
chapitre, mais se fit religieuse Pauvre-Claire avant d'avoir
relevé sa charge.

Catherine-Maximilienne VAN DER GRACHT, dite SCHARDAU, 1658.

Quartiers : Gracht, Berlo, Limminghe, Glymes de Jodoigne;
Harff à Geilenkirchen, Plettenberg, Gymnich, Hatzfeldt.

Plectrude-Christienne VAN DER GRACHT, dite de WANGHE, 1658.

Elle était sœur germaine de la précédente et testa en 1721.

Barbe-Florence VAN DER GRACHT, 1674.

Quartiers : Gracht, Berlo, Ostrel de Lières, Croeser;
Gracht, la Vichte, Saint-Venant, Bois de Fiennes.

Charlotte-Philippine VAN DER GRACHT, vers 1680.

Elle était sœur germaine de la précédente et épousa
François-Léonard comte d'Elzius, conseiller de courte
robe au conseil suprême de Flandre à Madrid, chancelier
de la Toison d'Or. Elle mourut veuve et fut enterrée à
Andenne, dans la chapelle de Sainte-Barbe, sous une

pierre décorée de ses armoiries et de celles de son mari
et dont l'inscription rappelle qu'ils firent l'un et l'autre
une fondation à Andenne. Cette pierre se voit encore
actuellement.

Marguerite-Thérèse VAN DER GRACHT, vers 1680.

Elle était sœur germaine des deux précédentes et épousa
Michel-Constantin de Ruysschen, comte d'Elissem, président du conseil d'Etat.

Anne DE GROESBEECK, 1595.

Quartiers : Groesbeeck, Ghoer dit de Hornes, Stommel,
    Reuischenberg ;
    Senzeilles, Berghes (1), Hun, Beaufort-Celles.

Elle fut *doyenne* du chapitre, testa en 1644 et fut enterrée
avec ses nièces, dont les articles suivent, devant l'autel de
l'Annonciation de la Sainte Vierge dont elle avait fait don
à l'église d'Andenne.

Anne-Catherine-Marie DE GROESBEECK, 1617.

Quartiers : Groesbeeck, Stommel, Senzeilles, Hun ;
    Poictiers, Hun, Berlo, Oyenbrugghe.

(1) Ce quartier fut du nombre de ceux que l'on admit par tolérance
et après contestation. Agnès de Berghes, qui le forme et qui épousa
en 1488 Jacques de Senzeilles, bailli de Montaigle, était fille naturelle de
Jean de Glymes de Brabant, dit de Berghes. Cette branche de la maison
de Glymes de Brabant, aussi bien dans la descendance légitime que
pour les bâtards, n'est connue que sous le seul nom de Berghes.
Elle est issue de Jean de Glymes de Brabant lequel, du chef de sa
mère, Jeanne de Bautersem, dite de Berghes, adopta ce dernier nom
et brisa ses armes comme suit : coupé : au chef, mi-parti de sable au
lion d'or, qui est Brabant, et d'or à trois pals de gueules, qui est Berthout ;
en pointe, de sinople à trois marles d'argent, qui est Bautersem.

Elle testa en 1640.

Marie-Begge DE GROESBEECK, 1632.

Elle était sœur germaine de la précédente et testa en 1655.

Marie-Brigitte DE GUINES DE BONNIÈRES, 1659.

Quartiers : Guines-Bonnières, Hallewin, Buissy, Asset;

Beauffort, Lalaing, Gongnies, Esclaibes.

Elle testa en 1690, mourut en 1694 au château du Long-champs et fut enterrée à Andenne, dans la chapelle de Saint-Gilles, sous une tombe décorée de trente-deux quartiers et que l'on voit encore aujourd'hui (1).

Anne DE HAMAL, 1558.

Quartiers : Hamal, Berchem, Heinckart, Baronaige (2);

Eve, Senzeilles, Hun, Beaufort-Celles.

Elle fut *prévôte* du chapitre, testa en 1607, mourut en 1619 et fut enterrée à Andenne, dans la chapelle de Saint-Gilles, sous une pierre qui porte huit quartiers et qui a été conservée.

Marie-Catherine DE HAMAL, 1561 (3).

Elle était sœur germaine de la précédente, épousa François

____

(1) Ces quartiers sont : Guines-Bonnières, Wignacourt, Lannoy, Herimez; Hallewin, Flandre, Houchin, Wignacourt; — Buissy, la Rivière, Poix, Humières; Asset, Willtam, Bruelle, Grauld; — Beauffort, Warluzel, Hollehain, Guines-Bonnières; Lalaing, Tramecourt, la Cornhuse, Rypels; — Gongnies, Ligne, Ailly, Dellevaux; Esclaibes, Fleury, Villers-au-Tertre, Hertaing.

(2) V. ci-dessus, à la première liste, le nom de Bernaige.

(3) Elle reçut sa prébende n'étant âgée que de deux ans. Sa sœur avait été reçue à l'âge de cinq ans. Ces exemples sont rares, car ils diffèrent des admissions en chapitre des jeunes filles désignées sous le nom d'écolières.

de Lens, seigneur de Vionville, testa et mourut en 1624, étant veuve, et fut inhumée auprès de sa sœur à Andenne.

Marie-Madeleine DE HANXELLER, 1594.

Quartiers : Hanxeller, Randeraicq, Bongart, Masschereel;
Groesbeeck, Ghoer dit de Hornes, Thuyl, Alennes.

Elle fut *écolâtre* du chapitre.

Louise-Philippine comtesse D'HARSCAMP, 1740.

Quartiers : Harscamp, Bensten, Holtz, Schwansbell;
Rolshausen, Esch, Hochsteden, Pranck.

Elle épousa Ferdinand-Louis-Charles comte de Hochsteden.

Thérèse-Caroline comtesse D'HARSCAMP, 1741.

Elle était sœur germaine de la précédente et se maria avec Jean-François-Théodore baron de Moitrey, lieutenant-général.

Louise-Agnès-Françoise baronne DE HAULTEPENNE, 1712 (1).

Quartiers : Haultepenne, Geloës, Horion, Wael de Vronestein (2);
Maillen, Namur, Geloës, Berlaymont.

Marie-Josèphe-Thérèse baronne DE HAULTEPENNE, dite DE BIRON, 1712.

Elle était sœur germaine de la précédente. Elle mourut en 1755.

Marie-Charlotte baronne DE HAULTEPENNE, 1744.

(1) Toutes les dames de Haultepenne sont qualifiées : issues des comtes de Dammartin.

(2) Wael portait : de sable à trois quintefeuilles d'argent boutonnées d'or. C'est une famille distincte de celle des Wal fréquemment cités dans cet ouvrage et dont les armes sont : d'argent à trois merlettes de sable.

Quartiers : Haultepenne, Horion, Maillen, Geloës;

        Woelmont, Dauvin (1), Marbais, Salmier.

Elle épousa, en 1760, son cousin germain Nicolas-Constant de Woelmont, seigneur d'Eghezée, membre de l'Etat noble de Namur par réception de 1759.

Angélique-Marie-Thérèse baronne DE HAULTEPENNE, dite D'ARVILLE, 1744.

Elle était sœur germaine de la précédente, fut reçue dame de la Croix Etoilée en 1782 et devint *doyenne* du chapitre, charge qu'elle conserva après le transfert de l'institution à Namur. Elle mourut en cette dernière ville en 1789.

Isabelle-Thérèse baronne DE HAULTEPENNE, dite DE HOUSSE, 1744.

Elle était sœur germaine des précédentes et mourut en 1758.

Anne-Françoise DE HAVRECH, 1641 (2).

Quartiers : Havrech, la Pierre-Bousies, Savary, Fresnoy dit de Léaucourt;

        Huy, Hosden, Havrech, la Pierre-Bousies.

Claudine-Englebertine DE HAVRECH, 1642.

Elle était sœur germaine de la précédente.

Anne-Adrienne DE HAVRECH, 1667.

---

(1) Ce quartier fut contesté, puis admis à la suite d'une sentence du conseil provincial de Namur en date du 19 octobre 1744. Cette sentence fit justice également d'un sujet d'opposition soulevé par la doyenne du chapitre à raison de ce que les preuves des demoiselles de Haultepenne auraient été examinées dans la maison de la prévôte et non pas dans la salle capitulaire.

(2) Les Havrech sont une branche de l'illustre maison d'Enghien dont ils quittèrent le nom, mais retinrent les armes.

Quartiers : Havrech, la Pierre-Bousies, Savary, Fresnoy dit de
 Léaucourt;
 Schoutheete dit Zuylen d'Erp, Estourmelle, Gavre,
 Renty.

Elle épousa, en 1673, Eustache-Charles de Salmier, baron
de Hosden.

Catherine DE HEYENHOVEN, 1560.

Quartiers : Heyenhoven, Suertscheyd, Brempt, Evraedt;
 Warisoulx, Hollogne-Luxembourg, Crehen, Surlet.

Elle mourut en 1571 et fut enterrée à Andenne avec huit
quartiers. Sa tombe, ornée de riches sculptures, se voit
encore actuellement.

Marguerite DE HEYENHOVEN, 1565.

Quartiers : Heyenhoven, Suertscheyd, Brempt, Evraedt;
 Berlo, Oultremont, Eve, Senzeilles.

Elle épousa Gérard d'Eve, seigneur de Loyers.

Jeanne DE HEYENHOVEN, 1572.

Elle était sœur germaine de la précédente et épousa
Herman de Saint-Fontaine, seigneur de Tahier.

Hélène DE HEYENHOVEN, 1573.

Elle était sœur germaine des deux précédentes (1).

---

(1) Le fait d'avoir deux sœurs germaines au chapitre devait empêcher
la réception de cette chanoinesse. Il y eut d'abord opposition de ce
chef et on objecta, en outre, que la postulante avait encore au chapitre une
tante et deux cousines germaines. Une sentence du conseil privé, en date
du 30 avril 1572, ordonna la réception de cette demoiselle, avec la res-
triction qu'elle n'aurait pas le droit de vote aussi longtemps que ses sœurs
feraient partie du chapitre.

Marie DE HEYENHOVEN, 1599 (1).

> *Quartiers :* Heyenhoven, Brempt, Warisoulx, Crehen;
> Horion, Ghoer dit de Hornes, Huyn d'Amstenraedt,
> Cortenbach.

Elle épousa Jean de la Bawette, seigneur d'Oley.

Marie-Marguerite-Michelle DE HOEN DE CARTILS, 1670.

> *Quartiers :* Hoen de Cartils, Baillet (2), Gulpen, Eynatten;
> Moitrey, Maillart, Oultremont, Warisoulx.

Marie-Anne-Caroline comtesse DE HOEN DE CARTILS DE NEUFCHATEAU, dite DE WAUDÉMONT, 1754.

> *Quartiers :* Hoen de Cartils, Merwyck, Renesse, Bocholtz;
> Reuischenberg, Frentz, Golstein, Blanckart.

Elle testa en 1780 et mourut en 1781.

Marie-Elisabeth-Jeanne-Louise comtesse DE HOEN DE CARTILS DE NEUFCHATEAU, dite DE LIEBEECK, 1757.

Elle était sœur germaine de la précédente.

Marie-Anne-Catherine-Frédérique DE HOENSBROECK D'OOST (3), 1732.

---

(1) C'est la date de sa réception, mais sa patente, qui se trouve au chartrier d'Andenne, est de 1591.

(2) Cette famille de Baillet portait : de gueules à trois coquilles d'argent. L'*Annuaire de la noblesse de Belgique* de 1885 démontre, contrairement à l'opinion d'autres généalogistes, que cette famille n'a pas de communauté d'origine avec celle des comtes de Baillet actuels, venus du duché de Bar, ni avec d'autres du même nom, lesquelles portent toutes des armoiries différentes.

(3) La patente de cette chanoinesse porte les prénoms de Marie-Catherine-Frédérique; à l'élection d'une prévôte, en 1749, elle est désignée sous ceux de Marie-Anne et sa patente de prévôte ne porte que ceux de Marie-Frédérique.

Quartiers : Hoensbroeck, Haudion, la Margelle, Bocholtz;
Nesselrode, Hatzfeldt, Leerodt, Cortenbach (1).

D'abord *doyenne* du chapitre, elle plaça, en cette qualité, en 1764, la première pierre de l'église moderne d'Andenne (2); nommée *prévôte* en 1778, elle fut la dernière dame qui exerça ces hautes fonctions à Andenne. Elle avait testé en 1772 et mourut en 1784.

Jeanne-Françoise-Henriette DE HOENSBROECK D'OOST, dite DE FOURON, 1733.

Elle était sœur germaine de la précédente, testa en 1761 et mourut en 1765.

Marie DE HOSDEN, 1564.

Quartiers : Hosden, Seron, Oultremont, Hun ;
Velaine, Blois, Juppleu, Gortère-Sombeke.

Elle épousa Godefroid Moreau, seigneur de Thon.

Barbe DE HOSDEN, 1568.

Elle était sœur germaine de la précédente et se maria deux fois : 1° avec Jean de Warisoulx; 2° avec Christophe de la Blocquerie, bailli d'Avin (3).

(1) La carte de cette chanoinesse exhibe seize quartiers. Ce sont, du côté paternel, pour les 2, 4, 6 et 8 : Schetz-Grobbendonck, Bernemi- court, Huyn d'Amstenraedt, Groesbeeck; et, du côté maternel, pour les quartiers correspondants : Soetern, Voss, Hochkircken, Reuischenberg.

(2) V. page 42.

(3) Ce Christophe de la Blocquerie s'adressa au conseil de Namur, le 31 décembre 1621, avec sa belle-fille Marie de Warisoulx, issue du premier mariage de Barbe de Hosden, à l'effet de faire contraindre Jean de Floyon (un Berlaymont), à payer « la somme de cent-cinquante florins de rente à laquelle il avait été condamné par ledit conseil pour le rapt et la défloration d'icelle demoiselle ». *Annuaire de la noblesse de Belgique,* année 1882, p. 73.

Geneviève DE HUY, 1530 (1).

Catherine DE HUY, 1537.

Jacqueline DE HUY, dite DE BEARN, 1540.

Elle était sœur germaine de la précédente et quitta le chapitre pour se marier.

Hélène DE HUY, morte en 1633.

Quartiers : Huy, Vaulx, Beaufort-Spontin, Bouzanton;
   Hosden, Oultremont, Velaine, Juppleu.

Adrienne-Thérèse-Françoise DE LANNOY, 1743.

Quartiers : Lannoy, Rheede de Sasfeld, Horst, Metternich;
   Warnant, Waha, Oultremont, Berlaymont.

Elle passa en 1745 au chapitre de Nivelles.

Anne-Marie DE LARDENOIS DE VILLE, 1702 (2).

Quartiers : Lardenois, Lierneux, Mouzay, Orey;
   Prez-Barchon, Feroz, Maillen, Namur.

Elle épousa, en 1715, Denis-François de Charneux.

(1) Les quartiers des trois premières chanoinesses de ce nom n'ont
pu être reconstitués. Les documents relatifs à celle qui est citée ensuite
établissent qu'elles appartenaient toutes les quatre à la famille dont
les armes étaient : d'azur, à la fasce d'or accompagnée de trois tours
de même. On la désigne souvent sous le nom de Huy d'Aische, parce
qu'elle est issue de Nicolas de Huy marié en 1460 à Catherine de Vaulx,
dame d'Aische-en-Refail, et on la trouve citée ici parmi les quartiers de
Crehen (1543), Havrech (1641) et delle Loye (1520). — Une autre
famille de Huy, portant : de gueules, au lion d'or chargé sur la poitrine
d'un écusson d'argent à trois losanges d'azur, était alliée aux Bierset
et aux Corswarem, mais ne figure pas parmi les quartiers cités dans
cet ouvrage.

(2) Plusieurs quartiers de cette chanoinesse furent contestés et son
admission n'eut lieu qu'en suite d'une sentence rendue par le conseil
provincial de Namur, le 1er août 1702.

Jacqueline DE LIMMINGHE, 1548.

> *Quartiers :* Limminghe, Liefkenrode, Hertoghe, Houthem;
> Plaines, Gros, Ray, Goux.

Elle testa en 1603.

Jossine DE LIMMINGHE, 1554.

> Elle était sœur germaine de la précédente et se maria avec Jacques d'Oultremont, conseiller au conseil provincial de Namur.

Agnès DE LOCQUENGHIEN DE PAMÈLE, 1573.

> *Quartiers :* Locquenghien, Taintelier, Nieuwenhoven, Meeren;
> Gracht, Hoole, Joigny-Pamèle, Rocqueghem.

Elle fut *doyenne,* puis *prévôte* du chapitre et testa en 1643.

Jeanne DE LOCQUENGHIEN DE PAMÈLE, 1573.

> Elle était sœur germaine de la précédente et épousa Guillaume de Berlo, avoué de Sclessin et d'Ougrée.

Marguerire DE LOCQUENGHIEN DE PAMÈLE, 1576.

> Elle était sœur germaine des précédentes.

Jeanne-Madeleine DE LOCQUENGHIEN DE PAMÈLE, 1643.

> *Quartiers :* Locquenghien, Gracht, Cottereau–Puisieux, Brandenbourg;
> Tenremonde, Hannette dit de Bercus, Gruutere, Heurne.

Elle épousa Philippe-François d'Oultremont, seigneur de Bovesse.

Agnès-Jacqueline DE LOCQUENGHIEN DE PAMÈLE, 1646.

> Elle était sœur germaine de la précédente avec laquelle elle donna le balustre qui entoure actuellement le tombeau de sainte Begge (1). Le testament de cette chanoinesse est de 1695.

(1) V. page 43.

Marie DE LOCQUENGHIEN, 1659.

> *Quartiers :* Locquenghien, Cottereau-Puisieux, Tenremonde,
>   Gruutere;
>
> Locquenghien, Mepsche, Middelton, Bruxelles.

Marie-Gisberte DE LOCQUENGHIEN, 1667.

> Elle était sœur germaine de la précédente.

Jeanne Catherine DE LOË, vers 1600.

> *Quartiers :* Loë, Nesselrode, Flodorp, Bylandt;
>
> Haess, Bernseau, Wachtendonck, Loë.

Elle mourut en 1633 et fut enterrée à Andenne sous une tombe ornée de seize quartiers (1).

Anne DE LONCHIN, 1595.

> *Quartiers :* Lonchin, Dongelberghe-Longchamps, Cerf, Berlo;
>
> Guygoven, Seraing, Alsteren, Frezin.

Elle testa en 1646.

Apollone DE LONCHIN, 1595.

> Elle était sœur germaine de la précédente et se maria avec Guy d'Orjo, seigneur de Repen.

Oude DE LONGUEVILLE, vers 1500 (2).

> Elle testa en 1557, mourut à Andenne et y fut enterrée.

Jeanne DELLE LOYE, dite DE WAVREMONT, vers 1500.

> Elle était nièce de celle qui figure sur la liste précédente, mais ses quartiers maternels n'étant point connus, il est

---

(1) Ces quartiers, d'ailleurs mal posés, sont : Loë, Flodorp, Nesselrode, Bylandt; Wylich, Obenkircken, Bodelschwingh, Irmont; — Haess, Wachtendonck, Bernseau, Loë; Schalvenbilli, Schenck, Waldbott, Nesselrode.

(2) On n'a pu retrouver ses preuves, mais on sait, par son testament, qu'elle était originaire de la Bourgogne.

impossible de préciser si elle était sœur ou cousine germaine de la chanoinesse dont l'article suit.

Elle testa en 1544.

Marie DELLE LOYE, vers 1500.

Quartiers : Loye, Aix, Beaufort-Spontin, Gavre;
        Eve, Haccourt, Bruelle dit Bossimel, Beaufort-Loyers.

Elle mourut en 1522 et fut enterrée à Andenne.

Catherine DELLE LOYE, vers 1500.

Elle était sœur germaine de la précédente et mourut en 1525.

Bertheline DELLE LOYE, vers 1500.

Elle était sœur germaine des deux précédentes, fit don au chapitre d'une fort belle croix byzantine en argent, qui fait partie du trésor actuel de l'église d'Andenne et sur laquelle se lit le nom de la donatrice orthographié *Delloye* (1), et mourut en 1540, après avoir épousé Henri de Wildre, seigneur de Grandchamps.

Marguerite DELLE LOYE, vers 1520.

Quartiers : Loye, Beaufort-Spontin, Eve, Bruelle dit Bossimel;
        Juppleu, Daverdis, Huy, Lisacque dit de Linchamp.

Elle testa en 1547 et mourut en 1548.

Catherine DELLE LOYE, vers 1520.

Elle était sœur germaine de la précédente, testa en 1556 et mourut vers 1562.

Isabelle-Alberte DE MARBAIS DE LOVERVAL, dite DE MAUROY, 1673.

Quartiers : Marbais, Nassau, Savary, Havrech;
        Maulde, Courtewille, Bernard, Hornu.

Elle fut *prévôte* du chapitre et testa en 1722.

---

(1) V. page 46. Ce nom s'écrivait aussi fréquemment del'Loye et Delloye.

Ernestine-Antoinette-Françoise DE MARBAIS DE LOVERVÀL,
vers 1675.

Elle était sœur germaine de la précédente, fut *écolâtre* du
chapitre et testa en 1726.

Jeanne-Thérèse DE MARBAIS, 1710.

Quartiers : Marbais, la Biche, Yve, Lonchin d'Awans;

Salmier, Groesbeeck, Hosden, Oyenbrugghe.

Elle fut *doyenne* du chapitre, testa et mourut en 1764.

Marie-Florence-Ignace DE MARBAIS, dite DE MAUROY, 1747.

Quartiers : Marbais, Yve, Salmier, Hosden;

Corswarem, Raveschot, Coloma, Oignies.

Elle testa en 1761 et mourut en 1762.

Ernestine-Florence-Alexandrine DE MAULDE, 1690.

Quartiers : Maulde, Courtewille, Bernard, Hornu;

Ghistelles, Wissocq, Wissocq, Chasteler.

Elle épousa, en 1696, son cousin sous-germain François le
Vasseur dit le Quieu de Guernonval (1), baron d'Esquel-
beke.

Anne-Charlotte DE MAULDE, 1698.

Elle était sœur germaine de la précédente, épousa Thomas
de Salmier, baron de Hosden, et mourut en 1732.

Robertine DE MÉRODE, 1614.

Quartiers : Mérode, Berlo, Sart, Falloys;

Lynden, Elderen, Hamal, Werve.

Anne-Charlotte DE MÉRODE, 1623.

Elle était sœur germaine de la précédente, épousa

---

(1) Son trisaïeul Philippe le Vasseur avait relevé le nom de le Quieu.
(V. ci-après la note relative à la chanoinesse Marie-Thérèse-Charlotte
de Nassau.)

Claude-Philippe de Namur, vicomte d'Elzée, seigneur de
Dhuy, et mourut en 1654.

Marie-Françoise DE MOITREY DE CUSTINE, 1624.

> *Quartiers :* Moitrey, Boudet, Maillart-Landres, Beauvois;
>
> > Oultremont, Viron, Warisoulx, Berlo.

Elle testa en 1641, mourut en 1645 et fut enterrée dans la
chapelle du Saint-Nom de Jésus.

Cécile-Ernestine DE MOITREY DE CUSTINE, 1645.

> Elle était sœur germaine de la précédente, fut *doyenne* du
> chapitre, testa sous forme de codicille en 1676, mourut en
> 1677 et fut enterrée à Andenne avec quatre quartiers.

Marie-Agnès DE MOUSTIER, 1725 (1).

> *Quartiers :* Moustier, Pra, Crosey, Ronchaux;
>
> > Nassau, Savary, Harchies, Griboval.

Barbe DE NAMUR (de la branche de Dhuy), vers 1525.

> *Quartiers :* Namur (2), Dongelberghe; Withem, Duras d'Or-
> denge (3).

---

(1) Cette dame mourut après l'admission de ses preuves, mais avant
son installation.

(2) Namur, qui forme ici le premier quartier, est Philippe, seigneur
de Dhuy et d'Elzée, fils naturel de Jean III, dernier comte souverain de
Namur de la race de Dampierre. Barbe de Namur ne pouvait donc
pas produire les preuves strictement requises, mais l'admission antérieure
de Beatrix, sa tante, couvrait pour l'avenir une infraction de ce genre
aux règles du chapitre. D'ailleurs la bâtardise de la maison de Namur
était de celles que l'on s'accordait à appeler illustres, et Christyn, dans
la *Jurisprudentia heroica* (2ᵉ partie, 30-46), fait remarquer que pour
l'entrée en chapitre les Namur ont joui de prérogatives exceptionnelles
de même que les branches bâtardes des maisons de Ligne, d'Enghien
et de Nassau.

(3) Les Duras sont issus en ligne directe masculine des sires de

Elle testa en 1558 et mourut en 1560.

Isabeau DE NAMUR, 1535.

Elle était sœur germaine de la précédente.

Jeanne DE NAMUR (de la branche de Dhuy), vers 1525.

> *Quartiers :* Namur, Dongelberghe, Withem, Duras d'Ordenge;
>
> Han dit Mathys, N...., Warisoulx, Hognoule.

Elle mourut en 1533, ayant épousé Renaud d'Argenteau, seigneur de Ligny.

Catherine DE NAMUR (de la branche de Dhuy), 1550.

> *Quartiers :* Namur, Withem, Hollogne-Luxembourg, aux Louwignies;
>
> Custine, Villy, Nizet, Armoises.

Jeanne DE NAMUR, 1555.

Elle était sœur germaine de la précédente. Elle donna au chapitre une navette d'argent, à ses armes, que l'on voit encore à Andenne (1), testa en 1612 et mourut en 1616.

Anne DE NAMUR (de la branche de Flostoy), 1561.

> *Quartiers :* Namur, Withem, Hollogne-Luxembourg, aux Louwignies;
>
> Schroots (2), Duras d'Ordenge, Brecht, Absolons.

Neufchâteau. Les Oyenbrugghe de Duras descendent de la même famille, par les femmes, étant issus de Catherine de Neufchâteau, dite de Duras, mariée en 1426 à Henri d'Oyenbrugghe, seigneur de Coelen.

(1) V. page 46.

(2) D'après le baron de Herckenrode (*Collection de tombes, etc., de la Hesbaye,* p. 379), une Melchtilde Schroots, alias Sgroets, morte en 1642, aurait été chanoinesse à Andenne. Nous n'avons trouvé nulle part la preuve de cette assertion et l'*Annuaire de la noblesse de Belgique* de 1882, p. 261, ne la reproduit que sous forme dubitative, en indiquant la source

Barbe DE NAMUR, 1561.

Elle était sœur germaine de la précédente et fut enterrée à Andenne dans la chapelle de Saint-Gilles.

Agnès DE NAMUR (de la branche de Flostoy), 1600.

Quartiers : Namur, Hollogne-Luxembourg, Schroots, Brecht;

Royer, Crisgnée, Corswarem, Alsteren.

Elle épousa Jean-Philippe de Maillen, seigneur d'Arville, membre de l'Etat noble de Namur.

Jeanne DE NAMUR (de la branche de Dhuy), 1603.

Quartiers : Namur, Rougrave, Crehen, Loyè;

Berlo, Eve, Hun, Roisin.

Anne DE NAMUR, 1618.

Elle était sœur germaine de la précédente et testa en 1655.

Catherine DE NAMUR, vers 1620.

Elle était sœur germaine des deux précédentes et se maria, en 1628, avec Nicolas de Waha, seigneur de Baillonville.

Robertine-Begge DE NAMUR (de la branche de Dhuy), 1660.

Quartiers : Namur, Berlo, Argenteau, Groesbeeck;

Mérode, Sart, Lynden, Hamal.

Elle épousa Antoine-Joseph Quarré, seigneur de la Haye.

Antoinette-Philibertine DE NAMUR (de la branche de Joncret), 1664.

Quartiers : Namur, Crehen, Berlo, Hun;

Landas, Bouzanton, Prez-Quiévrain, la Viefville.

que nous venons de citer. Melchtilde Schroots était fille de Jacques, seigneur de Werm (fils d'Arnold et d'Anne de Brecht) et de Marie de Jeude de Hardinxvelt (fille d'Arnold et de Mathilde van den Coulster) et elle était nièce de Marie Schroots mariée à Jean de Namur, seigneur de Flostoy, laquelle forme le troisième quartier de la chanoinesse Agnès de Namur.

Elle mourut en 1721 et fut enterrée à Andenne.

Anne DE NASSAU, 1597 (1).

Quartiers : Nassau, Roosenbach, Bronchorst, Boschuysen;
           Namur, Rougrave, Crehen, Loye.

Elle testa en 1652.

Marie-Thérèse DE NASSAU-CORROY, 1677.

Elle était sœur germaine de la précédente et épousa, en
1704, Pierre-Joseph de Crisgnée, seigneur de Barse, reçu
à l'Etat noble de Liège en 1707.

Marie-Agnès DE NASSAU-CORROY, 1682.

---

(1) Anne de Nassau et sa sœur Guillemine avaient l'une et l'autre
présenté requête, en 1588, pour pouvoir être admises à Andenne. La
première des deux fut pourvue d'une prébende quelque temps après,
mais l'acceptation de ses quartiers rencontra de l'opposition. On contestait
ses bisaïeux de la ligne paternelle, Elisabeth de Roosenbach n'ayant
pas été alliée légitimement à Henri de Nassau, ainsi qu'on l'a vu
précédemment à l'article cencernant la prévôte de Nassau. Une sentence
du conseil privé, en date du 23 août 1596, déclara qu'Anne de Nassau
serait admise au chapitre et dispensa les gentilshommes qui signeraient
au registre de prêter le serment d'usage. Comme il a déjà été dit à
propos des chanoinesses de la maison de Namur, ces exceptions n'avaient
lieu qu'en faveur de personnes de races souveraines ou princières;
et, en effet, la sentence précitée intervint à la suite d'un avis favorable,
donné par sept gentilshommes du plus haut rang, et dont les conclusions
se basaient sur ce que Anne de Nassau était issue « du vrai troncq et
chief de la maison très illustre de Nassau » et que cette « splendeur
et sublimité » devait effacer une origine illégitime. — A la réception
de cette chanoinesse (16 février 1597) les gentilshommes, dispensés de
prêter serment, affirmèrent néanmoins, sous leurs signatures et l'appo-
sition de leurs sceaux, qu'ils avaient offert de prêter le serment
accoutumé relativement aux autres quartiers que celui qui était contesté,
déclarant que ces quartiers pouvaient tous être reçus en chapitre.

Quartiers : Nassau, Namur, Savary, Havrech;

Harchies, Uutenham, Griboval, Griboval.

Elle épousa, en 1695, Claude-Nicolas comte de Moustier.

Marie-Anne-Brigitte-Alexandrine DE NASSAU-CORROY, dite DE SWEVEGHEM, 1714.

Quartiers : Nassau, Savary, Harchies, Griboval;

Ghistelles, Wissocq, Créquy, Croy.

Elle fut *prévôte* du chapitre et posa, en cette qualité, la première pierre de l'église d'Andenne (1); elle mourut en 1778.

Marie-Thérèse-Josèphe DE NASSAU-CORROY, 1723.

Elle était sœur germaine de la précédente, testa en 1766 et mourut en 1775.

Constance-Josèphe DE NASSAU-CORROY, dite DE MARCHE-NELLE, 1739.

Elle était sœur germaine des deux précédentes. Elle mourut en 1781.

Marie-Thérèse-Charlotte DE NASSAU-CORROY, dite DE FRASNE, 1754.

Quartiers : Nassau, Harchies, Ghistelles, Créquy;

Linden d'Hooghvorst, Oignies, le Quieu de Guernonval (2), Ghistelles.

---

(1) V. page 42.

(2) *Le Quieu* de Guernonval tel est, selon les preuves authentiques, le septième quartier de Marie-Thérèse-Charlotte de Nassau-Corroy. L'aïeul maternel de celle-ci, François-Joseph van der Linden, baron d'Hooghvorst, épousa Constance-Théodore-Françoise *de Guernonval*, seul nom sous lequel cette dame est désignée à son acte de mariage inscrit à Malines, paroisse SS. Pierre et Paul, sous la date du 21 juin 1710. Toutefois, certains généalogistes l'appellent *le Vasseur de Guernonval*

Constance-Josèphe DE NASSAU-CORROY, dite DE HALLENNES,
   1758.

Elle était sœur germaine de la précédente et avait été
d'abord au chapitre de Moustier. Elle testa et mourut en 1766.

Marie-Caroline DE NÉVERLÉE, 1744.

   Quartiers : Néverlée, Jamblinne, Wal, Crisgnée;

         Carondelet, Lannoy, Bacquehem, Nédonchel.

Ferdinande-Caroline DE NÉVERLÉE, vers 1745.

   Quartiers : Néverlée, Jamblinne, Wal, Crisgnée;

         Berlo, Hanxeller, Erp, Dornc.

Catherine D'OULTREMONT, 1603.

   Quartiers : Oultremont, Dongelberghe-Longchamps-Lamines,
         Viron, Boulant de Pousseur;

         Warisoulx, Hollogne-Luxembourg, Berlo, Evė.

Elle fut *doyenne,* puis *prévôte* du chapitre (1), testa en
1657, mourut en 1659 et fut enterrée à Andenne, avec huit
quartiers, dans la chapelle du Saint-Nom de Jésus. Sa
pierre sépulcrale a été conservée.

(V. *Nobiliaire des Pays-Bas,* publication du baron de Herckenrode,
art. le Vasseur, t. II, p. 1964, et Goethals, *Miroir des notabilités nobiliaires,*
art. van der Linden, t. II, p. 351). Ces auteurs commettent une erreur par
la raison que le trisaïeul de la baronne d'Hooghvorst, Philippe le Vasseur,
avait relevé le nom et les armes de sa mère, Jeanne le Quieu, dame de
Guernonval en Artois. D'après les preuves produites aux chapitres
d'Andenne et de Moustier, le nom de *le Quieu* fut retenu par les
descendants de Philippe le Vasseur et c'est donc ainsi que doit être
désignée l'aïeule de la chanoinesse de Nassau. L'*Annuaire de la noblesse
de Belgique,* art. van der Linden, année 1853, p. 124, dit avec une
parfaite exactitude : le Quieu de Guernonval.

   (1) V. ci-dessus, au ch. II, p. 49, mention du nom de Catherine d'Oultremont à propos d'une cloche qu'elle fit poser étant prévôte.

Antoinette d'Oultremont, vers 1610.

Elle était sœur germaine de la précédente, fut *écolâtre* du chapitre, testa en 1663, mourut en 1666 et fut enterrée dans la sépulture de sa sœur.

Yolande d'Oultremont, 1635.

Quartiers : Oultremont, Viron, Warisoulx, Berlo;
Masschereel, Cock van Opynen, Wees, Voorst.

Elle testa en 1640.

Marguerite-Walerane-Jeanne d'Oultremont, 1642.

Elle était sœur germaine de la précédente et épousa son cousin germain Jean-Isidore baron de Moitrey de Custine.

Agnès-Henriette d'Oultremont-Lamines, 1671.

Quartiers : Oultremont, Baillet, Brialmont, Meeren;
Berlaymont, Beaufort-Celles, Brandenbourg, Carondelet.

Elle testa en 1702 et fut enterrée à Andenne.

Marie-Agnès d'Oyenbrugghe de Duras, 1616 (1).

Quartiers : Oyenbrugghe, Gracht, Corswarem, Corswarem;
Berlo, Meeren, Locquenghien, Gracht.

Elle épousa Jean-Baptiste baron de Ryckel, seigneur d'Oirbeeck, neveu du chanoine de Sainte-Gertrude à Louvain, auteur de la vie de sainte Begge.

Ermelinde d'Oyenbrugghe de Duras, 1626.

Elle était sœur germaine de la précédente et épousa François baron de Saint-Mauris-Châtenoy.

Anne-Marie d'Oyenbrugghe de Duras, 1624.

---

(1) V. relativement à cette famille la note qui suit le quartier Duras de la chanoinesse Barbe de Namur et la notice sur la famille de la doyenne d'Oyenbrugghe.

Quartiers : Oyenbrugghe, Gracht, Corswarem, Corswarem;
La Kéthulle, Deurnaghèle, Loveuse, Gracht.

Elle épousa Lamoral de Courtejoye, seigneur et voué de Grâce, membre de l'Etat noble de Liège en 1646.

Isabelle D'OYENBRUGGHE DE DURAS, 1633.

Elle était sœur germaine de la précédente.

Marguerite D'OYENBRUGGHE DE DURAS, 1669.

Quartiers : Oyenbrugghe, Corswarem, Mérode, Rougrave;
Quarré, Blehen, Crehen, Warisoulx.

Marie-Isabelle-Mechtilde D'OYENBRUGGHE DE DURAS, dite D'ELDEREN (1), 1678.

Quartiers : Oyenbrugghe, Mérode, Quarré, Crehen;
Elderen, Warnant, Eynatten, Mérode.

Elle fut *doyenne* du chapitre, testa et mourut en 1724.

Marie-Thérèse-Onuphre D'OYENBRUGGHE DE DURAS, dite DE VOORDT, baronne DE ROOST, 1696.

Elle était sœur germaine de la précédente et lui succéda en qualité de *doyenne* du chapitre. Elle testa en 1723.

Catherine-Françoise-Ernestine baronne DE PALLANT, 1665 (2).

---

(1) Elle portait ce nom du chef de sa mère, Marie-Florence d'Elderen, nièce des chanoinesses précitées Mechtilde et Marguerite-Jossine. La seconde avait institué Gérard d'Oyenbrugghe, père de notre chanoinesse, son légataire universel. V. ci-dessus les détails relatifs aux prévôtes d'Elderen.

(2) Sur la foi d'une note qui se trouve aux archives d'Andenne nous avons dit, dans la première édition, que cette dame épousa Henri Verrycken, seigneur de Ruart. D'après le baron von der Vorst-Gudenau, auteur d'un remarquable travail sur la maison de Pallant, l'alliance que nous avons indiquée aurait été contractée par une cousine germaine de la chanoinesse d'Andenne, tandis que celle-ci se serait mariée à Jean-Jérôme baron Minckwitz de Minckwitzbourg.

Quartiers : Pallant, My, Waltgrave-Cortils, Oumale;

   Berlo, Krickenbeeck, Beaufort-Celles, Mérode.

Marie-Marguerite-Françoise baronne DE PALLANT, vers 1670.

Elle était sœur germaine de la précédente et testa en 1727.

Barbe DE POICTIERS, vers 1595.

Quartiers : Poictiers, Warisoulx, Hun, Beaufort-Celles;

   Berlo, Eve, Oyenbrugghe, Guygoven.

Catherine DE POICTIERS, vers 1595.

Elle était sœur germaine de la précédente et épousa, vers 1623, Jean Ghenart, seigneur de Sohier.

Anne QUARRÉ, 1606.

Quartiers : Quarré, Ruychrok, Blehen, Mol;

   Crehen, Loye, Warisoulx, t'Serclaes.

Elle mourut en 1607, à l'âge de sept ans, et fut enterrée à Andenne sous une pierre que l'on voit encore aujourd'hui (1).

(1) Cette pierre est surmontée des doubles écussons de Quarré et de Crehen et porte l'inscription suivante où se remarque la prétention qu'eut toujours la famille Quarré d'appartenir à la noblesse romaine : Nobili generosœq. indolis filiolæ Annæ dictæ Quarré ex perantiqua atq. illustri *Quadratorum* Romanâ familiâ, venerabilis huj[s] collegii andanensis quondam canonicæ, monumentum bene merenti posuere nobiles ac generosi parentes Hadrianus Quarré ac Antonia à Crehen conjuges, domini temporales à la Haye, Harze, Ternat, Villers, Jaigne, etc. Vixit annos VII menses XI dies XVIII obiit III idús octobris anno à partu Virginis CIƆIƆCVII.

Hic canonissa Deo cecinit quæ parvula psalmos — Anna modo in cœlis jugiter nova cantica psallit.

Cette pierre est gravée en caractères romains, tandis qu'à Andenne celles de la même époque sont en caractères gothiques. — L'inscription se traduit ainsi : A la mémoire de noble et généreuse (les mots

Marie-Geneviève-Philippine DE RAHIER (1), 1727.
> *Quartiers :* Rahier, Seraing, Argenteau, Waha-Vecqmont;
> Berlaymont, Chastel-Howardries, Oultremont,
> Berlaymont.

Marie-Antoinette-Henriette DE RAHIER, 1752.
> Elle était sœur germaine de la précédente et lui succéda.

généreuse et généreux signifient ici *personnes de noble race)* enfant Anne dite Quarré, issue de la très ancienne et très illustre famille romaine des Quarré, jadis chanoinesse de ce vénérable collège d'Andenne, ce monument dont elle est bien digne a été posé par ses nobles et généreux parents Adrien Quarré et Antonie de Crehen, époux, seigneurs temporels de la Laye, Harzé, Ternat, Villers, Jaigne, etc. Elle vécut 7 ans, 11 mois et 18 jours et mourut le troisième jour des ides d'octobre de l'an depuis l'enfantement de la Vierge 1607.

Ici cette petite chanoinesse chanta des psaumes à Dieu. — Maintenant dans les cieux Anne chante continuellement au son de la cithare des cantiques nouveaux. —

Il existe encore à l'église d'Andenne un psautier portant la date de 1582 et le nom d'Anne Quarré. Il est probable que ce livre, déjà daté, a été donné à cette jeune écolière lors de son entrée au chapitre, car il n'y a trace nulle part d'une autre Anne Quarré qui aurait précédé celle-ci à Andenne.

(1) Les archives d'Andenne rapportent qu'une chanoinesse d'Eltz fut remplacée, en 1738, par Pauline de Rahier, fille du baron de Fraipont, *pourvue depuis longtemps d'une prébende.* Il se peut qu'il y ait confusion entre les noms de Pauline et Philippine, car il n'y a trace à cette époque que de deux demoiselles de Rahier reçues à Andenne. Si Pauline de Rahier était une troisième, elle serait certainement sœur des deux autres. En 1764, on trouve encore la mention des preuves fournies par une demoiselle de Rahier et admises par le chapitre, mais jamais depuis lors on ne voit qu'une chanoinesse de ce nom soit venue prendre possession d'une prébende.

Guillemette DE RAMELOT, vers 1520 (1).

> *Quartiers :* Ramelot, Boulant de Gesves, Rouveroit, Ferme ;
> Crisgnée, Boubais, Rahier, My.

Elle épousa Thierry de Mozet.

Marguerite DE RHEEDE, 1629.

> *Quartiers :* Rheede, Nyenrode, Duras, Lyre ;
> Mérode, Berlo, Mirbicht, Falloys.

Elle épousa Ferdinand baron de Lynden, gouverneur du marquisat de Franchimont.

Catherine DE ROUGRAVE DE SALME, vers 1530.

> *Quartiers :* Rougrave-Salme, Argenteau, Autel-Hollenfelz,
> Haraucourt ;
> Corswarem-Moumale, la Rivière, Boulant de Roley,
> Feche.

Elle épousa, en 1533, Philippe de Namur, seigneur de Dhuy.

Marie-Agnès-Begge baronne DE ROUVEROIT, 1642.

> *Quartiers :* Rouveroit, Dans, Locquenghien, Gracht ;
> Locquenghien, Cottereau, Tenremonde, Gruutere.

Elle épousa Ferdinand baron de Berlo, comte de Hozémont.

Marie-Thérèse-Begge baronne DE ROUVEROIT, 1642.

Elle était sœur germaine de la précédente.

Marie-Thérèse baronne DE ROUVEROIT DE PAMÈLE, 1712.

> *Quartiers :* Rouveroit, Locquenghien, Tenremonde, Croix ;
> la Pierre-Bousies, le Picart, Gorcey (Gourcy), Roly.

Thérèse-Henriette baronne DE ROUVEROIT DE PAMÈLE, 1712.

Elle était sœur germaine de la précédente.

---

(1) Les Ramelot, connus sous ce seul nom qui est celui d'une seigneurie située en Condroz, sont issus de la famille de Roloux et en portent les armes.

Marie-Amour-Désirée baronne DE ROUVEROIT DE PAMÈLE, 1737.

> *Quartiers :* Rouveroit, Tenremonde, la Pierre-Bousies, Gourcy; Watteville-Conflans, Vienne de Baufremont, Mérode-Deynze, Longueval-Bucquoy.

Elle fut dame de la Croix Etoilée en 1781 et grande-maîtresse de l'archiduchesse Marie-Christine, gouvernante des Pays-Bas, ayant épousé, en 1753, François-Joseph Rasse prince de Gavre, chevalier de la Toison d'Or, gouverneur et capitaine général du comté de Namur.

Marie-Françoise baronne DE ROUVEROIT DE PAMÈLE, 1750.

Elle était sœur germaine de la précédente et épousa, en 1762, Bernard-François de Marbais, comte de Bornhem, seigneur de Brumagne, gentilhomme de l'Etat noble de Namur, frère de la chanoinesse de ce nom reçue en 1747.

Marie - Charlotte - Gabrielle baronne DE ROUVEROIT DE PAMÈLE, 1705.

Elle était sœur germaine des deux précédentes et se maria, en 1755, avec Adrien-François-Isidore-Joseph comte de Rodoan de Forchies-la-Marche, baron de Fontaine-l'Evêque, membre de l'Etat noble du Hainaut.

Hélène-Geneviève DE SALMIER, vers 1630.

> *Quartiers :* Salmier, Mérode, Marbais, Dongelberghe-Long-champs-Furnelmont;
>
> Groesbeeck, Thuyl, Mérode, Rougrave.

Elle épousa, en 1654, Laurent Pally, seigneur de la Rossellerie.

Anne-Antoinette DE SALMIER, vers 1630.

Elle était sœur germaine de la précédente et épousa Philippe le Duc, seigneur de Haynin.

Théodore-Olympe DE SALMIER, 1678.

> *Quartiers* : Salmier, Groesbeeck, Hosden, Oyenbrugghe ;
> Havrech, Savary, Schoutheete dit Zuylen d'Erp,
> Gavre (1).

Ermelinde DE SAMANIEGO, vers 1615.

> *Quartiers* : Samaniego, N....., N....., N..... ;
> Oyenbrugghe, Gracht, Corswarem, Corswarem.

Marie baronne DE SCHARENBERG DE HOUPERTAIN, 1659.

> *Quartiers* : Scharenberg, Halmale, Lynden, Nieulant (2) ;
> Lynden, Nieulant, Druyn, Montjoye.

Elle fut *doyenne* du chapitre, testa en 1719, mourut la même année et fut enterrée à Andenne, auprès de sa sœur dont l'article suit, dans la chapelle du Saint-Nom de Jésus, sous une tombe ornée de seize quartiers (3) et que l'on voit encore actuellement.

Isabelle-Reine-Brigitte baronne de SCHARENBERG DE HOUPER-TAIN, 1659.

Elle était sœur germaine de la précédente et mourut en 1693.

---

(1) Sa carte exhibe seize quartiers. Les 2, 4, 6 et 8 paternels sont : Marbais, Mérode, Brabant et Corswarem. Les quartiers maternels qui correspondent à ceux-ci sont : la Pierre-Bousies, Fresnoy dit de Léaucourt, Estourmelle et Renty.

(2) La famille de Nieulant dont le nom figure deux fois dans les quartiers de Scharenberg portait : d'argent à la fasce ondée de gueules. On ne doit pas la confondre avec celle de la chanoinesse reçue en 1784 et dont les armes sont : d'azur au casque d'or.

(3) Ces quartiers sont : Les 2, 4, 6 et 8 de la ligne paternelle : Klingenstein, v. d. Venne, Elderen, Wees; les 2, 4, 6 et 8 de la ligne maternelle : Elderen, Wees, Han, Senzeilles.

Beatrice-Rose-Geneviève baronne DE SCHARENBERG, 1710.

Quartiers : Scharenberg, Lynden, Lynden, Druyn;
            Buygiers, Ockinga, Eminga, Eminga.

Elle fut *doyenne* du chapitre, testa en 1737 et fut inhumée dans la sépulture de ses tantes dont les articles précèdent.

Antoinette DE SENZEILLES, vers 1500.

Quartiers : Senzeilles, Boussu; Eve, Bruelle dit Bossimel.

Elle mourut à Andenne en 1554 et y fut enterrée sous une tombe ornée des quartiers susdits.

Jacqueline DE SENZEILLES, vers 1500.

Elle était sœur germaine de la précédente, fut *doyenne* du chapitre en 1515, testa en 1555, mourut en 1556 et fut inhumée dans la sépulture de sa sœur.

Jacqueline DE SENZEILLES, 1526.

Quartiers : Senzeilles, Boussu, Eve, Bruelle dit Bossimel;
            Dongelberghe-Longchamps, Hemptines, le Clockier,
            Blehen.

Elle épousa, vers 1546, Gérard de Furnau, dit Fénal.

Marie DE SENZEILLES, 1529.

Elle était sœur germaine de la précédente.

Jeanne DE SENZEILLES, 1534.

Elle était sœur germaine des deux précédentes.

Catherine DE SENZEILLES, 1543.

Elle était sœur germaine des précédentes, fut *prévôte* du chapitre, testa en 1604, mourut à Andenne en 1609 et y fut enterrée avec les quartiers sus-mentionnés (1).

---

(1) Cette tombe existe encore. Elle porte une inscription qui rappelle que Catherine de Senzeilles a été prévôte pendant trente-six années et se termine par le chronogramme suivant :

.Marie DE SENZEILLES, 1546.

Elle était sœur germaine des précédentes (1), fut *écolâtre*

CATHARINA QVO NVNC EST
GENVS? QVO PRÆSVLIS
AVCTORITAS ET GLORIA?
ABIERE FVMVS SOLA VIRTVS NESCIA.
FATI BEAT PERENNITER.

En voici le sens : Qu'est maintenant cette race illustre, cette autorité, cette gloire de supérieure? Fumée! Seule la vertu brave le destin et rend éternellement heureux.

(1) Malgré l'écart de vingt ans qu'il y a entre la réception de la seconde Jacqueline et celle de la seconde Marie, laquelle mourut dans un âge très avancé, il est certain que les cinq demoiselles de Senzeilles dernières citées étaient sœurs germaines : les énonciations du registre aux admissions et les quartiers qui se lisent sur la tombe des deux dernières chanoinesses ne laissent aucun doute à cet égard. Il est constaté que la seconde Marie fut reçue « en remplacement de sa sœur Jacqueline qui s'est mise en l'état de mariage » et dans son testament Marie parle de feu sa sœur Catherine et de sa petite-nièce Adrienne de Brant, chanoinesse d'Andenne, petite-fille de Gérard de Furnau et de Jacqueline de Senzeilles. (V. Registre aux admissions, cité ci-dessus aux pages 203 et 204, et mentionné dans l'*Annuaire de la noblesse de Belgique* de 1882, page 318, et testaments 1579-1737, liasse n° 428 aux archives de l'Etat, à Namur.) Le comte de Villermont commet donc une erreur dans sa généalogie de la maison de Senzeilles, faisant suite à l'intéressant ouvrage sur la seigneurie d'Aublain, quand il indique les chanoinesses Catherine et Marie comme étant les filles de Gilles de Senzeilles et de Geneviève de Hun. Elles avaient, au contraire, pour père et mère Philippe de Senzeilles, vicomte d'Aublain, mentionné en qualité de père lors de la réception de Jacqueline en 1526 (registre précité et *Annuaire* 1882, p. 317), et Marguerite de Dongelberghe de Longchamps. Il est seulement bizarre

du chapitre, testa en 1618, mourut à Andenne en 1626 et fut inhumée dans la sépulture de sa sœur Catherine.

Marguerite DE T'SERCLAES-TILLY, vers 1575.

Quartiers : t'Serclaes, Dave, Bruelle dit Bossimel, Blehen (1);

Schierstaedt, N....., Gersdorf, N.....

Elle mourut en 1634 ayant épousé : 1° Josse-Henri de Witzleben, vicomte d'Upigny, colonel au service impérial; 2° Edouard baron de Schwartzenberg, colonel au service du prince de Liège.

Begge-Gérardine DE SEVERY, 1675 (2).

Quartiers : Severy, Bladame, Argenteau, Groesbeeck;

Glymes de Jodoigne, Houtain, Yedeghem, la Viefville.

Elle est enterrée à Andenne, avec lesdits quartiers, sous une pierre qui se voit encore actuellement, mais dont l'inscription est effacée.

Anne-Françoise-Caroline baronne DE THIRIBU, 1767 (3).

de trouver deux Marie à la même génération, mais de semblables exemples se rencontrent dans plusieurs familles à cette époque.

(1) Ce quartier est exact comme le prouve la planche des quartiers de Marie de Warisoulx, nièce de Marguerite de t'Serclaes, reçue en 1560 (armorial et réceptions 1612-1771). C'est donc par erreur que M. Goethals, dans la généalogie de t'Serclaes, indique ici le nom de Crehen.

(2) V. la note relative à la chanoinesse de Beaufort-Celles reçue en 1550.

(3) Ce fut en 1767 que le chapitre admit les preuves de cette chanoinesse, pourvue d'une prébende depuis 1764. Toutefois la réception définitive de Mademoiselle de Thiribu n'eut lieu qu'en 1771 et comme on était alors sous l'empire du règlement de 1769 il fallut une sentence judiciaire pour autoriser le chapitre à ne pas procéder à un nouvel examen des preuves. Cette sentence fut rendue au conseil privé le 9 janvier 1771.

Quartiers : Thiribu, Harre, Mettecoven, Celles (1);
Zegraet, Hemricourt, Voordt, Puytlinck.

Anne DE VAULX, 1530 (2).

Quartiers : Vaulx, Marchin, Berlaymont, Dongelberghe-Longchamps;
la Haye, Glymes de Jodoigne, Hollogne-Luxembourg,
aux Louwignies.

Elle fut *doyenne* du chapitre, testa et mourut en 1608.

Anne DE VAULX, 1562.

Quartiers : Vaulx, Berlaymont, la Haye, Hollogne-Luxembourg;
Baillencourt-Courcol, Maysons, Ittre, Lusumènes.

Elle épousa Henri de Witzleben et donna avec son mari
les deux beaux volets qui ont été décrits au chapitre
deuxième, page 44.

Marie DE VAULX, 1565 (3).

Elle était sœur germaine de la précédente.

Jacqueline DE WAHA-BAILLONVILLE, 1584.

Quartiers : Waha, Wildre, Brant de Brabant, Bossut;
Poictiers, Warisoulx, Hun, Beaufort-Celles.

(1) Famille de Celles de Hodoumont, distincte des Beaufort-Celles,
mais qui paraît cependant être issue de cette race comme en témoignent
ses armoiries : d'hermine à la bande de gueules accompagnée de deux
cotices de même.

(2) Elle fut reçue à l'âge de cinq ans. En 1578 on la trouve désignée
sous le nom d'Anne de Vaulx *l'aînée* pour la distinguer de sa nièce,
dont l'article suit, car l'une et l'autre faisaient alors partie du chapitre
d'Andenne.

(3) Jossine d'Alennes prétendit avoir obtenu cette prébende et protesta
contre l'admission de Marie de Vaulx. Cette réclamation ne fut pas
accueillie.

Elle épousa, en 1601, Guillaume de Mombeeck, vicomte de Hannut, banneret de la ville de Hasselt.

Jeanne-Marguerite DE WAHA-BAILLONVILLE, 1634.

Quartiers : Waha, Poictiers, Mérode, Culembourg;

Namur, Crehen, Berlo, Hun.

Elle épousa Louis-François de Coppin, seigneur de Conjoux et de Rienne, et mourut en 1700.

Antoinette-Aldegonde-Angélique DE WAHA-BAILLONVILLE, 1634.

Elle était sœur germaine de la précédente et se fit religieuse clarisse à Liège, en 1659.

Nicole DE WAL, 1585.

Quartiers : Wal, la Mock, Laittres, Allamont;

Sterpigny, Gorcey (Gourcy), Waha, Saourfeldt.

Elle épousa Jean de Jamblinne, dit de Doyon, seigneur de ce lieu, premier échevin noble de la ville de Namur, veuf de Aley d'Eynatten.

Devenue veuve, Nicole de Wal se fit religieuse annonciade à Namur.

Madeleine DE WAL, 1586.

Elle était sœur germaine de la précédente et épousa Jacques de Pouilly, seigneur de Flaville et de Cussigny, de la branche des barons de Cornay.

Jeanne DE WARISOULX, vers 1515.

Quartiers : Warisoulx, Seilles, Beaufort-Loyers, Prez;

Hollogne-Luxembourg, Wihogne, aux Louwignies, N.....

Elle testa en 1557, mourut la même année et fut enterrée à Andenne avec quatre quartiers.

Marguerite DE WARISOULX, 1533.

Quartiers : Warisoulx, Beaufort-Loyers, Hollogne-Luxembourg,
         aux Louwignies ;

         Crehen, Beaufort-Spontin, Surlet, Repen dit Guygoven.

Elle testa en 1576.

Hélène DE WARISOULX, 1557.

Quartiers : Warisoulx, Beaufort-Loyers, Hollogne-Luxembourg,
         aux Louwignies ;

         Berlo, Oultremont, Eve, Senzeilles.

Elle fut ensuite religieuse aux dames blanches à Huy.

Anne DE WARISOULX, 1560.

Elle était sœur germaine de la précédente et épousa, en
1581, Charles d'Oultremont, seigneur de Fosseroule,
membre de l'Etat noble de Liège en 1600, dont elle eut
les chanoinesses Catherine et Antoinette précitées.

Marie DE WARISOULX, 1560.

Quartiers : Warisoulx, Hollogne-Luxembourg, Crehen, Surlet ;
         t'Serclaes-Tilly, Dave, Bruelle dit Bossimel, Blehen.

Elle épousa son cousin Guillaume de Crehen.

Antoinette DE WARISOULX, 1562.

Elle était sœur germaine de la précédente et testa en 1622.

Anne DE WARISOULX, 1562.

Elle était sœur germaine des deux précédentes et épousa
Guillaume d'Orjo, seigneur de Vyle et de Baronville.

Marie-Ignace-Justine DE WIGNACOURT, 1728.

Quartiers : Wignacourt, Suys, Cottereau-Assche, Cottereau-
         Puisieux ;

         Tour-Taxis, Hornes, Furstenberg, Furstenberg.

Elle se fit ensuite religieuse au couvent de Notre-Dame-
aux-Neiges, à Liège.

Caroline DE WIGNACOURT, 1732.

Elle était sœur germaine de la précédente et se fit ensuite religieuse célestine à Liège.

Marie-Séraphine-Xavière DE WIGNACOURT, 1740 (1).

Elle était sœur germaine des deux précédentes et se fit ensuite religieuse à Liège au couvent de Notre-Dame-aux-Neiges, où elle mourut en 1753.

Jeanne *alias* Jacqueline D'YVE, vers 1580.

Quartiers : Yve, Boussu, Grispère, Luu dit de Rassenghien;

Senzeilles, Berghes (2), Hun, Beaufort-Celles.

Anne-Charlotte D'YVE, vers 1600.

Elle était sœur germaine de la précédente. Toutes deux sont mentionnées comme faisant partie du chapitre en 1603 et en 1610.

Jeanne-Marguerite D'YVE, 1610.

Quartiers : Yve, Grispère, Senzeilles, Hun;

Argenteau, la Haye, Juppleu, Hosden.

Elle testa en 1657.

Marie-Josèphe-Hyacinthe D'YVE, 1710.

Quartiers : Yve, Masnuy, Lonchin d'Awans, Groesbeeck;

Taye de Wemmel, Beken, Enzenhaer (3), N....

Elle épousa à Andenne, en 1716, Jean-François de Volkershoven.

---

(1) La carte de cette chanoinesse exhibe seize quartiers. Les 2, 4, 6 et 8 de la ligne paternelle sont : Lannoy, Duyn, Cottereau-Puisieux, Wassenaer. Les quartiers correspondants dans la ligne maternelle sont : Rye, Arenberg, Hohenzollern, Hannau.

(2) V. à l'article Groesbeeck (1595) la note relative au même quartier.

(3) Dans les preuves des familles Taye et d'Yve, reçues à Nivelles en 1745 et 1772, ce nom se lit : Entzenhager. Butkens en a fait Kesselaer. (Voir *Trophées de Brabant,* t. II, p. 294.)

Marie-Françoise-Emmanuelle D'YVE, vers 1720.

Elle était sœur germaine de la précédente, avait été reçue à Moustier en 1703, mourut au monastère de Forest en 1741 et fut inhumée à Andenne où elle était chanoinesse à cette époque.

§ III. — Liste alphabétique des chanoinesses reçues avec seize quartiers conformément au règlement de 1769 (1)

Marie-Anne comtesse D'ATTHEMBS-HEILIGEN-CREUTZ, 1783.

Quartiers : Atthembs, Strozzi, Wurmbrand, Cronegg; Herberstein-Bustenwald, Trauttmansdorff, Herberstein-Guettenhag, Wolkenstein-Rodenegg; Khuen-auer-Lichtenberg, Trapp de Curburg, Teuffenbach, Régal; Tour-Taxis, Hornes, Fugger, Hundbiss.

(1) Mentionnons que pendant cette période le chapitre se prononça favorablement sur l'admissibilité de plusieurs personnes, conformément à l'usage dont nous avons parlé précédemment à la p. 102. Ainsi, en 1780, il admit les preuves de Lucie de Spoelberch; en 1782, celles de Justine-Philippine-Eugénie-Florence de Senzeilles-Soumagne, reçue plus tard au chapitre de Mons; en 1783, celles de Marie-Thérèse-Josèphe-Cornélie de Spangen d'Uyternesse, sœur des deux chanoinesses de ce nom, reçue elle-même à Mons en 1785, ainsi que celles de Anne-Louis-Albertine de Loen, également sœur de chanoinesses; en 1784, celles de Julie-Hubertine-Josèphe de Waha.

Les dames que nous venons de citer ne furent point pourvues dans la suite de prébendes à Andenne, mais elles avaient sollicité cette faveur et le chapitre avait reconnu la valeur de leurs quartiers. C'est pour ce motif que nous faisons mention de leurs noms.

Aldegonde-Charlotte-Félicité comtesse DE BERLAYMONT DE
LA CHAPELLE, dite DE JAUCHE, 1771.
>   *Quartiers :* Berlaymont, Brandenbourg, Cottereau-Assche, Cot-
>   tereau – Puisieux; Cottereau-Assche, Cottereau-
>   Puisieux, Nesselrode, Brempt;
>   Nesselrode, Wylich, Brempt, Quadt; Virmont, Horst,
>   Nesselrode, Wylich.

Elle épousa, en 1780, Jean-Florent-Lamoral-Louis-Charles-
François duc de Looz-Corswarem et mourut en 1833.

Marie-Maximilienne-Josèphe comtesse DE BERLAYMONT DE
LA CHAPELLE, dite DE JAUCHE, 1771.

Elle était sœur germaine de la précédente et fut reçue
dame de la Croix Etoilée en 1787.

Marguerite-Charlotte-Thérèse marquise DU BOST DU PONT
D'OIE, 1771.
>   *Quartiers :* Bost, Chalons, Stein-Kallenfels, Ruppenstein; Stas-
>   sin, Baur, Bosch, Vigneulles;
>   Lambertye, Custine, Lenoncourt, Savigny; Ligni-
>   ville, Boehmer, Bouzey, Condé-Clevant.

Louise-Thérèse-Marie-Antoinette-Ghislaine DE BROUCHOVEN
DE BERGEYCK, 1772.
>   *Quartiers :* Brouchoven, Forment, Beer, Caluart; Vischer, Got-
>   tignies, Stalins, Stalins;
>   Brouchoven, Forment, Pomereaux, Caverson; Velde,
>   Cortbemde, Villegas, Opmeer.

Elle épousa, en 1775, Gérard-Assuère-Louis-Jacques-Ignace
comte de Liedekerke, seigneur de Pailhe, et mourut en
1818.

Marie – Elisabeth – Nicole – Josèphe – Ghislaine DE CLAUWEZ-
BRIANT, 1777.

> *Quartiers :* Clauwez-Briant, Gerardelle, Dirixen, Ryvestein;
> Sare, Damas, le Clercq, Fumal;
> Spangen, le Quieu de Guernonval, Glymes de
> Jodoigne, Yedeghem; Mont de Buret, le Gillon,
> Craesbeke, Brunetty.

Rose-Ursule-Henriette-Albertine-Ghislaine DE CLAUWEZ-BRIANT, 1778.

Elle était sœur germaine de la précédente.

Marie-Jeanne comtesse DE COBENZL, 1772.

> *Quartiers :* Cobenzl, Lanthieri, Lanthieri, Rabatta; Rindsmaul,
> Dietrichstein, Neydegg, Hardegg;
> Montrichier, Colart de Linden, Schallenberg, Stu-
> benberg; Lodron, Flitzing, Tattenbach, Gera.

Jeanne-Louise-Agathe DE COLINS DE HAM, 1771.

> *Quartiers :* Colins, Bourlers, Colins, Vroye; Vroye, Lintermans,
> Colins, Alcantara;
> Colins-Termeeren, Colins, Boccabella, Mahy;
> Zevecote, Colins, Brouchoven, Zualart.

Elle est morte en 1830.

Marie-Antoinette comtesse DE FRANCKENBERG, 1771.

> *Quartiers :* Franckenberg, Franckenberg, Breuner, Wagensperg;
> Hochberg, Schzoppin, Schellendorf, Solms;
> Barwitz de Fernemont, Zierotin, Lodron, Waldstein;
> Welezex, Teutenzin, Saint-Hilaire, Trahotusch.

Marie-Isabelle-Caroline-Ernestine-Henriette-Antoinette comtesse DE HINNISDAEL DE CRAYNHEM, 1771 (1).

---

(1) Etant étrangère de naissance, cette dame dut se conformer au décret de 1760, cité ci-dessus à la page 102 : elle sollicita, préalablement à sa réception, des lettres de naturalisation, puis prêta serment de fidélité à Sa Majesté.

Quartiers : Hinnisdael, Simonis, Berchem, Kieffel; Hoensbroeck,
    Flans, Limburg-Bronchorst-Stirum, Limburg-Bron-
    chorst-Stirum;

    Mettecoven, Voordt, Voordt, Prez-Barchon; Geloës,
    Berlaymont, Leefdael, Boschuysen.

Elle épousa François-Maximilien-Henri-Benoît baron de
Copis, vicomte de Bavay, seigneur de Gorsleeuw, membre
de l'Etat noble de Liège par réception de 1793.

Marie-Catherine comtesse DE HOEN DE CARTILS DE NEUFCHA-
TEAU, dite DE WAUDEMONT, 1771 (1).

Marie-Thérèse KATZIANER, comtesse DE KETZENSTEIN, 1784.

Quartiers : Katzianer-Ketzenstein, Fenzlin, Khévenhüller-Ai-
    chelberg, Stubenberg; Herberstein, Starhemberg,
    Breiner, Breiner;

    Wildenstein, Steinpeisf (2), Gloyach, Rindsmaul;
    Zollner de Massenberg, Paar, Atthembs, Strozzi.

Marie-Thérèse DE LOEN D'ENSCHEDÉ, 1776.

Quartiers : Loen, Erp, Heisgen, Voordt; Berghe, Roye, Bempde,
    Berghe (3);

    Woestenraedt, Bertholf de Belven, Clodts, Bawir;
    Wyhe, Loewenich, Rolshausen, Esch.

---

(1) La mention de la réception de cette chanoinesse est faite dans
le registre aux Résolutions capitulaires de l'époque, mais ses preuves
ne se trouvent nulle part. Nous ne pouvons donc pas indiquer les
quartiers de cette dame, d'autant plus que nous ignorons si elle était
sœur ou nièce des chanoinesses du même nom reçues précédemment.

(2) Telle est l'orthographe du nom dans les preuves de cette chanoinesse.
Cette famille est pourtant généralement connue sous celui de Steimbeis.

(3) Les van den Berghe qui forment ici deux quartiers sont la famille
des seigneurs de Bunsbeeck, plus tard de Binckum, distincte de celle
des van den Berghe de Limminghe.

Marie-Charlotte DE LOEN D'ENSCHEDÉ, dite DE ROESBEECK, 1781.

Elle était sœur germaine de la précédente. Elle est morte en 1836.

Charlotte-Josèphe-Hubertine-Colette-Ghislaine vicomtesse DE NIEULANT, 1785.

> *Quartiers :* Nieulant, Sproncholf, Caloen, Rommel; Nieulant-Pottelsberghe, Wouters de Vinderhoute, Wouters de Vinderhoute, Herissem;
>
> Alegambe, Blyleven, Volckaert, Nieulant; Wouters de Vinderhoute, Herissem, Caloen, Woestwinckele.

Elle avait d'abord été chanoinesse de Nivelles, par réception de 1783. Elle se maria, en 1791, avec Antoine-Joseph-Adrien baron van der Straten, seigneur de Wallay, reçu à l'Etat noble de Namur en 1771. La baronne van der Straten, née de Nieulant, est morte en 1816.

Marie-Josèphe-Ghislaine-Colette D'OLMEN DE POEDERLÉ, 1776.

> *Quartiers :* Olmen, Cruyce, Vicq, Palma-Carillo ; Steenhuys, Snoy, Achelen, Male dit Malinez;
>
> Corte, Zinneghem, Maldeghem, Wouters de Vinderhoute; Humyn, Male dit Malinez, Woislawski, Donia.

Elle mourut en 1818.

Antoinette-Thérèse-Dorothée-Josèphe DE QUARRÉ, 1786.

> *Quartiers :* Quarré, O'Malun, Namur, Mérode; Potter van der Loo, Laurens, Anthoine, Lannoy;
>
> Ryckel d'Oirbeeck, Ryckel de Flandre, Schotti, Decker; Aix, Glymes de Brabant, Yve, Taye de Wemmel.

Elle épousa, en 1790, Philippe-Alexandre-Joseph-Ghislain Christyn, comte de Ribaucourt, vicomte de Tervueren et de Duysbourg, baron de Meerbeek, arrière-petit-fils de l'illustre chancelier de Brabant, Jean-Baptiste Christyn, baron de Meerbeek. La comtesse de Ribaucourt, née de Quarré, est morte en 1836.

Marie-Crescence-Sabine-Raphaelle-Françoise-Antoinette-Walburge comtesse DE SALM et REIFFERSCHEIDT, 1783 (1).

Quartiers : Salm-Reifferscheidt, Loewenstein-Wertheim, Slavata, Trautson; Esterhazy, Esterhazy, Abensperg-Traun, Zinzendorf;
Truchess-Zeyl, Salm-Reifferscheidt, Truchess-Zeyl Salm-Reifferscheidt; Koenigsegg, Schasffenberg, Manderscheydt, Erbach.

Marie-Justine-Victoire DE SPANGEN D'UYTERNESSE, 1780.

Quartiers : Spangen, Brakel, Spangen, Dombroeck; le Bœuf Brune, Beke, Meulenaere;
Croix-Drumez-Clerfayt, Chamart, Calonne, Meere; le Duc, Scockart, Sars, Ghoray.

Elle épousa son cousin Jean-Guillaume-Joseph-Norbert baron de Spangen, de la branche des seigneurs de Mélyn. Cette dame mourut en 1828.

Joséphine-Polixène-Augustine DE SPANGEN D'UYTERNESSE, 1782 (2).

---

(1) Elle eut ses preuves admises le 20 octobre de ladite année, mais sa réception définitive n'eut jamais lieu. Jusqu'en 1794 cette dame figure sur la liste des chanoinesses avec la mention : « non reçue ». Elle ne toucha par conséquent jamais aucun revenu de sa prébende.

(2) Goethals en fait par erreur une chanoinesse de Mons. V. *Dictionnaire généalogique*, t. IV, art. Spangen.

Elle était sœur germaine de la précédente et mourut en 1839.

Florence-Anastasie-Josèphe baronne DE WAHA-FRONVILLE, 1782.

> *Quartiers :* Waha, Maillen, Lardenois de Ville, Waha; Sen-
> zeilles – Soumagne, Rougrave, Rougrave, Mont-
> Hustinay;
> Senzeilles-Soumagne, Rougrave, Rougrave, Mont-
> Hustinay; Rougrave, Mont - Hustinay, Ochain,
> Marotte.

Elle épousa, en 1797, François-Charles-Pierre Jodon de Villeroché, chevalier, seigneur d'Hézenoy, lieutenant-colonel au service de France. Elle est morte en 1865, à l'âge de 97 ans, étant la dernière survivante des dames du chapitre d'Andenne.

Marie-Françoise-Josèphe-Elisabeth-Ghislaine DE WOELMONT, 1782.

> *Quartiers :* Woelmont, Woestenraedt, Dauvin, Bermingham;
> Corioulle, Waha, Dave, Souhey;
> Haultepenne, Horion, Maillen, Geloës; Woelmont,
> Dauvin, Marbais, Salmier.

Elle épousa, en 1787, Henri-Auguste-Joseph baron de Wal, seigneur de Baronville et autres lieux. La baronne de Wal, née de Woelmont, est morte en 1848.

Charlotte comtesse DE WOESTENRAEDT, 1770.

> *Quartiers :* Woestenraedt, Bertholf de Belven, Clodts, Bawir;
> Wyhe, Loewenich, Rolshausen, Esch;
> Souches, Hoffkirch (1), Puchaim, Loewenstein;
> Schlick-Passau, Trahotusch, Kaunitz, Dietrichstein.

---

(1) Le nom de cette famille s'écrit le plus souvent Hofkirchen.

Marie-Ludmille comtesse DE WURBEN et DE FREUDENTHAL,
   1794.

   Quartiers : Wurben, Dembinski, Martinicz, Sternberg; Kinsky,
            Porcia, Nesselrode, Leerodt;
            Ray de Ciomor, Vifaluzy, Kollonitz, Windischgraets;
            Kollonitz, Aspremont-Lynden, Waldstein, Palffy.
Cette chanoinesse est la seule qui fut reçue postérieure-
ment à la réunion des deux chapitres d'Andenne et de
Moustier et à leur translation à Namur (1).

(1) Lors de leur réunion, en 1787, les chapitres se composaient comme
suit :

1° *Andenne.* Mesdames :

DE HAULTEPENNE, *doyenne;*

DE BERLAYMONT DE LA CHAPELLE, *dame aînée,* reçue en 1737;

DE GHISTELLES, *dame aînée;*

D'ATTHEMBS;

DE BENTINCK-WOLFRATHE;

DE BENTINCK-LIMBRICHT;

DE BENTINCK D'INHOVE;

DE BERLAYMONT DE LA CHAPELLE, dame de la Croix Etoilée, reçue en
   1771;

DE CLAUWEZ-BRIANT (deux sœurs);

DE COBENZL;

DE COLINS DE HAM;

DE FRANCKENBERG;

DE HOEN dite DE WAUDEMONT;

DE HOEN dite DE LIEBEECK;

DE LOEN (deux sœurs);

DE NASSAU-CORROY;

DE NIEULANT;

D'OLMEN DE POEDERLÉ;

DE QUARRÉ;

DE SALM;

DE SPANGEN (deux sœurs);

DE THIRIBU;

DE WAHA;

DE WOELMONT;

DE WOESTENRAEDT.

En tout 28 titulaires.

2° *Moustier*. Mesdames :

Marie-Anne-Thècle DE GOURCY-CHAREY, *prévôte* de Moustier depuis 1772, maintenue en cette qualité à Namur. Elle avait été reçue en 1750 avec les quartiers suivants : Gourcy, Xonot, Bouzey, Streiff de Lauenstein; Argentier, Cacherans, Doria, Scaglia.

Marie-Madeleine-Théodore-Guillelmine DE BAUDEQUIN DE PEUTHY, reçue en 1764 avec les quartiers : Baudequin, Ennetières, Croix, Schoore; Eynatten, Ophem, Joncis, Houthem. (Elle ne résidait plus.)

Eléonore-Charlotte et Justine-Charlotte comtesses VAN DEN BERGHE DE LIMMINGHE, sœurs germaines, reçues en 1770 avec les quartiers : Berghe-Limminghe, Tassis, Varick, Micault; Massiet, Dansaert, Pulle, Erp; — Udekem, Nobili, Hellin, la Jonchière; Nicolaerts, Erp, Esbeeck dit van der Haeghen, Bemmel.

Marie-Barbe-Louise-Josèphe DE BOUSIES DE ROUVEROY, reçue en 1783 avec les quartiers : Bousies, Grassis, Rocca, Villeneuve; le Brum de Miraumont, la Biche, Rivart de Martigny, Baufremez; — Corswarem, Binckem, Hamilton, Stals; Glymes de Jodoigne, Yedeghem, Rosso, Bendèle. — Cette dame eut un procès devant le grand conseil de Malines pour l'admission de ses quartiers.

Anne-Marie-Charlotte DE COPPIN, dite DE VECQMONT, et Marguerite-Catherine DE COPPIN, dite DE GRANDCHAMPS, sœurs germaines, reçues respectivement en 1768 et 1769 (juin, c'est-à-dire antérieurement au nouveau règlement édicté ladite année) avec les quartiers : Coppin, la Mock, Waha, Steinbach; Maisières, Wal, Blanchart, Senocq. — La première épousa, en 1789, Louis-Joseph-Guillaume de Doetinghem, chambellan de la cour d'Autriche.

Louise-Henriette-Joséphine-Ghislaine et Marie-Amélie-Louise-Josèphe DE DAM, sœurs germaines, reçues en 1772 avec les quartiers : Dam,

Boussu, Arckel, Dimmer; Lamberti, Hardevuyst, Melis, Vlooswyck; —
Rodoan, Franeau, la Rivière, Briois; Chastel-Howardries, Buirette, la
Hamayde, Renard.— Ces dames furent fusillées sur l'ordre du commandant
de l'armée républicaine qui assiégeait Namur au mois de novembre 1792,
parce qu'elles étaient soupçonnées d'avoir fourni des vivres aux assiégés.

Marie-Thérèse-Philippine DE FUSCO DE MATALONI, reçue en 1778 avec
les quartiers : Fusco, Roly, Traetsens, Broeck; Alouyse, Assenois,
Grouwels, Schell; — Berghe-Limminghe, Tassis, Varick, Micault;
Massiet, Dansaert, Pulle, Erp.

Marie-Christine-Henriette DE HEUSCH DE LA ZANGRIE, reçue en 1768
avec les quartiers : Heusch, Edelbampt, Baussele, Jegher; Scherpenzeel,
Ingennulant, Baussele, Jegher.

Marie-Alexandrine-Françoise-Claudine DE LANNOY, reçue en 1768
avec les quartiers : Lannoy, Coloma, Saint-Vaast, Beauffort; Lannoy,
Bois de Fiennes, Angeville, Hangouart.

Dorothée-Marie-Françoise-Josèphe comtesse DE LIEDEKERKE-SURLET
et Marie-Alexandrine-Justine comtesse DE LIEDEKERKE-SURLET, dite DE
CUSTINE, sœurs germaines reçues en 1765 avec les quartiers : Liedekerke,
Chockier-Surlet, Horion, Bentinck; Liedekerke, Chockier-Surlet, le Danois,
le Danois. (Une des deux ne résidait plus en 1787.)

Philippine-Anne VAN DER LINDEN D'HOOGHVORST, reçue en 1747 avec les
quartiers : Linden, Eycken, Oignies, Berghes-Saint-Winnoc; le Quieu de
Guernonval (voir ci-dessus la note relative à la chanoinesse de Nassau-
Corroy reçue à Andenne en 1754), Ghistelles, Ghistelles, Wissocq.

ANNEXES

Nº I

*Charte de l'empereur Henri III, dit Henri IV (1), (1101),
restituant au chapitre d'Andenne les biens dont l'avait
dépouillé un comte de Namur, prédécesseur de Albert III
alors régnant. — L'empereur rétablit aussi le comte de
Namur dans la dignité d'avoué d'Andenne.*

In nomine sanctæ et individuæ Trinitatis. Henricus, divina
favente clementia tertius Romanorum Imperator Augustus.
Notum sit universis Ecclesiæ catholicæ filiis quum Albertus,
comes Namucensium, Andanensis ecclesiæ diuturna proclama-
tione pulsatus, scilicet quod ipsam villam Andanam, quæ ad
septem ecclesias dicitur, olim in usu prebendæ ibidem Deo
famulantium habitam, quidam predecessor suus injuste suis
distribuerit militibus, maluit huic justæ et continuæ procla-
mationi aurem pietatis tandem accommodare finemque injusticiæ
quantocius ponere et suarum offensarum cyrographum delere,

(1) Henri, IIIᵉ empereur, est connu dans l'histoire sous le nom de
Henri IV, la chronologie prenant pour point de départ Henri I, qui ne fut
pas empereur mais seulement roi des Romains.

quam suo suique predecessoris errori nefario diutius subjacere. Hac igitur pœnitentia ductus, Leodium venit, me super hac re consuluit, et omnino sui propositi dispositorem constituit. At ego, videns michi presentatum sacratissimæ Beggæ corpus, et insuper divina inspiratione tactus, adjudicavi non aliter legitime id posse fieri, nisi eo pacto ut comes villam licet injuste militibus beneficatam per aliquam mutationem recuperaret, et recuperatam libere et pacifice in manu mea ad usum ecclesiæ reponeret. Quod quidem comes prudenter executus, villam pro villa, scilicet Bountleir, quam firma manu tenebat, ecclesia pro Andana mutuatus, integre eam recuperavit, et sic recuperatam in manu mea absolute reposuit. Ego igitur, Andanam principalem villam, cum suis appenditiis et villis adjacentibus et cunctis earum reditibus, aquis, pratis, silvis, molendinis, terris cultis et incultis, decimis et universis usibus, ad corpus beatæ viduæ Beggæ reportavi et tradidi, filiis supradicti comitis Alberti, Godefrido, Henrico, Alberto videntibus, audientibus et annuentibus. His ita dispositis, advocatiam villæ, rogatu fratrum et sororum ecclesiæ, comiti Alberto reddidi, ea tamen conditione ut ibi omnino nullus advocatus esset nisi ille tantum qui eam specialiter de manu imperatoris teneret, et hoc ipsius advocati jus esset ut nichil aliud quam tercium in tribus generalibus placitis denarium ibi haberet, et ipsum denarium, non sua sed dispositione ministri ecclesiæ et scabinorum, reciperet. Pro hac largitione, quam ecclesiæ beatæ Beggæ pro remedio animæ meæ feci, me vivente unam missam specialem omni secunda feria, et defuncto, pro mea et animabus omnium fidelium defunctorum, ipsa constituit ecclesia. Quod ut ratum et inconvulsum omni ævo permaneret, meo precepto, mea auctoritate, me presente, Obertus, Leodiensis ecclesiæ episcopus, a Sanctæ

Matris Ecclesiæ gremio, perpetuo anathemate, segregavit quicumque hoc, aliquo ausu, aliqua temeritate, infrigere presumeret. Hujus igitur traditionis testamentum sanccitum et astipulatum est tot tantorumque presentia et auctoritate illustrium virorum qui subscripti sunt : Fredericus, archiepiscopus Coloniensis, Obertus, episcopus Leodiensis, Albero, episcopus Mettensis, Cuno, episcopus Wormacensis, Burchardus, episcopus Monasteriensis, Walcherus, episcopus Cameracensis; comes palatinus Seifridus, dux Fredericus, marchio Burchardus, Henricus, filius ducis Welponis, comes Bertoldus et filius ejus Bertoldus, comes Wilelmus, comes Gerardus, comes de Los Arnulphus et frater ejus Teodoricus, Gislebertus, filius comitis Ottonis, Henricus de Chui, Reinerus advocatus, Wilelmus de Dolehen, Arnulfus de Roden, Wigerus de Tudino, Mainerus de Cortereces, Adelo de Namuco, Walterus de Bacunguez. De familia imperatoris, Fulmarus, Erchemboldus, Heinricus, Albertus, Heinricus. De familia sancti Lamberti, Teodoricus, Warnerus, Otbertus, Lambertus, Wazelinus, Lambertus, Fredericus, Udalricus, Johannes, Walerus. Signum Domini Heinrici tercii Romanorum imperatoris invictissimi. Ego Hubertus cancellarius vice Rothard archicancellarii recognvvi. Anno Dominicæ incarnationis Mº. Cº. Iº., indictione viiiiᵃ, anno autem domini Heinrici tercii Romanorum imperatoris augusti ordinationis xLviiiº regni xLviº imperii xviiiº data Kal. junii. Actum Aquisgrani feliciter iu nominie Domini.

Original, aux archives de l'Etat, à Namur, chartrier d'Andenne. — Le sceau, dont était muni cet acte, est enlevé, mais un long voile de soie blanche qui le recouvrait existe encore.

Une copie de la même charte, faite au xvᵉ siècle et à laquelle est jointe une narration de la fondation du chapitre et l'énumération de ses biens, se trouve également à Namur.

N° II

Bref de Obert, évêque de Liège, (1107), reconnaissant les privilèges et immunités du chapitre d'Andenne.

In nomine sanctæ et individuæ Trinitatis. Otbertus, Dei gratia Leodiensis episcopus. Notum sit omnibus tam futuris quam presentibus, ecclesiam Andanensem, quæ ad septem ecclesias dicitur, jam pridem ita liberam esse ut quodlibet episcopale servitium nullo modo contigerit persolvisse. Hoc igitur legitimum sui juris privilegium adusque tempus Alberti comitis et comitissæ Reilendis ecclesia constanter obtinuit; sed eodem comite adversus Theodeguinum episcopum episcopatum inquietante, episcopus ecclesiæ sigillum objecit, officium interdixit, partim sui juris infregit, partim, id est investituram ecclesiasticam, retinuit. Hujus infracturæ querimonia usque ad nostrum tempus protelata et ab ipsis inibi Domino servientibus in nostram presentiam ventilata, rei veritatem recognovimus utpote qui tum temporis in contubernio predicti bonæ memoriæ episcopi assidue militabamus et primos majoris ecclesiæ et cæteros pastoralis curæ scilicet abbates, archidiaconos, Fredericum prepositum, Heinricum decanum, Heinricum juniorem ejusdem ecclesiæ archidiaconum, Lambertum decanum, Wedericum presbiterum omnes in commune consuluimus. Quorum consilio auctoritate et judicio, jus ecclesiæ in pristinam libertatem redintegravimus, scilicet ut ecclesia ab omni episcopali servitio libera esset, excepto quod ordinationibus episcopi subjaceret, eo tamen pacto quod ecclesia suum proprium titulum haberet et ordinandos suo archidiacono prior ecclesiæ sua electione transmitteret, excepto etiam quod si tale quid corrigendum tam difficile esset quod ibi diffiniri non posset, tum demun, precatu vel conductu prioris, ecclesiæ manum episcopus adhiberet; de servientibus autem ibi cadem lex quæ etiam Leodii esset. Hujus igitur recuperationis testamentum universali concilio collaudatum est et corroboratum, auctoritate confirmatum, testimonio astipulatum, litteris commendatum, sigillo sanccitum, banno ligatum, anathemate diffinitum. Hujus rei testes Fredericus prepositus, Heinricus decanus et ipsi archidiaconi, Theodoricus, Andreas, Heinricus, Alexander, Almannus archidiaconi; Godeschalcus, Seifridus, Steppo, Arnulphus, Robertus, Leudo, Curardus, Wedericus, Godefridus, Rodulfus, canonici; Gertrudis preposita, Adelaidis decana, Berta æditua, Gela, Oda, Ida, Osilia, Florentia, Domino sacratæ; Stephanus, Nizo, Albertus, Hugo, Gerardus, Lantfridus, Grimualdus, Ermenfridus, servi ecclesiæ. Anno Dominicæ incarnationis millesimo cvii°, indictione xvᵃ, regnante rege Heinrico quinto, anno regni ejus ii°, episcopante Otberto Leodiense episcopo, anno suæ ordinationis xvi° data idus decembris; actum Leodii feliciter.

Original, sceau (en placard) enlevé, aux archives de l'Etat, à Namur, chartrier d'Andenne.

N° III

*Bulle du pape Célestin III, (1195), plaçant le chapitre
d'Andenne sous la protection immédiate du Saint-Siège.*

Celestinus, episcopus, servus servorum Dei, dilectis in Christo
filiabus, prepositissæ, decanissæ et sororibus Andenensibus,
salutem et apostolicam benedictionem. Sacrosancta Romana
Ecclesia devotas et humiles filias ex assuetæ pietatis officio
propensius diligere consuevit, et ne pravorum hominum moles-
tiis agitentur, tamquam pia mater, protectionis suæ munimine
confovere. Eapropter, dilectæ in Christo filiæ, devotionem quam
erga beatum Petrum et nos ipsos habere dinoscimini atten-
dentes, locum in quo divino estis obsequio mancipatæ, necnon
et personas vestras cum omnibus bonis quæ in presentiarum
rationabiliter possidetis aut in futurum, justis modis, Deo pro-
pitio, poteritis adipisci, sub beati Petri et nostra protectione
suscipimus. Specialiter autem ecclesiam sancti Johannis Baptistæ
cum omnibus pertinentiis suis, sicut eam canonice ac sine con-
troversia possidetis, auctoritate vobis apostolica confirmamus,
et presentis scripti patricinio communimus, statuentes ut si vos
in aliquo senseritis pregravari, libere vobis liceat sedem apostolicam appellare. Decernimus ergo ut nulli omnino hominum
liceat hanc nostræ paginam protectionis, confirmationis et
constitutionis infringere, vel ausu ei temerario contraire. Si
quis autem hoc attemptare presumpserit, indignationem omnipotentis Dei et beatorum Petri et Pauli, apostolorum ejus, se

noverit incursurum. Datum Laterani, viii idibus julii, pontificatus
nostri anno quarto.

Original (avec bulle pendant à des lais de soie jaune), aux archives de
l'Etat, à Namur, chartrier d'Andenne.

Nº IV

*Charte de Philippe le Noble, 1ᵉʳ marquis de Namur, (1207),
pour mettre un terme aux abus qui se commettaient dans la
collation des prébendes au chapitre d'Andenne (1).*

Philippus, marchio Namucensis, universis Christi fidelibus
tam presentibus quam futuris in perpetuum. — Cum omnibus
ecclesiis sub mea constitutis protectione ad tuitionem juris et
honoris sui majorem tenear adhibere diligentiam, eas tamen
ampliore cura et beneficio honorare decrevi quarum fides et
devotio certioribus mihi innotuit argumentis. Inde est quod
ecclesiam Andennensem quam in jure et honore suo, et libertate
et antiquis institutionibus volens plenius tamquam abbas et

(1) Par cette charte le prince déclare que les prébendes d'Andenne
doivent être conférées à des demoiselles nobles issues de parents nobles,
ne jouissant pas d'autres prébendes, et que certaines prébendes accordées
à des chanoines doivent revenir aux chanoinesses au fur et à mesure des
décès des titulaires.

advocatus conservare, salvis eis quæ antea gesta fuerant, concedo ei, et legitima sanctione confirmo, quod nullam amodo in prebendis dominarum in ecclesia illa feminam instituere debeam quam non constet esse nobilem, nobilibus ortam parentibus. Nec aliqua suscipiatur in posterum ad prebendam quæ in aliqua alia ecclesia prebendam habuerit. Et quia contra ecclesiæ institutionem quædam prebendæ de ecclesia eadem dominabus subreptæ erant per injustam cujusdam predecessoris mei oppressionem, et clericis, ad diminutionem divini officii, collatæ, confirmo ut nulla de prebendis dominarum clericis amodo conferatur. — Illæ vero prebendæ quæ dominarum fuerunt quas quidam nunc possident canonici, post illorum decessum, ad dominas sine contradictione aliqua revertantur. Et sufficiant clericis prebendæ quas ex antiqua institutione constat eis fuisse collatas. — Ut autem hæc omnia tam a me quam a meis successoribus rata observentur et inviolata, scripti presentis annotatione et sigilli mei appositione roborari decrevi. — Testes fideles mei viri nobiles : Clarembaldus de Alta Ripa, Willelmus et Philippus fratres ejus, Arnulphus de Aldenarda, Nicholaus de Condato, Philippus de Werda, Joannes de Danpiere, Theodericus de Faang et quam plures alii; testes quoque clerici mei fideles Gillebertus, abbas beatæ Mariæ in Namuco, prepositus Montensis, Robertus, prepositus sancti Petri in Namuco, Petrus, decanus sancti Albani Namucensis, Gislenus, custos sancti Petri Namucensis, Johannes, custos Andennensis ecclesiæ. Actum mense augusto verbi incarnati millesimo ducentesimo septimo.

Original (avec sceau équestre de Philippe le Noble pendant à des lais de soie verte), aux archives de l'Etat, à Namur, chartrier d'Andenne.

Cette charte a été reproduite par Miræus, aux *Opera diplomatica*, I, p. 196, et par Galliot, *Hist. de Namur*, T. V. p. 360.

Nº V

*Charte de Philippe le Noble, 1ᵉʳ marquis de Namur, (1212),
confirmant celle de 1207 et contenant réparation pour
atteintes portées aux libertés et franchises du chapitre
d'Andenne.*

Ego Philippus, marchio Namucensis, notum facio universis
tam presentibus quam futuris, quod honorem ecclesiæ Andennensis et dignitatem et ejusdem institutiones nolens immutari
immo eas ad pristinum statum decernens debere reduci, statui
et decrevi quod nulla in posterum persona ad prebendas dominarum ipsius ecclesiæ suscipiatur nisi sit nobilis nobilibus
orta parentibus nec aliqua suscipiatur ad prebendam persona
dum in aliqua alia ecclesia prebendam habeat. Prebendæ vero
quæ dominarum fuerunt et postmodum clericis minus rationabiliter collatæ sunt, decedentibus ipsis clericis, ad dominas
absque contradictione aliqua successive redeant; quarum nunc
quatuor esse dignoscuntur quas contra debitas et antiquas
consuetudines ecclesiæ nunc possident clerici : Joannes scilicet
custos, Henricus quondam custos, Walterus et Joannes filius
Hubini. Ad hæc indempnitati ecclesiæ volens providere ne
predicta ecclesia in jure suo crescente malitia aggravetur,
consuetudines illas quæ procurationes seu vulgariter *giste*
dicuntur, quas in bonis prefatæ ecclesiæ exigere solebam,
eidem ecclesiæ omnes penitus remisi et quidquid inde per me
vel per ministros meos acceperam plenarie restitui. Ut autem

hæc omnia predicta rata habeantur et tam a me quam a meis
successoribus conserventur inviolata, scripto presente et sigillo
meo roboravi postulans obnixius ad subsidium et tuitiouem
satisdictæ ecclesiæ scripto et sigillo domini mei et patris
Episcopi Leodiensis eadem confirmari. Actum apud Blaton (1)
mense octobri, anno dominicæ incarnationis m° cc° duodecimo.

Original (avec le sceau équestre du marquis de Namur), aux archives
de l'Etat, à Namur, chartrier d'Andenne.

N° VI

*Lettres de Hugues (de Pierpont), évêque de Liège, (1212),
portant confirmation des chartes de Philippe le Noble.*

Hugo, Dei gratia Leodiensis episcopus, universis pariter presentibus et futuris. Cum dominus Philippus marchio quondam (2)
Namucensis fidelis noster, Andennensem ecclesiam in dignitate
sua et institutionibus antiquis nolens minorari, quædam jura
sua ei recognoverit et scripto et sigillo suo eadem ad perpetuam

(1) Philippe le Noble résidait souvent au château de Blaton, entre
Ath et Condé.

(2) Ces lettres de l'évêque de Liège furent données postérieurement à
la mort de Philippe, laquelle arriva immédiatement après l'octroi de la
charte qui précède.

memoriam roboraverit, nos eadem, secundum scripti sui teno-
rem, ut inviolabiliter observentur, confirmamus, videlicet quod
nulla in posterum persona ad prebendas dominarum ipsius
ecclesiæ suscipiatur nisi sit nobilis, nec aliqua suscipiatur ad
prebendam persona si in aliqua alia ecclesia prebendam
habeat. Prebendæ vero quæ dominarum fuerunt et post modum
clericis minus rationabiliter collatæ sunt, decedentibus ipsis
clericis, ad dominas successive redeant, quæ satis scripto ipsius
marchionis exprimuntur. Consuetudines autem quasdam, quæ
procurationes seu vulgariter *giste* dicuntur, quas in bonis prefatæ
ecclesiæ predictus marchio exigere solebat, eidem ecclesiæ
penitus remisit et quidquid inde per se vel per ministros suos
acceperat plenarie restituit. Ut autem hæc rata habeantur et
inviolata observentur scripti presentis annotatione et sigilli
nostri munimine eadem corroboramus. Actum anno verbi
incarnati M° CC° duodecimo.

Original (avec le sceau de l'évêque pendant à des lais de soie verte),
aux archives de l'Etat, à Namur, chartrier d'Andenne.

Nᵒ VII

*Bulle du pape Grégoire IX, (1238), confirmant les chartes
de Philippe le Noble.*

Gregorius, episcopus, servus servorum Dei, dilectis in Christo
filiabus decanæ ac capitulo secularis ecclesiæ Andanensis,
Leodiensis diocesis, salutem et apostolicam benedictionem. Cum
a nobis petitur quod justum est et honestum, tam vigor equi-
tatis quam ordo exigit rationis ut id per sollicitudinem officii
nostri ad debitum perducatur effectum. Eapropter, dilectæ in
Domino filiæ, vestris justis postulationibus grato concurrentes
assensu, libertates et immunitates secularium exactionum a
nobili viro Philippo, marchione Namucensi, ecclesiæ vestræ pia
liberalitate concessas, prout in ejusdem marchionis litteris
super hoc confectis dicitur plenius contineri, nec non antiquas
et rationabiles ipsius ecclesiæ consuetudines pacifice observatas
hactenus in eadem, sicut ea omnia juste ac pacifice obtinetis,
vobis et ecclesiæ prefatæ per vos, auctoritate apostolica confirmamus et presentis scripti patrocinio communimus. Nulli ergo omnino
hominum liceat hanc paginam nostræ confirmationis infringere,
vel ei ausu temerario contraire. Si quis autem hoc attemptare
presumpserit, indignationem Omnipotentis Dei et beatorum Petri
et Pauli, apostolorum ejus, se noverit incursurum. Datum
Laterani, XI Kalendas maii, pontificatus nostri anno duodecimo.

Original (bulle enlevée), aux archives de l'Etat, à Namur, chartrier
d'Andenne.

N° VIII

*Bref du pape Benoît XII, (1341), chargeant l'évêque de Liège
de rendre justice au chapitre d'Andenne dans un différend
avec le comte de Namur.*

Benedictus, episcopus, servus servorum Dei, venerabili fratri
episcopo Leodiensi, salutem et apostolicam benedictionem.
Querelam dilectarum in Christo filiarum prepositæ, decanæ et
capituli secularis ecclesiæ sanctæ Beggæ Andanensis, Leodiensis diocesis, accepimus, continentem quod, licet villa Andanensis cum juribus et pertinentiis suis dictæ diocesis ad dictam
ecclesiam justo titulo ab antiquo pertinere noscatur, et tam
ipsæ præposita decana et capitulum quam illæ quæ in dicta
ecclesia precesserunt easdem dictam villam cum eisdem
juribus et pertinentiis diutius possederint et tunc etiam possi-
derent pacifice et quiete, tamen nobilis vir Guillinus, comes
Namurcensis, easdem prepositam, decanam et capitulum ac
ecclesiam predicta villa cum eisdem juribus et pertinentiis,
contra justitiam, spoliavit, eamque occupavit et detinuit, et per
suos officiales detineri facit occupatam, in earumdem prepositæ
decanæ et capituli ac ecclesiæ grave prejudicium atque dampe-
num. Quocirca, fraternitati tuæ per apostolica scripta mandamus quatenus, vocatis qui fuerint evocandi et auditis hinc
inde propositis, quod justum fuerit, appelatione remota, decernas,
faciens quod decreveris per censuram ecclesiasticam firmiter
observari. Testes autem qui fuerint nominati si se gratia, odio,

vel timore substraxerint, censura simili, appellatione cessante, compellas veritati testimonium perhibere. Datum Avinioni III Kalendas decembris, pontificatus nostri anno septimo.

Original (avec bulles), aux archives de l'Etat, à Namur, chartrier d'Andenne.

N° IX

Charte de Charles (le Téméraire), duc de Bourgogne, comte de Namur, (1476), confirmant le recès capitulaire aux termes duquel plus de deux sœurs germaines ne pouvaient être pourvues ensemble de prébendes au chapitre d'Andenne.

Charles, par la grâce de Dieu, duc de Bourgoingne, de Lothier, de Brabant, de Lembourg, de Lucembourg et de Gheldres, comte de Flandres, d'Artois de Bourgoingne, Palatin, de Haynaut, de Hollande, de Zellande, de Namur et de Zuytphen, marquis du Saint-Empire, seigneur de Frise, de Salins et de Malines, à tous ceulx qui ces présentes lectres verront, salut. Reçeu avons humble supplicacion de nos bien amées en Dieu les prévoste, doienne et chapitre de l'église d'Andenne en nostre conté de Namur, contenant comme de tout temps par ci-devant lesdits exposans, et leurs prédécesseurs, aient accoustumé, quant le cas y eschiet, recevoir trois ou quatre seurs germaines chanonnesses en ladicte église à la fois, dont sont souventtefois survenus à ladicte église pluseurs inconveniens parce que lesdictes seurs ainsi reçeues, se sont aucunefois formées d'une opinion. Pour ausquels inconveniens et dangiers pourveoir pour le temps avenir, icelles exposantes, eu sur ce par elles l'advis des personnes capitulaires des églises secundaires de Liège et de Nivelle selon lesquelles elles se sont de toute ancienneté réglées, ont fait certain statut et nouvelle ordonnánce, assavoir que, de cy en avant, ne pourront estre receues en leurdicte église que deux seurs germaines à la fois chanonesses d'icelle église, quant le cas de vacation des prébendes de ladicte église adviendra. Laquelle leur nouvelle ordonnance et statut, combien qu'il soit moult prouffitable et au grant bien de ladicte église, meismement pour de tant plus nourir paix et union ou chapitre de leurdicte église et entre les chanonesses d'icelle, ils doubtent non estre cy après entretenues, ne réputées d'aucune valeur ou efficace, s'il advenoit que aucun débat en sourde cy après à la cause dicte, se icellui nouvel statut et ordonnance n'estoit par nous confermé, gréé et auctorisé, si comme dient lesdis exposants, dont, attendu ce que dit est, elles nous ont très humblement fait supplier et requérir. Savoir faisons que nous, les choses dessusdictes considérées, désirans le bien de ladicte église, afin meismement que icelle église et les affaires d'icelle puissent de cy en avant estre mieulx et plus prouffitablement estre conduits et gouvernés, et eu sur ce premièrement l'advis de nostre amé et féal cousin et lieutenant général de nos duchiés, contés, pays, seigneuries, advoeries delà la Meuze et en nostredit conté de Namur, le seigeur de Humbercourt, conte de Meghem, lequel par nostre ordonnance et commandement s'est informé du prouffit ou dommaige que pourrions avoir à accorder ausdictes exposantes ce qu'elles requièrent, et en après de nostre trés cher et féal chevalier et chancellier le seigeur de Saillant et de Spoisse et autres gens de nostre grant conseil, inclinans favorablement à la supplicacion et requeste desdictes exposantes en ceste partie, ledit statut et ordonnance, dont dessus est faicte mencion, de non doresenavant recevoir en ladicte église en chanonesses d'icelle que deux seurs germaines à la fois, avons gréé, confermé et approuvé, gréons, confermons et approuvons ce et icellui statut, avons auctorisé, auctorisons et déclairons bon et vaillable de grâce especial par ces présentes, sans qu'il y puist ou doye cy après estre contrevenu en manière, ne pour quelque cause que ce soit. Sy donnons en mandement à nos (1) et féaulx les lieutenant et gens de nostre conseil à Namur, et à tous nos autres justiciers et officiers, cui ce peut et pourra touchier et regarder, leur lieuxtenant et chacun d'eulx, en droit foy et si comme à luy appartiendra, que de nos présente grâce, confirmacion, approbacion et de tout le contenu en cesdictes présentes, selon et par la manière que dit est, ils facent, seuffrent et laissent lesdits exposans plainement et paisiblement joyr et user, sans leur faire, mectre ou donner, ne souffrir estre fait, mis ou donné quelconcque destourbir ou empeschement au contraire. Car ainsi nous plaist-il. En tesmoing de ce, nous avons fait mectre nostre seel à ces présentes. Donné en nostre ville de Bruges, le xviiime jour d'octobre, l'an de grâce mil quatre cens soixante-seize.

Original (avec sceau équestre et contre-scel), aux archives de l'Etat, à Namur, chartrier d'Andenne.

(1) Sans doute le mot *chers* est omis.

N° X

*Lettres de mandement de Maximilien d'Autriche et de Marie
de Bourgogne, comte et comtesse de Namur, (1478), relatives
aux conditions requises pour l'admission des chanoinesses
d'Andenne et à l'exemption des impôts.*

Maximilien et Marie par la grâce de Dieu duc et duchesse d'Austrice, de Bourgongne, de Lothier, de Brabant, de Lembourg,
de Luxembourg, et de Ghueldres, conte et contesse de Flandres,
d'Artois, de Bourgongne, Palatin et Palatine, de Haynau, de Hollande et de Zélande, de Namur et de Zuytphen, marquis et marquise du Saint-Empire, seigneur et dame de Frise, de Salins et
de Malines, au premier notre huissier sergent d'armes ou aultre
notre officier sur ce requis, Salut. Receu avons humble supplication de nos très chiers et bien amées les prevoste, doyenne
et damoisielles chanoinesses de l'église d'Andenne, tant pour
elles comme pour et ou nom de tout le chappiltre, chanoines
et chapellains de ladicte église d'Andenne situé en notre conté
de Namur, fondée par madame sainte Beggue en son vivant
duchesse de Brabant, contenant coment ladicte église a esté
par icelle sainte Beggue fondée comme dit est pour l'entretene-
ment de certain nombre de femmes nobles de quatre costés
sans bastardise nulle, et laquelle leur noblesse avant qu'elles y
soyent receues convient estre certifiée par sept nobles hommes,
et par leur serment, sur laquelle certification elles sont
receues et entretenues en ladicte église comme nobles femmes

tout leur vivant, ou aussi longuement qui leur plait ou qu'elles
prendent estat de mariaige, au moyen de laquelle fondation,
comme nobles femmes, elles ont de tout temps tant pour elles
comme pour leurs chanoines et chappelains fondés en ladicte
église, faisans illec le service divin, esté franches et exemptes
de toutes aydes, tailles, subsides, maletottes et aultres impots
tout ainsy et pareillement comme sont les nobles de nostre dit
conté de Namur, et combien que ces choses soyent assez cou-
gneues et manifestes par tout ladite conté et que desdites franchises et priviliéges elles ayent joij de tel et si longtemps qu'il
n'est mémoire du contraire, mèsmement du temps de feu notre
très chier seigneur et ayeul le duc Philippe que Dieu absoille,
et depuis néanmoins les gens d'Eglise dudit conté de Namur de
leur propre auctorité et sans le sceu desdites supliantes ont
fait certaine assiette soubz umbre de laquelle ils s'effor-
chent ou voeulent efforchier de constraindre les suppots et
membres de ladicte Eglise y faisant le service divin à payer
certaine portion de l'ayde apresent a nous accordée oudit conté
de Namur et que jamais n'y a esté veu et devroit souffire
auxdits gens d'église que lesdits suppliants ont liberalement
accordé avec lesdits autres nobles du pays part et portion raisonnable a prendre sur leurs soubs manans et subgets seulement, et non sur les chanoines et chappellains faisans le divin
service en leur dicte église. Toutesvoyes lesdits gens d'Eglise
de Namur les y voelent constraindre par voye de fait pour la
contribution dudit ayde qui leur sera a très grand grief, préjudice et dommaige et plus seroyt se par nous ne leur estoit sur
ce pourveu de nostre convenable remede et provision de justice
si comme les dyent humblement requerans iceluy et pourquoy
Nous ce considéré, vous mandons en commectant par ces.

présentes se mestier, que à la requeste desdits supplians s'il
vous appert de ce que dit est, mesmement de leurs dits privilèges
et franchises et qu'elles en ayent duement joy, vous en ce cas
faictes commandement exprès de par nous ausdits gens d'Eglise
de nostre dit pays et conté de Namur qu'il appartiendra et
dont requis serez que en prenant part et portion raisonnable
sur les soubs manans et subjetz desdits supplians pour conver-
tir au payement de nostre dicte ayde ainsi que avec les dits
autres nobles du pays, elles ont accordé comme dit est, ils
cessent et se déportent de ainsy asseoir lesdites suppliantes ou
leurs dits chanoines et chappellains faisans le divin service en
leur dicte Eglise, ains les entiengnent et laissent francs quictes
et exempts ainsi que d'ancienneté par cy devant et selon la
teneur de leurs dits priviliéges, ils ont esté jusques à présent.
En constraindant à ce, ce mestier est, tout ceulx qui pour ce
seront a constraindre par toutes voyes deues et raisonnablès
pourveu toutesvoyes que par ce le payement de nostre dit ayde
ne soit en riens retardé ou empeschie et en ce cas d'opposition,
refus ou delay adjournez les opposans reffusans ou delayans a
comparoir a certain competent jour par devant nostre bailli de
Namur ou son lieutenant et les autres gens de nostre conseil
audit lieu de Namur pour illec dire et declarer les causes de
leurs dits opposition, reffus ou delay, respondre ausdictes suppliantes sur ce que dit est, les circonstances et deppendances
lors plus à plain, déclarer se mestier, proceder et aler avant en
oultre selon raison. En certifiant souffissamment de votre
exploit sur ce et de ce que fait y aures nostre dit bailli ou son
lieutenant et les dits aultres gens de nostre conseil à Namur,
ausquels Nous mandons que entre les parties, icelles oies, ils
facent bon et brief droit et raison. Car ainsi Nous plaist-il

nonobstant quelconques lettres impetrées ou à impetrer à ce contraire. Donné en nostre ville de Bruges le vingt sixysme jour d'avril l'an de grâce mil quatre cens soixante dix huit.

Copie du temps, aux archives de l'Etat, à Namur, chartrier d'Andenne.

N° XI

Diplôme du roi Maximilien et de l'archiduc Philippe le Beau, comte de Namur, (1495), confirmant les libertés et franchises du chapitre d'Andenne et rappelant les conditions requises pour l'admission des dames à ce collège noble.

Maximilian, par la grâce de Dieu, roy des Romains, toujours auguste, de Hongrie, de Dalmatie, de Croacie, etc., et Philippe, par la mesme grâce, archiducs d'Austrice, ducs de Bourgoingne, de Lothier, de Brabant, de Lembourg, de Lucembourg et de Gheldres, contes de Flandres, de Tyrol, d'Artois, de Bourgoingne, Palatin, de Haynnau, de Hollande, de Zeelande, de Namur et de Zutphen, marquis du Saint-Empire, seigneurs de Frise, de Salins et de Malines, à tous ceux qui ces présentes lettres verront, salut. Receu avons l'humble supplicacion de nos bien amées les prévoste, doienne, damoiselles et chapitre de l'église Madame Sainte Beghe d'Andenne, scituée en nostre conté de Namur, oultre et lez la rivière de Meuze, contenant que Icelle

église a, parcidevant et du temps que madicte dame sainte
Beghe estant duchesse de Brabant, esté noblement fondée et
douée de plusieurs beaulx droits, auctorités et prééminences qui
ont estés par nos prédécesseurs ducs de Brabant et contes de
Namur, que Dieu absoile, paysiblement observés et entretenus,
selon laquelle fondacion nulle damoiselle ne puet estre receue
en icelle église s'elle n'est tenue et réputée *noble femme de
quatre costés de père et de mère, procréé en léal mariaige*, et à
la réception d'icelle le convient ainsi certiffier et jurer par ses
parens et amis qui soient nobles, avec plusieurs autres solemp-
nités y requises et accoustumées; lesquels nos prédécesseurs
fondateurs de ladicte église, entre autres libertés et franchises
accordées et délaissées ausdictes supliantes, leur ont donné
povoir et auctorité, et dont elles ont tousjours usé et usent
journellement quant le cas le requiert, que la prévoste d'icelle
église a telle auctorité et prééminence en sa terre et seignourie
dudit Andenne qu'elle siet en siége judiciaire, tient la verge de
justice, semont et conjure ses hommes et eschevins et condempne
de sa bouche le criminel, et ce fait, le fait exécuter par son
officier. Et pour ces causes et autres, icelles supliantes ont
tousjours esté et sont tenues et réputées nobles et de pareille
condicion, liberté et franchise que nos autres vassaulx et nobles
hommes de nostredit pays et conté de Namur, et dont elles ont
usé de toute anchienneté, sans avoir esté contribuables ès tailles,
gabelles et imposts, autrement ne plus avant que lesdits vassaulx,
pour leur fondacion et seignourie, mesmes leurs manans et subgets
dudit lieu d'Andenne. Or est-il que nonobstant les choses dessusdictes et en contrevenant ausdictes libertés et franchises,
depuis environ vingt ou vingt deux ans, nos gouverneurs et
officiers de nostre dit pays de Namur ont fait asseoir et constraindre

icelles supliantes ès tailles et gabelles qui par eulx ont esté
accordées à nos prédécesseurs oudit pays et conté, et de fait
et de force les ont fait exécuter et contraindre contre leur gré à
payer lesdictes tailles, et n'y ont peu ni sceu remédier tant au
moyen des guerres et divisions qui ont régné en nosdits pays et
seignouries, comme autrement en grant diminucion de leursdits
drois, franchises et libertés, et à leur grant regret, intérest et
dommage; et plus sera, se à ceste réception de nous archiduc à
la seignourie de nostre dit pays et conté de Namur, ne leur est sur
ce pourveu de notre grâce, si comme elles dient, dont actendu
ce qui dit est, elles nous ont très humblement suplié et requis, et
mesmement qu'il nous plaise les entretenir et faire entretenir
en leurs anchiens drois, libertés et franchises, et en ce faisant les
tenir et faire tenir quictes, frances et exemptes desdictes tailles,
gabelles et imposts comme les autres nobles de nostre pays de
Namur, et sur ce leur faire expédier nos lettres patentes.
Savoir faisons que nous, les choses dessus considérées, et sur
icelles eu l'advis des lieutenant de nostre gouverneur souverain
bailly, gens de conseil et autres nos officiers nobles et vassaulx
de nostre dit conté de Namur, ausdictes supliantes, inclinans à leur
dicte supplicacion et requeste, avons octroié, consenty et accordé,
octroions, consentons et accordons de grâce espécial par ces
présentes, que lesdictes supliantes soient doresenavant et seront
tenues et réputées de la condicion des nobles, et que, en ensuiant leurdicte fondacion, elles et leurs biens joyssent et
joyront de telles et semblables franchises et libertés que nos
vassaulx et nobles hommes de nostredict pays et conté de Namur,
sans payer aucunes tailles, non plus ne autrement que lesdits
nobles et vassaulx d'icellui nostre conté et pays de Namur,
pourveu que les manans et subgets de ladicte terre et seignourie

d'Andenne seront contribuables ès tailles qui nous seront accordées, et à nos successeurs oudit conté de Namur, tout ainsi et par la manière que ont accoustumé de faire les manans et subgets des autres nobles et vassaulx d'icellui nostre pays et conté de Namur, sans toutesvoies que par ce soit ou puist estre derroghé à la fondacion de ladicte église d'Andenne en manière quelconque. Sy donnons en mandement à nos très chiers et féaulx les chancelier et gens de nostre grand conseil, gouverneur souverain bailly et gens de conseil et autres nos officiers et vassaulx de nostredit pays et conté de Namur, et à tous autres justiciers, officiers, serviteurs et subgets cui ce puet et pourra touchier et regarder, et à chacun d'eulx, en droit, foy et si comme à luy appartiendra, que de nos présente grâce, octroy, accord et consentement et de tout le contenu en cesdictes présentes, selon et pour la forme et manière que dit est, ils facent, seuffrent et laissent lesdictes supliantes pleinement et paisiblement joyr et user sans leur faire, mectre, ou donner, ne souffrir estre fait, mis ou donné aucun destourbier et empeschement au contraire. Car ainsi nous plaist-il. En tesmoing de ce, nous avons fait mectre nostre seel à ces présentes. Donné en notre ville de Namur, le xxixe jour de may l'an de grâce mil quatre cens quatre vins et quinze, et de nos règnes de nous roy, assavoir de celuy des Romains le xme, etc., et desdits de Hongrie, le cincquiesme.

Original, avec sceau, aux archives de l'Etat, à Namur, chartrier d'Andenne.

N° XII

Diplôme de Philippe (le Beau), roi d'Espagne, comte de Namur, (1505), confirmant les libertés et franchises du chapitre d'Andenne.

Phélippe, par la grâce de Dieu, roy de Castille, de Léon, de Grenade, etc., archiduc d'Austrice, prince d'Arragon et duc de Bourgoingne, de Lothier, de Brabant, de Stiere, de Karinte, de Carniole, de Lembourg, de Lucembourg et de Geldres, comte de Flandres, de Habsbourg, de Tirol, d'Artois, de Bourgoingne, Palatin, de Hayneau, Landgrave d'Elsate, marquis de Burgauvs et du Saint-Empire, de Hollande, de Zellande, de Ferrette, de Kibourg, de Namur et de Zutphen, conte seigneur de Frise, sur la Marche d'Esclavonie, de Poitenauvs, de Salins et de Malines, à tous ceux qui ces présentes lettres verront, salut. De la part de nos bien amées les prévoste, doyenne, damoisscelles et chapittre de l'église Madame Saincte Beghe d'Andaine, scituée en nostre pays et conté de Namur, oultre la rivière de Meuze, nous a esté exposé comme mon très redoubté seigneur et père, monseigneur le roy, et nous, par nos lettres patentes en date du XXIXme de mai l'an mil IIII^c IIIJ^xx quinze, et pour les causes et considéracions au long contenues en icelles, leur ayons octroyé, consenti et accordé que, dès là en avant, icelles exposantes seroient tenues et réputées de la condicion des nobles, et que en ensuiant leur fondacion, elles et leurs biens joyroient dès lors en avant de telles et semblables libertés, franchises et exemptions que les vassaulx et autres nobles hommes de nostre pays et conté de Namur joyssent, sans payer aucunes tailles, aydes et subvencions, non plus ne autrement que lesdits nobles et vassaulx d'iceluy nostre pays et conté de Namur font et ont accoustumé faire jusque à présent, lesquelles lettres leur ont depuis par nous esté confermées; et combien que, selon le contenu d'icelles, l'on les devroit laisser joyr de leursdictes libertés, franchises et exemptions, sans au contraire leur faire ou baillier aucun trouble ou empeschement, néantmoins nos officiers oudit pays et conté de Namur, sans avoir regard à ce que dit est, les ont volu et veullent contraindre au payement et furnissement de leur portion de nosdictes tailles, aydes et subvencions, comme autres personnes non frances, à leur très grant grief, intérest et dommaige; et plus sera, se par nous ne leur est sur ce pourveu de notre grâce, si comme elles dient, pour laquelle, actendu ce que dit est, elles nous ont très humblement suplyé et requis et mêmement qu'il nous plaise les faire joyr de leurdit octroy et sur ce déclarer nostre intencion. Savoir faisons que nous, les choses dessusdictes considérées, et sur icelles eu l'advis des lieutenant, chief et gens de nostre conseil audit Namur, inclinans favorablement à la suplicacion et requeste desdits exposans et les vueillans entretenir en leurdits drois, libertés, franchises et exemptions, avons par l'advis de nos très chiers et féaulx les lieutenant général, chancelier et gens de nostre privé conseil, ordonné et déclairé, ordonnons et déclairons par ces présentes que nostre plaisir et intencion a esté et est que lesdictes suppliantes joyssent desdictes libertés, franchises et exemptions dont lesdits vassaulx et autres nobles hommes de nostredit conté de Namur ont acoustumé joyr et user, sans que icelles suppliantes ne leurs biens scitués en nostredit conté de Namur soient ou puissent estre contrainctes à contribüer en nosdictes tailles, aydes et subsides, autrement ne plus avant que font lesdits nobles et vassaulx, en manière que ce soit. Ains voulons et nous plaist qu'elles en soient et demeurent entièrement quictes et deschargées, le tout selon et ensuivant le contenu des lettres d'octroy et confermacion dont dessus est faicte mencion. Si donnons en mandement à nos lieutenant, chancelier et gens de nostredit grant conseil, gouverneur, souverain bailli, gens de conseil et autres officiers et vassaulx de nostredit pays et conté de Namur, et à tous nos autres justiciers, officiers, serviteurs et subgets que ce peut et pourra touchier et regarder, leurs lieutenans et chacun d'eulx, en droit, foy et si comme à luy appartiendra, que de nostre présentes déclaracion et de tout le contenu en cesdictes présentes et desdictes lettres d'octroy, selon et par la forme et manière que dit est, ils facent, seuffrent et laissent lesdictes suppliantes plainement et paisiblement joyr et user sans leur faire, mettre ou donner ne souffrir estre fait, mis ou donné aucun destourbier ou empeschement au contraire. Car ainsi nous plait-il. En tesmoing de ce nous avons fait mectre nostre seel à ces présentes. Donné en nostre ville de Malines, le IIIe jour de mars l'an de grâce mil cincq cens et cincq, et de nostre règne le second.

Original, sceau enlevé, aux archives de l'Etat, à Namur, chartrier d'Andenne.

La farde : Histoire et administration (1474-1549), n° 412, des archives du chapitre, contient la copie de cet acte avec la mention suivante : Et était scelée d'un grand scel enclos dedans une boîte en fer y pendant à double queue.

Nº XIII

Sentence définitive rendue par Philippe II, roi d'Espagne, comte de Namur, (1557), touchant l'exemption des tailles et déclarant que le chapitre d'Andenne ne peut être soumis qu'à la contribution des nobles et non à celle du clergé secondaire. — Les conditions d'admission au chapitre y sont rappelées.

Philippe, par la grâce de Dieu, Roy de Castille, de Léon, d'Arragon, de Navarre, de Naples, de Cicille, de Martorgue, de Charduine, des Isles, Indes et terres fermes de la mer océanne, archiduc d'Autriche, duc de Bourgoigne, de Lothier, de Brabant, de Lembourg, de Luxembourg, de Gueldre et de Milan, comte de Habsbourg, de Flandre, d'Artois, de Bourgogne, Palatin et de Hennaux, de Hollande et Zélande, de Namur et de Zutphen, prince de Suabe, marquis de St-Empire, seigneur de Frise, de Salines, de Malines, des citez et villes du pays d'Utrecht, Overysel et Gronyghen et dominateur en Asie et en Afrique, A tous ceux qui ces présentes lettres verront, salut. Comme ci-devant au mois d'avril l'an quinze cents cinquante quattre de la parte de nos bien amées les prévotte, doyenne et chapitre de l'Eglise collégiale Sainte Begge à Andenne en notre pays et comté de Namur oultre et lez la rivière de Meuse suppliantes ait par requête être remontée à fin de très hautte mémoire l'Empereur Monseigneur et père que Dieu absoul, comment lesdites suppliantes avaient par ladite dame Ste-Begge

lors étant.duchesse de Brabant été noblement fondées et douées
de plusieurs beaux droits, authorités, priviléges, prééminences
et autres biens, et lesquels depuis ont par feus nos prédécesseurs
ducs de Braibant etez louez et confirmez et suivant icelle fondation nulle damoiselle peut être reçue en icelle église si elle n'est
tenue et cognue noble de quatte cotez de pére et de mère procréée en loyalle mariage, et ce qu'à sa réception elle est tenue
certifiée et jurée par ses parents et amis avec plusieurs autres
solemnitez y requises, pour lesquelles causes et autres ont les
dites suppliantes toujours étez et encore tenues et reputées nobles
et de telles et semblables conditions libertés et franchises que
autres nos vassaux et nobles de nostredit pays et comté de Namur
et esp^{eal} sont exemptes de contribuer aux tailles et aydes qui
s'accordent en iceluy notre pays de Namur autrement ne plus
avant que les dits autres nobles et vassaux, bien que les mannans
et habitants de leur terre et seignorie d'Andenne et autres villaiges
appendans contribuent ens et tailles et aydes tout ainsi que font
les manans et subjets des autres nobles et vassaux de notre comté
de Namur, et quant aulcuns de nos officiers prélats ceulx des
secondaires églises et aultres ne sont par ci-devant advanche de
vouloir constraindre lesdites suppliantes ou leurs predecesseriées
à payer lesdites aydes aultrement que dessus, elles en ont fait la
poursuite et obtenu sentence par lesquelles lesdits officiers et
autres ont etez condemnez leur rendre et restituer ce que à tort
ils leurs avoient exécutez et prins pour lesdites aydes et combien
que ensuivant leurs ses fondations, libertez, priviléges et exemptions
confirmées même par feüe ladite majesté impériale notre pére et
autres prédécesseurs elles ne devront être malestées par les prélats
secondaires et autres gens d'église en notre dit pays de Namur.....
touchant les dittes tailles de tant moins veu que es annees luy et

luy que lesdits nobles de Namur avaient accordez certaines aydes lesdites suppliantes ont estez assisses et contribué avec iceulx nobles pour leur contingent, selon que par celles elles ont etez taillées et imposées, néanmoins lesdits secondaires de Namur sans avoir égard à ce que dessus, et ayant obtenu lettre exécutorialle sur le fait et exécution desdittes tailles, signanent soub umbre de la clause y contenue nonobstant opposition et appellation que ce sont derechef advanche asseoir lesdites suppliantes ens et tailles et aydes et de fait par exécution rigoureuse les contraindre par Robert de Tellier huissier d'armes de notre conseil audit Namur au paiement d'icelle taille et aides, mesme la quote des deux lors dernières aides de saize et vingt quatre mil livres, laquelle quotte elles ont estez constraintres namptir soubs protestation toutefois en tel cas requis, combien que pour les mêmes aides elles avaient contribuez selon leur quotte et assiette avec lesdits nobles et vassaux de Namur, et ainsi auraient payez et contribuez a deux cotez oultre et pardessus ce qu'elles avaient payé l'année précédente la moitié de tous leurs biens que leur tourne a grand domaige et intérêt, voire à la totale destruction de leur susdite église, requérant partant à mondit seigneur et père de ordonner ausdit des Eglises secondaires que dorenavant qu'ils se déportassent de asseoir à tailles lesdites suppliantes avec eux, et aux officiers dudit pays de point les exécuter, ains qu'ils les laissent payer et contribuer avec lesdits nobles et leur oussent rendre ce qu'à tort par force et injustement ils leur avaient otez et exécutez, laquelle requette avec les pièces y attachées a par ordonnance des chefs trésorier général et commis de finances de sa majesté été envoyé au Receveur général dudit Namur pour la voire et communiquer aux gouverneur président et gens du Conseil illecque

et outre s'informer si les suppliantes avaient contribué ou payé
aucune chose avec les autres des états dudit pays et aydes
ci-devant accordées, et ce quelle somme elles auraient été
tauxées et par qui dont et de son avis sur l'exemption par
elles prétendue ledit Receveur advertirait lesdits de finances pour
en après y ordonner, lequel Receveur obéissant à ce que dessus
aurait renvoyé lesdites pièces avec son besoigne et avis, sur ce
et fut ordonné le tout être montré desdites Eglises secondaires
de Namur, lesquels eux opposant à ladite requette et débattant
icelles après plusieurs exceptions et difficultez par eux alléguées
tant par devant lesdits de finance que pardevant ceux du Conseil
provincial audit Namur, ont finablement servit de leur réponse
au privé conseil de sadite Majesté contenant comment de toutte
ancienneté lesdites églises secondaires et les biens y appartenants
ont toujours été tenues aussi francs, exempts, et privilegiés que celles
des suppliantes, comme étant aussi de la fondation de nos prédécesseurs comte et comtesse de Namur, et qu'ils n'ont oncque contribuez aux tailles et aides ordinaires ou extraordinaires par
cidevant accordées a feu mondit Seigneur et père par les prelats
et autres des états de Namur ains quant ils ont etez comprins es
aides extraordinaires Sa Majesté aurait toujours supporté leur
quotte et que ce qu'ils auraient payez depuis dix a douze ans
encha aurait etez par expresse contrainte de sadite Majesté qui
ainsi l'ordonna pour la défense de ses pais de par de ça, et ce sans
préjudice de leurs privilèges et exemptions, en signe de quoy
sadite Majesté leur aurait toutefois fait demande particulière de
quelque subvention et aide gratuite, laquelle par diverses fois ils
ont accordé, au paiement desquelles subventions et aides particulières lesdites Dames d'Andenne auraient toujours contribuez avec
eux-mêmes en l'an trente sept suivant quoy ils auraient depuis assis

et taxés lesdites suppliantes avec eulx comme étant du nombre des églises secondaires et collégiales dudit Namur et l'une desquelles assiettes et tauxées faites en l'an 1546, elles s'étaient portées pour appelantes et avaient fait ajournez lesdites Eglises secondaires audit Conseil de Namur ou le procès pend encore indécis, et ou auraient lesdites opposantes répondu que lesdites Dames se disent contribues auxdites aydes avec les nobles du pays toujours avoir etez exempts de telles contributions sauf quant ce dernier subside de xxiiii 6 n[t] et si les dites Dames y avaient contribuez quelque chose avec lesdits nobles ce aurait été à raison de leurs biens temporels et non pour les biens de leurs église comme semblablement lesdites Eglises sécondaires auraient fait à cause de leurs biens temporels scituez en notre ville de Namur et banlieu d'icelle nonobstant la contribution qu'ils avaient fait à raison de leurs biens ecclésiastiques et orsque lesdites Dames se disent être nobles, pour ce ne ce debverait inférer que les biens de leurs églises seraient plus nobles ni d'autre nature que ceux des Eglises secondaires aussi que les chanoinesses de l'Eglise d'Andenne en sont d'autre condition que lesdits chanoines des Eglises secondaires, soutenant partant que a tort lesdites suppliantes se seraient plainds desdits opposants trop bien ce elles endent être fondées audit procès d'appel par elles intentées audit Namur comme dit est qu'elles étaient en leur entier de y prouver comme elles trouieront par conselle ou s'il plaisait à mondit seigneur et père supporter la quotte d'icelles comme fait avait ci devant celles dedites secondaires églises qu'ils s'en remettent à son bon plaisir sauf que n'en serait appointé ou decretté plus avant en cette affaire contre ne au préjudice desdites églises secondaires que lesdits opposants n'y fussent préalablement ouys en leur deffense sur quoy de la parte desdites Dames suppliantes aurait été repliqué que par *privilège particulier octroyé et confirmé* tant par feu l'empereur Maximilien notre ayeul que par feu le Roy Philippe notre grand père suivant leur fondation et anchienne possession et mesme par feu mondit seigneur et père que reelement appert lesdites suppliantes être tenues et reputées nobles et de telle condition que les gentilshommes et nobles dedit pays de Namur et par ce moyen exempt de non payer ni contribuer elles ni les chanoines et chapitre autrement que lesdits nobles, avec lesquelles quant elles sont assises et aides, elles auraient contribues et non autrement sauf que leurs subjets contribuent selonque dit est comme les sujets des vassaux et nobles dudit païs, ou que au contraire lesdits secondaires ne contribuent jamais avec lesdits nobles même jamais ne sont etez mandez aux états du païs avec iceux nobles ainsi que sont les suppliantes, ains seulement avec les prélats, et lesdittes suppliantes voiant que lesdits secondaires nonobstant leursdits privilèges les auraient assis avec eux aux tailles et aydes accordées en l'an quarante six comme dessus est dit pour le grand tort que en ce on leur faisait et que déjà elles avaient contribuez avec lesdits nobles s'en constituaient pour appelanter par devant lesdits du Conseil à Namur la ouque un jour servant lesdits secondaires déclaroient ne vouloir entrer en procès contre elles mais celles s'en vouloient plaindre a feu mondit Seigneur et père faire le pourroient comme elles ont aussi fait par leur sudite requette et quant au procès pendant en notre grand conseil mentionné en la réponse desdits opposants auraient les suppliantes dit cela competter seulement s'ils sont subjets pour autant qu'ils sont entrais avec les prélats du païs et ne touche ledit procès en aucune manière lesdittes suppliantes, lesquelles sont de la compagnie et contribuent avec lesdits nobles et que partant cette obligation desdits exposants serait du tout impertinente et tant plus que l'an mil iiij^c soixante et dix huit étant esmeu semblable débats a cettuy lesdites suppliantes obtiendrent pardevant le baillif de Namur par laquelle elle et leur chapitre furent declarez exempts des prétendues tailles et passées, vieille sentences des lors en forme des choses jugées, davantage pour démontrer que la contribution qu'elles ont faits avec lesdits nobles a étez des biens de leur église, et non de leur bien privé et temporel comme lesdits opposants allègent, appert par le texte des lettres dudit feu Empereur Maximilien en datte de l'an mil iiij^c quatre vingt et quinze que l'exécution desdites aydes leur fut accordées suivant la fondation de ladite Eglise d'Andenne, comme aussi par les assiettes par cidevant faittes du cotez desdits nobles, et quant à leurs biens particuliers et patrimoniaux elles ont pardessus ce a parti payé comme les nobles selon la qualité et diversité de leur revenue et quant à ce que ledits secondaires soutiennent lesdites suppliantes avoir par plusieurs fois avec eux contribué et signament en l'an trente sept disent lesdites suppliantes n'en en estre ne apparoir, mais que telle quelle contribution qu'elles pouroient avoir faite en l'an quinze cens quarante six avoir toujours été a protestation et par forme de namptissement pour eviter l'indignation de sa ditte majesté et la rigoureuse exécution de l'officier persistans ledites suppliantes par les raisons et moyens desudit et plusieurs autres de leur parte alleguer es fins et conclusions par elles prinses faisons demande de dépens et de restitution de l'assiette a laquelle ledits opposants auraient icelles constraint de furnir durant la poursuitte de ses affaires comme au contraire ledits opposans par leur duplique après avoir explié leurs raisons et moyens contenus en leur sudite

réponse ont davantaige dit et allégué le Collège et chapitre
d'Andenne utriusque sexus en l'an quinze cents trente sept par
le Doyen de Nivelle commis de par sadite Majesté addresser
la taxe d'un subside de dix mils florins une fois avoir été assis et
tauxez avec les autres Collèges de Namur a la somme de cent
trente sept livres dix huit sols neuf deniers et deux autres dudit
Andenne, avoir par le même été assis l'un à deux livres huite sols
et l'autre à trois livres deux sols six deniers, laquelle somme
aurait par lesdites suppliantes été payé sans contradiction comme
semblablement au regard du subside pour le Concile de Trente,
elles auraient contribuez avec lesdits secondaires par ou seroient
privilèges tombé en enterruption et dessusance contre la forme de
leur confirmation contenant cette clause restrictive pourvu qu'elles
en aient duement jouit et usé et d'autre part que les taxes qui deja
avaient été faites et payées ne se pouroient maintenant changer ou
retracter, mais si pour l'advenir nous plait tenir lesdites suppliantes
pour séparées desdites secondaires Eglise en changeant la quotte des
nobles et diminuant la quotte desdits secondaires, d'autant que pour
apporter la quotte et tauxe desdites suppliantes a l'équipolence
de chacun subside et aide s'en remettroient lesdits opposans du tout
à notre bon plaisir, persistantes par les allégations et moyens que
dessus en leurs fins et conclusions avant prinses et ont lesdites
parties sur ce exhibé tel titre et enseignement que chacune
d'icelle a volu produire pour justification de son intention et
requis que de droit et justice leur fut sur ce fait comp^ans à cet
fin leurs commis, et procureurs en notre privé ou ce debat a
nostre avenement en reception de pays de pardeca avait été par
nous renvoyé et commis, *Scavoir faisons que après avoir veu et
visité en nostre privé Conseil ledit procès et tout ce que par icelui est
apparu consideré aussi ce que faisait avoire et considéré en cette*

partie et tout qu'a père et deū mouvoir et sur le tout préalablement en l'advis des présidents et gens de notre dit Conseil à Namur avons à meure délibération de Conseil dit et ordonné par cette notre sentence définitive que lesdites Dames Demanderesses ne sont et ne seront tenues de contribuer es aides qui nous sont etez accordées ou s'accorderont en après par les états de notre dit pays et comté de Namur avec les susdites églises secondaires ou personnes ecclesiastiques dudit pays ains seulement avec les nobles et vassaux comme elles sont accoutumées faire de tout temps et anchienneté et selon les privilèges a elles à ces fins octroyés, ordonnant a cette cause audit des secondaires Eglises de rendre ausdites Dames suppliantes la somme de quatre vingt deux livres du poids de quarante gros notre monnaie de flandre la livre qu'elles ont etez contraintes par execution faites à la requette desdits secondaires nāmptir es mains de notre huissier d'armes Robert de Tillier pour l'aide echeue en l'an xvcLIIIj deffendant et interdissant en outre ausdits secondaires de plus faire le semblable pour aides que doresnavant nous seront accordées par lesdits de notre dit pays et comté de Namur en compensant les dépens audit procés entre parties et pour cause. En témoing de ce nous avons fait mettre notre scel a ces présentes. Donné en la cité de Cambray le 25ᵉ jour du mois d'aout l'an de grâce 1557 et de nos regne d'Espagne, Sicille etc., le IIjᵉ et de Naples le cincquième. Et estait ecrit sur les remploy : par le Roy en son conseil. Soubsigne : de Canengh.

Copie aux archives de l'Etat, à Namur, chapitre d'Andenne, Histoire et administration (1552-1586), n° 413.

N° XIV

*Charte de Philippe II, roi d'Espagne, comte de Namur, (1559),
ratifiant toutes celles qui ont reconnu les droits et exemptions du chapitre d'Andenne.*

Philippe, par la grâce de Dieu, Roi de Castille, de Léon,
d'Arragon, de Navarre, de Naples, de Cicille, de Maillorque, de
Sardaigne, des Illes, Indres et terres fermes, de la mer Océane,
Archiducq d'Austriche, Duc de Bourgogne, de Lothier, de Brabant,
de Limbourg, de Luxembourg, de Gheldres, et de Milan, Comte
de Hasbourg, de Flandres, d'Arthois, de Bourgoigne, Palatin et
de Hayneau, de Hollande, de Zeelande, de Namur et de Zutphen,
Prince de Zavaire, marquis du St-Empire, seigneur de Frize, de
Salins, de Malines, des cités villes et pays d'Utrecht, Overissel et
Groninge et dominateur en Asie et Afrique. A tous ceux que ces
présentes verront, salut. De la part de nos biens aymées en Dieu les
Prévoste, Doyenne, Damoiselles et Chapitre de l'Eglise Mme S^te
Begge d'Andenne située en notre comté de Namur oultre et lez la
rivière de Meuze nous a esté remontée comme icelle Eglise ayt esté
fondée par feus nos prédécesseurs comtes de Namur que Dieu
absolve et par eulx douées de plusieurs beaux droits, privilèges,
libertez, franchises et exemptions, et entre autres ayant donnés
ausdittes remonstrantes court et justice de maire et Eschevins
audit lieu d'Andenne, pardevant lesquels les justices bassaines
de plusieurs villages terres et seigneuries sortissent et vont à
chief de sous et quant aucunes parties d'icelles terres et seigneuries

se sentent grevées ils ont recours par provision d'appeaulx
et aultrement, pardevant leur chapitre, lequel cognait desdites
procédures et appeaulx et y sont demeurez et decidez sans
pouvoir estre tirées ni traictées en oultre court; que aussi
fuerent l'Empereur Maximilien et le Roy de Castille par leurs
Letres patentes sur ce expediés et pour les causes et considé-
rations au long y contenues, avoient octrayé et consenty et
accordé ausdites remonstrantes qui a toujours elles seroient
tenues et réputtées de la condition des nobles, et que en
sensuivant leur fondation elles et leurs biens joyroient de telles
et semblables libertez, franchises et exemptions comme les
vassaulx et autres nobles hommes de mesdits pays et comté de
Namur sans payer aucunes tailles aydes ou subventions non
plus n'y autrement que lesdits nobles et vassaulx, lesquels
poincts privilèges et exemptions auraient depuis estez confirmés
par ledit feu Roy de Castille mon grand père, a savoir ils
point touchant ladite court et justice de maire et eschevins d'Andenne par ses lettres patentes en date de xxe de mars mil iiij^c iiij^xx
dix huit, et quant aux franchises et exemptions de tailles et
subventions par les lettres patentes du viij^e ne fébvrier l'an
mil cinq cens, et quelques temps après sur les difficultés faictes
par les officiers de Namur de laisser et souffrir joyr lesdites
remonstrantes d'icelles exemptions de tailles et aydes Mondit
S^r et grant père avait par aultres ses Lettres du tier jours de mars
l'an xv^c et cinq ordonné et déclairé son intention que lesdites
resmontranches joyroient de libertez franchises et exemptions
dont lesdits vassaulx et autres nobles hommes de medit comté de
Namur avoient accoustumé joyr et user, sans que elle ny leurs
biens scitués en icelluy fussent subjets ny contraignables a
contribuer esdites tailles aydes et subsides autrement ny plus

avant que faisoient lesdits nobles et vassaulx sur quoy le vj° de mars l'an quinze cens et quinze lesdites remonstrantes avoient obtenus de l'Empereur Charles mon seigneur et père (que Dieu absolve) Lettres de confirmation et ratification en düe forme et combien que d'iceulx droits privilèges libertez et franchises et du contenu es Lettres patentes devant mentionnées selon leur forme et teneur lesdites remonestrantes ayant joy et usé, toutefois pour leur plus grande secuté, elles nous ont très justamment suplié qu'il nous pleust vouloir confirmer gréer et approuver iceulx privilèges octrois et exemptions et leur faire expédier nos Lettres patentes à ces pertinentes, Scavoir faisons que nous ces choses considérées, inclinans favorablement à la resqueste desdites suppliantes, avons les droits, privilèges, octrois, libertez, franchises et exemptions dessus dites et tout le contenu es Lettres dessus mentionnées, par l'advis et délibération de nos amez et feaulx les chef Président et gens de nostre privé Conseil estans lez nous, loué, gréé, confirmé, ratifié et approuvé, louons, gréons, ratifions et approuvons par ces présents, veuillant et octroyant par icelles que lesdites suppliantes puissent et pourront joyr et user d'iceuls droits, privilèges, octroys, libertez, franchises et exemptions, selon la forme et teneur des susdites Lettres, scavent qu'elles en ayant cy devant dûment joy et usé. Sy donnons en mandement ausdits chef président et gens de nostre privé Conseil, Président et gens de nostre grand Conseil, Gouverneur Souverain Bailly, Président et gens de nostre Conseil audit Namur et a tous aultres nos vassaulx justiciers et officiers qui ces présentes pourra toucher et regarder, et a chacun d'eulx en droit soy et si comme a luy appartiendra que de nos présentes grace, confirmons rattiffication et approbation et de tout le contenu en ces présentes, selon et par la manière que dit est, ils facent souffrent et laissent lesdites suppliantes plainement paisiblement joyr et user sans leur faire mettre ou donner, ne souffrir estre fait mis ou donné oyres ny au temps advenir, aucun destourbier ny empeschement au contraire en maniere quelconque car ainsy nous plait-il. En tesmoing de ce nous avons fait mettre nostre scel à ces présentes. Donné en nostre ville de Bruxelles le quatorziéme jour du mois de juin l'an de grâce mil cinq cens cinquante neuf et de noz regnes asavoir des Espaignes et Cicille le iiij^e et de Naples le vj^e.

Par fe Roy, en son conseil (s) BOURGEOIS. Y pendant un grand scel en cire vermeillé à double queue.

Copie aux archives de l'Etat, à Namur, chapitre d'Andenne, Histoire et administration (1552-1586), n° 413.

N° XV

Charte de l'archiduc Albert et de l'infante Isabelle, comte et comtesse de Namur, (1610), confirmant les privilèges et exemptions du chapitre d'Andenne.

Albert et Isabelle Clara Eugenia infante d'Espagne, par la grâce de Dieu archiducqs d'Austrice, ducqs de Bourgoingne, de Lothier, de Brabant, de Lembourg, de Luxembourg et de Gueldres, Contes de Habburg, de Flandres, d'Arthois, de Bourgoigne, de Thirol, Palatins et de Haynneau, de Hollande, de Zeelande, de Namur et de

Zutphen, marquis du St Empire de Rome, seigneur et dame de Frize, de Salins et de Malines, des cité villes et pays d'Utrecht, d'Overyssel et de Groeninge, scavoir faisons à tous présens et advenir nous avoir receu l'humble supplication des dames prévoste, doyenne, damoiselles et chapitre de l'église Madame Sainte Begge à Andenne en nostre pays et conté de Namur, contenant qu'icelle église et chapitre a esté fondée par nos debvanciers contes de Namur et par eulx douée de plusieurs beaux droicts, previlèges, libertés, franchises et exemptions ayant entre aultres donné ausdittes suppliantes court et justice de mayeur et d'eschevins pardevant lesquels les justices bassaines de plusieurs villaiges terres et seigneuries sont ressortissans et vont à chief de sens, et quant aulcunes parties d'icelle terres et seigneuries se sentent grevées, elles ont recours par provision d'appeaulx et aultrement pardevant leur chapitre et y sont demennés et décidés sans pouvoir estre tirées ne traictées en aultre cour; que aussi feu l'empereur Maximilian et le roy de Castille, par leurs lettres patentes sur ce expediées, et pour les causes et raisons y contenues, avoient octroyé consenti et accordé ausdittes suppliantes que à tousjours elles seroient tenues et réputées de la condition des nobles et que en ensuyvant leur fondation, elles et leurs biens jouyroient de telles et semblables francises, libertés et exemptions comme les vassaulx et autres nobles hommes de nostredit pays et conté de Namur, sans payer aulcunes tailles, aydes ou subvention non plus ny aultrement que lesdits nobles et vassaulx; lesquels poincts previléges et exemptions ont esté confirmés par ledit feu roy de Castille, sçavoir le poinct touchant laditte court et justice de mayeur et eschevins d'Andenne par ses lettres patentes du vingtiesme de mars mil quatre cens quatre vingt dix huict, et quant ausdittes francises et exemptions des tailles et subventions par ses

lettres patentes du huictiesme de febvrier l'an mil cincq cens; et
quelque temps après, sur les difficultés faictes par les officiers de
Namur de laisser jouyr les suppliantes d'icelles exempties de tailles
et aydes, ledit feu roy par aultres lettres patentes du troisiesme jour
de mars l'an quinze cens et cincq ordonna et déclara que son intention estoit que lesdittes suppliantes jouyroient des franchises,
libertés et exemptions dont lesdits vassaulx et autres nobles
hommes de nostredit pays et conté de Namur avoient accoustumé
jouyr et user, sans qu'elles ny leurs biens scitués en icelle conté
fuissent subjects ni constraignable à contribuer esdittes tailles,
aydes et subsides ny aultre juridiction aultrement ny plus avant
que lesdits nobles et vassaulx. Sur quoy, le sixiesme de mars l'an
quinze cens et quinze lesdittes suppliantes ont obtenu de l'empereur Charles lettres de confirmation et ratiffication en forme
deue comme aussi elles ont obtenu la mesme confirmation de feu
le roy Philippe, par ses lettes patentes de quatoriesme de juin mil
cincq cents cincquante neuf, ayant suyvant ce jouy et usé desdits
drois previléges, libertés et francises; et pour continuer en iceulx
et mieulx faire respecter et observer lesdittes ordonnances des
empereurs et roy fondateurs de laditte église et chapitre, les
suppliantes se rethiroient vers nous, suppliant très humblement
qu'il nous plaise voulloir aussi confirmer, approuver et ratiffier
lesdits previléges, francises, drois, exemptions et immunités cy-
dessus, leur faisant à ceste fin depescher lettres en telles cas
pertinentes. Pour ce est-il que nous, ces choses susdittes considérées, inclinans favorablement à la supplication et requeste
desdittes suppliantes avons les droits previléges, octrois libertés,
franchises et exemptions dessusdittes et tout le contenu ès lettres
dessus mentionnées, par l'advis et délibération de nos amez et
féaulx les chief président et gens de nostre privé conseil estans lez

nous, loué, grée, confirmé ratiffié et approuvé, louons, gréons, ratiffions et approuvons par ces présentes, veullant et octroyant par icelles que lesdittes suppliantes puissent et pouront joiyr et user d'iceulx droits previléges, octrois, libertés, franchises et exemptions selon la forme et teneure des susdittes lettres si avant qu'elles en ayent cy-devant deuement joy et usé. Sy donnons en mandement ausdits chief président et gens de nostre privé conseil, gouverneur souverain bailly, président et gens de nostre conseil à Namur, et à tous aultres nos vassaulx justiciers et officiers cui ce peult et pourra toucher et regarder et à chacun d'eulx, en droit foy et sy comme à luy appertiendra que de nostre présente grâce, confirmation, ratiffication et approbation, et de tout le contenu en cesdittes présentes, selon et par la maniére que dict est, ils facent seuffrent et laissent lesdittes suppliantes plainement et paisiblement joyr et user, sans leur faire, mectre ou donner ne souffrir estre fait, mis ou donné oyres ny au temps advenir aulcun destourbier ou empeschement au contraire en maniére quelconques. Car ainsi nous plaist-il. En tesmoing de ce nous avons faict mectre nostre grand scel à ces présentes. Donné en nostre ville de Bruxelles, le dix-noeufiesme jour du mois de mars l'an de grâce mil six cens dix. Par les archiducs, en leur conseil :
(s) DE GRIMALDI.

Original, avec sceau en cire vermeille, aux archives de l'Etat, à Namur, chartrier d'Andenne.

N° XVI

Requête des dames d'Andenne au duc de Parme, gouverneur général des Pays-Bas, (1588), rappelant les preuves de noblesse exigées pour l'admission au chapitre.

A son Alteze

Remonstrent bien humblement les Prévoste et Chanoinesses d'Andenne comme leur église a esté fondée du propre terroir de Madame saincte Begge, laquelle estoit duchesse de Brabant et de Lothier, soeure à Madame saincte Gertrud de Nyvelle, et ladicte damme Ste Begge après le décès du noble Ansigisus, son mari, elle vient en propre personne gouverner son église spirituelement et sa terre temporelement, et print lors des nobles filles pour faire le sainct service divin. Et comme il at pleu aux prédicesseurs de sa Macesté de maintenir inviolablement jusques au présent à garder les solempnitez louables de reception desdictes filles, lesquelles doibvent estre accompaignées de sept gentilz hommes quy viennent faire serment solempnel sur le grand autel de ladicte église et jurer sur le précieulx corps de Jhésus Christ et le corps sainct de Madame Ste Begge, que ladicte fille est gentil femme de père et de mère, d'ave et tresave et de tous léaux mariages, comme appert par la copie du serment que font les dames à leur réception cy joincte. Et comme présentement il y at plusieurs prébendes d'icelle église vacantes et à pourveoir à la disposition de vostre Alteze lesdictes suppliantes se retirent vers vostredicte

Alteze affin que pour l'honneur de noblesse, et en considération
de la pouvreté de leurdicte église, qu'il plaise à icelle que, sy
daventure il y avoit personnaiges quy se voldroient ingérer de
demander quelque provision de leurdicte église, qu'il plaise à
icelle vostre Alteze et suivant le serment que soloient fair les S[rs]
de Namur, dont copie est aussi joincte à ceste, de ne le donner
ou pourveoir, ne soit qu'ilz ayent les partes et qualités requises
pour y entrer, aultrement se seroit leur grande ruyne, et plus
thost qu'il plaise à vostredicte Alteze retenir lesdictes provisions
en suspence pour quelques années que pour les fruictz en proce-
dans estre emploiez à la refection et décoration de leurdicte
église, laquelle a esté grandement intéressée par les troubles
passées. Et ce faisant les pouvres suppliantes s'obligeront de prier
Dieu pour la prosperité de vostre Alteze.

Au dos : Requeste des dames d'Andenne 1588.

Original aux archives générales du royaume, à Bruxelles. (Renvoi de
l'Autriche en 1864, liasse 15, pièce n° 9.)

N° XVII

Sentence du conseil privé relative à la valeur des preuves reçues à Andenne, (1658).

DE PAR LE ROY.

Veu au Confeil Priué du ROY, le Different meu entre les Preuofte, Doyene, & Damoifelles Chanoineffes du College d'Andenne, fuppliantes d'vne part, & les Damoifelles Chanoineffes du Chapitre de Sainĉte Waudru à Mons, Refcribentes d'autre, l'Ordonnance du cinquiefme de Decembre feize cent cinquante quatre, les Sentences Interlocutoires du vingt-quatrieme de Mars, & troifieme de Septembre feize cent cinquante fept, auec ce qu'enfuitte defdites Ordonnance & Sentences a efté exhibé, & allegué par les Parties. SA MAIESTE' Voulant faire ceffer toutes difficultés entre les Colleges Nobles, & preuenir tous Inconueniens qui en peuuent naiftre, pour les bonnes Confiderations qu'elle prend en ce Regard, & pour le Bien propre, & Repos defdits Colleges, mettant les Parties hors de Cour & de Procés, Declare, que pour entrer audit Chapitre de Sainĉte Waudru à Mons, ne font requifes autres qualités, que pour entrer en celuy d'Andenne, Ordonnant à tous ceux qu'il appartiendra, de fe conformer à cefte Declaration. Fait audit Confeil Priué, tenu à Bruxelles le traizieme de Iuillet Mil fix cent cinquante huit.

M. V. ᵗ   E. de Berty.

Original aux archives de l'Etat, à Namur, chartrier d'Andenne.

N° XVIII

Lettres-Patentes de Philippe IV, roi d'Espagne, comte de Namur, portant confirmation des Droits, Privilèges et Observances du Noble Chapitre d'Andenne, touchant la Noblesse des Quartiers des Demoiselles pour être admises audit Chapitre. 22 janvier 1661.

Philippe par la grâce de Dieu Roy de Castille, de Leon, d'Arragon, etc. A tous presens et à venir, qui ces presentes verront lire oüiront, Salut. De la part des Dames, Prevoste, Doyenne et Damoiselles Chanoinesses de l'Eglise et noble Collége de S. Begge à Andenne, en nostre Pays et Comté de Namur, Nous a esté tres-humblement représenté que lesdits Eglise et Collége auroient esté passez environ mille ans noblement fondez par ladite Dame S. Begge Duchesse souveraine de Brabant, et doüez de tous les biens, droits, Hauteurs, authoritez, privileges, et preeminences, luy competans, aussi en souveraineté en ladite terre d'Andenne et à l'entour, desquels neantmoins, et de leurs et titres et titres et documens primitifs ayans esté despoüillés par la violence des guerres anciennes survenues, entre les Princes et Seigneurs des Pays-Bas, elles auroient à la parfin de l'authorité et entremise de l'Empereur Henri V. esté restituée par Albert Comte dudit Namur en tous leurs dits biens, droits et preeminences sans autre reserve, sinon qu'a l'instance des capitulaires, Il, et ses Successeurs Comtes dudit Namur en auroient esté créez par ledit Empereur Avocats

perpétuels, ainsi qu'en feroient foy les lettres solemnelles, données à Liege l'an de grace mille cent et un. Et comme entre
autres points principaux de leurdit fondation celuy-cy estoit
essenseil, que nulle Fille ne pouroit entrer ny estre recue au dit
College, si elle n'estoit noble issue de Parens nobles, il auroit
plue à Philippe Marquis dudit Namur et Successeur du dit Albert,
d'ainsi le déclarer par son reces du mois d'Aoust douze cent et
sept, tous lesquels droits et prerogatifs, auroient de plus esté
successivement confirmez par les Empereurs, Roys et Ducqs de
Brabant nos prédécesseurs, et nommement par Maximilien Roy
des Romains, et Duc dudit Brabant, qui par ses lettres patentes
données en la ville dudit Namur, le 19 de May 1495, auroit de
rechef et par espécial confirmé leurs usances au fait de la réception des Damoiselles pourveues de prebande et leur dit Eglise
selon lesquelles usances nulle n'y pourroit estre recue, si elle n'est
tenue noble femme de quatre Quartiers de Pere, et autant de
Mere, procrée en leale mariage, ce qu'il conviendroit jurer et
certifier par ses parens et amis qui soyent nobles avec plusieurs
autres solemnitez y requises et accoustumées qui seroient entr'autres que lesdites Dames et Damoiselles remonstrantes, auroient
pour usances, droits et coustumes, immémoriales, de connoistre
et examiner capitulairement les qualitez, noblesse et descente,
desdites Damoiselles à recevoir en leurdit Eglise et Collége, et à
sa prébende luy conferée par nous, et si avant que par les tilteres
et documens suffisants, il leur appert qu'elle est gentil-femme,
procrée d'ancienne et vraye noblesse militaire de quatre Quartiers
paternels, et d'autres quatres maternelles de loyaux mariages
elles conduiroient ladite Damoiselle au cœur de leurdit Eglise,
où sept gentils-hommes par elles choisiz feroient serment
solemnel, sur les saintes Evangiles exposez sur le grand Autel

au pied du très-saint-Sacrement, et du corps de ladite Dame
S. Begge, où en premier l'un d'iceux jureroit que lesdits gentil-
hommes présens pour jurer, les Quartiers et Noblesse de ladite
Damoiselle appréhendée sont tous autant gentils-hommes qu'icelle
Damoiselle, qui vient de jurer, puis tous l'un après l'autre jure-
roient solemnellement que ladite Damoiselle est gentil-femme de
père et mère, d'ave et très-have, et de tous loyaux mariages,
dont la forme seroit expressément couchée en ces termes et en
caracter très-ancien dans un missel expressément gardé ès archives
de ladite Eglise, selon laquelle, et les usances, et coustumes avant
dittes, l'on se seroit toûjours reglé, jusques à présent, sans aucune
difference ny difformité, comme seroit à veoir par l'enqueste faite
sur ce point l'an quinze cent vingt-neuf, et par les attestations des
gentils-hommes de nostredit Pays et Comité de Namur, qui l'auroient ainsi praticqué et veu tousjours praticquer, voir mesme
lesdites Dames, Prévoste et Doyenne à leurs promotions, auxdits
dignitez feroient aussi serment d'ainsi garder et maintenir tous
leursdits droits, statuts, coustumes et usances, que ce nonobstant
depuis quelque temps aucuns non suffisamment qualitez cuidans
d'introduire leurs Filles dans ladite Eglise et College prétendroit
vouloir quereller leursdits titres, droits prerogatives et usances
immémoriales, ou révocquer en double leur teneur par des expli-
cations, sinistres et erroneuses tendans à l'aneantissement, ou du
moins à l'amoindrissement du lustre ancien et ordinaire de leurdit
Eglise et College qui jusques ores auroit esté inviolablement conservé, ensemble de l'intention et fondation noble de ladite Dame
S. Begge, leur Fondatrice, et la nostre comme Successeur et
Patron d'icelle Eglise, au contraire lesdites Dames et Damoiselles
remonstrantes desirans la conserver dans leur intégrité, et par
esclaircissement des preuves necessaires des huict Quartiers nobles

à faire en leurdit Chapitre, non plus ny moins qu'à ceux de Mous, Maubeuge, et Nivelles, conformement la sentence renduë en nostre Conseil privé le 13. de juillet 1638. ensemble pour l'acquitter de leur devoir et serment en obviant à des abus tant préjudiciables aux prerogatives de l'ancienne Noblesse, elles nous ont tres humblement supplié de leur accorder par lettres patentes, en forme pertinentes la confirmation, desdits droits, privileges, coustumes, et usances de ladite Eglise et Collége, tant en général, qu'en particulier, celles cy-dessus déclarez et spécialement au regard des 4. Quartiers nobles du costé paternel et quatre du maternel à prouver par lesdites Damoiselles à recevoir en leur Eglise, faisant ensemble huict Quartiers sans Bastardise, Bourgeoisie ou Rature, ains de vraye ancienne Noblesse militaire, *Sçavoir faisons,* que nous ce que dessus considéré, et ce que sur ce nous a escrit nostre très-cher et feal Cousin le Marquis de Carazena de nostre Conseil d'Estat, Lieutenant Gouverneur, et Capitaine général de nos Pays-Bas et de Bourgogne, intercédent favorablement pour lesdites Suppliantes, désirans que ladite Eglise Collégiale de S. Begge à Andenne, soit maintenue, en son ancien lustre, noblesse, droits, Privileges, coustumes et usance, avons aussi de l'advis de nostre Conseil d'Estat estably prés de nostre personne pour les affaires de nosdits Pays-Bas et de Bourgogne, de nostre certaine science, grace, plaine puissance et authorité souveraine confirmé et ratifié, confirmons et ratifions par ces présentes tous et quelsconques droits, privileges, coustumes, observances de ladite Eglise et College de S. Begge à Andenne tant en général, qu'en particulier celles cy-dessus specifiez et représentées par les dites Dames, Prevoste, Doyenne et Damoiselles Chanoinesses, voulans et entendans qu'elles en joyssent et usent en la même forme qu'elles en ont usé et joy cy-devant, si ordonnons à nostre Lieutenant Gouverneur et Capitaine general de nosdits Pays-bas et de Bourgogne et donnons en mandement à nos tres-chers et feaux les Gens de nostre Conseil d'Estat, Chefs Presidents et Gens de nos Privé et grand Conseils, Gouverneur, Présidents et Gens de nostre Conseil à Namur et à tous autres nos Justiciers, Officiers, Subjets et Serviteurs présens, et à venir qui se regardera, que de cette nostre presente confirmation et ratification, et tout le contenu en cesdites presentes, Ils facent, souffrent et laissent lesdites Dames, Prévoste, Doyenne et Damoiselles chanoinesses de ladite Eglise et College de S. Begge à Andenne plainement et paisiblement joüir et user sans leur faire, mettre, ou donner, ny souffrir estre fait, mis ou donné aucun trouble, destourbier ou empeschement au contraire. *Car ainsi nous plaist-il.* En tesmoing de ce nous avons signé ces présentes de nostre main, et à icelles fait mettre nostre grand seel. Donné eu nostre ville de Madrid Royaume de Castille le 22. jour du mois de janvier l'an de grâce 1661, et de nos Régnes le 40. Paraphé M. V*da*. Plus-bas signé *Philippe*.

Original, avec sceau dans une boîte de fer blanc, aux archives de l'Etat, à Namur, chartrier d'Andenne.

N° XIX

*Règlement sur les Preuves de Filiation et de Noblesse, requises
pour entrer aux Chapitres Nobles des Pays-Bas. 23 septembre
1769.*

Marie-Therese, par la grace de Dieu, Impératrice douairière
des Romains, Reine d'Allemagne, de Hongrie, de Bohême, de
Dalmatie, de Croatie, d'Esclavonie, etc. Archidusesse d'Autriche;
Duchesse de Bourgogne, de Lothier, de Brabant, de Limbourg,
de Luxembourg, de Gueldre, de Milan, de Stirie, de Carinthie,
de Carniole, de Mantoue, de Parme et de Plaisance, de Wirtem-
berg, de la haute et basse Silésie, etc. Princesse de Suabe et de
Transilvanie; Marquise du Saint Empire Romain, de Bourgovie,
de Moravie, de la haute et basse Lusace; Comtesse de Habspourg,
de Flandre, d'Artois, de Tirol, de Hainaut, de Namur, de Ferete,
de Kybourg, de Gorice, et de Gradisca; Landgrave d'Alsace;
Dame de la Marche d'Esclavonie, du Port-Naon, de Salins et de
Malines; Duchesse de Loraine et de Bar; Grand'Duchesse de
Toscane. Les services que l'ancienne Noblesse de nos Royaumes
et Etats Héréditaires a rendus à nos glorieux Prédécesseurs et à
Nous, lui donnant un titre particulier à notre bienveillance; et
ayant lieu de nous promettre qu'elle se distinguera toujours par
les mêmes preuves de zéle et d'attachement dont elle a été animée
jusques ici; Nous avons jugé que c'étoit un objet intéressant et
digne de nos soins de contribuer à conserver et à augmenter
le Lustre de cette Classe de nos fidèles Sujets, et à procurer

l'avantage des Familles qui la composent. C'est dans cette vue que Nous avons érigé et fondé il y a peu d'années, pour des Filles issues d'ancienne Noblesse, deux Chapitres de Chanoinesses, l'un en notre ville de Prague et l'autre en celle d'Inspruck; et voulant pareillement faire éprouver à la Noblesse Belgique les effets de notre bienfaisance, Nous Nous sommes fait représenter les Constitutions et les Statuts des quatre Chapitres Nobles de Chanoinesses, que nos glorieux Prédécesseurs ont fondés au Pays-Bas, et qu'à leur exemple Nous destinons particulièrement à l'ancienne Noblesse de ces Provinces, et ayant reconnu que la manière d'y faire les preuves de Noblesse, n'étoit pas uniforme; que d'ailleurs quelques uns étoient pourvus de Réglements émanés sur cet objet de l'autorité souveraine, et que d'autres n'en avoient pas; et qu'enfin l'usage qui s'y étoit introduit, de faire les preuves de Noblesse par Ascendans, étoit sujet à beaucoup de difficultés et d'inconvéniens, Nous avons jugé à propos d'abolir cet usage, et de porter une loi générale et uniforme pour tous ces Chapitres, relativement aux preuves de Filiation et de Noblesse requises pour y entrer. *A ces causes,* de notre certaine science, pleine puissance et autorité souveraine, avons, de l'avis de nos Très-Chers et Féaux, les Chef et Président et Gens de notre Conseil Privé, et à la délibération de Notre Très-Cher et Très-Aimé Beau-frère et Cousin, *Charles Alexandre, Duc de Lorraine et de Bar,* Grand-Maître de l'Ordre Teutonique, notre Lieutenant, Gouverneur et Capitaine général des Pays-Bas; déclaré, statué, et ordonné, déclarons, statuons et ordonnons les Points et Articles suivans :

ARTICLE PREMIER.

Aucune demoiselle ne sera dorénavant admise aux Chapitres

Nobles de *Mons, Nivelles, Andenne et Moustier-sur-Sambre,* si au préalable elle n'a fait conster, qu'elle est légitimement issuë de *seize Quartiers,* dont huit du côté Paternel et huit du côté Maternel, tous de Noblesse ancienne et Chervalereuse, laquelle preuve Nous avons substitué et substituons à celle de quatre Quartiers Paternels et quatre Quartiers Maternels, ainsi que des Ascendans supérieurs, qui sera et demeurera abolie, cessant toutes Concessions, statuts, ou usages au contraire.

II. — Pour vérifier la Filiation et la Noblesse de ces seize Quartiers, la Demoiselle aspirante ou son Procureur, produira au Chapitre où Elle aura obtenu une Prébende, la Carte Généalogique qui les renferme, avec les Armoiries de chaque Quartier, leurs Ecussons, Heaumes, Lambrequins et autres Décorations, comme aussi la varité des Émaux qui peuvent servir à distinguer chaque Famille et ses branches. Cette Carte Généalogique, qui devra être sur velin, et dont le Modéle se trouve à la suite de présentes N° 1., contiendra aussi les Noms de Batême et de Famille, ainsi que ceux qui servent à différencier les branches d'une même Famille; le tout avec précision et exactitude, et on laissera au bas un espace suffisant, pour qu'on puisse y coucher le Certificat, dont il sera parlé ci-après Art. X.

III. — La preuve de Filiation de ces seize Quartiers se fera par gradation de la Demoiselle aspirante à ses Pere et Mere; de ceux-ci à ses Aïeux et Aïeules, de là à ses Bisaïeux et Bisaïeules et ultérieurement à ses Trisaïeux et Trisaïeules, comme il se voit du Modéle de la déduction des preuves que Nous avons prescrites aux Chapitres de Prague et d'Inspruck, lequel est annexé à la suite des présentes N° 2., pour servir également de Régle aux Chapitres Nobles des Pays-Bas.

IV. — La preuve de cette Filiation se fera par Extraits

Baptisteres, Extraits Mortuaires, Contrats de Mariage, Testamens et autres Actes de derniere volonté, Actes de partage, Lettres d'investiture de Fiefs, autrement dit Reliefs, Engagéres d'Emplois Nobles, Pactes de Familles, Procès, Transactions, Acceptation de Tutéle, et autres Actes Publics ou Judiciaires, le tout en forme authentique et légale, d'après l'original ou copie vidimée; et au défaut de pareils instrumens, l'on pourra aussi emploïer des papiers de Famille anciens et authentiques, tels que des Notes qu'auroient tenues les Parens des noms et du nombre de leurs Enfans, des noms de ceux à qui ils auroient été mariés, quels auroient été leurs Ancêtres ou autres notions semblables, qui pourroient faire connoître la vraie filiation d'une Famille.

Si cependant il arrivoit que par les événements de la guerre, par incendie ou par quelqu'autre accident, les papiers ou archives de certaines Familles eussent péri, ensorte que les Descendans de ceux qui auroient essuié ces malheurs ne pussent plus produire de titres ou de preuves Littérales pour établir leur Filiation, ni suppléer à leur défaut autrement que par des temoignages dignes de foi, en ce cas l'on verifiera la réalité de ces malheurs par des certificats ou actes de notoriété, dans lesquels les Attestans, dont il y en aura trois de la Famille même de laquelle il s'agira de prouver l'origine, déclareront aussi que les Quartiers, dont on ne pourra pas prouver la Filiation, ni renseigner authentiquement les noms et surnoms, doivent véritablement faire partie de la Généalogie de l'aspirante.

Que si la famille, dont la Filiation ne pourroit point être tirée au clair par des titres et preuves littérales, étoit entierement éteinte, en ce cas l'attestation mentionnée ci-dessus suffira également, pourvû qu'elle soit donnée par trois Gentilshommes des plus proches Parens de la famille éteinte; et dans l'un comme dans l'autre cas, ces attestations devront être données *sous parole d'Honneur,* qui équivaudra serment.

V. — La preuve de Filiation légitime de l'aspirante étant faite sur le pied préscrit par les articles précédens, il sera procédé à la preuve de la Noblesse ancienne et Chevalereuse de chacun des seize Quartiers; et pour déterminer une bonne fois qu'elle doit être cette Noblesse ancienne et Chevalereuse, Nous avons établi et établissons les Règles suivantes :

Seront reputés de Noblesse ancienne et Chevalereuse, tous les Quartiers que l'on fera conster avoir été reçus et acceptés dans l'un ou l'autre des Chapitres Nobles de Chanoinesses aux Païs-Bas, y compris ceux de *Maubeuge* et de *Denain,* dans les Chapitres Nobles de Chanoinesses de *Prague* et d'*Inspruck,* dans les Chapitres Nobles de l'Empire, aux Bailliages de l'Ordre Teutonique et aux Chapitres Provinciaux de l'Ordre de Malthe.

Seront aussi reputés de Noblesse ancienne et Chevalereuse, les Trisaïeux et Trisaïeules, composant les seize Quartiers de l'Aspirante, dont on prouvera l'admission de la personne même, si c'est un Quartier Masculin, ou du Frere si c'est un Quartier Feminin, ou de leurs ascendans, dans l'Ordre de la Noblesse des Etats du Brabant, de Limbourg, de Luxembourg, de Gueldre, de Hainaut ou de Namur.

A défaut cependant de pareilles preuves, résultant de l'admission dans les Chapitres et Colleges Nobles ou Ordres de la Noblesse, ainsi qu'il vient d'être énoncé, l'on pourra vérifier la Noblesse ancienne et Chevalereuse de ces seize Quartiers, par des attestations délivrées par les Corps de Noblesse de nos Provinces des Pays-Bas, ainsi que nos autres Pays Héréditaires, par les Corps de Noblesse des États de l'Empire, par les Chapitres Provinciaux de l'Ordre de Malthe, par les Bailliages de l'Ordre

Teutonique, par les Comitats de notre Royaume de Hongrie, et enfin par les grands Chapitres Nobles des Cathédrales et autres Chapitres Nobles de l'Empire.

La Noblesse ancienne et Chevalereuse pourra encore se vérifier par des Epitaphes, Inscriptions, Peintures d'Armoiries sur les fenêtres des Eglises, et par tous autres Monumens publics, qui portent avec eux le caractere d'authenticité.

Finalement les Trisaïeux et Trisaïeules, composant les seize Quartiers de l'Aspirante, dont on ne pourra vérifier de l'une où de l'autre maniere susdite la Noblesse ancienne et Chevalereuse, seront réputés tels, dès qu'ils seront Fils ou Filles d'un Pere Noble.

VI. — Par une suite de ces dispositions, Nous voulons que les preuves de Noblesse, soit pour la Carte Généalogique entiere, soit pour un Quartier particulier, qui auront été acceptées dans un des quatre Chapitres Nobles de Chanoinesses aux Pays-Bas de gré à gré, ou par sentence passée en force de chose jugée, soient également reçues dans les autres Chapitres, où elles seront produites en après, sans autre examen, ni quant à la Noblesse, ni quant à la Filiation, et cela indistinctement, soit que ces Quartiers se trouvent au premier, deuxieme, troisieme, quatrieme ou cinquieme degré.

VII. — Nous entendons que la même chose ait lieu à l'égard des preuves que l'on fera conster avoir été acceptées, soit dans les Chapitres Nobles de Prague et d'Inspruck, dans les autres Chapitres Nobles de l'Empire, aux Bailliages de l'Ordre Teutonique, ou enfin aux langues de l'Ordre de Malthe.

VIII. — Nous déclarons au surplus, que les preuves de Noblesse faites dans la forme et suivant l'usage qui a lieu dans chaque pays, dont les Familles sont originaires, devront être reçues dans les

Chapitres Nobles des Pays-Bas, pour les Filiations antérieures à leur établissement dans les mêmes pays.

IX. — Les dispositions portées par les articles précédens, seront également appliquées aux preuves, qu'il s'agira de faire, rélativement au port d'Armoiries et de leurs Ornemens; et comme il arrive quelquefois, que les Familles Nobles apportent des changemens dans leurs Armoiries, lors de l'acquisition de quelques possessions, ou pour d'autres raisons, au moien de quoi il se trouve dans une Carte Généalogique, qu'une seule et même famille a porté différentes Armoiries; Nous voulons en ce cas, que dans la déduction que l'aspirante devra donner de ses preuves, elle fasse mention des motifs qui ont occasionné ces changemens, afin de prévenir par là les difficultés qui pourroient s'élever à ce sujet, lors de l'examen des Armoiries.

X. — Les preuves de Filiation et de Noblesse étant effectuées d'après les Régles ci-devant établies, la Demoiselle aspirante produira, pour corroboration de ces preuves, quatre Gentils-hommes d'ancienne Noblesse, Chevalereuse et Chapitrale, dont aucun ne pourra lui être parent en ligne directe, lesquels, *sous leur Parole d'Honneur et de Gentilshommes,* qui équivaudra serment, certifieront la vérité de la Carte Généalogique de l'aspirante, tant pour son origine et la chaîne de Filiation de ses ancêtres, que pour leurs Armoiries, comme aussi pour la Noblesse des seize Quartiers dénommés à la dite Carte Généalogique; et pour établir l'uniformité à cet égard, Nous voulons que ce certificat soit exactement conforme au formulaire qui se trouve à la suite du modéle de la Carte Généalogique Nº 1., et que les Gentilshommes qui l'auront signé, y apposent le cachet de leurs Armes, en la forme et maniere qu'il y est démontré; moiennant quoi Nous avons abrogé, comme Nous abrogeons tout autre usage de jurer les preuves de Noblesse, qui pourroit avoir été pratiqué jusques ici dans ces divers Chapitres.

XI. — Il sera permis aux Récipiendaires, qui seront parentes d'un Nom ou d'un Quartier déjà reçu en Chapitre, de prendre inspection et copie de toutes les Cartes Généalogiques qui reposent dans les Archives des Chapitres, ou dans celles des Dames Abbesses ou Prévôtes.

XII. — Ordonnons à cette fin, que toutes les Cartes Généalogiques déjà existantes, ainsi que celles que l'on présentera dans la suite, soient déposées dans une Chambre séparée, sous la direction du Secretaire de chaque Chapitre, lequel sera tenu d'en délivrer des copies sous un salaire raisonnable; et chargeons les Abbesses et Prévôtes des Chapitres respectifs, de faire conster à notre Gouvernement de l'exécution du contenu en cet article, trois mois après la publication du présent Reglement.

XIII. — Enjoignons au surplus aux Récipiendaires, de faire remettre à notre Chambre Héraldique des Pays-Bas, un double authentique, et duëment certifié par les Chapitres où elles auront été reçuës, des Cartes Généalogiques ayant servi à leurs preuves de Noblesse, avant que de pouvoir être mises en possession de leurs Prébendes, à peine de nullité de la prise de possession.

XIV. — Déclarons en outre, que les Abbesses des Chapitres de *Nivelles et de Moustier,* seront tenuës désormais de conférer, par acte en duë forme, les Prébendes vacantes en leur Chapitre, avant qu'on puisse procéder à l'examen de la Filiation et des preuves de Noblesse, de la même maniere que cela s'observe aux Chapitres de *Mons et d'Andennes* dont les Prébendes sont à notre Collation.

XV. — Ordonnons finalement, que les Demoiselles pourvues de Prébendes dans l'un ou dans l'autre de ces quatre Chapitres, devront présenter leurs preuves de Filiation et de Noblesse dans le terme de trois mois de la Collation qui leur en aura été faite, et effectuer ces preuves dans le terme d'un an, à compter du jour de la Collation, le tout à peine que la Collation sera reputée nulle et la Prébende impétrable; laquelle Disposition aura également lieu, à compter du jour de la publication du présent Reglement, à l'égard des Demoiselles actuellement pourvues de Prébende, et qui n'ont pas encore présenté leurs preuves.

Si donnons en mandement à nos très-chers et féaux les Chef et Présidens et Gens de nos Privé et Grand Conseils; Chancelier et Gens de notre Conseil de Brabant; Grand-Bailli Président et Gens de notre Conseil de Haynaut; Gouverneur, Président et Gens de notre Conseil de Namur, et à tous autres nos Officiers, Justiciers et Sujets qui ce regardera, que ce notre présent Réglement ils observent et entrétiennent et le fassent exactement observer et entrétenir, sans port, faveur ni dissimulation : *Car ainsi nous plait-il,* En témoignage de quoi Nous avons fait mettre notre Grand Scel à ces présentes. Donné en notre Ville de Bruxelles le vingt-troisiéme jour du mois de Septembre, l'an de grace mil sept cent-soixante neuf, et de nos Régnes le vingt-neuviéme. Etoit paraphé, *Ne. vt.,* plus bas étoit, *Par l'Imperatrice Douairiere et Reine en son Conseil, Signé, De Reul,* et y étoit appendu le grand Scel de *Sa Majesté,* imprimé en cire rouge à double queuë de parchemin.

Extrait du *Recueil chronologique de tous les placards, etc., 1431-1785.* Bruxelles, Ermens 1785, t. II, pp. 334 et suivantes.

MODELE

De la Carte Généalogique des Seize Quartiers de la Demoiselle Aspirante, & du Certificat, qui devra être couché au pied, en conformité de l'Article 10. du Réglement.

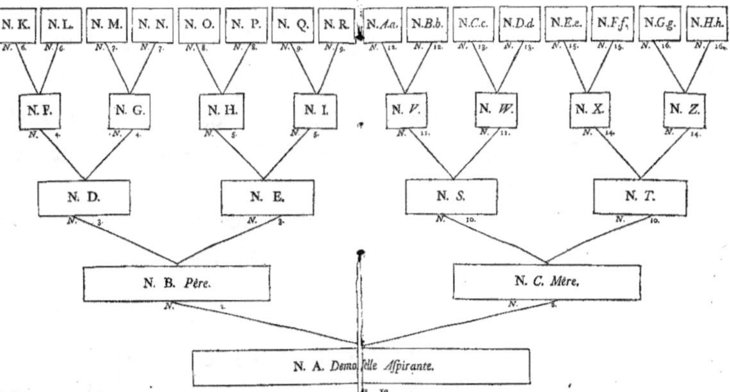

Nº. Iº.

NOUS Soussignés Certifions & Attestons, que la Carte Généalogique ci-dessus de la Demoiselle N. A., est exacte & véritable, tant pour l'Origine de ladite Demoiselle, & la Chaine de Filiation de ses Ancêtres, que pour leurs Armoiries, qui y sont exactement dépeintes & designées avec leurs Emaux, ainsi que leurs Ecussons, Heaumes, Lambrequins & autres décorations. Nous Certifions en outre, que les Ascendans de ladite Demoiselle sont tous issus d'anciennes Familles Nobles, ce que Nous affirmons sous notre parole d'honneur & de Gentils-Hommes en lieu de Serment comme chose à Nous connue, & dont nous avons d'ailleurs pris ultérieure & parfaite connoissance dans les Documens Authentiques, qui nous ont été remis à cet effet. En Foi de quoi &c.

N. N.   *N. N.*   *N. N.*   *N. N.*

Cachet.   *Cachet.*   *Cachet.*   *Cachet.*

Nᵒ. II.

MODÈLE

Selon lequel devront être dressées les Déductions des Preuves Généalogiques, tant pour la Filiation que pour la Noblesse, à l'effet de posséder une Prébende dans les Chapitres Nobles de Chanoinesses aux Pays-Bas.

N. B. *Les nombres marqués ci-dessous sont relatifs à ceux de la carte généalogique, de même que les lettres A. B. et suivantes.*

Nᵒ. I.	Par l'Extrait Baptistère, ci-joint nᵒ I. il conste que la Demoiselle Aspirante N. A. est née des Parents Nobles et qu'Elle a été procréée en légitime Mariage
Nᵒ. II.	par N. B. et N. C., ses Père et Mère.
Nᵒ. III.	Par l'Extrait légalisé du Contrat de Mariage, ou autre pièce probante ci-jointe nᵒ II. il conste que N. D. et N. E. ont été les Aïeux paternels de la Demoiselle Aspirante.
Nᵒ. IV.	Par un Extrait de Partage, de Contrat de Mariage, de Lettres d'Investiture de Fief ou Relief, d'une Transaction etc. ci-joint nᵒ III. il se voit que le Bisaïeul Paternel de la Demoiselle Aspirante se nommait N. F. et son Epouse N. G.

N°. V. On voit de même par la pièce ci-jointe n° IV. que l'Aïeule du côté paternel de la Demoiselle Aspirante, N. E., a été procréée en légitime Mariage de N. H. et de N. I.

N° VI. Il conste de plus de la pièce ci-jointe n° V. que les Trisaïeux Paternels de la Demoiselle Aspirante s'appeloient N. K., et N. L., et que son Bisaïeul N. F. a été procréé de leur Mariage.

N° VII. Il conste également de la pièce ci-jointe n° VI. que sa Bisaïeule N. G. a été procréée en Mariage légitime par ses Trisaïeux N. M. et N. N.

N°. VIII. Par la pièce ci-jointe n° VII. il conste encore que son Bisaïeul N. H. a été procréé en légitime Mariage par ses Trisaïeux N. O. et N. P.

N°. IX. Et finalement il résulte encore de la pièce ci-jointe n° VIII. que la Bisaïeule de la Demoiselle Aspirante N. I. a été fille légitime de ses Trisaïeux N. Q. et N. R.

On suivra la même méthode pour vérifier la Filiation légitime du côté Maternel de l'Aspirante.

Pour ce qui est des preuves de Noblesse de seize Quartiers de la Demoiselle Aspirante, on procédera à leur vérification sur le pied prescrit par le Règlement.

Les modèles n° I et n° II font suite au Règlement de 1769 dans le *Recueil chronologique*, etc. précité. — Nous les reproduisons fidèlement dans leurs moindres détails.

N° XX

*Déclaration de son Altesse Royale, donnée sur la Représen-
tation des Chanoinesses des Chapitres Nobles de Mons, de
Nivelles et d'Andennes au sujet du Réglement du 23 sep-
tembre 1769, émané sur les Preuves de Filiation et de
Noblesse, requises pour entrer aux Chapitres Nobles des
Pays-Bas. 3 Novembre 1770.*

Son Altesse Royale ayant eu rapport de la Représentation des
Chanoinesses des Chapitres Nobles de Mons, de Nivelles et d'Andennes, par laquelle elles l'ont supplié de vouloir bien declarer,
par forme d'interpretation et de modification de la disposition de
quelques Articles du Réglement du 23 septembre 1769, émané
sur les preuves de Filiation et de Noblesse requises pour entrer
aux Chapitres Nobles des Pays-Bas.

1° Que les Notes, que les parents auront tenues, ne pourroient
servir que pour autant qu'elles regarderoient la Filiation de leurs
enfans, dont ils devroient avoir nommé la Mere légitime, et
qu'elles ne seroient d'aucune valeur pour les Ancêtres dont ils
auroient marqué qu'ils descendent.

2° Que les Notions ne seroient admises, que pour autant
qu'elles seroient munies d'autres preuves légales.

3° Que relativement aux preuves reçues dans l'Ordre de
Malthe, on n'admettroit que celles qui auroient été faites dans
la Langue d'Allemagne.

4º Que les preuves, en remontant de la Récipiendaire jusqu'à ses Bisaïeux et Bisaïeules inclusivement, devroient se faire par gradations, titres et piéces légales, et qu'au surplus elles seroient remises en entier aux Chapitres.

5º Que les attestations ne seroient admises que pour prouver les Trisaïeux, et leur Noblesse Militaire et Chevalereuse.

6º Que les Epitaphes, Inscriptions et Peintures d'Armoiries sur les fenêtres des Eglises ne pourroient faire preuve, qu'au moyen des formalités requises pour constater les Notes ou Notions.

7º Que si, après l'admission d'une Chanoinesse, on découvroit la fausseté de quelques preuves qui auroient été reçues, il seroit permis au Chapitre de renvoyer celle qui les auroit produites, après avoir fait au préalable leurs représentations et prouvé les endroits qui seroient trouvés faux dans les attestations, Notes, ou Notions.

8º Que les Cartes Généalogiques seroient déposées, comme du passé, dans une armoire particulière dont la clef resteroit entre les mains d'une Chanoinesse, qui en donneroit inspection aux Intéressés.

Son Altesse Royale ayant eu rapport des Requêtes, qui lui ont été adressées par quelques Récipiendaires, relativement à la clause finale de l'Article 5. du Réglement ci-dessus mentionné, ayant pour objet le degré de Noblesse requis dans les Trisaïeux et Trisaïeules qui présentent les seize Quartiers de l'aspirante, à l'exception du *Fils ou Fille d'un Père Noble* qui se trouve dans cette clause, et au doute qu'il en est résulté, s'il suffit, ou non, que les Pères des Trisaïeux ou des Trisaïeules aient été des premiers annoblis. Elle a, de l'avis du Conseil Privé de Sa Majesté, et d'après sa résolution Souveraine et ordres exprès, déclaré et déclare, relativement aux deux premières demandes

des suppliantes, qu'elles auront à se conformer à la disposition de l'Article 4. du Réglement du 23 Septembre 1769. Rélativement à leur troisième demande, *Son Altesse Royale* déclare, que la disposition des Articles 5, 6 et 7 du même Réglement, pour autant qu'elle concerne les admissions d'un ou de plusieurs Quartiers dans les Langues de l'Ordre de Malthe, ne doit s'entendre que d'admissions, conforme aux statuts de cet Ordre, qu'on nomme *de Justice,* et nullement de celles qui ont été faites par Bref ou Dispense : En conséquence ordonne *Son Altesse Royale* que les Récipiendaires, qui produiront parmi leurs preuves la réception d'un ou de plusieurs de leurs Quartiers dans une des Langues de l'Ordre de Malthe autre que celle d'Allemagne, devront vérifier que ces Quartiers y ont été reçus *de Justice,* sans le secours de Brefs, ou dispense des statuts, ou à la faveur de quelqu'usage particulier qui y déroge dans la Langue où ces Quartiers auront été admis. Quant à la quatrième, cinquième et sixième demande des suppliantes, *Son Altesse Royale* déclare, que ce qu'elles requièrent ne peut s'accorder. Pour ce qui concerne la septième demande des suppliantes, S. A. R. déclare que c'est en justice réglée qu'elles devront s'adresser toutes les fois qu'elles croiront avoir matière de procéder contre une Chanoinesse du chef d'un acte faux qui aura été présenté et reçu comme authentique, et que ce ne sera que sur sentence rendue par le Juge compétent, que l'expulsion d'une Chanoinesse pourra avoir lieu. Quant à la huitième demande des suppliantes, S. A. R. persuadée que les Chanoinesses des Chapitres Nobles de ces Pays concourront avec zèle à l'accomplissement des vues bienfaisantes qui ont dicté à Sa Majesté les dispositions du nouveau Réglement, et voulant leur donner une marque de sa confiance à cet égard, Elle a bien voulu consentir, comme

elle consent par la présente : à ce que les Archives et les
Cartes Généalogiques soient renfermées dans une ou plusieurs
armoires, sous deux clefs différentes, dont l'une sera entre
les mains d'une des Chanoinesses du Chapitre et l'autre entre
celles du Secrétaire, qui seront obligés l'une et l'autre d'en
faire l'ouverture concurrément pour l'inspection et l'expédition
des copies des actes qui y seront renfermés; et qu'on ne
refusera jamais; le tout sur le pied prescrit par les Articles 11
et 12 du Réglement du 23 Septembre 1769. Au surplus S. A. R.
déclare que le même Réglement doit être exactement observé
dans tous ses points et articles pour autant qu'il n'y est pas
dérogé par la présente disposition. Finalement, quant à l'interprétation de la dernière clause de l'article 5, demandée par quelques
Récipiendaires, et mentionnée ci-dessus, S. A. R. déclare, que
dès qu'il conste que les Trisaïeux et Trisaïeules sont nés Noble,
leurs Quartiers doivent passer en Chapitre : en conséquence,
toute personne née après l'annoblissement de son père légitime,
étant à réputer pour née Noble, est suffisamment qualifiée à
être mise au rang des Trisaïeux et Trisaïeules dans la Carte
Généalogique d'une Récipiendaire; mais attendu que l'annoblissement du père ne communique aux enfants, nés avant cet
époque, d'autre qualité que celle de premier annobli, S. A. R.
entend que ces enfants, ainsi que leur père et mère, soient exclus
des Quartiers des Trisaïeux et Trisaïeules. Ordonne S. A. R.
que les Récipiendaires, qui présenteront pour l'un de leurs Seize
Quartiers un fils ou fille d'annobli, aient à faire conster, par
la comparaison des dates respectives de l'Extrait Baptistaire et
des Lettres de Noblesse, que l'expédition de ces dernières a
précédé la naissance du Trisaïeul ou de la Trisaïeule dont il
s'agit : à quoi tous ceux qu'il appartient auront à se conformer;

Fait à Bruxelles le 3 Novembre 1770. *Etoit paraphé, Ne. Vt.,*
Signé, *Charles de Lorraine;* et plus bas étoit: Par Ordonnance de
Son Altesse Royale, contresigné : *De Reul.*

Placards, recueil précité, t. II, p. 343 et suivantes.

———

N° XXI

*Déclaration de Son Altesse Royale, sur la manière et la forme
d'effectuer les preuves de Filiation et de Noblesse requises
pour entrer aux Etats Nobles des Pays-Bas, ainsi qu'aux
Chapitres de Chanoinesses établis dans les mêmes Provinces.
3 novembre 1770.*

Son Altesse Royale voulant établir une Jurisprudence uniforme
sur la manière et la forme d'effectuer les preuves de Filiation et
de Noblesse, respectivement requises pour entrer aux Etats Nobles
des Provinces de la Domination de Sa Majesté aux Pays-Bas,
ainsi qu'aux Chapitres de Chanoinesses établis dans les mêmes
Provinces, Elle a, de l'avis du Conseil Privé de Sadite Majesté
et d'après la Résolution souveraine et Ordres exprès, déclaré et
déclare, que les dispositions que contient à cet égard le Réglement du 3 septembre 1769 serviront de régle fixe et immuable;
de façon qu'un Quartier, admissible dans les Chapitres des Chanoinesses selon ce Réglement et les interprétations ensuivies, le
sera et devra l'être incontestablement et dans tous les cas dans les

différens Etats Nobles de ces Provinces. *Son Altesse Royale* n'entend cependant pas déroger par cette Disposition aux usages particuliers reçus dans les différens Corps d'Etats Nobles des Pays-Bas, lorsque ces usages ne portent pas directement sur les preuves de Filiation ou de Noblesse; son intention étant seulement de déterminer quels Quartiers doivent être réputés Nobles, tant dans les différens Corps d'Etats que dans les Chapitres des Chanoinesses. Ordonne *Son Altesse Royale* à tous ceux qu'il appartiendra, de se conformer à la présente Déclaration : à l'effet de quoi il sera remis aux Tribunaux supérieurs de Justice, ainsi qu'à l'Ordre de l'Etat Noble de chaque Province, une copie du Décret de ce jour, suivi sur la Représentation des Chapitres Nobles de Mons, de Nivelles et d'Andennes, concernant l'interprétation de quelques Articles du Réglement ci-dessus mentionné. Fait à Bruxelles le 3 Novembre 1770. *Etoit paraphé, Ne. Vt.* Signé, *Charles de Lorraine;* et plus bas étoit : Par Ordonnance de *Son Altesse Royale:* contresigné, *De Reul.*

Placards, recueil précité, t. II, pp. 347-348.

N° XXII

Déclaration de Son Altesse Royale, donnée sur la Réprésentation des États du Brabant, au sujet du décret du 28 juin 1769, regardant les Chapitres Nobles de l'Empire. 3 Novembre 1770.

Son Altesse Royale ayant eu rapport de la Représentation qui lui a été adressée le 16 Décembre 1769 par les Députés des États du Brabant, par laquelle ils la supplient de vouloir limiter l'expression générale de *Chapitres Nobles de l'Empire*, insérée dans son Décret du 28 juin de la même année, à ceux dans lesquels on exigeroit du moins les mêmes preuves qu'on requiert dans les Chapitres des Pays-Bas, et de vouloir au surplus retrancher de la Liste des Corps mentionnés dans le même Décret les Chapitres Provinciaux de l'Ordre de Malthe, ou du moins de borner cette partie de ses dispositions aux seuls Chapitres de la Langue Allemande, ainsi qu'à ceux qui suivroient les mêmes statuts, sans y admettre jamais de Dispenses, Elle a, de l'avis du Conseil Privé de Sa Majesté, et d'après sa résolution Souveraine et ordre exprès, déclaré et déclare, que la première demande des Suppliants concernant la limitation de l'expression générale de *Chapitres Nobles de l'Empire*, ne peut s'accorder ; et qu'à l'égard de la seconde, qui a pour objet les Chapitres de l'Ordre de Malthe, les Supplians devront se conformer à la Déclaration de ce jour, suivie sur la Représentation des Chapitres Nobles de Mons, de Nivelles et d'Andennes, dont il leur sera envoyé un exemplaire. Fait à Bruxelles le 3 Novembre 1770. *Etoit paraphé, Ne. vt.* Signé, *Charles De Lorraine;* et plus bas étoit : Par Ordonnance de *Son Altesse Royale :* contresigné, *De Reul.*

Placards, recueil précité, t. II, p. 349.

N° XXIII

Acte déclaratoire de S. A. concernant les preuves des Récipiendaires aux Chapitres Nobles des Pays-Bas. 10 janvier 1781.

Son Altesse voulant prévenir, autant qu'il est possible, toute espèce de surprise dans l'examen et la réception des preuves des Récipiendaires aux Chapitres Nobles de ces Pays, Elle a, de l'avis du Conseil Privé de *S. M.,* déclaré et déclare :

1°. Que dans l'examen et la décision des preuves que les Récipiendaires produiront aux Chapitres Nobles de *Mons,* de *Nivelle,* d'*Andenne* et de *Moustier,* il interviendra un Commissaire du Tribunal supérieur du ressort respectif desdits Chapitres, à nommer chaque fois par le Président du Tribunal sur Requête de la Récipiendaire et à ses frais.

2°. La disposition de l'Article 7 du Décret porté le 3 Novembre 1770, sur la représentation des Chanoinesses des Chapitres de *Mons, Nivelle* et *Andenne,* et par lequel il a été déclaré qu'elles devront s'adresser en Justice réglée toutes les fois qu'elles croiront avoir matière de procéder contre une Chanoinesse du chef d'un acte faux qui aura été présenté et reçu comme autentique, aura lieu également, et dans tous les Chapitres, pour les Actes qui auront été admis par simple erreur. A quoi tous ceux qu'il appartient auront à se conformer.

Fait à Bruxelles le 10 janvier 1781. Paraphé, *Ne. vt.* Plus bas étoit signé, *Starhemberg.* Et encore plus bas : par Ordonnance de Son Altesse, Signé, *De Reul.*

Placards, recueil précité, t. II, p. 365.

N° XXIV

Décret de S. A. interprétatif et ampliatif de l'Article XII. du Réglement du 23 septembre 1769, concernant les preuves de Filiation et de Noblesse dans les Chapitres Nobles des Pays-Bas. 26 avril 1781.

Son Altesse étant informée, qu'en s'attachant trop à la Lettre de l'Article XII. du Réglement du 23 Septembre 1769 l'on s'est borné jusqu'ici à déposer dans les Archives des Chapitres Nobles les seules Cartes généalogiques des Récipiendaires, en leur permettant de retirer les Intendits ou Répertoires des Preuves et tous les Actes qui ont servi à leur vérification, ce qui tendroit à rendre absolument inopérantes les dispositions portées à l'Article II. de l'Acte déclaratoire du 10 Janvier de la présente année, et par le Décret du 3 Novembre 1770 y rappelé; à quoi voulant pourvoir, Elle a, de l'avis du Conseil Privé de Sa Majesté, déclaré et déclare, par forme d'interprétation et d'ampliation dudit Article XII., qu'outre les Cartes généalogiques des Récipiendaires, les Intendits ou Répertoires des Preuves, ainsi que les Pièces, Titres et Documens quelconques par elles produits pour la vérification des mêmes Preuves, devront désormais être déposés en doubles autentiques aux Archives des Chapitres respectifs, pour y être conservés sous dû Inventaire et Récepissé du Secrétaire du Chapitre, sur le pied prescrit par ledit Article XII. du Réglement du 23 septembre 1769 et par le Décret du 3 Novembre 1770.

A quoi tous ceux qu'il appartient auront à se conformer.

Fait à Bruxelles le 26 avril 1781. Etoit paraphé, *Ne. vt. Signé,*

Starhemberg. Et plus bas : par Ordonnance de Son Altesse,
Contresigné, De Reul.

Placards, recueil précité, t. II, p. 366.

Nᵒ XXV

*Décret de l'Empereur concernant les preuves à faire pour l'ad-
mission aux Chapitres Nobles des Pays-Bas. 7 janvier 1782.*

Sa Majesté voulant prévenir les inconvéniens qui résultent des
difficultés et des contestations qui s'élèvent sur l'admission des
Récipiendaires pourvues de Prébendes dans les Chapitres Nobles
de ce Pays, a déclaré et déclare, qu'à l'avenir toutes les Aspi-
rantes aux Prébendes Nobles devront faire, avant leur nomination, les preuves requises par le Réglement du 23 Septembre
1769 et les Décrets y ensuivis; qu'en conséquence il ne sera
désormais admis aucune Requête pour ces Prébendes, à moins
que les Suppliantes n'y joignent une déclaration du Chapître dont
Elles demanderont une Prébende, portant que leur admission n'y
est sujette à aucune difficulté. Fait à Bruxelles le 7 janvier 1782.
Etoit Paraphé, *Ne. Vt.* Signé, *De Reul.*

Placards, recueil précité, t. II, p. 367.

Nᵒ XXVI

*Déclaration de l'Empereur concernant les Preuves de Filiation
et de Noblesse dans les Chapitres Nobles de sa Domination
aux Pays-Bas. 24 juillet 1782.*

Sa Majesté étant informée du pied nouvellement établi par
Arrêt du Conseil du Roi Très-Chrétien du 18 août de l'année
derniere pour les Preuves de Filiation et de Noblesse à faire par
les Récipiendaires aux Chapitres des Pays-Bas François, Elle a,
de l'avis de Son Conseil Privé, et à la délibération des Sénéris-
simes Gouverneurs Généraux, déclaré et déclare, que la Disposition de l'Art. 5 du Réglement du 23 Septembre 1769 concernant les Preuves de Filiation et de Noblesse dans les Chapitres
Nobles de sa Domination au Pays-Bas sera sans effet et censée
comme non avenuë à l'égard des Chapitres de Maubeuge et de
Denain, relativement aux Preuves qui auront été admises par ces
deux Chapitres depuis l'émanation dudit Arrêt; et qu'à l'égard
des Preuves y admises antérieurement au même Arrêt, les
Chapitres Nobles de ce Pays ne devront y avoir égard que
pour autant que les Preuves admises par Eux auroient été également reçues par lesdits Chapitres de Maubeuge et de Denain,
sans autre examen.

Fait à Bruxelles, sous le Cachet Secret de *Sa Majesté*, le
24 Juillet 1782. Paraphé, *Ne. Vt.* Signé, *De Reul.*

Placards, recueil précité, t. II, p. 368.

N° XXVII

*Lettres patentes conférant le titre de Dames aux Chanoinesses
de Nivelles, d'Andenne et de Moustier. 28 octobre 1781.*

Joseph, par la grâce de Dieu, Empereur des Romains, toujours
Auguste, roi d'Allemagne, etc. etc.

A tous ceux qui ces présentes verront et lire ouïront, salut,
ayant été informés que les Chanoinesses des Eglises et Chapitres
Nobles de Sainte-Gertrude à Nivelles, de Sainte-Begge à Andenne
et de Saint-Pierre à Moustier-sur-Sambre, désireraient être auto-
risées à prendre le titre de Dames, dont les chanoinesses du seul
Chapitre Noble de Sainte-Waudru en notre ville de Mons sont en
droit de jouir par une concession particulière, et voulant, pour
leur donner une marque de nos bontés, les assimiler à celles de ce
dernier Chapitre, Nous avons, de notre certaine science, grace,
pleine puissance et autorité souveraine, accordé et octroyé, comme
Nous accordons et octroyons par les présentes, le titre de Dame à
chacune des Chanoinesses desdits trois Chapitres Nobles de Sainte-
Gertrude à Nivelles, de Sainte-Begge à Andenne et de Saint-
Pierre à Moustier-sur-Sambre; voulons qu'elles et toutes les
chanoinesses à venir desdits chapitres jouissent à jamais dudit
titre, comme une prérogative et distinction que Nous avons
trouvé bon d'attacher à leurs personnes en cette qualité. Chargeons leurs Altesses Royales l'Archiduchesse Marie-Christine
d'Autriche, princesse royale de Hongrie et de Bohême, notre
très chère et très aimée sœur, et le Duc Albert, Prince Royal de

Pologne et Electeur de Saxe, Duc de Teschen, notre très cher et très aimé Beau-frère et Cousin, nos Lieutenants Gouverneurs et Capitaines Généraux des Pays-Bas et donnons et mandons à tous nos Officiers, justiciers et sujets présents et à venir de faire et laisser jouir les mêmes Chanoinesses, comme dit est, du titre de Dame à perpétuité, sans y apporter aucun obstacle, difficulté et empêchement : Car ainsi nous plait-il : bien entendu que dans l'an des présentes, Elles seront présentées à tous nos Conseils Provinciaux où les trois dits Chapitres sont situés, à notre Chambre des Comptes aux Pays-Bas, et à notre Chambre héraldique, pour qu'il en conste duement où il appartient. Et afin que ce soit chose ferme et stable à toujours, Nous les avons signé et Nous y avons fait mettre notre grand scel.

Donné à Vienne le 28 octobre l'an de grâce mil sept cent quatre vingt un; de nos Règnes : de l'Empire Romain le dix-huitième, de Hongrie et de Bohême le premier. Paraphé K. R. V^{dt}. (s.) Charles.

Et plus bas : par l'Empereur et Roi, contresigné, A. G. de Lederer.

Au folio verso : Les présentes Lettres ont été vues et enrégis-trées au Conseil Souverain de Brabant ce 12 Décembre 1781. (s). J. U. Misson.

Plus bas : Ces Lettres-patentes ont été vues au Conseil de Namur et Régistrées au Greffe du même Conseil le 19 février 1782. (s). de Posson.

Original aux archives héraldiques du ministère des Affaires étrangères.

Nᵒ XXVIII

*Lettre de Joseph II annonçant au Chapitre d'Andenne sa réu-
nion avec celui de Moustier. 29 août 1785.*

L'Empereur et Roy.

Trés chères et bien amées, Nous vous faisons la présente, à la
délibération des Sérénissimes Gouverneurs généraux des Pays-Bas,
pour vous dire que Nous avons résolu de transférer votre chapitre
dans la ville de Namur, et de l'y réunir avec celui de Moustier en
un seul chapitre.

Nous vous ordonnons en conséquence de nommer incessamment des députées pour se concerter avec celles à nommer par le
chapitre de Moustier sur l'établissement d'une régie commune des
biens des deux chapitres, sur le pied le plus simple et le plus
économique qu'il sera possible, et de soumettre, dans la terme de
deux mois, le projet de cette régie à l'approbation du Gouvernement.

Nous vous prévenons que pour l'emplacement du nouveau
chapitre à Namur, Nous avons résolu de céder dès à présent et
gratuitement aux deux chapitres, les bâtiments et terrains des
couvens supprimés des Croisiers (1) et des Carmélites (2) en
ladite ville.

---

(1) Le couvent des Croisiers, fondé à Namur au XIIIᵉ siècle, fut supprimé
en 1779. Il était situé sur l'emplacement actuel de la rue Godefroid. Les
religieux de cet ordre étaient qualifiés chanoines réguliers de Sainte-Croix.

(2) Le couvent des Carmélites à Namur, qui était situé rue de Fer, fut
fondé en 1673 et supprimé en 1783.

Nous vous chargeons de faire former d'abord, de concert avec le chapitre de Moustier, un plan et devis, pertinent des ouvrages à faire pour loger dans cet emplacement le nouveau chapitre et tout ce qui en dépend. Ce plan et ce devis devront aussi être remis, dans le terme de deux mois, à l'approbation du Gouvernement, et lorsqu'ils seront agréés, Nous ferons expédier l'octroi afférant pour lever sur la masse des biens des deux chapitres la somme nécessaire pour son exécution.

Nous vous enjoignons au surplus de nommer d'abord des députées pour convenir, avec celles à nommer au même effect par le chapitre de Moustier, d'un projet de statuts pour le nouveau chapitre. Ces statuts devront être simples et dégagés de toute superfluité et de tout ce qui ne s'accorde plus avec les usages du temps present, vous prévenant au reste que, quant à l'habillement du chœur, il ne devra consister qu'en un manteau de couleur brune déterminée bordé de peau blanche, qu'on mettra sur les vêtemens ordinaires du siécle, qui seront uniformément de la même couleur que le manteau, et une coëffe de gaze sur la tête.

Notre intention est que, dès à présent, il ne soit plus conféré de prébende ni de l'un ni de l'autre de ces deux chapitres jusqu'à ce que, par le revenu des prébendes qui viendront à vaquer et par l'amélioration à provenir d'une meilleure régie et exploitation des biens ou autrement, chaque prébende soit portée à douze cents florins, argent de change.

Nous suspendons jusqu'à autre ordre tout remboursement des capitaux, et vous interdisons toute vente ou coupe extraordinaire de bois, ainsi que d'entreprendre aucun procès, ni en général aucune dépense nouvelle, sans autorisation spéciale du Gouvernement.

Nous vous prévenons que Nous avons commis le secrétaire de notre conseil privé, de Reul, à l'effet de se rendre incessamment à Andenne et à Moustier, pour former un état général et exact des biens des deux chapitres, et qu'au surplus Nous avons nommé le sieur van der Straeten de Wallay, membre de l'état noble du comté de Namur, pour diriger et surveiller sur les lieux, en qualité de commissaire du Gouvernement, l'exécution de nos ordres, et en général tous les arrangemens relatifs à la réunion et translation dont il s'agit, vous chargeant en conséquence de correspondre et de vous concerter avec lui à la même fin, et de déférer à tout ce qu'il vous fera connaître de notre part et par nos ordres relativement à cet objet, et vous prévenant que pour qu'il puisse se mettre particulièrement au fait des moiens des deux chapitres, c'est notre intention qu'il intervienne à la formation de l'état des biens mentionnés ci-dessus. A tout très chères et bien amées, Dieu vous ait en sa sainte garde.

De Bruxelles le 29 août 1785, paraphé Kulb.

Par ordonnance de Sa Majesté, (s). de Reul.

Archives de l'Etat, à Namur, Chapitre d'Andenne, Résolutions capitulaires 1778-1787. R. 9, pp. 67 v° et suivantes.

N° XXIX

Règlement pour les Chapitres des Pays-Bas.
22 avril 1786.

Marie-Christine, etc., etc. et Albert-Casimir, etc., etc. Lieutenants Gouverneurs et Capitaines Généraux des Pays-Bas, etc., etc.

Très chères et bien amées, Sa Magesté aiant prescrit pour tous les chapitres de Dames aux Pays-Bas le nouveau règlement qui suit :

ART. I.

Aucune chanoinesse ne sera reçue à l'avenir avant l'âge de 18 ans. La récipiendaire s'engagera par serment, à son entrée au chapitre, qu'aussi longtemps qu'elle y demeurera elle se conformera exactement aux règles prescrites et à prescrire; qu'elle tâchera de contribuer, autant qu'il sera en son pouvoir, à l'honneur, au bien-être, à la considération et à la prospérité du chapitre, et qu'elle aura tous les égards et toute l'obéissance due envers ses supérieures.

II.

Les nouvelles chanoinesses devront être absolument sans fortune et ne pourront plus posséder en même temps quelque autre prébende; elles conserveront cependant, comme propriété, tout ce que depuis leur réception elles pourront hériter ou acquérir par toute autre voie légitime.

III.

Tout ce qu'on appelle années d'école, années de résidence ou strictes, vient à cesser et en conséquence les nouvelles chanoinesses entreront, à compter du jour de leur réception, en pleine jouissance des mêmes avantages et droits qui compètent aux autres chanoinesses.

IV.

Le chant des chanoinesses au chœur est entièrement supprimé dès maintenant, et leurs exercices de piété consisteront dans les points suivants :

1. Tous les ans, au jour des trépassés, elles réciteront à haute voix, dans l'église, l'office des morts pour les défuncts de l'auguste maison d'Autriche, ainsi qu'au jour des obsèques publiques et des anniversaires des Princes Souverains du pays.

2. Elles réciteront de même cet office le jour des obsèques d'une chanoinesse défunte.

3. Elles entendront tous les jours la messe et réciteront le *De profundis* pour les défunts de l'auguste Maison.

4. Elles assisteront tous les dimanches et festes au sermon de leur paroisse.

5. Les exercices ultérieurs de pieté sont laissés à leur propre dévotion, d'après les conseils de leurs confesseurs, et sans les astraindre à des jours ni à des confessions déterminées, il leur sera libre de se confesser quand bon leur semblera. Elles devront se prêter à ces devoirs et à tous ceux qui leur incombent d'ailleurs, de bonne grâce, et se montrer dignes de leur naissance et de leur État, par la décense de leurs mœurs,

n'offenser personne de propos délibéré, vivre en bonne intelligence et remettre à la décision de leurs supérieurs les différens qui en tous cas pourraient survenir entre elles.

V.

Les chanoinesses ne porteront, soit chez elles, soit à l'église ou dans la ville, que des robes noires de taffetas en été et de gros de Tours en hiver, sans manteau ni voile à l'église. Elles pourront cependant se mettre chez elles en négligés de couleur et s'habiller en couleurs hors de la ville et à la campagne.

VI.

Les chanoinesses seront toutes réunies en une seule maison, ou en une même enceinte de bâtimens où chacune aura son logement pour elle et les domestiques nécessaires et dans lequel chacune soignera à son propre ménage, comme elle l'entend, au moyen de quoi il ne s'agira plus de chanoinesses ménagères en titre.

VII.

Dans les chapitres pourvus d'une abbesse, il sera choisi quatre dames assistantes, et dans ceux où il n'y a point d'abbesse, quatre doyennes pour veiller alternativement par semaine à la discipline et à la police du chapitre.

VIII.

Le choix de ces Doyennes et assistantes se fera tant pour la première fois, que dans chaque cas de vacance de l'une de ces places, par les suffrages des chanoinesses, qu'elles donneront dans des billets cachetés à un commissaire du gouvernement qui disposera sur le raport de ce commissaire, ainsi qu'il le jugera convenir, soit en agréant le choix qui aura été fait, soit en nommant d'autres dames pour ces places.

IX.

Les chanoinesses ne pourront sans une permission spéciale de la supérieure, recevoir aucune visite dans leur chambre, pas même de leurs plus proches parens, qui ne pourront y aller qu'en cas de maladie.

X.

Elles pourront recevoir des visittes dans une sale ordinaire de compagnie, mais la supérieure de semaine devra en être avertie chaque fois, afin qu'elle puisse être présente elle-même ou y envoyer une autre chanoinesse à sa place. Si cependant des parens ou des amies de confiance désiraient parler en particulier à une chanoinesse, on pourra les y laisser seuls.

XI.

Lorsqu'une chanoinesse devra sortir en ville, ou aller faire visite à une parente, ou dîner dehors, elle devra chaque fois en avertir auparavant le Supérieure de semaine.

XII.

Les chanoinesses pourront aller deux, trois ou plusieurs ensemble aux spectacles publics, et assister de même aux bals de la noblesse et aux redoutes, mais toujours accompagnées, soit

de l'une des Dames doyennes ou assistantes, soit d'une Dame
mariée et connue.

XIII.

Jamais une chanoinesse ne pourra découcher, et la supérieure
ne pourra en accorder la permission que pour des circonstances
très graves.

XIV.

Chaque chanoinesse pourra s'absenter quatre mois par an. Celle
qui sera restée présente au chapitre pendant deux ou trois ans
sans interruption aura même le droit de prendre une année entière
de vacances. La chanoinesse qui voudra s'absenter devera cependant en avertir la supérieure qui, de son costé, devra informer le
gouvernement de chaque absence, et attendre ses ordres lors
qu'il s'agira d'un congé audelà du terme ordinaire de quatre mois.

La supérieure arrangera les choses de manière qu'il reste
toujours au moins la moitié des chanoinesses au chapitre, et en
conséquence lorsqu'il y en aura une moitié absente, elle devra
remettre celles qui se présenteront ultérieurement pour avoir des
congés d'absence jusqu'au retour des autres.

On ne laissera pas voyager seules les chanoinesses qui iront en
vacances, mais elles devront estre accompagnées, tant en allant
qu'en revenant soit d'une parente ou d'une dame connue d'ailleurs
de la supérieure ou au moins de quelqu'autre femme de confiance.

XV.

Une chanoinesse qui restera quinze jours absente audelà du

tèrme ordinaire de quatre mois, perdra trois mois de sa prébende au profit du fond du chapitre; si son absence s'étend jusqu'à quatre autres mois, elle perd la moitié de sa prébende; mais si elle reste absente une année entière sans permission spéciale, elle sera par le fait déchue de sa prébende, et ne pourra plus être reçue au chapitre.

XVI.

Une chanoinesse qui fera des dettes sans nécessité, sera privée de sa prébende.

XVII.

Pour des fautes de moindre importance la chanoinesse sera reprimandée verbalement et avec discrétion, et si cette correction n'opère rien, elle perdra trois mois de sa prébende au profit des pauvres.

XVIII.

Mais si une chanoinesse est trouvée et convaincue coupable d'une faute très grave, elle sera exclue du chapitre et sa place déclarée vacante.

XIX.

Lorsqu'une chanoinesse se rendra suspecte de quelque connaissance ou liaison indécente, elle sera d'abord admonétée seule à seule par la supérieure. Si cette admonition n'a point d'effet, on lui en fera une seconde en plein chapitre, dont il devra se tenir une assemblée le premier de chaque mois. Si cette seconde admonition reste encore sans effet, on lui retiendra pour un certain tems ses revenus, et elle sera en outre soumise à la surveillance d'une autre chanoinesse, et en cas que tous ces moyens fussent infructueux on en rendra compte au gouvernement.

XX.

Les chanoinesses devront être scrupuleuses dans le choix de leurs domestiques et ne prendre à leur service que des personnes honnêtes et de bonnes mœurs. Elles leur recommanderont fortement la décence, l'ordre et la tranquillité et leur défendront de sortir sans nécessité. Et si les domestiques contrevenaient à ces règles, elles auront à les renvoyer; ce que les supérieurs auront pouvoir de faire à leur défaut.

XXI.

Les clefs de la maison ou de l'enceinte du chapitre devront être remises tous les soirs à la supérieure de semaine.

XXII.

Les chanoinesses qui viendront à décéder au chapitre seront enterrées sans pompe aux frais du chapitre, mais les frais du scellé, de l'inventaire et de l'évaluation de la mortuaire seront à la charge de la succession de la défunte et de ses héritiers.

XXIII.

Les chanoinesses qui seront reçues à l'avenir, seront tenues de laisser par testament au chapitre le dixième de leur succession, à défaut de quoi cette part appartiendra au chapitre ab intestat. Elles auront la liberté de disposer des neuf dixièmes restant de leurs biens, excepté les meubles qui, quoique achetés à leurs frais, resteront au chapitre et pourront être cédés à un prix modique aux chanoinesses qui leur succéderont dans la prébende ou aux autres chanoinesses.

Nous vous faisons la présente pour vous informer des souveraines intentions de Sa Majesté, vous prévenant que c'est sa volonté qu'à l'exception de ce qui concerne le bâtiment et le logement et en attendant qu'il y soit pourvu dans la ville de Namur sur le pied prescrit, toutes les autres dispositions de ce nouveau règlement soient suivies et exécutées à commencer du premier may de la présente année, selon quoi vous aurez à vous régler à tant, très chères et bien aimées, Dieu vous ait en sa garde.

De Bruxelles le 22 août 1786. Paraphé, Kubb. (s.) Marie. Albert. Par ordre de Leurs Altesses Royales, (s.) de Reul.

Aux archives de l'Etat, à Namur, chapitre d'Andenne, Résolutions capitulaires 1778-1787. Reg. 9, pp. 74 et suivantes.

Aux pp. 79 et suivantes du même registre se trouve le règlement du 12 juin 1786. Il modifie le précédent en deux points : office de l'après-midi rendu obligatoire pour les chanoinesses et faculté accordée à celles-ci de recevoir dans leur appartement les visites de toutes femmes et de leurs père et frère.

N° XXX

*Lettres du comte de Namur, Jean de Flandre, portant confir-
mation d'un octroi de prébende à Agnès de Lannoy, (1310).
Le prince, à la suite d'une protestation du chapitre, stipule
qu'à l'avenir il ne conférera plus de prébendes à des personnes illettrées âgées de plus de douze ans.*

Nous, Jehans de Flandres, cuens de Namur, faisons savoir à
tous céaus ki ches présentes lettres veiront et oront, ke com nous
ewissiens doneit à damoiselle Agnes suer à mon segnour Huvon
de Lanoi chevalier, une provende en l'églize d'Andenne, à nous
afférant par le raison de nostre patronaighe ke nos avons de
donneir les provendes en le ditte églize, queil don faisant li ditte
églize se sentit grevée par itant ke li ditte damoiselle Agnès n'astoit mies adont litterée ne aprise, et qu'elle sembloit à le ditte
églize iestre trop vielhe d'eaige à aprendre et à deservir la ditte
provende, si qu'il affiert, et nous soiens bien tenuit et volons
iestre de pourveir le ditte églize de persone litterée et enstruite
ou de persone jovene ki soit able à aprendre la ditte provende à
deservir as us et à costumes anchienes de le ditte églize, pour
nous acquitteir, noüs, par nostre sponge volunteit, enformeis de
bon conseil et de saige, en bonne conscienche, désirans de faire
envers le ditte églize çou ke nos devons faire, et pour exsauchier
le serviche divin, par koi en acun temps li ditte églize ne les
persones par le défaute de nous ou de nous hoirs successeurs ou
dit patronaighe, soefrent ou puissent soefrir nul amainrissement,

avons obligiet et obligons en futur nous et nous hoirs successeurs
contes de Namur, ke nous ne nostre hoir dessusdit de ce jour en
avant, après le recepte de le ditte damoiselle Agnès, ne donrons
provendes en le ditte églize à damoiselles ne à femmes nulles ki ne
soient litterées et aprises pour deservir le ditte provende de lire et
de canteir ou ki ne soient de doze ans, ou en aval doze ans
par koi elles soient ables à aprendre le ditte provende deservir si
qu'il affiert.

Et pour çou ke ce soit ferme choze et establi à tous jours, nous
avons mis nostre propre saiel à ches présentes lettres en tesmoi-
gnaighe de veriteit. Faites et données l'an de grasce mil trois cent
et diz, le jour de le feiste Saint Michiel.

Original, avec fragments de sceau, aux archives de l'Etat, à Namur,
chartrier d'Andenne.

N° XXXI

*Lettres de Maximilien d'Autriche et de Marie de Bourgogne,
comte et comtesse de Namur, (1480), conférant une prébende
à Louise d'Assignies.*

Maximilien et Marie par la grace de Dieu ducs d'Austrice, de
Bourgoingne, de Lothier, de Brabant, de Lembourg, de Lucembourg et de Gheldres, comtes de Flandres, d'Artois, de Bourgoingne, Palatins, de Haynnau, de Hollande, de Zellande, de

Namur et de Zuytphen, marquis du Saint-Empire, Seigneurs de Frise, de Salins et de Malines, A nos très chères et bien amées en Dieu les damoiselles chanonnyesses de l'église d'Andaine en notre conté de Namur salut et dilection. Comme damoiselle Katherine de Werquigneul nagaires votre consœur et con-chanonnyesse prébendée en votre dite église par lettres signées de sa main ait sadite chanonnie et prébende résigné et d'icelle se soit départie soubs notre bon plaisir au prouffit de damoiselle Loyse d'Assignyes, fille de feu Jehan d'Assignyes comme entendu avons, Savoir vous faisons que nous ayans aggréable ladite résignation, Avons au cas dessusdit pour Dieu et en aulmosne donné et conféré donnons et conférons par ces présentes ladite prébende et chanonnie d'Andaine avec tous les droits quelconcques qui y appartiennent, à ladite damoiselle Loyse d'Assignyes, si vous mandons et expressement enjoingnons que icelle damoiselle Loyse ou son procureur ou procureresse pour et ou nom d'elle vous oudit cas mettez ou faittes mettre en possession réelle, actuelle et corporelle de ladite prébende, ensemble des droits, fruitz, prouffitz, rentes, revenues et émolumens y appartenans en la retenant en votre consœur et conchanonnyesse et donnant et assignant siége ou cuer et lieu ou chapitre d'icelle votre église, en la manière accoustumée et luy respondez ou a son dit procureur ou procureresse pour elle, faittes respondre par celluy ou ceulx qu'il appartiendra pleinement et entièrement desdits droits, fruitz, prouffitz, rentes, revenues et émolumens desdits chanonnie et prébende sans contredict ou difficulté, adjoustées et gardées les solemnitez en tel cas requises et accoustumées. Donné en nostre hostel à La Haye en Hollande le xij^e jour de may l'an de grâce mil quatre cens et quattrevins. Soubs est script : Par Monseigneur le duc et signé Batault. Et sur le dot estoit aussy escript l'an mil

iiij^e, iiij^{xx} le xxv jour de may fut recut damoiselle Loyse de Dassi-
gnies à la prébende delle église d'Andenne et fut jurée par sept
gentilzhommes assavoir Messire Pire seigneur de Bossus, Philippe
de Barbencon, Gérard de Bossus, Mestre Lion delle Hovardye, (1)
Messire Jehan de Trina, Messire Thiri Bonant, Godefroy d'Esve,
Messire Lion de Barbencon qui at affirmé tous les autres.

Copie à la première page du registre aux réceptions de 1526-1660,
mentionné au chapitre sixième, page 203 et note 1 de la page 204.

<hr>

N° XXXII

*Lettres patentes de Charles-Quint, (1520), appelant à la
prévôté d'Andenne Marie de Resves ou de Reuvre.*

Charles, par la divine clémence roy des Romains, empereur
toujours auguste, roi de Castille, de Léon, de Grenade, d'Arragon, de Navarre, des deux Cécilles, de Jérusalem, de Valence,
de Majorque, de Sardenne, de Corsice, etc. archiduc d'Austrice,
duc de Bourgoingne, de Lothier, de Brabant, de Stier, de Carinte,
de Carniole, de Lembourg, de Luxembourg et de Gheldres, conte
de Flandres, de Habsbourg, de Tirol, d'Artois et de Bourgoingne,
Palatin et de Haynnau, Lantgrave d'Elsate, prince de Zubane, marquis de Bourgau et du St Empire, de Hollande, de Zeellande, de

____

(1) Lion du Chastel, chevalier, seigneur de la Howardries.

Ferrette, de Kibourg, de Namur et de Zutphen, conte seigneur de Frise, des Marches de Sclavonie, de Portenau, de Salins et de Malines, à tous ceulx qui ces présentes lettres verront, salut. Comme il soit venu à nostre congnoissance que la prévoste de nostre église d'Andenne, qui est la première dignité desservie par une des damoiselles chanoniesses d'icelle, obstant la viellesse et délibitacion de la personne de la prévoste moderne, soit apparant de brief vacquer; Parquoy et que, en vertu de l'indult à nous octroyé par nostre Saint Père le Pape et le Saint-Siége apostolicque, nous loist de nommer à chacune dignité de noz pays de pardeça personne ydoine et à nous agréable, Nous, pour ces causes et autres à ce nous mouvans, veullans en ce user du bénéfice dudit indult, et pour la bonne relacion que faicte nous a esté de la personne de damoiselle Marie de Reuvre, une des chanoniesses de ladite église d'Andenne, et de sa bonne vie et honneste conversacion, avons à icelle damoiselle Marie, octroyé, consenty et accordé, octroyons, consentons et accordons par ces présentes, que le cas advenant de la vacacion de ladite prévosté en nostre dite église d'Andenne, soit par le trespas de celle qui la tient présentement, par résignation et démission qu'elle en pouroit faire ou autrement, elle soit pourvueue d'icelle dignité et prévosté, et qu'elle y soit préferée avant tous autres. Et à ce l'avons dès maintenant pour lors, et dès lors pour maintenant que ladite prévosté vacquera, dénommée et dénommons, déclairant sa personne estre à ce idoine, souffissant et à nous acceptable et agréable. Si donnons en mandement ausdites damoiselles, channoniesses, chanoines et chapitre de nostre dite église d'Andenne que ladite vacacion de prévosté vacant par l'un des moyens dessusdis et procédant à l'élection de nouvelle prévoste, elles élisent et adressent leurs voix à la personne de ladite damoiselle Marie de

Reuvre et de nulle autre, et de ceste nostre présente nominacion
et déclaracion selon que dit est elles et tous autres en ce regard e
la facent, seuffrent et laissent plainement et paisiblement joyr
et user, cessans tous contreditz et empeschemens à ce contraire.
Car ainsi nous plait-il. En tesmoing de ce, nous avons fait
mectre nostre seel à ces présentes.

Donné en nostre ville de Bruxelles le XVIᵉ jour de septembre,
l'an de grâce mil cincq cens et vingt, et de noz règnes assavoir
de cely des Rommains le second, et de Castille le cincquiesme.

Original, sceau enlevé, aux archives de l'Etat, à Namur, chartrier
d'Andenne.

Nᵒ XXXIII

*Bulles du pape Clément VII, (1524), confirmant la nomination
de Marie de Resves en qualité de prévôte et chargeant des
dignitaires ecclésiastiques de procéder à son installation.*

I.

Clemens, episcopus servus servorum Dei, dilectæ in Christo filiæ
Mariæ de Reuvre, prepositissæ secularis et collegiatæ ecclesiæ
Sanctæ Beggæ Andennensis, Leodiensis diocesis, salutem et apostolicam benedictionem. Vitæ munditia ac morum honestas aliaque
laudabilia probitatis et virtutum merita, super quibus apud nos

fide digno commendaris testimonio, nos inducunt ut tibi reddamur ad gratiam liberales. Dudum siquidem omnes dignitates ceteraque beneficia ecclesiastica apud sedem apostolicam tunc vacantia et inantea vacatura collationi et dispositioni nostræ reservavimus, decernentes ex tunc irritum et inane si secus super hiis a quoquam, quavis auctoritate, scienter vel ignoranter, contingeret attemptari. Cum itaque postmodum prepositura secularis et collegiatæ ecclesiæ sanctæ Beggæ Andennensis, Leodiensis diocesis, — in qua, preter illius prepositissam pro tempore existentem et dilectas in Christo filias canonissas, nonnulli clerici seculares fore noscuntur, — per liberam resignationem dilectæ in Christo filiæ Johannæ de Mares nuper dictæ ecclesiæ prepositissæ de illa quam tunc obtinebat per dilectum filium Guillermum Clais clericum Cameracensis diocesis procuratorem suum ad hoc ab ea specialiter constitutum, in manibus nostris sponte factam et per nos admissam apud sedem predictam vacaverit et vacet ad presens, nullusque de illa preter nos, hac vice disponere potuerit vel possit, reservatione et decreto obsistentibus supradictis, Nos, tibi ejusdem ecclesiæ canonissæ, premissorum meritorum tuorum intuitu, specialem gratiam facere volentes, teque a quibusvis excommunicationis, suspensionis et interdicti aliisque ecclesiasticis sententiis, censuris et pœnis a jure vel ab homine quavis occasione vel causa latis, si quibus quomodolibet innodata existis, ad effectum presentium dumtaxat consequendum harum serie absolventes et absolutam fore censentes, preposituram predictam quæ inibi dignitas principalis existit, et cujus fructus, redditus et proventus viginti quatuor ducatorum auri de Camera, secundum communem extimationem, valorem annuum ut asseris non excedunt, sive premisso sive alio quovis modo aut ex alterius cujuscumque persona seu per similem resignationem dictæ Johannæ

vel cujusvis alterius de illa in romana curia, vel extra eam, etiam
coram notario publico et testibus, sponte factam, aut assecutione
alterius beneficii ecclesiastici quavis auctoritate collati vacet, etiam
si tanto tempore vacaverit quod ejus collatio juxta Lateranensis
statuta concilii ad sedem predictam legitime devoluta, ipsaque
prepositura dispositioni apostolicæ specialiter vel alias generaliter
reservata existat et ad eam consueverit quis per electionem assumi
eique cura jurisdictionalis imineat super ea quoque inter aliquos lis,
cujus statum presentibus haberi volumus pro expresso, pendeat
indecisa dummodo ejus dispositio ad nos hac vice pertineat cum
omnibus juribus et pertinentiis suis, apostolica tibi auctoritate
conferimus et de illa etiam providemus, decernentes prout est irritum
et inane si secus super hiis a quoquam quavis auctoritate, scienter
aut ignoranter attemptatum forsan est hactenus, vel in posterum
contigerit attemptari. Non obstantibus felicis recordationis Bonifacii
papæ VIII predecessoris nostri et aliis apostolicis constitutionibus
ac dictæ ecclesiæ juramento confirmatione apostolica vel quavis
firmitate alia roboratis statutis et consuetudinibus contrariis qui-
buscumque. Aut si aliqui super provisionibus sibi faciendis de
dignitatibus ipsius ecclesiæ speciales vel aliis beneficiis ecclesiasticis in illis partibus generales, dictæ sedis vel legatorum ejus
litteras impetrarint etiam si per eas ad inhibitionem reservationem
et decretum vel alias quomodolibet sit processum quibus omnibus
te in assecutione dictæ preposituræ volumus anteferri sed nullum
per hoc eis quo ad assecutionem dignitatum seu beneficiorum
aliorum prejudicium generari. Seu si venerabili fratri nostro,
Episcopo Leodiensi, et dilectis filiis, capitulo dictæ ecclesiæ vel
quibusvis aliis communiter vel divisim ab eadem sit sede indultum, quod ad receptionem vel provisionem alicujus minime
teneantur et ad id compelli non possint. Utque de dignitatibus

ipsius ecclesiæ, vel aliis beneficiis ecclesiasticis ad eorum collatio-
nem, provisionem, presentationem, electionem, seu quamvis aliam
dispositionem, conjunctim vel separatim, spectantibus, nulli valeat
provideri per litteras apostolicas non facientes plenam et expressam ac de verbo ad verbum de indulto hujusmodi mentionem, et
qualibet alia dictæ sedis indulgentia generali vel speciali cujuscumque tenore existat per quam presentibus non expressam vel
totaliter non insertam effectus hujusmodi gratiæ impediri valeat
quomodolibet vel differri et de qua cujusque toto tenore habenda
sit in nostris litteris mentio specialis aut si presens non fueris ad
prestandum de observandis statutis et consuetudinibus dictæ
ecclesiæ solitum juramentum, dummodo in absentia tua per
procuratorem idoneum, et cum ad ecclesiam ipsam accederis
corporaliter, illud prestes. Per hoc autem statum seu regulam aut
ordinem ipsarum canonissarum non intendimus aliter approbare.
Nulli ergo omnino hominum liceat hanc paginam nostræ absolu-
tionis, collationis, provisionis, decreti et voluntatis infringere, vel
ei ausu temerario contraire. Si quis autem hoc attemptare presumpserit, indignationem omnipotentis Dei ac beatorum Petri et
Pauli apostolorum ejus, se noverit incursurum. Datum Romæ,
apud Sanctum Petrum, anno incarnationis Dominicæ millesimo
quingentesimo vicesimo quarto, idibus novembris, pontificatus
nostri anno premi.

Original, sceau enlevé, aux archives de l'Etat, à Namur, chartrier
d'Andenne.

II.

Clemens episcopus, servus servorum Dei, venerabili fratri episcopo Lafertanensi (1), et dilectis filiis decano ecclesiæ Sonegiensis,
Cameracensis diocesis, ac officiali Leodiensi, salutem et apostolicam benedictionem. Hodie dilectæ filiæ Mariæ de Reuvre, prepositissæ secularis et collegiatæ ecclesiæ sanctæ Beggæ Andennensis, Leodiensis diocesis, preposituram dictæ ecclesiæ tunc per
liberam resignationem dilectæ in Christo filiæ Johannæ de Mares
nuper dictæ ecclesiæ prepositissæ de illa quam tunc obtinebat per
certum procuratorem suum ad id ab ea specialiter constitutum in
manibus nostris sponte factam et per nos admissam apud sedem apostolicam vacantem et antea dispositioni apostolicæ reservatam per
alias nostras litteras, contulimus et de illa etiam providimus prout
in illis plenius continetur. Quocirca discretioni vestræ per apostolica scripta mandamus quatinus vos vel duo vel unus vestrum si et
postquam dictæ litteræ vobis presentatæ fuerint per vos vel alium
seu alios eandem Mariam, recepto prius ab ea nostro et Romanæ
ecclesiæ nomine fidelitatis debitæ solito juramento, juxta formam
quam sub bulla nostra mittimus introdusam vel procuratorem suum
ejus nomine, in corporalem possessionem preposituræ juriumque
et pertinentiarum predictorum inducatis auctoritate nostra et
defendatis inductam, amota exinde qualibet detentrice, facientes
Mariam, vel pro ea procuratorem suum predictum, ad preposituram hujusmodi ut est moris admitti, sibique de illius fructibus,

____

(1) Cette désignation est rigoureusement conforme au texte. Il n'a
pourtant jamais existé d'évêché du nom de La Ferté. Peut-être s'agit-il
d'un évêque suffragant, mais encore restons-nous ici devant l'inconnu,
malgré les plus minutieuses recherches.

redditibus, proventibus, juribus et obventionibus universis integre responderi, contradictores auctoritate nostra, appellatione postposita, compescendo, non obstantibus omnibus quæ in dictis litteris volumus non obstare. Seu si venerabili fratri nostro episcopo Leodiensi et dilectis filiis capitulo dictæ ecclesiæ vel quibusvis aliis communiter vel divisim ab eadem sit sede indultum quod interdici, suspendi vel excommunicari non possint per litteras apostolicas non facientes plenam et expressam ac de verbo ad verbum de indulto hujusmodi mentionem.

Datum Romæ, apud Sanctum Petrum, anno incarnationis Dominicæ millesimo quingentesimo vicesimo quarto, idibus novembris, pontificatus nostri anno primo.

Original, sceau enlevé, aux archives de l'Etat, à Namur, chartrier d'Andenne.

N° XXXIV

Patente de prévôte pour Mademoiselle de Hoensbroeck. 1778.

Marie Thérèse par la grace de Dieu Impératrice Douairière des Romains; A nos chères et bien aimées les Demoiselles Chanoinesses du Chapitre Noble de l'Eglise Collégiale de Sainte Begge à Andennes en Notre Païs et Comté de Namur, *Salut et Dilection ;* La Prévôté de l'Eglise Collégiale de Sainte Begge à Andenes étant actuellement vacante par le décés de D^e Marie-Anne-Brigitte-Alexandrine de Nassau--Corroy, votre dernière Prévôte, et par conséquent à Notre Collation et Disposition, à raison de Notre Droit de Patronage, *Savoir faisons,* que sur les Témoignages avantageux, qui Nous ont été donnés des vertus, mérites et de la vie religieuse de Notre chère et bien aimée Dem^{lle} Marie Frédérique de Hoensbroeck d'Oost, Doyenne de Votre Chapitre, Nous lui avons de l'avis de Notre très cher et très aimé Beau frère et Cousin le Sérémissime Duc Charles Alexandre de Lorraine et de Bar, Administrateur de la grande Maîtrise en Prusse, Grand Maître de l'Ordre Teutonique en Allemagne et Italie, Notre Lieutenant, Gouverneur et Capitaine Général des Pays-Bas, et ouï Notre Chancelier de Cour et d'Etat, donné et conféré, comme Nous lui donnons et conférons par les Présentes ladite Prévôté; Vous mandons et requerons de recevoir et admettre ladite D^{lle} Marie Frédérique de Hoensbroeck d'Oost à la vraie, réelle et actuelle Possession de lad^e Prévôté ainsique de tous Droits y attachés, lui donnant et assignant Siège au chœur et lieu au chapitre, comme il est d'usage, observant de plus les Cérémonies et Solemnités accoutumées; Lui permettons de pouvoir demander de Notre Saint Père, de l'Evêque diocésain ou autres Supérieurs Ecclésiastiques, telles bulles Apostoliques ou Provisions de confirmation qu'il appartiendra, et de les mettre en exécution. Donnons en Mandement a Nos très chers, chers et féaux, ceux de Notre Conseil d'Etat, Chef et Présidents et gens de nos Privé et Grand Conseils, Président et gens de Notre Conseil à Namur, et à tous autres Nos Justiciers, Officiers et Sujets que ce regardera, qu'ils Vous assistent autant que de besoin, en ce que dessus, et qu'en outre ils fassent et laissent pleinement et paisiblement jouir et user la D^{lle} Marie Frédérique de Hoensbroeck d'Ost, de Notre présente Nomination, Accord et Consentement, en écartant toutes les Contradictions ou Obstacles, qu'elle pourroit rencontrer, *Car ainsi Nous plait il*. En témoignage de quoi Nous avons signé les Présentes et nous y avons fait mettre Notre Grand-Séel. Donné à Vienne le 7 Août, L'an de grace mil-sept-cent-soixante-dix-huit et de Nos règnes le trente-huitième. (s) Marie Thérèse.

Par l'Impératrice Douairière et Reine
(s). A. G. de Lederer.

Suivait l'entérinement au Chapitre. Cette formule est en grande partie déchirée, mais on lit au bas : L. J. Polet, secrétaire. — Sceau arraché. — Cette pièce fait partie des archives de M. le comte Charles de Borchgrave d'Altena, au château de Seilles près Andenne.

N° XXXV

État de la dépense faite pour l'élection de la dame prévôte d'Andenne par ordre de Madame la Comtesse de Berlaymont, doyenne d'Andenne, le 14 avril 1749 et jours suivants le tout comme s'ensuit :

Primes un gras dindon pour	3	10	o
Douze couples de poulets	16	16	o
Trois couples de begasses	4	4	o
Dix-huit griffes pour	1	1	o
Dix couples de pigonaux	3	o	o

Deux livres d'amandes douces	1	8	0
Trois ‡‡ (1) de nantilles	0	12	0
Des coraintines et raisins	0	5	0
Deux ‡‡ capres d'Espagne	2	9	0
De la fisselle pour	0	7	0
Un quarteron de mousseron	1	8	0
Un quartron de trulle	1	8	0
Six livres de fleure	2	14	0
Plusieurs mains de papiers	0	10	0
La façon d'un pâté de senglier compris la fourniture	3	10	0
Pour louage de la baterie de cuisine	2	2	0
Douze egrevises de mer	6	6	0
Quatre poulets de lait	4	0	0
Quatre poulard de Bruxelles	7	10	0
Deux levrots pour	1	8	0
Cir verd pour	0	3	12
Non pareille pour	0	7	0
Laitue et fourniture	0	10	12
Houblon pour sept sols	0	7	0
Orange amere trois pour	0	6	0
Un demy cent d'anchois	1	15	0
Un pot d'olive	1	8	0
Pour fruit pour compotte	0	10	12
Une ‡‡ demy de biscuits	1	4	0
Une livre demy de macaron	1	4	0
Colle de poison	0	3	12
Ver découpé pour	0	14	0

(1) Ce signe indique une mesure dont nous n'avons trouvé nulle part l'indication exacte.

Oreilles et pieds de cochon et sindoux	2	6	0
Cent huitante huit livres de viande de boucherie livrée par Gérard à quatre sols la livre . . .	37	12	0
Un agneau pour	3	10	0
12 quve de mouton	1	4	0
12 ris de vaux pour	2	8	0
12 langues de mouton fraiche	1	4	0
Deux os à moille et 4 pallais de bœuf.	0	9	0
12 oreilles de vaux.	0	18	0
Ving livres de lard	6	0	0
Un jambon à découpé, 8 livres	2	0	0
Egrevises de rivière	2	2	0
A Belgrade pour provision et barque	1	1	0
De la craime pour	0	18	0
12 citrons pour la table	1	10	0
Pour bougie	8	1	0
Deux pains de sucre pesant 9 ‡‡ à 14 sols . . .	6	6	0
Des noix muscade pour	1	1	0
Des cloux de geroffle	2	2	0
De la canelle pour	1	4	0
Une livre de poivre.	0	17	12
18 citrons pour la cuisine.	1	2	12
Oranges douces pour	1	8	0
A un exprès pour porter à Namur la lettre de messieurs les commissaires	0	17	12
Pour 12 bouteilles vin muscat à 4 esquelins le carafon.	16	16	0
Une douzaine vin Bourgogne à 17 sols et demy la bouteille	10	10	0
Un jambon de Mayences	5	8	12

Deux langues de bœufs	2	16	0
Douze langues de mouton	2	2	0
Pour le port du vin jambon et autres déboursé. .	1	15	0
Acheté à Andenne la moitié d'un veau gras pour.	7	0	0
Douze livres de truitte à 4 esquelins la livre. . .	16	16	0
Un saumon de Meuse pesant 18 livres.	14	0	0
Trentre sept livres de beure à six sols moins un liard la livre	10	12	18
Six quartrons demy d'œufs à 5 sols le quarteron.	1	12	12
Item, un quartron de morille sèches	1	8	0
Une livre et demy de petit sallé.	0	5	0
Craime de tarte pour	0	3	12
Pour salade pour domestique	0	7	12
Un pot d'huile fine de provence	2	2	0
Dix livres de chandelles à six sols la livre . . .	3	0	0
Vingte cinque pots de vin de Montagne rouge pour	25	0	0
Deux esmes de bierre ne pouvant valoir moins de 5 fl. l'esme	10	0	0
Deux cordes de bois pour.	11	4	0
Item pour charbons.	3	10	0
Pour le pain commun	8	2	18
Pains de table	5	1	0
Pour le loyer des plats à potage	0	8	0
A Vincent pour trois journées	1	1	0
A 3 femmes pour journées à 5 sols par jour. . .	2	15	0
Aux deux tournebroche chacun 2 journées à une plaquette	0	14	0
A Dosoigne deux journées et demy à sept sols par jour.	0	17	12
Payez chez Huguet pour le logement des domestiques	1	3	0

Payez au batellier Robert Vincent deux ducats
cinque esquelins pour avoir été chercher et
remenner messieurs les commissaires à Namur
avec la barque y aïant dût loger une nuit. . . 13 13 0
A cuisinier Minet pour journée 25 4 0
A Renard pour journées 29 15 0

Total de la dépense fl. 394 5 12
60 ducats fons. 357 0 0

Reste à payer 37 5 12

Le présent état a été lu et accepté en cette séance et restitué
les trente sept florins cinq sous demy à Madame la doyenne
qu'elle avait déboursé au dessus des soixante ducats luy mis en
mains par le Chapitre le 12 mars dernier pour subvenir aux frais
à faire à l'élection d'une future dame prévôte.

Fait en Chapitre tenu le 21 avril 1749.

Par ordonnance (s.) P. J. BONHIVER, secret.

Archives de l'Etat, à Namur, Chapitre d'Andenne, Comptes et
Acquits 1749-1757, n° 480.

N° XXXVI

Bail pour les terres de Gesteaux et d'Ambresin, (mai 1250).

Sachent tuit cil ki ces letres verront que nos, la prévoste, la doiene et tos li chapiteles d'Andenne avons donet notre obédiensce d'Ambresin et de Gesteal à Ponchar d'Avins à loi d'obédiensce, solonc nos usages et nos coustumes, à tenir si com obediensciers, de la feste Sain Johan Baptiste ki vient prochainement à nuef ans; et de ce nos doit ilh rendre et paier, à Hui, chask an, à la Purification Nostre Dame, et finer, à chaskune provende de chenoine ou de damoisele, de trois muie de spealte, à la mesure de Hui, bone à dous deniers pres de la meilhor con vendrat à Hui el marchiet, al tens del paement. La somme de ceste speate si monte à sis vins muie; et d'autre si bone speate et en tele manière et en tel liu et à tele mesure, nos doit ilh faire paement de cent muie à la feste sain Johan ki vient après et finer à chaskune provende de dous mui et demi, et al anniversare madamme Dowe Labesse doit il chask an paier et finer en mars de dous muie de speate. Après ce, nos devrat ilh chask an, tant com cis termes durrat des nuef ans, enmi le mois de décembre, nuef mars de liégeois, dont ilh devrat finer à chaskun chenoine ou damoisele chenoniesse, de quatre sous et demi de liégeois; et d'autre nuef mars devrat ilh finer en atre tele manière après chask an, enmi le mois de resailhe; et à la feste sain Remi nos devrat ilh chask an, lo quel ki mies nos plairat, ou V livres de cire ou X sous de liégeois.

En après, il nos doit délivrer de totes cerchies et soignies et délivrer envers le marlier d'Ambresin et envers les cous et les ponteniers de lor meissons ensi qu'il les suelent avoir, si nos doit paier au Tremedi nostre lin al pois del trésorier, tel con le suet paier, dont ilh est à savoir con ne le paie en dous ans kune fois. Et se, par l'okeson de ceste obédiensce, movoit bestens entre nos et Ponchart, ilh en devroit oir le jugement de notre capitele, et tenir s'il astoit renables, mais s'il astoit teus (tel) qu'il en quidaist (croyait) estre grevés, apeller porroit al chapitele mon saignor sain Lambert à Liége, et tel jugement ki là seroit rendu, covenroit tenir les parties, ne de là ne porroit om apeller alhors.

Et s'il avenoit que Ponchars morist dedens le terme de ces nuef ans, li obédiensce revenroit quitement al chapitele à la première feste sain Johan après sa mor, et soi plege seroient dedont en avant quite; mais se del arier dete astoit demoret à paier, de ce devroient ilh tenir covent.

Après, sire Watiers de Thienes, nos chenoines, s'est vers nos obligiés de tant qu'il, à la première feste sain Remi ki venrat, doit faire Ponchart metre X sous de liégeois là où li chapite les vorrat con les mètes, por ce que s'il avenoit que Ponchars ne paaist provende à teus termes ki deviset sont, ensi qu'il devroit, et il covenoit par défate de paement après lui ou après ses pleges despens faire ne costenges, on les prendroit à ces dis sous, et quant cil dis farroient, atres dis devroit faire remetre sire Wathiers et ce devroit ilh mie faire une fois ou dous tant soulement, mais tante fois com mestiers seroit se Ponchars astoit défalans en paement faire, solonc la manière ki devisée est.

De ces covenances warder et tenir nos at Ponchars donés pléges prodommes : Willeame d'Emmine, Johan Corment, Watier de Hucorgnes, Henri Mairéal, Johan de Paris, Johan de la Fontaine, Piéron le Cornu, Baudechon de le Marcelé, Leone d'Avins,

Herebin Bara, Pierar d'Avin, Baudechon de Berdines, et chaskuns si est pleges por tot, et s'aukuns moroit dedens le terme de ces nuef ans, Ponchars nos devroit rendre autre plége prodomme assi suffiant.

Et por ce que ces choses soient fermes et estables, si en avons nos fait dous paires de letres dont nos avons les unes et Ponchars les atres, saelées de nostre sael, et avons priet à mon saignor Johan, doïen de la Christianitet d'Andenne qu'il i mesist son sael, avoec le nostre.

Et je, li doïens, à la requeste de la glise et de Ponchar, li ai mis. Je meimes, Watiers de Thienes, chenoines d'Andenne i ai mis le mien en reconissance del obligement que j'ai fait envers le chapitele, por Ponchar, des dis sous de liégeois, si com devant est dit.

Ces choses et ces letres si ont enstet faites et donées l'an del incarnation M CC et cienquante, el mois de mai.

Original, petits fragmets des trois sceaux, aux archives de l'Etat, à Namur, chartrier d'Andenne.

N° XXXVII

Les offices et cérémonies au chapitre d'Andenne

PREMIÈRE PARTIE

Règles générales relatives aux offices

§ 1. *La manière qu'on fait l'office lorsque les prêtres chantent
avec les dames*

On doit chanter fort doucement; c'est alors toujours office de
la chantre, comme il s'ensuit :

Les chanoines, autres prêtres et bénéficiers de notre église ne
pourront entrer au chœur sans robes et surplis pendant les offices,
ne fût le sacristain, lorsqu'il s'agit du service de l'autel et du
chœur.

Premièrement, les prêtres chantent toutes les antiennes des
vêpres, matines et laudes, alternativement avec les dames, et les
antiennes qu'ils commencent; ils intonnent aussi les pseaumes,
qu'on chante de chœur à chœur avec les dames. Si c'est une feste
de la première classe, il doit avoir deux chanoines en chappe ou,
à ce défaut, ce sera deux seméniers qui doivent intonner toutes
leurs pseaumes devant l'autel, ensuite viendront s'asseoir sur deux
tabourets préparez pour cela, qui doivent être mis près des degrez
du côté de l'Evangile, où il y aura deux coraux pour soulever les

chappes. Si le Saint-Sacrement est exposé, ils doivent demeurer debouts; lorsqu'on donne la bénédiction, un coral apporte deux carreaux devant l'autel, sur quoi ils se mettent en genoux. Le pseaume qu'ils ont intonnez étant fini, les prêtres reprennent toujours l'antienne qu'ils ont commencez; la même chose s'observe avec les dames aux premières vêpres. Lorsque le prêtre en semaine a dit *Deus in adjutorium,* et que les dames auront repris le reste, la chantre va au milieu du chœur derrière l'aigle, où elle aura eu soin de mettre le livre aux antiennes. Les prêtres commencent la première antienne, la chantre intonne la 2e; on commence le pseaume du côté qu'on tient chœur. C'est une règle générale pour tous les jours de l'année que les pseaumes doivent toujours être intonnez par l'aînée du côté que l'antienne est commencée. En même tems qu'on commence ledit pseaume, la chantre retourne à sa forme; étant fini, elle reprend l'antienne du côté qu'on ne tient pas chœur. L'aînée, hormis celle qui doit intonner le pseaume, commence la 4e antienne; la chantre doit la reprendre après le pseaume fini; ce qu'elle doit toujours faire à toutes les antiennes qui sont commencées par les dames. Pendant que le prêtre en semaine chante le chapitre, la chantre va encore au milieu du chœur. Les dames ayantes répondus : *Deo gratias,* l'orgue touche le premier vers de l'hymne, les prêtres chantent le 2e, la chantre commence le 3e vers, ainsi alternativement jusques à la fin. Ensuite une écolière en semaine ou, à ce défaut, la plus jeune capitulaire, chante le petit verselet, à quoi les dames répondent; et tous les autres verselets de même étant achevez, les prêtres commencent l'antienne de *Magnificat* jusques à moitié; la chantre reprend le reste, qu'elle achève avec toutes les dames; ensuite l'orgue touche le premier vers de *Magnificat,* qui sera chanté alternativement comme l'hymne. Le prêtre en semaine doit aller, vers la fin de l'hymne, à la sacristie pour mettre la chappe, qu'un coral tiendra preste, va ensuite encenser, comme il est marqué à la première solemnité de l'année. *Magnificat* étant achevé, les prêtres chantent encore l'antienne de *Magnificat* jusques à moitié, lors la chantre le reprend; s'il n'y a qu'une commémoraison, les prêtres chantent l'antienne; s'il y en a plusieurs, ils les chantent alternativement avec les dames. Pendant le dernier *Oremus* les deux plus jeunes iront devant l'aigle chanter *Benedicamus*, comme il est marqué aux premières solemnitez. Etant fini, l'orgue le reprend, et lorsqu'on va commencer les complies, la dame qui tient chœur les achève.

Lorsque c'est une solemnité où il doit avoir deux prêtres en chappe pendant l'office, ce ne doit être qu'aux premières et secondes vêpres. Pendant la grande messe et pendant tous les grands offices des dites solemnitez, il doit avoir à l'aigle deux chandelles allumées pareilles à celles de l'autel.

A Matines. — Lorsque le prêtre en semaine a dit *Domine labia mea*, à quoi les dames répondront, les prêtres chantent l'invitatoire, ensuite les dames le reprennent, étant toujours commencé par la chantre; de même après chaque vers du *Venite*, qui est chanté par les prêtres. Mais quand on ne reprend l'invitatoire qu'à moitié, ce sont les prêtres qui le chantent, et après le *Gloria* ils le reprennent tout entier après l'avoir repris à moitié. Ensuite ils commencent l'hymne vers par vers avec les dames, entendu que la chantre reprend toujours à toutes les hymnes ce que les dames doivent chanter. C'est la chantre qui commence la 2ᵉ antienne, et la plus jeune capitulaire du côté qu'on ne tient pas chœur commence la 4ᵉ; la 6ᵉ sera commencée de l'autre côté par l'aînée, hormis celle qui doit intonner le pseaume; la 8ᵉ sera aussi commencée par l'aînée hormis une du côté qu'on a commencé la 4ᵉ.

C'est l'écolâtre qui ordonne les leçons les jours de solemnitez;
elle doit l'avoir fait le jour précédent après les vêpres; mais elle
n'en doit jamais ordonner à la chantre. S'il y a des demoiselles en
année, elles doivent toujours chanter les premières leçons indispensablement. Lorsqu'on sonne moienne cloche les écolières n'en
chantent pas. Le deuxième vers doit toujours être chanté par les
deux plus jeunes capitulaires sans commander ou par deux écolières, s'il y en a. Les prêtres chantent le premier répons, cela
alternativement avec les dames comme les antiennes, et leurs vers
doivent être chantés par deux prêtres seulement, commenceant
par ceux qui sont hors semaines. La chantre commence le
2ᵉ répons; en même tems les deux dames qui doivent chanter
le vers vont derrier l'aigle ayants faits leurs révérence ou niquet.
Le répons fini, elles chantent le vers; si ce sont des écolières,
elles doivent chanter le vers dans l'aigle, où il doit avoir un
pulpitre mis exprès. Ayants achevées elles font encore la révérence
ou niquet, retournent à leurs formes et la chantre reprend le
répons. Tous les vers que les dames chantent les jours de solemnitez se doivent toujours chanter de même à deux derrière l'aigle.
Pendant la 3ᵉ leçon la chantre se bouge de sa place, sans laisser
traîner son manteau, pour aller ordonner le 4ᵉ et 6ᵉ vers et doit,
autant qu'il se peut, ne prendre que celles qui ne chantent point
des leçons. Elle n'en doit point ordonner aussi à l'écolâtre ni en
chanter elle-même, à moins d'une nécessité. Le 8ᵉ vers se doit
chanter sans commander, cela par les dames prévôte et doyenne
ou, au défaut de l'une ou de l'autre, ce sera avec l'aînée du
chœur, et, en défaut de deux, ce seront les aînées. La 4ᵉ se chante
tous les jours par une dame qu'elle aura prié; ce qui doit toujours
s'observer toute l'année. Quand c'est office à 9 leçons et que la
dite leçou est achevée, la plus ancienne des deux dames qui

doivent chanter le 4ᵉ vers intonne le répons avant de sortir de sa forme, que toutes les dames reprennent, puis elle va à l'aigle avec celle qui doit chanter le vers avec elle. Lorsqu'il est achevé, la chantre reprend le répons; ce qui doit s'observer de même à tous les autres qui sont chantés par les dames. La 5ᵉ leçon doit être ordonnée à une dame qui soit déjà avancée dans les formes. La 6ᵉ n'est jamais ordonnée, parce qu'elle doit être chantée par madame la doyenne ou par une autre dame qu'elle aura prié. Pour chanter le 6ᵉ vers, l'aînée des deux qui le doivent chanter commence le répons à sa forme, comme on fait le 4ᵉ. Le 8ᵉ répons doit être commencé à l'aigle. Les homélies sont chantées par les trois plus vieux prêtres ou chanoines, s'il y en a qui chantent; étant toutes finies, l'orgue touche le *Te Deum*. Les prêtres chantent le 2ᵉ vers, la chantre reprend le 3ᵉ et ainsi alternativement jusques à la fin. A laudes et aux deuxièmes vêpres tout doit s'observer comme aux premières vêpres, à la réserve que la chantre fait son devoir sans bouger de sa forme et qu'on ne l'encense que dans son rang. La dame qui tient chœur ne le peut tenir qu'à prime, tierce, sexte, none et à complies, dont le devoir sera expliqué dans l'office journalier.

A la grande messe. Les dames répondent à tout ce que le grand prêtre chante. Les prêtres chantent l'introïte; en même temps la chantre va au milieu du chœur avec deux ou quatre dames capitulaires selon la solemnité. Les coraux doivent avoir soin de mettre le livre à messe de la chantre sur l'aigle et, l'introïte étant achevée, la chantre entonne le psaume et le *Gloria;* ensuite les prêtres reprennent l'introïte jusques à moitié; la chantre reprend ce qui suit, qu'elle achève avec toutes les dames comme tout le reste de l'office, puis l'orgue touche les *Kyrie;* les prêtres chantent le 2ᵉ, la chantre commence le 3ᵉ, ainsi alternativement jusques à la fin. La même chose s'observe au *Gloria in excelsis* et à toutes les proses, et *Sanctus* et *Agnus*. L'épitre étant achevée, les prêtres chantent le graduel; la chantre reprend le vers, ensuite l'orgue touche l'*Alleluia*. Si c'est en tems de Pâques, la chantre avec les dames ayants achevées le vers du premier *Alleluia*, l'orgue touche le 2ᵉ, et les prêtres chantent le vers qui suit; l'orgue reprend encore l'*Alleluia*. Si c'est une feste, au lieu d'*Alleluia* on doit chanter le trait; il se chante aussi avec l'orgue, les prêtres et les dames. Ensuite on commence l'Evangile; les dames ayants répondu *Laus tibi Domine,* celles qui sont au milieu du chœur font la révérence à l'autel et les unes aux autres et retournent à leurs formes.

Le *Credo* se chante seulement avec les prêtres et les dames, entendu que c'est toujours la chantre qui commence ce que les dames doivent chanter. Si c'est une solemnité qu'il y eu deux prêtres en chappe, pendant que le grand prêtre intonne le *Credo,* ils doivent aller se mettre devant l'autel pour le reprendre, et ensuite viennent se rasseoir à leurs places, si le Saint-Sacrement n'est pas exposé. Quand on vient au vers *Et incarnatus est,* ils viennent se mettre en genoux devant l'autel sur deux carreaux qu'un coral leurs apporte. L'orgue touche pendant l'offertoire et pendant l'élévation. Les prêtres chantent la communion.

Tous les jours, à la grande messe, pendant l'*Agnus Dei,* le soudiacre doit venir apporter l'Evangile à baiser aux dames commenceant par les aînées, mais non pas aux écolières.

§ 2. *La manière qu'on fait l'office les dimanches
et journalièrement*

On tient chœur semaine par semaine alternativement de chaque côté. L'aînée de ce côté-là qui se trouve à l'office tient chœur le dimanche; la même chose s'observe à l'égard de toutes les autres dames pour le reste de la semaine. S'il y a des demoiselles en année du côté qu'on tient chœur, elles doivent le tenir indispensablement une fois pour le moins.

S'il arrivoit qu'il n'y auroit pas assez des dames, et que la même deveroit tenir chœur plusieurs fois, en ce cas les demoiselles en année doivent toujours suppléer au défaut. Tous les jours à matines, laudes, prime, tierce, sexte, none, vêpres et complies, il doit toujours demeurer une dame debout de chaque côté; c'est du devoir des demoiselles en année de toujours se présenter pour cela ou, à ce défaut, les plus jeunes. Quant au fait du dimanche, ou que c'est simple ou férie, on peut toutes s'asseoir pendant les matines; mais si on chante le *Te Deum* ou que ce soit le dimanche, il doit demeurer une dame debout de chaque côté à laudes, et le prêtre en semaine commence tous les jours à matines *Domine labia mea* et *Deus in adjutorium* à tous les offices, hormis à primes et complies, qui doit être commencé par la dame qui tient chœur; la même chose pour les nones, quand on ne les chante pas le matin. Le dimanche et tout l'office à 9 leçons se fait comme il s'ensuit :

En même temps que le prêtre commence *Domine labia mea,* les deux plus jeunes capitulaires vont à l'aigle faire leur révérence ou niquet, ensuite chantent à deux l'invitatoire entier que les dames répètent; puis elles chantent le *Venite.* Les dames reprennent toujours l'invitatoire. Après *Gloria* et la moitié de l'invitatoire achevé, lesdites deux dames le reprennent que toutes les dames achèvent. En même tems elles font encore leurs révérences et retournent à leurs formes. Ensuite la dame qui tient chœur commence l'hymne; étant finie elle commence l'antienne; la plus jeune de l'autre côté commence la 2ᵉ; toutes les autres seront commencées de même, alternativement de chaque côté par les plus jeunes, chacune à leur tour, hormis les deux dernières antiennes qui doivent toujours être commencées par la plus aînée de chaque côté, qui n'intonne point le pseaume. Le prêtre en semaine chante toutes les bénédictions et absolutions. Les trois plus jeunes chantent les trois premières leçons, compris les écolières; mais si une de ces jeunes est hors d'école et qu'elle tienne chœur, elle n'en doit pas chanter, ni de vers non plus, ni autre antienne, à moins d'une nécessité. La dame qui tient chœur commence les trois premiers répons; et les vers seront chantés, chacune à son tour, commençeant par les plus jeunes et les écolières, s'il y en a. Si c'est une dame hors d'écolle qui tienne chœur et qu'on se trouve au nombre de huit sans y comprendre les dames prévôte et doyenne qui ne chantent jamais de vers qu'aux jours des solemnitez, on chantera chacun un, et si on est à neuf, celle qui tient chœur n'en chantera pas. Si on est à sept, la plus jeune en chantera deux, à moins qu'elle ne tienne chœur, en ce cas elle n'en chante qu'un; la plus jeune après elle en chantera deux; ce qui doit s'observer pour le reste à l'avenant du nombre qu'on est, si on est à six, les deux plus jeunes chacune deux et les autres un, si on est à cinque, les trois plus jeunes chacune deux et les autres un. Si on est à quatre au chœur, on en chantera chacune deux.

Notez que tous les jours qui ne sont point de solemnitez ni dans les octaves et pendant la semaine sainte, à matines, laudes et les vêpres, s'il n'y a qu'une écolière, elle doit commencer la 2ᵉ et 3ᵉ antienne, et aller du côté du chœur qu'il se doit dire en montant dans les hauttes formes; s'il y en a deux, elles le diront chacune à leur tour.

Les écolières ne chantent point les antiennes aussi aux vêpres du samedi, ni la veille que les prêtres chantent à la grande messe, ni à matines les dits jours; mais elles chantent les leçons et les vers selon leurs rangs de réception.

Tous les jours, hormis aux solemnitez, on chante les vers seule sans bouger de sa forme, et les dames qui doivent les chanter commencent le répons, à la réserve des trois premiers, qui se commenceant par la dame qui tient chœur. Les plus jeunes dames qui ne tiennent pas chœur suppléent au défaut pour les antiennes de la manière que pour les vers.

Si c'est une demoiselle en année qui tient chœur, elle doit tout chanter à son tour, comme si elle ne le tenoit pas. La 4e leçon doit toujours être chantée par l'écolâtre et la 6e par madame la doyenne; la 5e leçon est chantée par l'aînée qui se trouve au chœur, hormis celle qui chante le 8e vers, qui doit toujours être la plus aînée qui est au chœur. C'est le prêtre en semaine qui chante les homélies. La dame qui tient chœur commence le *Te Deum* et la première antienne des laudes; la 2e et la 3e sont intonnées par la plus jeune de chaque côté, commenceant du côté qu'on ne tient pas chœur. Les deux dernières sont aussi commencées alternativement par l'aînée qui n'intonne pas les pseaumes; ce qui est une régle générale. Le prêtre en semaine ayant chanté le chapitre, la dame qui tient chœur commence l'hymne. S'il y a une écolière ou une demoiselle en année, elle doit chanter tous les verselets, ou, à ce défaut, la plus jeune hors d'écolle qui ne tient pas chœur; la même chose s'observe à tous les autres offices. La dame qui tient chœur commence l'antienne *Benedictus*, comme aussi toutes les autres antiennes des commémoraisons; c'est le prêtre en semaine qui chante les *Oremus*. Celle qui chante les verselets doit aussi chanter seule le *Benedicamus* sans bouger de sa forme, à moins que ce ne soit une octave; en ce cas on le chante à deux à l'aigle, comme il est dit dans l'office des solemnitez. La dame qui tient chœur dit *Fidelium;* le chœur ayant dit l'antienne qui suit, elle dit l'*Oremus;* la même chose s'observe pour finir les autres offices.

On ne doit jamais laisser un côté dépourvu des dames capitulaires pendant l'office. S'il y a quelque chose à chanter parmi le chœur et qu'une dame qui seroit seule de son côté deveroit bouger de sa forme, en ce cas une de l'autre côté doit venir du sien jusques à ce qu'elle revienne. Pendant le grand office, s'il n'y avait qu'une dame d'un côté et qu'il y en eu plusieurs de l'autre, il faut que la plus jeune capitulaire de ce côté vienne assister celle qui est seule, mais non pas les demoiselles en année, lesquelles ne doivent pas bouger de leurs formes, à moins que ce ne soit une feste ou dimanche qu'on tienne chœur de son côté et qu'elle s'y trouveroit seule et qu'il n'y aurait qu'une dame hors d'école de l'autre côté; en ce cas elle doit changer de place pour que la demoiselle hors d'écolle vienne du côté qu'on tient chœur pour faire l'office comme il se doit.

Tous les jours de l'année, ce qu'on chante parmi le chœur, comme le *Venite,* les leçons, etc., on doit y aller en manteaux traînants, à la réserve, que les jours de solemnitez, les demoiselles en année doivent tenir leurs manteaux à la main pour aller au milieu du chœur à la grande messe; pour aller à l'offrande elles laissent traîner leurs juppes. On ne peut commencer l'office moins de quatre capitulaires, quoiqu'il y auroit des écolières; s'il n'y avoit que les demoiselles en année au chœur, elles ne peuvent commencer l'office, à moins qu'il n'y eu une dame hors d'écolle.

A prime, la dame qui tient chœur commence *Deus in adjutorium,* que le chœur reprend comme à tous les autres offices; puis elle commence l'hymne, ensuite l'antienne. Si elle est seule de son côté, elle intonne aussi le pseaume. Le pseaume et l'antienne étant achevés, elle chante le chapitre. Le verselet étant chanté, si c'est semidouble, elle dit les prières, à quoi le chœur répond. Lorsqu'elle dit l'*Oremus*, la dame qui chante le verselet va à l'aigle pour chanter le martyrologe; étant fini, la dame qui tient chœur dit *Pretiosa*, les prières et l'*Oremus* qui suit. Ayant dit *Jub domne*, madame la doyenne ou, si elle n'y est pas, l'aînée de son côté dit la bénédiction. Si une dame de ce côté-là tient chœur et se trouve seule, en ce cas c'est l'aînée de l'autre côté qui le doit dire; ensuite celle qui tient chœur achève le reste avec le chœur selon l'ordre du bréviaire. A tierce le prêtre en semaine ayant chanté *Deus in adjutorium*, la dame qui tient chœur commence l'hymne et l'antienne comme à prime, le prêtre le chapitre et l'*Oremus*. Tout s'observe de même à sexte comme aussi à none, si elle se chante le matin, qui est tous les vendredis de l'année, aux vigiles, pendant les avents et le carême, les tierces étantes achevées. Tous les dimanches de l'année qui n'est pas solemnité, on va à la procession allentour des alloys; la dame qui tient chœur commence tout ce qui se chante à la bénédiction de l'eau bénite et à la procession. En rentrant au chœur, elle commence *Nostræ semper*. Les litanies étantes achevées, elle commence l'introïte, le pseaume et le *Gloria;* ensuite elle reprend l'introïte, puis l'orgue touche le premier *Kyrie,* les dames chantent le 2ᵉ, ainsi alternativement jusques à la fin. Celle qui tient chœur commence toujours ce que les dames doivent chanter; la même chose s'observe pour le *Gloria in excelsis,* et *Sanctus* et *Agnus*. Après l'épître achevée, elle commence le graduel et le vers qui suit; ensuite l'orgue touche l'*Alleluia,* puis elle la répète seule jusques à moitié et le chœur achève le reste le l'*Alleluia;* ensuite l'orgue touche le vers; elle reprend

encore l'*Alleluia,* (depuis la septuagésime jusques à Pâques on
chante le trait au lieu d'*Alleluia).* Lorsque le prêtre a intonné le
Credo, la dame qui tient chœur le reprend, et il se chante de
chœur à chœur. L'orgue touche à l'offertoire et à l'élévation,
pendant laquelle on doit sonner les pardons. La dame qui tient
chœur commence la communion.

L'orgue doit toucher, à la grande messe, tous les dimanches de
l'année, à l'hymne des vêpres et à *Magnificat;* de même pendant
les octaves auxquéles il y a une prose ou séquence à chanter, à
tous les offices doubles de l'année, comme aussi pendant les
octaves de l'Assomption et de la Nativité de la Vierge, de
la dédicace de notre église, de Tous-les-Saints et de Sainte
Begge en juillet.

Si les nones se chantent après-midi, c'est la dame qui tient
chœur qui les commence comme les primes, chante le chapitre
et lit l'*Oremus,* et le reste pour achever entre les coups de vêpres.
Après nones chantées, les écolâtres et demoiselles en année vont
dire les quinze pseaumes de la manière comme il est expliqué
dans ce qui regarde leurs devoirs. S'il n'y en a point, ce sera celle
qui tient chœur qui doit les dire dans sa forme. Les vêpres se
chantent de la même manière que les laudes. A complies, celle qui
chante le verselet va chanter *Jube* à l'aigle; la dame qui tient
chœur reprend la bénédiction. Sa leçon brève étante achevée, elle
dit *Adjutorium nostrum* et ce qui suit selon l'ordre du bréviaire,
ensuite elle chante le *Converte nos* et *Deus in adjutorium,* puis
commence l'antienne. Les pseaumes étants achevez, elle commence l'hymne et elle chante le chapitre. Le verselet étant
achevé, elle commence *Salva nos;* si c'est semi-double, elle dit les
prières à quoi le chœur répond comme à prime, puis dit l'*Oremus*
et ce qui suit. Ayant dit *Pater, Ave* et *Credo* tout bas, elle

commence les antiennes *Hæc est* et *Ave Roche,* chante les *Oremus.* Tous les vendredis, on va les chanter au milieu du chœur à 5, pour y chanter auparavant *O Crux,* qui est une fondation pour les dames qui se trouvent au chœur pendant ce tems-là. Le tout étant fini, on retourne à sa forme, ensuite les prêtres chantent le petit salut à Sainte-Barbe, qui se fait tous les jours de l'année, hormis les samedis; pendant quoi, on ne doit pas laisser le chœur sans dames capitulaires de chaque côté. Ensuite un prêtre vient donner l'eau bénite aux dames avant qu'elles sortent du chœur. Tous les samedis, après complies, au lieu de dire le *Salve Regina* ou l'antienne du tems, les dames le chantent, étant commencé par la dame qui tient chœur; elle chante aussi l'*Oremus* suivant et une écolière chante le verselet.

§ 3. — *Lorsque c'est office à 3 leçons seulement.*

La plus jeune qui ne tient pas chœur chante la première leçon, la 2ᵉ chante le vers, la 3ᵉ chante la 2ᵉ leçon; celle qui suit chante le vers : la dernière leçon et le dernier vers sont toujours chantés par les deux plus anciennes du chœur qui ne tiennent pas chœur sçavoir, une chante la leçon et la plus ancienne chante le vers. S'il y a une écolière, elle chante la première leçon et le vers; si elles sont à deux, la plus jeune chante la leçon et l'autre le vers; si elle sont trois, la plus jeune et la troisième chanteront chacune une leçon, et la 2ᵉ le vers; la même chose s'observe aussi pour les demoiselles en année.

Lorsque c'est en temps de Pâques qu'on ne dit pas trois antiennes à matines et à laudes, la dame qui tient chœur commence la première, la plus jeune de l'autre côté intonne la deuxième; la troisième est commencée par l'aînée, hormis celle qui intonne le pseaume du côté qu'on tient chœur.

Quand c'est office simple ou de férie on dit toujours les petites heures, qui est l'office de la Vierge. On lit matines et laudes avant de commencer les matines du grand office, de même à vêpres. Pour prime, tierce, sexte, none et complies, on les lit après chaque office. C'est la dame qui tient chœur qui dit toutes les leçons, les chapitres, verselets ou *Oremus*.

Pendant qu'on lit les petites heures de la Vierge, la dame qui tient chœur doit rester debout; il en est de même des demoiselles en année et des écolières.

Quand c'est *promptus* ou vigiles, celle qui chante le martyrologe, avant de commencer, étante à l'aigle, elle annonce l'obit ou plusieurs, s'il y en a. Si c'est une écolière ou demoiselle en année, elle doit aller chercher les dits obits chez madame la doyenne. On chante les vigiles avant les vêpres, après none chantée. La messe de *Requiem* se chante le lendemain après les primes. Quant aux vigiles ce sont les plus jeunes de chaque côté qui disent les antiennes, chacune à leur tour, tant aux vêpres qu'au nocturne; mais s'il y a une écolière, elle intonnera toutes les antiennes des vêpres; si elles sont à deux, elles commencent tour à tour; si elles sont à trois chacune à leur tour, la plus jeune intonnera la 5ᵉ antienne; pour celles des nocturnes, ce sont toujours les plus jeunes capitulaires de chaque côté. Quand c'est le nocturne du mercredi et du samedi, ce sont les aînées de chaque côté. Hormis celles qui intonnent le pseaume, les trois aînées chantent les leçons, comme aussi les vers du répons, sans se bouger de leurs formes étant tournées vers l'autel. C'est madame la doyenne qui chante la dernière leçon ces deux jours; à son défaut, c'est l'aînée du chœur.

Notez que, lorsque c'est un jour qu'on doit aller chanter le martyrologe au chapitre, l'écolière ou, à son défaut, la plus jeune capitulaire, doit y porter aussi le livre aux obits pour les annoncer, comme on les faits au chœur.

Quand c'est office des morts à 9 leçons les prêtres chantent avec les dames et c'est office de la chantre; il doit demeurer une dame debout de chaque côté. Les six premières leçons sont chantées par les plus jeunes capitulaires, chacune à leur tour; les répons se chantent alternativement avec les prêtres et les dames. Celle qui tombe à un vers après avoir chanté sa leçon, chantera le dit vers. C'est la chantre qui intonne tous les répons que les dames doivent chanter; les trois dernières leçons sont chantées par les prêtres. C'est madame la doyenne ou, à son défaut, la première aînée qui chante le 8e vers. Les antiennes se chantent comme aux autres offices.

Lorsque c'est pour les parents de sainte Begge, on ne dit qu'un nocturne. La chantre doit chanter seule le *Venite* dans sa forme, intonne la première antienne du nocturne. Il demeure une dame debout de chaque côté. Les écolières ne chantent point les leçons. On sonne trois stampées. Mémoire aussi que le prêtre qui chante la messe pour les parents de sainte Begge doit dire les *Commendas* à l'aigle avec les dames qui sont au chœur devant la messe. La même chose au mois de novembre, jour des âmes; mais on doit les chanter. Lorsque ce sont des vigiles nommées *promptus*, on doit sonner *pinpin* d'abord après avoir sonné vigile; ce qui ne se fait pas quand c'est vigile du commun. La demoiselle qui at annoncé les obits doit en informer le prêtre de l'église pour sonner à l'advenant et lui doit dire si c'est *promptus* ou vigile et chandelle; en ce cas il doit mettre une chandelle allumée dans un grand chandelier de cuivre au chœur des prêtres par terre devant la lampe pendant les vigiles et la messe de *Requiem*.

Quand c'est vigile et chandelles, les trois plus jeunes capitulaires vont à l'offrande, sçavoir deux du côté de madame la prévôte et une du côté de madame la doyenne. Elles se suivent ayants leurs manteaux traînants; de même les demoiselles en année; on ne donne rien à l'offrande. On y va par le côté de l'épître et on revient par le côté de l'Evangile.

Aux vigiles, pendant le pseaume *Lauda* et les *Oremus*, il faut être en genoux sur son passet. Quand l'écolière qui est en semaine a chanté sa leçon, elle doit aller dire les quinze pseaumes.

Notez que tous les jours de férie en carême et les autres jours de jeûne de l'année, aux avents, on doit dire les laudes de l'office des morts en genoux sur son passet.

§ 4. — *Le tems qu'il faut demeurer debout.*

A matines et à laudes on peut s'asseoir pendant les antiennes, les psaumes, les leçons, les répons et les vers, hormis la dame qui entonne quelque chose ou doit chanter un vers; elle doit être debout pour le chanter; ce qui est une règle générale à tout ce qui se chante seule ou à deux. Lorsque c'est un jour de férie, qu'on doit dire les prières à laudes, on se met en genoux sur son passet, se tournant du côté du chœur; c'est la même chose pour les autres offices.

On doit toujours se lever au *Gloria Patri* des psaumes et des vers. On doit aussi se tourner du côté de l'autel à tout ce qui s'ensuit pendant *Domine labia mea* et *Deus in adjutorium*, pendant le *Venite*, les verselets, les bénédictions, les absolutions, les homélies jusques à *Et reliquat*, aux chapitres, aux *Oremus* et *Benedicamus*. Lorsque la dame qui tient chœur dit *Fidelium*, on se met touttes à genoux sur son passet pour achever l'office, sauf que, si c'est en tems de Pâques qu'on dit *Regina cœli*, on reste debouts tournées du côté de l'autel; le tout quoy s'observe de même à tous les autres offices. On se doit tourner du côté du chœur pendant toutes les hymnes et au *Te Deum*; aux derniers vers de l'un et de l'autre, on se tourne du côté de l'autel, et au vers *Te ergo quæsumus* on doit se mettre en genoux sur son passet jusques au vers *Per singulos dies*; pendant le *Benedictus*, *Magnificat* et touttes les antiennes des commémoraisons on se tourne du côté du chœur, mais au *Gloria Patri* on se tourne du côté de l'autel. A prime, tierce, sexte, none, tout s'observe de même qu'à matines et laudes pour commencer. Pendant le chapitre et le répons bref on doit être aussi touttes debouts du côté de l'autel. Quand c'est semi-double ou férie, qu'on ne dit point les prières en genoux, on peut s'asseoir; il n'y a que la dame qui tient chœur qui doit rester debout se tournant du côté de l'autel. Lorsqu'elle commence l'*Oremus*, toutes les dames se lèvent jusques à ce qu'on chante le martyrologe; pendant quoi on peut encore s'asseoir. La dame qui tient chœur se lève à *Pretiosa*, demeure seule debout jusques à l'*Oremus :* ensuite on reste touttes debouts tournées du côté de l'autel jusques à la fin. A primes la bénédiction se dit toujours par madame la doyenne ou, à son défaut, par l'aînée de son côté, le tout se faisant de même à vêpres et à complies, hormis qu'on dit l'hymne *Ave maris stella* ou *Veni Creator* en genoux sur son passet; on se relève au dernier vers. Les *Oremus* de *Hæc est* et de *Ave Roche*, on les chante aussi en genoux. A grande messe on ne peut s'asseoir que pendant l'épître jusques à l'Evangile, pendant l'offertoire jusques à la préface et pendant qu'on chante la communion, qu'on ne doit commencer que lorsqu'on donne le deuxième vin. Si c'est un jour qu'on va à l'offrande, on doit demeurer debouts. Pendant l'Evangile, les *Oremus,* la préface, les *Sanctus* et *Agnus* on doit être tournés vers l'autel; mais on se tourne du côté du chœur pendant l'introïte, les *Kyrie, Gloria,* le *Credo,* et on se met en genoux au vers *Et incarnatus est.* On doit aussi se mettre en genoux depuis la consécration jusques à ce que le prêtre chante *Per omnia;* on reste debouts tournés vers l'autel le reste de la messe, selon qu'il est marqué ci-dessus.

On ne peut pas aller parmi le chœur pendant le *Te Deum, Benedictus, Magnificat, Confiteor,* ni pendant la bénédiction de l'eau bénite, et tout ce qui se chante à la grande messe, soit de *Requiem* ou autre, hormis pendant l'épître, le graduel, l'*Alleluia* ou le trait, et la communion, ni pendant les hymnes, sinon au dernier vers. S'il faut entrer au chœur, on doit passer au long de hauttes formes. On ne peut aussi entrer pendant qu'on dit les prières en genoux au jour des vigiles, ni pendant *Laudate* et les *Oremus* de l'office des morts, non plus que pendant les *O* avant le Noël. Lorsqu'on chante quelque chose au milieu du chœur, on ne peut passer devant l'aigle, il faut passer par derrière. Les jours de solemnitez, si on entre au chœur pendant les grands offices commencés, il faut avoir mis des manches. Aux avents et au carême, lorsque c'est férie, on lit les laudes de l'office des morts en genoux sur son passet en se tournant du côté du chœur. Les écolières et les demoiselles en année doivent se mettre en genoux par terre, comme il est marqué plus en détail dans leurs obligations. On ne peut pas aussi traverser le chœur pendant le temps susdit pour gagner *promptus;* il faut être au chœur avant les *Oremus* des vêpres finis.

Archives de l'Etat, à Namur, chapitre d'Andenne, Coutumes XVIIIe siècle, n° 3 (manuscrit), pp. 137-167. — Ce texte a été reproduit dans les Analectes, t. XII, année 1875, pp. 337-353.

DEUXIÈME PARTIE

La liturgie des fêtes

§ 1. — *La veille de l'an.*

Les prêtres chantent à vespres et la chantre va au milieu du chœur, et il demeure une dame debout de chaque côté. Quand les prêtres chantent aux premières vespres, le prêtre qui est en semaine doit être en chappe à *Magnificat,* pendant lequel il doit venir encenser, commenceant au grand autel, puis les deux prêtres en chappe qui tiennent chœur, ensuite derrier l'autel, puis revient par le côté de l'épître encenser les dames, commenceant par la chantre, qui est au milieu du chœur, laquelle fera une révérence au dit prêtre, de même que les autres dames; ensuite il ira à madame la prévôte et à madame la doyenne; puis reviendra encenser toutes les dames du côté de l'Epître, commenceant par les aînées, ensuite fait la même chose du côté de l'Evangile; après il encensera aussi les escolières selon leur rang. Le dit prêtre en semaine deverat aussi encenser de même le lendemain, à laudes pendant le *Benedictus* et à *Magnificat* des deuxièmes vêpres, de la manière ci-dessus marquée, hormis qu'il ne doit encenser la chantre que dans son rang, ne se bougeant point de sa forme; ce qui doit s'observer à toutes les solemnitez. Et lorsqu'il a encensé les dames, il descend les degrez du chœur et encense encore de là le grand autel, ensuite la statue de la sainte Vierge et celle de sainte Begge, puis rentre au chœur assez en temps pour chanter l'*Oremus*. Pendant cette cérémonie le dit prêtre doit être accompagné de deux coraux avec leurs surplis, qui seront à ses côtez tenant un grand chandelier avec des chandelles de cire allumées, pareilles à celles de l'autel; et un autre coral le doit suivre avec la navicule où est l'encens. Pendant que le prêtre encense les dames, les dits deux coraux qui tiennent les chandeliers doivent se mettre aux deux côtez de la grande porte du chœur au haut des degrez.

Tous les jours de l'année, pendant *Magnificat* et *Benedictus*, on doit sonner la cloche, sçavoir le jour des solemnitez la grosse pendant *Magnificat* des deuxièmes Vespres et pendant la consécration de la grande messe. Si une veille de solemnité tombe un samedi, les prêtres font le petit salut au chœur; pendant lequel la chantre doit demeurer au milieu du chœur jusques à la fin; puis elle retourne à sa forme et dit *Fidelium*. C'est une escolière ou, à ce défaut, la plus jeune capitulaire qui doit chanter le verselet et le *Benedicamus* au petit salut, qui est celui de *Hæc est*. A toutes les solemnitez on doit chanter devant l'aigle le grand *Benedicamus* à laudes et à vêpres; ce doit toujours être deux escolières ou, à ce défaut, les plus jeunes capitulaires. Avant de commencer elles feront la révérence à l'autel, ensuite se tournant du côté de la nef pour en faire une aussi; mais si ce sont des escolières ou demoiselles en année, au lieu de révérence elles feront un niquet; de même lorsqu'elles auront achevé : ce qui doit s'observer à tout ce qui se chante à deux.

Mesdames prévôte et doyenne ne sont pas obligées de rester

debout pendant les offices, sinon quand tout le chœur doit y être; mais elles doivent tenir chœur quand la semaine tombe de leur côté tous les jours de solemnitez, à primes, tierce, sexte, none et complies, exceptez les jours qui seront marquez ci-après.

Notez que madame la prévôte ne doit point tenir chœur à none les dits jours de solemnitez, ne devant être au chœur que pour les vêpres. L'aînée de son côté doit alors le tenir à sa place.

§ 2. — *Le jour de l'an.*

Madame la prévôte ou madame la doyenne tiennent chœur au petit office. La dite feste ne tombant pas un dimanche, on expose le Saint-Sacrement aux deuxièmes vêpres, ensuite de la fondation faite par madame la prévôte de Marbais. Les prêtres chantent à matines, à grand'messe et à vespres; la chantre vat au milieu du chœur à la grand'messe avec deux capitulaires, sçavoir la plus jeune de chaque côté; cela doit toujours s'observer de même, toutes les solemnitez, d'aller à trois au milieu du chœur, lorsqu'il ne demeure qu'une dame debout de chaque côté. S'il y a deux demoiselles en année et qu'elles soient toutes deux d'un même côté, elles iront toutes deux au milieu du chœur plutôt qu'une dame hors d'écolle, sçavoir la plus jeune à l'autre côté. S'il y a des escolières elles doivent chanter les jours de solemnités le deuxième vers à matines, devant l'aigle, sur un pulpitre mis exprès. On vat à l'offrande de la manière qui s'ensuit : les plus jeunes vont les premières deux à deux; s'il y a une escolière elle ira seule; s'il y en a trois, elles iront à trois, la plus jeune au milieu, et pour la procession ce doit être l'aînée des trois. On ira devant l'aigle, où on fait une révérence à l'autel; de là on approche le grand prêtre, qui donnera la patenne à baiser au dedans; on met une offrande sur un plat que le sousdiacre at en mains; ces dites offrandes sont pour les seméniers. Ensuite on va du côté de l'Evangile, où le diacre donne des reliques à baiser; on met encore une offrande sur un plat qu'un coral tient en mains; ces dites offrandes sont pour madame sainte Begge; puis on s'arrête à côtez pour attendre les deux dames qui suivent; lorsqu'elles sont en haut des degrez on se fait la révérence et on s'en retourne à sa forme. On doit laisser traîner les manteaux, hormis les demoiselles en année, qui doivent laisser traîner leurs juppes en tenant le manteau à la main et non pas sur le bras. Les escolières doivent laisser traîner la queue de leurs habits, comme aussi pendant tout le tems qu'elles sont en chœur, quel jour ce puisse être. S'il n'y a qu'une demoiselle en année, elle ira à l'offrande avec la plus jeune hors d'écolle; de même aux processions. Si les aînées qui sont au chœur se trouvent au nombre de trois, elles iront aussi à trois à l'offrande, la plus jeune au milieu. Ensuite madame la prévôte, qui sera suivie du mayeur et du battonier, ira avec madame la doyenne. Les jours de solemnitez suivantes, sçavoir la Purification, la Pâque, la Pentecôte, la feste, les deux jours de sainte Begge, l'Assomption de la sainte Vierge, la Toussaint et le jour de Noël, toute la justice devra s'y trouver aussi. Si madame la doyenne n'y est pas, madame la prévôte ira seule, comme aussi aux processions. La même chose s'observe au regard de madame la doyenne, lorsque madame la prévôte n'y est pas. D'abord que l'offrande est finie, le coral apporte les offrandes à madame la doyenne; si elle n'est pas au chœur, il les donne à l'aînée de son côté ou à celle qui est commise par madame la doyenne.

§ 3. — *La veille des Rois.*

On dit les nones avant midi, comme à toutes les vigiles. Les prêtres chantent à vêpres; la chantre va au milieu du chœur, et il demeure deux dames debout de chaque côté.

L'an 1741, cette veille étant le jeudi, on a fait le salut après les vêpres et avant les complies, sonnant *Magnificat* plutôt pour attirer le peuple à la bénédiction. Ce qui doit toujours s'observer lorsque les premières vêpres des solennitez tombent un jeudi, excepté l'Assomption, jour auquel on expose le Vénérable aux premières vêpres en vertu de la fondation mademoiselle de Sconhove (1).

§ 4. — *Le jour des Rois (le 6 de janvier).*

On ne fait point la procession, s'il ne tombe un dimanche; on la fait à rebours et allentour des allois. On chante tous les vers marqués au processionèle pour cette feste; et le dimanche dans l'octave, on ne chante que le premier vers et le *Gloria*. On expose le Vénérable à la grande messe et à vêpres. On va à l'offrande; la chantre va au milieu du chœur avec quatre capitulaires; sçavoir les deux plus jeunes de chaque côté; ce qui doit toujours s'observer de même lorsque c'est solemnité où on demeure à deux debout de chaque côté. Madame la prévôte ne doit jamais demeurer moins qu'avec deux dames de son côté; s'il en manquent du sien pour aller au milieu du chœur, les

(1) Une chanoinesse de la maison d'Arschot. *(Note de l'auteur.)*

plus jeunes de l'autre côté suppléeront au défaut et reviendront du côté qu'il en manque. La même chose s'observe pour *O Crux.* Si un jour de solemnité tombe le vendredi et que ce soit madame la prévôte qui tienne chœur, elle doit aller chanter *O Crux* avec huit dames; si c'est madame la doyenne, elle ira avec six. C'est une fondation faite pour tous les vendredis; les escolières ni les chanoines n'y gagnent point, ni les dames qui ne peuvent pas s'y trouver, soit par infirmité ou affaires du chapitre.

Depuis la Noël jusques à la Purification, on doit chanter les hymnes du ton du Noël; à la fin des hymnes on chante *Gloria tibi, Domine,* jusques au dernier jour de l'octave des Rois. A laudes et à vêpres, pendant toute l'octave, on doit chanter le *Benedicamus* de *Hæc est* devant l'aigle; ce qui doit s'observer à toutes les octaves.

Nota. — Si pendant ce temps on doit faire l'office de la Vierge, on chante toutes les hymnes du ton propre de la Vierge.

L'an 1741, monsieur Hairkin (1), curé ou pléban de Saint-Jean à Andenne, ayant des prières pour les calamnités publiques dans sa paroisse réglées alternativement avec notre église collégiale par la doyenne et chapitre, a demandé la permission de différer les vêpres du dimanche dans l'octave jusques après celles de notre église, afin que les dames puissent assister aux dites prières. Ce qui a été accordé par madame la doyenne; ici mémoire, comme chose lui accordée gratuitement et sans conséquence.

§ 5. — *La veille du Saint-Nom-de-Jésus.*

Les prêtres chantent à vêpres; la chantre va au milieu du

(1) Lisez: Airkin. *(Note de l'auteur.)*

chœur, et on demeure à deux debouts de chaque côté. On chante *Te lucis* et les autres hymnes des petites heures du ton des hymnes de la Vierge, et on dit *Gloria tibi, Domine.*

§ 6. — *Le jour du Saint-Nom-de-Jésus.*

On presche au retour de la procession dans la nefve; on expose le Vénérable à la grande messe et à vêpres. On va à cinque au milieu du chœur à la grande messe, et on va à l'offrande. Il y a une présence pour cette feste, qui se gagne aux premières vêpres, à matines et à la grande messe. On ne gagne rien à complies ni aux deuxièmes vêpres; c'est pour les dames et chanoines présents à l'office. On doit s'y trouver au commencement et ne point sortir, attendu qu'il faut être au chœur avant le premier pseaume fini, à matines aussi avant le premier speaume chanté et à la grande messe avant l'Epître achevée. Les escolières y gagnent de même que les autres dames et les malades. On peut cependant sortir pendant les matines pour aller à confesse, les chanoines pour dire la messe, et on est tenu présent. C'est une fondation faite par madame Hélène de Berlo, prévôte, qui est de dix francs. Mesdames prévôte ou doyenne doivent tenir chœur le susdit jour.

§ 7. — *La Conversion de saint Paul (le 25 de janvier).*

Les prêtres chantent à la grande messe, et on vat à trois au milieu du chœur. Toutes les fois que les prêtres ne chantent que la grande messe, on met une manche la veille à vêpres, et le lendemain à la messe on en met deux, et aussi aux deuxièmes vêpres et complies; ce qui est une règle générale; et lorsqu'ils chantent aux premières vêpres, on en doit mettre deux, comme aussi le lendemain à tous les grands offices et à complies des premières et secondes vêpres.

§ 8. — *La veille de la Purification.*

Les prêtres chantent à vêpres, la chantre va au milieu du chœur, et on demeure à deux debout de chaque côté. On chante les hymnes de la Vierge.

§ 9. — *Le jour de la Purification (le 2 de février).*

Le jour de la Purification, après la bénédiction des chandelles, les prêtres commencent *Lumen;* après, la chantre commence *Nunc dimittis,* et les prêtres reprennent toujours *Lumen* après chaque vers de *Nunc dimittis;* lesquels vers la chantre doit toujours intonner aussi bien que le *Gloria* et *Sicut erat.* Etant achevé, la chantre commence le répons *Exurge,* qu'on chante aux croix avec le vers *Deus auribus* et le *Gloria;* pendant lesquels on fait la distribution des chandelles. Le plus vieu chanoine donne la chandelle au grand prêtre, ensuite le grand prêtre les donne aux chanoines et chapelains, puis les diacre et sousdiacre les vont distribuer aux dames, l'un d'un côté et l'autre de l'autre, commenceant par les aînées et celles qui sont en charge, qui sont madame la prévôte, madame la doyenne, l'écolastre et la chantre. On leur donne leurs chandelles avec un petit plat de cire. Ensuite on va à la procession allentour des aloys avec chacune sa chandelle allumée. Quel jour il tombe, on marche deux à deux aprés les prêtres, les plus jeunes les premières. En sortant du chœur, la chantre commence *Ave gratia plena.* Cela étant fini, les prêtres chantent *Adorna.* Au retour de la procession, on arrête à la nefve et on se range le long des bans; puis la chantre commence le *Responsum;* les diacre et sousdiacre vont chanter les vers au chœur des dames, ensuite la chantre reprend *Nunc dimittis.* Elle doit avoir prié les deux dames les plus aînées de chanter le *Gloria* devant le banc de justice. En rentrant au chœur après l'excommunication faite, la chantre commence *Nostræ semper;* et après que le grand prêtre a dit les litanies de la Vierge, étant agenouillé sur le passet de l'autel, à quoi les dames répondent; lesquéles litanies se doivent dire tous les jours de l'année, hormis des jours particuliers qui seront marquez dans leur rang; lors on chante la grande messe; on va à 5 au milieu du chœur et on va à l'offrande. Les dites dame prévôte ou doyenne doivent tenir chœur.

La veille de la septuagésime, à vêpres, on chante le *Benedicamus,* à deux au milieu du chœur, avec les *Alleluia.*

§ 10. — *Le jour de Saint-Mathias (le 24 de février).*

Les prêtres chantent à la grande messe, et on va à trois au milieu du chœur.

§ 11. — *Le jour des Cendres (tems mobile).*

On va chanter le martyrologe au chapitre; ensuite duquel on

achève les primes; puis on dit les 7 pseaumes en genoux, et il se fait les mêmes cérémonies, comme il est marqué au Jeudi saint, sauf qu'on dit ici le *Gloria Patri* après chaque pseaume et qu'on ne dit point l'*Oremus Respice*. Toutes les fois qu'on va dire les 7 pseaumes au dit chapitre, c'est la même chose, et on doit avoir mis des manches. Etant retourné au chœur, on chante tierce, sexte et none tout de suite, puis la chantre commence *Exaudi nos* avec le vers et le *Gloria;* lors les prêtres intonnent le répons *Immutemur*. Etant fini, la chantre commence *Emendemus;* on dit le *Gloria* avec ce qui suit; pendant quoi on donne les Cendres. Le plus vieu chanoine donne la Croix au grand prêtre, ensuite le grand prêtre la donne aux chanoines et chapelains, ensuite aux dames. On va la recevoir en genoux sur le passet de l'autel; on marche deux à deux, les aînées les premières, avec les manches et manteaux traînants. Lorsqu'il y a des demoiselles en année, elles doivent aussi laisser traîner leurs manteaux, non pas leurs juppes, et doivent soulever leur surfront pour recevoir la croix. Les cendres étant données, les prêtres s'en vont, et la demoiselle qui tient chœur commence la grande messe, ensuite dit *Fidelium*.

§ 12. — *La veille du grand feu.*

S'il y a deux messes, on chante prime, tierce, sexte devant la première messe; ensuite on chante les nones avant la grande messe. Etante achevée, on chante les vêpres avant-midy; ce qui doit s'observer pendant tout le temps du carême, hormis les dimanches; elles se chantent à l'heure accoutumée. On chante les complies à trois heures et demi; on ne dit point encore le *De profundis;* et si à vêpres on a mis une ou deux manches, il faut les mettre de même à complies.

§ 13. — *Le jour du grand feu.*

On va au chapitre à *Pretiosa* (on doit avoir des manches le dimanche), ou on chante le martyrologe, ensuite on achève les primes; puis madame la doyenne ou, en son absence, l'aînée du chœur va laver les mains aux pauvres, qui doivent être rangez sur le passet à gauche en entrant, et elle doit avoir soin qu'il y eut un petit coral preste avec sa robe et surplis, qui at en mains le bassin avec de l'eau et une serviette, à laquelle madame la doyenne doit pourvoir pour laver les mains aux pauvres. Avant de commencer, les jeunes dames et demoiselles en année vont au pulpitre, où doit être le livre aux obits, qu'une écolière ou la plus jeune capitulaire doit avoir eu soin d'apporter. Madame la doyenne commencera *In diebus illis,* que toutes les autres dames achèveront, pendant que la dite dame doyenne va laver les mains; et à chaque pauvre à qui elle les a lavé, elle l'essuie, puis elle la baise. C'est à la plus jeune à dire le verselet après *In diebus* et l'*Oremus* suivant. Cela étant fini, toutes les dames vont aussi baiser les mains des pauvres; madame la prévôte suivera madame la doyenne, puis les aînées, et ainsi toutes les autres. Cela étant achevé, madame la doyenne avec madame la prévôte et les aînées vont se ranger du côté de la porte du chapitre à gauche en entrant, les jeunes à leurs opposites; la dite dame commence le *Miserere,* ensuite le *De profundis,* qu'on lit de chœur à chœur. Etant achevé, elle dira *A porta inferi* et ce qui suit, et l'*Oremus Fidelium.* Noté que les écolières, les

chanoines ne gagnent rien aux primes du dimanche, non plus que
les dames qui restent au chœur, attendu qu'ils s'achèvent au
chapitre, où on doit être pour profiter de la présence. Ensuite
on va chanter tierce. Madame la doyenne reste à la porte du
chapitre pour faire une distribution des pains aux pauvres,
devant prendre soin de faire cuire les dits pains. Ces distributions se font tous les dimanches, mercredis et vendredis
du carême. Les prêtres chantent à la grande messe, et on
va à trois au milieu du chœur. Tous les dimanches du
carême, la messe étante achevée, on distribue des pains aux
dames, chanoines et chapelains. C'est le receveur qui doit prendre
soin de les faire cuire et les faire apporter devant l'aigle, après la
messe ou le diacre ou soudiacre les va prendre pour les donner
aux dames. Ces distributions se font des fondations particulières.
Après sexte achevée, madame la doyenne, ou, à son défaut,
l'aînée du chœur doit recommander la bienfaitrice, en nommant
son nom, dans les prières des dames, qui doivent dire le *De profundis* en leur particulier, de même que messieurs les chanoines,
semèniers et chapelains pour gagner les présences. Tous les
dimanches du carême, il y a aussi une présence à gagner à la
grande messe pour les dames et messieurs les chanoines qui s'y
trouvent; les malades y gagnent aussi, et les capitulaires absents
pour les affaires du chapitre. Depuis le jour du grand feu jusques
au Jeudi-saint, on lit tous les jours, de chœur à chœur, le *Miserere*
et le *De profundis* immédiatement après les primes comme au
chapitre. Il doit être aussi commencé par madame la doyenne ou,
à son défaut, par l'aînée du chœur de son côté. Après lesquels
elle dira *A porta inferi,* les prières qui suivent et l'*Oremus
Fidelium.* Tous les dimanches auxquels les prêtres chantent à la
grande messe, la chantre doit intonner pendant qu'on donne l'eau

bénite, comme aussi à la procession. Le premier dimanche du carême et les trois suivants, la chantre commence à la procession le répons *Convertimini;* ensuite les prêtres chantent le répons *Ductus est,* le deuxième dimanche *Vidi Dominum,* le troisième dimanche *Iste est frater,* le quatrième dimanche *Ecce mitto.* On dit le *De profundis* entre vêpres et complies, après que la dame qui tient chœur a dit *Fidelium.* Il se doit dire tous les jours pendant le carême. Immédiatement avant de commencer les complies, on dit les prières ordinaires *A porta inferi* et ce qui suit avec l'*Oremus Fidelium,* qui se dit aussi par madame la doyenne. C'est une fondation faite pour les dames qui s'y trouvent; les écolières ni chanoines n'y gagnent point, non plus que les infirmes ni absentes pour affaires du chapitre. C'est la même chose pour la présence d'*O crux,* qui se chante tous les vendredis, la fondation étant tèle.

Tous les dimanches du carême, on fait le sermon à la nef au retour de la procession; lorsque ce sont des festes, on le fait après l'offertoire. Les jours ouvriers, on prêche aussitôt après matines au chœur des prêtres, près des degrez, où le prêtre de l'église doit faire porter un fauteuil pour le prédicateur ou une chaire portative.

Pendant tout le carême, on ne dit pas d'obit au semi-double, à moins que ce ne soit férie le lendemain.

. Le samedi des quatre-tems qu'on dit l'hymne *Benedictus* à la grande messe, il doit être chanté par les deux plus jeunes capitulaires, à l'aigle, ayants mis leurs manches, en faisant leurs révérences ou niquet à l'accoutumée. S'il y a des écolières, c'est à elles à faire ces devoirs devant l'aigle, ayant mis le livre sur un pulpitre mis exprès pour cela.

§ 14. — *Le jour de Saint-Grégoire, docteur (le 12 de mars).*

Les prêtres chantent à la grande messe, et on va à trois au milieu du chœur. La grande messe étante achevée, les prêtres chantent les vêpres avec les dames, et la chantre fait son devoir à l'accoutumée sans bouger de sa forme; et on chante le *Benedicamus* de *Hæc est* à l'aigle.

On expose sur l'autel le corps de sainte Orbie (1) aux premières vêpres et le jour Sainte-Gertrude, accause qu'il y a de ses reliques. Madame la doyenne doit pourvoir à deux chandelles de suive pour brûler sur l'autel pendant les offices; c'est aux fraix de la fabrique.

§ 15. — *A la feste de Saint-Joseph (le 19 de mars).*

On demande à madame la doyenne à quéle heure on doit sonner à primes. On ne met point des manches, et les prêtres ne chantent point, mais l'orgue touche à la grande messe comme aux dimanches. On chante les *Kyrie* de la Sainte-Croix, lorsque la dite feste vient dans la semaine de la Passion. L'office des dames étant achevé, on vat à Saint-Pierre, en corps de chapitre, pour assister à l'office de la confrairie de Saint-Joseph qui est érigée dans cette église. La messe est chantée par les prêtres seulement, lesquels s'habillent à l'église de Saint-Pierre; il n'y a qu'un prêtre en chappe et un petit clerc avec la croix pour conduire le chapitre à la dite église. Le grand prêtre, les diacre et

(1) La légende dit que sainte Orbie était la servante de sainte Begge.

soudiacre doivent être revestis, et deux chanoines vont en chappe ;
à leur défaut, ce doit être deux autres prêtres ; toutes les dames
suivent ayantes mis leurs manches, les aînées marchent les premières. L'office de Saint-Joseph étant achevé, on fait la procession
avec le Vénérable qui est exposé à Saint-Pierre, faisant le tour de
l'église, pendant laquelle procession on doit tribouller. A 2 heures
et demi, on chante complies, avec lesquèles on doit dire les
15 pseaumes au chœur. Le petit salut étant achevé, on fait le
sermon dans l'église collégiale. Lorsqu'il est fini, on vat aux litanies à Saint-Pierre, qui sont chantées par les prêtres ; on y donne
la bénédiction ; et le salut étant achevé, on rapporte le Saint-
Sacrement à l'église des dames avec le chapitre dans le même
ordre qu'on y est allez ; mais les dames ne doivent plus mettre leurs
manches. Le sermon se sonne d'abord qu'on commence les complies.

§ 16. — *A la feste de l'Annonciation (le 25 de mars).*

Les prêtres chantent aux premières vêpres ; la chantre va au
milieu du chœur et on demeure à deux debout de chaque côté.
On va à 5 au milieu du chœur à la grande messe et on va à
l'offrande. Quoiqu'on feroit cette feste en tems de Pâques, on doit
toujours chanter le tout du ton de la Vierge.

§ 17. — *Le dimanche du Lætare.*

L'orgue touche à la grande messe ; ce qui ne doit pas être aux
autres dimanches du carême. La chantre fera son devoir à l'accoutumée et on chante les *Kyrie* du dimanche.

§ 18. — Le jour de l'archange saint Gabriel (le 18 de mars).

On chante les hymnes des petites heures du ton *Veni Creator* et les *Kyrie* des anges; de même au jour de Saint-Michel et de Saint-Raphaël.

Comme l'an 1731 cet office a été transféré jusques après le *Quasimodo,* on a chanté les hymnes des petites heures du ton des Pâques et les *Kyrie* du ton des Anges, de même que le jour de l'apparition de saint Michel.

§ 19. — Le dimanche de la Passion.

La chantre commence à la procession le répons *Multiplicamini;* étant fini, les prêtres chantent le répons *Custodiebant.* On chante à la messe les *Kyrie, Sanctus* et *Agnus* de la Sainte-Croix, comme aussi le dimanche des Rameaux, et le Jeudi saint, de même les jours des doubles; mais quand c'est simple férie, on chante les *Kyrie* des dits jours.

§ 20. — Le jour de Notre-Dame-de-Sept-Douleurs.

On chante les hymnes des petites heures du ton de la Vierge et les *Kyrie* de la Sainte-Croix.

§ 21. — Les veilles des Trois-Pâques.

On doit mettre deux manches à vêpres et complies; la veille

des Rameaux, on chante le *Benedicamus* de *Hæc est*, au milieu du chœur, à vêpres et laudes jusques au Jeudi saint; et pendant toute la semaine sainte, on ne dit point les petites heures; on chante le *Venite* au milieu du chœur. Les écolières ne chantent point d'antienne à laudes; il demeure une dame debout de chaque côté.

§ 22. — *Le dimanche des Rameaux.*

On sonne à primes à neuf heures. Tierce achevée et l'*Asperges* chanté on bénit les rameaux. D'abord que le grand prêtre est au coing de l'autel, la chantre commence *Hosanna filio David*. Après la bénédiction faite, le plus vieu chanoine les donne au grand prêtre, le grand prêtre les distribue aux chanoines et chapelains; ensuite le diacre ou soudiacre les vont présenter aux dames, l'un du côté de madame la prévôte, l'autre du côté de madame la doyenne, commenceant par les aînées; pendant quoi, les prêtres chantent *In monte Oliveti* avec le vers. Etant achevé et après les *Preces,* on chante le *Sanctus* de férie avec les prêtres; ensuite ils commencent *Pueri Hebræorum tollentes;* puis la chantre intonne *Pueri Hebræorum vestimenta.* En sortant du chœur pour aller à la procession, qui sera allentour de l'église, la chantre avec trois dames, qu'elle aura choisies pour chanter avec elle, marcheront immédiatement après les prêtres, deux à deux. La chantre doit être à la droite de l'aînée des trois; ce qui doit toujours s'observer, lorsqu'on ne chante qu'à quatre à la procession. Les autres dames suivent, les plus jeunes les premières. La chantre commence *Cum appropinquaret;* ensuite les prêtres chantent *Cum audisset.* Etant à la porte de l'église, les prêtres chantent *Occurunt.* Etant fini, on ferme la porte; ensuite les prêtres qui sont au dedans de l'église commencent *Gloria, laus, honor;* ensuite la chantre recommence *Gloria, laus, honor;* puis les prêtres qui sont dans l'église chantent le vers *Israël* et tous les autres vers. A la fin de chaque vers la chantre reprend alternativement ce qui est marqué au processionnal *Qui* et *Gloria, laus, honor.* La porte de l'église étant ouverte, la chantre commence, en rentrant, le répons *Ingrediente,* avec les vers sans *Gloria;* puis la chantre reprend *Ingrediente;* ensuite du vers, on retourne au chœur; puis elle commence *Nostræ semper.* Les lundi, mardi et mercredi de la semaine sainte, on chante les *Kyrie* de férie à la grande messe. A une heure après-midi, le prédicateur va prêcher la Passion à la paroisse, qui finit pour les deux heures.

On sonne à vêpres à l'heure accoutumée; après lesquels l'écolâtre doit ordonner les belles leçons pour les trois jours des matines des ténèbres. S'il n'y a qu'une écolière, elle chantera les trois jours la première leçon; s'il y en a deux, la plus jeune chantera le premier jour, la deuxième le second jour, et la plus jeune chantera encore le troisième jour; s'il y en a trois elles chanteront tour à tour. S'il y a des demoiselles en année, la même chose s'observera à leur égard pour les deuxièmes leçons, ou pour les premières, s'il n'y a point d'écolière. Les autres belles leçons l'écolâtre les ordonne, selon qu'elle le trouve à propos. S'il y a deux écolières, celle qui n'aura point chanté de leçon chantera le deuxième vers; la même chose s'observera à l'égard des demoiselles en année pour le quatrième vers, lorsqu'il y a des écolières. L'écolâtre doit toujours chanter la quatrième leçon; la 5e doit être chantée par une dame ancienne, à qui l'écolâtre l'aura ordonné; la 6e leçon se chantera par madame la doyenne. La chantre ordonne les vers ce jour-là, et le dernier doit être chanté par une dame des trois plus anciennes du chœur; ce doit être

chaque jour une nouvelle. Le lundi, mardi et mercredi de la
semaine sainte, on gagne le double par jour au *De profundis*
accause que le jeudi, vendredi et samedi saint on n'en dit pas.

§ 23. — *Le mercredi saint.*

Après les complies on sonne les coups de matines pour commencer les matines des ténèbres; à quatre heures, on les
commence. Les prêtres chantent avec les dames. On met 15
cierges devant l'autel sur un chandelier en triangle; à la fin de
chaque pseaume des matines un coral vient toujours en éteindre
une. Lorsqu'il n'en reste plus qu'une, un prêtre la porte derrier
l'autel; et les matines étant achevées, on mène un peu de bruit
et on s'en va en silence.

L'an 1740, on a résoud, pour se conformer à la rubrique, de
se mettre à genoux pour le vers *Christus factus est;* ici mémoire.

§ 24. — *Le Jeudi saint.*

On sonne à neuf heures à primes; tout le chapitre fait ses
Pâques. La chantre avec quatre dames devront chanter à Saint-
Jean, où il doit avoir un pulpitre, qui sera au milieu de la nef,
sur lequel doit être le livre à messe de la chantre, qu'elle doit
avoir eù soin de faire porter, où on trouvera ce qui doit se
chanter.

Madame la doyenne doit prier les trois dames les plus aînées
de l'accompagner pour aller laver les mains aux pauvres. Elle
doit avoir mis son long surplis sans son manteau, et non pas les

autres. Si madame la doyenne n'y est pas, ce sera la plus aînée du chœur qui le doit mettre pour faire cette cérémonie.

Dorsnavant la dame doyenne ou, en défaut, la demoiselle qu'elle aura prié, ira seule avec le battonier, et les trois dames réciteront les pseaumes à l'autel de la Vierge.

Du côté qu'on tient chœur, une dame avancée dans les formes commence le pseaume *Deus, in nomine salvum me fac,* au ton 6ᵉ, et fort doucement. Les trois pseaumes des primes étants achevez, on chante *Christus factus est;* ce qui se trouve dans l'antiphonaire. Cela étant fini, on se met toutes en genoux sur son passet, hormis les demoiselles en année et écolières, qui doivent se mettre en genoux en terre. On dit le *Pater* tout bas. Etant achevé, la dame qui tient chœur commence le *Miserere* en lisant de chœur à chœur; ensuite elle dira l'*Oremus Respice,* puis on fait une croix sur son bréviaire et on le baise.

Notez que, ces trois derniers jours, ce sont les dames aînées qui commencent l'office, laissant tenir chœur par les jeunes le premier jour de la semaine.

Alors les dames s'en vont au chapitre; une écolière ou, à ce défaut, la plus jeune capitulaire annoncera la lune du martyrologe; rien de plus, cela au ton des verselets des matines des ténèbres. Si c'est une écolière, elle sortira d'abord du chapitre, fermera la porte après elle et retournera au chœur.

On doit mettre les manches pour aller au chapitre; ce qui s'observe toujours lorsqu'on va dire les sept pseaumes.

Après cela en se met toutes en genoux à terre. Madame la doyenne ou, à son défaut, l'aînée du chœur dit *Adjutorium nostrum* et le *Confiteor;* à quoi le chœur répond. Ensuite elle commence les sept pseaumes, qu'on lit de chœur à chœur; on ne dit point le *Gloria.* Après les sept speaumes, la dite dame poursuivera les prières sans litanies; à quoi les dames répondent; ensuite elle dit *Indulgentiam* pour finir. Cela étant achevé, toutes les dames baisent la terre; lors on se lève. Etants debouts, la dite dame qui a dit les *Oremus* commence *Miserere,* qu'on dit de chœur à chœur, ensuite le *De profundis.* Elle dit les prières suivantes, puis on se souhaite toutes des bonnes Pâques.

S'il y a quelque correction à donner, c'est à madame la doyenne à la faire, en ayant l'authorité; ensuite toutes les dames retournent au chœur pour aller chanter tierce, sexte et none, au ton des primes, attendu qu'elles seront chantées et dites comme les primes.

Pendant tout l'office, il demeure une dame debout de chaque côté.

None étante achevée, madame la doyenne quitte son manteau; puis on va à la paroisse se ranger à la nef, on porte la croix; les chapelains, chanoines et dames suivent, les plus jeunes les premières.

Y étants tous placez le battonier marche le premier, madame la doyenne suit, puis les trois dames aînées qui sont priées pour l'accompagner. Elles passent entre les deux rangées des dames pour aller à l'autel de Notre-Dame se mettre à genoux sur le passet de l'autel, où madame la doyenne dit *Adjutorium nostrum in nomine Domini,* puis *Confiteor;* à quoi les autres dames répondent. Lorsqu'elles ont dit un pseaume des sept pseaumes et un pseaume graduel, elles vont laver les mains aux pauvres, faisant le tour de la nef de l'église; le battonier marche toujours le premier devant madame la doyenne pendant cette cérémonie.

D'abord la chantre ira au pulpitre avec ces quatre dames; les deux plus jeunes vont sans commander, les deux autres la chantre les choisit, et elle commence *In diebus illis,* qui ne sera chanté que par la chantre et les quatre dames qui l'accompagnent. Le coral doit s'y trouver avec le bassin pour laver les mains aux pauvres. A chaque pauvre à qui madame la doyenne a lavé les mains, elle l'essuie, puis elle la baisse; les trois dames qui l'accompagnent la baissent aussi. Pendant cette cérémonie, ces trois dames continueront les pseaumes susdits. Les mains des pauvres étant lavées, madame la doyenne avec ses trois dames retournent à l'autel Notre-Dame pour achever les dits pseaumes en genoux sur le passet de l'autel. Etants finis, elle dit le *Salve Regina,* avec l'*Oremus* suivant, puis l'*Oremus Respice;* ensuite le battonier ramène les dites dames dans leurs places, marchant toujours le premier; alors on retourne à la grande église. A la descente des degrez de la porte de Saint-Lambert, on fera une distribution des pains; on commence par les chapelains, les chanoines, puis les dames chanoinesses; ensuite on en donne aussi aux autres dames séculières, messieurs et demoiselles pensionnaires, qui suivront la procession; mais qui sont plus petits que ceux des dames. On en doit donner aussi au maître d'école, à ses écoliers et aux coraux, mais de la grosse farine. Le prédicateur et le battonier doivent en avoir chacun un pareil à ceux des dames. Cette distribution se fait par les gens de madame la doyenne, qui doit prendre soin de faire faire les dits pains. Il luy est donné pour cela six stiers de froment du chapitre pour faire cette distribution. Etants retournés au chœur, les prêtres commencent la grande messe; on va à trois au milieu du chœur; l'orgue touche à la grande messe; on chante les *Kyrie* de la Passion. La messe étante à la

communion du prêtre, on va communier pour faire ses Pâques;
les chanoines et les chapelains vont les premiers, ensuite les pères
Carme et Récollet, puis les dames, deux à deux, commenceant
par les aînées en manteaux traînants. Lorsqu'il y a des demoiselles
en année, elles doivent laisser traîner aussi leurs manteaux, non
pas leurs juppes, et doivent mettre un crep sur la tête pour aller
communier; les écolières en doivent mettre aussi; la femme du
petit portail doit suivre les dames pour faire ses Pâques au chœur
avec elles le même jour, et aussi les coraux.

Les prêtres ou dames qui ne peuvent pas faire leur communion
avec le corps, soit pour maladie ou autre raison, doivent en faire
partie à madame la doyenne. Ensuite de quoi on donnera des
flambeaux aux chapelains et chanoines; les dames prendront
leurs cierges de la Purification, qu'un coral viendra allumer; lors
on va au monument. Les prêtres marchent les premiers, les
dames suivent, les plus jeunes les premières. Le grand prêtre
qui porte Notre-Seigneur suit mesdames prévôte et doyenne. En
sortant du chœur les prêtres commencent *Pange lingua*, qu'on
chante à la feste du Très-Saint-Sacrement sur le même ton;
puis la chantre reprend le vers qui suit, ainsi alternativement
jusques à la fin. Les dames chantent toutes ensemble; on va
jusques au bout de la nef, on prend à droite pour aller à la
grotte où est le monument.

Y étant arrivez, on y pose le Sauveur, ensuite on éteint les
cierges, on retourne au chœur par l'autre côté, les aînées les
premières après les prêtres; puis le grand prêtre, ayant quitté
sa chasuble, revient se mettre en genoux au pied de l'autel pour
lire les vêpres avec les dames de chœur à chœur. Les vêpres
étantes achevées, la chantre ira au chapitre avec ses quatre
dames qui ont chantés le matin avec elle à la paroisse; elles

chanteront au dit chapitre ce qui est marqué pour cela dans le livre à messe de la chantre; pendant quoi les prêtres vont laver les autels.

A trois heures et demi après-midi, on lira les complies en genoux; étantes achevées, les clicotaux doivent mener du bruit pour sonner les coups de matines.

D'abort, à quatre heures sonnées, les prêtres commencent les matines avec les dames. Tout se fera comme au mercredi; cela posément s'entend les dites vêpres, comme les dames disent heures le vendredi saint.

§ 25. — *Le Vendredi saint.*

On prêche la Passion à six heures le matin à la nef; ensuite toutes les dames se trouvent toutes au chœur à huit heures et demi pour lire les primes, tierce, sexte et none. Ces petits offices se font comme au Jeudi saint, à la réserve qu'on ne les chante pas; on les lit seulement; pendant lesquels on demeura en genoux sur son passet; il ne demeure pas de dame debout. Cela étant fini, madame la doyenne ou, à son défaut, la plus aînée du chœur, qui doit avoir mis le long surplis, quittera son manteau, va avec toutes les dames baiser les autels, ayantes mis leurs manches. La dite dame aura le rol ou livre en mains, où sont toutes les antiennes et *Oremus* de chaque autel; c'est à elle à dire les dites *Oremus*. On fait approcher les écolières et demoiselles en année pour lire les antiennes qui sont marquées dans le rol ou livre. Toutes les dames diront à chaque autel un pseaume des sept pseaumes et un pseaume graduel après chaque antienne et collecte. Quand on les aura tous dit, on les recommencera toujours, jusques à ce qu'on eu achevé de baiser tous les autels.

Venant à l'autel du Saint-Nom-de-Jésus, qui est le dernier, on dit le *Salve Regina*. Ayant fait le tour de toutes les églises, les dames iront se ranger à la nef; au milieu il y aura un accoudoir pour madame la doyenne, ou la plus ancienne, si elle n'y est pas. On se met toutes en genoux du long des bans, vis-à-vis l'une de l'autre. La dite dame doyenne ou, à son défaut, l'aînée dira le *Confiteor* de la même manière que le jour précédent au chapitre; ensuite elle commencera les sept pseaumes, qui se diront de chœur à chœur. Etants finis, elle commence les litanies des saints, à quoi le chœur répond; ensuite la dite dame dira les *Oremus* qui suivent, le dernier sera *Respice,* puis on baise la terre, ensuite on se lève et la dame qui est au milieu de la nef retourne à sa place. On dit le *Miserere* et le *De profundis,* et les prières suivantes qui se disent pour cela. Ensuite madame la doyenne va au chapitre faire une distribution des pains et d'argent aux pauvres, pendant que les autres dames retournent au chœur pour y faire l'office de la manière comme il s'ensuit :

Au retour du chapitre, lorsqu'elle revient au chœur, elle doit avoir remis son manteau. Ensuite on fait l'office au contenu du missèle. La Passion étant chanté, le grand prêtre ira au coing de l'autel du côté de l'Evangile avec la sainte croix, qu'il découvre, selon qu'il est marqué au missèle. La sainte croix étante décou-verte, on la posera sur un tapis et carreau, qu'on aura préparé pour cela; lors le grand prêtre avec le diacre et soudiacre iront quitter leurs souliers à la sacristie pour l'aller baiser, puis les remettront; ensuite les chanoines et chapelains iront, deux à deux, la baiser aussi, mais sans quitter leurs souliers. Lorsqu'ils auront achevez, un coral prendra le tapis et carreau les viendra mettre au pied du chœur des prêtres sur le premier degré d'embas; lors un prêtre vient apporter la sainte croix; la met sur le dit carreau

pour que les dames l'aillent baiser aussi. On y va deux à deux,
les aînées les premières; on laisse traîner les manteaux, les demoiselles en année aussi. Il y aura un plat du côté droit où on mettra
les offrandes, lesquèles doivent appartenir au prêtre de l'église.
On doit faire trois pauses pour aller baiser la sainte croix. Le
prédicateur peut l'aller baiser aussi immédiatement après les
dames. Lors un prêtre la rapporte en haut; ensuite de quoi on
s'en va au monument avec les flambeaux et chandelles sans être
allumées. On prend par les pieds du chœur vers Saint-André, les
aînées les premières pour se rendre au monument. Y étant arrivez,
le grand prêtre monte pour aller chercher Notre-Seigneur; on
rallume chacun ses flambeaux et chandèles. Les prêtres commenceront l'hymne *Vexilla;* la chantre reprend le vers suivant, ainsi
alternativement jusques à la fin. Les dames chantent toutes
ensembles; on retourne par l'autre porte du monument, les plus
jeunes les premières, parce que le grand prêtre suit madame la
prévôte avec le Sauveur. On va droit jusques à Sainte-Barbe; on
retourne par la nef au chœur. Lors on achève l'office, comme il
est marqué au missèle; lorsqu'on vient à l'élévation, on ne doit
point sonner la clochette; mais on fait du bruit avec un clicoteau.
Après la communion du prêtre, on éteint les cierges. Cela étant
fini, les prêtres vont se déshabiller, viennent lire les vêpres comme
au jeudy. A quatre heures après-midi, on chante les matines des
ténèbres, comme au jour précédent.

§ 26. — *Le Samedi saint.*

A neuf heures le matin on lit prime, tierce, sexte et none,
comme au vendredi; ensuite on va à la paroisse pour faire le feu
et bénir les trois cloux pour mettre à la chandelle de Pâques.

On fera le feu avec un fagot de bois de genèvre; il doit être fait au portail de la paroisse et doit être allumé par les prêtres.

Lorsqu'ils ont achevez, les deux plus jeunes capitulaires, ayant mis leurs longs surplis avec leur plice traînante, iront au milieu de la nef, feront leur révérence ou niquet à la manière accoutumée. Si les dites dames sont hors d'année, elles ne laisseront pas traîner leur plice; ensuite commenceront *Inventor;* le vers étant achevé, la chantre le reprend, comme il est marqué au processionale. De même après chaque vers les dames chantent toutes ensemble et lorsque la chantre reprend *Inventor,* on retourne à la grande église, en continuant le reste. Quand on vient au chœur, les deux dames qui le chantent s'arrettent à l'aigle pour achever; elles marchent devant les escolières; puis étant fini, elles remettent leurs manteaux dans leurs formes. Si ce sont des demoiselles en année, elles doivent avoir mis leurs corps et longs surplis pour chanter *Inventor,* non pas leurs crêpes. Ensuite on fait la bénédiction de la chandelle de Pâques; alors on chante les prophéties, entre lesquèles les prêtres et la chantre intonneront ce qui est marqué au missèle. Cela étant achevé, on va encore à la paroisse pour bénir les fonds. Le batonnier suit mesdames prévôte et doyenne, qui sont les dernières. En marchant, les prêtres commencent *Sicut servus,* la chantre reprend le vers suivant, ainsi jusques à la fin. Les dames chantent toutes ensemble. Etant arrivez à la paroisse, le grand prêtre va aux saints fonds avec le prêtre qui tient la chandèle. Lorsqu'on a bénit les fonds, le grand prêtre viendra donner l'eau bénite aux dames. Ensuite il y aura deux prêtres qui commenceront les litanies des saints au pied du balustre devant le grand autel, auxquèles les dames répondent. Lorsqu'ils auront dit *Sancte Joannes,* on retournera à la grande église; les deux prêtres qui chantent les litanies les achèveront à genoux devant l'autel. On demeure aussi tous à genoux pendant les dites litanies. On chante la messe qui commencera par les *Kyrie,* qui doivent être ceux des Pâques, qui se chanteront alternativement avec les prêtres et les dames; on va à trois au milieu du chœur. Lorsqu'on sera au *Gloria in excelsis,* l'orgue touchera et on sonnera toutes les cloches; après, le grand prêtre chante trois fois *Alleluia* en haussant la voix; la chantre prend *Alleluia,* à chaque fois du même ton du prêtre; ensuit les prêtres chantent les vers *Confitemini,* et les dames *Laudate Dominum;* l'orgue reprend, le vers qui suit étant achevé. Lorsqu'on commence l'Evangile, la chantre avec ses deux dames retournent à leurs formes. On chante le *Sanctus* des doubles. Aussitôt après la communion du prêtre, la chantre ira encore au milieu du chœur pour la solemnité des vêpres. Le pseaume *Laudate* étant chanté, le grand prêtre commence *Vespere sabbathi;* lors les prêtres le reprennent jusques à moitié; puis la chantre reprend le reste de la dite antienne; puis l'orgue touche *Magnificat,* pendant lequel le diacre viendra encenser à l'accoutumée. On achève la messe, le diacre finit avec *Ite missa est, alleluia, alleluia;* l'orgue le reprend, puis la chantre retourne à sa forme. Les complies se chantent à trois heures et demi. On ne dit point le *De profundis.*

§ 27. — *Le jour de la Résurrection (fête mobile).*

Avant de commencer les matines, on doit donner la sainte croix à baiser. La chantre va la première entre les deux plus jeunes demoiselles. Elles doivent avoir leurs manteaux traînants, mais point les autres dames, pour représenter les trois Maries visitantes le saint sepulchre; ensuite les chanoines et chapelains, puis les autres dames suivent pour la baiser aussi; on marche sans ordre. Alors on commence les matines. Les laudes étant achevées, la chantre avec les deux plus jeunes dames hors d'école doivent aller communier en manteaux traînants à la messe de hors matines, après la communion du prêtre; la chantre marche au milieu, s'arrettant devant l'aigle pour faire la révérence. Entendu que, si ces trois dames n'ont point la dévotion de communier, elles peuvent prier d'autres de le faire en leur place.

Le prêtre de l'église doit aller demander à madame la prévôte quand il faut sonner à prime.

Si on tient chœur du côté de madame la prévôte, c'est elle qui doit commencer les primes; si c'est de l'autre côté, ce doit être madame la doyenne ou, à leur défaut, la plus aînée de leur côté; ce qui doit s'observer à toutes les solemnitez. On intonne le pseaume *Deus, in nomine tuo salvum me fac,* au ton du 5e, de même à tierce, sexte et none. Tierce étant achevé, le grand prêtre commence *Vidi aquam;* la chantre reprend ce qui suit; lors le prêtre va donner l'eau bénite qui doit être de l'eau du saint fond; on ne bénit point l'eau ce jour-là. Le diacre vient apporter la sainte croix à baiser au lieu de l'autre croix, qu'un coral donne à baiser tous les dimanches de l'année, commenceant par madame la prévôte, puis madame la doyenne, ensuite les dames du côté de l'Epître, puis celles du côté de l'Evangile, les aînées les premières; on ne la donne pas à baiser aux écolières.

On la porte à la procession entre le corps des prêtres et celui des dames, précédée de quatre flambeaux allumez. Pendant la station qui se fait dans la nef, le prêtre qui la porte reste debout devant le cofanont. La procession étante rentrée dans le chœur, on la remet à la sacristie; après la messe, le sacristain la reporte à la thrésorerie; un petit clerc doit marcher devant, portant un flambeau allumé; madame la doyenne ou, en sa place, l'aînée du chœur doit aussi s'y trouver. La chantre doit prier les deux dames les plus aînées de chanter devant le banc de justice; lors on va au milieu de la nef se ranger du long des bancs pour chanter *Salve festa,* qui doit toujours être chanté par les deux plus jeunes capitulaires; cela tous les dimanches depuis Pâques jusqu'à la Pentecôte inclus. Ces deux dites dames vont dessoubs les cloches pour quitter leurs manteaux, bien entendu qu'elles doivent avoir mis le long surplis. Si ce sont des demoiselles en année, elles doivent laisser traîner leurs juppes tous les dimanches pour le chanter. Lors elles viendront au milieu de la nef faire leur révérence ou niquet, et commenceront *Salve festa.* Le vers étant fini, la chantre reprend. Lorsque ces dites dames ont chantez le vers *Ecce renascentis,* la chantre reprend *Qua Deus;* puis, après le vers *Namque,* la chantre commence encore *Salve festa.* Pendant qu'on chante les dits trois vers, on doit s'arretter; lors la chantre avec les trois dames qu'elle a choisies pour chanter avec elle à la procession marchent immédiatement après les prêtres dans l'ordre accoutumé; les autres dames suivent, les plus jeunes les premières.

On fait la procession allentour de l'église; on sort par le grand portail. La chantre commence *Cum rex;* en rentrant dans l'église la chantre commence *Vespere sabbathi.* Etant fini, elle commence à la nef *Sedit angelus;* puis étant parvenu au vers *Crucifixum,* les deux chanoines qui tiennent chœur le vont chanter au chœur des dames à l'aigle. Etant achevé, la chantre reprend *Nolite.* Elle prie les plus aînées demoiselles d'aller chanter *Recordamini* entre les deux bancs de justice. Etant achevé, la chantre répète *Alleluia;* ensuite commence *Nostræ semper* en rentrant au chœur, à la fin duquel on dit *Alleluia;* puis le grand prêtre dit les litaniès de la Vierge comme tous les jours; ensuite on expose le Vénérable.

Après avoir donné la bénédiction, on commence la grande messe;
on va à cinq au milieu du chœur, lorsqu'on chante la prose.
Pendant la procession et à l'élévation de la messe, on doit sonner
la grosse cloche. On va à l'offrande; toute la justice doit suivre
madame la prévôte. On sonne à vêpres à l'heure accoutumée; on
doit aussi sonner la grosse cloche pendant *Magnificat*. On fait le
sermon à la nef entre vêpres et complies. Lorsque le sermon est
achevé, les dames retournent au chœur chanter les complies. La
dame qui tient chœur intonne le pseaume *Cum invocarem* au ton
du 8ᵉ. Les quatre pseaumes étants achevez, on chante quatre fois
Alleluia. La dite dame qui tient chœur intonnera le pseaume
Nunc dimittis au ton du 5ᵉ. Cela étant fini, on chantera *Hæc dies*.

Après les complies lorsqu'on dit *Regina cœli lætare*, on doit
demeurer debout, de même que pendant l'*Oremus;* puis on chante
Hæc est et *Ave Roche;* après lesquels on chante *Alleluia*. Ces
antiennes se chantent tous les jours de l'année, hormis le Jeudi,
Vendredi saint et la veille de Saint-Roch, parce qu'on les chante
ce jour-là à vêpres pour en faire la commémoration. On chante
les *Kyrie* des Pâques jusques à la Sainte-Trinité, hormis les jours
solennels quand ils s'en trouvent des propres.

§ 28. — *Le lundi des Pâques.*

Madame la prévôte ni madame la doyenne ne tiennent pas
chœur ces deux jours. Les prêtres chantent à matines, à la grande
messe et à vêpres. On vat à trois au milieu du chœur à la grande
messe. Après les sextes chantées, on va encore avec la croix et
tout le chapitre au rencontre des saintes huiles au milieu de la
prairie des dames. Le battonier suit le prêtre qui marche devant

mesdames prévôte et doyenne, puis toutes les autres dames, deux à deux, les aînées les premières. Le grand prêtre doit être en chappe; on y va avec quatre flambeaux allumez; on sort par le grand portail, et on va par le jardin de la maison claustrale qui est à l'opposite du dit portail. Etant au milieu de la prairie, le doyen rural, qui doit s'y trouver avec les saintes huiles, donne la bénédiction avec ses dites saintes huiles, ensuite les doit mettre en mains du semènier qui est en chappe; on retourne par le même chemin qu'on est venu. Le semènier, qui a les saintes huiles, marche devant les dames avec le doyen et doit être à sa droite; puis les curez voisins, qui doivent s'y trouver aussi pour les venir quérir, suivent les dames. On va à la paroisse; le semènier, qui a les saintes huiles, et le doyen vont à l'autel de Saint-Roch, où le pasteur a préparé ses ampoules. Le grand prêtre, en ayant pris ce qu'il faut, va achever la bénédiction du fond, pendant quoy le doyen va au grand autel pour en faire le partage à tous les autres pasteurs du doyenné, qui sçavent ce qu'ils doivent payer pour droits. C'est à quoy celui d'Andenne n'est pas sujet, accause que le chapitre a droit d'archidiacre et ne dépend nullement de l'évecque. La cérémonie du fond étant achevée et l'excommunication faite, le semènier remet en mains du pasteur les saintes huiles, qui en même tems remonte les degrez pour aller au grand autel et donner la bénédiction avant de les remettre dans le lieu où il les conserve pour le besoin; ensuite on retourne en corps de chapitre à l'église collégiale. Lorsqu'il faudra administrer quelques capitulaire ou suppôt du chapitre, le pasteur de la paroisse doit apporter la sainte huile sur l'autel de Saint-André à l'église des dames, où le semènier qui est en semaine doit l'aller prendre pour faire son devoir.

Après la grande messe, les sergents apportent les paquages

aux dames et chanoines, qui doit être 20 œufs à chaque. Les
dames qui font leurs trois ans ne les ont pas. Il y a aussi 20 œufs
pour madame sainte Begge, qu'on apporte chez madame la
doyenne, qui paye la valeur en argent à la fabrique.

§ 29. — *Le mardi des Pâques.*

Les prêtres chantent encore à matines, à la grande messe et à
vêpres. On va à trois au milieu du chœur à la grande messe.

Notez qu'on chante la prose toute la semaine des Pâques
jusques au samedi inclus. Le dit jour on chante deux *Alleluia*.

§ 30. — *La veille de la Pâque clôse.*

Les dames chantent les vêpres doubles; la dame qui tient
chœur commence *Alleluia;* la plus aînée de son côté intonne le
pseaume; on les chante tous de suite selon l'ordre du bréviaire
sans dire aucune antienne. Il ne demeure qu'une dame debout de
chaque côté; on chante le *Benedicamus* de *Hæc est.*

§ 31. — *Le dimanche de la Pâque clôse.*

Les prêtres et les dames vont à la nef de l'église comme le jour
de la grande Pâque. Les deux plus jeunes capitulaires ayants
chantez *Salve festa* et les deux vers suivants comme le jour des
Pâques, on va à la procession dans les allois (la chantre commence
Vespere), au retour de laquelle, lorsque mesdames prévôte et

doyenne sont en leurs places à la nef, la dite chantre commence *Sedit angelus;* le diacre et sousdiacre vont chanter le vers *Crucifixum* au chœur des dames; la chantre prie les deux aînées demoiselles d'aller chanter *Recordamini* entre les deux bancs des eschevins. Lorsquéles ont achevées, la chantre reprend *Alleluia,* puis commence *Nostræ semper;* les prêtres chantent à la grande messe; on va à trois au milieu du chœur; la chantre fait son devoir à l'accoutumée.

Tous les dimanches ensuivant jusques au dimanche après l'Ascension inclus, les deux plus jeunes capitulaires chantent *Salve festa* à la nef, ensuite duquel on ne chantera qu'un vers, tous les dimanches un nouveau, selon qu'il est marqué dans le processionnal, sçavoir le dimanche après la Pâque close *Legibus;* le 2ᵉ dimanche *Qui crucifixus;* ainsi des autres.

Pendant tout le tems des Pâques on chante les *Kyrie* des Pâques à la grande messe, les *Sanctus* et *Agnus* selon les fêtes; mais les jours des solemnitez on chante les grands *Kyrie.*

Tous les dimanches, depuis Pâques jusques à la Pentecôte, les prêtres chantent à la grande messe, hormis celui d'après l'Ascension, qu'on appelle le *Pêchery* dimanche, et chaque de ces dimanches la chantre doit prendre des nouvelles demoiselles qui n'ont point encore étées pour chanter dessoubs les cloches, en commenceant par les aînées, puis celles qui suivent en descendant, sinon le jour de Pâque close, de l'Ascension et de la Pentecôte. Elle doit toujours choisir les deux aînées. Depuis Pâques jusques à l'Ascension, les jours de féries et les simples, les deux plus jeunes capitulaires doivent aller chanter les *Alleluia* à la grande messe; elles doivent avoir mis leurs manches et laisser traîner les manteaux. D'abord qu'on commence l'Epître, elles sortent de leurs formes pour venir à l'aigle faire leurs révérences ou niquets. Lorsque l'Epître est achevée, elles commencent les *Alleluia*. Etant finis, elles feront encore la révérence et retournent à leurs formes. S'il y a des écolières, c'est à elles à les chanter devant l'aigle sur un pulpitre mis exprès.

§ 32. — *Le jour de Saint-Marc qui est les petites croix (le 25 d'avril).*

On sonne à neuf heures et demi à primes; la chantre doit mettre son long surplis comme aussi les trois dames qui chantent avec elle à la procession; lesquèles doivent chanter jusques à l'Ascension. La chantre doit avoir mis son manteau pour aller au milieu du chœur à la grande messe, qui doit être la messe des Rogations, qu'on chante après none. Pour se conformer à la rubrique, le chapitre a résoud qu'on chanterait aussi celle du saint après tierces. Les prêtres chantent aux dites deux messes, et l'orgue touche. On chante à celle des Rogations les *Kyrie* des Pâques et les *Sanctus* des féries, composez pour ce jour seulement, lorsque les prêtres chantent. La même chose doit s'observer, si la fête de Saint-Marc devoit être transférée, même à un jour de dimanche, ou si elle tombait dans celui du *Quasimodo;* lors les prêtres ne seront obligez de chanter qu'à la messe des Rogations, hormis que le dit jour ils ne soient obligez de chanter à la messe conventuelle. La messe achevée, la dame qui tient chœur dit *Fidelium* pour ensuite dire *Regina cœli*. Puis on va se ranger à la nef, où la chantre commence *Exurge,* pendant lequel le grand prêtre donne l'eau bénite; on donne la croix à baiser et le grand prêtre chante la collecte.

Ensuite on va à la procession; la chantre marche après les

prêtres avec les trois dames qui chantent avec elle; les autres dames suivent, les plus jeunes les premières.

L'itinéraire de la procession est indiqué au chapitre II, pp. 35 et 36. Après le passage ci-dessus transcrit, le texte continue comme suit :

La chantre va avec la dame qui chante avec elle suivant le grand prêtre, et vont achever les litanies au milieu de la nef. Les autres dames se rangent sur les longs bancs. Les litanies achevées, la chantre et la dame qui chante avec elle reprennent leur place et le grand prêtre, placé soubs la niche de la Vierge, récite, alternativement avec les dames, toutes les prières et collectes qui suivent les dites litanies.

Notez qu'aux grandes et petites croix les demoiselles en année doivent laisser traîner leurs plices, lorsqu'on est à Saint-Pierre pour rentrer dans l'église des dames, et aux grandes croix elles doivent avoir mis leurs corps et non pas leurs crêpes.

§ 33. — *Saint-Philippe-et-Saint-Jacques (le premier de may).*

Les prêtres chantent à la grande messe et on va à trois au milieu du chœur.

§ 34. — *Le jour de l'Invention Sainte-Croix (le 3 de may).*

Les prêtres chantent à la grande messe; on va à trois au milieu du chœur. On doit exposer la sainte Croix sur l'autel avant les matines, et les dames la vont baiser avant de commencer. Si ce jour tombe un dimanche, le diacre la portera à baiser aux dames au lieu de l'autre croix. On doit la porter à

la procession, au retour de laquelle on la mettra encore sur
l'autel. On y doit laisser brûler deux chandelles de cire aux
deux côtez, à quoi madame la doyenne doit pouvoir hors de
l'argent de la fabrique. Lorsque les complies sont achevées et
le salut des prêtres, le prêtre de l'église doit d'abord revenir au
chœur avec son surplis pour venir donner la sainte Croix à baiser
aux dames et aux peuples; les dames aînées vont les premières,
les autres suivent sans ordre; ensuite le prêtre de l'église la remet
à la trésorerie. On chante les hymnes des matines et des laudes
du ton des vêpres du Saint-Sacrement, l'hymne des vêpres et des
petites heures du ton des Pâques, les *Kyrie* de la Passion et les
antiennes des laudes comme au jour de l'Exaltation de la sainte
Croix.

§ 35. — *Premier dimanche de may.*

C'est chapitre général après la grande messe, lequel madame
la prévôte doit faire convocquer la veille par le battonier. Il doit
aller à toutes les maisons des dames chanoinesses et chanoines
avec la baguette rouge, comme il se fait toujours, afin qu'on s'y
trouve tous pour gagner le may. Il faut que les dames aient mis
leurs manches. Aucune dame chanoinesse ni chanoines ne peuvent
sortir du chapitre avant les douze heures sonnées, autrement on
perdra sa présence; toutes les résolutions qu'on prendra à ce
chapitre ne se peuvent plus changer à moins que ce ne soit à
un autre chapitre général.

Tout ce que l'on y aura résoud, on prendra soin de le faire
enregistrer par le secrétaire avant de sortir du chapitre; ce qui
doit s'observer à tous les chapitres de l'année. Le battonier doit

se trouver dans les allois vers la porte du dit chapitre, pendant qu'il est assemblé, pour attendre les ordres qu'on voudra lui donner. Lorsqu'il y a des dames chanoinesses ou chanoines malades au lieu, ils doivent le faire avertir par le battonier au chapitre pendant qu'il est assemblé, afin qu'on les tienne présents.

§ 36. — *Les trois jours des Rogations.*

Toutes les dames doivent avoir mis leur long surplis ces trois jours-là pour la grande messe; on y vient sans manteaux et avec les manches. Pendant les matines, madame la doyenne ou, si elle n'y est pas, la plus aînée du chœur doit aller avec le livre des pardons pour donner à chaque dame quelque pseaume à dire; et celles qui ne se trouvent pas à matines, on leur en ordonne lorsqu'elles viennent aux autres offices. On en donne à dire aussi aux chanoines et chapelains. Il faut si bien compasser tous ces pseaumes que le livre puisse être récité pendant ces trois jours de Rogations. Avant de commencer les dits pseaumes, il faut que chacun dise *Pater* et *Ave;* quand elles seront achevées on dira *Da pacem,* puis l'*Oremus Fidelium.*

On sonne à primes à neuf heures et un quart. On chante tout de suite prime, tierce, sexte et none. Alors on commence la grande messe, qui doit toujours être celle des croix, quel double il puisse arriver. Celle du saint où l'on chante après sexte pour se conformer à la rubrique; les prêtres deveront y assister. Si c'est un jour auquel ils seront tenus de chanter, on doit chanter les *Kyrie* de Pâques, et le *Sanctus* et *Agnus* des féries.

On ne dit pas les litanies avant la grande messe ces trois jours-là, parce qu'on les chante. Les deux plus jeunes capitulaires doivent avoir mis leurs manteaux, parce qu'elles doivent chanter *Alleluia* à l'aigle. S'il y a des escolières, c'est à elles à le chanter devant l'aigle, à un pulpitre mis exprès pour cela. Après l'*Alleluia* fini, si ce sont des capitulaires, elles quitteront leurs manteaux. La messe étante achevée, la dame qui tient chœur dira *Fidelium* et *Regina cœli* avec l'*Oremus* suivante. Etant fini, on va à la nef. Etants placez, la chantre commence *Exurge* et ce qui suit; pendant quoi le grand prêtre vient donner l'eau bénite; on donne la croix à baiser, ensuite on va à la procession. On sort par la porte des allois du côté de Sainte-Barbe; la chantre marche après les prêtres avec les trois dames qui ont chanté avec elle à Pâques; les autres dames suivent, les plus jeunes les premières. En sortant la chantre commence *Surgite;* ensuite les prêtres chantent *De Hierusalem.* Notez qu'il faut toujours demeurer quelque espace de tems sans chanter. On va toute la grande rue; étant au tournant pour aller aux Tillieux, la chantre commence *Cum jucunditate,* puis les prêtres chantent. Lorsqu'on approche le pont, la chantre commence *Parce Domine.* Toutes ces choses se chantent les trois jours des Rogations.

Le premier jour les croix vont aux Tillieux, où étant parvenu, on s'arrette devant la chapelle de la Vierge; les prêtres chantent l'antienne *Sancta Maria;* le grand prêtre chante le vers et la collecte; pendant lequel tems, les deux plus jeunes capitulaires vont faire leur révérence ou niquet devant la dite chapelle, puis commencéant les litanies reprises aux processionnairs, auxquèles les autres dames répondent. Lorsqu'on est parvenu à *Sancta Maria,* qu'on dit trois fois, la procession revient à la grande église par le même chemin qu'on est venu. Quand on passe devant la maison de ville, on dit *Sancte Roche;* en rentrant dans la porte des allois près de Saint-Jean, on dit deux fois *Sancta*

Begga, et en passant devant l'église de Sainte-Barbe, on dit *Sancta Barbara;* ce qui doit s'observer aux litanies des trois jours des Rogations. Les deux dames qui les chantent se mettent au milieu de la nef pour les achever; ensuite ayant fait leurs révérences ou niquets, elles retournent à leur place.

On fait ensuite le sermon; lequel étant achevé, on va à la procession dans les allois à la rencontre des croix de la paroisse. Les aînées marchent les premières; le battonier doit les précéder. On revient dans le même ordre à l'église collégiale; on se met de rechef sur les longs bancs; la chantre commence *Lux perpetua.* S'il y a une écolière, elle chantera le verselet *Gaudete;* puis le grand prêtre dit la collecte. Etante achevée, s'il y a deux écolières, elles iront se placer au milieu de la nef, et ayant fait leurs niquets, chanteront le petit *Benedicamus* de Pâques; en défaut d'écolières, ce seront les deux plus jeunes capitulaires, lesquéles, si elles sont en année, devront laisser traîner leurs juppes, et faire leur niquet à l'accoutumée.

Les dames chantent l'antienne *Lux perpetua* les trois jours des Rogations, à la nef, au retour des croix, et le petit *Benedicamus* des Pâques les deux premiers jours, et le dernier jour on chante le grand *Benedicamus* de Pâques, après que les prêtres ont chanté l'antienne *Si diligeretis.*

Les demoiselles en année doivent aussi laisser traîner leurs juppes aux processions qui se font tous les dimanches allentour des allois; et lorsqu'on sort de l'église ou en rentrant, elles doivent faire la même chose.

Le deuxième jour des Rogations, on va à la première station, on sorte par la grande porte des allois, on va par la rue des Passettes, de là par la prairie des dames; le tout s'observe comme le jour précédent. Arrivez aux stations, les prêtres chantent

O Crux, puis le grand prêtre le verset et la collecte; pendant quoi les deux plus jeunes capitulaires après celles qui auront chantez le jour auparavant feront leurs révérences ou niquets, pour commencer les litanies au contenu du processionnair. Etant rentrez à l'église, on fera les mêmes cérémonies que lundy.

§ 37. — *Le mercredi des Rogations.*

On sonne à prime à neuf heures; on vat à Horseilles qu'on appelle à Saint-Roch; y étants tous placez, la chantre commence *Timor;* toutes les dames chantent ensemble. Cela étant achevé, les prêtres chantent *Ave Roche,* le grand prêtre le vers et la collecte; la chantre commence les litanies avec la plus aînée des dames, qui a chanté avec elle à la procession, ayantes auparavant fait leurs révérences à l'accoutumée. Etants retournez à l'église, on achève les litanies au milieu de la nef, comme aux deux premiers jours. Après le sermon, on s'en va au rencontre des croix de la paroisse, et on sort ensemble avec les dites croix par la porte des allois vers Saint-Jean. On rentre dans les encloîtres pour revenir à l'église par le grand portail. Lorsque la procession est rentrée et étant rangez à la nef, l'orgue touche le *Te Deum,* alternativement avec les prêtres et les dames; la chantre reprend tous les vers que les dames doivent chanter. Lorsqu'il est achevé, la chantre commence *Lux perpetua* et comme il est marqué au jour précédent.

§ 38. — *La veille de l'Ascension.*

Les prêtres chantent à vêpres, le chantre va au milieu du chœur; on demeure à deux debout de chaque côté.

§ 39. — *Le jour de l'Ascension (feste mobile).*

On va à la procession allentour de l'église. Tierce finie, on va à la nef pour chanter *Salve festa;* puis la chantre, ayant choisi trois nouvelles dames pour chanter avec elle à la procession, suivra les prêtres, ensuite les autres dames, les plus jeunes les premières. La chantre commence le répons *Omnis pulchritudo;* en rentrant dans l'église, la chantre commence *Vespere,* et on chante la même chose qu'au jour de Pâques.

On expose le Vénérable à la grande messe; on va à cinq au milieu du chœur, on va à l'offrande et on donne la bénédiction entre vêpres et complies.

§ 40. — *Le dimanche dans l'octave de l'Ascension qu'on appelle le* Pêcheri dimanche.

Les deux dames qui chantent *Salve festa* quittent leurs manteaux au chœur et iront à la nef où elles doivent le chanter. Si ce sont des demoiselles en année, elles doivent laisser traîner leurs juppes, comme il est dit ci-devant, ayant faits leurs révérences. Après que les dames et chanoines sont tous rangez à la nef, ces deux dites dames commencent *Salve festa.* Etant fini, la chantre le reprend, ensuite commence le répons *Omnis pulchritudo.* On va à la procession autour des allois à l'accoutumée; on n'arrête pas à la nef; rentrant au chœur, la dame qui tient chœur commence *Nostræ semper,* et intonne le tout pour le reste de l'office. Les prêtres ne chantent point à la grande messe.

Le vendredi et samedi après l'octave de l'Ascension, on doit chanter le *Benedicamus* au milieu du chœur, comme pendant ladite octave, et on chante les hymnes du ton de l'Ascension, quoiqu'on ferait l'office du saint.

§ 41. — *La veille de la Pentecôte.*

On sonne à neuf heures à primes; on chante prime, tierce, sexte et none tout de suite; puis on chante les prophéties, entre lesquéles les prêtres et la chantre intonnent ce qui est marqué au missel; ensuite on va à Saint-Jean pour bénir les fonds; les plus jeunes marchent les premières après les prêtres. En sortant du chœur, les prêtres chantent *Sicut servus*, la chantre le vers qui suit, et ainsi alternativement jusques à la fin. La bénédiction des fonds étant achevée, le grand prêtre donne l'eau bénite aux dames, puis deux prêtres commencent les litanies des saints au pied des degrez du grand autel. Lorsqu'ils diront *Sancte Joannes*, la procession retournera à la grande église, et les deux prêtres qui chantent les litanies iront les achever devant le grand autel, se mettants à genoux; puis, lorsqu'elles sont achevées, l'orgue touche pour commencer les *Kyrie*. En même temps la chantre va au milieu du chœur avec les deux plus jeunes dames; les prêtres chantent à la grande messe. Lorsqu'elle est achevée, la chantre dit *Fidelium* et *Regina cœli*.

Les prêtres chantent à vêpres, la chantre va au milieu du chœur, et il demeure deux dames debout de chaque côté. Lorsque les vêpres sont achevées, les prêtres doivent chanter le petit salut au chœur; ensuite la chantre retourne à sa forme et dit *Fidelium;* puis on chante les complies.

Toutes les fois qu'on chante les nones le matin, on doit sonner moienne cloche à midi après les pardons.

L'an 1740, par résolution unanime, il a été réglé [qu'on chantera l'hymne des laudes du ton marqué au grand pseautier pendant les trois festes. Le jour semidouble, on dira le ton ordinaire comme au petit pseautier; ce qui s'observera toujours l'octave de la Pentecôte.

§ 42. — *Le jour de la Pentecôte (feste mobile).*

La procession se fait comme le jour de l'Ascension après l'eau bénite, excepté qu'on ne porte pas la vraye sainte Croix. On doit donner à baiser aux dames la croix ordinaire. La chantre doit choisir encore trois nouvelles dames pour chanter avec elle à la procession; elle peut prendre celles qui ont chantées à Pâques. En sortant dé l'église après les vers de *Salve festa* chanté, la chantre commence le répons *Repleti sunt;* en rentrant elle commence *Vespere,* et le reste comme au jour de l'Ascension. La chantre doit avoir prié les deux dames les plus aînées de chanter devant le banc de justice.

Au retour de la procession, le marguelier de la paroisse, avec deux ou trois autres qu'il prendra avec luy, doivent être au-dessus de la voûte de l'église pour laisser descendre le Saint Esprit; à quoy la chantre doit pourvoir, qui doit être un pigeon blanc. Pendant que la procession rentre et qu'on chante à la nef, ceux qui sont en haut doivent laisser descendre des fleurs pour représenter le mystére du jour. D'abord que la chantre a repris *Alleluia,* elle se bouge de sa place pour aller se mettre en genoux sur un passet, qu'elle aura eu soin de se faire apporter dessoubs l'endroit d'où le saint Esprit doit descendre, qui est au milieu de la nef. Elle y va le manteau traînant et intonne

Veni Creator, que l'orgue touche; ensuite les prêtres le 2ᵉ vers, les dames le 3ᵉ, qui doit toujours être commencé par la chantre et ainsi alternativement jusques à la fin. Pendant le *Veni Creator,* on laisse descendre le saint Esprit sur la teste de la chantre, avec une couronne qui lui est attachée aux pieds. La chantre doit avoir prié une dame de venir au moment que le saint Esprit descend pour prendre la couronne et luy attacher au couvre-chef; ce qu'étant fait, la dite dame retourne à sa place; elle doit aussi laisser traîner son manteau.

Le *Veni Creator* étant achevé, on retourne au chœur, et la chantre commence *Nostræ semper;* on expose le Vénérable et on va à cinque au milieu du chœur à la grande messe. Lorsqu'on chante *Alleluia, Veni sancte Spiritus,* on se met en genoux; et pendant qu'on chante la prose, on doit sonner la grosse cloche. On va à l'offrande et on achève le reste de l'office comme aux autres solemnitez; les dames prévôte et doyenne tiennent chœur.

La chantre tient la couronne au couvre-chef jusques à ce qu'elle revienne au logis. Elle est obligée de faire donner à déjeuné ou un demi-écu à ceux qui ont laissé descendre le saint Esprit. Les vêpres se chantent à l'heure accoutumée.

§ 43. — *Le lundi de la Pentecôte.*

Les prêtres chantent encore à matines, à grande messe et à vêpres. On va à trois au milieu du chœur à la grande messe. Les dames prévôte et doyenne ne tiennent pas chœur ce-jourd'huy ni demain.

§ 44. — *Le mardi de la Pentecôte.*

C'est la même chose.

§ 45. — *La veille de la Sainte-Trinité (feste mobile).*

Les prêtres chantent à vêpres; la chantre va au milieu du chœur, et il ne demeure qu'une dame debout de chaque côté. Les vêpres étant achevées, les prêtres chantent *Salve Regina* avant de sortir du chœur; et le reste du petit salut étant fini, la chantre retourne à sa forme et dit *Fidelium*.

Il y a présence pour l'office de la Sainte-Trinité, dont un quart se gagne aux premières vêpres, un quart à matines et laudes, un quart à la grande messe, et le quatrième quart aux deuxièmes vêpres; on ne gagne rien à complies. Il s'entend qu'il faut être au chœur au commencement de l'office et ne point sortir devant iceux, sinon pour aller à confesse pendant les matines. Il faut être à vêpres avant le premier pseaume fini, à matines aussi avant le premier pseaume achevé, à grande messe avant l'Epître finie. Les escolières y gagnent comme les autres; les malades n'y gagnent point. C'est une fondation de vingt-sept francs, faite par mademoiselle Jacqueline d'Eve, chanoinesse de ce chapitre, hypothéquée sur la maison de mademoiselle d'Hozemont (1), dont il y a vingt francs pour les dames et les chanoines présents au chœur selon son testament. Il y a trois francs à partager·entre les chapelains, et trois francs pour le coûtre pour faire sonner les cloches

(1) Une demoiselle de Berlo. *(Note de l'auteur).*

comme le jour de Pâques; il y a aussi dix sols pour l'organiste, et dix sols pour l'entretien de la corde de la grosse cloche, qui doivent être mis en mains de madame la doyenne. On expose le Saint-Sacrement à la grande messe et aux deuxièmes vêpres. On chante *Te lucis* et les autres hymnes des petites heures du ton de l'Ascension. On va à trois au milieu du chœur à la grande messe; on va à l'offrande et on achève l'office en solennité accoutumée. Les dames prévôte et doyenne tiennent chœur.

§ 46. — *La veille du Saint-Sacrement.*

Les prêtres chantent à vêpres; la chantre va au milieu du chœur, et il demeure deux dames debout de chaque côté.

Avant de commencer les vêpres, on expose le Saint-Sacrement, et on donne la bénédiction. Les vêpres étant achevées, on donne encore la bénédiction, puis on remet le Vénérable; ensuite la chantre retourne à sa forme, dit *Fidelium* et on chante les complies.

Madame la prévôte doit faire commander par le mayeur la jeunesse sur les armes pour la procession. On ira chercher le drapeau, la pique et la caisse chez elle, où ils doivent rester. On doit battre la caisse vers le soir parmi le bourg, et à 8 heures on doit sonner la grosse cloche. Les sergents, par ordre du chapitre, doivent pourvoir aux mayes nécessaires pour orner l'église et pour chaque maison des dames et chanoines, à effet de les mettre devant leurs maisons pour la procession. Le coûtre doit payer les charons qui les amènent. Lorsqu'on quitte les mayes de l'église, c'est pour le prêtre de l'église.

§ 47. — *Le jour du Saint-Sacrement (feste mobile).*

On sonne à quatre heures à matines, et à cinq heures ensemble. On expose le Vénérable avant de commencer, et on donne la bénédiction.

Le prêtre de l'église doit aller demander à madame la doyenne quand il faut sonner à primes.

La chantre doit avoir prié trois nouvelles dames pour chanter avec elle à la procession. Il est de sa discrétion d'en prendre d'autres que celles qui ont chantées à la Pentecôte. Toutes les dames doivent avoir mis leurs longs surplis pour la grande messe et aussi leurs manteaux, parce qu'on va à l'offrande.

S'il y a des demoiselles en année ou écolières, elles doivent se pourvoir d'une couronne de fleurs pour aller à primes, pour mettre derrier leur crêpe et couvre-chef, où il ne doit avoir d'autre verdure que du pucelage. Elles doivent quitter les dites couronnes pour les vêpres. On va à cinq au milieu du chœur à la grande messe; étante achevée, les femmes de chambre viennent quitter les manteaux à leurs maîtresses.

Pendant les sextes, madame la doyenne doit envoier à déjeûner à la sacristie au prêtre qui a chanté la messe. Sextes étantes finies, les prêtres chantent *Genitori* pour donner la bénédiction; de là on va à la procession de la manière qui s'ensuit :

Toute la jeunesse marche la première, ensuite la croix, les prêtres et les chanoines; la chantre va avec les trois femmes qu'elle a choisies, suivant les prêtres dans l'ordre accoutumé, puis les autres dames, les plus jeunes les premières, puis les violons, ensuite les flambeaux qui marchent devant le Vénérable, qui sera suivi immédiatement du battonier et du mayeur avec la verge de justice, puis les sergents avec leurs hallebarts. Notez que c'est madame la doyenne qui doit prendre soin de faire louer les violons pour jouer à la procession et les satisfaire hors de l'argent de la fabrique. On paye deux écus aux violons pour jouer aux processions du Saint-Sacrement et de la feste d'Andenne, et lorsqu'on porte le corps saint de madame sainte Begge à Saint-Pierre.

En sortant de l'église, qui est par le grand portail, la chantre commence *Homo quidam;* étant fini, les prêtres commencent un peu après *Summæ Trinitatis.* Etant parvenu à Horseilles, la chantre commence *Gaude Maria;* par de là le ruisseau de la Fontaine, les prêtres commencent l'hymne *Pange lingua.* La chante reprend le deuxième vers, ainsi alternativement jusques à la fin. Il faut si bien aviser et prendre ses mesures que le dernier vers se chante lorsque toute la procession sera sur la campagne, pour ensuite donner la bénédiction. La bénédiction étante donnée, la jeunesse fait une décharge, puis la chantre commence *Veni Creator,* vers par vers avec les prêtres; ainsi de même à toutes les autres hymnes. Après les prêtres commencent *Lauda Sion.* Il faut si bien proportionner que la deuxième bénédiction se donne aux Tillieux; ensuite on fait encore une décharge; puis la chantre commence *Sacris solemniis;* étant achevé, les prêtres commencent *Verbum supernum.* La 3e bénédiction doit se donner aux Staples; après laquelle on fait encore une décharge, et en rentrant dans le chapitre, nommé les encloîtres, la chantre intonne le répons *Beata Begga.* La procession étant rentrée à l'église, l'orgue touche pour commencer le *Te Deum,* qui se chante alternativement avec les prêtres et les dames. On donne la bénédiction au vers *Salvum fac;* ensuite on éteint les flambeaux.

On doit sonner la grosse cloche par intervalle pendant le tems de la procession; au retour de laquelle, après la bénédiction donnée, la jeunesse doit faire encore une décharge; et, le tout étant achevé, on en doit aussi faire une devant la porte de chez mesdames la prévôte et doyenne. Le chapitre fait donner une tonne de bière aux tireurs, ensuite on rapporte le drapeau, la pique et la caisse chez madame la prévôte. Le prêtre de l'église doit aller demander à madame la doyenne quand il faut sonner à vêpres; toutes les dames y doivent aller avec leurs longs surplis et manches sans manteau. Si l'office est commencé, nulle dame ne pourra aller parmi le chœur, à moins de laisser traîner la plice; ce qui doit s'observer pour aller chanter *Benedicamus* et *Jube*. Les vêpres étants achevées, on donne la bénédiction et on remet le Vénérable et on chante complies.

Le jour du Vénérable et pendant l'octave, madame la doyenne doit pourvoir à deux chandelles de cire hors de l'argent de la fabrique, pour brûler dessus l'autel aux deux côtez du Saint-Sacrement, qu'on exposera tous les jours de l'octave, d'abord qu'on a sonné ensemble à matines. Ensuite on sonne moienne cloche pour donner la bénédiction. On laisse le Saint-Sacrement exposé jusques après complies. Pendant le *Magnificat* on sonne encore moienne cloche pour avertir la bénédiction.

Il y a une fondation pour faire venir un prédicateur pour prêcher tous les jours de l'octave après matines au chœur des prêtres comme en carême, à la réserve du dit jour et du dimanche dans l'octave. Toutes les fois qu'on donne la bénédiction on doit allumer les six chandelles de l'autel. En cas qu'il arriveroit des inconveniens qui empescheroient la dite exposition pendant un ou plusieurs jours, le chapitre en disposera. S'il arrive une feste pendant la dite octave, on prêche à l'offertoire de la grande messe.

Il y aussi une fondation faite par mademoiselle Ernestine-Antoinette-Françoise de Marbais de Louvervalle, dite de Mauroy, chanoinesse écolâtre de ce chapitre; laquelle (comme par son testament) at laissé quatre muids d'épaute pour les capitulairs assistants personnèlement à la procession le jour de la Feste-Dieu, y compris les demoiselles en année et les écolières pour leur singulier profit.

§ 48. — *Le dimanche dans l'octave du Vénérable.*

On va à la procession autour des allois à l'accoutumée; on y porte le Saint-Sacrement. Les dames marchent devant le Vénérable, les plus jeunes les premières, et la dame qui tient chœur commence *Homo quidam*. Le même jour, c'est le *Sacrement* de la paroisse. Le prédicateur y doit prêcher à l'offertoire; les dames s'y trouvent après leur office achevé, pour aller à la procession. Les dames suivent le Vénérable, les aînées les premières; on doit avoir mis des manches.

Le pasteur de la paroisse ne doit commencer l'office à son église que vers l'élévation de la messe de l'église de la collégiale.

Le pasteur doit demander à madame la prévôte de luy accorder quelques escadres pour tirer à la procession (lesquels on luy permet) et que l'alfaire s'y trouve avec la pique et celui qui bat la caisse.

§ 49. — *Le jour de l'octave du Vénérable.*

Après tout l'office achevé, c'est-à-dire après qu'on aura donné l'eau bénite au petit salut, on se trouve toutes au chœur, les prêtres aussi. On donne la bénédiction, ensuite on vat à la procession allentour de l'église. Les dames doivent avoir mis leurs manches; les plus jeunes marchent les premières après les prêtres, et le Vénérable accompagné des flambeaux suit les aînées. On sort par le grand portail; la chantre commence *Homo quidam*, toutes les dames reprennent; ensuite les prêtres commencent *Verbum supernum;* la chantre reprend le vers suivant. Venant à la maison de ville, on donne la bénédiction; puis la chantre commence *Sacris solemniis*. Pendant la procession on doit sonner moienne cloche; lorsqu'on rentre au chœur, l'orgue touche pour commencer le *Te Deum;* les prêtres reprennent le 2e vers, la chantre le 3e, et ainsi alternativement jusques à la fin. Lorsqu'on est au vers *Salvum fac populum,* on donne la bénédiction; d'abord on remet le Vénérable pendant qu'on achéve le *Te Deum*.

Notez que quand on ne peut pas faire la procession le jour du Vénérable, on la fait le jour de l'octave après le petit salut des prêtres, et on va jusques aux Tillieux. En sortant de l'église, la chantre intonne *Homo quidam;* ensuite les prêtres chantent le répons *Summæ Trinitatis*. Etant au tournant de la grande rue, la chantre intonne *Gaude Maria;* ensuite les prêtres commencent *Pange lingua,* alternativement avec les dames. Etants parvenus au berceau, où le chapitre se range, on expose le Saint-Sacrement sur la table de pière, où il y doit avoir une nappe; on donne la bénédiction au vers *Genitori*. Ensuite la chantre intonne *Sacris solemniis;* ce qu'étant fini, les prêtres commencent *Lauda Sion*. On donne encore la bénédiction devant la maison de ville; la chantre intonne *Beata Begga*. Etants rentrez dans l'église, l'orgue touche pour chanter le *Te Deum*.

§ 50. — *Le jour de Saint-Barnabé, apostre (le 11 de juin).*

Les prêtres chantent à la grande messe, et on va à trois au milieu du chœur.

§ 51. — *Le jour de Saint-Aubain (le 21 de juin).*

Comme au jour de Saint-Barnabé, avec octave.

§ 52. — *La veille de Saint-Jean.*

Madame la doyenne doit prier madame la prévôte de faire convocquer le chapitre pour rendre le même jour la semènerie.

Pretiosa. C'est la dite dame doyenne qui la rend au nom du chapitre, en donnant une fleure à chaque semènier. S'il y a quelque admonition à leur faire, cela se fait aussi par la dame doyenne. On doit tenir aussi chapitre après la grande messe, que madame la prévôte doit faire convocquer le jour précédent par le battonier, pour rendre la mairrye d'Andenne, celle de Haillot, l'office de sergents et la marguelerie d'Ambresineau. Le mayeur d'Andenne pour remercîment doit donner ce jour-là un dîné à madame la prévôte, où d'ordinaire les ménagères s'y trouvent avec quelques anciennes chanoinesses qu'il plaît à madame de prier. Si c'est en méchantes années, elle peut luy quitter.

Les prêtres chantent à vêpres; la chantre va au milieu du chœur, et il demeure une dame debout de chaque côté.

§ 53. — *Le jour de Saint-Jean (le 24 de juin).*

On va à trois au milieu du chœur à la grande messe, et on va à l'offrande.

Devant de commencer la grande messe, après les litanies achevées, madame la prévôte, étante dans sa forme, rend les offices et la marguelerie, en donnant à chacun une fleure, à ceux que le chapitre et la dite dame auront continuez.

§ 54. — *Le dimanche après la Saint-Jean.*
C'est la feste d'Andenne.

La veille de la fête d'Andenne, madame la doyenne doit aller à la trésorerie à une heure après-midi, avec des dames aînées pour nettoier le corps saint, qui reste sur la table jusques au lendemain. La dite dame prie madame la prévôte d'ordonner de faire la patrouille pendant la nuit, pour qu'il n'arrive aucun malheur. Les prêtres chantent à vêpres; la chantre va au milieu du chœur; il demeure une dame debout de chaque côté; les dames prévôte et doyenne ne tiennent pas chœur.

Si le jour de la feste tombe une feste double, on fera l'office de ce jour-là, à la réserve que la grande messe doit toujours être la messe Sainte-Begge. Madame la prévôte doit ordonner au mayeur de faire mettre la jeunesse sur les armes pour la procession, si elle le trouve à propos, comme au jour du Saint-Sacrement. On battera aussi la caisse parmi le bourg vers le soir comme au jour du Vénérable; à huit heures on sonnera la grosse cloche.

Les sergents, par ordre du chapitre, doivent avoir soin de

fournir aux mayes nécessaires pour orner l'église et le chariage
se paye des revenus de la fabrique. Il est du soin du prêtre de
l'église de ranger tous les mayes; pour ses peines, lorsqu'on les
quitte, il luy en vient la moitié; la femme du petit portail doit
avoir l'autre moitié, parce qu'elle nettoye l'église. Les sergents
pourvoient aux dames et chanoines des mayes comme au jour du
Saint-Sacrement pour la procession. On chante les matines au
chœur à l'accoutumée; on sonne ensemble à cinq heures. L'écolâtre n'ordonne point les leçons, mais la chantre ordonne le vers.

Les matines étantes achevées, madame la doyenne et les aînées
vont à la trésorerie pour orner le corps saint de fleures. On doit
exposer le chef Sainte Begge sur l'autel pendant la messe des
pèlerins; c'est le prêtre de l'église qui doit donner les reliques à
baiser pendant l'offrande. D'abord que les laudes sont achevées,
la chantre commence le répons *Cum jam,* sans bouger de sa
forme; ensuite on dit la messe des pèlerins, qui doit être une
messe basse où les violons doivent se trouver par ordre de
madame la doyenne; ils se mettent sur le docsale pour toucher
pendant l'offertoire et l'élévation. On va à l'offrande, sçavoir les
pèlerins; on y donne la patenne à baiser; un autre prêtre donne
les reliques de sainte Begge aussi à baiser. Les offrandes sont pour
les quatre seméniers. Il doit avoir un coral qui tienne un plat à
l'autre côté de l'autel pour recevoir les offrandes, qui seront pour
sainte Begge. La messe étante achevée, on sonne toutes les
cloches. Six hommes avec leurs robes et surplis, qui sont préparez pour cela, doivent se trouver à la trésorerie, deux prêtres
doivent porter le chef de sainte Begge, et les six hommes portent
le corps saint; on y porte aussi en même tems le corps sainte
Orbie, qui marche le premier. D'abord qu'on sort de la trésorerie,
la chantre commence dans sa forme le répons *Gloriose,* et madame

la doyenne avec ces trois aînées accompagnent le corps saint, marchantes à côté et tenantes les coings du tapis où il repose; toutes les autres dames suivent et chantent; les aînées seront les premières.

On pose ensuite le corps saint sur une table préparée près des dégrez du chœur, où il y aura un tapis et une nappe. Le prêtre de l'église doit avoir soin, dès la veille, de faire mettre la balustrade comme de coutume pour renfermer les deux petits autels, et de placer deux accoudoirs avec des tapis pour les quatre aînées qui doivent garder le corps saint pendant le reste de l'office. Le mayeur doit aussi s'y trouver avec la justice et les sergents. Etant placé, on mettra aux quatre côtez quatre flambeaux allumez; lorsqu'on commence l'office, on en remet des blancs. Le répons *Gloriose* étant achevé, les dames s'en retournent; les sergents avec leurs hallebards restent aux trois portes du chœur de la nef. On doit mettre sur la table, près du chef de sainte Begge, un plat pour recevoir les offrandes des pèlerins. Le prêtre de l'église doit aller demander à madame la doyenne quand il faut sonner le coup de primes un peu plus long que de coutume. Les demoiselles en année et les écolières devront se pourvoir d'une couronne de fleures, tout comme au jour du Saint-Sacrement.

Madame la prévôte sera menée pour la grande messe par le battonier, le mayeur, son chapelain et son curé, qui est le curé de Haillot; la même chose pour les vêpres. Le dit curé doit dîner chez madame ce jour-là, et il luy donne un veau gras pour le jour de la feste.

Les dames doivent avoir mis leurs longs surplis pour la grande messe, comme aussi leurs manteaux pour aller à l'offrande. Madame la doyenne doit prier les trois dames aînées pour accompagner aussi le corps saint avec elle pendant la procession. On va à 5 au milieu du chœur à la grandmesse; les deux plus jeunes de chaque côté vont sans commander, bien entendu la plus jeune de chaque côté, et les deux autres la chantre les choisit. Les tierces étant achevées, on chante l'*Asperges;* étant fini, on dit les litanies, ensuite l'orgue touche, et on expose le Vénérable sur l'autel. Ayant donné la bénédiction, on commence la grande messe et la chantre au milieu du chœur avec ces quatre dames; bien entendu que, s'il y a deux demoiselles en année du même côté, elles doivent toujours aller au milieu du chœur, à moins qu'il y eu une 3ᵉ de l'autre côté; en ce cas, elle devra y aller selon l'ordre du chœur. On va à l'offrande à l'accoutumée; toute la justice doit s'y trouver.

Les prêtres chantent aux trois grands offices. La grande messe étante achevée, madame la doyenne aura eu soin d'envoier à déjeuner pour le grand prêtre. Sexte étant achevée, on donne la bénédiction, puis on va à la procession comme il s'ensuit :

Deux prêtres avec leurs robes et surplis seulement, portant le chef de sainte Begge, marchent après la croix et les prêtres; la chantre avec ses trois dames suivent le chef, ensuite le corps saint, qui sera porté par les six hommes susdits, lesquel madame la doyenne accompagne avec les trois dames qu'elle aura priées. Elles marchent deux d'un côté, et deux de l'autre; les autres dames suivent, les plus jeunes les premiéres. On sort par la porte du chœur qui est devant le banc de justice, et on prend à droite pour sortir par le grand portail. Le corps saint doit être accompagné de quatre flambeaux et le chef de deux. Les violons suivent, puis les flambeaux qui accompagnent le Saint-Sacrement, qui sera suivi du mayeur avec la verge de justice et des sergents avec leurs hallebards comme au jour du Vénérable.

Toute la jeunesse doit être sur les armes, marchant dans le même ordre, comme au dit jour. Le prêtre de l'église doit prendre soin de faire porter un tapis et une nappe pour mettre sur la table de pière aux Tillieux, pour y poser le Vénérable et le corps saint. Il doit aussi faire porter un marche-pied, sur lequel on place un fauteuil pour le prédicateur. En sortant du grand portail, la chantre commence *Homo quidam*. Etant achevě, un peu après, les prêtres commencent *Summæ Trinitatis;* une distance après, la chantre commence *Gaude Maria*. Etant aux environs de la chapelle nommée la station, la chantre commence *Inviolata;* étant parvenus aux Tillieux, on pose le Vénérable, le chef et le corps saint sur la table; les dames et chanoines se rangent dans le berceau; ensuite le prédicateur commence le sermon, ayant la face tournée vers le Saint-Sacrement. Le sermon étant achevé, les prêtres chantent *Tantum ergo;* la chantre répond *Genitori;* les dames chantent toutes ensemble pendant qu'on donne la bénédiction. En commenceant à marcher, la chantre commence le répons *Cum jam;* la procession retourne dans le même ordre qu'elle est venue. Lors les prêtres chantent le répons *Inter natos*. Etant fini, la chantre commence le répons de Saint-Pierre, si c'est dans l'octave; ensuite les prêtres chantent les répons des communs, alternativement avec les dames. Lorsqu'on est à la maison de ville, on donne la bénédiction, où il y a un autel préparé. Les prêtres chantent *O sacrum;* la chantre reprend le vers suivant. A chaque fois qu'on donne la bénédiction pendant la procession, on fait toujours une décharge.

Ensuite en rentrant dans le chapitre nommé les encloîtres, la chantre commence le répons *Beata Begga*. Lorsqu'on est au grand portail, la croix et les prêtres entrent les premiers dans l'église; puis le Vénérable et le chef de sainte Begge suivent. Lors on tourne le corps saint au travers de la porte de l'église, pour que les dames et le peuple puissent passer par dessous. Pendant ce temps là, c'est-à-dire aussitôt que le Vénérable est rentré, l'orgue touche pour commencer le *Te Deum*, cela alternativement avec les prêtres et les dames; entendu que la chantre reprend toujours le vers que les dames doivent chanter. On doit sonner par intervalle la grosse cloche pendant la procession.

Madame la doyenne avec ses trois dames ne doivent pas abandonner le corps saint. Il doit avoir deux de ces dames au dedans de l'église, et deux au dehors, pour soulever le tapis, sur lequel le corps saint est posé, pendant qu'on passera par dessous. Lorsque tout le peuple sera passé, on retourne le corps saint à la nef pour le remettre sur la table. Lorsqu'on vient au vers *Salvum fac populum* du *Te Deum,* on donne la bénédiction; ensuite on remet le Saint-Sacrement.

L'office étant achevé, la jeunesse fait encore une décharge devant l'église; lors on en fait une devant la porte de mesdames prévôte et doyenne, lesquelles font donner à boire à la jeunesse aux frais du chapitre; ils rapportent le drapeau, la caisse et la pique chez madame.

Lorsque par le mauvais tems on ne peut sortir de l'église, on fait la procession allentour des alloys : en ce cas, la chantre avec ses trois dames qu'elle a choisies chante *Homo quidam;* ensuite les prêtres chantent *Beata Begga.* Etant fini, l'orgue touche pour commencer le *Te Deum* à l'accoutumée. Quand ce cas arrive, on doit prêcher après l'offertoire de la grande messe.

Le censier de Thynes doit donner pour la fête un mouton gras qui se partage entre mesdames prévôte et doyenne. Il le paye en argent; il doit donner trois écus pour cela, qui se partagent entre ces deux dames.

Madame la doyenne doit donner ce jour-là à dîner au prédicateur, comme aussi à la femme du petit portail et aux sergents qui gardent le corps saint depuis le midi jusques à deux heures; mais il est libre à la dite dame de donner de son propre argent un escalin à chaque des sergents au lieu du dîné.

Le prêtre de l'église doit aller demander à la dite dame doyenne quand il faut sonner à vêpres. Les nones étantes achevées, les écolières et demoiselles en année, qui doivent avoir quittez leurs couronnes, iront dire les 15 pseaumes dans la place ordinaire. Lorsqu'ils seront achevez, on sonne ensemble à vêpres, auxquèles les dames se trouveront avec leurs longs surplis et leurs manches sans manteau. S'il s'en présentoient au chœur qui auroient quittées leurs longs surplis, on doit les renvoier, comme on l'a déjà vu en pareille rencontre; la même chose se doit observer le jour du Saint-Sacrement.

Pendant qu'on chante les vêpres on clochêtera pour appeler les sonneurs, et les hommes qui ont portez le corps saint se prépareront pour rapporter le corps saint après le *Benedicamus* des vêpres. Les dites vêpres achevées, on sonne toutes les cloches, et la chantre commence le répons *Beata Begga.* Toutes les dames reprennent en suivant le corps saint qu'on rapporte au chœur des prêtres, où il doit avoir une petite table avec un tapis pour le placer.

Pendant que les dames achèvent le répons, deux écolières ou, à ce défaut, les deux plus jeunes capitulaires, qui doivent être sur le passet de l'autel, chanteront le verselet *O beata Begga;* les dames ayant répondu, le prêtre en semaine chante l'*Oremus Propitiare,* puis les deux dames qui ont chantées le verselet font leur révérence ou niquet pour chanter ensuite le grand *Benedicamus*. Les dames ayantes répondu, on rapporte le corps saint à la trésorerie, lequel madame la doyenne avec ses trois dames aînées accompagnent pour le remettre dans son armoire. Cependant les autres dames vont chanter complies au chœur à l'accoutumée.

Il y a une présence pour les dames et chanoines qui se trouveront à l'office du jour de la feste; on gagne le quart à matines, un quart à la grande messe, les deux autres quarts à la procession; les malades y gagnent, résidents ou non résidents, qui seront en ce lieu d'Andenne, ne pouvant par maladie se trouver personèlement aux offices au jour de la feste du dit Andenne, y seront tenus présents, parmi l'avertissant à madame la doyenne et chapitre; et si, étant au chœur, sans pouvoir aller à la procession accause de leurs infirmitez, ils seront obligez de rester dans leurs formes jusques au retour de la dite procession pour gagner la dite présence; et c'est comme par résolution capitulaire du premier may 1757, en explication du recès du 29 novembre 1726.

Les marchands qui viennent à la feste doivent demander la permission à madame la doyenne pour placer leurs boutiques dans le portail et les alloys, et doivent reconnoître l'église d'une offrande pour la permission qu'on leur donne. Madame la doyenne doit pourvoir hors de l'argent de la fabrique aux médailles Sainte-Begge qu'elle fera vendre aux alloys par la femme du petit portail, qui sera au profit de l'église. Aucun autre marchand n'en pourra vendre; à moins du quoy, madame la doyenne est en droit de les confisquer.

La veille de la feste, la jeunesse doit députer quelqu'un d'entre eux pour venir demander à madame la prévôte la permission de lui mettre un maye; en ce cas on en doit mettre un aussi à madame la doyenne.

Lorsqu'on veut faire la feste, la jeunesse en doit faire demander la permission à madame par le mayeur. Elle la donne pour trois jours, lorsqu'elle le trouve à propos. On danse aux Tillieux, et tout doit être fini à neuf heures. Les sergents doivent être sur la place avec leurs hallebards pour empescher les désordes.

§ 55. — *Le jour de Saint-Pierre-et-Saint-Paul (le 29 de juin).*

Les prêtres chantent à la grande messe; on va à trois au milieu du chœur. Comme il vient encore beaucoup de pèlerins ce jour-là, on expose le chef de sainte Begge sur l'autel; après la messe on le remet dans la trésorerie.

§ 56. — *La veille de la Visitation de la Sainte Vierge.*

Les prêtres chantent à vêpres; la chantre va au milieu du chœur; il ne demeure qu'une dame debout de chaque côté, à cause que cette feste est de la 2e classe.

§ 57. — *Le jour de la Visitation (le 2 de juillet).*

On va à trois au milieu du chœur à la grande messe, et on va à l'offrande. Les dames prévôte ou doyenne tiennent chœur.

§ 58. — *Le dimanche de la Sainte-Begge.*

La dame qui tient chœur intonne à la procession comme au

reste de l'office, sinon à l'église de Saint-Pierre où on s'arrette pour y chanter ce qui suit : premièrement les prêtres commencent *Ave virgo,* la chante reprend le vers suivant, ainsi alternativement jusques à la fin; toutes les dames chantent ensemble; le grand prêtre dit le verselet *O beata Begga,* à quoi les dames répondent; puis il chante l'*Oremus Propitiare.* Cela étant fini, on achève la procession autour des alloys. En sortant de l'église de Saint-Pierre, la chantre commence le répons *Beata Begga,* puis en rentrant au chœur, elle commence *Nostræ semper.*

Notez que, lorsque la feste d'Andenne tombe le dimanche devant la Sainte-Begge, on doit aller à Saint-Pierre le dimanche précédent. L'an 1726 ce cas est arrivé; mais comme c'était dans l'octave du Saint-Sacrement et qu'on porta le Vénérable à la procession, on ne s'est point arrettez à Saint-Pierre. Etants revenus au chœur on a chanté *Ave virgo;* ensuite la chantre a repris *Nostræ semper.*

§ 59. — *La veille de la translation Sainte-Begge.*

Les nones étantes achevées, toutes les dames vont dire les 15 psaumes en genoux au pied de l'autel; les écolières et demoiselles en année doivent être sur le passet du dit autel devant les aînées. Lorsqu'on vient au *Memento,* on doit se lever et, quand on sera au *Pater,* on se met encore en genoux; puis l'écolière ou la demoiselle en année qui est en semaine doit achever le reste; s'il n'y a pas d'écolière ou demoiselle en année, à ce défaut la plus jeune hors d'écolle fera ce devoir. Les 15 psaumes étants finis, on sonne ensemble, et les prêtres chantent à vêpres; la chantre va au milieu du chœur, on demeure à deux debout de chaque côté et on fait tout l'office de Sainte-Begge.

§ 60. — *Le jour de la translation de Sainte-Begge.*
C'est le 7ᵉ de juillet.

On sonne à matines à quatre heures et demi, ensemble à cinq heures et demi. Lorsqu'elles sont à peu près achevées, madame la doyenne va à la trésorerie avec les trois dames aînées pour préparer le corps saint et le garnir de fleurs.

Lorsqu'on est au *Te Deum,* on sonne toutes les cloches et on expose le corps saint sur l'autel; ce qui doit être porté par les prêtres et éclairé de quatre flambeaux; un chanoine doit porter le chef. Les laudes étantes achevées, les dames vont chanter au pied de l'autel le répons *Cum jam,* que la chantre commence. Les dames prévôte ou doyenne tiennent chœur.

Le prêtre de l'église doit aller demander à madame la prévôte quand il faut sonner à primes. On va à 5 au milieu du chœur à la grande messe; on va à l'offrande; toute la justice doit y aller aussi.

Ensuite on fait le sermon à la nef, les dames se trouvent au pied du chœur pour l'entendre; les demoiselles en année et les écolières doivent être au pied des degrez devant les dames, assises sur des passets.

Le sermon étant fini, on achève la grandmesse; si l'office étoit achevé un peu tard, on differre de sonner à vêpres, et on va le demander à madame la doyenne. Les nones étants chantées, toutes les dames vont dire les 15 pseaumes en genoux sur le passet de l'autel devant le corps saint, cela de la même manière comme aux premières vêpres. Lorsqu'elles sont dites, on sonne ensemble, puis on commence les vêpres. Etantes achevées, toutes les dames vont se mettre en genoux sur le passet de l'autel devant le corps saint pour chanter le répons *Beata Begga,* qui sera commencé par la chantre.

Deux écolières ou, à ce défaut, les deux plus jeunes capitulaires doivent être en haut du passet devant les aînées pour chanter le verselet *O beata Begga*. Après que les dames ont répondu, les prêtres chantent l'*Oremus Propitiare,* puis les deux dames qui ont chantées le verselet, ayantes fait leurs révérence ou niquet à l'accoutumée, chantent le grand *Benedicamus;* alors les dames répondent. Ensuite on remet le corps saint à la trésorerie de la même manière qu'on l'a exposé le matin.

Madame la doyenne et les aînées le suivent pour le remettre dans son armoire; les autres dames reviennent au chœur pour chanter complies. Madame la doyenne doit pourvoir à deux chandelles de cire blanche hors de l'argent de fabrique pour brûler dessus l'autel, pendant que le corps saint y est exposé. La même chose se fait pendant toute l'octave, parce qu'on expose le chef tous les jours.

Le prêtre qui est à matines le va quérir à *Te Deum,* éclairé des deux flambeaux; on le remet à la trésorerie entre vêpres et complies, aussi de la même manière. Madame la doyenne envoie à diner aux sergents qui doivent garder le corps saint pendant le midy, comme au jour de la feste.

Madame la doyenne ou l'aînée du chœur doit toujours être présente quand on le va exposer. Et quand on le remet le dernier jour de l'octave entre vêpres et complies, toutes les dames vont au pied de l'autel pour chanter la repons *Beata Begga,* qui sera commencé par le chantre. Deux écolières ou les deux plus jeunes capitulaires, qui seront sur le passet, chanteront le verselet *O beata Begga;* le reste comme au jour de Sainte-Begge, hormis qu'elles chantent le petit *Benedicamus.* Cela étant fini, le prêtre qui est à vêpres va remettre le chef de Sainte-Begge à la trésorerie, et les dames vont chanter complies. Toutes les dames doivent avoir mis leurs manches d'église, comme au jour de la feste de Sainte-Begge ; les deux plus jeunes qui chantent le *Benedicamus* sont en manteaux traînants.

Pendant toute l'octave, on ne fait l'office de Sainte-Begge que lorsque ce sont des saints transférez ; mais on chante tous les jours les *Kyrie* de Sainte-Begge et les hymnes des petites heures du ton des non-vierges. On ne chante la prose que le jour de la feste et le jour de l'octave.

§ 61. — *Le dimanche après la Sainte-Begge.*

Matines et laudes achevées, on va chanter une messe solennelle de Sainte-Begge à Saint-Pierre, qui est une fondation faite par une demoiselle de Senseilles, où on porte le corps saint. On sonne toutes les cloches jusques à ce qu'on soit à Saint-Pierre.

Lorsque le corps saint descend du chœur des prêtres, la chantre commence dans sa forme le répons *Gloriose*. Lorsque le corps saint n'y est pas, comme il peut arriver en tems de guerre, on chante le répons *Cum jam*. Le grand prêtre avec le diacre et soudiacre, qui sont revestis, suivent la croix, les prêtres et les chanoines, ensuite les violons, puis le chef suivera, qui doit être porté par deux prêtres, et le corps saint, qui sera porté par six hommes préparez pour cela, qui auront mis leurs robes et surplis ; madame la doyenne avec le coûtre accompagne le corps saint, ensuite les autres dames suivent, les aînées les premières. Lorsque le corps saint n'y est pas, les plus jeunes sont les premières. Le corps saint doit être éclairé de quatre flambeaux, qu'on mettra aux quatre côtez du dit corps saint, qu'on placera sur une table à Saint-Pierre, au milieu de l'église, préparée pour cela avec un

tapis; les dames se rangent aux deux côtés. Etantes toutes placées, les prêtres, qui doivent être sur le docsale, commencent
Gaudeamus, qui sera la messe de Sainte-Begge. La chantre fait
son devoir à l'accoutumée, mais sans bouger de sa place. La
messe achevée, on retourne au chœur dans le même ordre qu'on
est venu, achevant le tour des allois. D'abord qu'on marche avec
le corps saint pour sortir de l'église de Saint-Pierre, la chantre
commence le répons *Beata Begga.* On doit sonner encore toutes
les cloches pendant qu'on achève la procession; étant au chœur,
on remet d'abord le corps saint à la trésorerie dans son armoire,
on expose le chef sur l'autel, qu'on remettra entre vêpres et
complies.

Depuis la feste jusques au tems d'août, lorsqu'il y a des
pèlerins passablement, on expose le chef de Sainte-Begge les
festes et dimanches sur l'autel, pendant la grande messe.

§ 62. — *Les trois vendredis devant l'aout.*

Le premier vendredi on va à la procession à Saint-Sauveur,
le 2ᵉ on va à Saint-Etienne, le 3ᵉ on va à Saint-Pierre.

D'abord que les tierces sont achevées, toutes les dames
mettent leurs manches. La croix marche la première avec les
prêtres et chanoines, ensuite les dames, les plus jeunes les
premières, et viendront se ranger à la nef du long des bancs.
La dame qui tient chœur commence *Exaudi nos.* Pendant ce
temps-là le grand prêtre, qui doit être en chappe, donne
l'eau bénite. On donne la croix à baiser comme aux dimanches.
Cela étant achevé, en même tems qu'on se bouge pour aller
à Saint-Sauveur, la dame qui tient chœur commence *Audi*

Domine. Y étant arrivez, les prêtres commencent *Salvator mundi;*
puis le grand prêtre chante le verselet, à quoi les dames
répondent; ensuite le prêtre chante la collecte. Cela étant fini,
la dame qui tient le chœur, avant de commencer les litanies
de tous les saints, à quoy les dames répondent, se met au milieu
des deux rangées des dames, en faisant les révérences ou
niquets à l'accoutumée; et lorsqu'on dit *Sancta Maria,* qu'on
doit répéter trois fois, on s'en retourne à l'église. La dame
qui tient chœur doit marcher dans son rang. On fera le tour
des alloys; de là on retourne au chœur où elle achève les
litanies dans sa forme; ensuite le grand prêtre dit les *Preces*
et les collectes, pendant lesquelles on doit seulement se mettre
en genoux sur son passet. Cela étant fini, on commence d'abord
la grande messe sans dire les litanies, parce qu'on les a chanté.
Voilà comment il s'observe les 3 jours.

§ 63. — *Le 2ᵉ vendredi.*

Après l'eau bénite donnée, la dame qui tient chœur commence
le répons *Peccavi super.* Etant à Saint-Etienne, les prêtres commencent *Intuens;* ensuite le grand prêtre chante le verselet et la
collecte. La procession s'achève comme au premier vendredi,
sauf qu'on ne va point aux allentour des alloys, à raison que les
litanies sont trop avancées lorsqu'on rentre dans l'église collégiale, à raison qu'on reste à Saint-Etienne jusques à ce que l'on
ait dit *Sancte Stephane.*

§ 64. — *Le 3ᵉ vendredi.*

Il se fait la même chose comme ci-devant; mais après l'eau

donnée, la dame qui tient chœur commence *Præparate*. Etant à Saint-Pierre, les prêtres chantent *Simon Barjona;* ensuite la dame qui tient chœur commence les litanies, comme aux deux autres vendredis. On fait ce jour-là deux fois le tour des alloys. Si une feste tombe un des dits vendredis, la chantre doit chanter à la procession en la place de la dame qui tient chœur.

§ 65. — *La veille de Sainte-Marie-Madelaine.*

On va chanter le *Magnificat* dans la chapelle de la Madelaine de la manière qui s'ensuit : Les petits coraux doivent se tenir prêts avec leurs robes et surplis pour porter la croix et l'eau bénite. Le prêtre en semaine doit être en chappe. Lorsqu'on commence *Magnificat,* un coral marchera le premier avec la croix, le prêtre suivera, ensuite toutes les dames, les plus jeunes les premières, ayant mis leurs manches pour aller en chantant achever le *Magnificat* à la Madelaine. Y étants arrivez, on se range comme au chœur; ayant finis, on répète l'antienne de *Magnificat;* étant achevé, le prêtre chante l'*Oremus.* S'il y a quelques commémorations à faire ce jour-là, on les chante aussi à la Madelaine; ensuite les deux plus jeunes vont chanter le *Bene-dicamus* de *Hæc est* devant l'autel, ayants faits leurs révérences ou niquets; les dames ayants répondus, le prêtre donne l'eau bénite et on retourne au chœur pour chanter complies. C'est une fonda-tion.

Les coraux doivent avoir eu soin d'allumer les chandelles de l'autel de la Madelaine pour quand les dames y arriveront, comme aussi d'apporter l'antiphonaire, qu'on doit mettre sur un pulpitre. C'est le recteur du bénéfice qui doit pourvoir aux dites chandelles.

§ 66. — *Le jour de Sainte-Marie-Madelaine (le 22 de juillet).*

Les prêtres chantent à la grande messe ; on va à trois au milieu du chœur, et on chante le *Magnificat* comme au jour précédent.

§ 67. — *La veille de Saint-Jacque (le 24 de juillet).*

Il y a une fondation pour lire les heures de Saint-Jacque qui se diront devant l'autel de Sainte-Anne, lorsque les vêpres du chœur sont achevées. On doit mettre deux manches pour ces dites vêpres. Toutes les dames vont à la nef, les aînées les premières ; on se range du long des bancs du côté de Sainte-Anne. Madame la prévôte est la première vers l'autel, ensuite les autres dames selon leur rang. S'il y a des demoiselles en année, elles doivent s'asseoir sur des passets du côté de madame la prévôte. Le prêtre de l'église doit avoir soin de faire mettre un pulpitre devant l'autel de Sainte-Anne avec un linge pour le couvrir et une chaise pour le prêtre qui doit lire les dites vêpres et complies, chœur à chœur avec les dames.

Cette fondation est faite par Mademoiselle Jacque de Casteler, fondatrice du dit autel Sainte-Anne, connue par son testament en date du 10 août 1484. La distribution se doit faire aux dames chanoinesses et chanoines. Ces derniers doivent être aussi en habit de chœur pour être présents deux fois l'an, quand on lira les heures canoniales devant le même autel, à sçavoir la veille de Saint-Jacque et de Saint-Christophe à vêpres, et le lendemain tout le jour, suivant la manière accoutumée, à la dédicace de l'autel Sainte-Begge à sçavoir le jour et la veille Saint-Michel.

La dite fondatrice veut que les légats qui concernent cette fondation soyent distribuez par le serrier des anniversaires, ordonne, en outre, que le chapelain du dit autel Sainte-Anne soit présent pour faire le dit office; lequel étant achevé, il donne l'eau bénite aux dames et chanoines, puis on retourne au chœur pour chanter complies. On ne dit point *Salve Regina* pour finir cet office, à raison qu'on le dit au chœur après complies achevés.

Le recteur de Sainte-Anne doit pourvoir à deux chandelles sur l'autel, qui doivent être allumées pendant les dits offices. On dit encore les secondes vêpres entre vêpres et complies, comme le jour précédent; on y gagne aussi.

Les prêtres chantent à la grande messe; on va à trois au milieu du chœur. A la fin de la messe, on bénit les pommes de paradis, que le soudiacre va présenter aux dames avec un plat, commenceant par les aînées du côté de madame la prévotte, finissant du côté de madame la doyenne, sans oublier les écolières; c'est au coûtre de l'église à y pourvoir.

§ 68. — *Le jour de Sainte-Anne (le 26 de juillet).*

Les prêtres chantent à grande messe; on va à trois au milieu du chœur.

§ 69. — *Le jour de Saint-Pierre-aux-Liens (le 1 d'août).*

La même chose que le jour de Sainte-Anne, et on expose sur l'autel le corps de Sainte-Orbile la veille et le jour de Saint-Pierre-aux-Liens, comme le jour Sainte-Gertrude, à raison qu'il y a des liens dudit saint.

§ 70. — *Le jour de la Transfiguration (le 6 d'août).*

On bénit les raisins à la fin de la grande messe, ensuite le soudiacre les va présenter aux dames, tout comme on a fait les pommes de paradis. C'est encore au coûtre de l'église à y pourvoir.

§ 71. — *Le jour de Saint-Laurent (le 10 d'août).*

Les prêtres chantent à la grande messe, on va à trois au milieu du chœur aux premières vêpres. Pendant toute l'octave on chante le petit *Benedicamus* à l'aigle. On peut dire des obits du commun pendant cette dite octave; les écolières chantent les antiennes.

§ 72. — *La veille de l'Assomption de la Sainte-Vierge.*

Les dames doivent mettre deux manches pour aller au chapitre à *Pretiosa,* où on chante le martyrologe. Les primes étants achevées, on se mettra en genoux pour dire les sept pseaumes, madame la doyenne ayant dit auparavant *Adjutorium nostrum* et le *Confiteor;* ensuite des sept pseaumes la dite dame doyenne dira tous les *Oremus* suivans, puis on baise la terre. Etant levez, on dit le *Miserere* et le *De profundis* comme au carême avec ce qui suit. S'il y a quelques cérémonies qui ne s'observent pas bien à l'office, madame la doyenne dira en quoy on manque, pendant ledit chapitre.

Les prêtres chantent à vêpres, la chantre va au milieu du

chœur, on demeure à deux debouts de chaque côté; après *Bene-dicamus* chanté, les prêtres chantent avant de sortir du chœur *Speciosa* à l'honneur de la Vierge, qui est une fondation qui n'est que pour les dits prêtres. Cela étant achevé, ils s'en vont et les dames chantent complies.

Mademoiselle Josinne-Caroline de Schoonhove d'Arscot, chanoinesse de notre chapitre, a laissé par testament vingt florins de rente réduisible au denier vingt, à distribuer chaque année aux dames chanoinesses et chanoines qui seront personélement présents, assisteront aux premières et secondes vêpres, grande messe et matines à la feste de l'Assomption de la sainte Vierge.

§ 73. — *Le jour de l'Assomption (le 15 d'août).*

On fait la procession allentour de l'église, quel jour il puisse tomber; deux coraux doivent porter la statue de Saint-Roch; les plus jeunes marchent les premières après les prêtres. En sortant du chœur, la chantre commence *Gaude Maria;* on chante tous ensemble. Cela étant achevé, les prêtres chantent *Ave Roche;* ensuite la chantre commence les litanies de la Vierge, marchant la première avec une dame qu'elle doit avoir prié pour chanter avec elle. Les dames y répondront vers par vers. En rentrant dans l'église, si elles ne sont pas achevées, la chantre, avec la dame qui chante avec elle, vont achever les litanies derrière l'aigle, laissent traîner leurs manteaux en rentrant au chœur. Lorsqu'elles ont fini, et ayants faits leurs révérences à l'accoutumée, elles retournent à leurs formes; et d'abord la chantre commence *Inviolata,* que les dames reprennent vers par vers avec les prêtres. Cela achevé, la chantre commence *Nostræ semper,* puis on expose le Vénérable sur l'autel. Ayant donné la bénédiction, on commence d'abord la grande messe sans dire les litanies, comme on fait tous les jours, à raison qu'elles ont été chantées. On va à 5 au milieu du chœur, on va à l'offrande, où toute la justice doit se trouver aussi. On presche ensuite, on sonne la grosse cloche à l'élévation et pendant la procession. Les dames prévôte et doyenne tiennent chœur à leur tour.

Aux deuxièmes vêpres on fait les commémoraisons reprises au directoire et celle de Saint-Roch; l'antienne *Ave Roche* on ne la chante pas après *Hæc est*. Les prêtres chantent encore, entre vêpres et complies, *Speciosa,* comme au jour précédent.

Pendant toute l'octave, on chante les hymnes des petites heures du ton de la Vierge et les *Kyrie* à la messe comme du commun de la Vierge, le premier jour ceux de solemnitez qu'on a ici depuis peu, comme il a été réglé l'an 1741.

§ 74. — *Le jour de Saint-Roch (le 16 d'août).*

On chante eneore *Ave Roche* à laudes.

On chante une messe à la paroisse d'abord après matines à l'honneur de Saint-Roch, à laquelle les dames vont à l'offrande par dévotion. La messe étant achevée, on fait la procession avec le Vénérable, que les dames suivent, les aînées vont les premières. On doit avoir mis ses manches pendant la dite procession, et on doit sonner à l'église des dames moyenne cloche.

On chante aussi une messe de Saint-Roch après matines à l'église des dames le premier jour de l'octave non empêché; madame la doyenne l'ordonne, on doit avoir des manches; à quèle messe on expose le Saint-Sacrement, et on met la statue de Saint-Roch sur l'autel depuis les premières vêpres.

§ 75. — *Le jour de Saint-Barthélemi (le 24 d'aout).*

Les prêtres chantent à la grande messe et on va à trois au milieu du chœur.

§ 76. — *Le jour de Saint-Augustin, docteur (le 24 d'août).*

Comme au jour de Saint-Barthélemi.

§ 77. — *Le jour de la Décollation de Saint-Jean (le 29 d'août).*

Il est de coutume que l'écolâtre donne ce jour-là les gauvres aux demoiselles en année et aux écolières, en les menant hors du lieu, cela après la grande messe, c'est-à-dire l'office du matin finis. Elles sont exemptes des vêpres ce jour-là. La dite écolâtre doit avoir soin de les ramener dans les encloîtres pour les dix heures au plus tard. Si les dites demoiselles en année ne sortoient pas du lieu, elles seroient obligées de venir à vêpres; lorsqu'elles sortent, c'est en habit séculier.

Le jour de Saint-Gille, on fait tout l'office double dans notre église.

§ 78. — *La veille de la Nativité de la sainte Vierge.*

Les prêtres chantent à vêpres, la chantre va au milieu du chœur; on demeure à deux debouts de chaque côté.

§ 79. — *Le jour de la Nativité (le 8 de septembre).*

On va à cinque au milieu du chœur à la grande messe; on chante les grands *Kyrie* de la Vierge; on va aussi à l'offrande. Pendant l'octave, on chante les hymnes des petites heures et les *Kyrie* du ton de la Vierge. Les dames prévôte et doyenne tiennent chœur à leur tour.

§ 80. — *Le jour de l'Exaltation Sainte-Croix (le 14 septembre).*

Les prêtres chantent à la grande messe; on va à trois au milieu du chœur; on chante *Vexilla* du ton de la Passion, l'hymne des matines et des laudes du ton du Saint-Sacrement, celles des petites heures au ton des Avents, et disent pour le dernier vers *Gloria tibi Domine,* parce que c'est l'octave de la Vierge. On doit aussi dire *Qui natus es de Virgine* pour le *Christe* et les *Kyrie* de la Sainte-Croix. On expose la sainte Croix sur l'autel avant matines, comme au jour de l'Invention, le 3 may.

§ 81. — *Le jour de Saint-Lambert (le 17 septembre).*

Les prêtres chantent à la grande messe; on va à trois au milieu du chœur.

§ 82. — *Le jour de Saint-Mathieu (le 21 septembre).*

Comme au jour de Saint-Lambert.

L'avant-veille de la dédicace de Saint-Michel, entre vêpres et complies, les dames vont à la nef pour dire les heures de Saint-Michel devant l'autel de Sainte-Anne.

C'est une fondation comme aux heures de Saint-Jacque; tout s'observera de même, à la réserve qu'on doit dire l'office de la dédicace de l'église, et on doit toujours mettre deux manches pour aller dire ledit office.

§ 83. — *La veille de la Dédicace de Saint-Michel.*

Les prêtres chantent à vêpres; la chantre va au milieu du chœur : on demeure une debout de chaque côté; on chante *Te lucis* et les autres hymnes des petites heures au ton du *Veni Creator.*

§ 84. — *Le jour de Saint-Michel (le 29 septembre).*

On va à trois au milieu du chœur à la grande messe; on va à l'offrande, on chante les *Kyrie* des doubles. Les dames prévôte et doyenne ne tiennent pas chœur.

§ 85. — *Le jour de Saint-Jérôme (le 30 septembre).*

Les prêtres chantent à la grande messe; on va à trois au milieu du chœur.

§ 86. — *Le jour des Saints-Anges-Gardiens (le 2 d'octobre).*

On chante les hymnes des vêpres et des matines du ton du

Saint-Sacrement, celles de laudes et des petites heures du ton de l'Ascension.

§ 87. — *Le premier dimanche d'octobre; c'est la dédicace de l'église avec octave.*

Les prêtres chantent aux premières vêpres; la chantre va au milieu du chœur; on demeure à deux debouts de chaque côté. On chante *Te lucis* et les autres hymnes des petites heures du ton des apôtres. Les dames prévôte et doyenne tiennent chœur à leur tour.

Les tierces achevées, on fait la procession allentour de l'église. La chantre avec trois dames qu'elle aura choisi pour chanter avec elle, suiveront les prêtres, ensuite les autres dames, les plus jeunes les premières. En sortant du chœur la chantre commence *Fundata est.* Etant achevé, les prêtres commencent *Benedic.* La procession étant rentrée dans l'église, les dames se rangent à la nef, ensuite la chantre commence *Terribilis;* les deux chanoines qui tiennent chœur vont chanter les vers au chœur des dames devant l'aigle; les deux dames aînées vont chanter le *Gloria* devant le banc de justice, en étantes priées par la chantre.

L'excommunication faite (1), le prédicateur commence le sermon. Etant fini, la chantre commence *Nostræ semper* en rentrant au chœur. On expose le Vénérable à la grande messe, aussi à vêpres. On va à cinque au milieu du chœur; on va à l'offrande. Toute la justice doit s'y trouver et on doit sonner moienne cloche pendant la procession.

(1) Les détails de cette cérémonie ont été rapportés au chapitre premier, p. 18. *(Note de l'auteur.)*

Le 10 octobre, c'est le jour de Sainte-Orbie; on expose son corps saint sur le grand autel aux premières vêpres. Le dimanche suivant ceux de Coutice le viennent chercher avec la permission de madame la doyenne; il doit avoir un prêtre et deux flambeaux allumez avec des gens armez pour l'accompagner en toute sûreté. On doit le rapporter de même le jour qu'il leur est ordonné. On sort de notre église à neuf heures et demi; on sonne moienne cloche; les dames qui se trouvent au chœur accompagnent le dit corps saint jusques au grand portail; la même chose quand on le rapporte.

§ 88. — *Saint-Luc, évangéliste, (le 18 d'octobre).*

Les prêtres chantent à la grande messe, et on va à trois au milieu du chœur.

§ 89. — *Le jour de Saint-Simon-et-de-Saint-Jude*
(le 28 d'octobre).

Comme au jour de Saint-Luc.

§ 90. — *La veille de la Toussaint.*

On va au chapitre à *Pretiosa,* ayant mis ses manches, pour aller dire les sept pseaumes après prime achevée, comme la veille de l'Assomption, y faisants les mêmes cérémonies.

Les prêtres chantent à vêpres, la chantre va au milieu du chœur, on demeure à deux debout de chaque côté.

Les vêpres étantes achevées, la chantre demeure au milieu du chœur en genoux sur son passet pour dire *Fidelium* et le *Salve Regina* avec toutes les dames; pendant quoy les prêtres vont chanter le petit salut à Sainte-Barbe, à moins que ce ne soit un samedi, parce qu'alors ils doivent le chanter au chœur. On ne chante les complies qu'à quatre heures et demi.

Notez que, quand ce jour tombe un jeudi, la chantre doit attendre de dire le *Salve Regina,* tant qu'on eu donné la bénédiction du Saint-Sacrement.

Le coûtre doit fournir aux bougies pour chanter les complies, aussi pour chanter matines tout l'hyver jusques au grand feu. Les deux chandelles de l'aigle doivent être allumées pour chanter les complies du soir, qui se chantent quatre fois par an. A madame la doyenne il doit donner une chandelle de cire, laquelle le prêtre de l'église est obligé d'allumer, pour demeurer sur sa forme tous les jours aux trois coups de matines; et le dit coûtre doit aussi lui fournir les bougies nécessaires, lorsqu'elle va dire sa leçon; les écolières et les demoiselles en année ne doivent point éteindre leurs bougies, sans faire une révérence à madame la doyenne ou à l'aînée pour en demander la permission, si elles veuillent l'éteindre avant elle.

La veille de la Toussaint jusques au grand feu, on doit sonner la cloche nommée Pimpin une demi-heure, cela tous les jours à six heures au soir lorsque les pardons sont sonnez. C'est une fondation faite pour les dévoyez des chemins. La veille au jour de festes que les prêtres chantent, on doit sonner une plus grosse cloche, de même que la veille de Saint-Hubert et de Sainte-Barbe, pour annoncer les messes qui se chantent le lendemain après matines.

§ 91. — *Le jour de la Toussaint (le premier novembre).*

On expose le Vénérable à la grande messe; on va aussi à
l'offrande; toute la justice doit s'y trouver. Lorsque les vêpres
sont achevées, on chante l'office des morts à 9 heures, aussi
avec les prêtres au chœur. Etant achevez, ils s'en vont, et les
dames chantent complies. Les dames prévôte et doyenne tiennent
chœur à leur tour.

§ 92. — *Le jour des âmes (le 2 novembre).*

On ne dit point la messe après matines, parce qu'on chante
la messe des morts après la grande messe. On sonne à primes à
neuf heures et demie. On chante prime, tierce avant la grande
messe, comme les vendredis et jours des jeûnes. On dit tout de
suite *Salve Regina* et ce qui suit pour finir les petits offices devant
la messe des âmes. Cela fini, le prêtre qui doit chanter la messe
vient en chappe noire devant l'aigle dire les commendas. La
chantre commence l'antienne *Subvenite* que le chœur reprend.
Etant achevé, l'aînée de ce côté-là intonne le pseaume *In exitu
Israël.* Tout ce qui se chante aux commendas, c'est la chantre qui
le doit commencer; l'aînée de l'autre côté intonne le pseaume
Dilexi quoniam, qui sera suivi du pseaume *Credidi* et *Laudate
Dominum omnes gentes.* Les pseaumes étants finis, les prêtres
achèvent les commendas jusques au *De profundis,* qui se chante
vers par vers par les dames, commenceant du côté de la chantre.
Ensuite le dit prêtre finit et s'en retourne. On commence la messe
des âmes; la chantre y fera son devoir à l'accoutumée, mais sans

bouger de sa forme. On va à l'offrande; mesdames prévôte et doyenne marchent les premières, ainsi les autres dames suivent deux à deux, selon leur rang. Aussitôt qu'on a baisé la patenne, on retourne à sa place sans s'arretter. On doit tirer le rideau noir au grand autel et mettre le devant-d'autel pareil. On met quatre grandes chandelles sur les grands chandeliers qui sont posez au milieu du chœur des prêtres. On doit avoir mis des manches pendant la dite messe. Lorsque les douze heures sonnent, on doit sonner toutes les cloches.

§ 93. — *Le jour de Saint-Hubert (le 3 novembre).*

Le recteur de ce bénéfice chante une messe solemnelle à l'autel du dit saint. Les dames s'y trouvent, sçavoir dans leurs formes au chœur. On va à l'offrande par dévotion, les aînées les premières. On doit mettre des manches et on donne une offrande.

§ 94. — *Le jour de Sainte-Elisabeth (le 19 novembre).*

Les prêtres chantent à la grande messe; on va à trois au milieu du chœur. Il y a une fondation de deux muids pour les présents à la dite messe.

§ 95. — *Le jour de Sainte-Catherine (le 25 novembre).*

Les prêtres chantent à la grande messe; on va à trois au milieu du chœur. On expose le corps de sainte Orbie la veille et le jour de Sainte-Catherine, à raison qu'il y a de ses reliques,

§ 96. — *La vigile de Saint-André.*

C'est chapitre général après la grande messe. Madame la prévotte doit faire convocquer le jour précédent par le batonnier. On gagne les doubles et les crinsons; les escolières gagnent la moitié des dits crinsons, bien entendu qu'elles doivent être à la grande messe; mais elles ne viennent pas au chapitre, n'étantes pas capitulaires. Tout doit s'observer à ce chapitre comme au premier dimanche de may.

§ 97. — *Le jour de Saint-André (le 30 novembre).*

Les prêtres chantent à la grande messe; on va à trois au milieu du chœur.

§ 98. — *Le premier dimanche des Avents.*

Deux écolières ou, à ce défaut, les deux plus jeunes capitulaires, qui auront mis leurs marches, doivent chanter à l'aigle les vers et *Gloria* du premier répons, ayant faits leurs révérences ou niquets à l'accoutumée. C'est la chantre qui doit commencer le répons et reprendre après les vers et *Gloria*.

Soit mémoire que les écolières, demoiselles en année, qui auront chantées les vers et *Gloria* du premier répons, ne seront point dispensées de chanter le 2ᵉ et 3ᵉ répons, selon leur rang et ordre du chœur; la même chose pour les demoiselles hors d'écolle.

C'est la coutume de faire venir un prédicateur pour prescher pendant les Avents. Il commence le premier dimanche dans la nef, où les dames se rangent au retour de la procession; tous les autres dimanches de même. Le sermon étant fini, la dame qui tient chœur commence *Nostræ semper* en retournant au chœur.

Le premier lundy des Avents ou le premier jour qui n'est pas double, on va dire les sept pseaumes au chapitre à *Pretiosa*, comme la veille de Tous-les-Saints.

On prêche tous les jours dans le chœur après matines, de même que pendant le carême; mais le jour de Sainte-Barbe, à raison de la confrairie, on prêche à l'offertoire de la messe qu'on chante après matines. La veille du dit jour, aux premières vêpres, on expose le corps sainte Orbie sur le grand autel, à raison qu'il y a des reliques de Sainte-Barbe.

Pendant les Avents, on chante les hymnes du ton des Avents; on ne chante pas la messe du Vénérable jeudi. Après le salut des prêtres, les dames vont chanter dans la chapelle de Sainte-Barbe le répons *Regnum mundi;* c'est la dame qui tient le chœur qui l'intonne.

§ 99. — *La veille de Saint-Nicolas.*

Les écolières et demoiselles en année doivent aller parer Saint-Nicolas pour les vêpres, qui se chantent avec les prêtres. La chantre va au milieu du chœur; on demeure une debout de chaque côté; on chante les complies à quatre heures et demi du soir, comme la veille de la Toussaint.

§ 100. — *Le jour Saint-Nicolas (le 6 décembre).*

On va à trois au milieu du chœur à la grande messe; on va à l'offrande et on prêche après matines. Le dit jour les dames prévôte et doyenne ne tiennent pas chœur.

§ 101. — *Le jour de Saint-Ambroise, docteur, (le 7 décembre).*

Les prêtres chantent à la grande messe; on va à trois au milieu du chœur.

§ 102. — *La feste de l'Immaculée Conception (le 8 décembre).*

Les prêtres chantent aux premières vêpres; la chantre va au milieu du chœur; on demeure à deux debouts de chaque côté.

On va à cinq au milieu du chœur à la grande messe, à laquelle on chante les grands *Kyrie* de la Vierge; on va à l'offrande, ensuite de quoy on prêche à la nef. On peut donner toute sorte d'obit pendant cette octave.

Pendant la dite octave, on doit chanter les hymnes du ton de la Vierge et les *Kyrie* à la messe; mais s'il arrive un double ou semidouble d'un saint, on chante les hymnes des matines et laudes du ton des Avents, mais non pas celles des petites heures, qui doivent être du ton de la Vierge. Pendant les Avents, on doit chanter les nones le matin, hormis les dimanches.

§ 103. — *La veille de Sainte-Begge.*

Le premier coup de vêpres étant sonné, toutes les dames vont dire les 15 pseaumes au pied du grand autel. Tout s'observe comme au jour de la Translation de Sainte-Begge. Lorsque les 15 pseaumes sont achevez, on chante les vêpres avec les prêtres; la chantre va au milieu du chœur; on demeure à deux debouts de chaque côté, et on doit faire tout l'office de Sainte-Begge. Les vêpres étant achevées, la chantre dit *Fidelium* et *Alma Redemptoris,* avec toutes les dames; ensuite elle dit l'*Oremus* suivant. Elle reste au milieu du chœur, pendant que les prêtres chantent le petit salut; lors elle retourne en sa forme en disant *Divinum auxilium.* On chante les complies à quatre heures et demi.

La veille de Sainte-Begge on commence à chanter les antiennes de l'antiphonaire à laudes. Il doit demeurer une dame debout de chaque côté. Les écolières ne peuvent pas chanter d'antiennes, ni tenir chœur pendant ce temps-là. On chante le *Benedicamus* de *Hæc est,* quoique c'est férie accause des *O.*

Depuis la veille de Saint-Thomas aux premières vêpres, jusques au dernier jour de l'octave des Rois, on chante le *Venite* et *Benedicamus* à l'aigle, on dit les petites heures de Notre-Dame jusques la veille de Noël, étant ainsi marquez dans les rubriques.

Le dimanche avant la Sainte-Begge, en allant à la procession, on doit entrer dans l'église de Saint-Pierre, où on chante ce qui est repris le dimanche avant la Translation de la dite feste tombant le 7 juillet.

*§ 104. — Le jour de Sainte-Begge, qui est toujours
le 17 décembre.*

On sonne ensemble à matines à cinque heures et demie.
Lorsqu'elles sont achevées a peu près, madame la doyenne avec
les trois aînées, qu'elle doit prier, vont faire exposer le corps
saint sur l'autel, de même qu'au jour de la Translation. Après les
laudes finies, les dames vont chanter en genoux sur le passet
de l'autel le répons *Cum jam,* que la chantre commence. Madame
la doyenne doit envoyer à dîner aux sergents qui gardent le
corps saint depuis le midi jusques à deux heures.

Le prêtre de l'église doit aller demander à madame la prévôte
quand il faut sonner à prime. On va à 5 au milieu du chœur
à la grande messe; on va à l'offrande; toute la justice doit s'y
trouver; ensuite à la nef; mais si la feste de Sainte-Begge
tombe un dimanche, on prêche au retour de la procession, qui
se fera autour des allois, comme aux autres dimanches. L'office
étant tout achevé, on doit sonner moienne cloche comme les
autres jours. Ayant chanté les nones le matin (ce qui doit
s'observer pendant tout le tems des Avents hormis les dimanches),
on chante les vêpres à l'heure accoutumée. Tout se fait de
la même manière qu'au jour de la Translation.

Lorsque tout l'office est fini, toutes les dames vont à Saint-
Pierre pour chanter allentour de la tombe de Sainte-Begge. Il
doit avoir sur la dite tombe deux chandelles allumées, comme
aussi sept autres chandelles sur les pierres du balustre qui est
allentour de la dite chapelle; cela est aux frais de la confrérie
de Saint-Joseph. La chantre entre dans la dite chapelle avec
quelques dames, les autres se mettent en genoux sur le passet

du balustre de l'autel de Saint-Joseph pour chanter ce qui suit. La chantre commence *Cum jam,* qui se chante tout ensemble; ensuite elle intonne *Beata Begga,* puis *Ave virgo,* vers par vers avec les dames, qui sont au dehors de la chapelle; lors elle commence *Inviolata,* ensuite intonne *Simon Barjona,* puis elle commence trois fois *Ave Maria* avec le vers suivant *Ave;* au premier on chante *Memento salutis auctor;* au 2e *Maria mater gratiæ;* au 3e *Gloria tibi Domine.* Après le dernier vers on chante pour finir *O beata Virgo Maria.*

Le 18 décembre, jour de l'Expectation de la sainte Vierge, on chante toutes les hymnes du ton des Avents; on ne dit point au dernier vers des petites heures *Gloria tibi Domine,* mais on chante à la messe les *Kyrie* de la Vierge.

§ 105. — *Le jour de Saint-Thomas (le 21 décembre).*

Les prêtres chantent à la grande messe; on va à trois au milieu du chœur. Pendant qu'on chante les *O,* qui est le 7e jour devant le Noël, on doit sonner moienne cloche d'abord qu'on intonne l'*O,* qui se chante chœur à chœur et fort doucement. Le jour de Sainte-Begge, on sonne la grosse cloche pendant l'*O* et *Magnificat.*

§ 106. — *La veille du Noël (le 24 décembre).*

On doit chanter les laudes fort doucement. On va dire les sept pseaumes au chapitre à *Pretiosa* de la même manière que la veille de la Toussaint, en y observant les mêmes cérémonies. Lorsque tout est achevé, on se souhaite de bonnes festes les unes aux autres avant de sortir du chapitre. L'orgue touche à la grande messe; on chante les *Kyrie* des doubles et les *Sanctus* de même.

Les prêtres chantent à vêpres; la chantre va au milieu du chœur; on demeure à deux debouts de chaque côté. Les complies se chantent à quatre heures et demie comme la veille de Sainte-Begge.

On sonne à neuf heures au soir le premier coup de matines et à dix heures ensemble. Après les matines on chante le grand *Benedicamus* à l'aigle; ensuite on commence la première messe, on va à trois au milieu du chœur; on chante les *Kyrie* des doubles; on va à l'offrande à la communion du prêtre. Tous les capitulaires doivent communier; les chanoines qui ne sont pas prêtres communient avec les dames prévôte et doyenne; toutes les autres ensuite, deux à deux, selon leur rang. Les demoiselles en année doivent laisser traîner leurs manteaux et non pas leurs juppes pour aller communier, et doivent avoir mis un crep sur la tête; les écolières de même pour la modestie.

Les capitulaires qui pour incommodité ne sont pas en état de communier avec le corps doivent avertir madame la doyenne.

La messe étant achevée, on chante les laudes. Cela fini, les deux plus jeunes vont encore chanter le grand *Benedicamus* à l'aigle, ensuite la chantre dit *Fidelium* pour dire *Alma;* pendant quoi le grand prêtre avec les diacre et soudiacre, étant revêtis, vont chanter la deuxième messe. En même tems qu'on commence, la chantre va au milieu du chœur avec deux dames. On chante les *Kyrie* de la Vierge, on va à l'offrande comme de coutume. La messe étante achevée, chacun retourne chez soi.

Le prêtre de l'église doit aller demander à madame la prévôte quand il faut sonner à prime. Les dames prévôte ou doyenne doivent tenir chœur.

On va à 5 au milieu du chœur à la grande messe; on chante les grands *Kyrie;* on va à l'offrande et toute la justice doit s'y trouver. On expose le Saint-Sacrement à la grande messe et à vêpres. On fait la prédication à la nef entre vêpres et complies. On doit sonner le sermon pendant les vêpres. Etant achevé, on chante les complies.

Depuis le Noël jusques au dernier jour de l'octave des Rois on doit dire *Gloria tibi Domine* au dernier vers des hymnes. On continue de chanter les hymnes du ton de Noël jusques à la Purification.

§ 107. — *Le jour de Saint-Estienne (le 26 décembre).*

Les prêtres chantent encore à matines, grande messe et vêpres. On va à trois au milieu du chœur pour la messe.

§ 108. — *Le jour de Saint-Jean (27 décembre).*

C'est encore solemnité comme au jour précédent.

· § 109. — *Le jour des Innocents (le 28 décembre).*

C'est la même chose, sinon qu'on doit exposer le corps sainte Orbie aux premières vêpres, et il doit rester seul sur l'autel le lendemain.

Aux premières vêpres des Innocens les écolières doivent s'habiller en chanoinesses hors d'école pour aller au chœur, peuvent

aussi faire l'office des dames prévôte, doyenne, chantre et écolâtre, se mettre dans leurs formes. S'il y a des demoiselles de
qualité séculière qui voudroient aussi s'habiller en chanoinesse,
elles le peuvent faire, mais non pas d'autres, bien entendu que
tout cela se fasse avec modestie et sans dérision, n'ayant rien de
bizard dans l'habillement ni les manières. S'il y a des demoiselles
en année, elles ne peuvent changer d'habit pour être à l'église.

Pendant qu'on fait l'office, on ne peut pas aller parmi le chœur
pendant le *Te Deum,* ni *Magnificat,* ni *Benedictus,* ni les hymnes.
S'il faut entrer au chœur, il faut passer par les hauttes formes;
et lorsqu'on chante quelque chose à l'aigle, on ne peut pas passer
devant pour aller parmi le chœur, il faut tourner derrière. On ne
peut aussi entrer pendant l'Introïte, les *Kyrie,* l'Evangile, le *Credo,*
la Préface, *Sanctus* et Agnus.

Archives de l'Etat, à Namur, chapitre d'Andenne, Coutumes XVIIIᵉ
siècle, nº 3 (manuscrit), p. 1-136. — Ce texte a été reproduit dans les
Analectes, t. XIII, année 1876, pp. 415-491.

TROISIÈME PARTIE

Cérémonies spéciales

§ 1. — *Cérémonies qu'on doit observer pour donner la sainte Huile aux dames chanoinesses de l'église madame sainte Begge, aussi pour l'enterrement et les obsèques comme il s'en suit :*

Lorsqu'on donne la sainte Huile à une dame, le pasteur doit l'apporter à l'église collégiale, la poser sur l'autel de Sainte-Anne, qui est au pied du chœur, ou un de nos vicaires qui est en semaine la va prendre pour la porter aux dames malades. Il doit avoir deux flambeaux allumez pour l'accompagner, qui doivent être portéz par deux prêtres. La même chose se pratique lorsqu'on donne le Viatique, sinon qu'il doit y avoir quatre flambeaux, dont deux sont portez par des séculiers. Tout le chapitre doit s'y trouver à quéle heure que ce puisse être, même pendant la nuict. On doit y aller en habit de matines avec les manches. La malade doit avoir son long surplis. Etante à l'agonie, pendant le jour on sonne la cloche comme pour les pardons. Lorsqu'on est expiré, si c'est de la nuict, on attend l'heure qu'on sonne ensemble à matines, aprés l'avoir averti à madame la doyenne pour faire sonner toutes les cloches; on doit l'avertir aussi à toutes les autres dames. Ensuitte elles vont, ayants mis leurs manches, pour habiller le corps en habit d'église. Ce sont les dames prévôte, doyenne et quelques aînées qui font cette fonction; pendant quoy les autres dames lisent les sept pseaumes et les pseaumes graduels alternativement. Madame la doyenne ayante achevé, elle dit l'Oremus : *Quæsumus.* De là on va au chapitre, où les chanoines doivent se trouver pour entendre lire le testament. Deux seméniers doivent veiller le corps pendant la nuit; la femme du petit portail le garde pendant le jour, prenant soin qu'il y aye les chandelles nécessaires, et que rien ne manque. Elle doit prier le chapitre et les gens du bourg à l'enterrement de même qu'aux obsèques.

La cérémonie de l'enterrement se fait comme s'ensuit. Si c'est pour une dame prévôte, il doit avoir quatre dames en deuil, qui soient les plus proches parentes, et quatre accompagnantes. Pour une dame doyenne il en faut trois de chaque sorte; pour une chanoinesse, il n'y en a que deux avec autant d'accompagnantes. On ferme toutes les fenêtres de la place où est le corps; il n'y a que deux chandelles de cire mises sur des guéridons à la teste du cercueil; les dames en deuil avec les accompagnantes sont placées dans le fond de la sale à gauche en entrant; les parents avec toute la justice sont à l'autre côté, ayants tous mis des manteaux noirs pour attendre le chapitre. Les flambeaux marchent les premiers sans être allumez en allant, puis la croix et les prêtres suivent marchants devant les dames à l'accoutumée; les aînées vont les premières. Etants arrivées à la sale, les dames accompagnantes quittent leurs places pour se ranger avec les autres selon leur rang; mais les dames en deuil ne se bougent point. Après que le prêtre qui est en grande semaine aura fait les cérémonies de l'église et donné de l'eau bénite, les quatre seméniers portent le corps en suivant les prêtres; après quoy les dames en deuil marchent les premières, les unes après les autres, ayants chacune à leurs côtez une des premières dames aînées. Les dames prévote et doyenne doivent marcher à la gauche et les tenir par le bord au manteau, qui est traînant; pendant quoi on sonne toutes les cloches; de même en revenant. On sonne pareillement aux obsèques; les parents et la justice suivent le chapitre. Il doit aussi avoir des prêtres pour conduire les parents. Etants arrivez à l'église, on place les dames en deuil au haut bout, du côté de madame la prévôte, tant à l'église qu'au chapitre. Les prêtres ayant fait leur devoir, le deuil et le chapitre suivent le corps jusques à la fosse de la même manière qu'on est venu à l'église; de là on reconduit le deuil jusques à la maison mortuaire; en sortant de la sale on fait chacune une révérence à chaque dame en deuil, hormis les accompagnantes, qui doivent rester dans la sale.

L'an 1728, il a été réglé en chapitre qu'aux obsèques d'une dame prévôte, on mettera trente flambeaux au bière, des chandelles à proportion, six chandelles au grand autel du chœur; vingt-six flambeaux pour une doyenne et quatre chandelles à l'autel du chœur; pour les chanoinesses et chanoines vingt flambeaux et deux chandelles sur le dit autel. Si un chanoine est noble, on pourra mettre ses quartiers.

On dit les *Commendas* pendant trente jours près de la fosse depuis l'enterrement. On dit aussi l'office des morts à trois leçons pendant le dit tems entre les nones et les vêpres. C'est la dame qui tient chœur qui commence le tout.

Lorsqu'on doit chanter des vigiles au chœur, on ne lit point l'office des morts, mais après les *Oremus* on ajoute pour une dame l'Oremus : *Quæsumus;* si c'est pour un chanoine on dit l'Oremus : *Absolve.*

Pour dire les *Commendas,* le prêtre qui doit chanter la messe va en chappe noire entre primes et tierce sur la fosse avec un coral, qui porte la croix et l'eau bénite, qui doit avoir allumé, avant de commencer les *Commendas,* deux chandelles aux deux côtez du bière. Les dames qui sont au chœur y vont aussi. Ayants achevés les prières ordinaires, le dit prêtre jette de l'eau bénite sur la fosse, en donne aux dames, ensuite on retourne au chœur pour achever l'office.

Si on enterre le matin, les prêtres chantent seuls à la messe des morts; les dames sont à la nef; on ne va point à l'offrande.

S'il y a des jours empêchés pour dire les *Commendas* et l'office des morts, on doit les récupérer.

Lorsqu'on a chanté une messe d'enterrement le jour des obsèques, les vicaires ne chantent qu'une messe après les matines, qui est celle du Saint-Esprit, comme il se vu pratiqué l'an 1727 pour feue mademoiselle Marie-Marguerite de Pallant, qui a été enterrée après les matines dans la chapelle du Saint-Nom-de-Jésus.

§ 2. — *Cérémonies des funérailles.*

Après les vêpres le chapitre va quérir le deuil comme au jour de l'enterrement. Le battonier qui est en manteau noir doit marcher devant les dames. Les flambeaux et chandelles sont garnis des petits écussons des armes seules paternelles. Les dits flambeaux marchent les premiers comme à l'enterrement. En sortant de la maison mortuaire, il doit avoir huit hommes en manteaux noirs, qui portent les huit quartiers, qui marchent aussi deux à deux, selon qu'il est marqué sur la carte généalogique; ensuite un sergent en manteau noire porte le grand blasson où sont les armes seuls paternéles; qui est suivi de la croix et des prêtres, qui marchent devant les dames à l'accoutumée. Etants à l'église, on attache les huit quartiers allentour du bière, chacun dans son ordre. Le sergent qui tient le grand blasson, doit demeurer en genoux sur un accoudoir pendant tout l'office, qui est placé entre le bière et le banc des parents. Les prêtres et les dames chantent l'office des morts à neuf leçons, selon qu'il est marqué dans l'ordre de l'office. Etant fini, on ramène le deuil de la même manière qu'on y est venu. Le grand blasson avec les huit quartiers restent dans la cour de la maison mortuaire; la même chose se fait le lendemain qu'on chante la messe. Ensuite le chapitre arrive dans la maison mortuaire et qu'il retourne, le porteur du grand blasson fait une profonde révérence en baissant le dit blasson.

Notez que pour une dame prévôte toutes les dames doivent mettre leurs longs surplis aux vigiles et à la messe. S'il y a des demoiselles en année, elles doivent aussi mettre leurs corps et le crêpe. Le lendemain, les prêtres chantent, au chœur des dames, après les matines, deux grandes messes : la première la messe votive du Saint-Esprit, la deuxième celle de la sainte Vierge. Après la messe de l'office, les dames et les prêtres chantent la messe du service; pendant quoi on doit dire des messes basses aux deux petits autels qui sont au pied du chœur. Les dames sont dans la nef, les prêtres chantent au chœur des dames devant l'aigle. On va à l'offrande avec des coupons de chandèles allumées, qu'on distribue aux dames et messieurs au pied des degrez du chœur. En passant pour aller à l'offrande, on en va distribuer à ceux de la justice et autres personnes dans leurs places. On donne aux dames, chanoines, parents et aux quatres vicaires, des plaquettes pour aller à l'offrande, et des petits sous aux autres prêtres, bénéficiers, ceux de la justice et autres honnêtes gens, et des liards à ceux du commun. Les dames en deuil marchent les premières à l'offrande, étants conduites par les dames prévôte, doyenne et premières aînées, marchants à leurs gauches et les tenants par le bord de leurs manteaux. Après toutes les dames suit le grand blasson, qui marche immédiatement devant les parents, qui sont conduits chacun par un chanoine ou autre prêtre; ensuite on porte les huits quartiers, qui doivent aller entre les parents et la justice, qui est suivie d'autres honnêtes gens et du peuple. La messe étante achevée, on va encore au chapitre pour entendre lire le testament et pour l'approuver. Les flambeaux restent au dehors du chapitre dans les alloys. Etant leu, madame la prévôte ou, à son défaut, madame la doyenne doit demander aux héritiers si on accepte le testament. Lorsqu'on aura répondu ouy ou non, si le testament est en bonne forme, la dite dame réplique que le chapitre l'agrée aussi pour autant qu'il lui compette; ensuite on ramène le deuil par le même côté qu'on est venu. Le blasson avec les huit quartiers restent encore à la maison mortuaire, comme ci-dessus marqués. Le lendemain après matines les prêtres chantent la messe de quarantaine, sans les dames, à l'autel de la sépulture, où les dames en deuil, les parents et tout le chapitre se trouvent. On vat encore à l'offrande de la même manière que dessus, mais sans coupons de chandelles et on ne donne que des petits sous. On ne reconduit plus le deuil. On sonne toutes les cloches pendant ces trois jours aussitôt qu'on a sonné ensemble à matines, aussi à douze heures à midi, de même à six heures au soir.

Pour les obsèques on doit tendre la sale et les fenêtres de bayes noires de haut en bas, qui n'est éclairée que par deux chandelles de cire, qui sont mises sur des guéridons; à l'église on doit mettre deux bandes de bayes de hauteur aux deux cotez de la nef où les dames se rangent. On garnit aussi de noire les petits autels qui sont au pied du chœur avec une croix blanche, les bancs des parents et celui des porteurs des huits quartiers, qui doit être placé derrier les parents devant celui de la justice, qu'on garnit pareilement de noire; de même que les pulpitres, l'accoudoir du porteur du grand blasson et les tabourets des dames en deuil, qui peuvent s'asseoir en tournant la face du côté des bayes. Au chœur des dames, on doit mettre une bande de baye du long des basses formes au chœur et sur l'aigle et au grand autel. Lorsque c'est pour les dames prévôte et doyenne, on le couvre aussi de baye du haut en bas comme les petits autels; mais, pour une chanoinesse ou chanoine, on tire un rideau qui appartient au chapitre.

Pour la messe de la quarantaine, qui se chante le lendemain du service, l'autel doit être aussi couvert de noir de haut en bas, y compris le devant-d'autel avec une croix de taffetas noire, un drap de même pour mettre sur le bière qn'on pose sur la fosse. On y attache les huit quartiers allentour; le tout y doit rester un an et six semaines; mais les autels ne doivent être en noire que pendant le temps des obsèques. On doit réparer la fosse au bout de six semaines. Après la grande messe du service on doit donner à diné aux quatre semèniers; quand on ne les traite point, on leurs donne à chacun quatre escalins.

Aux obsèques des chanoines, on fait les mêmes cérémonies à l'église, sauf que les dames ne vont quérir le deuil que jusques à la porte des alloys, du côté de Saint-Jean; les chanoines et les prêtres doivent aller jusques à la maison mortuaire. On doit mettre sur le bière qui est au milieu de la nef, l'aumuse et un surplis; s'il est prêtre, on y met un calice sur le corps; la même chose le jour des obsèques. On ne porte point de blasson ni de quartier, à moins qu'il ne soit noble: On ne met qu'une bande des bayes sur les bancs des dames; on n'en met point au chœur sur les basses formes; mais tout le reste se doit faire de même que pour les dames. On paie les droits comme il s'ensuit : Il vient à la fabrique un écu pour la draperie de l'autel de la sépulture; aux quatre seméniers à chacun un stier de froment pour avoir porté le corps, et dix escalins aussi à chacun pour les droits de service; les offrandes sont pour eux. Le prêtre de l'église doit avoir de même dix escalins; à l'organiste quatre escalins; aux quatre coraux à chacun deux escalins; aux sonneurs six écus; au porteur du grand blasson un écu; à ceux qui ont portés les huit quartiers à chacun une bouteille de vin; aux petits garçons qui ont portés les flambeaux à chacun une plaquette; à la femme du petit portail douze escalins pour avoir enseveli le corps mort, parmi quoi elle ne peut rien prétendre à sa dépouille; outre cela il lui vient quatre escalins pour ses autres devoirs rendus; on doit aussi lui donner à dîné le jour qu'elle garde le corps; au bout de l'an et six semaines le drap de mort lui appartient; mais les héritiers le peuvent rachepter.

La moitié des flambeaux appartiennent à la fabrique, la moitié des chandelles est au profit de la costrie; il vient, outre cela, un flambeau et une chandelle aux quatre seméniers; hors du reste les héritiers en distribuent à la paroisse d'Andenne et aux autres cures dépendantes du chapitre.

A la mort de feu madame la prévôte de Marbais on a sonné six semaines à l'église de la paroisse, trois fois par jour; l'héritière a payé les sonneurs. La dite dame prévôte a ordonné dans son testament de sonner aussi trois jours de suite depuis son trépas, dans l'église des dames, quoique cela n'est point en usage. La justice fait faire ordinairement un service à la paroisse pour une dame prévôte.

Si un chanoine est enterré dans l'église, il doit aussi y avoir le bière couvert de noire, qui doit rester sur la fosse un an et six semaines, comme pour les dames. Si on est enterré dans les alloys, on n'en met point; en ce cas on dit les *Commendas* au chœur. Les chanoines réciproquement doivent dire trois messes pour chaque dame et chanoine qui vient à mourir. Au bout de l'an, les séméniers doivent encore chanter une messe à l'autel de la sépulture; il leurs vient pour cela et au prêtre de l'église cinque escalins.

Le jour qu'on chante les vigiles, on ne dit point l'office des morts au lieu de la sépulture.

Il doit avoir aussi deux chandelles à l'autel pendant les 30 jours qu'on dit les *Commendas*.

Immédiatement avant d'aller chercher le deuil, on chante les *Commendas* par ordre capitulaire.

Il ne sera point permis aux capitulaires d'en faire plus pour les obsèques; mais ils auront la liberté d'en faire moins.

§ 3. — *Cérémonies des obsèques des écolières.*

Dans un vieu registre il est marqué qu'on fait l'enterrement et les obsèques des écolières comme aux autres dames capitulaires, sauf que le chapitre ne vas pas quérir le deuil à la maison mortuaire.

Quand c'est pour une dame qui est en pension, on ne met de la baye dans la sale que pour couvrir le jour des fenêtres; mais

on met toujours deux bandes de bayes de la hauteur dans le
chœur des dames et des prêtres, comme dans la nef.

§ 4. — *Cérémonies des obsèques des chapelains.*

On fait le service sur le corps, s'il est possible. Au trépas et
aux obsèques on sonne cinq cloches. La veille de l'enterrement
les dames avec les prêtres chantent les vigiles à neuf leçons au
chœur. Les prêtres ne vont point quérir le deuil. Le lendemain
les dames et les prêtres chantent aussi la messe au chœur pour
tous les chapelains et bénéficiez; ensuite on se range à la nef
pour achever le reste. Les dames vont à l'offrande avec le manteau traînant. Les prêtres vont quérir le corps avant la messe; les
dames vont jusques au commencement des alloys pour attendre
le deuil. Quand c'est un prêtre, on doit mettre un calice sur le
corps, aussi sur le bière, qui est placé au milieu de la nef. Il doit
avoir six flambeaux au moins, comme il s'est pratiqué à feu
monsieur Lambertin seménier de notre église et bénéficié de la
chapelle Sainte-Barbe. On a distribué des petits sous pour aller à
l'offrande. La messe étant finie, les dames ont étées conduire le
corps jusques aux alloys, qui a été enterré dans le cimetière près
de Sainte-Barbe. Le tout étant achevé, on a été lire le testament
au chapitre comme au jour du trépas; ce qui s'observe de même
que pour les dames et chanoines. Ensuite les prêtres ont été
reconduire le deuil; les dames sont retournées chez elles du côté
de Sainte-Barbe; la même chose doit s'observer pour le pléban
ou curé d'Andenne, de même que pour son vicaire.

Le jour du service les seméniers doivent chanter aussi, après
les matines, les deux grandes messes, sçavoir du Saint Esprit et

de la Vierge, comme pour les dames et chanoines; le lendemain
la messe de quarantaine. Les dames ne vont point à l'offrande et
ne sont point obligées de rester à cette messe.

Il doit avoir aux tiraux autant de chandelles que des flambeaux.
Ce tireaux doit être garni de baye noire comme aussi le banc des
parents. On doit mettre deux chandelles à chaque des autels qui
sont au pied du chœur, de même qu'au grand autel, qui sera
aussi garni de rideau noire, le moins beau qui appartient à notre
église; on y met pareilement le devant d'autel noire.

Archives de l'Etat, à Namur, chapitre d'Andenne, Coutume XVIIIᵉ
siècle, nº 3 (manuscrit), pp. 287 et suivantes. — Ce texte a été reproduit
dans les Analectes, t. XII, année 1875, pp. 326-335.

N° XXXVIII

PROSE

en l'honneur de Sainte Begge

Læto jucundetur ore
Noster chorus in honore
Almæ Beggæ viduæ.

Que notre chœur soit dans la joie; qu'il fasse entendre un chant d'allégresse en l'honneur de la Vénérable Begge, la gloire des veuves.

Quæ dum mundum spernit istum
Amplexatur munda Christum
Quem amat præcipue.

Tandis qu'elle méprise le monde, son âme pure s'attache étroitement au Christ qu'elle aime pardessus tout.

Dum alumnum furor cæcat
Alumnus alumnum necat (1),
Post cujus interitum,

Fugienti suæ servæ
Christus per conductum cervæ
Amnis monstrat transitum.

La fureur aveugle le nourrisson et le nourrisson tue le nourrissier. Après la mort de celui ci, le Christ montre à sa servante fugitive le passage de la rivière sous la conduite d'une biche.

Postquam finem fugæ dedit,
Se tuto loco credit
Casta fore nititur.

Ayant mis fin à sa fuite, elle se retire en lieu sûr pour conserver sa chasteté.

Opem Petri petitura,
Roman petit pia cura,
A papa suscipitur.

Voulant demander le secours de Pierre, avec un soin pieux elle se rend à Rome où elle est reçue par le père des fidèles.

(1) *Alumnus* est pris dans deux sens différents. *Nonius putavit tam active quam passive accipi posse.* Voir Calepin.

Pontifici summo totum
Suæ mentis pandit votum
Velut patri filia.

Au souverain pontife elle découvre tous les désirs de son âme, comme une fille à son père.

Qui accedens voto pio
Pie piam cum gaudio
Remittit ad propria.

Accédant à ses pieux desseins ce bon père renvoie dans sa patrie la pieuse veuve comblée de joie.

Construere cænobium
Pepini per consilium
Summæ parat Virgini.

Sur le conseil de Pepin, elle se dispose à construire un monastère en l'honneur de la Vierge des vierges.

Fundamentum ter erectum
Cum sit, nullum dat effectum
Opus sponsæ Domini.

Trois fois les fondements en sont jetés ; mais l'œuvre de l'épouse du Seigneur n'aboutit pas.

Tandem suem requirenti,
Locus digni fundamenti
Cælitus ostenditur,

Enfin le ciel montre le lieu choisi à celui qui, recherchant une truie perdue, l'aperçoit avec sept petits attachés à ses mamelles.

Dum porca cum septem natis
Ad ubera sociatis
Ab illo conspicitur.

Voluntate hinc divina
Septem pulli cum gallina
Beggæ nati monstrantur.

Ensuite par la volonté divine sept petits poussins avec leur mère sont montrés à Begge.

De locandis ecclesiis
Quibus visis auspiciis
Septem ædificantur.

Ces signes indiquent où les églises doivent être placées, et elles sont construites au nombre de sept.

Demum morte pretiosa
Begga transit gloriosa
Gratanter ad Dominum.

Enfin par une mort précieuse la glorieuse Begge se réunit heureusement au Seigneur.

Puellarum chorus luxit Hanc in claustro quod construxit Tibi, Virgo Virginum.	Le chœur des vierges l'a pleurée dans le cloître qu'elle construisit en votre honneur, ô Vierge des vierges.
Digne corpus honoratur De quo servo revelatur Profugo à patria.	Son corps est dignement honoré, concernant lequel un serviteur fugitif de sa patrie reçut une révélation (1).
Cæcæ lumen restauratur Quæ devote precabatur Hujus beneficia.	La vue est rendue à la *jeune aveugle* qui sollicitait dévotement les bienfaits de Begge (2).
Lumen et sermo pariter Redduntur mirabiliter Per merita istius.	La vue et la parole sont aussi merveilleusement rendues à *une autre* par les mérites de la sainte (3).
Cujus nos oratione In cælesti mansione Locet Dei Filius. Amen.	Que par sa prière, le Fils de Dieu nous donne une place dans la demeure céleste. Ainsi soit-il.

Texte latin et traduction française extraits de la *Vie de sainte Begge,* par M. le chanoine Toussaint. (Namur, 1885.)

(1) Allusion au premier miracle opéré par sainte Begge. La sainte apparut à un de ses anciens serviteurs qui avait fui au delà des mers pour échapper au châtiment d'une faute grave. Elle lui révéla qu'elle était au ciel et lui ordonna de retourner à Andenne où il serait désormais en sécurité. « Vous entrerez, lui dit la sainte, dans la basilique Saint-Pierre, prince des apôtres, où vous me trouverez ensevelie dans un lieu obscur. Afin de rentrer en grâce avec moi, vous ornerez mon tombeau autant qu'il vous sera possible. » Le serviteur obéit, se présenta à Andenne, au grand étonnement des habitants, y raconta la vision qu'il avait eue et fut cause qu'on éleva un tombeau à la sainte dans l'église du chapitre. *(Note de l'auteur.)*

(2) Miracle opéré en faveur de la fille d'un roi d'Angleterre, laquelle vint en pèlerinage au tombeau de sainte Begge et recouvra la vue après trois jours de jeûne et de prières auxquels s'était associée toute la communauté d'Andenne. *(N. de l'auteur.)*

(3) Guérison, opérée au tombeau de sainte Begge, d'une jeune fille sourde-muette, originaire de la ville de Langres. *(Note de l'auteur.)*

N° XXXIX

VŒU

A la Très Glorieuse Saincte Madame Ste Begge

Duchesse de Brabant
Patronne du Noble et Illustre Collége d'Andenne
au passage de son sacré corps par la ville de Huy,
ramené de Liége à Andenne après la guerre, le 27 de juin 1668,
sous la conduite de Madame Cécile-Ernestine de Moytrey, doyenne,
et des très Nobles Dames et Messieurs les Chanoines
députez de l'Illustre Chapitre,
par les pères récollets luy allant rendre
leurs très humbles respects à leur rivage

QUATTRAINS.

I.

Beau temple des vertus, grande et sainte duchesse,
Incomparable Begge, Honneur de la Noblesse,
Détourne un peu sur nous ces rayons éclatans
Qui vont rendre à Andenne un céleste printemps.

II.

Souffre qu'à ton saint corps nous rendions les homages
Qui des princes partout honorent les passages,
Puisque dans tous les Roys aujourd'hui le Soleil
A ton illustre nom ne trouve rien de pareil.

III.

Tant de Rois, d'Empereurs, tant de Ducs et de Princes
Qui sortis de ton flanc ont régy nos Provinces
Sont autant de brillants dont ton front couronné
Jamais par l'advenir ne peut être égalé.

IV.

Tant de cœurs généreux, tant tant d'Illustres Dames
Qui ont sous tes vertus rangé leurs belles âmes
Font veoir autour de toy un train si glorieux
Que son grand éclat couvre et la Terre et les Cieux

V.

Mais de l'amour d'un Dieu ces adorables gages
Ce comble de grandeur qu'avec lui tu partages
Qui courbe sous tes pieds l'Univers et les Roys
Des honneurs qu'on leur rend te done assez les droits.

VI.

N'attends pas toutefois une pompe royale;
A ta gloire icy bas il n'en est point d'égale :
Nos vœux, nos cœurs soubmis, l'appareil de la Croix
Sont les seuls ornements des enfants de François.

VII.

Ce sont aussi les tiens, Princesse incomparable,
Tout le monde pour toy n'eut rien de plus aimable;
Par eux seuls à ton Dieu tu montrais tes amours,
Come ils furent ta gloire ils la seront toujours.

VIII.

Reçois donc nos vœux, et toute triomphante
Ceinte d'une couronne à jamais fleurissante,
Va chèz les Andennois portée par ces vœux
Faire fleurir la paix que tu portes chez eux.

IX.

Va redoubler l'éclat par ta sainte présence
Des lauriers qu'avait ja fait croistre ton absence ;
Tes Dames, sous ton bras, ayant osé braver
La guerre jusqu'au bout qui faisait tout trembler.

X.

Ton triomphe commence en ta brillante suitte
De l'Illustre Moytrey sous la sage conduite :
Pendant qu'elle te va chez toy combler d'honneurs,
Pour en estre tesmoins emporte aussi nos Cœurs !

Extrait de documents relatifs à Andenne et qui appartiennent à M. l'abbé Chasseur, vicaire en cette ville.

N° XL

*Cérémonies observées lorsqu'on ramena le corps de sainte Begge
de Namur à Andenne, le 18 juin 1715.*

Madame la doyenne, une dame aînée et un chanoine ont été
à Namur avec un bateau exprès, sans bruit, pour aller quérir le
coffre du corps saint. Lorsqu'il fut placé sur le bateau, on alluma
quatre flambeaux. Tout le chapitre fut en corps jusqu'à la Meuse
pour aller à la rencontre du corps saint. Les prêtres marchaient
les premiers, ensuite le corps saint, puis les dames, les aînées les
premières, ont suivi. Celles qui avaient été à Namur marchaient
aux deux côtés du corps saint, ayant mis chacune un surplis sur
le bras, parce qu'elles étaient en habit séculier. On se rendit à
l'église au milieu des chants pieux et au son de toutes les cloches.
On déposa le corps saint dans la nef, sur deux bancs garnis d'un
tapis. On chanta le *Te Deum* en actions de grâce, et le corps
saint fut remis dans la trésorerie. A huit heures du soir, on sonna
la grosse cloche, et le lendemain, après matines, on chanta la
messe votive de sainte Begge, pendant laquelle le chef de la
sainte fut exposé sur l'autel. Après la messe, on le remit dans
la trésorerie. Les jeunes hommes furent à la Meuse, sans être
commandés, avec leurs armes. Ils firent plusieurs décharges.
Comme à la fête, les violons s'y trouvèrent aussi.

Analectes, t. XII, année 1875, pp. 291-292. — Chanoine Toussaint,
Vie de sainte Begge, pp. 29-30.

GÉNÉALOGIE DE SAINTE BEGGE

D'APRÈS BUTKENS, LE P. MASSAR (1) ET AUTRES AUTEURS

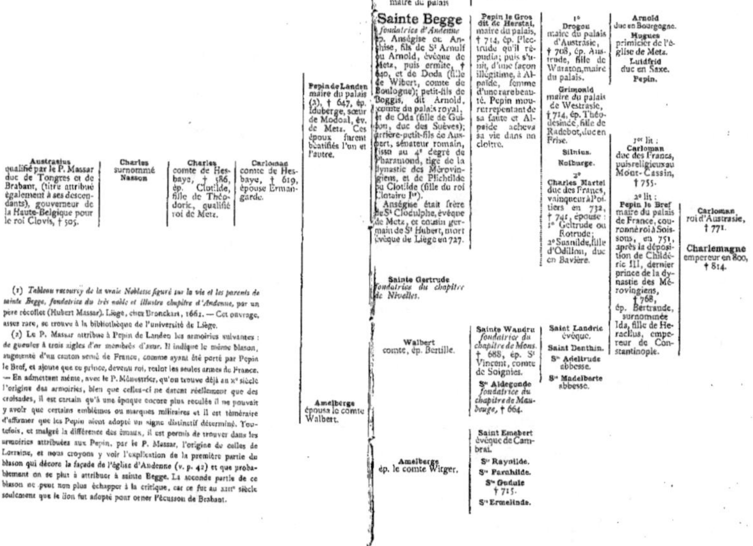

Austrasius qualifié par le P. Massar duc de Tongres et de Brabant, (titre attribué également à ses descendants), gouverneur de la Haute-Belgique pour le roi Clovis, † 505.

Charles surnommé **Nasson**

Charles comte de Hesbaye, † 586, ép. Clotilde, fille de Théodoric, qualifié roi de Metz.

Carloman comte de Hesbaye, † 619, épouse Ermangarde.

Pepin de Landen maire du palais (2), † 647, ép. Iduberge, sœur de Modoal, év. de Metz. Ces époux furent béatifiés l'un et l'autre.

Grimoald maire du palais

Childebert.

Sainte Begge *fondatrice d'Andenne* ép. Anségise ou Anchise, fils de St Arnulf ou Arnold, évêque de Metz, puis ermite, † 640, et de Doda (fille de Wibert, comte de Boulogne); petit-fils de Boggis, dit Arnold, comte du palais royal, et de Oda (fille de Guibon, duc des Suèves); arrière-petit-fils de Ausbert, sénateur romain, issu au 4e degré de Pharamond, tige de la dynastie des Mérovingiens, et de Plichtilde ou Clotilde (fille du roi Clotaire Ier).

Anségise était frère de St Clodulphe, évêque de Metz, et cousin germain de St Hubert, mort évêque de Liège en 727.

Sainte Gertrude *fondatrice du chapitre de Nivelles.*

Walbert comte, ép. Bertille.

Amelberge épousa le comte Walbert.

Amelberge ép. le comte Witger.

Pepin le Gros dit de Herstal, maire du palais, † 714, ép. Plectrude qu'il répudia; puis s'unit, d'une façon illégitime, à Alpaïde, femme d'une rare beauté. Pepin mourut repentant de sa faute et Alpaïde acheva sa vie dans un cloître.

Sainte Wandru *fondatrice du chapitre de Mons,* † 688, ép. St Vincent, comte de Soignies.

Ste Aldegonde *fondatrice du chapitre de Maubeuge,* † 664.

Saint Emebert évêque de Cambrai.

Ste Raynilde.
Ste Farahilde.
Ste Gudule † 715.
Ste Ermelinde.

1°
Drogon maire du palais d'Austrasie, † 708, ép. Anstrude, fille de Waraton, maire du palais.

Grimoald maire du palais de Westrasie, † 714, ép. Théodesinde, fille de Radebot, duc en Frise.

Silnius.
Nolburge.

2°
Charles Martel duc des Francs, vainqueur à Poitiers en 732, † 741, épouse : 1° Gertrude ou Rotrude; 2° Susnilde, fille d'Odillon, duc en Bavière.

Saint Landric évêque.

Saint Denthin.

Ste Adeltrude abbesse.

Ste Madelberte abbesse.

Arnold duc en Bourgogne.

Hugues primicier de l'église de Metz.

Luidfrid duc en Saxe.

Pepin.

1er lit :
Carloman duc des Francs, puis religieux au Mont-Cassin, † 755.

2e lit :
Pepin le Bref maire du palais de France, couronné roi à Soissons, en 751, après la déposition de Childéric III, dernier prince de la dynastie des Mérovingiens, † 768, ép. Bertrande, surnommée Ida, fille de Heraclius, empereur de Constantinople.

Carloman roi d'Austrasie, † 771.

Charlemagne empereur en 800, † 814.

(1) *Tableau retrouvé de la vraie Noblesse figuré sur la vie et les parents de sainte Begge, fondatrice du très noble et illustre chapitre d'Andenne, par un père récollet* (Hubert Massar). Liège, chez Bronckart, 1661. — Cet ouvrage, assez rare, se trouve à la bibliothèque de l'université de Liège.

(2) Le P. Massar attribue à Pepin de Landen les armoiries suivantes : de gueules à trois aigles d'or membrés d'azur. Il indique le même blason, augmenté d'un canton semé de France, comme ayant été porté par Pepin le Bref, et ajoute que ce prince, devenu roi, reslat les seules armes de France. — En admettant même, avec le P. Ménestrier, qu'on trouve déjà au xe siècle l'origine des armoiries, bien que celles-ci ne datent réellement que des croisades, il est certain qu'à une époque encore plus reculée il ne pouvait y avoir que certains emblèmes ou marques militaires et il est téméraire d'affirmer que les Pepin aient adopté un signe distinctif déterminé. Toutefois, et malgré la différence des émaux, il est permis de trouver dans les armoiries attribuées aux Pepin, par le P. Massar, l'origine de celles de Lorraine, et nous croyons y voir l'explication de la première partie du blason qui décore la façade de l'église d'Andenne (v. p. 42) et que probablement on se plut à attribuer à sainte Begge. La seconde partie de ce blason ne peut non plus échapper à la critique, car ce fut au xiiie siècle seulement que le lion fut adopté pour orner l'écusson de Brabant.

Nº XLII

Inventaire du Chartier du Chapitre d'Andenne

aux archives de l'Etat, à Namur

XIIᵉ SIÈCLE

1101 (1 juin). Charte de l'empereur Henri IV.

Original, sceau enlevé hors d'un long voile de soie blanche qui existe encore.

Ce document, mentionné aux pages 16, 19 et 54, est reproduit aux *Annexes*, nº I, p. 285 (1). La copie de la même charte est jointe à une autre pièce renseignée plus loin sous la date : vers 1478.

1107 (13 décembre). Bref de Obert, évêque de Liège.

Original, sceau (en placard) enlevé.

Ce document, mentionné aux pages 73 et 120, est reproduit aux *Annexes*, nº II, p. 288.

1127. Acte de restitution de la collation de la cure de Saccio (Sassey), en faveur de l'église de Sainte-Marie d'Andenne, émané de Ratholdus, archevêque de Reims. Ce prélat réintègre le chapitre dans les droits que ce collège tenait de l'archevêque Manassès, mais dont il avait été dépossédé. (V. page 84.)

Original, sceau enlevé.

---

(1) Nous donnons la simple mention, sans analyse, des documents reproduits aux *Annexes*.

1195. Bulle du pape Célestin III.

Original, avec bulle.

Ce document, mentionné aux pages 18 et 40, est reproduit aux *Annexes,* n° III, p. 290.

XIIIᵉ SIÈCLE

1207 (août). Charte de Philippe le Noble, marquis de Namur.

Original, avec sceau équestre.

Cette charte, citée aux pages 101 et 191, est reproduite aux *Annexes,* n° IV, p. 291. Voir la copie du même document et des trois suivants sous la date de 1287.

1212 (octobre). Charte de Philippe le Noble confirmant celle qui précède.

Original, avec sceau équestre.

Ce document, cité à la page 21, est reproduit aux *Annexes,* n° V, p. 293.

1212 (fin de l'année). Lettres de Hugues (de Pierpont), évêque de Liége, portant confirmation des chartes de Philippe le Noble.

Original, avec sceau.

Ce document, cité à la page 21, est reproduit aux *Annexes,* n° VI, p. 294.

1238 (21 avril). Bulle du pape Grégoire IX confirmant les chartes de Philippe le Noble.

Original, bulle enlevée.

Ce document, cité à la page 21, est reproduit aux *Annexes,* n° VII, p. 296.

1241. Vidimus donné par Robert (de Torote), évêque de Liége, des chartes de Philippe le Noble et des lettres de Hugues de Pierpont.

Original, sceau enlevé.

1219 (juillet). Lettres de Jean d'Aspremont, évêque de Verdun, par lesquelles il ratifie, au nom de son frère, l'arbitrage de Witer de Villeinnes et de Hunald, bourgeois de Dun, relatif aux droits et à la juridiction du chapitre à Tailly, Sassey, etc.

Original, sceau enlevé.

1219 (9 décembre). Voir une copie de la bulle du pape Honorius III, de cette date, sous celle de 1563.

1235 (30 décembre). Taxation des droits et émoluments des vicaires (curés) de Thisnes, d'Ambresineau et de Burdinne. (V. fin de la note 3 de la p. 77.)

Original, sceaux enlevés (1).

1237 (avril). Nomination d'arbitres (l'abbé de Floreffe, le prévôt de Sclayn, H. de Celles, écolâtre de Saint-Paul à Liège), pour trancher un différend entre le chapitre et les manants qui réclamaient le droit de bois mort et de maisonnage dans les bois de Hère, Stoir, Casnoit et Paspa. (V. la mention de ces bois à la p. 58.)

Original, sceau enlevé.

1237 (7 juillet). Cession faite par la prévôte d'Andenne, H..., et le chapitre à Jean, doyen d'Andenne, sa vie durant, de tout ce qui est de l'obédience du chapitre à Sacey (Sassey), moyennant

---

(1) Cet acte était la conséquence de deux autres, dont les originaux ont disparu, mais dont il existe des copies littérales aux fol. 37 et 43 du Reg. I des archives d'Andenne, manuscrit du xviiie siècle intitulé : *Histoire du chapitre d'Andenne*. Le premier de ces actes, daté du mois de juin 1235, est un bref de Jean (d'Aps), évêque de Liège, réunissant les cures de Burdinne, d'Ambresineau et de Thisnes au profit du chapitre, en augmentation de prébendes (v. p. 77); le second est l'approbation de ce bref, donnée par le pape Grégoire IX, en 1239.

la redevance annuelle de huit marcs et d'une quantité déterminée de cire.

Acte en double, originaux, et sur l'une des deux pièces un fragment de sceau.

1237 (septembre). Déclaration par laquelle Gobert d'Aspremont et de Dun reconnaît n'avoir aucun autre droit sur les propriétés du chapitre à Sassey et à Dun que ceux qu'il tient de sa qualité d'avoué et qui consistent dans la perception du tiers des amendes. Ce seigneur reconnaît aussi, dans cet acte, la protection qu'il doit au chapitre. (V. p. 60.)

Original, sceau enlevé.

Copie authentique de la même pièce, avec sceau, sous la date de 1278. — Vidimus du même acte, par le prévôt de Dun, le 10 mars 1403.

1238. V. copie de la bulle du pape Grégoire IX, de cette date, sous celle de 1563.

1241 (8 avril). Convention entre les habitants d'Andenne et le chapitre à l'effet de soumettre à l'arbitrage de Gérard de Preis et de Théobald de Longchamps, chevalier, un différend relatif à l'usage des bois. Conditions de l'arbitrage.

Original, sceau enlevé.

1241 (14 juin). Convention intervenue entre Radulphe de Sacey (Sassey), chanoine de Saint-Denis, à Liége, et Elisabeth de Weure, chanoinesse et ancienne écolâtre, au sujet des dîmes qu'ils possèdent en commun à Villers et qui appartiendront définitivement au dernier vivant. Il est stipulé qu'en cas de prédécès d'Elisabeth, Radulphe paiera chaque année, sa vie durant, à l'église d'Andenne, un rez de blé pour l'anniversaire de ladite chanoinesse.

Original, sceau enlevé.

1245 (23 septembre). Bulle du pape Innocent IV autorisant les dames d'Andenne à entendre la messe dite par leurs chapelains, sans sonnerie de cloches, lorsque l'interdit est jeté sur le pays, à la condition que le chapitre ne soit pas lui-même interdit. (V. p. 188.)

Original, bulle enlevée.

Copie authentique de la même pièce sous la date de 1287.

1250 (mai). Bail pour les biens de Gesteaux et d'Ambresin.

Original, avec fragments de sceaux.

Cet acte, mentionné à la note de la page 65 et à la note 1 de la page 66, est reproduit aux *Annexes*, n° XXXVI, p. 389.

1255 (9 avril). Sentence rendue contre Bernard, mayeur de Thisnes, en retard de paiement pour les dîmes que le chapitre lui avait affermées. (V. note 1 de la p. 67.)

Original, sceau enlevé.

1255 (6 décembre). V. un acte de cette date, émané de Guillaume d'Autrive, rapporté sous celle de 1287.

1260 nouveau style (février). Cautionnement donné par l'évêque élu de Liége, Henri (de Gueldre), en faveur de Jean de Beaufort, lequel avait reçu du chapitre des terres sises à Burdinne, moyennant le cens annuel de deux sous de Louvain et un chapon par bonnier.

Original, fragment de sceau.

1260. Pièce concernant un débat entre Jean de Beaufort et les habitants de Burdinne, contre lesquels ce seigneur demande des lettres d'excommunication.

Original, sceau enlevé.

1260 et **1265**. Trois pièces, entre autres une citation de
témoins, relatives aux difficultés entre le sire de Beaufort et la
communauté de Burdinne.

1266. Citation de témoins, pour conclure, faite par les arbitres
nommés pour mettre fin à la contestation entre la communauté
de Burdinne et le chevalier de Jean de Beaufort.

Original, sceaux enlevés.

1263 n. s. (23 janvier). Arbitrage au sujet de la cure de
Thisnes.

Original, fragment d'un sceau. — Acte analysé ci-dessus, d'une façon détaillée,
à la note 2 de la page 79.

1264 (30 juin). Acquisition faite par Marie de Crois, chanoinesse d'Andenne, de rentes et cens en ce lieu. — Au verso,
mention de la donation de ces cens à la chapelle de Sainte-Barbe
pour célébrer des anniversaires.

Original, fragment de sceau.

1265 (25 avril). Bulle du pape Clément IV commettant les
abbés de Saint-Vincent et de Saint-Symphorien, ainsi que le
doyen de Saint-Sauveur à Metz, pour juger l'appel sur un procès
pendant entre le chapitre et ceux de Beaufort, au sujet des bois.

Original, avec bulle.

1267 n. s. (29 janvier). Acte par lequel Thierry de Vline (?)
renonce à ses prétentions sur les vignobles du chapitre situés
à Patredorph (?). Le même seigneur promet solennellement sa
protection au chapitre. (V. la note de la p. 61.) A cet acte
comparaissent : la prévôte Mathilde, des chanoines et chapelains,
Balduinus, mayeur d'Andenne, Henri, curé de Thisnes.

Original, fragment de sceau.

1270. Sentence rendue par Simon de Castris, aux termes de laquelle la nomination du curé de Thisnes appartient au chapitre.

Original, avec sceau.

1270. Déposition faite par Gérard Paels, d'Ambresin, relativement à un procès entre le chapitre et Jean d'Avin, lequel tient à ferme la dîme d'Ambresin, et notamment au sujet de quelques fermages arriérés de ladite dîme.

1272 (13 septembre). Lettres de Guy (de Dampierre), comte de Flandre et marquis de Namur, désignant Gérard Musaart (Muisart), chatelain et bailli de Namur, en qualité d'arbitre, pour terminer les différends qui existent entre les chanoinesses et les habitants de Thisnes, au sujet du paiement de cens et rentes. — Sentence du bailli prénommé décidant qu'à l'avenir tout manant de Thisnes, occupant des terres du chapitre, paiera cinq dozains d'épeautre et trois deniers de Louvain de cens annuel. Le bailli prend des mesures pour faire rentrer les arrérages.

Trois pièces, en original, dont deux avec fragment du sceau équestre du comte.

1273 (10 janvier). Bulle du pape Grégoire X commettant le doyen de Saint-Denis, à Liége, pour exécuter une sentence qui condamne Jean de Furno et Pierre de Chapeauville, son fils, à payer au chapitre certaine quantité de blé et une somme d'argent. (V. p. 18.) La sentence dont il s'agit avait été rendue par l'official de Liége.

Original, avec bulle.

1273 n. s. (23 février, lendemain des Cendres). Nomination d'arbitres choisis, d'une part, par le chapitre et, d'autre part, par Jean, fils de Ponchard d'Avin, à l'effet de trancher des difficultés survenues entre ces deux parties au sujet de l'obédience d'Ambresin et de Gestial (Gesteaux).

Original, avec sceau de Simon, doyen de Saint-Barthélemy, à Liège, arbitre, et fragments d'autres sceaux.

1274 (le jour de la fête de Saint-Denis). Vente réalisée par Mahy, doyenne d'Andenne, et le chapitre au profit de Jean Havelette, mayeur de Thisnes, de dix-neuf bonniers et demi de terres sis à Thisnes, moyennant huit marcs cinq sous liégeois par bonnier.

Original, sceau enlevé.

1277 (9 mars). Bulle du pape Jean XXI chargeant le doyen de l'église de Châtelet de protéger le chapitre et de veiller au maintien des indults qu'il a obtenus du Saint-Siège. (V. p. 19.)

Original, avec bulle.

1279 (22 avril). Bulle du pape Nicolas III chargeant le chapitre de Liège de protéger les dames d'Andenne et leurs biens. (V. p. 19.)

Original, bulle enlevée.

1280 (18 septembre). Sentence de Gilles d'Isembourg au sujet de la nomination de Gilles Béranger en qualité de vicaire perpétuel (curé) de Thisnes.

Original, fragment de sceau. — Acte analysé à la note 3 de la page 79.

1283 (13 novembre). Lettre du comte de Namur, Guy de Flandre (de Dampierre), reconnaissant qu'il n'a aucun droit sur les bois du chapitre où son sergent a fait une haie pour prendre les sangliers.

Original, sceau enlevé.

1283 (24 décembre). Acte, reçu par le notaire Jean de Palhano, concernant la présentation de Théodore de Peche, recteur des écoles Saint-Jean, à Liège, en qualité de vicaire perpétuel (curé) de Thisnes. Théodore prend l'engagement de se contenter de la portion congrue affectée par le chapitre à ces fonctions, c'est-à-dire de cinquante muids d'épeautre et de deux cents gerbes de paille. Le chapitre, à cause de l'insuffisance des revenus des chanoines, avait dû incorporer trois églises dans la mense capitulaire. (V. ci-dessus le bref de l'évêque de Liège, de 1235, et la bulle de Grégoire IX, de 1239; v. aussi p. 77 de ce volume.) — Collation de la cure à Théodore de Peche. (V. p. 79.)

Original, avec la marque du notaire.

1284 n. s. (2 mars). Acte par lequel Guy de Hainaut (le texte porte : de Hanonia), archidiacre de Liège, corrige, après enquête, une erreur qui s'était glissée dans la présentation de Théodore de Peche à la cure de Thisnes. Il est constaté, dans cette pièce, que l'église de Thisnes est un vicariat perpétuel.

Original, sceau enlevé.

1284 (22 octobre). Testament de la chanoinesse Marie de Saint-Amand (1).

Original, sceaux enlevés.

1284 (28 octobre). Autorisation donnée par la prévôte Catherine de Loverval à la chanoinesse Marie de Saint-Amand de fonder

---

(1) Ne sont mentionnés ici que les testaments faisant partie du chartrier d'Andenne, c'est-à-dire ceux qui existent en originaux, sur parchemin. Parmi les autres testaments de chanoinesses, dont les dates sont indiquées au cours de cet ouvrage, les uns se trouvent en copies, tandis que d'autres, généralement les plus récents, sont simplement rappelés dans les registres aux résolutions capitulaires. (V. la note 2 de la p. 207.)

un bénéfice (en la chapelle Sainte-Barbe). La collation de ce
bénéfice appartiendra d'abord à la fondatrice, puis, après elle,
au chapitre. (V. p. 214 le nom de la chanoinesse de Saint-Amand
et la note 2.)

Original, sceau enlevé.

1285. Lettre de Guy de Hanoret (sic), archidiacre de Liége (1),
confirmant au chapitre d'Andenne le droit de la collation de la
vicairie de Thisnes.

Original, sceau enlevé.

1285 (27 avril). Convention par laquelle Jean, fils de Causin
d'Avin, prend à ferme du chapitre l'obédience d'Avin, pour un
terme de six ans, moyennant cent trente cinq muids d'épeautre
par an. Sur cette redevance, soixante trois muids et demi seront
consacrés à l'anniversaire d'Ivette d'Autherive (Autrive), jadis
prévôte (v. p. 135); soixante trois muids et demi à l'anniversaire
d'Amflis de Bracleur; quatre muids à celui de Jean de Frisey
(Frizet); quatre muids à celui de Sgr. Thaiart.

Original, sceau enlevé.

1287. Deux documents contenant : l'un, copie authentique des
chartes de 1207 et 1212, des lettres épiscopales de 1212 et de la
bulle de 1238; l'autre, traduction romane des quatre documents
précités.

1287. Deux copies authentiques d'un acte du 6 décembre 1255
contenant approbation par Willaume (Guillaume) sire d'Atrive
(ou Autrive) de l'achat fait par le chapitre des grosse et menue
dîmes d'Avin. (V. p. 66.)

---

(1) Cette qualification indique qu'il s'agit du personnage désigné sous le nom
de « de Hanonia » dans l'acte précité du 2 mars 1284.

1288 (avril). Lettres de Jean (de Flandre), évêque de Liège, décidant que l'abbaye d'Heylissem et le chapitre d'Andenne exerceront alternativement le droit de collation de la cure de Neerwinden. (V. p. 83.)

Original, petits fragments de sceaux.

1288 (13 juin). Bulle du pape Nicolas IV pour protéger le chapitre. (V. p. 19.)

Original, avec bulle.

1289. Copies authentiques des Lettres précitées du comte de Namur du 13 septembre 1272 et du 13 novembre 1283.

1292 (le lundi après la fête de Saint-Pierre). Testament de la chanoinesse Beatrix de Loverval.

Original, sceau enlevé.

1295 n. s. (13 janvier). Achat par le chapitre d'une rente de deux muids d'épeautre, hypothéquée à Wanzin. L'un des muids doit être affecté à l'église et l'autre servir à l'anniversaire de feu la chanoinesse Marie de Bordiar.

Original, fragment de sceau.

XIIIe **siècle** (d'après l'écriture). Trois pièces sur parchemin contenant la description des terres du chapitre à Erpent. — Une autre pièce relative à une cense à Erpent.

XIVe SIÈCLE

1302 (le mercredi *Cantate Domino*). Déclaration du prévôt de Dun certifiant que Henri Malquarreis, de Grand-Clarey, s'est

reconnu redevable de neuf livres dix huit sous et deux deniers
pour rentes sur des terres du chapitre qu'il tient à Sassey.

Original, avec sceau.

1306 (25 avril). Acte, réalisé devant la cour de Thisnes, par
lequel Ernekins, de Thisnes, prend en accense perpétuelle un
demi bonnier appartenant au chapitre, moyennant une rente
annuelle de cinquante chapons.

Original, fragment de sceau.

1306 (25 avril). Bail, réalisé devant la cour de Thisnes, aux
termes duquel Ernekins de la Hamaide, (apparemment le même
que celui qui comparaît à l'acte précité), prend en accense du
chapitre le pré dit de Mares, à Thisnes, moyennant la redevance
annuelle de soixante chapons.

Original, fragment de sceau.

1306 (23 juillet). Bail, réalisé devant la cour de Waret, en
vertu duquel Wathelet de Haley prend en location certains
biens du chapitre situés à Thisnes, pour le terme de six ans,
moyennant dix muids d'épeautre par bonnier. La prévôte Mahaut
et la doyenne Maroe comparaissent à l'acte. (V. notes des pages
135 et 170.)

Original, fragment de sceau.

1308 (le mardi après la Nativité de saint Jean-Baptiste). Bail,
réalisé devant la cour de Thisnes, relatif à des biens situés dans
cette localité.

Original, sans sceau.

1309 (17 mars). Testament de Willemars d'Andenne, de
Horseilles.

Original, avec sceau.

1309 (le dimanche avant la Nativité de N.-D., au mois de septembre). Testament de la chanoinesse Yolende de Senzeilles.

Original, sceaux enlevés.

1309 (19 septembre). Testament de la chanoinesse Clémence de Resves.

Original, sceau enlevé.

1309. Vidimus du chapitre relatif aux pièces concernant un débat entre Jacques de Ham et Clarisse de Boulers, exécuteurs testamentaires d'Elisabeth de Spontin (une Beaufort, v. p. 207), d'une part, et demoiselle Aelide de Ham, d'autre part, au sujet de la maison claustrale de ladite demoiselle de Spontin (1).

1310 (8 mars). Lettres du comte de Namur, Jean de Flandre, portant confirmation d'un octroi de prébende à Agnès de Lannoy.

Original, avec sceau.

Ce document, mentionné à la page 101 et à la note de la page 211, est reproduit aux *Annexes*, nº XXX, p. 372.

1311 *(Sabatto ante dominicam quæ cantatur.....)*. Acte d'excommunication, émané de l'official de Liège, contre le bailli d'Entre-Meuse-et-Arche Jean de Mainilh (Maisnil).

Original lacéré. — Pièce relative aux faits rapportés à la page 21.

1316 (le jeudi après *Lætare*). Testament de la chanoinesse Agnès de Seilles.

Original, fragments de sceaux.

---

(1) Les trois dames citées dans cet acte n'y sont point qualifiées chanoinesses. On sait, par l'obituaire d'Andenne, qu'Elisabeth de Beaufort-Spontin fit partie du chapitre. Elle était contemporaine de deux chanoinesses de Ham et il se peut que le nom d'Alix (cité dans la première liste) et celui d'Aelide se rapportent à une même personne. Quant au nom de Boulers, rien ne nous autorise à croire que ce soit celui d'une chanoinesse.

1317. Une petite feuille de parchemin contenant citation de
témoins pour un procès, faite par le doyen de l'église de Thuin.

Original, fragment de sceau.

1319 (1 juin). Bail par lequel toutes les terres du chapitre
situées à Ambresin sont données en location pour le terme de
six ans.

Original, avec sceaux.

1323 (1 avril). Acte notarié stipulant l'échange fait par le
chapitre, représenté par la prévôte, Catherine de Senzeilles, et
par la doyenne, Marie de Loverval, avec Wathier de Cent-
fontennes (Saint-Fontaine), chevalier, de cinquante sous héritables
que le chapitre possède à Humin et Avin, contre cinquante sous
acquis par le seigneur prénommé sur la maison de la chanoinesse
Adeline de Sainmenge (Somenge), provenant autrefois des dames
d'Autrive. (V. note de la p. 206.)

Original, sceau enlevé.

1323 (le lundi avant la Madeleine). Charte du chapitre de
Saint-Lambert, à Liége, relative aux possessions du chapitre
d'Andenne en Lorraine.

Original, sans sceau.

1323. Bail concernant Burdinne.

Original, lacéré, sceau enlevé.

1325 n. s. (dimanche avant la Purification 1324). Sentence du
chapitre repoussant les prétentions des habitants de Thisnes qui
réclamaient, à cause de la guerre entre le pays de Liége et le
comté de Namur, la diminution du tiers de leurs fermages,
comme le faisaient les censiers de Burdinne et d'Ambresin.

Original, fragment de sceau.

1325 (26 juillet). Sentence du chapitre de Liège confirmant
l'acte qui précède.

Original, sceaux enlevés.

1326 (20 mai). Bref du pape Jean XXII attachant des priviléges à l'autel Saint-Gilles, en l'église d'Andenne. (V. note 1
de la p. 86.)

Original, sans sceau.

1326 (6 juillet). Acte d'achat, par le chapitre, d'une rente de
six muids et demi d'épeautre, hypothéquée sur des biens situés
à Thisnes. Cet acte est réalisé devant la cour dudit lieu et
Pierre de Cutiche (Coutice) y représente le chapitre.

Original, fragments de sceaux.

1330 n. s. (29 mars). Bail par lequel Bertrand de Sassey
prend en accense, pour neuf ans, tous les waignages du chapitre
situés à Sassey.

Original, sceau enlevé.

1331 (3 août). Arbitrage décidant que le chapitre est appelé
à exercer son droit de présentation pour la cure actuellement
vacante de Neerwinden. Le défunt curé, Henri de Elst, avait
été nommé par l'abbaye d'Heylissem. (V. ci-dessus Lettres de
l'évêque de Liège, 1288.) Le nouveau curé présenté est Jean-
Gilles de Opxhorion. (V. p. 83.)

Original, fragment de sceau.

1332 (21 octobre). Bail, réalisé devant la cour de Thisnes,
par lequel le chapitre donne en accense, pour douze ans,
à Jean-Henri de Brouck, de Wanzin, toutes les terres qu'il

possède dans cette localité, moyennant le fermage de trente huit muids d'épeautre par an. (V. note 2 de la p. 67.)

Original, sceau enlevé.

1334 (le lundi avant la division des Appostèles). Acte de la cour de Dun déclarant que la mesure du vin est le muid contenant seize seliers (celliers), mais qu'on doit se servir de vaisseaux contenant dix-sept seliers.

Original, fragments de sceaux.

1336 (3 février). Sentence arbitrale rendue par Jean de Chaumont, prévôt de Dun, décidant que le chapitre, d'une part, et les habitants de Sassey, d'autre part, paieront par moitié les frais de reconstruction du pignon de la nef de l'église de Sassey et les intérêts dus aux Lombards qui ont avancé les sommes nécessaires pour ce travail. (V. fin de la note de la p. 84.)

Original, sceau enlevé.

1339 (20 septembre). Testament de la chanoinesse Mahaut de Spagny.

Original, sceaux enlevés.

1340 (25 août). Bail pour les biens situés à Sassey et aux environs de cette localité consenti par le chapitre, pour le terme de trois ans, en faveur de Henri de Pernode, écuyer.

Original, avec sceau.

Vidimus du même acte délivré par le curé de Doulcom à la chanoinesse Marguerite de Doncuer (Doncheur), en 1342, avec sceau.

1340 (23 août). Acte notarié dans lequel la prévôte du chapitre, Catherine de Senzeilles, la doyenne, Marie de Loverval, la chantre, Gillette de Senzeilles, l'écolâtre, Adelaïde de Gavre, et d'autres chanoinesses protestent contre les violences exercées à Andenne par Libert de Natoye. Cet acte contient la narration des faits. (V. pages 22 et 23 et note 3 de la p. 209.)

Original, avec la marque du notaire Egide d'Andenelle.

1340 (2 septembre). Acte notarié contenant une protestation du chapitre contre de nouveaux abus de pouvoir commis à Andenne par Libert de Natoye, lequel était venu intimider les manants dans la maison de Jacques le Forestier. Le bailli avait voulu leur interdire de déposer dans le procès que lui faisaient les chanoinesses.

Original, avec la marque du notaire Egide d'Andenelle.

1340 (3 octobre). Acte notarié par lequel le chapitre proteste, à l'effet de sauvegarder ses droits, contre l'impossibilité dans laquelle il se trouve de tenir le plaid de la Saint-Remy. (V. p. 23.)

Original, avec la marque du notaire Ponchard de Herons.

1341 (28 novembre). Bref du pape Benoît XII chargeant l'évêque de Liège de terminer le différend qui a surgi entre le chapitre et le comte de Namur à propos des actes posés à Andenne par Libert de Natoye.

Original, avec bulle.

Ce document, mentionné à la page 23, est reproduit aux *Annexes*, n° VIII, p. 297.

1341 (le mardi après.....). Lettres de l'official de Liège, adressées aux conciles de Henret, Gembloux, Ciney; aux prêtres d'Andenne, Seilles, Sclayn, Thon, Maizeroule, Haltinne, Burdinne, Landenne, etc. L'official rappelle le texte d'une lettre, en date du 11 août 1340, par laquelle il avait porté à la connaissance des mêmes personnages ecclésiastiques que le chapitre d'Andenne lui avait adressé une plainte à charge du bailli du comte de Namur,

Libert de Natoye, et de plusieurs complices, lesquels, au mépris
des droits de juridiction du chapitre, avaient envahi Andenne,
extrait de la prison de cette ville un voleur du nom de Hankinus,
de Thisnes, et s'étaient rendus coupables de violences et d'injures
envers Hellewis d'Erpent, vice-doyenne Marguerite de Doncuer
(Doncheur) et Jeanne d'Orenuas. Par cette lettre du 11 août 1340,
l'official avait cité les prévenus, les plaignants et les témoins à
son tribunal pour le lundi après la Saint-Gilles. L'official déclare
qu'après information, une sentence d'excommunication majeure
est lancée contre Libert de Natoye et il charge ceux auxquels il
écrit d'en faire la publication.

Original, avec plusieurs fragments de sceaux.

Deux autres pièces, ordonnant encore la publication de la sentence d'excommunication, font suite à la précédente.

1340 et **1341.** Douze pièces, sur parchemin, contenant des
dépositions de témoins à l'occasion du différend dont il est parlé
ci-dessus. Toutes ces dépositions sont favorables au chapitre, à
l'exception d'une seule, émanant du mayeur, des échevins et de
quelques bourgeois de Namur.

1342 (21 et 27 février). Lettres de l'official de Liége ordonnant
aux abbés, prévôts, etc., des environs d'Andenne de publier l'excommunication prononcée contre Libert de Natoye.

Approbation donnée à l'acte d'excommunication par le chapitre
de Saint-Lambert, à Liége.

Déclaration des curés d'Andenne, Namêche, Gives, Mosaing
(Mozet), Sclayn, Maizeret et Thon, affirmant s'être conformés
aux injonctions de l'official.

Déclaration semblable à la précédente émanée des abbés de
Floreffe, de Brogne, de Grandpré; des prieurs de Géronsart et de

Namêche; des chapitres de Notre-Dame, de Saint-Pierre, de Saint-Aubain, etc.

Quatre pièces originales, sceaux enlevés.

1344 (13 mars). Acte notarié contenant la narration de la réparation faite à Andenne par Libert de Natoye. (V. pages 23 et 24.)

Original, avec marques de trois notaires : Gosuin Roleaz (ou Roleal), Jean Barbelli (du Barbeau) et Bauduin fils d'Egide d'Andenelle.

1341 (10 juin). Sentence arbitrale, rendue par Henri d'Aspremont, évêque de Verdun, repoussant la prétention qu'avaient élevée les habitants de Villers (sur-le-Mont) de faire réparer par le chapitre la tour et le chœur de leur église. La communauté de Villers est en outre condamnée, aux termes de cet arbitrage, à fournir au chapitre des animaux reproducteurs.

Original, pièce en double, et sur l'une d'elles un fragment de sceau.

1341 (11 juin). Sanction donnée à l'arbitrage rapporté dans la pièce qui précède par Marie de Bar, dame de Dun. On y voit que l'évêque de Verdun avait été appelé à départager l'avis d'autres arbitres, lesquels ne s'étaient point mis d'accord au sujet du différend entre le chapitre et les manants de Villers.

Original, avec quatre sceaux.

1342 (avril). Record émané de la prévôté de Dun au sujet de la menue dîme de Villers. Un certain Thiry, manant de ce lieu, prétendait ne pas devoir le paiement de ladite dîme pour une maison qu'il disait être franche, mais ses prétentions furent repoussées.

Original, sceaux enlevés.

1342 (16 juin). Testament de la chanoinesse Adeline de Somenge.

Original, sceaux enlevés.

1343 (22 octobre). Acte d'achat, réalisé devant la cour de Feix, d'une rente d'un muid d'épeautre, hypothéquée sur des biens situés à Hingeon, au profit de la chanoinesse Marguerite de Doncuer (Doncheur) et provenant de Jean de Ranivial.

Original, sceaux enlevés.

1343 (22 octobre). Copie authentique d'un record de la cour d'Andenne relatif aux droits du chapitre sur le ban d'Andenne.

Acte notarié avec la marque du notaire Egide Adam de Andenelle.

1344 (5 janvier). Acte, réalisé devant la cour de Seilles, par lequel le chapitre acquiert de Jean Kinart, de Landenne, une rente de trois muids d'épeautre hypothéquée sur les biens du vendeur. Aux termes de l'acte, deux muids appartiendront aux revenus généraux du chapitre, tandis que le troisième devra être affecté à l'autel Saint-Jean-Baptiste, en faveur duquel Alaïs (Adelaïde) de Gavre a fondé un bénéfice qui a pris le nom de Saint-Jean de Gavre. (V. ci-dessous à la date du 12 mai 1345 et aussi pages 86 et 210.)

Original, fragments de sceaux.

1344 (15 septembre). Bail, réalisé devant la cour de Thisnes, par lequel Godefroule de Thisnes, dit de Moxhe, prend en location, pour dix-huit ans, des biens du chapitre situés à Thisnes, Chapeauville, Wansinial, Wanzin et Jandrain, au prix annuel de vingt dozains d'épeautre par bonnier.

Original, fragments de sceaux.

1345 (12 mai). Fondation d'un bénéfice attaché à l'autel Saint-Jean-Baptiste par la chanoinesse Adlays (Adelaïde) de Gavre. (V. pages 86-87 et 210, y compris la note qui accompagne le nom de la chanoinesse de Gavre.)

L'acte est scellé par la prévôte Catherine de Senzeilles.

Original, sceaux enlevés.

1345 (24 juin). Acte par lequel le chapitre donne en location à Willaume Villenove et à Lambin, fils d'Hubin, bourgeois de Dun, pour un terme de trois ans, tous les droits de l'église d'Andenne à Sassey et aux environs, se réservant toutefois la nomination des mayeur et échevins et la collation de la cure de Sassey et Mont. (V. fin de la note de la p. 84.)

Original, sceaux enlevés.

1347 (12 juin). Constitution, au profit du chapitre, d'une rente d'un muid d'épeautre, léguée par Henri Lotes, d'Avennes, et hypothéquée sur des biens situés entre Thisnes et Chapeauville. Cet acte est réalisé devant la cour de Thisnes.

Original, auquel est attachée une déclaration de la cour de Thisnes, en date de 1463, avec sceau.

1347 (13 août). Bail par lequel Gobin de Buays prend en location, pour le terme de trois ans, les biens du chapitre à Ambresineau, à l'exception des terres de Dobles. (V. la note 1 de la p. 66.)

Original, avec la marque du notaire Egide Adam de Andenelle.

1348 (18 juillet). Constitution d'une rente d'un muid d'épeautre au profit de la chanoinesse Agnès de Gavre.

Original, sceaux enlevés.

1348 (4 août). Bail, réalisé devant la cour de Thisnes, par
lequel Nicolas de Coutiche (Coutice), au nom du chapitre, donne
à Gosuin de Thisnes, en accense héritable, sept verges de terre,
moyennant une redevance de deux muids par an.

Original, avec sceau.

1350 (29 mars). Achat fait par le chapitre d'une rente d'un
muid de froment, hypothéquée sur vingt deux verges de terres
situées à Thisnes. L'acte est réalisé devant la cour de Thisnes.

Original, avec sceau.

1350 (29 juin). Achat fait par les chanoinesses Beatrix et Hellewis d'Erpent d'une rente à Sclayn.

Original, avec sceaux.

1353 (21 juin). Acte par lequel la prévôte et la doyenne d'Andenne, ainsi que la chanoinesse Léonore de Doncueru (Doncheur),
s'engagent à payer une rente à Louis de Juppleu, chevalier, et à
ses hoirs, moyennant renonciation de la part de ce seigneur aux
droits qu'il prétendait avoir sur les biens du chapitre à Thisnes,
du chef du fief de la Keusserie.

Pièces originales en double. Sur l'une et l'autre ratification du comte Guillaume
de Namur, en date du 25 juillet 1353, avec petit sceau du comte et plusieurs sceaux
des hommes de fief.

1353 (28 juin). Ratification par Louis de Juppleu de l'accord
stipulé dans l'acte précité.

Original, fragment de sceau.

1353 (11 novembre). Liste des personnes qui ont à bail des
parties de la dîme de Thisnes.

Bande de parchemin.

1356 (8 juin). Acte de donation, réalisé devant la justice de Sclayn, par lequel la doyenne Marguerite de Donkuer (Doncheur) remet à Helewis d'Yerpens (d'Erpent), prévôte, à Jeanne Dorenvaux, chanoinesse, et à Nicolas de Cutiche (Coutice), chapelain, neuf journaux de terres sises à Sclayn, pour être employés conformément aux intentions de la donatrice.

Original, fragments de sceaux.

1357. Testament de la chanoinesse Marguerite de Doncheur, doyenne.

Original, fragments de sceaux.

1359 (8 février). Bail, réalisé devant la cour de Thisnes, par lequel Willaume delle Marcelle prend en location du chapitre seize verges de terres situées à Thisnes, au lieu dit al Tombelle, moyennant paiement annuel de deux muids d'épeautre.

Original, avec sceau.

1359 (25 mars). Acte, réalisé devant la cour de Thisnes, par lequel Nicole (Nicolas) de Cutiche (Coutice) acquiert, au nom du chapitre, une rente d'un muid et demi d'épeautre, hypothéquée sur des terres situées à Thisnes, au lieu dit delle Vacelle, appartenant aux enfants de Juliane de Mawison.

Original, avec sceau.

1359 (5 juillet). Testament de la prévôte Hellewis d'Erpent.

Original, avec la marque d'un notaire. — Approbation dudit testament (1365) par le chapitre, avec sceau.

1359. Acte de constitution d'une rente d'un muid d'épeautre au profit du chapitre, réalisé devant la cour de Thisnes.

Original, lacéré, fragment de sceau.

1360 (6 novembre). Acte, réalisé devant la cour de Thisnes, par lequel Nicole (Nicolas) de Cutiche (Coutice) acquiert pour la chanoinesse Aylaeis (Adelaïde) de Gavre une rente d'un muid d'épeautre, hypothéquée sur des biens situés audit lieu, à la campagne Saint-Martin del Vacelle.

Original, sceau enlevé.

1360 (7 novembre). Acte, réalisé devant la cour de Thisnes, par lequel Nicholle (Nicolas) de Cutiche (Coutice) acquiert pour le chapitre une rente d'un muid d'épeautre sur des biens situés audit lieu.

Original, fragment de sceau.

1361 (15 novembre). Acte, réalisé devant la cour de Thisnes, par lequel Willaume (Guillaume) del Marcel se reconnaît débiteur d'une rente envers le chapitre.

Original, avec sceau

1362 (5 janvier). Bail, réalisé devant la cour de Thisnes, par lequel Aylaeis (Adelaïde) de Gavre, chanoinesse, donne en accense à Henri d'Erpe diverses terres situées dans cette localité.

Original, avec sceau.

1362 (2 mai). Testament de la chanoinesse Beatrix d'Erpent.
Original, fragments de sceaux.

1362 (3 novembre). Acte, réalisé devant la cour de Thisnes, par lequel Nicolas de Cutiche (Coutice) acquiert une rente pour le chapitre.

Original, avec sceau.

1363 (10 janvier). Acte, réalisé devant la cour de Thisnes, par

lequel Nicolas de Cutiche (Coutice) acquiert une rente pour le
chapitre.

Original, fragment de sceau.

1363 (20 avril). Bail, réalisé devant la cour de Thisnes, par
lequel Nicolas de Cutiche (Coutice), procureur du chapitre, donne
en location à Henrion de Perrier la moitié de deux cours et divers
héritages situés à Wanzin.

Original, avec sceau.

1365 (12 janvier). Acte, réalisé devant la cour de Thisnes, à la
requête de Jeans Hanins, chapelain d'Andenne. Cet acte constate
que Gobert d'Avin, receveur du comté de Namur, a saisi, par
défaut de paiement de rentes, les biens de la mense Treppar de
Thisnes. Devant la cour, le receveur actuel du comté, Colars de
Hontoir, donne lesdits biens en rendage au chapitre, moyennant
la redevance annuelle de dix muids de blé.

Original, fragment de sceau.

1365 (avril). Acte, réalisé devant la cour de Thisnes, par lequel
Yolaïs, doyenne d'Andenne, acquiert des exécuteurs testamentaires de Hellewis d'Erpent, jadis prévôte, une rente d'un muid
et demi de froment hypothéquée sur des biens sis à Thisnes.

Original, fragment de sceau.

1365 (1er mai). Acte, réalisé devant la cour de Thisnes, par
lequel Nicolas de Cutiche (Coutice) acquiert, en qualité de mam-
bour de l'autel fondé à Andenne par Aylais (Adelaïde) de Gavre,
une rente d'un muid d'épeautre hypothéquée sur huit verges et
demi de terres sises à Thisnes, à la campagne de Vacelle, et sur
cinq autres verges dans la même localité, provenant de Jeanne de
Rosus, de Thisnes.

Original, fragment de sceau.

1365 (1er juillet). Acte semblable au précédent pour l'achat d'une rente d'un muid d'épeautre.

Original, sceau enlevé.

1366 (28 juin). Acte semblable aux deux précédents pour l'achat d'une rente de deux muids d'épeautre.

Original, fragment de sceau.

1368 (14 mai). Testament de la chanoinesse Anne-Marguerite de Hallewin.

Original, fragments de sceaux.

1369 (28 mai). Bail, réalisé devant la cour de Thisnes, par lequel le chapitre donne en accense héritable à Watier Hane, de Thisnes, onze verges grandes de terres sises en ce lieu, moyennant la redevance annuelle d'un muid d'épeautre.

Original, avec sceau.

1369 (4 juillet). Acte, réalisé devant la cour de Thisnes, par lequel le chapitre cède à Everard Hane le tiers d'une cour et jardin, situés audit lieu, moyennant la rente annuelle d'un muid d'épeautre. Le chapitre avait droit sur l'ensemble de cette propriété à une redevance annuelle de trois chapons et de quatre sous.

Original, avec sceau.

1370 (26 février). Bail, réalisé devant la cour de Gesteal (Gesteaux), par lequel Jehan Hannis (1), chanoine d'Andenne et procureur du chapitre, donne en location à Rasse de Gesteal

---

(1) Sans doute celui qui est mentionné ci-dessus, à la date du 12 janvier 1365, sous le nom de Jeans Hanins.

(Gesteaux), pour le terme de neuf ans, vingt-sept bonniers de terres situées audit lieu, moyennant le fermage de trente-un muids de blé.

Original, sans sceau.

1371 (24 janvier). Acte, réalisé devant la cour de Thisnes, par lequel la chanoinesse Marie de Hallewin, exécutrice testamentaire de feu la chanoinesse Marguerite de Hallewin, sa sœur, constitue au profit du chapitre une rente de six stiers de froment destinée à exonérer l'anniversaire de la prénommée.

Original, fragments de sceaux.

1371 (12 mai). Acte, réalisé devant la cour de Thisnes, par lequel Nicolas de Cutiche (Coutice) acquiert pour le chapitre une rente de quatre muids de froment.

Original, avec sceau.

1372 (28 mai). Testament de la chanoinesse Jeanne de Bierbaïs, doyenne.

Original, fragments de sceaux.

1372 (8 juillet). Testament de la chanoinesse Marie de Senzeilles.

Original, sceaux enlevés.

1373 (2 août). Deux actes, réalisés devant la cour de Thisnes, par lesquels le chapitre acquiert : 1° une rente d'un muid d'épeautre; 2° une autre rente de deux muids; l'une et l'autre hypothéquées sur des biens situés à Thisnes. Ces rentes doivent servir à faire célébrer l'anniversaire de Jeanne de Bierbais, jadis doyenne.

Originaux, fragments de sceaux.

1375 (28 février). Bail, réalisé devant la cour de Thisnes, par lequel le chapitre afferme à Walter de Tiralle certaines terres aux mêmes conditions que celles auxquelles les tenait Jean de Jandrain, précédent locataire.

Original, fragment de sceau.

1381. Testament de la chanoinesse Agnès de Gavre.

Original, avec marque d'un notaire.

1383 (30 mars). Acte d'achat, réalisé devant la cour de Gives, d'une rente d'un muid et demi d'épeautre provenant de Jean Bades, de Haybes, au profit de Gèle (Gillette) de Somaigne (Soumagne, une Senzeilles, chanoinesse).

Original, sceaux enlevés.

1384 (20 janvier). Acte d'achat d'une rente d'un muid d'épeautre, hypothéquée sur des biens situés à Andenelle, réalisé devant la cour d'Andenne, au profit de la chanoinesse mentionnée dans l'acte précédent.

Original, sceaux enlevés.

1384 (15 novembre). Acte, réalisé devant la cour d'Andenne, par lequel Colard le petit Colon acquiert une rente de cinq muids d'épeautre, hypothéquée sur des biens situés à Jodion (Andenne). — A cet acte fait suite un autre, du 13 novembre 1386, par lequel l'acquéreur prénommé cède son marché à Johannin Hochel, se réservant, pendant douze ans, la faculté de résilier cette nouvelle convention.

Originaux des deux actes, sceaux enlevés.

1385 (10 janvier). Acte, réalisé devant la cour de Gesteaux, par lequel Denis de Mollin constitue. au profit du chapitre une rente d'un muid de froment.

Original, sceau enlevé.

1385 (26 avril). Acte, réalisé devant la cour de Thisnes, par lequel la prévôte Isabeau de Sumaigne (Senzeilles-Soumagne) acquiert une rente de un muid de froment due par Marie del Marcelle (1).

Original, avec sceau.

1385 (9 juillet). Lettres de Henneman de Brumagne, bailli de la cour féodale de Wasseige, mettant le chapitre en possession de sa portion dans une rente de six muids d'épeautre, lui léguée, ainsi qu'à d'autres, par Jacquemart de Senzeilles, jadis chanoine.

Original, avec un sceau, d'autres enlevés.

1387 (12 janvier). Acte, réalisé devant la cour d'Ambresineau, par lequel le chapitre acquiert une rente de quatre muids d'épeautre. Un muid doit être appliqué à l'autel fondé par la chanoinesse de Gavre; un second à l'autel Sainte-Barbe; les deux autres sont pour le chapitre. Cette rente est hypothéquée sur des biens situés à Ambresineau.

Original, avec un sceau, d'autres enlevés.

1388 (3 et 5 juin). Actes, réalisés devant la cour d'Andenne, par lesquels Marie de Boissay, chanoinesse, acquiert des rentes hypothéquées sur des biens situés à Coutice.

Originaux, sceaux enlevés.

---

(1) Cet acte et ceux mentionnés plus loin, du 11 juillet 1388 et du 11 février 1390, prouvent que ladite prévôte était en fonctions avant l'an 1400. (V. p. 138.)

1388 (11 juillet). Testament de la chanoinesse Isabeau de Soumagne (Senzeilles), prévôte.

Original, fragments de sceaux.

1390 (11 février). Saisine exercée par la prévôte Isabeau de Senzeilles sur treize verges de terres sises à Burdinne.

Original, sceau enlevé.

1391 (16 février). Acte, réalisé devant la cour de Thisnes, par lequel le chapitre acquiert de Coene de Huccorgne une rente d'un muid de froment.

Original, sceau enlevé.

1392 (25 juillet). Acte, réalisé devant les échevins d'Ambresineau, par lequel Jean de Haulos, mayeur de la cour du chapitre d'Andenne à Ambresineau, fait donation au chapitre de onze verges de terres.

Original, avec sceaux.

1394. Acte, réalisé devant la cour d'Andenne, par lequel Gêle (Gillette) de Soumaigne (Senzeilles-Soumagne), chanoinesse, acquiert une rente de un muid et demi d'épeautre, hypothéquée sur une terre située à Andenelle, provenant de Catherine femme de Jean de Pont.

Original, sceaux enlevés.

1395 (29 avril). Acte de transport, réalisé devant la cour d'Andenne, par lequel Aélis, veuve de Hue de Bassines, cède à Gérard de Fanchon (Fanson) un pré sis à Bassines, bien grevé d'une redevance en faveur du chapitre.

Original, sceaux enlevés.

1395 (20 novembre). Testament de la chanoinesse Marguerite de Jausse (Jauche), écolâtre.

Original, avec la marque d'un notaire.

1396 (19 mai). Bulle du pape Boniface IX accordant à Jean de Horseilles, prêtre, recteur de la chapelle Sainte-Barbe à Andenne, le bénéfice de la Cène (autel Saint-Jean-Evangéliste), vacant par la mort de Anselme le Cerrier. — On voit, par ce document, que ce bénéfice pouvait être dévolu à des laïques; il y est dit : *quandoque per clericos quandoque vero per laicos gubernari consuerit.*

Original, avec bulle.

1397. Acte notarié par lequel l'official de Liége enjoint au chapitre de laisser jouir Jean de Horseilles, prêtre, du bénéfice de l'autel Saint-Jean (v. la pièce ci-dessus), en attendant la fin du procès intenté par le chapitre pour cause de collation illégale de ce bénéfice, dont il revendique le privilége.

Original, avec la marque du notaire Henri de June.

XIVe siècle (d'après l'écriture). Une pièce sur parchemin contenant l'énumération des biens du chapitre à Sassey et dans les localités environnantes.

XVe SIÈCLE

1401. Acte d'appel d'un décret qui avait condamné le chapitre à faire certaines réparations à l'église de Thisnes et à y entretenir le luminaire.

Original, avec la marque du notaire Henri de Waulsort.

1404 (26 février). Record de la justice de Haillot touchant le droit de faire paître les pourceaux dans le bois de cette localité.

Original, avec sceau.

1404 (4 avril). Acte d'excommunication, émané de l'official de Liège, contre Jean de la Porte, seigneur de Jausse (Jauche), lequel avait prétendu nommer un sergent forestier pour les bois de Gesteaux, fait qui constituait un empiètement sur les droits du chapitre.

Original, avec fragments de sceaux.

1405 (20 février). Testament de la chanoinesse Marie de Huppy.

Original, avec la marque d'un notaire.

1415 (16 juin). Testament de la chanoinesse Marie de Doncheur.

Original, avec la marque d'un notaire.

1417 (dernier jour de février, 22 et 24 mars). Trois pièces de procédure, sur parchemin, concernant un débat entre le chapitre et la veuve de Guillaume de Ora, laquelle se refusait à restituer les papiers qu'avait détenus son mari en qualité de receveur du chapitre à Thisnes.

1418 (7 juillet). Lettres par lesquelles Bonne comtesse de Bar restitue au chapitre la terre de Sassey, avec les rentes et tous revenus y afférents, qu'elle avait fait saisir.

Original, avec sceau.

1422 (17 novembre). Lettres de Bonne comtesse de Bar relatives à la répartition des amendes dues par ceux qui coupent du bois dans le bois des dames d'Andenne situé au-dessus de Dun.

Original, avec sceau.

1427 (octobre). Autorisation donnée au chapitre par l'official de Liège de procéder à la recherche et à la poursuite des meurtriers du chanoine Jean Rideal. (V. p. 183.)

Original, sans sceau.

1431 (8 mai). Acte notarié relatant l'élection de la prévôte Guillemette de Saave. (V. pp. 121 à 124 et la note 1 de la p. 139.)

Original, avec la marque du notaire Simon Franconis, de Mont-Saint-Guibert.

1434 (22 novembre). Commission donnée par le chapitre au bailli de Samson à l'effet de faire une enquête sur la situation de certains prisonniers condamnés par le mayeur d'Andenne.

Original, avec un sceau, un autre enlevé.

1435 (22 février). Sentence rendue par le souverain bailliage de Namur, de l'avis conforme du chapitre, accordant commutation de peines à des individus qui avaient été condamnés à la prison par le mayeur d'Andenne. Ces prisonniers devront faire amende honorable à Andenne.

Original, avec sceaux et fragments de sceaux.

1441 (15 mai). Testament de la chanoinesse Marie de Ville, doyenne.

Original, avec la marque d'un notaire.

1442 (janvier). Récès du chapitre, avec approbation du souverain, abolissant plusieurs offices secondaires ainsi que celui de charresse (1). Cette mesure était prise en vue de faire réaliser des économies au chapitre, lequel venait d'être fortement éprouvé par les guerres qui avaient désolé le pays. (V. p. 24.) Cet acte nous

---

(1) Il s'agit probablement d'une dame qui remplissait les fonctions de receveur.

apprend que les émoluments des charges supprimées consistaient en muids de grain.

Original, sans sceau.

1445 (19 juin). Sentence rendue par l'archidiacre de Liège et condamnant le chapitre à réparer la tour ainsi que la grande nef de l'église de Thisnes, et à fournir, en outre, à cette église, le nécessaire pour la célébration du service divin.

Original, avec sceau.

1447 (15 février). Procuration donnée par Messire Antoine Busnel, chapelain de Charles le Téméraire, et par Messire Florent, nommés chanoines à Andenne, à un chanoine de Saint-Aubain, à l'effet que celui-ci puisse prendre en leurs noms possession de leurs prébendes.

Original, avec la marque du notaire de Bequa, de Tournai.

1447 (29 mars). Acte de prise de possession de prébendes pour les chanoines mentionnés dans le document précité.

Original, avec la marque du notaire Jean Gossinart.

1447 (24 juillet). Bail, avec caution, pour tous les biens du chapitre situés à Thisnes.

Original, avec la marque du notaire Jean Anseaul (Anseau), de Thisnes.

1449 (12 avril). Testament de la chanoinesse Marguerite du Chasteler.

Original, avec la marque d'un notaire.

1449 (24 avril). Indult émané de Jean, légat du pape, autorisant les chanoinesses à posséder dans leurs maisons un autel portatif et à y faire dire la messe pour elles et leurs domestiques. (V. p. 120.)

Original, sceau enlevé.

1449 (26 avril). Lettres du cardinal Jean de Saint-Ange, légat
du pape, rapportant d'autres lettres, ici reproduites, datées du
26 mars précédent, par lesquelles il avait chargé le doyen de
Saint-Barthélemy, à Liège, de conférer la cure d'Andenne. Le
cardinal reconnaît, après information, qu'il avait empiété sur les
droits du chapitre auquel appartient la collation de la cure
d'Andenne.

Original, sceau enlevé.

1452 (2 août). Acte, réalisé devant la cour de Bomal, consti-
tuant au profit du chapitre une rente hypothécaire d'un muid
d'épeautre.

Original, sceau enlevé.

1452 (27 juillet). Acte, réalisé devant la cour de Gesteaux, par
lequel Wilmart du Pont constitue au profit du chapitre une rente
d'un muid de blé.

Original, avec sceau.

1459 (28 août). Lettres de Louis de Bourbon, évêque de Liège,
accordant au chapitre le libre passage par Bouillon et le pays de
Liège, en franchise de tous droits, des vins et autres produits de
ses possessions de Lorraine.

Original, avec fragment de sceau.

1465 (le pénultième jour de juillet). Sentence arbitrale rendue à
Dun et décidant que la pêche de Sassey appartient au chapitre.

Original, sceau enlevé.

1465. Inventaire des biens de feu la chanoinesse Isabelle (1) de
Donstienne.

Original, avec la marque du notaire Lambert delle Aytre.

---

(1) Elle prend ailleurs le nom d'Isabeau.

1466 (3 décembre). Testament de la chanoinesse Jeanne de Landres.

Original, sans sceau ni marque.

1476 (9 septembre). Récès capitulaire portant qu'à l'avenir il ne pourra y avoir plus de deux sœurs germaines pourvues en même temps de prébendes du chapitre. (V. p. 102.)

Acte notarié original, avec la marque du notaire Jean Anseau, de Thisnes.

1476 (18 octobre). Charte de Charles le Téméraire, duc de Bourgogne, comte de Namur, confirmant le récès capitulaire précité.

Original, avec sceau équestre et contre-scel.

Ce document, mentionné à la page 102, est reproduit aux *Annexes,* n° IX, p. 298.

1478 (26 avril). Lettres de mandement de Maximilien d'Autriche et de Marie de Bourgogne, comte et comtesse de Namur, relatives aux conditions requises pour l'admission des chanoinesses et à l'exemption des impôts.

Copie du temps. — Document, mentionné aux pages 89 et 192, reproduit aux *Annexes,* n° X, p. 301.

1478 (15 juillet). Sentence de Jean de Baudonelle (Baduelle), lieutenant du gouverneur et souverain bailli du comté, rendant exécutoires les lettres précitées du 26 avril. (V. p. 90.)

Original, sceau enlevé.

1478 (mai). Lettres de mandement touchant certain débat entre le chapitre, d'une part, et, d'autre part, Messire Nicolas Tamison, chanoine, et le doyen de Notre-Dame, à Namur, receveurs et commis des prélats et gens d'église du comté de Namur.

Trois pièces originales, avec fragments de sceaux.

1478 (vers ladite année). Réclamation du chapitre contre la prétention de le faire participer à la taille due par le clergé inférieur; avec copie, sur parchemin, de la charte de l'empereur Henri IV (1 juin 1101), narration de sa fondation et énumération de ses biens. (V. pages 88 et 89.)

1482 (1er mai). Acte, réalisé devant la cour d'Andenne, par lequel une rente de six dosins d'épeautre, hypothéquée sur des biens à Andenelle, est constituée au profit de la prévôte Jeanne de Maret (Mares.)

Original, avec quatre sceaux intacts et fragment d'un cinquième. Trois sceaux sont enlevés.

1483 (20 septembre). Testament de Jean de Hulpia, chapelain. — Approbation du testament.

Trois pièces originales, avec fragments de sceaux.

1484 (19 octobre). Testament de la chanoinesse Jeanne de Massigny (Mansigny.)

Original, avec la marque d'un notaire.

1487 (26 avril). Testament de Jean Josne, paroissien d'Andenne.

Original, avec la marque d'un notaire.

1495 (29 mai). Diplôme de Maximilien, roi des Romains, et de l'archiduc Philippe le Beau, comte de Namur, confirmant les libertés et les franchises du chapitre et rappelant les conditions d'admission pour les chanoinesses.

Original, avec sceau.

Ce document, mentionné aux pages 56, 90, 131, 194, est reproduit aux *Annexes*, n° XI, p. 304.

1498 (20 mai). Diplôme de l'archiduc Philippe le Beau contenant une nouvelle ratification des privilèges du chapitre.

Original, avec sceau.

1499 (18 avril). Testament de la chanoinesse Péronne de Racourt.

Original, avec la marque d'un notaire.

XVIᵉ SIÈCLE

1500 (8 février). Diplôme de Philippe le Beau, archiduc d'Autriche, comte de Namur, mentionnant les qualités requises pour l'admission au chapitre et touchant l'exemption des tailles.

Original, avec sceau.

1505 (3 mai). Diplôme de Philippe le Beau, roi d'Espagne, comte de Namur, confirmant les libertés et franchises du chapitre.

Original, sceau enlevé.

Ce document, mentionné à la page 90, est reproduit aux *Annexes,* n° XII, p. 308.

1515 (16 mars). Diplôme de Charles, prince d'Espagne, confirmant les privilèges du chapitre. (V. p. 90.)

Original, avec sceau dans une boîte de plomb.

1520 (16 septembre). Lettres patentes de l'empereur Charles-Quint accordant à la chanoinesse Marie de Reuvre (Resves) la prévôté d'Andenne, lorsque cette charge sera vacante.

Original, sceau enlevé.

Ce document, mentionné aux pages 124, 141 et 214, est reproduit aux *Annexes,* n° XXXII, p. 375.

1523 (5 décembre). Testament de Jean Grand, chanoine, curé d'Ambresineau.

Original, sans sceau ni marque.

1524 (13 novembre). Deux bulles du pape Clément VII : la première confère la prévôté à Marie de Reuvre (Resves); la seconde charge des dignitaires ecclésiastiques de procéder à l'installation de cette prévôte.

Originaux, bulles enlevées.

Ces documents, mentionnés aux pages 124, 134, 141, 214, sont reproduits aux *Annexes,* n° XXXIII, pages 377 et 381.

1524 ou **1525** (mais sans date). Formule latine du serment prêté par Marie de Resves en qualité de prévôte.

A cette pièce originale, car l'écriture est de l'époque, est attachée une bulle de Clément VII.

1525 (6 juillet). Testament de la chanoinesse Antoinette de Blois.

Original, avec sceaux.

1525 (26 juillet). Acte notarié dans lequel Jeanne de Mares, ancienne prévôte, fait l'énumération des bénéfices et fonctions qui sont à la collation de la prévôte. (V. fin de la note de la p. 132.)

Original, avec la marque du notaire Gérard Loze.

1527 (2 octobre). Transport de biens entre différents particuliers, réalisé devant la cour de Haillot.

Original, sceaux enlevés.

1529 (4 septembre). Testament de la chanoinesse Jeanne de Mares, jadis prévôte.

Original, avec sceau.

1532 (27 janvier). Testament de la prévôte Marie de Reuvre (Resves.)

Cette pièce originale offre cette particularité qu'elle est faite *en la demeure de ladite dame prévôte d'Andenne, en la ville de Mons, diocèse de Cambrai.* — Elle porte la marque du notaire Nicolas Latour.

1537 (9 février). Testament de Gilles Petitjean.

Original, avec sceau.

1539. Acte émané de la cour de Thisnes concernant la dîme de cette localité.

Original, avec deux sceaux.

1543 (17 novembre). Commission donnée par le chapitre à son chapelain, Guillaume de Ville, pour le représenter en qualité de procureur général.

Original, avec fragment de sceau.

1546 (2 mars). Codicille de Gilles d'Eve.

Original, sceaux enlevés.

1549 (28 janvier). Bail emphytéotique accordé par le recteur de la chapelle de Saint-André à Françoise, fille de Gilles le Barbier, pour les biens dudit bénéfice.

Original, sceaux enlevés.

1552 (12 décembre). Certificat de bonne conduite délivré par Baudouin de Marche, chapelain-desservant ou vice-curé de Saint-Jean-Baptiste, à Jean Mathieu, recteur de l'autel du Saint-Sacrement, qui se disposait à recevoir les ordres sacrés.

Original, sceau enlevé.

1557 (13 juillet). Acte de nomination, émané du chapitre, de Jean Mathieu en qualité de chapelain perpétuel de l'autel de Saint-Gilles.

Original, fragment de sceau.

1557 (13 novembre). Testament de la chanoinesse Jeanne de Warisoulx.

Original, avec fragments de sceaux.

1558 (4 février). Lettres patentes de Philippe, roi de Castille, etc. (Philippe II), relatives au droit de pâture des pourceaux dans les bois du chapitre.

Original, avec sceau.

1560 (16 mai). Acte notarié relatif à l'exécution du testament de la prévôte Jeanne d'Eve.

Original, avec la marque du notaire Paulen.

1561 (16 mai). Sentence du conseil provincial de Namur maintenant le chanoine Jean de Noadrée dans ses droits au bénéfice de Saint-Etienne, lui conféré par la prévôte d'Andenne, et ce nonobstant la réclamation de Jacques Beghin.

1563 (25 février). Vidimus du conseil provincial de Namur contenant copies des six pièces suivantes : 1° une bulle du pape (Honorius III 9 décembre 1219), par laquelle ce pontife prend sous sa protection les personnes et les biens des chanoinesses d'Andenne; — 2° la charte de Philippe le Noble, de 1212; — 3° les lettres de Hugues de Pierpont, évêque de Liège, de 1212; — 4° la bulle du pape Grégoire IX, de 1238; — 5° la bulle du pape Nicolas, de 1288; — 6° la bulle du pape Benoît XII, de 1341. (V. ci-dessus, à l'Inventaire, plusieurs des originaux et mentions de certains de ces documents aux pages 18 et 19.)

Original, avec sceaux.

1563 (5 août). Bref du pape Pie IV réglant les droits respectifs du chapitre et de Jean Gérard, curé de Saint-Jean–Baptiste, relativement à une partie de la dîme de Coutice.

Original, sans sceau.

1569 (19 octobre). Testament de François Paheau.
Original, sceaux enlevés.

1570 (9 mai). Acte de la cour d'Andenne relatif à une fondation de messe faite par Mademoiselle de Bolland. -
Original, avec fragments de sceaux.

1570 (19 octobre). Mandement du chapitre relatif à la fondation mentionnée dans l'acte qui précède.
Original, avec fragments de sceaux.

1571 (3 avril). Approbation du testament de Jean Matho dit Wanihen.
Original, avec fragments de sceaux.

1572 (30 avril). Ordonnance souveraine, émanée du conseil privé, ordonnant, par dérogation, de recevoir au chapitre Mademoiselle de Heyenhoven qui y avait déjà deux sœurs. (V. p. 244.)
Original, sans sceau.

1583 (le jour pénultième d'avril). Acte de collation, par la prévôte Catherine de Senzeilles, du bénéfice de Saint-Remy à Jean Wezelia Charlet (1).
Original, avec fragment de sceau.

1591 (10 octobre). Patente de chanoinesse octroyée par Philippe II à Marie de Heyenhoven, fille de Jean et de Mathilde de Horion.
Original, avec sceau.

---

(1) Cet acte prouve, comme nous l'avons dit en note à la page 146, que Catherine de Senzeilles était prévôte longtemps avant la date où elle releva un fief de la prévôté. On verra, d'ailleurs, ci-après aux *Corrections et Additions* à partir de quelle époque cette prévôte fut en fonctions.

1594 (14 juillet). Acte de collation du bénéfice de Sainte-Barbe au profit de Lambert de Hiettime (?).

Original, sceau enlevé.

XVIIe SIÈCLE

1606 (21 février). Bulle du pape Paul V confirmant les privilèges accordés au chapitre par ses prédécesseurs. (V. p. 19.)

Original, sans sceau.

1610 (19 mars). Charte de l'archiduc Albert et de l'infante Isabelle, comte et comtesse de Namur, confirmant les privilèges et exemptions du chapitre.

Original, avec sceau.

Ce document, mentionné à la page 91, est reproduit aux *Annexes,* n° XV, p. 323.

1611 (26 octobre). Lettres patentes d'Albert et d'Isabelle confirmant celles de Charles le Téméraire, duc de Bourgogne, en date du 18 octobre 1476, relatives à la défense de recevoir au chapitre plus de deux sœurs germaines. (V. la note de la p. 102.)

Original, avec sceau.

1625 (31 octobre). Approbation donnée par Nicolas d'Avin (Dauvin), chanoine et archidiacre de Namur, à la convention par laquelle Gabriel de Racourt, nommé recteur d'Andenne par la prévôte, prend possession de cette charge en la permuttant contre les bénéfices de Saint-Sébastien et de Saint-Christophe dont il jouissait en l'église de Weiche, en face de Maestricht, et qui passent ainsi à Mathieu de Froidebise, précédent titulaire de

la cure d'Andenne. (V. p. 76, où il est dit que Mathieu de Froidebise fut, en même temps, appelé à une chaire à Louvain, ce que
mentionne un ancien document relatif aux curés d'Andenne.)

Original, avec sceau sur nielle.

1625 (31 octobre). Sanction de l'acte précédent par l'évêque
de Namur, Jean Davin (Dauvin).

Original, avec sceau sur nielle.

1626 (16 mai). Déclaration du chapitre de Liége relative à la
noblesse des seigneurs de Duras.

Original, avec la marque du notaire Lambert Doupey, de Liège.

1661 (22 janvier). Lettres patentes de Philippe, roi de Castille,
(Philippe IV), relatives à la noblesse des quartiers des chanoinesses.

Original, avec sceau dans une boîte de fer blanc.

Ce document, mentionné à la p. 195, est reproduit aux *Annexes*, n° XVIII,
p. 330.

1677 (8 juillet). Patente de chanoine octroyée par Charles,
roi de Castille (Charles II), à Henri du Ry.

Original, avec fragment de sceau.

1685 (11 août). Bref du pape Innocent XI accordant une
indulgence plénière, aux conditions ordinaires, aux fidèles qui
visiteront l'église de Sainte-Begge le jour de la fête de la Trinité.

Original, sans sceau.

1697 (10 janvier). Lettres patentes de Charles, roi de Castille
(Charles II), approuvant la résolution capitulaire du 31 décembre 1682 relative aux festins donnés aux gentilshommes lors des
réceptions. (V. p. 110.)

Original, avec sceau.

1699 (3 janvier). Bref du pape Innocent XII accordant une indulgence de sept ans aux membres de la confrérie de Sainte-Begge pour les jours de Sainte-Begge et de Sainte-Catherine.

Original, sans sceau.

XVIIIᵉ SIÈCLE

1709 (6 juin). Bref du pape Clément XI accordant des indulgences à tous ceux qui visiteront l'église d'Andenne le jour de la fête de Sainte-Begge.

Original, avec fragment de sceau.

1712 (23 janvier). Diplôme de Maximilien-Ferdinand, électeur de Bavière, relatif aux preuves de noblesse des chanoinesses. (V. la note 2 de la p. 198.)

Original, avec sceau.

1767 (3 décembre). Lettres patentes de Marie-Thérèse, adressées à la prévôte d'Andenne, autorisant l'établissement de trois écoles, deux pour garçons, une pour filles. — Ces lettres confirment le décret de 1765 dont il a été fait mention à la page 97.

Original, avec sceau dans une boîte de fer blanc.

1787 (1 septembre). Lettres patentes de Joseph II autorisant le chapitre de Namur (Andenne et Moustier) à lever une somme de 40,000 florins pour achever l'appropriation des bâtiments dans lesquels les dames étaient installées. (V. p. 29.)

Original, avec sceau dans une boîte de fer blanc.

CORRECTIONS ET ADDITIONS

Page 14, ligne 17, au lieu de VIIIe siècle, lisez : *IXe siècle.*

Page 22, ligne 7, au lieu de septembre, lisez : *juillet.*

Page 38, ligne 4, au lieu de XXXVI, lisez : *XXXVIII.*

Page 48, ligne 8, au lieu de Poicters, lisez : *Poictiers.*

Page 66, fin de la note 2, au lieu de Original, lisez : *Copie authentique de 1287.*

Pages 86-87, deuxième colonne, ligne 16, au lieu de 1245, lisez : *1345.*
(La mention de l'année 1245 est conforme au texte du document reproduit à ces pages, mais elle contient une erreur matérielle, comme on le voit à la page 210.)

Pages 86-87, même colonne, ligne 26, au lieu de Inconnu, lisez : *la chanoinesse Marie de Saint-Amand, au XIIIe siècle.* (Même remarque que ci-dessus, V. page 214.)

Page 120, ligne 3, au lieu de 1509, lisez : *1449.*

Page 144, note relative à Hélène de Berlo, ajoutez : *Les Fiefs de Namur (XVIe siècle, p. 537) attribuent à cette prévôte le prénom de Jeh (Jeanne). C'est le résultat d'une erreur de copie, le registre cité du Souverain-Bailliage portant le nom de Hélène, conformément aux documents du chapitre. Il est d'autant plus utile, croyons-nous, de relever cette inexactitude, qu'elle se trouve reproduite à la généalogie de la famille de Berlo publiée dans l'Annuaire de la noblesse de Belgique de 1880. Ce dernier travail contient encore quelques autres erreurs, notamment pour la génération à laquelle appartient la prévôte Hélène.*

Page 146, note 1, ajoutez : *Elle dut réellement être élevée à la prévôté en 1572 ou 1573, car Hélène de Berlo avait testé en 1571 (voir p. 225) et sur la tombe de Catherine de Senzeilles, morte en 1609, on lit qu'elle fut prévôte pendant 36 ans. (V. p. 265.) Elle est mentionnée en qualité de prévôte en 1583. (V. Inventaire du chartrier, p. 563.)*

Page 170, ligne 4 de la note, aux mots : Marguerite de, ajoutez : *Doncheur.*

Page 184, ligne 10, lisez : *Antoine Busnel et Florent N. nommés en 1447.*

Page 215, ligne 6, après 1383, ajoutez : *et en 1394.*

Page 215, lignes 19 et 20, Mahaut de Spagny doit être citée avant Anne, pour suivre l'ordre des dates et rendre intelligible la note qui accompagne le nom d'Anne de Spagny.

Page 221, ligne 13, au lieu de Virmond, lisez : *Virmont.*

Page 221, ligne 24, au lieu de Dansart, lisez : *Dansaert.*

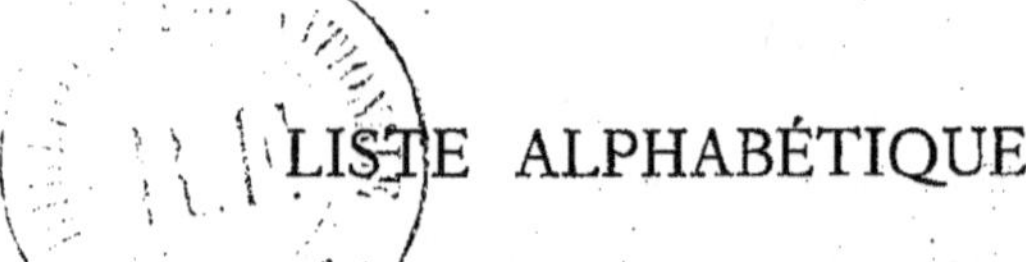

LISTE ALPHABÉTIQUE

des noms de familles et des noms propres (1)

(1) Ne figurent point dans cette table quelques personnages uniquement désignés, dans certaines chartres, par leurs prénoms, sans mention de leurs qualités.

TABLE DES MATIÈRES

CHAPITRE V. — *Preuves de noblesse.*

CHAPITRE VI. — *Les chanoinesses.*

ANNEXES

Du même auteur :

NOTICE

L'ANCIEN ÉTAT NOBLE

DE LA

principauté de Liége et du comté de Looz

(Liége, imprimerie et lithographie Demarteau, 1884)